炽道

[上册]

Twentine 著

江苏凤凰文艺出版社
JIANGSU PHOENIX LITERATURE AND
ART PUBLISHING, LTD

图书在版编目（CIP）数据

炽道 ／Twentine著. —南京：江苏凤凰文艺出
版社，2018.6
ISBN 978-7-5594-2119-7

Ⅰ.①炽⋯ Ⅱ.①T⋯ Ⅲ.①长篇小说－中国－当代
Ⅳ.①I247.5

中国版本图书馆CIP数据核字（2018）第104380号

书 名	炽 道	
作 者	Twentine	
选 题 策 划	李文峰　风染白	
责 任 编 辑	姚 丽	
特 约 编 辑	风染白　红 豆	
责 任 监 制	刘 巍　江伟明	
出 版 发 行	江苏凤凰文艺出版社	
出 版 社 地 址	南京市中央路165号，邮编：210009	
出 版 社 网 址	http://www.jswenyi.com	
印 刷	三河市良远印务有限公司	
开 本	880毫米×1230毫米　1/32	
字 数	300千字	
印 张	16	
版 次	2018年6月第1版，2021年6月第3次印刷	
标 准 书 号	ISBN 978-7-5594-2119-7	
定 价	59.80元	

影视版权抢订热线　13911704013
江苏凤凰文艺版图书凡印刷、装订错误可随时向承印厂调换

目 录 [上 册]

目 录 [下 册]

Chapter 01

炽 | 道

一

"真热。"

一下车罗娜就被热浪糊了一脸。火炉城市的温度不是开玩笑的,已近十月,走在太阳下依然像煎牛排一样,路边的小草晒弯了腰,人浑身流油。

"走了走了,快进去!"王主任在旁催促。他满头大汗,白色的衣襟湿成一片,隐隐能瞄见里面肉色的躯体。

罗娜跟在后面,看着王主任身上的肥肉随着小跑一颤一颤的,像个轻盈的包子。

罗娜不禁感慨岁月的无情。年轻时候的王启临还是挺帅的,毕竟是短跑运动员出身,巅峰时期的身材让人看了无不钦羡。自从他退役坐起办公室,二十年的时间,那梦幻般的体形便从宝剑退化成了盾牌。

"我去联系他们的教练,你在这儿等我一下。"王启临到一边打电话。

罗娜把帽檐拉低,试图挡住火辣辣的阳光。

不远处，几个高中女生正在打羽毛球。

她们身后的教学楼上挂着各式各样的彩色条幅，再往上还能看到些许大气球，上面挂着庆祝三中召开运动会的标语。现在正是运动会午休时间，操场的方向不时往外走人，三五结伴，叽叽喳喳。

罗娜抱着手臂靠在大树下，回忆起自己的学生时代，那时候的自己貌似也跟她们一样，不知冷热，朝气蓬勃。

她打了个哈欠，时不待人啊。

午后的哈欠是天赐的祝福，她肆无忌惮地张大嘴，视线随着羽毛球往高处走。在哈欠的高潮，羽毛球也刚好飞到最高点，完美契合，浑身舒爽。就在她准备让自己的呼气随球一起落下的时候，余光里忽然闪进一个人。

那人快得根本来不及看清细节。他一路跑来，跑到举着球拍的女生身旁，一跃而起，伸长手臂，将还在最高点的羽毛球一把抓下，整套动作流畅舒展，就像猴子摘月。

这个滞空时间，以及腾空高度……

罗娜摘下墨镜。

阳光灿烂耀眼，男孩穿着金黑搭配的运动服，背心下的躯干修长轻盈，黑色紧身短裤包裹着结实的臀部和大腿，每块肌肉都恰到好处。他的脚踝形状精致，跟腱细长有力，小腿的线条如行云流水。他右手抓着羽毛球，左手拎着一双钉鞋。罗娜定睛一瞧，前掌七钉后掌四钉——跳高的。

罗娜重新戴上墨镜，不自觉地吹了声口哨。

口哨声被男孩听到，他转过头，见树荫下有人正看着自己，咧嘴一笑，捻起自己小背心的两边，朝罗娜行了个公主礼。

那边打羽毛球的女生不高兴了，冲男孩大叫："段宇成你神经病啊！你那爪子怎么那么欠抽呢！"

男孩被吼得肩膀缩起："哎哟，还你们还你们。"

他把球还给两个女生，她们拿到球后又是一嗓子："毛儿都被你抓坏了！"

段宇成撒丫子跑路。

两个女生气得跺脚："王八蛋！活该你千年老二！下午的决赛等着输

吧你！"

段宇成哈哈大笑，扭头道："我还就赢给你们看了，下午别走啊，来给我加油！来哎——？！"他倒着走路，一路蹦跶着，不小心被排水渠绊了一下，他扭了扭身体摆正重心，又嘱咐道，"别忘了啊！来给我加油！"

女生们被他逗笑，满眼的喜爱，哪还有生气的样子。

罗娜啧啧两声，向美好的青春致敬。

打完电话的王启临大汗淋漓地归来："说要先接我们吃饭，这大热天的谁能吃下饭，我说就直接看两眼得了，你觉得呢？"

"我也吃不下，走吧，进去吧。"

两人前往操场，越近越能感受到竞技的氛围。三中历年都会招收体育特长生，是全市体育水平较高的高中之一，运动会的竞争也很激烈。他们来的时间比较好，上午的预赛已经把高水平的运动员筛选出来，省了他们不少事。

操场充斥着塑胶和汗水的味道，罗娜随手从地上捡了张宣传海报折起来当扇子。午休时间快要结束，裁判和检录员陆续来到场地。主席台的广播员拍拍话筒，让闲散人员快点回到班级队伍里。

罗娜跟王启临在一旁等待，王启临戴着眼镜，仔细翻阅手中的资料。罗娜眺望一圈，赛场上的人被清得差不多了，她用手碰了碰塑胶地，跑道被晒了一天，炽热滚烫。

下午第一项是400米决赛，高三组最后一组上场。

王启临和罗娜就是冲着高三组来的，罗娜看着赛道上的八个运动员，被第三道穿黄背心的身影吸引。是之前抓羽毛球的那个……罗娜心中存疑，他不是跳高的吗，怎么去跑400米了？

在裁判的指令下，运动员们各就各位，王启临也掏出秒表。

发令枪响，少年们如离弦之箭冲了出去。

经过上午的预赛，上道的基本是有点功底的，但从150米开始，距离就慢慢拉开了，能很明显地看出谁是专项运动员。罗娜的目光一直落在段宇成身上，从他的跑步姿势和体力分配来看，他的400米是有一定基础的，前300米一直跟第四道和第六道的运动员齐头并进。不过在最后100米时他落了下风，最终获得第三名。

罗娜扭头问王启临："怎么样？"

"52秒7，53秒3。"

"第三名呢？"

"没记，大概是53秒8吧。"

罗娜若有所思地点头。

王启临又抹了一把汗，重新看向手里的资料表，问罗娜："你觉得怎么样？这两个是专项400米的，第一的刘杰在市里比赛的时候跑到过51秒68。"

"他还有其他兼项吗？"

"没了，只有400米能达到二级水平。第二名那个倒是可以跑200米。"

"第三名呢？"

"第三？第三那个好像不是径赛的啊，等我看看……"王启临将手里的文件来回翻了几遍，找到段宇成，"是这小子吧，他是跳高的。"

罗娜拿来资料本。

王启临的资料本很厚，里面有几百名高中体育特长生的资料，光三中就有四十几人，其中田径项目有十二人。罗娜注意到段宇成的资料放在比较后面的位置，这说明在第一轮筛选的时候他不太被王启临看好。

资料本上有一张段宇成的两寸照片，他笑得很阳光，是属于那种你看着他笑自己也会笑出来的"传染病型"男生。跟其他运动员相比，段宇成肤色偏白，头发也略长，照相的时候特别整理过。他的眼睛不大，但很有神，五官看起来清淡又精致，有种年轻人特有的乖巧帅气。

欣赏完照片，罗娜又扫了一遍他的资料，明白了王启临不看好他的理由——段宇成太矮了。

净身高179厘米，放到普通人里还能看，径赛里也还凑合，投掷类也无妨，甚至跳远都勉强可用，但在跳高项目里，这个身高简直惨不忍睹。

段宇成的个人最好纪录是1米95，是在不久前的市中学生运动会上跳出来的，当时他拿了第二名，第一名的刘杉跳到2米，也是三中的学生，身高192厘米，是王启临此行的重点关注对象。

罗娜是了解王启临的,在他这里,跳高项目的运动员选材,190厘米以下的基本看都不会看。

广播员播报跳远决赛检录,罗娜预感到什么,一抬头,果不其然又在跳远场地看到了那亮晃晃的身影。不过这次段宇成没有参赛,而是在帮自己班级的同学鼓劲。

王启临正在等800米的决赛,罗娜对他说:"我去看看那边,等会儿回来。"

跳远场地也很热闹,沙坑旁边围了一堆闲散人员。段宇成是最抢眼的那个,他站在助跑道旁边,给每个运动员加油。等到他们班的选手出场时,段宇成高举手臂欢呼,然后使劲一拍掌,弯下腰:"来吧大刘!"

罗娜往那边一瞄,正在起点做准备的大刘同学明显不是运动员出身,个头倒是挺高,但体态松松垮垮,戴着副黑边眼镜,一副书生模样。他被周围的观众盯着,有点不太好意思,磨磨蹭蹭半天也迈不开步。段宇成站在沙坑旁边,用手掌比画了一个喇叭的形状:"来啊!别紧张!"

大刘明显更紧张了。

赛场气氛激情热烈,裁判一边拿扇子扇风一边指着段宇成,骂道:"你!给我一边儿去!别影响比赛!"

段宇成很听话,往旁边挪了两厘米,算是"一边儿去"了。

万众瞩目下,大刘终于开始助跑。赛道两旁的观众一路目送,脖子从右拧到左。可能是因为太过紧张,大刘踩板的时候腿明显一软,身体失衡,在空中画了一道僵硬的弧线,落在距离沙坑半米远的地方。

众人:"……"

段宇成挠挠鼻尖。

大刘觉得丢脸,脸红得就像熟虾。

段宇成过去拍拍他的肩膀,说:"没关系,没发挥好,等下再来。"

他们路过罗娜,段宇成无意间一抬眼,刚巧看到她。他对她还有点印象,冲她礼貌地一笑,然后又开始安慰大刘:"我们周末练的你得记住啊,注意步数,还有腾空角度,你别慌,你总慌什么呢……"

在他絮絮叨叨的指导过程中,广播员又开始播报了:"请参加跳高决赛的运动员到检录处检录。"

罗娜知道段宇成不能兼项跳远的原因了,原来是时间撞上了。

段宇成听完广播后松开了大刘,伸了个懒腰,原地用力一蹦:"我要比赛了,你自己加油。"他说着跑向检录处,边跑边嘱咐大刘,"记着啊,别慌!注意整体!动作别散了!还有那个——"

大刘要被他磨死了,使劲摆手:"快走吧你!没你我跳得挺好的!"

段宇成笑着跑开了。

罗娜看得嘴角微弯,跟着那道活泼矫健的背影一起走向跳高场地。

二

离得老远,罗娜一眼就看到了刘杉。

不愧是王启临相中的人,刘杉192厘米的身高在高中生里简直是鹤立鸡群。他的身材是标准的教科书式的跳高身材,又细又长,远看像面条,近看身上的肌肉结实又有弹性。

刘杉正在场地边压腿,戴着耳机一脸陶醉地欣赏美妙乐曲。片刻后感觉到什么,甫一睁眼,面色大变,他扯下耳机吼道:"你不是要去比百米吗?还来什么跳高!"

段宇成走到场地边开始热身:"百米决赛早着呢,等我赢了你再去也不迟。"

"赢我?"

"嗯。"

"哎哟,手下败将,你也就剩下盲目乐观这个优点了。"

"我优点很多,譬如,比你有观众缘。"

跳高场地附近也聚集了不少围观群众,段宇成随便挑了个小学妹问:"我和这个大马脸你支持谁?"

学妹非常给面子,蹦起来说:"支持你!"

段宇成伸出双手,跟学妹来了个愉快的空中击掌。

"段宇成你人身攻击是不是!你说谁大马脸呢!行,我看你也就只能靠这张脸骗骗无知少女了,你个小矮子!"

可以看出"小矮子"三个字彻底踩了段宇成的雷区,他的脸瞬间黑成锅底。

"比赛靠的不是脸，是实力，实力懂不懂？"刘杉猛拍自己的大腿，扭头试图寻找个支持者。

恰好罗娜在他身后，她看起来很成熟，刘杉自然而然地把她当成了老师，问道："老师你说对吧？"

罗娜没想到自己会被拉进高中生的吵架里："哦，你说是就是吧。"

刘杉得意地朝段宇成一仰下巴。

段宇成看过来，这是他今天第三次见到罗娜，可惜这次没有前两次那么开心了。

罗娜冲他点点头："加油。"

段宇成沉默两秒，深吸气，用难以想象的力度狠狠拍了下脸："快点比赛！"

"没错！快点比赛！"刘杉也跟着叫，"赶紧升杆！直接从1米9开始，我今天要当着全校同学的面把这只花狗斩了！"

裁判正在核对运动员名单，一抬头，惊见刘杉和段宇成俩人在那自助升杆呢。其他选手都站在一旁看热闹，对这俩人采取包容态度，毕竟心里有数，这二位肯定包揽第一、第二，而且至少要甩第三名近三十厘米的高度。

裁判本来就是三中的体育老师，对刘杉和段宇成太熟悉了，他不惯毛病，捡起地上喝完的空矿泉水瓶就冲了上去，照着两个学生的屁股一顿抽。

刘杉和段宇成捂着屁股惨叫，裁判怒道："你们还想不想比赛！不想比都滚蛋！"

罗娜看得呵呵笑。

她正看得津津有味之际，有人碰了碰她的肩膀，是王启临回来了。汗水浸湿了他的衣服，他不知从哪搞来一条手巾，涮湿了盖在脑袋上降温。

罗娜说："主任，你看着特像老农民。"

"农民怎么了，往上数五代谁家不是贫农出身？"王启临抹了一把脸，在本子上奋笔疾书记录着什么。

罗娜问："800米怎么样？"

"不错！"碰见满意的学生，王启临大汗淋漓的脸上露出笑容，"韩亚斌以前在市队待过，那时候我就联系过他的家长，正好他爸爸也希望他能进综合类大学，这学生我们招定了。"

他说完，抬头往跳高赛场上看，罗娜顺着他的目光找过去，果不其然在盯刘杉。

跳高比赛已经开始了。

就算刘杉和段宇成再怎么叫唤，比赛还是从1米3起跳。刘杉和段宇成坐在一旁等待，到1米75的时候所有人都被淘汰了，横杆直接升到1米8，刘杉和段宇成均是一次过。

值得关注的是，跟之前的嘻嘻哈哈不同，一旦站在正式比赛的赛道上，段宇成像是换了个人，全神贯注，聚精会神，将赛场外的一切干扰都屏蔽掉。

段宇成是在刘杉之后试跳的，看着他的助跑，罗娜微微凝神。

段宇成在天空中划出一道凌厉的曲线，翻滚一圈落垫，干脆利落。

"霍尔姆……"

段宇成从垫子上下来，路过观众的位置，恰好听到罗娜的喃喃自语，他看向她，笑着说："墨镜姐姐，你也知道霍尔姆啊？"

她当然知道。

斯特凡·霍尔姆，瑞典著名跳高运动员，算是跳高界的奇才。他在2004年夺得雅典奥运会跳高金牌，2005年在欧洲室内田径锦标赛上跳出2米40的个人最好纪录。这个"40大关"在十多年后的今天，世界现役运动员里能突破的也寥寥可数。

然而这些都不是最关键的，最关键的是霍尔姆的身高只有181厘米。

在看过段宇成的第一次试跳后，罗娜就知道他在效仿霍尔姆，他的助跑方式、技术动作，甚至准备阶段的一些小习惯，都跟霍尔姆如出一辙。

"你最后几步的节奏没有带起来。"在段宇成前往准备区的时候，罗娜低声说，"你的爆发力很强，可以适当减短一点助跑距离，注重后四步。"

段宇成一愣，再次回头。这是他们第一次站这么近的距离。罗娜透过墨镜，看到段宇成被太阳晒红的脸上露出微微诧异的神色。

他思索了五秒钟，然后对罗娜说："好。"

段宇成走了，王启临斜眼看过来："怎么个意思，看中这个了？"

"你觉得他怎么样？"

王启临果断地道："不行，太矮了，没前途。霍尔姆只有一个，谁都能当还叫什么天才。"

这话好像也有点道理。

横杆升到1米9，刘杉一次跳过，段宇成第一次失败了。

"你看我说什么来着。"王启临悠悠地道。

罗娜没说话，等着段宇成第二次试跳。

这次段宇成在准备阶段多停留了一段时间，刘杉在旁嘲笑他："呀，小花狗，1米9都过不去啦？"

段宇成恍若未闻，在心里将技术动作模拟一遍后，助跑，起跳，过杆，一气呵成。

看他成功过杆，罗娜不禁挺直腰背："真聪明，才说一遍就调整过来了，你看到了吗？"

王启临长长地哼了一声。

段宇成从垫子上翻下来，径直来到罗娜面前："这样做对吗？"

罗娜点头道："不错，继续努力。"

段宇成笑了："谢谢你。"

沐浴着这张笑脸，罗娜的脑子里忽然蹦出了些题外内容……这小子真是讨人喜欢啊。

她躲在墨镜后面肆意观察。不怪周围一群小女孩为他欢呼，段宇成长得真的不错，时尚运动款。他的脸很小，头形精致，五官虽然细腻，却完全没有阴柔感，皮肤很白，一看就是新陈代谢极好的类型，躯体也很漂亮，走起路来习惯前脚掌着地，踝关节和跟腱灵活有力。

他的身形、体态、走路姿势，处处都能体现出他多年运动的扎实功底。更难能可贵的是，他身上有种向上的劲头。运动员身上普遍有这股劲，但段宇成尤其突出，这种气质即使放到七八年前罗娜念的体校里也是一等一的水平。

而且他人也可爱，不愧被队友起名"小花狗"，他一笑起来实在可爱，简直让人忍不住想伸出手指在他下巴上挠一挠。

在罗娜溜号乱想之际，刘杉一次跳过了1米95的高度。王启临在手里的资料页上打了个钩，罗娜明白他这是已经做了决定了。

段宇成两次试跳1米95的高度都失败了，刘杉大喇喇地坐在地上，准备享受战果，没想到段宇成第三次竟然成功了。

罗娜将资料本从王启临那拿来，翻到段宇成那页。

王启临打着哈欠说："还看什么啊，别看了。"

罗娜说："他以往的比赛第三跳过杆率很高，这说明他的心理素质比较好。"

王启临毫不留情地打击她的积极性："如果第一跳就过了，还要什么第三跳过杆率。"

赛场上的高度到了2米，已经接近刘杉的最好成绩，而段宇成则是第一次挑战这个高度。

刘杉第一次试跳失败了，就在他准备第二次试跳的时候，三中的田径队总教练杨明给王启临打来电话。

"走吧，叫我们去主席台那边，这边也看得差不多了。"王启临收起资料本。

罗娜与他一同前往主席台。王启临跟杨教练聊了一会儿，点了几个自己看中的学生。就在他把刘杉的名字报出去的那一刻，跳高场地忽然传来欢呼声。罗娜猛然回头，远远地望见一道金色的影子在垫子上来了个后空翻，庆祝成功。

"他跳过去了。"罗娜说。

王启临也回头看了眼："那是个不错的孩子，可惜身体条件一般。"

"段宇成吗？"杨教练沉思片刻，说，"他天赋不错，能力很均衡，但是练跳高的话，身高确实是硬伤。之前我想让他改项来着，他的短跑非常强，百米最好成绩是11秒3，练下去绝对有希望，可惜他不肯换项目。"

王启临又跟教练聊了一会儿，两人之前熟识，越聊越热乎。罗娜带着材料离开主席台，到一旁的树荫下坐着休息。她反复研究那几个王启临挑出来的学生，再对比段宇成的资料，总觉得有些可惜。

罗娜的父亲在国外从事田径方面的工作，是运动选材学的专家，一双慧眼挖出过无数高水平运动员，罗娜琢磨着要不要把段宇成的情况跟她父亲聊一聊。她正思索的时候，头顶忽然冒出一团黑云。

罗娜抬头，跟弯腰俯视的段宇成对了个正着。他正在喝东西，半透明的运动水壶里装着乳白色的液体，罗娜判断应该是牛奶。

段宇成的眼睛眨巴眨巴，视线落在资料本上，刚好是他自己那页。

他说："哎？这个人看着有点眼熟啊。"

树荫笼罩出一片独立的区域，他的声音在其中立体环绕，无限近，又无限远。

三

挺好听的，罗娜合上资料本，淡定地想着，然后面无表情地起身。

段宇成严肃地保证："不用担心，我什么都没看到。"

没看到就好。

她刚准备离开，段宇成抢先道："墨镜姐姐，你是A大的教练吗？"

……说好的没看到呢？

段宇成绷不住了，笑起来，靠到罗娜身边："你们是来招特招生的吗？招田径的吗？要不要跳高的？你看我怎么样？"

他就像一只小蜜蜂，一直嗡嗡个不停。

罗娜瞥他一眼，道："你不是还有比赛吗，怎么跑这儿来了？"

"啊！"段宇成忽然想起什么，将手伸向罗娜，"我来给你送这个的。"

罗娜镇定地看着他手里的可爱多，好心地提醒："你在剧烈运动后不要吃冷饮。"

"我知道，我没吃，这是给你的。谢谢你刚才指点我。"

"……"

"怎么了，不喜欢草莓味吗？"

也不是。

罗娜接过可爱多，段宇成又喝了口牛奶，然后扣上盖子，站在一旁等她。

"你看到我刚刚跳两米了吗？"

罗娜撒了个谎："没。"

"真可惜，我今天简直有如神助。"

段宇成好像有用不完的精力，在罗娜吃雪糕的工夫里嘴就没停下过，不停地讲他跳跃时的感觉。

"我之前的助跑一直有问题，总是一味加速，教练跟我说了很多次要有节奏，可我就是改不过来。"

"不能盲目加速。"罗娜一边剥外皮一边说，"速度要放在自己可控的范围内，前面放慢点，以你的爆发力完全可以在后四步顶上去，注意助跑弧线内倾压住……你这么看着我干什么？"

段宇成的眼睛微微眯起，弯腰与罗娜平视，用大侦探一样的语气说："你果然是A大的教练。"

罗娜吃完可爱多，将包装纸折起来，段宇成神色不变，伸出掌心，罗娜将包装纸放到上面。

段宇成去扔垃圾，回来后单刀直入地发问："你们刚刚去看跳高比赛，是不是看中刘杉了？"

罗娜心说这小屁孩还挺敏感的。

她拿出官方语气，和善且疏离地说："这个我不清楚，招生方面不是我负责，学校那边有自己的考虑，你认真比赛就行了。"

"你们就是看中刘杉了。"段宇成的笑容里混入了一点复杂的成分，"明明今天是我赢了。"

"你今天的表现确实不错，技术很到位，多加训练成绩一定会更好。"

段宇成凝视罗娜："如果我跟刘杉身高一样，你们选谁？"

罗娜心里叹气，年轻就是年轻，说起话来全是直球。

她整理一下思路，回答道："同学，我们招生看的不仅仅是身高，这里面还有很多综合性的考量。至于要不要刘杉我们也还没有确定，你不要想太多，将自己的注意力放在训练和比赛上。"

她祈祷段宇成赶紧去跑百米，她快要编不下去了。

"不是因为身高？"

"不是。"

静了三秒，段宇成扑哧一声笑出来，朗朗乾坤下，少年人的笑声比树上的鸟鸣还清脆。

他笑得肩膀都塌了，使劲揉了揉头发："墨镜姐姐，你完全不会撒谎，全写在脸上了。"

罗娜以年龄优势勉强维持住淡定的表情。

"没关系。"段宇成调整得很快，眨眼间低落一扫而空，"你就直说是因为身高也无所谓，我都习惯了。"

罗娜感到百分之一秒的心酸。

沉默之中，广播员出来救场，播报100米决赛检录。

"你不是要比百米吗？去比赛吧。"

"好。"

段宇成往操场方向走，走了十来米又折返回来。

"没怎么，你别动。"段宇成抬起手，伸向罗娜的脸，"没事没事，你别动啊。"他生怕冒犯到罗娜，用最小心翼翼的动作伸出拇指和食指，捏住罗娜墨镜的架梁处，像掀盖头一样将墨镜抬起五厘米的高度，弯下腰，视线自下而上钻进来。

没有墨镜的阻隔，段宇成的眼睛变得像玻璃珠一样清澈。

四目相对，段宇成发出了一声轻轻的"哇"……

他放下镜框，直起身，挠了挠头，视线上下左右乱飘，就是不看罗娜。

罗娜笑道："怎么了？"

"……没事，有点热，今天真热。"段宇成用手给自己扇了半天风，然后像发神经一样，使劲抽了下脸，总算正常了。

罗娜啼笑皆非地看着他。

广播员再一次播报百米决赛检录，段宇成不得不走了。他倒退着往场地去，一边走一边说道："A大一直是我的第一志愿，我肯定会去的！我已经看清你的长相了，等我到那儿后就去田径队找你！"

罗娜但笑不语。

段宇成越走越远，可笑容依稀可见，他最后冲罗娜喊："你们要不要我无所谓，反正我肯定会去的！听好了！是肯一定一去！"

他高呼着，一颠一颠地跑进了阳光。

罗娜在原地站了半分钟，动身去找王启临。

王启临正跟杨教练在棚里啃冰镇西瓜，见到罗娜来了，笑呵呵地给杨教练介绍："这是我们的新教练罗娜，刚来不久，主要负责安排田径队的训练和比赛。她是国外留学回来的，爸爸是著名体育家罗守民，带出过不少名将啊。"

罗娜本想再跟王启临谈谈段宇成的事，但始终没有机会。跟杨教练客气了一会儿，三人一起去看百米决赛。

三中的短跑是弱项，只有一个专项运动员，成绩也不算理想。决赛里其他选手都是别的项目的运动员过来兼项的，其中就有段宇成。

罗娜的目光全程落在段宇成身上，看着他在赛道热身，上道准备，然后发令枪响，他起跑，加速，冲过终点。

阳光耀眼，风吹来青春的气息。

百米决赛将现场气氛炒至最高，所有人都站了起来。拿了第一的段宇成在终点冲本班级的看台方向比画了一个爱心的手势，女孩们的尖叫声冲破云霄。

罗娜望着那个少年，忽然想起父亲曾经说过的话："一个好的运动员，他的能量必然是向上的。他一定积极，一定乐观，一定坚韧不屈，就算身处低谷，也带着力量。你看着他，就像看着太阳。"

罗娜转首，刚好跟王启临对视上，她正要开口，王启临便摆了摆手。他明白她的所思所想，拍了拍她的肩膀以示安慰，随后便与杨教练一起离开了。

罗娜站了片刻，最终深深地叹了口气："可惜了。"

离开三中，罗娜和王启临又去另外一所高中看了几个学生，忙到傍晚，累得一身臭汗返回大学。罗娜一头冲进宿舍，洗了个"战斗澡"。王启临打电话来叫她出来聚餐，罗娜懒得动弹，回绝了。

她倒床上睡了一觉，再次醒来还是因为电话，这回是吴泽打来的。吴泽是A大田径队的短跑教练，他跟罗娜高中时念同一所体校，算是她的师哥。

"还睡着呢？"

"没……"

"我在你楼下，给你带了冰粉。"

一听有冰粉，罗娜眼睛亮了。她飞速地从床上爬起来，只穿了件紧身吊带背心和一条短裤就冲下楼去。这种穿着比较考验身材，好在罗娜早年练田径的底子都留着，身体挺拔紧实，跟楼道里其他柔软的女老师形成鲜明的对比。

吴泽正在楼道口抽烟。他很小的时候就开始抽烟，那时被王叔棍棒伺候，打到半死，勉强算是戒了，一直忍到退役后才重新抽起来，他说当教练要比当运动员多考虑太多事。夏夜炎热，吴泽的衬衫背后湿了大片。他身材高大，因为每天坚持运动，体形跟以前没有太大的差别，只是随着年龄的增长，多了几分沧桑。

罗娜走过去，在发呆的吴泽耳边打了个响指："嘿。"

吴泽回头："这么快？"

罗娜努了努下巴，吴泽把冰粉递给她。她懒得拿上楼了，便与吴泽在室外踱步，边走边吃。

"今天累吗？"

"还行。"

"太热了。"

"是啊。"

他们闲聊着，不知不觉走到体育场。虽然天气很闷，但还是有不少学生在跑步，大多数是想要减肥的女同学，为了好身材掐腰咬牙，挥汗如雨，苦命坚持。

罗娜和吴泽到看台上坐着休息，他们正对面就是百米跑道，一个瘦弱的男生正在练习，跑了一遍又一遍。

吴泽抽着烟，本来在跟罗娜谈最近比赛的事，看着那男生的跑步动作，忍不住吼道："摆臂啊！那手甩什么呢！"

男生和罗娜都吓了一跳。男生并不是田径队的，被吼了一嗓子彻底不敢跑了，贴着墙边溜走了。

罗娜瞪了吴泽一眼："你有病吧！"

吴泽看着男生的背影哼了一声："瘦猴似的，跑个屁啊。"接着抽烟。

罗娜想到什么，随口问道："百米的黄金身高是多少？"

"国际上差不多1米85，国内的话，1米80到1米85之间吧。"

罗娜用勺子鼓捣残存的冰粉："可现在全世界跑得最快的人不在这个区间里啊。"

"你说博尔特？那是特例。"

"苏炳添也只有1米72吧。"

"也是特例。"

罗娜咯咯笑。

"笑什么，特例就是特例。"吴泽懒洋洋地往后一靠，"太高、太矮都不适合跑百米，个矮的步幅太小，个高的步频太慢。不过真要选的话，同等条件肯定还是个头越高成绩越好。怎么忽然问这个了？"

"没怎么。"罗娜将最后一点冰粉一干而尽，伸了个懒腰。

今天天气不错，夜空繁星点点，罗娜望了一会儿，莫名地来了句："竞技体育真残酷啊。"

吴泽没听清："说什么呢？"

"我说冰粉真好吃。"罗娜起身往外走。

吴泽跟在后面："那再去买一碗吧。"

"不了。"

"再吃一碗吧，你晚上不是没吃饭吗？"

"太热了，吃不下。"

"冰粉就是降温的。"

"你怎么这么絮叨！"

"好，那我不说了。"

"……算了，再去吃一碗吧。"

"啧。"

夜风送来毫无营养的对话。

这一天的经历给罗娜留下了深刻的印象，但这印象很快就随着时间流去了。

罗娜只把它当成生活里的一段小插曲，转头就忘了。

16

直到十个月后，她再次在校园里见到段宇成，关于这个夏天的记忆才重新苏醒。

四

当初她之所以在三中操场说了句"可惜了"，是因为她觉得段宇成已经彻底跟A大无缘了，他们今年的田径特招名额已满，他不可能再有机会。

所以当她知道段宇成是以文化课成绩考入A大的时候，她简直要怀疑人生了。

提起体育特长生，很多学生不屑一顾，觉得他们是头脑简单四肢发达的生物。罗娜虽不喜欢这样的言论，但不得不说从某种程度上讲，这个评价是有点道理的。

运动员的生活非常枯燥辛苦，甚至可以说是机械化。他们的精力大多用在训练上，思维比较简单。虽然偶尔也有些特例，但综合来说，运动员的文化课成绩往往很……嗯。

所以这臭小子是怎么回事？

罗娜拿着段宇成的录取通知书，已经凝神思索快十分钟了。

十分钟前，她正在操场看田径队训练。今日天气很热，大太阳顶在头上，天蓝得发亮。罗娜戴着一顶宽边的遮阳帽，把整张脸蒙在阴影里。她只穿了件运动背心，依旧热得脸颊泛粉。远处是刚刚入队不久的新兵蛋子，被教练们呼来喝去，个个卖力表现。罗娜挨个看，挨个品评。她手持从王启临那儿偷来的大蒲扇，悠闲地给自己扇风。突然，她听到轻轻的呼唤。

"墨镜姐姐，墨镜姐姐——"

蒲扇一顿，罗娜回头。

一道清爽的身影扒在两米高的铁栅栏上冲她招手。

蓝天绿草，青青校园，他甫一闯入视线，就像电影拉开了序幕。

罗娜笑起来。她觉得有些奇怪，已经过去这么久了，大学里面每天来来往往那么多学生，她竟然还记得他的名字，甚至还能回忆起当初那支可爱多的甜味。

17

段宇成穿着浅灰色的短袖帽衫，下身是黑色休闲短裤，还有一双运动鞋。他两手扒在栅栏上，手掌暴露在阳光里，细长又好看。他右手腕上戴着两条运动手环，黑色硅胶带连接着金属片。

段宇成四肢修长矫健，配上那张脸，本来可以很帅气地出场，现在却以一种非常搞笑的姿势扒在栅栏上，像个热情洋溢的卡通人物。

他冲罗娜打招呼："墨镜姐姐，好久不见啊。"

罗娜笑道："你干什么呢？快下来。"

段宇成手撑铁栏，脚下一蹬，轻盈地翻了进来。罗娜默不作声地观察他，大半年没见，他的身体好像又长开了一点。

"你怎么在这儿？"罗娜问道。

"来报到啊。"段宇成从书包里翻出一个透明袋，里面装着整整齐齐的一沓文件，他将录取通知书抽出来递给罗娜。

然后罗娜就开始了漫长的呆滞。

她一字一顿地念："经……济……管……理……学……院……"

"嗯。"

她挑眉："金融系？"

"对，我爸说反正不能以单招的形式来练体育，那就干脆考个好点的专业进来。"

干脆考个好点的。

他把考A大的王牌专业说得像上新东方厨师学校一样简单。

罗娜将录取通知书还给段宇成："厉害。"她发自内心地评价，"你真是厉害。"

被夸奖了，少年笑成一朵花："还行吗？"

"行，太行了。"罗娜拍拍他的肩膀，"恭喜你，好好学吧，将来前途无量。"说完便往操场走。

"哎！"段宇成见她要走，赶紧上前挡住，"你就走啦？"

"不然呢？"

段宇成紧紧地看着她："我当初说的你忘了？"

说啥了？

被少年圆溜溜的眼睛瞪了一会儿，某条带着草莓味的记忆片段从罗娜脑海里蹦了出来。那好像也是像现在一样的艳阳天，小屁孩倒退着走路，边走边喊，说他一定会进A大，然后去田径队找她指导。

"啊……"她恍然大悟。

段宇成见罗娜有反应了，眼睛亮起来，露出哈巴狗一样的表情："让我进田径队吧，墨镜姐姐。"

罗娜首先纠正他的称呼："我姓罗，你可以叫我罗老师，也可以叫我罗教练，但是不要叫什么'墨镜姐姐'，学校里面成何体统？"

"噢。"段宇成鼓了鼓嘴，小声道，"罗教练。"

罗娜接着说："你要想接着练跳高也可以，学校里有田径社团，是田径队的学长们组织的，也有专业教练指导，你可以跟着他们练。"

段宇成说："我不要去社团，我要进田径队。"

"经管学院的课业非常繁重，根本没有足够的训练时间，除非耽误课程。"罗娜耐着性子跟他解释，"但没必要这样，能凭文化课成绩考到A大学金融非常了不起，耽误课程太可惜了。"

段宇成没说话。

罗娜以鼓励的态度再次拍拍他的肩膀。

在她转身之际，少年人忽然说："我长高了。"

她回头，段宇成冲她比画了个"OK"的手势："三厘米，我现在是1米82。"

罗娜挑眉，怪不得觉得他长开了点。

段宇成说："教练，我可以安排好学习和训练，我会拿出成绩给你看。"

罗娜问："什么成绩？"

段宇成想了想，认真地道："要不这样，十月份有校运会，到时我会代表经管学院参加比赛，如果我能赢田径队的人，你就让我进校队，好不好？"

他说着这番话，亮晶晶的眼睛一眨不眨的，透着一股天真的使命感。

两人对视半晌，罗娜忍不住扑哧一声乐了，她觉得这场面异常滑稽。她拿起大蒲扇扇风："行啊，你能赢当然可以招你进来。你自己想好就行，对我们来说肯定是希望高水平运动员越多越好。"

段宇成得到罗娜的首肯，长长地呼出一口气，罗娜看着他夸张的模样，忍不住拿扇子敲了敲他的头。

段宇成捂着脑袋说："那我先去报到了。"

"去吧。"

段宇成背上包，反身一跃，再次爬上两米高的铁栅栏。

罗娜皱眉："你就不能走正门吗？"

段宇成撅着屁股定在那儿，犹豫着问："要下去吗？"

"算了算了，赶紧走吧！"

段宇成翻下栅栏，冲罗娜挥手道："那回见了，墨镜姐姐！"

"是教练！"

罗娜望着他欢脱的背影，天气还是那么燥热，她的心情却变得清爽起来。

段宇成先去报了到，然后将行李送去宿舍。他到校比较晚，屋里已经住进三个人，剩下一张靠门的床。

炎炎夏日，三位室友两个躺在床上吹风扇，一个在下面玩电脑。

见段宇成进屋，他们纷纷探头过来，有气无力地打招呼："哎，兄弟。"

"嘿。"段宇成跟他们相互熟悉了下。躺床上的两人，瘦的戴眼镜的叫韩岱，迷迷糊糊的那个叫胡俊肖，下面光着膀子玩电脑的胖子叫贾士立。

这是经管学院的宿舍楼，离体育学院十万八千里。段宇成整理行李，贾士立看着他从行李袋里掏出跑鞋、田径服、护膝、绷带，以及拉力绳等神奇装备，不由得睁大眼睛。

"哥们儿，你这都啥玩意啊？"

"训练用的。"

"训练？"

"嗯。"

贾士立好奇地看了一会儿，又说："晚上一起出去吃饭呗，大伙也认识下。"

"好。"段宇成动作迅速，收拾好行李后进洗手间冲了个凉水澡，出来换了身干爽的运动服。

他把自己的手机号留给贾士立，说："我出去跑步了，你们定好时间给我打电话，晚点见。"

三位室友相互对视一眼。

半睡半醒的胡俊肖问："他刚刚说他干啥去？"

韩岱说："跑步。"

胡俊肖眯着眼睛看向热辣辣的窗外："这天儿？"

"嗯。"

胡俊肖啧啧两声，躺了回去，长叹一口气道："可以理解，刚开学，精力旺盛的年轻人有的是。"胡俊肖是复读一年才考上A大金融系的，他缓慢地翻了个身，把后背冲着小风扇，"像我这种老年人还是踏踏实实补觉吧。"

起初，胡、贾、韩三人以为段宇成是吃饱了没事干才会去跑步，三分钟热血过后就消停了，可随着时间慢慢推移，他们发现情况好像没有那么简单。

"天天，早上五点半！"某堂思修课前，贾士立一脸凝重地给后座的同学讲述自己室友的神奇事迹，他伸出五根短粗的手指头，重新强调，"早上五点半！起床！跑步！下午没课就去练什么跳高，然后晚上接着跑步！回来洗个澡，晚上九点半！"他弯起食指，再次重复，"晚上九点半！睡觉！倒床就着！悄无声息！吓不吓人？你们就说吓不吓人？"

有人说："晚上九点半哎，夜生活才刚刚开始呢。"

有人附和："就是啊，好诡异的作息。"

后面有人笑道："什么诡异，那叫自律好吧。"

大伙回头，看到班长施茵手撑着脸颊，长发垂肩，一手捏着笔玩。

贾士立讨好地冲施茵一笑："嘿，女神。"

施茵毫不留情地损他："段宇成是喜欢锻炼身体，你看看人家的身材，再看看你的，你有工夫说还不如跟他一起练。"

贾士立觍着脸笑："术业有专攻，我不是走那一款儿的。"

他们闲聊期间，段宇成进到教室里，环视一圈找座位。

施茵招手："这边！"

段宇成过来坐下，周围的女生都围过来，七嘴八舌。

"你是不是又去跑步啦？"

段宇成擦擦头上的汗："是跑了一会儿。"

"你怎么这么喜欢跑步，外面不热吗？"

"热啊，习惯就好了。"

"太阳这么大，不怕晒黑吗？"

"你不喜欢男生黑点吗？"

"哎呀，讨厌！"

段宇成笑着翻出水壶，又说："黑点也无所谓，新陈代谢够快的话，晒黑也能很快白回来。"

他有问必答的样子太讨人喜欢，女生的爪子开始往他身上凑。

"你的肩膀真结实，胳膊也是。"

"呀呀呀，饶了我吧，好痒……"

"哈哈，真可爱。"

贾士立撇着嘴："诸位，上课了，老师来了看不到吗？"

世界清静下来，思修老师顶着一张扑克脸准备上课。

施茵看段宇成大口喝东西，问："牛奶？"

段宇成点头。

"你还喝牛奶呢？"

"没办法，太矮了。"

"你还矮？"施茵夸张地道，"你刚刚好啊，再高就不好看了。"

段宇成笑了笑，也不解释。

施茵看着他的侧脸，他脸颊上还带着汗，因为运动而毛孔舒张，每寸肌肤都像是会呼吸一样。

"你很喜欢运动啊？"

"喜欢。"

"确实应该有点兴趣爱好，现在死读书的人太多了，运动还能保持健康。"

段宇成收起水壶，说了句："这不是兴趣爱好。"然后不等施茵再问什么，便翻开书本，认真上课了。

五

罗娜第一次碰见晨练的段宇成，是他们在A大相遇后的第三天。

那时田径队新生报到都完毕了，罗娜早起去体育场查看场地，然后见到了这个鬼鬼祟祟的小朋友。

她离老远就看到段宇成扒着墙往器材室里看，便悄悄走到他身后，深吸气，大吼一声——"干什么呢！"

"啊——！"段宇成根本没想到早上六点钟的体育场会来人，惨叫一声从墙上滑下来。

罗娜早有准备，伸手扶住他的腰，让他稳稳地落地。不料腰部乃是段宇成的死穴，他落地之后落势不减，抱着身体躺倒在地。

罗娜惊讶："怎么着你，想碰瓷儿啊？"

"好痒。"

"怕痒？"

罗娜拿手戳了戳段宇成的软肋，少年像条脱水的鱼一样在地上来回扭动："哎！别！别别别！"

罗娜玩够了，笑着收手。段宇成缓了好一会儿才站起来，白皙的脸蛋涨得通红，干瞪着罗娜。

她毫无诚意地道歉："Sorry。"

段宇成呼哧呼哧喘气。

罗娜看他这一身装束："起这么早，晨练？"她下巴往器材室一努，"在这儿看什么呢？"

她这一问提醒了段宇成，段宇成两步凑到罗娜面前，神色讨好："教练，器材室的钥匙给我一把呗。"

"想什么呢你？"

"我晚上七点之前一定帮你锁好门。"

罗娜稍一思索，道："想用垫子啊？"

段宇成笑眯眯地点头。

罗娜回绝："不行，一个人不能练，受伤了都没人知道。"

段宇成说："不会受伤的，我从初中开始就一个人练了。"

23

"不行。"

"真的没事，给我一把吧，不做技术训练光跑步不行啊，到时我怎么比赛啊？"

段宇成使出浑身解数，软硬兼施，就差在地上打滚了，无奈在罗娜这儿统统不管用。五分钟后，他放弃了，凝视着罗娜的双眼，足足两分钟没说话。

罗娜心想这小屁孩严肃下来还挺有气势的。她不紧不慢地道："这是对你的安全负责，你以前怎样我不管，但在这儿，你必须听指挥，真等出事就晚了。"

段宇成瞥向一旁，低声嘀咕："能出什么事……"

罗娜笑而不言。

段宇成度过了低气压的一天，晚上跑完步后回到寝室，冲了一个愤怒的凉水澡，然后对着墙上的照片发呆。

他实在是发呆太久，三位室友看出不对劲，胡俊肖给贾士立递了个眼神。

贾士立伸出圆滚滚的爪子："兄弟，有心事找我们说，跟照片对视有啥意思。话说我们都没问，那照片里是谁啊？"

段宇成说："霍尔姆。"

韩岱立马打开百度搜索。

贾士立又问："你今天一天都这么蔫儿，出什么事了？"

段宇成没有说话，目光呆滞。

贾士立问了几次见他没反应，又回去玩电脑了。半分钟后，他听到段宇成说了一句："我以前还挺受女生欢迎的……"

贾士立："别臭不要脸啊。"

段宇成看他一眼，说："真的，我以前高中时的班主任是女的，我跟她提什么要求她都会答应我。"说完顿了顿，叹了口气，道，"现在好运用到头了。"

贾士立想起施茵对他的态度，不无嫉妒地说："没吧，现在也还行啊。"

段宇成摇头，瘫倒在书桌上，长手长脚无力地垂着，气若游丝："自信全没了……"

贾士立仿佛看到一个灵魂小人从他头顶升起。

第二天,段宇成带着一颗沉重的心去晨练,诧异地发现有人比他到得更早。

罗娜靠在器材室门口。

不到六点,太阳还未染色,尚能以双眼直视。青色的天空下,罗娜穿着一条七分长的黑色弹力裤,上身是宽松的半袖衬衫,衣尾系在一起,露出紧实的腰身。因为常年锻炼,罗娜的身体看着有种韵律的美感。她长发披着,遮住半张脸,手里拿着一本资料,一边翻一边在上面记录着什么。

远方一架客机起飞,在天上划出一道属于晨曦的直线。

段宇成在体育场门口站了好一会儿,拨了拨睡乱的头发,朝她走去。

听到声音,罗娜转过头,一张嘴便问:"今天晚了十分钟,怎么回事?"

"啊?"段宇成脚步顿住,哑然半晌,挠了挠脖子,"就……就稍微睡过了点……"

罗娜道:"是不是昨天不让你用器械失望了?"

"没……"

"晨练劲头没有那么足了吧,明、后天是不是就不来了?"

"谁说的!"年轻人完全禁不起刺激,段宇成梗着脖子反驳,"谁说不来了,怎么可能不来!"

罗娜吊着眼梢:"随便说说,激动什么,谁让你迟到的。"

"我……"

罗娜收起资料,转身打开器材室的门:"意志品质还得磨炼,进来吧。"

段宇成张着嘴巴,盯着打开的门,一百句话被堵在嗓子眼,难受得要死。

罗娜探头出来:"进来啊,发什么呆?不练我锁门了。"说完又缩进去了。

段宇成深吸气,双手插入发梢,抓住头发,松开,再抓住,最后无从发泄似的大叫了一声。情绪被人调动来调动去,简直就像孙悟空面对如来佛，汗毛直竖，无从还手。今天好像连热身都不用了。

屋里整理垫子的罗娜听到他的叫喊，嘴角微弯。说起来，她还以为他今天不会来了，以为他受了打击就放弃了。

她将垫子拉到室外，段宇成跑过来帮忙。

他问道："你要陪我练吗？"

罗娜回答："当然，我说了你一个人不能练。"

他紧接着又问："那你以后每天早上都会陪我练吗？"

罗娜斜眼看过去，段宇成蹲在垫子旁盯着她。

"不一定，我在的话就做技术练习，不在的话就做基础训练。你记住，绝对不可以一个人跳，自己买器械也不行。"

段宇成爽快地说："好，我答应你。"

"去跑步热身。"

他一拍大腿，从地上弹了起来。

太阳开始钻出云层，天越来越澄清。

段宇成开始绕着操场跑步，跑过200米，他在罗娜正对面的位置高高蹦起，大声呼喊："嘿！教练！"

罗娜抬头，段宇成在对面大喊："看这边！"他一蹦一蹦的，在空中用手臂比画了个爱心的形状。他穿着浅色的运动衫，浸泡在清晨的空气里，远远地看着就像棵活泼的小白菜，清脆又水灵。

罗娜嗤笑一声："蠢货。"

那天之后，罗娜每周帮段宇成训练三天。后来罗娜找跳高教练沟通了一下，让段宇成周末跟队一起训练。

都安排好后，罗娜通知了段宇成。小朋友兴奋完问了一个关键问题——"你也来吗？"

"这周我有事，过去的话也要晚一点。"

"哦……"

罗娜笑道："都打完招呼了，你直接去就行，别紧张啊空降兵。"

段宇成涨红脸："谁是空降兵！"

嘴里倔，临了还是有点慌，周末段宇成起了个大早，去体育场练了半天，保证身体状态。快九点的时候，田径队的人陆续来了。

26

段宇成的紧张在看见刘杉的一刻，烟消云散。

"我早就听说你来了。"刘杉穿着小背心，晃到他面前，"你简直是阴魂不散啊你，师范大学不是要特招你吗，非跑这儿来干什么？"

段宇成冷笑："占着我特招名额的人还敢恬不知耻地给我安排学校。"

刘杉眼珠都快瞪出来了："占你的名额？"刘杉刚要开吼，忽然又闭上了嘴。

一个男生走过来，带着钥匙打开器械室的门，没好气地看了他们一眼："吵什么吵，都老实点。"

男生身材异常瘦高，段宇成刚想问刘杉他是谁，远处又走来一个人。

"教练来了。"刘杉小声说。

段宇成之前就了解过A大的跳高教练高明硕，他今年四十二岁，资历很深，面相严肃，教学风格极为严厉。

高明硕来到场地，看了段宇成一眼，沉声道："你就是罗教安排来的那个学生？"

段宇成行礼："教练好。"

高明硕点点头，对刚刚那个瘦高男生说："江天，带队热身。"

段宇成跟在江天身后，眼睛像长在他身上一样，从头到脚扫来扫去。刘杉跑到段宇成身边，坏笑着说："195厘米，羡慕不？"

段宇成没说话。

刘杉低下头，用更小的声音说："他一般稳过2米2，去年被招到国家队了，但是比赛成绩不好，又给退回来了。"

段宇成看了他一眼，刘杉用嘴型无声地说了句"他的脾气"，然后做了一个夸张的爆炸手势。

江天回头，刘杉马上恢复正常，一本正经地跑步。

第一天的训练很顺利，段宇成的试跳一直稳在2米以上，实力超出了高明硕的期待。高明硕熟悉了他的技术后，将动作全部拆分，再一点点整理，好像重新洗牌。

训练结束，刘杉拦住段宇成，皱眉道："你怎么回事，这么长时间没训练，怎么可能一下跳过两米？"

"谁告诉你我没训练？"

"你怎么训练，你不是在经管学院吗，你个畜生偷偷摸摸干什么了？"

刘杉一个劲地逼问，段宇成当然不可能告诉他罗娜早上帮他练习的事，那是他的秘密，想想就开心。

他刚念起罗娜，就见她的身影出现在体育场门口。段宇成嘴角一扯，爬起来准备打招呼，不料半路杀出个程咬金，有人先一步来到罗娜身边，两人聊起来，有说有笑。

段宇成看了一会儿，问刘杉："那谁啊？"

刘杉望过去："哦，吴教练，短跑那边的。"

段宇成静默了几秒，坐下了。

刘杉问他："我还没问你，你是怎么跟罗教搭上线的，你说实话，是不是出卖色相了？"

段宇成将目光移到刘杉身上，简明扼要地吐出一个字："滚。"

他这一动视线，余光扫到角落里的江天正看着自己，没出半秒，江天的目光又移开了。

这短暂的对视实在说不上友善。

他再回头，吴泽和罗娜还在聊天。

段宇成长呼一口气，大字形倒在地上。天空很蓝，云朵很白，但他的心情莫名地不爽。

第一天的训练不算圆满地结束了。

六

段宇成再一次见到吴泽，是在罗娜的体育课上。

在听说金融系大一的体育课是罗娜负责后，段宇成提前踩点了学校附近最高级的网吧，选课当天，火速占位。罗娜的选修课是田径，班级爆满，大部分是段宇成班上的同学。女生是冲着段宇成来的，男生则是冲着施茵而来。

第一堂体育课被安排在燥热的午后。

操场上无遮无拦，只有主席台下面尚存方寸阴凉。等待老师的二十几名学生，人挨人，全都堆在一起。

过了一会儿罗娜来了，手持点名册，来到蜷缩在阴影里的学生前面："怎么着，一群吸血鬼啊，见不了太阳？"

"太热啦老师。"

"出点汗，排毒，'冬病夏治'听过没？"

"老师我们没病……"

"那就预防。"

操场外围的树上，知了没完没了地叫着，隔壁篮球场里的拍球声此起彼伏，学校外高架桥上来往车辆无数，让炎热的午后变得聒噪又焦灼。

罗娜开始点名，点到一半吴泽就来了。他貌似是路过，手里拎着两瓶冰水，叫了罗娜一声，抛给她一瓶水。

他扔得准，她接得更准，默契非凡。

罗娜回头接着点名，点到段宇成的时候没人应，她抬头，看见段宇成望着吴泽离开的方向一动不动。

"看什么呢？"罗娜拿笔敲签到本。

段宇成回过神，静了两秒，忽然问："吴教练在役的时候，百米最好成绩是多少？"

意想不到的问题引得罗娜淡淡地挑眉。

太阳晒得整个世界都要融化了，段宇成是全班唯一一个站在阳光里的人。

罗娜收起签到本，负手站着："什么意思？"

"没什么意思，随便问问。"

罗娜歪着脖子看段宇成："他的百米成绩啊，我想想……"

罗娜望天回忆，吴泽的百米纪录应该是在退役前的最后一场比赛创造的。

"10秒27。"

段宇成瞪眼："电计的？！"

"是啊。"

"……"

看着段宇成的表情，罗娜笑道："怎么了，看着不像？吴教练很强

29

的。"没点硬实力，就那臭脾气怎么可能被招来A大当教练。

段宇成的百米最好成绩是11秒3，跟吴泽差了近1秒。

百米比赛里，1秒是个什么概念呢？

1912年，美国人利平科特创造的百米纪录是10秒6。

2009年，牙买加人博尔特将纪录刷新到9秒58。

1秒钟，97年。

段宇成哼哼两声看向一旁。

"好了，上课了。"罗娜让大家组成两排，绕场一圈跑步热身，她指着段宇成，"你带头。"

段宇成开始领全班跑步，没出200米就有人受不了了。第一个发出绝望哀号的是跟随施茵女神报名田径班的贾士立同学。贾士立个头跟段宇成差不多，体重是段宇成的两倍。短短的200米已经让他挥汗如雨了。

"段某人！你敢照顾一下大家的平均水平吗？！"

段宇成还在想10秒27的事，听见声音回头，看到贾士立一身脂肪像化了一样，整个队伍也扭曲起来。他连忙道歉："对不起，我没注意到。"他以为跑得已经够慢了。

一圈过后，贾士立瘫倒在地，满头虚汗，宛如妊娠的女人。

段宇成连呼吸频率都没怎么变，他过去扶住贾士立的肩膀，担忧地道："你还好吧，这才400米啊，你怎么跑成这样了？"

贾士立有气无力地道："不行了，我今天恐怕要交待在这儿了。成，我屋里还有些没吃完的肉脯……"

段宇成问："留给我吗？"

贾士立瞪了一眼："当然不是！"

段宇成松手，贾士立肉球一样又倒回地上。

施茵在后面拍手笑，贾士立眯着细细的眼睛对她说："女神，我的肉脯都给你。"

施茵说："你还是自己留着吧。"

可能是队伍整体氛围太过惨烈，罗娜大发慈悲道："你们去阴凉的地方坐着歇会儿吧。"

学生们一股脑地涌进看台下面，一个挨一个坐下。

罗娜与他们闲聊："你们对田径有什么了解，最喜欢哪个项目？"

"喜欢百米！"一个男生说。

"对对对，百米，还有接力！"

"200米也挺好看的。"

"还有110米栏！"

罗娜点点头，道："好像喜欢短跑的居多。有喜欢田赛的吗？"

段小朋友举起手："Here。"

罗娜道："好，那我跟大家说一下我们这个课啊。总体来说呢，还是比较轻松简单的。我们没有什么按部就班的教学计划，你们想学什么，对什么有兴趣，我就优先教什么。少数服从多数，你们商量一下吧。"

贾士立问："哪个项目最轻松？"

罗娜说："吃肉脯最轻松。"

众人大笑。

施茵悄悄地凑到段宇成身边，说："你喜欢跳高吧，要不要选跳高？"

段宇成没说话，俯身偷听的贾士立虎躯一震："跳高？你还是让我跳楼算了！"

施茵狠狠捶他，段宇成笑道："你要选跳高吗？你敢背越吗？"

施茵说："敢啊，有什么不敢的。"

贾士立说："施小姐，请你结合一下客观条件再发言，背越？你拿嘴去越吗？"

施茵怒道："怎么哪都有你！烦死了！"

段宇成说："算了，别选跳高了，不好学，还是短跑吧。"他说着，眼神不自主地往远处瞟。天气炎热，罗娜早早喝完了吴泽课前给她买的矿泉水，正在体育场外的自动贩卖机买新的。段宇成若有所思地说："要不就练百米吧。"

过了两分钟，罗娜打着哈欠回来了："商量出来没？"

大家异口同声："短跑！"

"OK，那就先学短跑。"罗娜抬头看看天，"今天太热了，就先讲讲理论吧。"

贾士立一听今天只是理论课，露出大佛一样的欣慰笑容。

罗娜问："百米飞人大战历来是田径最受关注的项目，你们谁知道现在的百米纪录是多少？"

这种小儿科的常识问题当然难不倒经管的学霸们，一个男生抢答道："9秒58！是博尔特2009年在柏林跑出来的！"

罗娜道："不错，百米纪录历经了三个时代，十一秒，十秒，九秒。现在中国短跑进步很快，也有运动员能跑进十秒内，但跟世界超一流水平比起来还有很长一段路要走。"

罗娜简单讲了一些短跑的发展概况，还有一些重要比赛，之后就进入具体的教学阶段。

"短跑全程可以分为起跑、起跑后加速、途中跑、弯道跑和终点跑五个部分。首先我们来了解一下起跑。"说完她眼神一转，看向坐在最边上的段宇成。

她眼神一给，段宇成立马领悟，往前一步出列。

罗娜从兜里掏出一把钥匙扔给他："去拿个起跑器。"

段宇成跑去器材室。

贾士立啧啧两声，小声跟施茵说："练体育的就是利索哈，你看他多听话。"

施茵鼓鼓嘴，悄悄看罗娜。

女人看女人，多少都有点比试的意味在里面。施茵自认自身条件很好，五官比罗娜精致，但身材还是逊色一些。罗娜个子很高，长腿翘臀，背脊挺拔，双目有神。她看着跟校园里的其他女生都不一样，完全不打扮，只穿纯色T恤，素面朝天，走起路来步伐比男生都大。

可就是这样一个看起来大大咧咧的女人，看久了却觉得味道十足。这大概要归功于她有一头漂亮的头发。罗娜的头发很长，浓密又蓬松，阳光下泛着浅红色的光泽，随便卷起来一扎，就呈现出一种松弛慵懒的美感。

罗娜神态很亲和，但到底是运动员出身，眼神里仍存着直来直去的锋芒。

总体来说，她是个很漂亮的女人，看起来很成熟，跟他们这些刚刚步入大学的学生完全不同。

段宇成很快拎着起跑器回来，罗娜随手一指，段宇成俯身安置。

罗娜说道："百米项目里，起跑是非常重要的一环，尤其是对于后程偏弱势的亚洲选手来说，起跑尤其关键。"

段宇成准备完毕后，自觉地来到起跑器前，随着罗娜的讲解做起分解动作。

"起跑的任务是迅速脱离静止状态，为后面的加速创造条件。起跑动作经历了很多演变，现在基本上全世界都在采用蹲踞式起跑，这种起跑动作缩短了重心移动的距离，在百米竞赛里收益非常明显。"

罗娜看了段宇成一眼，段宇成蹲下身，稍微舒展了一下身体，做了个标准的起跑姿势。

罗娜接着说："上道准备好后，在听到裁判'预备'口令的时候——"

她声音一停，段宇成深吸气，抬高臀部，整体重心向上，平稳前送。

下面的同学微微张口，不知不觉被这个动作吸引了。

自1896年雅典奥运会上美国田径运动员托马斯·伯克用近似"蹲踞式"的起跑姿势夺得百米冠军到现在，一百多年过去了。经过无数运动员和教练，以及科研工作者的摸索，如今这个起跑姿势就像一件精雕细琢的艺术品，扎实而美丽。

对于坐在下面的很多同学而言，这是他们第一次这么近距离看到如此专业的起跑动作，这跟在电视上看到的感受完全不同。他们能清楚地看到段宇成身上的肌肉线条，他的血管，他的发丝，甚至他剪得干净整齐的指甲，和顺着脸颊滑落的颗颗汗珠。

几个段宇成的同班同学甚至轻轻捂住了嘴。

段宇成是个帅气的小伙，他们一开始就知道，但他在田径场上的感觉跟在教室里完全不同。只有在这儿，他们才能真切地感受到，段宇成的身体是经过打磨的，不是简单地跑跑步、打打球、逛逛健身房，而是用风吹日晒、持之以恒的苦练塑造出来的。

罗娜蹲在段宇成身旁，指着他的双腿讲解道："一般来说，在预备姿势里，前腿膝角在92°到105°，后腿膝角在115°到138°时，最能达到启动效果。根据个人能力不同，每个人的起跑反应时间差别会很大，优秀运动员的起跑反应时间一般在0.1秒到0.18秒之间。"

罗娜起身，随手一拍掌，段宇成瞬间冲出去，跑出十米左右慢慢停下。

大家哇的一声，叽里呱啦鼓起掌来。

罗娜冲段宇成歪歪头："回去吧。"

段宇成归队，这回连贾士立这种毫不关心体育的人也被感染了，挪到他身边，兴奋地道："兄弟你真帅啊，这一手的杀伤力不亚于抱着吉他唱情歌啊。"

施茵嫌弃道："你还能再俗点吗？"

段宇成抹了抹汗。

施茵说："我以前在电视上看运动员这样起跑，总觉得会直接摔在地上。"

段宇成道："不会，摔了是发力方式用错了。"

施茵说："你能教我吗？"

贾士立见苗头不对，马上举手："还有我！我也要学！"

施茵瞪他一眼。

段宇成说："可以，不过我不是专项短跑的，如果你们真有需要我可以帮你们找人来。"

贾士立说："不不不！你这两下子足够用了！"

下课后，段宇成没有马上走，而是留下帮罗娜一起打扫器材室。

罗娜扫地，段宇成拿抹布把器械都擦了一遍。打扫完后两人坐在垫子上休息，段宇成忽然想起什么，说："你等我一下。"他一溜烟地跑到外面的自动售卖机前，买了两瓶矿泉水回来。

他站在器材室门口，对罗娜说："你先别动，别动！"

罗娜疑惑："干吗？"

段宇成将水瓶一抛，罗娜稳稳地接住，段宇成咧嘴一笑。

罗娜莫名其妙："怎么了你，抽风啊？"

"没事没事。"段宇成过来坐到她旁边。

罗娜笑道："代沟啊，年轻人的世界我已经看不懂了。"

段宇成问："姐姐你多大了？"

罗娜纠正："是教练。"

"教练你多大了？"

"十八岁。"

"……"

罗娜喝完水，拧上盖子，说："走吧，回去了。"

段宇成跳下垫子，跟在罗娜身后。罗娜锁门时落下点灰，段宇成眨眨眼，觉得眼有些痒，埋头揉起来。

"进灰了？"罗娜收起钥匙，扇开段宇成的爪子，"别动，蹲低一点。"

"你帮我弄吗？"段宇成稍稍弯下腰，小声说，"那你轻点啊。"

罗娜道："我肯定轻啊。"

阳光正好，天色正好，就在段宇成眯着眼睛等着被罗娜温柔以待的时候，忽感头顶一片清凉。罗娜拧开矿泉水瓶，照着他的脸就倒了下来。

"哎呀！"段宇成大叫一声，像小狗一样狂甩脑袋，再一抬头，眼睛莫名地就好了。

罪魁祸首已经跑远，罗娜在校园的小道上笑弯了腰。

段宇成湿着脸朝她吼："喂——！"

她摆手，远远地喊道："回去吧！今儿太热了，别跑步了！"说完笑着离去。

道路两旁的树木绿得细腻又温柔，阳光轻盈地穿梭其间。段宇成站在原地，看着罗娜踩着斑驳的树影渐渐远去，等她彻底消失不见了，段宇成使劲抓抓头发，就地蹲下。

脸上挂着的水珠一滴一滴落在燥热的柏油路上，每落一滴，就像女人笑了一声。

段宇成感觉耳根很烫。

有点不对劲，不该这么热，这个气温他应该能适应的才对。

头顶的太阳亮得快没有边缘了，知了像抽筋了一样狂振双翅。

他一双大手捂住眼睛，欲哭无泪："怎么回事啊……"

少年的嗓音还没成熟，带着软绵绵的磁性，像抱怨，更像撒娇，回响在校园静谧的午后。

七

生活、训练按部就班进行着。

段宇成翘首以盼的秋季运动会就定在国庆节之后。

长假前的最后几天，学生们开始例行躁动，这是他们大学的第一个长假，大家对于出游跃跃欲试。

罗娜九月中旬就开始忙运动会的组织安排，好不容易告一段落，本来计划在宿舍睡到地老天荒，不料有人做了其他安排。

九月底的某日中午，吴泽和罗娜在食堂吃饭，罗娜正在拆饭盘中的酱茄子时，吴泽说："我订了源鸣山的票，放假过去玩两天。"

罗娜毫不留情地拒绝："不去，累。"

吴泽两口扒完碗里的饭："累什么累，随便玩玩，你不爱动就躺屋里。"

罗娜还是犹豫。

吴泽说："别想了，酒店都订了，退不了，挺贵呢。"

于是罗娜的长假行程就这样决定了。

当天晚上吃完饭，罗娜去体育场找段宇成。段小朋友每晚七点到八点半，雷打不动会训练。她找到他时他正在做力量练习，脚下踩着拉力绳。一见到罗娜，他反射性地抬手打招呼，结果绳子崩到脚上，疼得他大叫。

贾士立和施茵也在，贾士立见到他这模样，忍不住说："你是不是傻？"

罗娜过来："干吗呢？这么热闹。"

贾士立说："晚上吃了好多，运动一会儿减减肥。罗老师来散步吗？"

"我来找他。"罗娜冲段宇成仰仰下巴，"你，国庆一号到三号田径队休息，我也不在校，给自己放两天假吧，出去玩玩。"她说完便走了。

罗娜刚出体育场，被段宇成追上。

"你要出去玩？"

"对。"

"去哪儿啊？"

"爬山。"

段宇成想了想最近的山："源鸣山？"

"是啊。"

段宇成惊喜地道："巧了！我们班也去。"

段宇成的班级也预备了假期活动，包了一家源鸣山上的小民宿准备开party。段宇成之前一直想着要训练，本来不打算去的，现在听说罗娜要去，飞速跑回宿舍找胡俊肖报名。

十月一号，大部队浩浩荡荡前往景区。

黄金周出行简直就是一场灾难，放眼望去，人头攒动，摩肩接踵。罗娜和吴泽是开车去的，光停车就停了快一个小时，罗娜远远地望着山坡上黑压压的人群，痛不欲生地道："在学校待着多好，非要来这儿遭罪。"

吴泽道："就是来体验嘛。"

罗娜抬高视线往上看，高处人明显比下面少，想想他们订的酒店在山顶，她心里又燃起希望。

她下车伸了个大大的懒腰，说："加快速度，赶紧爬，然后去酒店睡觉。"

吴泽看向她："你的手机是不是响了？"

"啊？"

罗娜掏出手机，果然来了电话。

"你的耳朵可真好使。"她说着接通，"段宇成？"

"教练，你到了吗？"

"到了，在山脚下，正准备爬呢。"

"我们也刚到，你在南门还是北门？"

"南门。"

"哦，我们在北门。"

罗娜笑着说："好，你们好好玩吧。"

她刚要挂电话，段宇成叫住她："等等，中午要不要一起吃午饭，在山顶？"

罗娜看了眼手表，现在是上午十点，源鸣山海拔1673米，山路虽不陡峭，但坡缓，路程非常长，普通人爬一趟至少要五六个小时，到时哪还有什么午饭。

罗娜问："你们要坐缆车吗？"

"谁坐缆车，两个半小时，上不去吗？"

"两个半小时？！"罗娜难以置信地喊了一嗓子。

吴泽斜眼看过来。

段宇成语气轻松："你不是十八岁吗？我在山顶等你。"说完便挂断电话。

罗娜握着手机，哑口无言。

吴泽点了支烟："怎么了？"

罗娜眯眼："这不知天高地厚的小崽子……"

"什么？"

罗娜收起手机，蹲下系鞋带。吴泽笑道："干什么？要两个半小时爬到山顶？你什么时候有这闲心思陪小屁孩玩了？"

罗娜不言，起身喝了几口水，对吴泽说："你慢慢爬，我先走一步，酒店会合。"

吴泽挑眉，来不及说再见，罗娜一阵风似的冲向登山口。

在山脚下，段宇成又给罗娜发来一张照片，是他在北门的自拍。男生还喜欢自拍，臭美得无与伦比，罗娜嫌弃地看了一会儿，然后悄悄放大他的照片。

"这小子睫毛有这么长吗……"

照片下面配着一句话——"我要出发啦！"

罗娜回信息给段宇成："我这边检票口人多，估计要排十几分钟，你不用急。"

段宇成回了个OK的表情："那我等你，我先跟同学吃个冷饮。"

罗娜嗤笑："年轻。"收起手机向山顶进发。

这一趟行程，罗娜什么风景都没看，她扪山路当成一条坡形的塑胶赛道，周围都是她的对手。她一口气从山脚爬到南天门，再从南天门爬到峰顶，片刻都没有停歇。直到面前再没有台阶了，周围再没有更高的山峰了，她才抬起头。

山岭就像翠色的浪涛，绵延不绝，壮阔巍峨。

罗娜有点累，但更多的是爽快，她很久没有这样酣畅淋漓地出过汗了，心口舒爽，进出全是新鲜空气。

段宇成在十三分钟后爬上山顶，他背着一个大包，满头是汗，手拄膝盖直喘粗气。忽然，角落里传来响亮的口哨声，他回头，只见罗娜面带笑容地在树下坐着。

段宇成仰天长叹，闭上眼睛就地躺倒。

罗娜来到他身边，身影挡住阳光，拿脚碰碰他："谁说要在山顶等我的？"

段宇成捂住脸，一个咸鱼翻身趴在地上，痛苦地道："啊，好丢人……"

罗娜看到他丢到一旁的背包，掂了掂，巨沉。

真实在。

罗娜拍拍他："起来吧，我请你喝小米粥。"

峰顶有家粥铺，木头棚子下有几张小桌，很像武侠小说里的茶馆。段宇成胃口大开，一连喝了六碗才停下。

他们到得太早，有漫长的时间消磨，喝完粥就挑了处人少的山崖口，坐着看风景。

"你们晚上住在哪？"罗娜问。

"半山腰的民宿。"段宇成拨弄着头发散汗。

"不在山顶吗？那你等会儿还得下去啊。"

"很近的，没事。"他无所谓地说。

罗娜打量少年，他爬山爬得脸蛋粉扑扑的，但看不出一点疲劳的意思。她忍不住感慨："年轻真好，我爬这一次要累死了。"

段宇成故作震惊状："你不是十八岁吗？"

罗娜一脚踹过去，段宇成嘻嘻哈哈地扭着腰躲开，从地上捡了根树枝掰着玩。

"马上就开校运会了。"他说。

"是啊。"

"我就要进校队了。"

"哟，你哪来的自信一定能赢？"

"肯定赢，相信我。"

段宇成拿树枝在地上随意涂画，罗娜看了一会儿没看出个所以然来。

"你为什么这么喜欢跳高？"她问。

段宇成沉默地思索半分钟，最后犹豫地看过来："没理由啊，就是喜欢。"

罗娜笑起来，喜欢就是最好的理由。

他又说："他们都说我不行，我就跳给他们看。"

罗娜抬头揉少年的脑袋，男孩的头发很顺，因为出了汗，摸起来凉丝丝的。

他的头发被抓乱了，也不整理，呆呆地看着她。

"真像个小狗。"罗娜最后说。

十来分钟后，吴泽也到山顶了，状态奇佳，脸不红气不喘。罗娜嘱咐段宇成好好玩，便跟吴泽一起去酒店了。段宇成坐在树下又涂涂画画了一会儿，最后用力抹掉，扔了树枝走掉。

他班里一多半人到了山腰就停了，没选择爬到峰顶。胡俊肖组织人把民宿布置了一番，晚上在二楼的大阳台开party。段宇成之前也跟着寝室的人出去玩过，但由于作息问题，次数比较少。聚会的常规项目，比如喝酒、唱歌、桌游，他一样也不会。

贾士立一边洗扑克一边损段宇成："烟酒不碰也就算了，游戏也不会玩，你是年轻人吗？你别仗着自己长得帅就什么技能都不学啊。"

贾士立玩牌厉害，兴致勃勃地搞教学。段宇成学得很快，但没玩几局就开始打哈欠。

他生物钟太准了，晚上十点必须要睡觉，但今晚大家都玩嗨皮了，不让他走。

野外空气好，抬头就能看到满天星河，大家喝了酒，吃了烤串，聚在一起聊八卦。

施茵的眼睛一直落在段宇成身上，贾士立无意中看到，叹了口气，将迷迷糊糊的段宇成搂住："来，我今天替全班妹子问了，你老实交代，有女朋友没？"

段宇成摇头："没……"

"真的？"

"啊。"段宇成困得睁不开眼睛，"我没谈过恋爱。"

此语一出，满座皆惊。

贾士立再次确认："没谈过恋爱？"

"嗯。"

段宇成是真没谈过恋爱，他知道自己应该还算受欢迎，跟女生也可以相处得很好，但他年纪太小了，又比较晚熟，所有的热血都洒在训练和比赛上，根本没工夫开恋爱的支线剧情。

他看贾士立："没谈过恋爱很丢人吗？"

贾士立说："不啊，我也没谈过啊！"

旁边有同学看不过去了："你跟人家能比吗？！段宇成，有人跟你表白过吗？"

他再次摇头。

"很多都这样啦。"另一个男生说，"太帅、太漂亮的人反而没人追，大家都只敢远观了。"

段宇成配合着笑笑："哪有！"

"那要是有人跟你表白，你会答应吗？"

段宇成回头，施茵喝了一点酒，脸色在灯光的照射下显得很柔和。

"不知道。"他实话实说，"没碰到过。"

贾士立看了施茵一眼，又问段宇成："你喜欢什么类型的女生？"

他刚要回答，远处刮来一阵山风，风吹起发梢，就像一只温柔的手从中抚过。一瞬间，段宇成混沌的脑子里炸开了一朵小小的烟花，整个后背都麻了。他使劲摇头："……啊，不行，好困。"他眉头紧皱，起身道，"我真得睡觉了，你们玩吧。"

这回大家没再留他，只有施茵还挂念着他刚刚那句"不知道，没碰到过"。

酒精和夜给了女孩勇气，施茵悄悄地跟了上去。

她跟在段宇成身后，越靠近越紧张，为了显得自然一点，她在开口前先轻轻戳了戳段宇成的腰。段宇成正在想事情，毫无防备，这一下简直被撞了死穴，他惊呼一声，整个身体弹了起来，往下滑了四五级台阶

41

才停下。

两人都彻底清醒了。

施茵没想到他这么大的反应："你、你没事吧？"

段宇成看清来人，摇头道："没事，就是太突然了。"

"对不起，我没想到你这么大反应。"

"没关系，我有点怕痒。"段宇成笑笑，声音恢复平和，"你怎么不玩了，也困了吗？"

施茵张了张嘴，最后嗯了一声。

台阶很窄，段宇成侧过身，一抬手："女士优先。"

施茵犹豫片刻，觉得时机已经错过了，从他身边经过，轻声说了句"晚安"。

段宇成目送她进了屋子，才缓缓抬起右脚，手在脚踝处捏了捏。

Chapter 02

炽 | 道

一

年轻人忙着闹通宵，大人们则睡了个懒觉。

本来计划早起看日出的，罗娜没起来，一觉睡到该退房的点儿。她睁眼后给吴泽打电话，发现他也没睡醒。

"你腿疼不？"罗娜问。

"不疼。"

"你说实话。"

吴泽挂了电话。

罗娜一头倒在软绵绵的被子里。

不该爬那么猛……还是坐缆车下去吧……

回程途中，罗娜收到段宇成的短信，说想请假几天。

罗娜看着这几行字，看了半分多钟。段小朋友训练刻苦，自制力强，从不需要教练多说，从他来A大开始，风吹雨打一天晨训也没有耽误过，现在竟然在赛前请假。

吴泽开着车，问："怎么了？"

罗娜说："段宇成要请假，国庆最后几天不跟队训练了。"

吴泽不以为然："想玩玩呗。"

罗娜没说话。

吴泽看她一眼，道："你怎么对他这么上心，是个好苗子？"

罗娜说："校运会之后就是省运会，我们学校有两个跳高名额，我想看看他这次的发挥。"

吴泽说："两个名额，江天肯定占一个了。还有一个也是你们今年挑上来的，叫什么来着那竹竿子，刘——"

"刘杉。"

"对，王胖子的新宠。"

罗娜思索片刻，道："刘杉还可以，江天有点不太稳定，小比赛还行，一到大比赛就失常。"

"他家里条件困难，想得多，压力自然大。"吴泽把车窗摇下，点了支烟，"你今年不是帮他申请奖学金了吗？但一直这么下去也不是个事，心理素质不行，不克服肯定走不远。"

罗娜想起田径队里杂七杂八的问题，手压住太阳穴，思来想去也没什么结果，最后回到段宇成请假的原点上来，冷哼了一声："以后进队要是敢逃训练，看我不打折他的腿！"

狠话只是说说而已，田径运动员的腿跟命根子一样金贵。

而现在，段宇成的"命根子"离折就差一步了。

那天在源鸣山受伤之后，段宇成做了最快的处理。脚崴得不是特别严重，他还能自己下山，回校后就一直待在宿舍静养。

他连续两天没有晨练、夜跑，三个室友也察觉到不对劲了。

贾士立问他："怎么了，你终于下定决心做回正常人了？"

段宇成掏出钱包："帮我买点东西。"

"买啥？我们这正准备出去聚餐呢，你去不去？"

"不去。"

"你不去多无聊。"贾士立的胖脸上挤出嫉妒的褶皱，"妹子们都提不起兴致。"

"别闹了，回来帮我带活血止痛片还有云南白药气雾剂。"

一边换衣服的韩岱听见这话，困惑地看过来："你受伤了？"

"脚扭了一下。"

"怪不得不去训练了。不要紧吧？"

"没事。"

胡俊肖也问："什么时候弄的，你这样后天能比赛吗？"

段宇成一口咬定没有大碍。他将钱包塞到贾士立怀里："真的没事，你们快去吧，别告诉别人。"

在他叮嘱完半个小时后，贾士立回来了，还领着个人。

段宇成从床上惊起，瞪着施茵说："这是男生宿舍楼，你怎么进来的？"

贾士立哼哼两声："当然是在我魁梧身躯的掩护下。"

施茵手里提着塑料袋，里面装着满满一袋子药物和纱布。她焦急地问段宇成："我听小胖说你脚崴了？"

全世界都知道了！

段宇成说："你们买什么了这么大一袋，我看看。"

施茵打开大袋子，把药一一拿出来。

段宇成隔空瞪了贾士立一眼：不是让你别说吗？！

贾士立瞪回来：我不小心的！

贾士立气哼哼地走了，屋里剩下段宇成和施茵。

现在是下午三点半，屋外阳光浓郁，屋里气氛温和。段宇成从铺上下来，施茵说："你小心点。"

她想扶他，段宇成说："没事。"

施茵小瞧了田径运动员的身体素质，段宇成压根都没走梯子，两手抓着床的铁沿，直接靠上肢力量从床上平稳地翻下来了。

施茵被这动作吓得叫出来："我的天！"

段宇成单脚落地，跨坐到椅子上："说了没事吧。你不跟他们去吃饭吗？"

施茵看到段宇成的右脚踝上绑着固定绷带，皱眉道："你怎么受伤的？"

段宇成笑道："不小心弄的，不碍事。"

他背对着阳台坐着，阳光从身后洒来，把他的皮肤照得薄薄的，他的笑容和声音完美地融入光芒，和谐得像是个美梦。

施茵不自觉地放轻声音："你这样后天能比赛吗？"

"当然能，没你们想的那么严重。"

施茵还是一脸担忧，段宇成安慰她说："我从小到大受伤无数次了，都是家常便饭了。这事就你们几个知道，千万别再告诉其他人了。你帮我看着点贾士立，他那嘴简直就是个喇叭。"

他拿来云南白药，拆了外包装。

施茵劝他："要不运动会别参加了，明年再比吧，反正运动会年年都有。"

"不可能。"段宇成晃了晃瓶身，"不可能等明年。放心，不会有事的。"

他语气柔和，听起来却毫无转圜余地，施茵只能把剩余的话全都咽回去了。

两天后，运动会如期召开。

运动会算是大学里比较重要的活动，体育学院尤为忙碌。罗娜一大早五点就爬了起来，随便抹了一把脸就赶往体育场。吴泽到得更早，正在测试比赛用的电动计时仪。见罗娜来了，他从桌上拿了个面包飞给她。

罗娜啃着面包抬头看，太阳还没出来，不过天色透亮，应该是个好天气。

吴泽测试完仪器，打着哈欠来到罗娜身边，他们两个都被分到径赛项目做裁判。

吴泽点了一支烟，示意罗娜看旁边的裁判席："等会儿你坐中间那个位置。"

"有啥讲究？"

明明周围没什么人，吴泽还是猫下腰，在她耳边小声说："我偷偷在下面放了个风扇，别的都没有。"

罗娜被他的呼气吹得耳朵痒，手肘顶了他一下，吴泽低声浅笑。

太阳东升，气温慢慢高了起来。

上午八点左右，运动员和观众陆续到场，校领导们姗姗来迟，于主席台就座。开幕式开始，经过半个多小时冗长的表演和讲话，九点十分，比赛正式开始。

不管高中、大学，只要开运动会，气氛总是热烈的，加油助威的声音震耳欲聋。而且大学没有高中管得那么严格，很多观众都下了看台，到赛道两边给自己学院的运动员加油。只要没有妨碍到比赛，工作人员都没有阻拦。

罗娜一门心思扑在成绩上，上午都是各种预赛，选手之间的水平相差不是一星半点，一个体育学院的400米专项运动员，把小组第二的甩开快200米远。

百米小组赛开始，罗娜翻看选手名单，找来找去没看到段宇成的名字。

他没报百米？

罗娜觉得奇怪，如果问除了跳高以外，段宇成对什么项目最有兴趣，那肯定是百米，平时他也有训练短跑，他还跟罗娜提过想要在这次运动会把百米跑进11秒。

经管学院派出的百米运动员预赛成绩惨不忍睹，下场后罗娜找到他，问有关段宇成的事。

"我不知道啊！"那名学生跑得上气不接下气，"我是临时上的，昨天才告诉我要比赛，真是无语，累死我了！"

"好好休息吧。"

罗娜给段宇成打电话，没人接。她看向跳高场地，那边还在做准备，没开始比赛。

段宇成不知所终。

"奇怪了。"罗娜念叨着回到裁判席。

吴泽问怎么了，罗娜跟他说明情况。

吴泽无所谓地道："没报就没报呗，可能是想专注一个项目拿成绩。"

罗娜说："你不知道，他那人精力过剩，最喜欢兼项了，校运会这种小比赛他不可能只报跳高。"

吴泽耸耸肩，不以为然。

47

上午十点半，跳高比赛开始了。

罗娜听到广播后马上站起来望向跳高场地，这回看到了段宇成。他应该是刚在外面热了身进来，比赛服外面还套着长袖运动服，正蹲在地上整理东西。

罗娜立刻冲他喊："段宇成！"

体育场人声嘈杂，但段宇成还是瞬间就听到她的声音。他站起身，远远地望过来，冲罗娜一笑，举手在空中比画了一个OK的手势。

吴泽靠着椅背，拿水瓶敲敲罗娜的手臂："喊什么喊，坐下。这不是来了吗，你说你瞎担心什么。"

罗娜坐下，吴泽轻笑道："做教练的肯定有偏爱的徒弟，但你别表现得太明显了。"

罗娜看他一眼，没说什么。

百米预赛还在继续，但罗娜的视线总是不由得往跳高那边瞄。

段宇成脱了外套在场地压腿，贾士立和施茵在旁边帮他拿东西。

有人冷笑一声："你比赛还带助理的？"

段宇成回头，江天站在后面。

施茵是担心段宇成的脚伤，非要来帮忙，贾士立则是跟着施茵来的。段宇成没说话，江天又问："听说你要罗教答应你比赛赢了就让你进校队？"

段宇成说："是又怎样？"

江天笑了笑："真有意思。"说完便走了。

施茵皱眉道："这谁啊，有毛病啊？"

段宇成接着压腿，说："队里的前辈。"

施茵嘀咕道："阴阳怪气的神经病。"

说话间，又蹦跶来一个人。刘杉是被施茵吸引过来的，他眼睛放光："哇，你小子。"他踢了段宇成一脚，"可以啊你。"

"你别踢他！"施茵怕他碰到段宇成的右脚。

段宇成冲她摇头，示意自己没事。

刘杉来回看看，不明所以。

裁判吹了声哨子，比赛快开始了，段宇成和刘杉前往赛场。

贾士立小声问施茵："喷雾剂带着没？"

施茵："没，他说不用，放教室里了。"

贾士立啐了声："你别听他的啊，赶紧拿来。"

赛道上还在进行100米预赛，罗娜的目光随着运动员移动。

忽然，一个小跑着离开体育场的身影进入她的视线。

施茵以最快的速度取来喷雾剂，刚跑进场地就被人扯住了。

二

罗娜手掌力量很足，劲大得不像个女人。她下手果断，施茵根本没来得及反应，手里的药瓶就被抽走了。

罗娜手持消肿喷雾剂，看向施茵，眼神冷得像冰："给谁用的？"

施茵明显地感觉出罗娜周身散发的低气压。她有点害怕，一方面是因为罗娜是老师，另一方面也是有点心虚。她之前也觉得段宇成带伤比赛有点不妥，但他那么斩钉截铁地说没事，她就没再拦他。

罗娜问："段宇成受伤了？"

施茵很紧张，段宇成不让她把这件事告诉别人，她试图再坚持一下："没有……"她不擅长说谎，一张嘴就露馅，声线抖得像走钢丝似的。

罗娜问："什么位置？"

施茵落败，小声道："就脚崴了一下。"

罗娜转身往跳高场地走。她的步子迈得过于凌厉，就像是要去行刑的刽子手，施茵被这阵势吓到，小跑着追上去："老师，老师！他休养好几天了，你就让他比赛吧，他太想比赛了。而且他说他是左脚起跳，右脚扭了也没什么关系。"

罗娜不知道要怎么跟施茵解释这个技术性问题，也没心情解释。

跳高比赛已经开始有段时间了。

她一边走一边想，怪不得他把其他兼项都取消了，手机也打不通，最后一分钟才来到场地。她想到他刚刚冲她比画OK手势的样子，气得牙痒痒。

这挨千刀的小崽子。

罗娜杀到跳高场地，刚好轮到段宇成第一次试跳。他第一跳就报了2

米的高度，一跳成功。后面赶来的施茵见到这一幕松了口气："你看，没事的，你就让他跳吧，他为这个比赛准备好久了。"

罗娜的视线落在段宇成的右脚踝上，段宇成年纪轻轻，打绷带的手法却很老练，用的又是肉色绷带，不仔细看很容易蒙混过关。她没关注他试跳成功，而是注意他下了垫子后的走路姿势，他的右脚明显不敢用力。

段宇成心情倒是不错，试跳成功后还配合观众一起鼓掌。他眺望径赛裁判席的位置，脖子抻得像长颈鹿，可惜没找到人，再一回头，目标人物就站在离他五米远的位置，表情像块大理石。

段宇成吓得一激灵。

罗娜从指甲盖到头发丝，无一不透露着她的情绪。段宇成的视线稍稍后移，看到面带愧色的施茵，脑海中浮现出两个字——坏了。

罗娜走过来，段宇成脖子发硬："教练……"

罗娜开门见山："去找裁判，告诉他你弃权。"

"什么？"段宇成被说愣了，"我不要。"

"你不要？"

他紧皱着眉头说："我不弃权，我从来没有弃权过比赛。"

罗娜不再跟他废话，径直走到裁判身边，说："刚刚那个经管学院的，把他的成绩取消。"

段宇成追过来："教练！"

裁判疑惑，看看罗娜又看看段宇成："也没犯规，为什么取消啊？"

"他不比了。"

段宇成两步冲到裁判身边："我不弃权！"他看着罗娜，有些激动地说，"你相信我，真的没事，我已经做过处理了，你让我跳完吧。"

罗娜看着他，眼睑的弧度像刀片一样锋利，一字一顿地说："段宇成，你可以不听我的，继续比赛，但你记着，我绝不会让自作主张的运动员进队。你这么能耐，也不用教练指导了，比赛结束爱上哪上哪去吧。"

段宇成从没听过罗娜用这样的语气跟他说话，愣了好几秒才低下头。

裁判还等着结果："到底怎么说，还比不比了？"

罗娜说："你问他。"

段宇成平日总是热情洋溢的脸上此时完全没了笑容，就算刀架在他脖子上他也不会这么难受。

裁判问："比不比？"

段宇成被逼无奈，费了老大力气才磨出一句话："不比了，我弃权。"

这时场地再次传来欢呼声，刘杉2米也是一次成功，他下了垫子，欢乐地跑过来跟罗娜打招呼："罗教练！你怎么来了？"

"没事，你继续比赛，今天状态不错啊。"

"是吧！我也这么觉得！感觉会破纪录！"

"你加油吧。"

段宇成听不下去了，转身往外走。罗娜拾起他的随身物品，冲着他的背影说："在外面等我。"

段宇成路过施茵，施茵愧疚地道歉，他摇摇头走开了。出了体育场，他一屁股坐到马路边。身后的赛场气氛热烈，衬得这里愈加安静寂寞，他低下头，大手捏着脖子，脑中一片空白。

后背忽然披上了一件运动服。

"衣服穿好。"

"我不冷……"他小声说。

"穿好。"

段宇成慢吞吞地穿衣服，罗娜在旁边给吴泽打电话，说要去趟医院。挂断电话，她蹲到他面前给他检查伤势。她一碰，段宇成微微一缩，罗娜抬眼问："疼不疼？"

段宇成不说话。

"问你疼不疼！"

段宇成心里憋着气，皱眉道："不疼。"

罗娜叹气，起身道："你在这儿等着。"

段宇成坐在原地，七八分钟后听到一声鸣笛声，罗娜开着一辆黑色大众，摇下车窗喊他："上车。"

去医院的途中，两人沉默无言。

医院附近很难停车，人来人往，川流不息，罗娜在一家饭店门口停下。段宇成在下车的瞬间忽然感觉脚踝处钻心地疼，罗娜注意到他的停

51

顿，问："怎么了？"

段宇成没敢说。

罗娜说："是不是疼了？"

她过来扶他，段宇成下意识地推拒："不用……"

罗娜没有参考他的意见，强行挽起他的右臂往医院走。段宇成觉得有点丢脸，可也不敢再逞强。

他们来的是全国有名的三甲医院，人流量多到爆棚，罗娜让段宇成等着，自己去挂号。专家号是想都别想了，普通号她都排了半个多小时。

"走吧，去B栋。"

医院有两栋门诊楼，B栋是老楼，没有扶梯，只有三个直梯，每个都排了老长的队。医院的电梯永远处在饱和状态，有时碰到轮椅或者病床患者，一两个人就占了全部位置。

好不容易排到他们，前面又冒出两个中年妇女插队。

"老人急，请让一下。"

罗娜拨开她们，妇女瞪眼："哎，你怎么动手呢？"

罗娜缓缓地看向她，一股求战的氛围。眼见火山要喷发，段宇成赶紧拉住她的胳膊："算了，我们走楼梯吧。"

"你这脚能走楼梯吗？"

"蹦一蹦就上去了。"

罗娜被段宇成连拖带拽地到了楼梯间。骨科在五楼，不高不矮的楼层，罗娜搀着段宇成蹦到二楼，嫌太慢，松开他，直接弯下腰："上来，我背你上去。"

段宇成有点蒙了："什么？"

"我背你上去。"

段宇成头摇得跟小蜜蜂似的："你别吓我，我自己能上去。"

"快点！别让我再废话了！"罗娜被医院磨得耐心全无，端出教练的气势。

段宇成不敢再顶嘴，磨磨蹭蹭地趴到罗娜背上："我挺重呢……"

他的话音未落，罗娜一下子把他背了起来。

罗娜净身高有173厘米，常年锻炼，身体强健，背只段蜜蜂可以说是轻轻松松。

段宇成趴在她背上，刚开始有些不好意思，眼神瞟来瞟去老半天才慢慢落到她脸上。这是个绝佳位置，他能肆无忌惮地看罗娜的侧脸。她的鼻子从侧面看很翘，右侧的鼻梁上有颗淡淡的小痣。她身上有股香味，是从头发散发出来的，段宇成悄悄把鼻尖凑上前，她的发丝搔得他又痒又舒服。

一次转弯，阳光照来，段宇成忽然注意到罗娜鬓角有几根头发变成了浅浅发光的红色。

因为出了汗。

楼梯间没有空调，罗娜背着他上楼，出汗也正常。

段宇成用嘴唇碰了碰罗娜的肩膀，她的衣服也被汗水浸得微微潮湿，他的嘴唇一落一起，稍有些黏。

"教练你累吗……"

"累。"

"你把我放下来吧。"

"闭嘴。"

段宇成局促起来，扭动了一下想要自己下去。

罗娜怒道："别动！"

"放我下来吧，我太重了。"

他有七十多公斤，就算罗娜身体素质再好，到底也是女人。

罗娜冷笑一声："怎么着，你心疼我啊？你心疼我早干什么去了，你不闹腾咱俩至于到这种地步吗？你现在尿什么，你带伤上阵的时候不是挺厉害的吗？"

她语气严厉毫不留情，段宇成被骂得不敢吭声。在属于运动员的那股子劲儿消散后，他的心脏被汗水浸得又酸又软。

"对不起……"

罗娜冷哼，毫不买账。

上了两层楼，她的呼吸明显比之前重了。段宇成的胸口紧贴着罗娜，骂完他，她的心率变得更快，怦怦跳着，震得段宇成异常难受。

段宇成又一次道歉："姐姐我错了。"

"你少来。"

罗娜根本不理他，又爬了半层楼，忽然听到肩膀处传来吸鼻子的声音。

"对不起。"少年的脸埋在她的肩膀里，"教练，对不起，你别生气了……"

罗娜停住脚步，她能感觉到段宇成在极力克制，他没哭出声，但身体还是微微颤抖。

罗娜深呼吸，一鼓作气爬到五楼，将段宇成放下。说实话，她没想到会把段宇成骂哭，场面一度非常尴尬。

"……那个，你在这儿等着，我去看看排到多少号了。"

她再回来的时候带了两瓶水，自己喝了半瓶，把另一瓶扔给段宇成。段宇成已经冷静下来，自觉刚刚太过丢人，一声不吭，垂着脑袋整理头发。

罗娜走过去，段宇成小声说："你别看我……"

罗娜蹲到他面前，段宇成躲来躲去躲不过，就伸手托着罗娜的下巴，把她转到一边："别看我。"

罗娜起身，靠在旁侧的墙上："我不是非要凶你，我也希望你能拿到好成绩，但是安全第一。运动员要有拼搏精神，但更得懂得珍惜自己，懂吗？"

段宇成闷闷地嗯了一声。

罗娜问："你多大？"

"十九岁。"

"十九岁了还哭？"

段宇成臊得脸通红。

罗娜低声说："你不要觉得自己年轻就可以胡来，对运动员来说伤病情况往往决定了运动寿命，你这么年轻，以后还有无数机会，知不知道？"

段宇成抠着自己的手："知道了。"

静了一会儿，他声音低哑地问："你还生气吗？"

"我哪那么多气可生。"

"那就好……"

罗娜再次来到他面前，勾起他的下巴，泰山压顶般俯视着他："你答应我，以后不管遇到什么事一定要跟我说，不能自己擅作主张。"

段宇成眼圈泛红，呆呆地看着她，罗娜手指微微用力，把他掐成小包子脸："记没记住？"

段宇成缓缓举起右手三根手指，说："I'll be good, I swear……"

他的英文发音很地道，配上微微沙哑的声音和明亮沉静的眼神，一瞬间竟戳得罗娜心跳快了两秒。

"听话就好。"她说完，靠回墙上，手指碰到凉丝丝的墙壁，微微勾起，纤细的指尖上似乎还存留着刚刚稚嫩的触感。

三

等了两个多小时，终于轮到段宇成看病。

医生检查了不到两分钟，让他去拍片子，顺便再做磁共振检查，折腾下来又是一个多小时。

终于出了结果——骨头没事，右脚右侧脚面韧带轻微撕裂，软组织损伤。庆幸的是段宇成经验丰富，除了今天那不知深浅的一跳外，初期的处理还算及时到位。

医生安排了理疗和中药外敷，并嘱咐段宇成养伤期间避免过度行走，注意休息。

"我不能动了吗？我觉得没有那么严重啊。"段宇成还在做最后的挣扎。

罗娜在后面敲他的头以示警告。

"你可以适当做一点无负重的关节运动，循序渐进地锻炼，不能急，以免影响韧带愈合。"医生慢条斯理地给他讲解，"要多吃富含蛋白质及含钙的食物，还有蔬菜、水果，少吃酸辣刺激性食物。看你的身体素质比较好，伤势也不严重，好好养的话三周左右应该就差不多了。"

"Oh my god……"段宇成夸张地瞪大眼睛，"你要我休息三周？三周？三——"

"闭嘴！"罗娜忍无可忍。

段宇成封上话匣子。

自从刚刚在楼道里把话说开，段宇成又恢复成之前没心没肺的模样，看完病就想直接回学校，被罗娜拎着后脖颈押进理疗室。

等待医生期间，段宇成收到施茵发来的短信，她告诉他今天的所有比赛都结束了。

"跳高江天2米12第一，刘杉2米03第二，你要是不弃权的话，2米的成绩就拿第三名了。"

段宇成躺在病床上，歪着嘴。

第三……第三有什么用！

施茵发消息："我们院超惨的，很少有人进决赛。"

段宇成回复："对不起，我要是没受伤，100米和400米还有跳高应该都能拿名次。"

施茵："道什么歉啊，又不是你的责任。"

聊了一会儿运动会的事，施茵问段宇成现在在哪，段宇成回答说在医院。施茵问具体地址，说想来看望他。

段宇成握着手机，偷偷看向一旁。罗娜在病房门口，从刚才就一直在打电话，已经快二十分钟了。段宇成回复施茵："不用了，我马上就走了。"

不一会儿罗娜打完电话回来，段宇成收起手机，精神饱满地看着她。

罗娜问："饿了没？我去买点吃的，想吃什么？"

"泡面就行。"

"真好养。"

罗娜临走前想起什么，又对段宇成说："你给家里打个电话，把情况跟家人说一声。"

段宇成说："千万别，我妈特喜欢小题大敬，告诉她会磨蹭死我。"

罗娜笑笑："随你吧。"

罗娜在医院附近的餐厅打包了几样家常菜，段宇成饿了一天，狼吞虎咽地吃了三盒米饭。罗娜坐在病床旁看他吃完，说："我有事先回去了，我叫人来陪你，做完治疗再给你送回学校。"

段宇成噎了满嘴的糖醋里脊，干瞪眼："……钕呀组啊？"

"咽下再说话。"

"你要走啊？"

"嗯，学校那边要整理成绩，明天还有一天比赛。我已经叫人来了，晚上会送你回学校，你不用担心。"

"我没担心……"

罗娜走了，段宇成冲那一去不回的身影幽幽地挥手。

二十来分钟后，罗娜叫的人来了。

吴泽身穿黑色衬衫、短裤，脚踏人字拖，肌肉精壮结实，活脱一个去视察的黑社会老大。他打着哈欠进了病房，扫了一圈，拎着凳子来到段宇成床边，哐唧，一坐。

两人面无表情地对视三秒，段宇成栽回床上。

"还不如让施茵来了……"他自顾自地道。

"说什么呢？"吴泽声音沙哑。

"没什么。"

吴泽说："你这一趟可把罗教闹够了。"

段宇成稍微转过来一点，露出半只眼睛看吴泽："我跟她道过歉了。"

"是吗？"

之后两人安静了一会儿，吴泽又打了几个哈欠，神态困倦地说："罗教对你抱有很大的期望，下次你不能这么胡来了。"他说着抬手揉后颈，掰出嘎嘣嘎嘣的响声，"别总急着拿成绩，没轻没重的，留下后遗症就晚了。"

段宇成张张嘴，想说点什么，又觉得没必要。

吴泽忙了一天，看着略疲惫，段宇成悄无声息地打量了他一会儿，谨慎地问道："吴教练，你跟罗教很熟吗？"

吴泽闭目养神，声音沙哑地说："熟，我们认识快十年了吧。"

十年……

段宇成在心里组织了一轮语言，本想问得婉转点，一出口又自动变成了直球："你是她男朋友吗？"

吴泽缓缓睁眼，嘴角勾起一个懒散的笑容："这么明显？"

57

段宇成心里一凉，都没注意自己的语调飘了："真的？"

吴泽不再开玩笑，说："假的，现在还不是。"说完似乎觉得不该跟学生透露这么多，起脚蹬了床沿一下，"小屁孩瞎打听什么。"

段宇成若有所思，背着身躺下。

晚上八点，段宇成终于离开医院，波澜壮阔的一天结束了。

翌日，依旧是个风轻云淡的好天气。

今天都是决赛，气氛比昨天紧张。罗娜和吴泽坐在裁判席里，边看比赛边讨论田径队成绩，挑选参加省运会的队员。

快中午的时候，罗娜接到段宇成的电话，问她能不能让他到裁判席看比赛。电话里的声音听着很立体，仿佛近在咫尺，罗娜回头看观众席。

"这儿呢。"他就趴在她头顶的看台边。

今天没有比赛，段宇成换了一身清爽的休闲装。说不出他怎样打扮了，整个人透着股精巧劲。罗娜平日总在田径队见他，现在冷不防看他混在学生堆里，十分引人瞩目。如果要形容第一眼的感觉，就是一群小狗里毛儿最亮的那只。

"你想干什么？"她笑着问。

"让我去下面坐嘛。"他笑着回答。

秋高气爽，心情舒畅。

"来吧，注意脚。"

半分钟后，段宇成一蹦一蹦地来到裁判席，拿着凳子放到罗娜身后。

吴泽抽着烟斜眼看他："你还真是闲不下来啊。"

罗娜递给他一瓶水，三人一起看比赛。

马上要进行的是400米决赛，八名进决赛的运动员都是体育特长生，五个田径队的，两个篮球队的，还有一个打排球的。

段宇成很关注400米，看得聚精会神。

第一名不出意外是田径队专项400米的学长，他冲过终点，段宇成马上看向吴泽："多少秒？"

吴泽瞄了眼系统："51秒13。"

段宇成坐下，遗憾地道："我要参加肯定能赢。"

吴泽调侃道："小屁孩，吹牛不打草稿啊。"他只看过段宇成跳高，并没有见过他跑。

段宇成也不反驳，接着看下面的比赛。

罗娜默不作声地在心里估算了一下，去年段宇成在高中运动会上的400米成绩是53秒8，进入大学后他练得很勤，也叫她帮忙训练过400米，她记得最快的一次手计时间是51秒28，大概是一个月前。

段宇成进步很快，而且他属于比赛型选手、或许他现在真能跑到51秒13也说不定。

罗娜看向他，专注比赛的少年脸上是难得一见的认真。她觉得他安静的时候还挺成熟的。

接下来是百米决赛，这回连吴泽也忍不住站起来了。他的两个徒弟黄林和张洪文分别以预赛第一、第二的成绩挺进决赛。他盯着这两个小子，看他们热身，上道，做好预备。全场寂静无声，仿佛电影画面定格了。随后一声枪响，就像裁判按下了播放键，画面调到最亮，声音调到最大。吴泽目光如炬，两手掐腰，肌肉绷紧。

在黄林跑到七十米左右的时候，吴泽怒道："什么玩意！起跑太慢了！"

最终黄林以11秒2的成绩夺冠，张洪文11秒35第二名。吴泽对这个成绩很不满意，浓眉紧蹙，直接离开裁判席去找两个弟子谈话。

罗娜看着他怒气冲冲离去的背影，耳边忽然响起轻轻的声音："我能跑过他。"

罗娜侧头，段宇成靠得很近，笑得三分狡黠、七分胸有成竹："我能跑过黄林，你信不信？"

罗娜喷了一声，倒出一粒口香糖。段宇成自觉地张嘴，罗娜投喂，然后将他的下巴往上轻轻一合："歇着吧你，成绩不是拿嘴说出来的。"

段宇成咀嚼两下，再一开口周围都弥漫着茉莉花的清香："我也不想用嘴说啊，我也想上场比赛。哦，对了，你明早还来吗？"

罗娜看了他的脚踝一眼："你都这样了还打算晨练？"

"没事，我可以不动腿。"

"那你练什么？"

段宇成微一沉思，认真地道："铅球？"

"……"罗娜真是不知道该说些什么了。

段宇成祈求道："让我一动不动躺床上静养太痛苦了，我保证只动上半身，你看着我还不成吗？"

罗娜说："你就这么喜欢训练吗？"

"这不是喜不喜欢，"段宇成理所当然地说，"不练怎么提成绩？"

罗娜少见地被少年人的上进心打动，怎么看都觉得招人喜欢。她冲他勾勾手指，段宇成凑近："怎么了？"

罗娜说："低头。"

段宇成微低下头，罗娜一爪子按在他的脑袋上："练练练，练死你算了！"

段宇成大叫："哎，你轻点！发型都被你抓乱了！"他挣脱魔爪，一抬头，果真炸毛了。

罗娜嗅了嗅指尖："你还打发蜡了？"

"没，就喷了点定型。"

"你一个男生搞这么花枝招展干什么？"

段宇成恼羞成怒："谁花枝招展了！我平时上学又不用！"

"那今天怎么用了？"

"今天——"他卡了一下，声音放低了点，"今天不是没比赛嘛。"他又理了理头发，谨慎地看了罗娜一眼，问，"不好看吗？"

怎么会不好看！

罗娜见过的运动员数不胜数，一个比一个粗，段宇成简直就是赏心悦目的一股清泉。她跷着二郎腿，手臂搭在段宇成的椅背上，装出一副嫌弃的表情："男生还这么臭美。"

她往他身边凑了凑，鼻子闻闻："哟，你还喷香水了，花蝴蝶吧你。"

"……"段宇成深吸一口气，似乎还想据理力争驳斥些什么，但下一秒又忽然泄了气，"唉，算了，随你怎么说吧。"

少年无可奈何的样子比抓狂跳脚更有意思，罗娜欣赏一番，心情愉悦地说："明早晨训继续，不许迟到。"

段宇成幽幽地啊了一声，以示应答。

四

入秋后，天气渐渐凉爽，晨练需要换上长袖运动服了。

罗娜来到体育场的时候，段宇成正拉着足球门框做引体向上。经过两天激烈的比赛，体育场重新回归寂静状态，甚至比之前看着更加冷清，树上的叶子都因为气温的降低而变得没有之前那么有生机了。

罗娜走到段宇成身边，说："上肢力量不错啊。"

段宇成运动时很专注，听到罗娜说话才回过神："你来了？"

"你这么拉引体向上是不是太轻松了？"

"还行啊。"

他正要松手下来，罗娜说："别动。"她来到他身后，钳住他的双腿，说，"再做。"

段宇成双臂用力，纹丝不动。

"……不是吧，你也太使劲了。"

"嗯？"

"没事，等我调整一下。"段宇成晃晃脖子，把正手换成反手，心里默念三个数，然后猛然发力，使出吃奶的力气向上拔。

罗娜明显感觉到力量的变化，胳膊不禁也跟了上去。段宇成使出浑身力气，发出了便秘一般的声音，青筋暴出，牙关紧咬，终是带着罗娜一起往上拔了五六厘米。

停滞了半秒钟，他瞬间脱力。

"哎！"现在是罗娜彻底抱着他了。她担心他的脚伤，不敢直接松手，微屈膝盖，让他小心着陆。

时间尚早，天还是熟悉的青色，凉爽的晨风吹拂，让人心旷神怡。

罗娜蹲下，看着段宇成的肩膀，沉思了会儿，道："保不齐你还真能推铅球。"

段宇成眼睛亮了："试试不？给你展示一下我的投掷技术。"

"现在不行，你脚上有伤。你以为铅球只是用手臂力量？背向滑步你现在这蹄子能做吗？"

"哦……"段宇成无聊地说，"那接着练引体向上？"

"歇会儿吧。"

罗娜还是怕伤到他的脚，连引体向上也不让他做了。两人坐在枯草上，东一句西一句乱聊。罗娜给他讲了一下接下来的训练计划，说完拍拍屁股起身："我先走了。"

"这么早？还没到七点呢。"

"有点事要安排。你要回宿舍吗？"

"不，今天早上没课，我等会儿去图书馆看书。"

罗娜点点头，一挥手，飘走了。

罗娜提前走是为了去堵王启临，下个月就要开省运会了，王启临在省体育局担任职务，最近忙得脚不沾地，之前去外地出差，昨晚刚回来，只在学校借宿一天马上又要走。

罗娜抓住时机，直接杀向教工宿舍。

王启临完全没有想到这个时间罗娜会来，刚起床的他只穿了一条大裤衩就来开门了。

"哎哟！你真是——"他反射性地要关门。

罗娜抵住："没事，您身材棒着呢，快让我进去！"

"你真能折腾人啊你……"王启临叹着气放罗娜进屋，回身泡了杯茶醒神，"是不是又是为了那个段宇成啊？"

"您看您，这么明察秋毫，我都不好意思开口了。"

"你别一口一个'您'，给我正常点！"

罗娜一边拍马屁，一边踢开地上的行李箱。这间宿舍只是王启临在学校的临时居所，他一般住在自己家，只有忙的时候才会偶尔住学校。

宿舍里乱七八糟，除了床和桌子，摸哪都是一层灰。罗娜用袖口擦擦椅子，一脸堆笑地把王启临请了过来。

王启临端着茶杯："你可真做作。"

"这不是怕您裤衩坐脏了嘛。"

王启临清清嗓子，沉声道："你就这么想让他进田径队？"

罗娜说："主任，我从来没见过自制力这么强的学生。"

王启临沉思片刻，说："自制力是很重要，但不起决定性作用，不是所有自制力强的人都能在这个领域闯出名堂。"

罗娜从怀里掏出一本小册子："主任，这是段宇成入学以来每天的训练记录，还有测试成绩，你看看。"

王启临取来眼镜，翻看册子。册子已经用了大半本，里面记录之详细、分析之全面，让他微微惊讶。"你还真上心。"他连翻了几页，罗娜连每天最普通的加速跑、全速跑的成绩都记下了，还做了各式各样的分析曲线。

王启临一边看，罗娜一边给他讲段宇成的各项优缺点，还有训练当中遇到的问题。她说话时身体前倾，手肘垫在桌子上。晨光慢慢升起，照得罗娜眉峰微蹙，面容严肃认真。

谈了十几分钟后，罗娜最后说："主任，我承认他还有很多问题，但他肯定值得一次机会。"

王启临思索片刻，把册子放到桌面上，问道："你为什么这么喜欢这个学生？我记得好像去年在三中的时候你就看中他了。"

罗娜说得口干舌燥，拿来王启临的茶杯灌了一口："对。"

"他有什么吸引你的地方？"

最先被翻出的记忆画面是他当年百米第一后，冲班级看台比画手势的样子。他的手臂向着蓝天，那股劲头击中了她。

"我不太清楚应该怎么说，他对很多项目都很感兴趣。"

"所以呢？"

"我就是觉得……"罗娜抿嘴，想了想，"我觉得他是真心热爱田径的。"

王启临嗯了一声："这我倒是相信。"

罗娜说："这孩子很自信，很聪明，还愿意动脑筋钻研，最关键的是他很单纯。现在很多特长生去考一级、二级，都是为了升学加分，但他不是，他是真的喜欢田径。我从没听他抱怨训练枯燥，他也不会去想那些乱七八糟的事。主任，这很难得。以前我只在国外看到过这样的运动员，在国内很少见，我没法不看中他——"

见她越说越激动，王启临连忙举手示意："好好好，我懂了。你先冷静下来，这不是什么生死攸关的大事。"他抖了抖自己的衣领，"搞得我都紧张起来了，不就是进校队嘛，进呗。"

罗娜见他同意了，马上又往前挤了半寸："那省运会的跳高名额——"

王启临脸一黑："你别得寸进尺啊。"

"主任，"罗娜这辈子都没想过自己有朝一日竟能对着王启临撒娇，"给他个机会，让他试试嘛。"

王启临深吸一口气，开始跟罗娜讲道理："你想让他进校队，我能理解，这没问题。但省里的比赛我们学校跳高只能去两个，你非要他上，那谁下来你说。"

没等罗娜回答，王启临提醒她："江天的成绩甩开他一大截，不可能不去，对吧？剩下一个刘杉，刘杉现在的成绩也比段宇成稳定，这你得承认对不对？我们要秉承公正公开的原则，不只是段宇成，所有人都需要机会。"

罗娜明白王启临的话，她也只是多问一嘴探探底，得知不行后便开始琢磨另外一条路线。

五

段宇成在上工商管理课时，收到自己可以进入校队的消息。

以往他上课从不会看手机，今天好像冥冥之中有所预感，上课上到一半他瞄了眼手机屏幕，刚好看到罗娜发来的短信。

段宇成读完内容，开心得猛地一拍桌子。

教工商管理的老教授被他拍得差点心脏病犯了："你干什么！你有什么不满说出来！"

段宇成匆忙认错，老教授不肯放过他，指着PPT中的案例问："你给我分析一下这家公司的人力资源管理信息化应用的不足之处！"

段宇成被罗娜的信息冲昏了头脑，一时反应不过来，好在旁边坐着个大吨位高才生贾士立同学，他偷偷摸摸一顿提示，总算帮段宇成顺利混过去。

段宇成坐下后，前排的施茵偷偷转过来："你怎么了？"

段宇成下巴垫在桌子上，脸色因为兴奋稍有些发红："我进田径队了。"

"真的？"

"嗯。"

贾士立说："哎，要不晚上撮一顿吧，大伙给你庆祝一下。"

段宇成自从看到短信后嘴就没闭上，傻乎乎地说："行啊，我请客，你们想吃什么随便点。"

晚上段宇成做东请吃小龙虾，一共八个人，自己寝室四个，施茵寝室四个。小龙虾店位于学校后门的烧烤街上，夏天的时候没什么人，一入秋就热闹起来了。他们临街坐着，一张圆桌把八个人全挤下了。

胡俊肖抽着烟，指点道："来，一男一女隔着坐，不然吃着没劲。"

施茵坐在贾士立和段宇成中间，看着菜单，犹豫道："你真要请客吗？这么多人呢。"

胡俊肖隔着一个位置听到她的话，调侃道："哎哟，女主人帮家里省钱呢？"

他说完段宇成和施茵没怎么样，贾士立倒是剜了他一眼。

"没事，吃吧。"段宇成大方地道。

贾士立说："就等你这句话呢。老板——！"

虽然嘴里一副要把段宇成吃破产的语气，但贾士立还是有分寸地点了好几份主食垫肚子，只要了三盆龙虾。

段宇成笑道："你点起菜怎么这么秀气，三盆够什么，我们八个人呢。"他自己去找老板，一张嘴直接要了十盆。

满座皆惊。

小龙虾的价格不便宜，一盆标价就108元，十盆就是一千多块，还不算上别的，这完全超出了普通大学生请客的价位。

韩岱有点不好意思了："要不我们AA吧。"

段宇成说："不用，都说了我请客，吃饭就要吃饱，你们别客气。"

大伙你看看我我看看你，最后胡俊肖带头鼓起掌来。

施茵问："我们能吃得了这么多吗？"

段宇成说："当然能，我一个人就能吃两盆。"

施茵惊讶："你能吃那么多？"

贾士立证实道："他超能吃，他就脸小显瘦，其实身上壮得很。你信

65

不信他比我都能吃，你是没跟他一起去过食堂，那饭量吓死你。"

段宇成咯咯笑。

施茵的一个室友说："我听说好多运动员退役后都会发福，因为年轻时胃撑大了，以后不锻炼了胃口还不变，体形就一下子吹起来了。"

贾士立嘿嘿两声，对女生们说："所以你们别看他现在身材好，以后就圆了。"

施茵哼道："才不会。"她看向段宇成，"是吧？"

段宇成挑挑眉："说不准哦。"

贾士立哈哈大笑，其他人也跟着笑起来，秋夜味道麻辣鲜香。

不多时小龙虾上桌，大家欢天喜地地啃起来。

胡俊肖要了半箱酒，施茵问段宇成喝不喝，段宇成谢绝："我不喝酒。"

"就喝一口呗。"

"不行，教练知道会打死我。"

韩岱问："罗老师有那么严吗？"

段宇成点头。

胡俊肖喝酒喝得最多，兴致来了还抽起烟来。他招呼段宇成："哎，要不给罗老师打个电话，叫她一起来吃，也沟通沟通感情。"

段宇成辣椒卡在嗓子眼儿，使劲咳嗽。

施茵递来一瓶水。

胡俊肖道："至于怕成这样吗？我看她给我们上课的时候挺和颜悦色的。"

段宇成使劲摆手，喝了半瓶水才缓过来："她早上给我训练的时候严死了。"

其实段宇成到现在还不知道罗娜给他做的那些训练记录，不知道在他看来普普通通的晨练，罗娜下了多少心思和工夫。

贾士立恍然大悟："原来你天天早上五点半出去晨练，都是罗老师在做指导啊。"

段宇成点头。

"哇，搞体育的真是太疯狂了。"

66

还没等同学们感叹完，段宇成忽然看到坐在对面的韩岱的视线定格在自己身后，还仰仰下巴示意了他一下。

段宇成回头，一根高耸入云的竹竿站在身后。

刘杉皮笑肉不笑地看着他："原来如此啊。"他眯着眼睛，"我就说你小子怎么可能在缺少训练的情况下还能保持这么高的竞技水准，原来是找教练偷偷开小灶去了。你还真是一如既往地阴险啊。"

施茵听了这话很不高兴："什么叫阴险，刻苦训练也有错吗？"

"没错，美女。"刘杉冲施茵笑了笑，又冲段宇成笑了笑，"完全没错。"

他最后这个笑容让段宇成有了非常不好的预感。

第二天一早，不好的预感应验了，段宇成来到操场的时候，看到一抹瘦高的影子正在绕圈跑步。

段宇成低声咒骂了一句。

趁着罗娜还没来，段宇成在100米跑道终点位置等刘杉，可刘杉跑过段宇成身边停都没停，赏了一个特别欠揍的眼神就过去了。

"喂！"段宇成喊了一声。

刘杉回身开始倒着跑，贱兮兮地说："你来追我呀！追我呀！"

段宇成的脚伤还没好，被罗娜严令禁止不能用力，但被刘杉一刺激，他紧了紧鞋带就要冲出去。

不巧这时罗娜来了，她一声大吼，惊动了清晨的校园："你想干什么？"

段宇成勾着金贵的右脚，说："我原地蹦一蹦，活动一下……"

刘杉跑过来找罗娜："罗教！"

"你怎么也来了？"

"啊，我跟阿成商量好了，以后早上晨练我也来。"段宇成一副"谁跟你商量好了"的表情。

罗娜倒是挺高兴："好啊，那以后就一起来吧。"她说着往器材室走。

段宇成在后面压低声音对刘杉道："你不觉得这样做很卑鄙吗？"

刘杉不甘示弱："你才卑鄙！开小灶！霸占教练！"

段宇成恨得牙痒痒，又无计可施。

这天早上罗娜的注意力多放在刘杉身上。这也是情理之中的事，毕竟段宇成现在跑不能跑，跳不能跳，整一个半残状态，罗娜只能训练刘杉。

但段宇成还是不爽了，越待越想找人茬一架。他自觉状态不太好，随便找了个理由早退了。

罗娜本来在训练刘杉，听到段宇成请假随口应了一声，后来无意间回头，看到少年一瘸一拐走向场外的背影，衬着凉意的秋风，透出浓浓的萧瑟感。

她想了想，对刘杉说："你再练两组，我马上回来。"

她在体育场门口追上段宇成，问他："你要去图书馆吗？我送你去吧。"

段宇成瞥过来："你送我？"

他语气里带着明显的情绪，仔细品评能嗅到一股酸味，但罗娜心粗，只听出了最浅薄的不满。

"嗯，咱们顺便聊聊。"

"聊什么？"

"你是不是心情不好？"

"是。"

罗娜笑笑，说："我能理解你不能训练很着急，但心态一定要放平，不能急躁。"

段宇成感觉他们的脑电波没在一个层面，决定稍稍引导她一下："昨天我们光聊天没训练，我觉得也挺好的。"

"所以啊，这才两天你怎么就等不及了？"

"……"

段宇成仔细看罗娜的眼睛，并没有看出什么端倪。她真的完全是以教练的心态对待他和刘杉，她一样为他们的伤病而扫心，也一样为他们刻苦训练而高兴。

意识到这一点后，段宇成的视线缓缓垂到地面。

"怎么了？"

"没事……"

罗娜扶着他的肩膀："你抬头，看着我。"

段宇成抬眼。

罗娜眉头微皱："到底怎么了，这么想练？那要不来做几组力量？脚肯定不能动。"

段宇成张张嘴，没说出话来，余光里，已经做完两组训练的刘杉巴巴儿地望着这边，等待新一轮指导。

不管是教练还是运动员，大家的心都放在训练上。

自己到底在想什么？段宇成咬牙，忽然抬起手，狠狠地扇了自己一巴掌。

罗娜惊道："你到底怎么回事？！"

他用一记耳光把自己抽醒，笑着对罗娜说："没事，教练，不用你送我，咱们明早见。"

那之后，段宇成收敛杂乱心思，开始跟刘杉一起晨练。

他的脚伤好得很快，一周左右就可以正常走路了。

又过了一周，罗娜带他去医院复查，老医生对年轻人的恢复能力表示惊讶。得到医生同意，罗娜开始给段宇成安排恢复性练习。她让段宇成有空就来队里，就算不能练，看别人做技术动作也对他有帮助。

段宇成人缘还行，田径队的队员对他正式加入校队都表示欢迎，尤其是铅球队的几个学姐，还特地给他准备了一盒巧克力，队长戴玉霞亲自将巧克力送给段宇成。

段宇成没有想到这一出，受宠若惊："谢谢师姐。"

戴玉霞以80千克的体重推了他一掌，以示鼓励。

如果说只有一个人对段宇成的到来全程黑脸，那便是江天了。

罗娜并不知晓他们之间的矛盾，还嘱咐江天让他好好带带段宇成："你是师兄，多照顾他点。"

"好。"

"去训练吧。"

把一切安排妥当，罗娜回到场边琢磨事情。

她身后响起沙哑的声音："心满意足了？终于给他弄进队了，开心吗？"

罗娜拉着吴泽的衣服把他拖到身前，说道："等他再恢复一下，让他跑一次给你看。"

吴泽笑道："很快？"

"还不错。"

"行啊。"吴泽懒洋洋地道，"找个径赛项目也行，到时看看他能不能转项，他跳高走不远。"

罗娜顿了顿，道："你这么觉得？"

吴泽说："他这个身高在跳高项目里太局限了，他可能跳过2米，甚至2米1，但再往上呢？如果是业余范畴他这个水平可以说是顶级了，但如果他想走专业方向，哪个国字号运动员身体素质不是万里挑一，江天跳过2米2都被退回来了，你觉得他能行？"

罗娜神色严肃，往段宇成那边看了看，刚巧看到江天在跟他说话。

他们聊的并不是什么友好的话题，当时段宇成正在看江天的技术动作，江天从垫子上下来路过他身边，低声道："不是说赢比赛再进队吗？"

段宇成没说话。

江天嘲讽道："既然赢不赢都能进来，还走那形式干什么？"

段宇成还是没说话。

江天接着训练，刘杉跑过来小声问："他说什么了？"

段宇成摇头："没什么。"

罗娜很长一段时间里并不清楚队员之间那些恩怨情仇，至少是没有拉上台面的时候，她没有关注。

段宇成在队里吃了不少江天的苦，江天对他这个空降兵似乎有很大不满，平时收拾器械、打杂跑腿，什么都让他来做。

罗娜不是专门负责跳高这一块，经常要去忙别的事，加上段宇成从来报喜不报忧，每次见到罗娜都是嬉皮笑脸开开心心，所以罗娜一直以为他在队里过得还不错。

六

省运会召开之前，田径队进行了一次选拔。那时段宇成的脚已经好了，他也参加了选拔赛。

江天毫无意外地拿了第一，段宇成发挥神勇，和刘杉并列第二。两人都卡在2米07，谁也跳不过去。最后王启临亲自过来点将，他端着装满茶水的杯子，目光在两人之间扫了几轮，最后一指刘杉："你吧。"

段宇成："……"

罗娜听到结果，看了吴泽一眼。

段宇成猛吸一口气："又是因为身高吗？！"

王启临说："不，你的伤刚好，多养养。"说完就溜了。

段宇成气到鼻孔放大，一位同样落选的队员安慰他说："算了，等下次机会吧。"

下次，他能有多少下次？段宇成气得热血往头上涌，天知道他为这次比赛付出了多少。因为训练时间跟课程冲突，他不得不跟辅导员请假。他打包票不会影响学习，为此抓紧一切闲暇时间看书，拼死在几天前的测验里考到中游水平。

他吃饭的时候背书，走路的时候算题，除了训练以外的一切时间都利用上了，连手机没电关机了都不知道，过了足足两天，最后还是贾士立告诉的他。

跳高选拔结束，段宇成往塑胶道上一躺，生无可恋地挺尸。

"死了没？"

罗娜出现在他的视线里，他用手挡住脸，不想让她看见自己难看的脸色。

罗娜说："起来。"

段宇成没动。

"让你起来。"

段宇成从地上爬起来，罗娜嫌他爬得慢，踢了他一脚。

段宇成站起来，低声道："那我先走了。"

罗娜捏着他的脖子把他往右边一转，推了一把，高喊道："吴泽！这儿呢！"

吴泽远远地招手。

段宇成一头雾水："啊？"

罗娜又推了他一下："过去。"

"过哪去？"

"上吴教练那儿去。"

"干吗？"

罗娜暴脾气上来，照着他的屁股就是一脚："让你去就去！废什么话！"

段宇成跌跌撞撞地来到吴泽这儿，短跑队的选拔还没结束，吴泽手里拿着计分板，见段宇成来了，多余的话没有，直接一抬下巴："上道。"

段宇成回头看罗娜。

她站在赛道尽头，没什么动作，也没一句鼓励的话，只是站在终点等他过线。

相距百米，他依然觉得他们的视线是看着彼此的。

那一刻，段宇成的脚底涌上一股血气，冲得五脏六腑发烫，心率飙升。两分钟前他还沉浸在跳高落选的低落状态里，现在只是看她一眼，他的竞技状态就完全调动起来了。

吴泽对他说："你去六道。"

他走向起跑点，身边都是短跑队的队员，五道就是那位校运会的百米冠军、吴泽的得意门生黄林。他正在赛道上热身，见段宇成过来，没什么表情地冲他点点头。

吴泽整理好名单，打了个哈欠。助教得到了暗示，拍拍手。八名运动员来到起跑器前，助教举起发令枪，抻着脖子喊："各就位——"

段宇成做了两次深呼吸，蹲下身体，双手撑地，重心前移。

"预备——"

发令枪声响彻体育场，吴泽眼神微眯。他教练做得久，随便扫一眼就将段宇成的技术动作摸得一清二楚。

段宇成的起跑爆发明显是强项，前30米甩出其他人一大截，途中跑过程中，黄林步幅加大，步频提升，开始追赶段宇成。半程一过，黄林便实现了反超。在最后20米冲刺的时候，段宇成的速度又有所提升，最后以分毫差距第二个冲过终点线。

吴泽神情严谨，一边往终点走一边在脑中回放段宇成的整个奔跑过程。助教拿着成绩迎过来，黄林10秒93，段宇成11秒02。

吴泽先例行对黄林劈头盖脸一顿痛骂，然后转头训段宇成："你那途中跑怎么回事？"

段宇成刚跑完，稍有些喘，还没完全回过神："啊？"

"腿部折叠不到位，膝关节太紧，你早上没吃饭？"

"……"

吴泽的语气很冲，段宇成也不敢反驳，点头道："好，我记住了。"

"滚吧。"吴泽不耐烦地摆手。

赛道旁堆着两箱矿泉水，是为今天的选拔赛预备的，段宇成过去拿了一瓶。他刚拧开瓶盖，就听见头顶处有人说话："你可真积极啊。"

段宇成抬头，已经比完赛的江天穿好运动服，在看台上俯视着他。这不是江天第一次对他冷嘲热讽，段宇成都习惯了，拎着水瓶转身就走。

"你到底想让教练为难到什么程度？"

段宇成停住脚步。

之前不管江天怎么说他，他从来没应过声，这是他第一次回嘴："什么意思？"

江天冷笑道："你拿到百米第二挺开心吧，你是不是觉得自己挺牛的，能去参加省运会了？"

"跟你有什么关系？"

"跟我是没关系，但跟别人有关啊。"江天眼神一瞥，段宇成看过去，体育场门口有个人正在整理自己的东西。

是张洪文。

张洪文也是吴泽的弟子，比段宇成高一届，不久前校运会百米第二。A大的短跑实力一直不太好，现在稍微拿得出手的只有黄林和张洪文。

段宇成知道自己的成绩可能把他的参赛名额拿走了，不再看他落寞的背影，低声道："比赛本来就是谁强谁去。"

江天哼笑出声："哦，专项跳高的运动员，跳高不行了就去跑百米，百米再不行你是不是还想试试投掷类？要不下次干脆等你挑完项目我们再选拔得了。"

段宇成刚跑完步，身上的热力都没散尽，怒道："这不是我选的，这

73

是教练安排的！”

他不说还好，一说教练安排的，江天的脸立马沉了下去。过了好一会儿，他冷冷地道："听说你家里条件不错啊。"

"关你屁事。"

"你知道短跑队的人都是怎么说罗教的吗？"

段宇成眉头一蹙，死盯着江天。

"大家都在猜她收了多少钱。"

段宇成心里的火噌的一下蹿上来了，他从来没过这种感觉，听到一句话，理智全然消失，全身的血气涌到脑袋里，头皮发麻，耳根发烫。他不记得自己是怎么来到江天身边的，他抓住江天的领子，硬生生把195厘米的江天拉到跟他平视的高度："你再敢乱说一句试试！"

段宇成平日里是个标准五好青年，很少动手。

江天一把扇开他的手："你跟我厉害什么，你有能耐拿成绩说话啊，别搞特殊啊！"

他们这边动静越闹越大，终于吸引了助教的注意："你们干吗呢？"田径队都是一群血气方刚的年轻人，不时会出现这种剑拔弩张的状态，教练们都见怪不怪了，"都老实点啊，闹什么闹。"

江天冷哼一声离开，段宇成一肚子火没处撒，一屁股坐在看台上。

他呼呼喘气，火怎么都下不去。

"你别跟他一般见识。"

段宇成不知道还有人在，吓了一跳，回过头，四五排座位后站起一个人。此人体形十分扎眼，但因为刚刚太激动，段宇成都没发现她。

戴玉霞端坐在上方，背对着太阳，像尊大弥勒佛一样。

"师姐……"段宇成想起之前那一掌，自动弱化了声音。

戴玉霞一脸超然："江天那人就是小心眼，其实人不坏，你别搭理他就行。"

段宇成没吭声。

戴玉霞又道："罗教算是江天的恩人，他家里困难，是罗教硬帮他申请了奖学金，本来他条件根本不够。还有之前他成绩不好的时候，也是罗教帮他跟主任说情，让他上场比赛。所以听到有人说罗教的闲话，他肯定生气。"

段宇成低声道: "真有人那么说吗? "

戴玉霞笑了: "这有什么真的假的, 嘴长在人身上, 闲话多了去了。" 她站起来, 魁梧的身躯遮住阳光, 一步步走到段宇成面前, "你不知道队里很多人嫉妒你吗? "

段宇成摇头。

戴玉霞抬起粗壮的手指, 勾了勾段宇成的脸颊, 玩味地道: "真是个天真的小东西。"

段宇成惊出一身冷汗。

戴玉霞又问: "巧克力吃了没? "

段宇成恭敬地答道: "都吃了。"

戴玉霞这才满意地放开他, 把运动服披在肩上, 踏着老爷步离去。

她悠哉地说: "好好加油吧, 拿成绩让他们闭嘴。"

另一边, 罗娜跟吴泽聊了一下午, 分析段宇成的情况。

她把段宇成早上的训练记录拿给吴泽, 吴泽的第一反应跟王启临一样: "这记得可够详细的。"

他们看了一会儿训练记录, 又拿出刚刚高速摄像机录下的百米视频, 反复研究。

"他的身材确实很适合短跑。" 吴泽指着视频里的段宇成, 一样样细数, "肌肉发达, 皮下脂肪少, 踝围细, 跟腱扁长清晰, 大腿短, 小腿长。这种体形会让他重心前移速度加快, 大小腿折叠前摆也会省力, 扒地能力也强。"

罗娜靠在一旁: "我早说过了, 他很能跑, 技巧性很强, 最重要的是这里——" 她用手指点了点脑袋, "很好用。"

吴泽点了支烟: "他肯转项吗? "

"怕是不肯。" 罗娜苦笑, "他太喜欢跳高了, 你不知道他每天早上起床的第一件事就是给霍尔姆上香。"

吴泽一脸无语。

罗娜道: "好运动员都倔, 这个先放一边, 这次百米就让他上吧, 我有预感他一定能打开11秒。"

吴泽将烟吹出去，看着罗娜认真的神色，笑道："你都这么说了，我肯定得让他试试啊。"

七

在备战省运会的最后时间里，段宇成憋着一股劲，加大训练量。但因为还有文化课要上，他的训练时间仍无法保证。为此罗娜逼着吴泽大早上五点半起床帮段宇成训练，吴泽欲哭无泪。

"我不年轻了啊……"他每天耷拉着眼皮，跟丧尸一样被罗娜拖到体育场，边打哈欠边训练。

几天下来，吴泽也体验到了段宇成的聪明，一点就透，一练就通。

"不愧是考进金融系的学生。"

段宇成听着他懒散的语气，总觉得有誉有损。

又过去二十来天，在一个清爽的早晨，他们终于迎来了田径开赛日。

段宇成依旧是天蒙蒙亮时起床，像往常一样轻手轻脚地下地，小心翼翼不吵到其他室友。

他关上洗手间的门，将洗手池的水流开到最小，几乎无声地洗脸刷牙。洗漱完毕后，他拎着自己昨晚已经准备好的装备行囊，悄悄出门。

青黑的天，幽幽的风，安静的校园。

放眼望去，一个人都没有。

就算是像段宇成这样单纯热血的男孩，也偶尔会从这样的环境中察觉出一丝孤独感。就像之前无数个寂寞的清晨，他跟其他同龄人错开的时间线。

"愣什么呢？"

段宇成转头，看到罗娜站在路边啃玉米。

她穿了一身他之前没见过的深紫色运动服，紧身的裤子，宽松的上衣，比起领队更像是运动员。她扎着马尾，吊得很高，露出光洁圆滑的脑门，还有线条流畅的脖颈。她背着一个大大的黑色运动袋，利索地朝他一勾手指："过来。"

段宇成跑过去，罗娜咬住玉米打开包，他伸脖子往里看，她轻轻拨开他的脑袋："别碍事。"

罗娜的包里有一大袋给队员预备的热腾腾的早餐，一打开，香味扑鼻。这味道把清冷的早晨催熟了，也把段宇成的肚子催得咕咕叫。

"有玉米和馒头，还有鸡蛋和肉饼，你想吃什么？"

段宇成毫不犹豫："肉饼。"

罗娜给他拿了张肉饼，段宇成捏着饼对罗娜说："你看着。"他把将近六寸大的肉饼卷起来，仰脖，以吞剑的姿势插入喉咙，一口没入，然后看向罗娜，"整摸样（怎么样）？"

罗娜神色复杂："没睡醒吧你？"

他刚要说话，结果不小心呛住，使劲咳了两下没成功，捂着脖子蹲下。

罗娜凝眉："怎么了？"她照着他的后背拍了拍，"卡住了吗？快点吐出来。"

她拍了两下好像起了反效果，段宇成直接捂着嘴跪到地上。罗娜的心一下子提到嗓子眼儿，慌忙把水壶翻出来，刚准备递给他的时候，忽然看见少年人的小眼神正悄悄地瞄着她。

"……"

段宇成咽下肉饼，咧嘴笑："吓到没？"

罗娜太阳穴突突直跳，一个饿虎扑食把段宇成按在地上，单掌掐住他的脖子，大吼道："你敢开这种玩笑！"

段宇成握住她的手腕："教练你冷静点！"

"你还敢笑？！"

"太痒了！我没办法啊！"

他被掐得又想哭又想笑，扯着脖子喊，最后终于喊开一道阳台门，一个光着膀子的男生站出来，怒不可遏："喊什么喊！几点啊！大早上的让不让人睡觉！"

这一嗓子把师徒俩都骂消停了，罗娜身为教练好歹要脸面，怕被看见，灰头土脸地往外跑，段宇成紧随其后。

两人跑到校门口，罗娜检查背包，生气地道："肉饼都被你压烂了！"

段宇成冤枉："明明是你按的。"

罗娜眼睛一瞪，段宇成马上改口："好好好，我压的。"

田径队的大客车等在马路对面，师徒俩在路口等红灯。

罗娜默不作声，段宇成双手插在裤兜里，晃着身子往她那边斜。罗娜不理他，他就再斜一点，最后眼看就要倒在罗娜身上了，她没好气地问："又干什么？"

段宇成小舌头舔舔嘴唇，笑着说："你别生气，压烂的肉饼我全吃了还不成吗？"

明明是个小屁孩，说的也是道歉的话，可语气听起来却像在哄她一样。

罗娜翻他一眼："撑不死你！"然后长发一甩，大踏步走向校车。

Chapter 03

炽 | 道

一

今天是田径开赛日，但不是省运会召开的第一天。

省运会开幕已经快一个月了，像是足、篮、排，还有各种小球，以及水上运动早已开始比赛。田径赛事则按照传统，安排在赛程后段。

省运会分为青少年部、高校部和职工部。段宇成他们被分在高校部甲组高水平组中，这也是竞争最激烈的一组，除了各大高校的体育生外，还有那些被学校特招回来的，从一线下来的运动员。他们很多都代表国家参加过国际上的大赛，即使现在不在巅峰状态，竞技水平仍然是很多体育生望尘莫及的。

一踏入主体育场，氛围马上变得不同。

虽然省运会没有多少观众，但高水平运动员聚集一堂，本身都自带气场。这有些像武侠小说里写的武林大会，起眼的、不起眼的、霸气外露的、藏巧于拙的，所有人都在观察对手。

段宇成走入会场，立马觉得皮肤收紧，好像肌肉密度都增加了。

他以前参加的都是市级的中学生比赛，与省运会的强度根本没法比。

放眼望去，场上没有一个泛泛之辈，高手们的气场相互冲击，能轻而易举地摧毁那些缺乏自信的运动员。

他深呼吸，清晨的空气弥漫着令人振奋的凉意。

"怎么样？"罗娜来到段宇成身边，"紧张吗？"

段宇成说："不紧张。"

罗娜说："别吹牛啊，第一次参加这个级别的比赛，不紧张？"她望向赛道，比赛还没开始，场地上只有稀疏几名工作人员。棕红色的跑道在晨光之中显出一种沉静的气质。罗娜从小就喜欢闻塑胶赛道的味道，像是某种怪癖。

忽然间她的手被握住了。

段宇成毫无征兆地拉着她的手掌放到自己胸口。

罗娜看向他："你干吗？"

段宇成说："你看我紧张吗？"

她这才意识到手掌贴着的正好是他心脏的位置。

经年累月的苦练，换来一副钢筋铁骨般的躯体，隔着薄薄的胸腔，他的心脏一下下规律而有力地跳动着。罗娜抬头，段宇成眸色晶亮，目光如炬，安静的外表下锋芒毕露。

她忽然很期待他的比赛。

百米报名人数众多，赛程紧凑，今天进行的是小组赛。罗娜送段宇成去做准备，回来时无意间发现坐在角落里的江天。

两个小时后是跳高资格赛，高明硕在给刘杉做最后的赛前指导，江天则独自一人坐在看台上，离大家远远的。

罗娜走过去，江天也没发现她，她碰碰他，江天像触电一样猛弹起来："罗教……"

"放松点。"

江天嘴唇发干，毫无血色。

罗娜看得心里着急，又不敢多说什么再给他压力："你就按照平常的训练来比。"

江天机械地点头，罗娜都不知道他到底有没有听清她的话。

不远处走来一人，戴玉霞步伐沉稳，像是一座会移动的大山。今天本

80

来没有铅球比赛，但她还是跟队一起来了，她对罗娜说："我在这儿看着他，百米马上开始了，您去忙吧。"

罗娜对戴玉霞很放心，她是铅球队队长，也是整个田径女队的核心人物，她的心理素质就像她的体形一样稳如泰山。

罗娜走后，戴玉霞坐在江天身边。她跟江天两人一个圆胖像包子，一个细长像扦子，并排坐着着实有些滑稽。

戴玉霞抱着手臂，像个老干部一样说："真这么怕就别比了。"

江天埋着头，声音低哑："滚远点，死胖子……"

戴玉霞一个如来神掌推了过去。

16米52的国家一级铅球运动员水平不是开玩笑的，这一掌直接将江天从座位上掀翻了。

江天大骂一声，稳住身体："你下手有没有轻重！受伤了怎么比赛？！"

戴玉霞很胖，脸上肉多，把眼睛挤得细细的，平日笑起来像大佛，不笑的时候看着甚是可怕。

"胆都吓破了，还比什么赛？"

"你胆才吓破了！"

戴玉霞哼笑："你要照照镜子吗？"

江天牙关紧咬。

为了做职业运动员，戴玉霞以前念体校时曾改过一次年龄，她的实际年龄比证件上的要大三岁，其实现在已经二十五岁了，只比罗娜小两岁。

戴玉霞与江天从小认识，在一个小区长大。两人小时候都因为体形问题被其他孩子欺负过，江天被欺负了总是默不作声地忍着，而戴玉霞则会去讨回公道。久而久之两人熟了，戴玉霞一直以大姐的姿态对待江天。

江天气哼哼地坐回椅子里，戴玉霞说："你别总闷着头。"

江天低声道："你少管我。"

戴玉霞深知江天这个状态根本比不了赛，有心分散他的注意力，指着一处说："哎，你看那边，有个大美女。"

江天到底只是个二十冒头的毛头小伙，听到"美女"反射性地抬头。

戴玉霞没撒谎，在距离他们十米左右的过道里，真的站着一位美女。

她看着二十几岁的模样，虽已是秋天，还是穿了一条超短的黑色紧身连衣裙，上身有一条蕾丝外搭，侧面看是完美的S曲线。她染着一头浅金色的头发，烫成波浪，衬得头特别小，皮肤白得惊人。

她拎着一款虽然叫不出牌子但一看就很高级的包，脚踏尖细的高跟鞋，来到看台最前面的位置，手撑着护栏往外望，脖颈又细又长。

场上进行的是百米的第一轮比赛。

段宇成在第三组，在休息区准备。第一组的人跑完，赛场传来惊呼，第一名的体大学生跑出10秒68的成绩。消息传到后面来，所有人都紧张起来。

运动员下场备战，教练不能跟着，罗娜和吴泽只能在看台上跟其他队员一起看比赛。罗娜瞪着计时板上的数字，惊道："不是吧……小组赛就能跑出这种成绩？"

下面那个体大学生似乎也没料到成绩会这么好，愣住半秒，才兴奋地捏紧拳头。

第二组的成绩中规中矩，第一名只有11秒32。

轮到第三组，段宇成分在第七道，这个道次不是很理想。

罗娜一直觉得自己看比赛的心态挺好的，可在赛道上看到段宇成的一刻，不知怎的她忽然心跳加速了，手心里渗出一层薄薄的汗。

"小成加油！"

身边的助威声打断了她的紧张，她转头，看到一个杂志模特一样的美人。她用力地冲段宇成挥手，声音甜腻动人。

吴泽也被这位美女吸引，在罗娜耳边小声问："谁啊？"

罗娜摇头："不知道。"

"各就位——"

裁判一声口令，罗娜的心再次揪紧。

真没道理，她心想，自己看过的比赛数不胜数，现在只是一个省运会的百米小组赛竟然会让她紧张到呼吸困难。她心跳得太快，以至于都没有听清裁判接下来的口令，只有清晰的一声鸣枪，让她瞬间汗毛竖立。

好在这种揪心的感觉只持续了不到五秒，段宇成从一开始就确定了优势，一路领先到最后。他为了节省体力，没有全力冲刺，最终成绩是

11秒12。

吴泽跟罗娜不同，他看段宇成的比赛松松垮垮，一点紧张感也没有，见段宇成跑完，淡淡地评价："还不错。"

罗娜松了一口气。

吴泽又说："如果他能保持这枪的状态，进决赛没问题。"

罗娜手肘碰碰他，吴泽斜眼看过来。

"怎么样，我给你推荐的人？"

吴泽看她有点嘚瑟的表情，叼着烟，嗤笑道："凑合用呗。"

身边那位美女自段宇成撞线后就一直维持着高度兴奋的状态，踩着十厘米的高跟鞋上蹿下跳，尖叫欢呼。

吴泽扫她一眼，说："不知道的还以为他跑进奥运A标了。"

"小成！小成这边！"

段宇成听见美人的呼唤，走来看台下，皱眉道："妈，你怎么来了？"

语不惊人死不休。

包括罗娜在内，田径队的所有人都跟着一起叫了声："妈——"

段宇成有点不好意思，仰头冲罗娜说："你等我一下。"

段宇成以小组第一名的成绩直接晋级了半决赛，他的归队受到了热烈欢迎。美人妈冲过去，给段宇成一个大大的拥抱。

最开始段宇成喊妈的时候罗娜还觉得有可能不是亲生的，但他们一抱在一起，瞬间像复刻了一样。这母子俩长得很像，头都很小，肤色巨白，眉眼十分精致。

众目睽睽之下，段宇成被抱得窘迫羞臊，他把美人妈推开："你干什么……我队友都在这儿呢。"他带着美人妈来到罗娜面前，介绍道，"妈，这位是我的主教练。"

吴泽一脸蒙。

段宇成马上反应过来，又说："啊，还有这位，他也是我的教练。"

美人妈还没从段宇成拿第一的事件中清醒过来，脸上洋溢着得意的笑容，冲罗娜和吴泽说："教练，我儿子刚刚拿了第一，你们看到没？"

吴泽面带绅士的微笑："嗯，看到了。"

队友们都在笑，段宇成脸红如麻辣小龙虾，说："这只是小组赛，你没看到第一组那个10秒68的吗？"

美人妈一脸天真地看着他："谁呀？"她眼睛一眨，茂密的假睫毛忽闪忽闪，像翻飞的蝴蝶。

吴泽被美貌诱惑，竟史无前例地夸奖起段宇成来："没谁，那都不重要，都没你儿子强。"

美人妈很受用，伸出指头戳戳吴泽，精美的水晶指甲反射着明亮的光泽。

段宇成听吴泽的夸奖听得心惊胆战。

罗娜悄悄观察，美人妈白皙的脸上一点皱纹都没有，可以说是吹弹可破，完全就是二十几岁的模样。她挪到段宇成身边，小声问："真不是姐姐？"

段宇成摇头。

"亲妈？"

"嗯。"

罗娜思索片刻，又问："你们家是吸血鬼家族吗？"

段宇成哭笑不得："什么啊，我妈就是保养得好，她都三十六了。"

罗娜在心里做了个加减法，惊道："那你妈十七岁就——"

八卦还没聊完，余光里戴玉霞跑了过来，罗娜看到她的神情，心里一沉。

戴玉霞拉着罗娜到一旁，罗娜抢先问："江天怎么了？"

"不是江天。"戴玉霞跑得满头是汗，说话一喘一喘的，"是刘杉，他热身伤到了！"

刘杉在热身的时候把腰闪了。

难以置信。

"教练，我错了。"刘杉躺在地上，哭丧着脸，"我就是做动作的时候忽然就……"

罗娜蹲在他身边："你现在感觉怎么样，能动吗？"

"应该能动。"

段宇成也跟着过来看情况，他围着地上躺着的刘杉转了两圈，然后趁罗娜不注意，伸手戳了戳刘杉的腰眼。

刘杉破口大骂："畜生！干什么呢你！"

罗娜正在联系队医刘娇，闻声回头，训斥道："别闹！"

段宇成收手。

不一会儿刘娇来了，对刘杉进行了简单的检查，喷了点药，进行局部热敷。

"应该没什么大事，就是正好扭寸劲儿上了。"

刘杉愧疚地道："教练……"

罗娜和高明硕脸色凝重，江天面无表情地站在一旁。在这凄凉忧伤的时刻，只有一个人的情绪跟大家格格不入。

段宇成认真地问刘娇："他需要养伤吗？"

"需要，得观察一下，不过问题应该不大。"

"就是说他今天无论如何都不能比赛了？"

"肯定不能，贸然比赛的话搞不好会加重伤势。"

段宇成啊了一声。

"段宇成！"换了个姿势趴在地上的刘杉扭着脖子喊，"你能不能别笑得那么明显！还有没有人性了你！"

段宇成没理他，来到罗娜面前："教练，我们学校有两个名额吧？"

罗娜给他一个警告的眼神："老实点，一边等着去！"

她找高明硕商量对策，高明硕眉头紧蹙，说道："不行就让他上吧，他做替补也报了名的。"

"但他刚比完百米，现在马上就……"

"资格赛我们的两个名额不能白费了，何况江天状态那么不稳定。"

罗娜顿了顿，一旁的江天脸色阴郁地站在人群中。

高明硕说："你快去联系一下裁判组。"

罗娜点点头："好吧。"

面对这个突发事件，罗娜二十分钟里打了六七个电话，又亲自到裁判组那儿去说明。最后全部谈妥时，距离比赛开始只剩十分钟了。她飞奔回看台，喊道："段宇成！段——"

胳膊被人拉住，罗娜回头，段宇成脱了长外套，似乎已经热完身了。

"你别急。"他说，"我准备好了。"

罗娜问："你带跳高的鞋了吗？"

段宇成抬手，拎着一双跳高钉鞋。

"你预备得倒是齐……"罗娜最后叮嘱他，"你是临时上阵，不要有压力，我们对你没有成绩上的要求，正常发挥就行，去吧。"

段宇成没动。

罗娜皱眉："还有什么问题？"

段宇成问："为什么？"

"什么为什么？"

"为什么对我没有成绩上的要求？"

"……"

"你不相信我？"

罗娜深呼吸，解释道："不是不相信你，而是不希望你有压力，不想你紧张。"

段宇成说："我不会紧张的。"

"那就好，快去比赛。"

"你给我也定一个成绩要求，我也要成绩要求。"

罗娜脑子被杂七杂八的事折腾得嗡嗡作响，暴躁地道："那你就去拿第一吧！"

段宇成没再说话，拎着鞋往外走，下台阶的前一刻，他回头冲罗娜笑了笑。

笑容只有一霎，便淹没在通道的黑暗里。

罗娜的狂躁忽然蒸发了，咻的一下，来无影去无踪。

二

她原地回顾了一会儿少年的笑，美人妈踩着高跟鞋欢快地跑过来："小成去哪了？"

"去参加跳高资格赛了。"

罗娜走到看台边，目光落在跳高场地。忽然间，一张雪白粉嫩的小脸进入她的视线，离得太近，罗娜甚至能看清美人妈脸上带着珠光的细粉。

"你就是罗教练？"

罗娜点点头："对，您好。"

美人妈说："小成总跟我们说起你，他说你对他特别好。"

罗娜说："应该的，段宇成很有潜力，领导们也很看好他。"

罗娜这边夸赞着，美人妈越凑越近，盯着她的脸看，罗娜退无可退："……怎么了？"

美人妈神秘地道："去年夏天，小成参加完运动会，回来就跟我说一定要考A大，他说A大有个特别漂亮的教练。"

罗娜冒汗："他都乱说些什么！"

"哪有乱说，你别客气呀。"美人妈声音很甜，一张嘴就有点小姑娘撒娇的意味，她见周围没人，又悄悄往罗娜这儿凑了凑，小声说，"教练，我能不能拜托你件事？"

"什么事？你说。"

"你能不能只带小成一个学生？"

罗娜没懂："什么意思？"

美人妈说："之前你帮小成晨训，他成绩提得好快。但是后来……"她语气放缓，朝后面趴在椅子上的刘杉睨了一眼。

罗娜了悟。

美人妈竖起尖尖的指甲，语气辛辣："这个刘竿子，我跟你讲，他在三中的时候就跟我儿子不对付，什么事都要来插一脚，小成去哪他就去哪，小成干什么他就干什么，碍事得很！要不是他小成早就特招进A大了！"

罗娜："……"

"而且他本来就是体育学院的，什么时候训练不行，非要赖在早上跟小成一起吗？小成脸皮薄，不好意思跟你开口，我来替他说。"

罗娜刚要说话，她又说："还有，你看，他天天训练有什么用，一到关键时刻就掉链子，还不是小成顶上去的。"

这美人妈一张霰弹嘴装满了弹药，把罗娜喷成了筛子，她缓缓地道："宇成妈妈，您先冷静一下，这个问题我们稍后再说，先把比赛看完。"

跳高资格赛开始了，已经有两三名选手进行过第一次试跳。

高明硕离场地最近，负责给段宇成和江天做场外指导。

高校部甲组的跳高比赛一共有37名选手参赛，资格赛一共分成两组进行，江天和段宇成都在A组。根据规则，男子跳高的及格线定为2米10，跳过及格线将直接晋级决赛。名额不足的话取成绩最好的选手填补，决赛共12人。

此外，在最后跳过的高度上失败次数越少排名越靠前。如果失败次数相同，则比较总的失败数，总失败数越少排名越靠前。

高明硕给段宇成安排的起跳高度是1米90，给江天安排的起跳高度是2米。

段宇成第一次试跳，动作干净利索，一次成功。

美人妈又开始欢呼。

吴泽来到罗娜身边，给她拿了瓶水，他看她的脸色，打趣道："你怎么比运动员还紧张？"

"没。"

吴泽喝了口水，往场上看："这小子心理素质挺好的。"

罗娜盯着场地，段宇成在比赛时注意力非常集中，平日训练他跳成一次总会回头找罗娜，但在真正的比赛里，他的视线只看着那根横杆。

1米9的高度已经淘汰了一批人，横杆升到1米95。

段宇成再次一次过杆。

罗娜情不自禁地拍了一下手，感觉心里越来越踏实。

吴泽说："及格线就别想了，1米95估计会卡掉一大批人。"他仔细琢磨了一下，又说，"B组估计也够呛凑6个能过1米95的，他们俩这稳进决赛了。"

罗娜没有说话，心里隐隐有些担忧，她看了场边的高明硕教练一眼，他的嘴角也抿成一道钢线。

不久后，担忧变成现实。

江天2米第一跳失败。

"不是吧……"看台上的其他队员十分惊讶，2米在平时训练里就是江天随便玩一玩的热身高度，竟然会试跳失败。

戴玉霞神色凝重，低声念了一句："我就知道。"

轮到段宇成试跳2米，一次成功。

高度到了2米，A组只剩下四个人了，江天只要过杆就稳妥晋级决赛。

第二次试跳，看台上的A大学生都站起来了，他们看着江天助跑，起跳，过杆——最后腰部刮碰，杆子跟人一起落到垫子上。

"你的起跳点没定好。"江天回到休息区，段宇成对他说。

其实他没说得太直白，江天岂止是起跳点没定好，他所有的动作没有一个是到位的。

"你活动一下吧，身体太僵了，静一静再跳。"

"我用你告诉我怎么跳？！"江天忽然大吼了一声。

段宇成眉峰蹙了蹙，没有应声。

现在场上只剩下江天和一个师范大学的选手，不同的是那名选手已经跳过1米95，而江天却还没有成绩。

在他吼完那句话后，两个人转身不再看他的第三次试跳，一个是戴玉霞，一个是高明硕。

"完喽，高教练生气了。"吴泽哼笑道，"江天惨了。"

罗娜瞪他："你还说得出风凉话。"

吴泽手肘搭在铁栏上，嘴角虽弯，眼神却冷静："这种情况你见得少吗？"

罗娜不语，吴泽又道："回去估计主任要找他谈话了，你让他做好心理准备吧。"

这时戴玉霞从他们身后走过，罗娜问她："你去哪？"

戴玉霞镇定地道："他肯定是没成绩了，我得去看着他点儿，以防他跳楼。"

罗娜："……"

戴玉霞的预言成真，江天第三跳也失败了，看台上鸦雀无声，谁都没料到这样的结果。

江天失败后，泄愤一般将横杆狠狠地摔到垫子上，头也不回地离去。

他在出口处碰见戴玉霞。

"滚！"江天脸色奇差，身体也像酒精过敏了一样大片发红。

戴玉霞把他拉过去："你要上哪去？你得跟队行动。"

"滚开！"

江天像得了狂犬病一样，拼命挣扎想甩开戴玉霞，但戴玉霞始终不松手。最后他一怒之下猛然用力，手掌不小心扇在戴玉霞的胳膊上，声音异常响亮。江天知道这一下有多重，他的手掌几乎是麻的。戴玉霞穿着短袖队服，胳膊迅速红肿起来。

江天咬牙，抽回手臂。

通道里安安静静的，不时有凉爽的秋风吹过。过了半分钟，戴玉霞转回头，脸上也没见什么怒色，声音也一如既往地平静："冷静下来了？"

江天彻底脱了力，站都站不稳，他靠着墙壁蹲下，低声说："你去冷敷一下，那是你的投掷手吧。"

戴玉霞哼笑："这影响不了我，你当我是你呢，纸糊的一样。"

江天甚至提不起反驳的力气。

静了片刻，戴玉霞低声道："江天，别跳了。"

江天抬头，戴玉霞壮硕的身躯挡着通道里唯一一丝光线。他看不清她的脸，汗水蒙住了他的视线。他只能听到她的声音："到这里差不多了，算了吧，别跳了。"

他听完这话愣了好久，才慢慢捂住脸，埋下头。

地上一点点湿润。

他只跳了三次，没可能出这么多汗，他过了好久才意识到那是自己的眼泪。

这一日的比赛成绩有喜有忧。

A大田径队在径赛100米、1500米两个项目，以及田赛跳高、跳远、标枪三个项目里，都有运动员进入决赛。其中最引人注目的当然是横跨两项进决赛的段宇成。

省运会主体育场就在本市奥体中心，赛事方统一给本地和外地的选手都安排了酒店。罗娜征求众人的意见，大家都觉得回学校休息比较方便，于是在开过短暂的总结会议后，众人乘坐校车返回A大。

段宇成回校后被高明硕拉去做跳高指导，高明硕谈完再轮到吴泽去做百米指导。因为第二天没有段宇成的比赛，他们都谈得比较深入，一直聊到晚上十点多，段宇成困得睁不开眼睛。

结束后段宇成没有马上离开，他去找罗娜，想问问她还有没有什么要叮嘱自己的。

他在罗娜的宿舍楼下找到她时，她正在跟江天说话。离得远，段宇成听不清谈话内容。他们站在繁茂的灌木丛前，头顶有盏细高的路灯，光芒微弱，表情也藏匿在浓郁的阴影中。

已入深秋，灯旁偶尔还有小虫徘徊。

段宇成在远处等了一会儿，发现他们没有要聊完的迹象。他从一边的主干道上来回走了两趟，罗娜和江天都没有注意到他。

再等下去段宇成怕自己会睡倒在路边，只能打道回府。

宿舍里只有贾士立和胡俊肖，段宇成随口问了句："韩岱呢？"

正在整理笔记的胡俊肖说："去图书馆了。你怎么回来这么晚？今天比得怎么样？"

贾士立从夜宵里抬起头对段宇成说："施茵一直找我，快把我逼疯了，给你发消息也不回。"

段宇成说："我比赛时不开机。"

"比得怎么样？"

"还不错。"段宇成简短地汇报了一下战况。

胡俊肖回头，递给他一个本子，说："行啊你，都两项进决赛了。这是今天上课的笔记，你看看不？"

段宇成摇头："先不看，比完再说。"他说完就爬床上去了。

贾士立在下面问："这就睡啦，澡都不洗了？"

"不洗了，比完再洗。"

贾士立和胡俊肖相互看了一眼，说："完了，比魔怔了。"

贾士立再次建议："你冲个热水澡呗，这一天多累啊。"

段宇成躺在床上，望着纯白的天花板。他觉得自己或许该跟贾士立说一下不洗澡的理由——赛前肌肉最好处于紧张状态，这样才有利于出成绩，而洗澡，尤其是洗热水澡会促进血液循环，加快新陈代谢，让精神和身体都放松下来。

比赛没结束，他还不能放松。

他想开口解释，但眼皮越来越沉，嘴巴刚启了一道小缝就彻底失去了意识。在沉入梦乡之前，他似乎又看到了夜色里罗娜与江天交谈的画面。

三

罗娜跟江天聊了很久，聊到最后江天都坐在路边的台阶上了。

罗娜问他："你还想继续练吗？"

江天低着头，想在地上找找能分散注意力的东西，但地上没虫、没草，连小石子都很少。

"我不知道……"他无力地说，"我比不出成绩，我也不明白为什么一到比赛我就那么紧张。我家里还不知道我比得这么差，他们很期待我这次比赛。"

罗娜说："你不要管别人，你自己怎么想，还想继续走这条路吗？"

江天抬头："高教练对我肯定彻底失望了，他不会再给我机会了。"

"还没到这么山穷水尽的地步。"罗娜的声音很稳，她没有太过感性地安慰江天，也没有冷冰冰地阐述事实，她用一种极为客观的、让人能够静心思考的语气对江天说，"你平日的训练成绩在这儿放着，实力是有目共睹的，但是每个运动员都有自己的长处和短处，你的短处就是意志品质较为薄弱，容易被困难吓倒。"

江天重新低下头。

罗娜又说："如果你想继续走这条路，那接下来我们就要在这方面多训练，至于高明硕教练那边，我会去跟他谈。如果你不想继续的话，你也可以跟我聊聊接下来的想法。"

理性的谈话多少驱散了点江天内心的苦闷，他没有马上给出回答，说考虑几天。

罗娜点点头，说："也行，你好好想想。你可以跟戴玉霞多讨论一下，她是真的关心你。"

"好。"

"不早了，回去休息吧。"

"教练……"江天抬头看罗娜，问，"没想好之前，我还能继续跟队训练吗？"

罗娜笑了，说："当然可以。"

第二天没有段宇成的比赛，百米和跳高决赛都在后天，上午跳高，下午百米，听着就是一场恶战。罗娜想他在校休息一天，段宇成没同意，理由是假都请了，不去就浪费了。

今天有400米和800米的半决赛，还有撑竿跳资格赛以及跳远决赛。吴泽去忙活400米了，罗娜和其他队员坐在看台上。

A大的撑竿跳项目水平一般，两名选手的发挥都不是很理想。撑竿跳不好练，技术要求在田径项目里可以称得上顶级。王启临这几年为A大物色了多名撑竿跳运动员，但高水平的还是太少。

最后A大的两名运动员都没有进决赛，伴随着最后一跳的横杆下落，罗娜叹了口气。

面前忽然多了个餐盒，里面装着各种切好的水果，罗娜转头，段宇成把盒子往前送了送。

"你什么时候买的？"

"早上，体育场外面有家水果店。"

罗娜捡了颗小西红柿放到嘴里。A大的两名撑竿跳运动员失落地离开场地，她摇着头说："差距太大了。"

段宇成轻松地道："你要想开点，4米25的成绩在女子撑竿跳里已经算是国际级运动健将了。"

罗娜说："问题是这是男人跳出来的。"

段宇成想了想，说："是有点惨，我都能跳过4米。"

罗娜斜眼看他："你就吹吧。"

段宇成也不强求："不信算了。"

比赛间隙，段宇成的注意力放到餐盒里，选妃一样在几块哈密瓜里挑来挑去，最后戳了一块形状饱满、色泽亮丽的出来，递给罗娜："吃瓜吗？"

罗娜正琢磨着刚刚的比赛，没听到他说话，段宇成用手指碰碰她的胳膊，说："来，吃瓜。"

罗娜回神："你自己吃吧。"

"就吃一块。"他卖力地推销，"这是我精挑细选出来的瓜中贵族，百岁瓜。"

"……你神经病吧。"

"快吃。"

段宇成今天没有比赛，难得地换上了A大统一的秋款运动服，他一直嫌弃红黄搭配的颜色太过艳俗。罗娜倒觉得他穿这身很漂亮，主要是衣服花纹设计得很精美，像文了两条花臂一样。

段宇成嫌热，袖子撸过手肘，外套拉链也拉开。他里面穿着白色的运动短衫，领口露出的脖颈线条流畅而柔软。

他的百岁瓜推销出去后，开始拿牙签扎苹果。可能是图省事，他一根牙签串了三块苹果，像糖葫芦一样一口吞到嘴里。

罗娜说："你别噎着。"

段宇成两腮鼓鼓的，像只金鱼，他一口将苹果囫囵吞下，说："我还能串更多呢。"

他似乎天生带着让人放松的气场，罗娜心情爽朗地跟他闲聊起来。

"你妈妈今天怎么没来？"

"被我爸叫回去了，怕她在这儿影响我比赛。"

"对了，你爸多大岁数？"

"四十七岁。"

这倒是个正常年龄，罗娜算了算，说："那你爸妈年龄差了十一岁啊。"

"是啊，怎么了？"

"没怎么……"

段宇成神色悠长地问罗娜："你信不信这个也是会遗传的？"

罗娜没听懂："什么遗传？"

段宇成耸耸肩："没事。"

"你爸是做什么工作的？"

"卖鱼的。"

"……"

段宇成笑道："他是做水产生意的。我家在海边，我爸年轻时做生意赚了点钱，但比较花心，后来遇上我妈才算学好。"

不一会儿撑竿跳运动员回来了，罗娜结束闲聊，去跟教练们讨论正事。

段宇成坐在原位等着，不多时罗娜回到座位，段宇成问她："说什么了？"

"没什么，就是些比赛里遇到的问题。"

"能有什么问题，就是专项素质不行呗。"

罗娜瞥他一眼："站着说话不腰疼，你懂撑竿跳吗？"

段宇成没有马上回答，他跟罗娜对视三秒钟，露出了运动员比赛时才会有的眼神。他手拄着脸，说："其实刚才我报4米有点谦虚成分，你给我一个月，我上场成绩绝对高于4米25。"

"哟，牛了你。"

段宇成问："你不信我？"

罗娜发现段宇成很喜欢问她相不相信他，有种少年特有的执拗。

在专业男子撑竿跳里，4米25的成绩完全拿不出手，但好歹也能达到国家二级运动员的标准。撑竿跳项目的技巧要求非常高，没有经过专业训练，身体素质再好也无济于事，这跟兼项径赛是不同的概念。

罗娜审视着他，随口问："影响撑竿跳成绩最主要的因素是什么？"

段宇成回答神速："握竿高度和腾起高度。"

罗娜微微惊讶。

段宇成笑着说："你是想考我理论知识吗？"

罗娜说："你真懂撑竿跳？"

段宇成说："撑竿跳就是个能量转化的过程，持竿助跑获得动能，插穴起跳让动能转化为弹性势能，通过撑竿反弹将人体送上高空，弹性势能转化成重力势能。"

这是田径教学里的标准答案，几乎一字不差。

段宇成语气平稳，说话时还伴着轻盈的手势。

"握竿点高，助跑速度快，摆体幅度大，成绩就会好。布勃卡在创造6米14的世界纪录时，握竿点是5米22，最后5米的助跑速度高达10米/秒，体重和撑竿磅级差额达到了20千克。"

罗娜揉揉脖子，她都记不住这么确切的数字。

段宇成说这些话的时候看起来像个睿智的理科生，罗娜猛然想起他是靠文化课考入A大的，她时常忘记他那调皮的傻笑下藏着的聪明脑筋。

"你研究过这些？"

"不算研究，但从小一直看。海岛上能玩的东西少，我大多时间都在看体育方面的书，看多了就忍不住自己练。"

有个念头在罗娜脑海中一闪而逝。

"怎么了？"段宇成洋洋洒洒地说完一通，发现一句表扬的话都没有，略微沮丧，"我哪里记错了吗？"

"没有。"罗娜拍拍段宇成的肩膀，"小脑瓜挺聪明的。安心准备比赛吧，以后有机会让你试一试。"

四

第二个比赛日，虽然撑竿跳失利了，但A大的400米和800米运动员都顺利进入决赛。更好的消息是大二年级的学长在跳远决赛中一举夺魁，成绩7米72。

这是A大田径队本次比赛拿到的第二块金牌，还有一块来自体育场外进行的20公里竞走。

终于来到跳高和百米的决赛日。

段宇成如往常一样一大早从寝室出来，发现有人等在宿舍楼门口。

施茵穿着一条杏色的收腰刺绣连衣裙，长发披散，微低着头，姿态柔美清秀。

段宇成脚步顿了顿，然后挎着运动袋来到施茵面前："你怎么在这里？"

施茵笑着说："今天不是决赛嘛，我去帮你加油。"

"啊？"段宇成惊讶地道，"你不上课了？"

"今天没课啊。"

段宇成半张着嘴巴思考了半秒钟："今天周五，怎么会没课呢？"

"请假了呗。"

这时吹来一阵风，施茵的发丝乱了，她伸手拨开。因为之前崴脚的心理阴影太过强烈，她一抬手，段宇成条件反射地弹开两米远。

施茵："……你干吗啊？"

段宇成清了清嗓子："没什么。"

罗娜在大客车上等了一会儿没见段宇成来，把东西放在车上去找他。离集合时间还有半个小时，罗娜溜达到段宇成的宿舍楼下，看到段宇成和施茵在说话。

罗娜笑着问："大清早在这儿喝西北风呢？"

她的到来吓了段宇成一跳。

"教练。"

"罗老师。"

罗娜打量施茵的装扮，打趣道："准备约会啊？"

施茵脸微红，解释说："不是，我想去给段宇成加油，他非不让我去。"

罗娜看向段宇成："为什么不让人家去，怕比输了丢人啊？"

段宇成蹙眉："没，今天班里有课。"

"我都说了我请假了。"

"她肯定没请。"

施茵急道："你怎么知道我没请，我跟老师都说好了，我今天早上五点半就起来了。"

罗娜的视线在两个小朋友之间转来转去，段宇成小眼神使劲甩，向她传递无声的信号——他不想让施茵去。

罗娜琢磨两秒，对施茵说："是这样的，不是他不让你去，是你去了也进不了会场。"

施茵奇怪地道："为什么？"

罗娜说："会场哪是随便进的啊，这可是省运会啊姑娘。"

施茵在认识段宇成之前对田径一窍不通，听完罗娜的理由就相信了，失望地说："这样吗？"

其实罗娜也不算骗她，会场的确不能随便进，但也没管得那么严，要不美人妈怎么混进去了呢？

罗娜笑道："你好好上课吧，一天很快就结束了。你穿这么漂亮去现场，我还怕他会发挥失常。"

施茵无奈地道："那好吧，你们比赛加油。"

目送走了施茵，罗娜与段宇成前往集合地点。路上，段宇成对罗娜说："她穿什么我都不会发挥失常。"

罗娜看向他，段宇成又说："就算她不穿我也不会分心。"

"……"罗娜逗他说，"人家小姑娘喜欢你，你看不出来吗？"

"看出来了，所以不让她去。我不喜欢她，不想她浪费时间。"

"哟，你还挺挑，施茵多好看啊。"

段宇成面无表情，干巴巴地道："我不缺好看，我自己也很好看。"

罗娜哈哈大笑，段宇成哼哼两声，情绪貌似不高。

到达体育场是六点半，八点十五是跳高决赛。一下车高明硕就领着段宇成去主会场旁的网球场地做准备，罗娜则跟着10000米运动员去另一边的场地热身。

10000米是一枪决赛，比赛时间是七点半，这是今天的第一项比赛。A大的10000米选手是从外省省队特招回来的运动员冯晓林，实力很强。他做了十来分钟的热身，便跟着教练去检录处检录。

罗娜本想去看看段宇成的情况，但时间来不及了，万米很快就要开始比赛了。

今天除了有10000米比赛外，还有100米、400米、跳高三项决赛，另外还有三级跳的资格赛以及3000米障碍的小组赛。

紧张忙碌的一天。

今天会场观众要比前几天多，毕竟100米和400米是田径比赛的重中之重。连王启临都亲临现场观战，前几天他一直以赛事组委会成员的身份跟体育局的同事们在一起。

七点半，10000米比赛准时开始。高校组的万米跑报名人数比较少，只有16个人，除了冯晓林外，还有两个实力比较强劲的选手，一个是师范大学的特招生，还有一个是体育大学的学生。

因为实力差距比较大，比赛刚开始不到2000米，这三名运动员就脱离了其他选手，形成一个小集团。

万米跑主要考验的是耐力，一跑就将近半小时，观众们的情绪比较舒缓。看台上的其他队员有说有笑，只等着看最后的冲刺阶段。

还有两圈的时候，师范大学的特招生开始落后，冯晓林第二，体育大学的学生跑到第一位。

还剩一圈，看台上的队友们听到裁判的摇铃声纷纷坐直身体。

冯晓林在最后400米率先加速，跑到第一位，几个年轻学弟欢呼着站了起来。

"下去，别挡光。"后排的戴玉霞抱着手臂岿然而坐。她身边是最近失眠多梦的江天，虽然没比赛了，但他依然每天顶着两个黑眼圈跟队观战。

戴玉霞这种老队员看比赛比较透彻，对激动的学弟说："别高兴太早，不是早加速就能拿第一，真正冲刺能力强的运动员最后才会发力。如果冯晓林200米内甩不掉那个体育大学的，后面肯定会被反超。"

她的预言成真，冯晓林拼尽全力，但始终无法甩开体育大学的运动员。那位体育大学的运动员就像块老膏药，不紧不慢地黏在冯晓林身后。长跑教练的脸色越来越难看。最后200米，体育大学的运动员开始全力冲刺，不出五秒钟就反超了冯晓林，并将差距拉得越来越大，最后以30分6秒撞线。

冯晓林第二名，30分13秒，成绩差强人意。

过了线，两个运动员一起瘫倒在地。

队里一名三级跳运动员问："现在总积分多少了？我们学校第几名？"

他的队友回答他："废话，肯定第二啊，该死的体育大学。"

罗娜听到队员们的讨论，脸色尴尬。

全省高校，甚至全国高校范围内，A大的体育水平都是相当不错的，甚至还向国家队输送过不少运动员。不过跟专业的体育大学比还是差了一截。只要是以学校为单位的大大小小的比赛，A大永远是传说中的千年老二。

在罗娜为A大悲催的命运感慨的时候，参加跳高决赛的运动员进场了。

"哎，看那边。"刚刚讨论积分的队员指着赛场上，"跳高没准有戏，那小子临场发挥挺不错的。"

被师哥们寄予厚望的"那小子"已经来到准备区。

段宇成穿着一套新的白色比赛服。虽然队里有统一的队服，但没有做硬性要求，段宇成还是喜欢穿自己的衣服比赛。为了保暖，他肩上披着长袖校服。一般运动员都不太喜欢选浅色比赛服，第一怕脏，第二穿起来也不好看。但段宇成长相俊秀，肤色白嫩，穿上这样的运动服看起来像只小白鸽一样，既干净又有动感。

高明硕为段宇成安排的第一次试跳是1米95，比资格赛高了5厘米。

资格赛第一名还是体育大学的学生，是从B组晋级的，成绩是2米08。段宇成站在这位体育大学的学生旁边，矮了快一个头。

师哥A说："啥也不差，就是矮了点。"

罗娜："……"

比赛开始，起跳高度是1米85，两名报了这个高度的运动员全部一跳成功。随后高度升到1米90，这个高度开始试跳的运动员很多，有几个发挥不稳定，跳了两轮才过去，但依旧无人被淘汰。

之后，横杆终于升到1米95。

罗娜的心提了起来。

段宇成抽签靠前，前面一名运动员试跳失败后轮到他。

第一跳最能看出运动员当日的竞技状态怎么样，段宇成助跑，起跳，过杆，一气呵成。

他背越横杆的瞬间，所有人都愣了一下。

顺利落垫后，段宇成回到准备区。

师哥A又开始点评了，说："穿白色运动服跳高挺好看啊。"

师哥B赞同道："没错，回去我也弄一套。"

后方座位传来不屑的冷哼，戴玉霞毫不留情地道："就你俩这脸，穿白衣服是准备装蛾子吗？"

师哥A不满地回头："戴大侠你怎么说话呢？"

戴玉霞道："我是帮你省钱，别买回来当睡衣了。"

罗娜在段宇成第一跳后心态放平，从第一次试跳就能看出段宇成的精神非常集中，努力保证过杆率，在1米95这种相对轻松的高度上也拿出百分之百的专注。

1米95是今天遇到的第一个坎儿，这个高度淘汰了一多半人。到2米的时候，还剩下五名选手。段宇成2米也是一次过杆，两次试跳成功率都是百分之百。

师哥A说："看余地还是体大的那个强一点啊，过2米跟玩一样。"

戴玉霞说："本来我们这儿也有个过2米跟玩一样的人。"

大家无语地看向她，真是哪壶不开提哪壶。

江天窝在椅子里，一言不发，木乃伊一样。

2米的高度又掉下来一个人，还剩4名选手。

体大生下一跳要了2米06，段宇成和剩下的两名选手都选择了2米03。

按照顺序，段宇成第一个试跳。

那名体大生姿态轻松地坐在准备区等待，他的自信和松弛感给了其他选手很大压力。罗娜也当过运动员，她知道在赛场上运动员之间的气场会相互影响，越是实力强劲的选手越能在无形之中震慑对手，让人心慌意乱连正常水平都无法发挥。

罗娜双手攥着栏杆，捏得死死的，敛声屏气盯着场地。

她心中默念，千万不要被对方的气势压倒了。

段宇成凝视横杆，准备了两三秒，然后抬手顺了一下自己的两鬓。

这动作让罗娜微微一怔。这是霍尔姆以前比赛时的小动作，段宇成已经很久没有做过了。

这个动作让罗娜的记忆倒流回去年夏天，在欢快的高中运动会上，那个活泼硬朗的少年，一跳就将女同学打上高空的羽毛球抓住。

那画面好像过去了很久，又好像就在昨天。

视线里的白鸽轻盈地飞过天空，像轻纱，像云朵。横杆稳稳地停留在原处。看台上的队友们兴奋地站起来鼓掌高呼。段宇成落下垫子后，第一次望向看台方向。台上有这么多人，但罗娜就是知道他在找她。

他们视线交会。

段宇成浅笑，伸出左手，食指笔直地指向天空，寓意不言自明。

五

2米03跳完，场上只剩三个人。

高度到了2米06。

其实2米06对于职业选手来说依然是相对轻松的高度，但高校学生还没有完全步入职业化训练，尤其是段宇成平日还要兼顾文化课学习，这个高度对于今年刚刚十九岁的他来说很有挑战性。

遥想去年的高中运动会，段宇成刚刚能跳过2米，短短一年过去，经过高明硕教练的系统训练，他的成绩可以称得上一路飙升。

2米06，他再一次一次过杆。

"可以啊这小子！"看台上的队友们兴奋起来，"一周也没来几次训练，练得这么好！"

抽签靠前也有好处，如果先跳过去了，压力自然就落到后面的选手头上。到现在为止，段宇成和体大生的过杆率都是百分之百。

接下来的那名工业大学的选手2米06第一跳失败了。

终于轮到体大的运动员。

师哥A和师哥B很没素质地小声诅咒："掉下来掉下来掉下来掉下来……"

可惜人家的实力在那儿摆着，随着一套干净漂亮的动作，体大生2米06也是一次过。

"啊——"师哥们失望地靠到椅背上。

戴玉霞说："现在就看他和段宇成谁先失败第一次了，想不到小可爱临场发挥这么超常，是个比赛型选手。他已经让对手感觉到压力了。"

江天眼角一抽："……小可爱？"

看完体大生这一跳，罗娜心里忽然燃起希望。虽然体大生的起跳动作还是十分流畅，但在教练员眼中，能看出他这一跳明显要比之前紧了很多。

工业大学的选手三次试跳2米06均以失败告终，最后成绩2米03，拿到第三名。

场上只剩下段宇成和体大生。

高度来到2米09。

段宇成思考片刻，往看台这边望了一眼，向高明硕比画了一个手势。高明硕静了两秒，冲他点点头。

段宇成找到裁判申请免跳。

"都这时候了还申请免跳？"看台上的队友们又震惊了，"下个高度就是2米12了啊，这也太冒险了吧！"

根据跳高规则，运动员可以在裁判宣布的任何高度上开始起跳，也可在任何一个高度上决定是否免跳。

他这一免跳，直接轮到体大生试跳2米09。

因为腰伤不能参加比赛的刘杉也来到现场，看到段宇成这个决定，他阴森地评价道："这混账东西，平时表现得人畜无害，其实阴险得很。"

戴玉霞说："这不叫阴险，这叫谋略，叫自信，换你你敢这个时候免跳吗？"

刘杉："哼！"

罗娜知道段宇成肯定是看出体大生上一跳动作发紧了，所以马上把更大的压力转嫁给他。如果体大生2米09试跳失败了，那他的心理状态就会发生极大的转变，节奏很有可能完全乱套。

但这也是赌博，万一体大生跳过2米09了，那压力就重新回到段宇成这边。

罗娜望向体育大学的看台，那边的教练员也个个面色凝重，段宇成这一免跳把所有人都搞得紧张兮兮。

"不用太担心。"高明硕走了过来，他看出罗娜的担忧，说道，"段宇成是个头脑清醒的运动员，他申请免跳肯定是考虑过的。我看他跳2米06的时候很轻松，他今天的状态很不错。"

但愿吧。

体大生调整了一下状态，准备第一次试跳。随着他的助跑，后四步加速，在起跳的瞬间，罗娜脱口而出："角度太大了！"

横杆落下，体大生第一次试跳2米09失败了。

师哥、师姐们振臂高呼。

罗娜："……"

体育场挺大，但一共就这么点人，还都是亲友团，A大这边一欢呼，体大那边就听到了，隔着几十米远都能嗅到浓浓的火药味。

刚刚忙活完400米决赛的吴泽回来看台，见此一幕，嫌弃地道："我说你们能不能有点格局？一个个的，欢呼不会在心里欢呼吗，非得让人看笑话？！"

观众们闭上嘴巴，坐了回去。

如众人所料，2米09第一次试跳失败后，体大生的节奏乱了。他第二次试跳2米09，连准备都没怎么做好就开始助跑，结果当然还是失败。

体大的教练见状，采取行动，他招呼运动员，示意他也免跳2米09。

根据跳高免跳规则，在一个高度上，运动员第一次或第二次试跳失败后，仍可请求免跳，但在下一个高度上试跳次数只能是前一高度上试跳失败后所剩余的未跳次数。

也就是说，体大生只有一次试跳机会了。

体大教练此举也是想放手一搏，首先让自己的运动员调整一下心态，再来就是把压力转回段宇成那边。他逼着段宇成先跳2米12，企图让他失败后也自乱阵脚。

横杆升到2米12，段宇成第一次试跳。

如果他能过这个高度，那这枚金牌就有七八成的把握了。除非体大生最后一跳也过了2米12，那他们就要去角逐2米15。

段宇成在助跑起点位置做最后的准备，看台上的队友们鸦雀无声。

段宇成开始助跑，罗娜的呼吸都随之停住了，她看他加速，起跳，过杆。臀部轻轻擦到横杆，杆子晃了晃，落了下来。

大家集体叹气，罗娜后背也出了汗。吴泽来到她身边，还是熟悉的放松，还是熟悉的懒散。他遥望段宇成，笑道："他都跳到2米12了？"

罗娜跟他讲了段宇成申请免跳的事，吴泽淡淡地道："他心脏倒是挺大的。"

轮到体大生最后一次试跳。

"这个学生我熟悉。"高明硕忽然说，"他最好的成绩好像有2米20，但这一两年一直没有再提高。之前他还联系过我，说想来跟我练。"

这罗娜倒没听说过："您没要他？"

"没要，年龄大了，而且伤太多了。"

罗娜无言，目光回到场上。

高明硕平静的否定听起来很是残酷。罗娜有想过做一名顶尖运动员有多难，身体素质、心理状态，甚至运气，缺一不可。而且运动员是为数不多缺少"厚积薄发"的职业，尤其对于田径而言，年龄是一道永远无法跨越的横杆。

罗娜见过很多二十五六岁的运动员，明明是风华正茂的年纪，却散发着与年龄不符的沉稳与厚重，甚至是苍老与倦怠。

所以教练员都喜欢年轻人，虽然稚嫩，但精神没有被磨砺，身体也没有被摧残，仍有无限可能。

这一愣神的工夫，这名体大生已经开始试跳了。短暂的休息并没有让他恢复多少状态，即便他用尽全力向上拔高度，最后还是倒杆了。他的最终成绩定在2米06。不过名次还没确定，因为段宇成现在的成绩也是2米06。

现在压力完全落在段宇成身上。

因为他和体大生在2米06之前的所有高度都是百分之百的成功率，一次过杆。所以如果段宇成2米12剩余两次试跳失败，那么按照本次运动会的规则，将会以起跳高度判定名次。

段宇成起跳高度是1米95，而体大生是2米。

江天皱眉道："这就被动了。"

戴玉霞说："这不叫被动，机会明明掌握在自己手里，体大那个才叫被动。"

江天不满地道："你总呛我干什么？你以为2米12这么好跳呢，他要这么轻松就能过去，当初特招就不会招刘杉进来了！"

刘杉趴在椅子上，一脸吃了屎的表情："你们唠你们的，能不能别加我？"

段宇成第二次试跳，这次准备时间比之前更长了，但跳得也比第一次好，可惜还是蹭到了横杆。

杆子落下，这回轮到体大那边欢呼起来。

A大的队员们义愤填膺，气得脸红脖子粗。

吴泽回头喊："都消停点，坐下！"

他跟罗娜说："现在这些年轻人火气越来越旺了。"

罗娜像没听到一样。

吴泽挺少见到罗娜这么专注的时候，她脸色深重，屏气凝神，同样专注的还有高明硕教练，他们两人的眼睛都长在了段宇成身上。

这时王启临来了，他是为了等会儿的400米决赛来的。面对如此紧张的跳高比赛，他的情绪跟吴泽一样放松："还有最后一跳了？"

罗娜听到王启临的声音，脑中忽然拨动了根弦。她想起他们去年去三中时的情形，她第一次见到段宇成的时候，在树下翻看他的训练和比赛资料。

他的第三跳成功率是多少来着……

罗娜心里紧张，无法有效地抓住回忆片段，但这短短的一次思考却像给她的心脏打了一针强心剂一样，她居然鬼使神差地自信起来，好像得到了上天的某种预示一样。

再看段宇成，他助跑，起跳，过杆。他的第三跳比第二跳动作更舒展、准确，落垫后，横杆稳稳地停留在高处。

A大的看台瞬间炸了。

这回包括罗娜、高明硕以及吴泽在内，所有田径队的人都喊了起来。罗娜的声音甚至盖过了队员们。她兴奋地抓紧王启临的胳膊："你看到没！看到没！我说过他第三跳成功率高吧，你记得吗？你还记得我之前跟你说的吗？"

王启临不愧为大家风范，在激动的下属面前岿然不动，笑道："行行行，你赢了还不行吗？"他也感慨了一句，"想不到啊，这小子临场还可以啊。"

获胜的段宇成一脸笑容，向队友们比画了一个熟悉的爱心。

戴玉霞猛一拍掌："嘿！乖乖！"

江天吓得差点弹起来："你疯了！"

天色太美，阳光正好，春风得意的少年，此时成了全世界最美的风景。

六

段宇成回归队伍得到了英雄般的待遇。因为段宇成年纪比较小，队友们都把他当弟弟一样对待，你推一把我捏一下，段宇成怕被戳到肋骨，抱着自己左右摇摆。

"拿金牌的得请客啊！"师哥A说。

其他人也跟着起哄："没错，这是规矩！"

"行行行，我请客。"段宇成努力分散众人的注意力，"别弄我了，400米决赛要开始了。"

400米决赛的八名运动员已经上道准备了。代表A大参加比赛的由思跟冯晓林一样也是从省队特招回来的运动员，按照半决赛成绩分在第七道，四、五道的最好道次还是体育大学的两名选手的。

王启临和吴泽神色严肃，400米是他们非常看重的项目。

罗娜本来在看台前方站着，可心有点飞了，总想去夸奖一下段宇成。她趁着其他教练员说话的工夫，偷偷回到座位。

段宇成已经披上了长袖运动服，见罗娜来了，马上帮她把座上的东西收拾好。看台上前后两排座位间距比较小，对于手长脚长的运动员来说坐着不太舒坦，加上还堆着大大的运动袋，段宇成干脆脱了鞋光脚踩在行李上。

罗娜坐下，跟之前的队员们一样，狠狠地捏了下他的脖颈。

"哎呀，痒！"

段宇成求饶，罗娜松手，兴奋地看着他："太棒了你！简直太棒了！太棒了！"

她一连说了几遍"太棒了"，说得段宇成又嘚瑟又想笑，他逗罗娜说："你这词汇量是不是太匮乏了？"

他现在是功臣，罗娜懒得跟他计较，使劲拍他一下："太争气了！一比赛就刷新最好成绩！"

她高兴的时候眼睛睁得大大的，完全没有平日的严肃，说话也像个活泼的小姑娘一样直来直去。

搞得段宇成反而拘谨起来："是吗？还行吧……"

"臭小子你还端上了！"罗娜又拍了他一下。

400米决赛准备完毕，裁判开始喊口令。

罗娜的注意力放回比赛。

400米是径赛里公认的最难练的项目，长度介于短跑和中长跑之间，对运动员的专项技巧和身体素质有着极为严苛的要求。

罗娜瞥向段宇成，他的注意力也集中在赛道上。罗娜回忆道："我记得去年高中比赛的时候，你400米是53秒8。"

段宇成转头看罗娜："你还记得我那次400米的成绩？"

罗娜说："记得啊，当时你在第三道对吧？"

段宇成嘴角自动往上一提，眼睛也亮了起来，像只惊喜的萨摩耶："你这也记得？"

罗娜自己也很惊讶，笑道："嘿，我这记性还可以啊。"

段宇成有点控制不住了，比赛获胜给他壮了胆，他忽然抬起左臂揽过罗娜。因为紧张，他的动作稍显僵硬，搂住一下马上就松开了。

罗娜惊讶地看向他，段宇成心率爆炸，故作镇定，飞速思考她要是问问题自己该如何回答。但这时400米比赛开始了，发令枪一响，罗娜的注意力就被吸引走了。

段宇成松了口气，也不知是庆幸还是失望。

段宇成心跳渐渐平静，活动了一下左手掌。刚刚搂住罗娜的瞬间，他第一次感觉自己的手掌原来长得这么大，都能把她整个肩膀包起来了。

400米决赛跑了半程，由思处在第二名。罗娜发觉自己在看400米决赛的时候远远没有刚刚看跳高决赛时那么紧张。身边的段小朋友也是如此，虽然他也在认真看比赛，但到底刚拿了个冠军，神色轻松自在。

段宇成身体靠向罗娜，小声说："哎，你看吴教练，都快翻下去了。"

王启临就站在吴泽身边，像个死神一样，逼得吴泽恨不得自己下去跑。他双手抓着看台边沿，随着运动员跑远自己的身体也一点点往外探。

段宇成狡黠地盯着他："呀呀呀，真的要掉下去了，主任也不说帮忙拉一把。"

"啧。"罗娜皱眉，低声道，"别乱说话！"

段宇成耸耸肩。

因为身处外道，由思看不到其他对手的情况，在前200米就已经拼尽全力。后面体大的两名选手在内道拼命地追，在最后一个弯道一名选手将由思超越。

进入最后一百米，观众们站了起来，运动员咬紧牙关全力冲刺。

400米的最后一段冲刺跑，是人体运动器官和内脏器官在大量缺氧的条件下完成最大强度的工作，属于极限强度运动，最能体现运动员身体素质的差异。

本来过弯道的时候，第四道的体大生超过了由思，但在最后100米冲刺阶段，由思的速度再次拉起来，还差50米左右的时候实现了反超。这个阶段的冲刺可以说全靠意志力撑着，一旦被超越，精神上就已经垮了，几乎不可能再次反超。

最后50米，差距越拉越大，由思以第一名的成绩率先冲过终点，成绩47秒23，相当不错，打破了高校纪录。

吴泽的手掌狠狠一拍铁栏。罗娜看得有趣，捕捉他的心理活动，大概是——"啊，这次又混过去了。"因为王启临一直对他懒散的作风不满意，亏得他每次都走狗屎运，弟子成绩都拿得出手。

终点处，由思累得直接坐到地上。吴泽活动了一下肩膀，去迎接大功臣。

罗娜笑道："教练和徒弟就像父子一样。"

段宇成说："吴教练没那么大年纪吧。"

罗娜无所谓地道："那就兄弟呗。"

段宇成举一反三道："既然吴教跟由思是兄弟，那你跟我就是姐弟，你怎么不让我叫你姐姐？"

罗娜吊着眼梢看向段宇成，想起了刚刚他过来搂她的举动，说道："你是赢了一场不知道怎么美了是吧？"

"嘿嘿。"

罗娜弹了他一个脑瓜嘣，段宇成双手捂着头："疼死了！"

罗娜靠在椅背上，心情舒畅地欣赏着蓝天白云。这届省运会水平很高，选手们发挥得都不错。而且天公也作美，晴空碧日，不冷不热，气温和湿度都刚好，也没有大风。

段宇成深吸气，两只手掌抓着自己的小腿，蠢蠢欲动："我也想跑。"

罗娜斜眼看过去，段宇成每次露出这种自信果敢的表情，眼睛都是会放光的，周身蒸腾着能量。

"想跑是吧，晚上百米，有的你跑。"

上午最后一项比赛是三级跳的资格赛，师兄A和师兄B去做准备了。

"我们去热身了教练！"

"好！"

今天成绩斐然，有段宇成和由思珠玉在前，师兄A和师兄B的斗志也被点燃了。

"看我们去赢体育大学！"

"好！"

理想是美好的，现实是残酷的。三级跳资格赛的及格成绩是16米20，基本不用想了。跟跳高一样，大家都在争前12名进决赛。师兄A的赛季最好成绩是15米35，师兄B的赛季最好成绩是14米99。

体大的选手抽签第一个出场，第一跳16米17。

大家："……"

罗娜靠回椅背，对段宇成说："回去休息一下吧，你晚上还有比赛。"

"我不累，看他们比完一起走吧。"

"晚上可是两枪。"

"你这么相信我能进决赛啊？"

"你当然能进决赛。"

听罗娜这么说，段宇成乐开了花："好，那我回去睡一觉。你跟我一起回去吗？"

"你需要我陪你回去？"本来罗娜是要等着三级跳比完带队一起回去，听段宇成问话，她略一思索，觉得赛时让运动员一人行动确实不妥，拍拍衣服起身，"走吧，我送你。先吃个午饭，然后你回寝室睡一觉。"

激情洋溢地比了这么多场，才刚刚到中午。罗娜带段宇成返回校园，学校下了课，学生们都往食堂涌。

罗娜想给段宇成节省休息时间，提议道："咱们去外面吃吧。"

段宇成摇头："不用，食堂就行。"

他先一步进了食堂，活泼矫健，看不出疲惫，台阶都是蹦上去的。正是饭点，食堂里人山人海。他们找了个空位，段宇成让罗娜坐着等："你要吃什么？我去打饭。"

罗娜觉得他们的角色好像反了，起身道："你坐着，我去打。"结果被少年按回去了。

"你不说我就自己随便拿了啊。"他说完朝人群走去。

罗娜在后面嘱咐道："你多拿牛肉！要油少一点的菜！"

段宇成挥挥手，表示自己听到了。

罗娜看着段宇成的背影，要说他的身高在均高190厘米以上的跳高队里是稍矮了点，但在普通学生之间还是挺不错的。尤其是他常年锻炼，身材挺拔，一身运动服走在学生堆里，像根标枪一样引人注目。周围的人都在打量他，不少女同学凑在一起窃窃私语。

排队轮到段宇成，他上来就跟打饭阿姨说："帮我打一斤米饭。"

后面的几个男生瞪大眼睛，看着他的衣服，小声讨论。

"体育学院的？"

"打篮球的？"

"这是田径队的队服吧……"

段宇成米饭打得猛，肉要得更猛。因为牛肉比较贵，要的人少，食堂存量也不多，段宇成看看情况，把红烧牛腩全包了，让阿姨都装到一个大盘子里。阿姨好心地提醒他："一份九块钱，这几碗全拿了得一百多块呢，吃得了吗？"

段宇成笑道："吃得了。"

最后段宇成一手一个盘子，都装得满满当当像小山一样，结账的时候花了一百七十多块。

段宇成手上力气足，端着沉甸甸的盘子穿梭在人群之中，一滴汤都没掉。

他把餐盘放下，一抬头发现罗娜一脸探究地看着自己。

"干什么？饿傻了？"

"你敢这么跟教练说话？"

"嘿，罪该万死，给你喝口西红柿蛋花汤开开胃。"

罗娜正好渴了，仰脖把蛋花汤一口干掉了。

段宇成被镇住，说："……你可真豪放。"

罗娜潇洒一笑，接过他递来的米饭。

两人闷头一阵狂吃，练体育的人吃东西快，风卷残云，被食堂阿姨担心的一盘子牛腩被师徒二人当成阶级敌人一般消灭了。

吃到中途，罗娜不动声色地压低声音，说："你后面两排的女生都在看你。"

"嗯？"段宇成噎了一嘴拍黄瓜，要回头看。

罗娜在桌子下面磕了他的鞋子一下："别看，有没有点帅哥的矜持！"

段宇成翻了她一眼，接着吃饭。

罗娜吃完了，靠在椅子里等段宇成，闲聊道："不是吹，我们田径队出去的个个都是万人迷，很受欢迎。"

段宇成哼道："我怎么没看出刘杉之流受欢迎到哪去？"

罗娜说："你不能以你的标准看，刘杉在普通学生里算不错的了。"

段宇成淡淡地道："他除了个子高以外还有哪称得上'不错'，你要不要看看他的考试成绩？"

罗娜啧了一声："你怎么这么爱呛他？"

段宇成说："你不夸他，我就不呛。"

罗娜打了个哈欠，说："将来等你们退了之后，再回想在役这段时间，就知道队友有多珍贵。"

桌旁偶尔路过几个人，目光总是落在段宇成身上，几乎都是女生。

罗娜笑道："你可真受欢迎。"

段宇成看她一眼，说："受欢迎又怎么样，还不是没女朋友。"

罗娜顿了顿。这片刻的沉默让段宇成微微紧张。

过了两秒，罗娜说："最好不要谈恋爱。"

段宇成问："为什么？"

罗娜说："至少现在不要谈，太分心了。训练、比赛，什么都有影响，你要珍惜在役这几年。"

吃饱的女人身上有股满足而慵懒的气息，她揉揉脖颈的动作都显得那么优雅而美丽。

112

这样的人说什么都是对的。

他嗯了一声，也一口干了蛋花汤："我知道，你放心。"

七

百米半决赛在晚上八点。

段宇成吃饱喝足后回寝室睡了一觉，下午三点多心满意足地醒来，五点半校门口集合。

段宇成参加了几天的比赛，今天第一次在晚场比赛。气温比白天低很多，上车的时候罗娜提醒他把长袖运动服穿好。

段宇成听话地把拉锁拉到最上面，然后倚到座位里。后面长跑队的师姐探身过来鼓励他："晚上第一项就是百米，你加油！"

段宇成比画了一个OK的手势。

再后面一排的黄林不满了，蹬了一脚："我等会儿也要跑百米，你怎么不给我加油，我小组赛成绩还比他好呢。"

师姐喊了一声，没理他。

段宇成这个队宠得到了全车女队员的祝福，男队员们都酸溜溜的。吴泽在最后一排叫道："黄林！你好好跑，跑赢了回来我让她们给你按摩！"

师姐回头喊："行啊！看我们不把他的腿捏折！"

罗娜笑着看窗外，总体来说，赛前气氛还算良好。

来到奥体中心，体育场的灯光全部打开了，站在广场上仰头望，浅黄色的灯光像夜间的薄雾，将青紫色的天空笼罩得朦朦胧胧。赛道在灯光的照射下，更能让人精神振奋。晚风清凉，陆续到来的运动员，个个英姿勃发。

田径比赛中，因为夜晚更容易让肌肉紧绷、状态集中，所以晚上更容易出成绩。

今晚多是径赛项目，吴泽甚是忙碌，在他跟裁判组沟通的时候，段宇成在广场上碰见了体育大学的人。

短跑队员都在大客车前等吴泽，段宇成抽空去一旁压腿，这时从体育大学的队伍里走来一个人。他径直来到段宇成身前，笑着问："你等下要

113

跑百米吧？"

这是个四十岁上下的中年男人。段宇成凭借做运动员的经验和眼光判断他应该是名教练。他往后面的体大队伍看了眼，刚巧体大的几名运动员也在看这边。

他简短地回答："对。"

男人个头中等，体格敦实，身体条件看着不错，秋天的夜里依旧穿着薄薄的半袖和短裤。他额头有几道明显的抬头纹，眉毛很浓，横在总是笑眯眯的小眼睛上，给人一种精明能干的印象。

他自我介绍道："我是体大的短跑教练，我叫蔡源，是你们吴教练的朋友。"

段宇成礼貌地向他点头："您好。"

蔡源笑呵呵地打量段宇成，说："我看了你之前的小组赛和跳高，你的实力很强啊。"

段宇成谦虚道："还行吧。"

蔡源说："看你状态这么好，今晚百米又要出好成绩了。对了，你的专项是跳高吧？"

"对。"

"百米练了多久？"

"我以前初中、高中跑过百米，系统训练的话，大概——"就在段宇成在心里计算的时候，忽然被人拍了拍肩膀。

罗娜来到他身边，扫了蔡源一眼，笑道："蔡教练。"

"哟，这不是罗娜嘛。"蔡源看似跟罗娜很熟的样子，"好久不见了。"

罗娜点点头，未与蔡源多做寒暄，对段宇成说："走了，吴教练喊集合了没听见吗？"

段宇成被罗娜推走，边走边问："你认识他吗？"

罗娜说："体大的教练，你专心比赛，回头再说。"

他们回到热身场地，跟另外几名准备参赛的队员会合。晚上除了百米以外，还有几项中长跑比赛，以及铅球的资格赛。

离比赛还有挺长一段时间，大家简单活动了身体，戴玉霞练了几次铅球，状态不错。段宇成与戴玉霞关系好，还特地跑去给她加油。戴玉霞笑道："你也加油，百米跑好了学姐再请你吃巧克力。"

热身结束，吴泽在热身场地门口喊他，段宇成说："我去换跑鞋！马上来！"

段宇成家里条件不错，运动装备齐全，不管是跳高的鞋还是短跑的鞋都是根据脚掌量身定做的。他的运动袋留在大客车上，现在车上已经没有队员了，只剩负责看车此时正在玩手机的司机。

大客车门敞开着，段宇成翻出跑鞋，往脚上一蹬就想往检录处跑，但右脚一踩地，脚跟处竟传来针扎一样的疼痛。

段宇成反应很快，感觉到疼的瞬间就把脚抬起来了，没有踩实地面。他脱了鞋，把鞋翻过来，里面滚出一颗圆图钉。

段宇成盯着那颗图钉愣了好久，后来忽然想起脚跟的伤势，坐到椅子上开始处理伤口。

他心跳得很快，后背也出了汗，耳鼓像是蒙了一层膜，听什么都是模糊的。

他拿出纸巾按住伤口，看向窗外，体育场门口停了不少客车，聚集了百十来名运动员，有人在闲聊，有人在热身，再看前面，司机脚搭在方向盘上，玩手机玩得正起劲，没有注意到后方的状况。

——谁干的？

血止住了，段宇成终于能抽出精力去思考问题。

谁来过这里？什么时候放的钉子？是自己人做的还是外人做的？

不可能是外人，他马上想到，只有他的队友知道哪个包是他的，只有一起训练过的人才知道他哪双鞋是用来比赛的。

段宇成心乱如麻。

这个状态不行，比赛马上要开始了……

段宇成接连做了几个深呼吸，强行把那些骇人听闻的想法驱逐出大脑。他一遍遍告诉自己，想这些也没用，先把比赛进行完。

大概半分钟后，他冷静下来，耳朵上那种蒙着膜的感觉消失了，心率也渐渐恢复正常。

他揉揉脸，希望可以打起精神。

就在这时，罗娜来了。因为迟迟不见段宇成去检录，她过来催他。在她进入视线的刹那，段宇成吓得心脏差点停跳，赶紧把用来擦血的纸巾收起来。

罗娜刚上车就看到段宇成在座位里猫着腰，鬼鬼祟祟在搞什么。

"都要检录了，你磨蹭什么呢？"

"哦哦……没事，马上来。"

段宇成不善撒谎，神情闪烁，罗娜察觉出不对："你怎么了？"

"没事。"

"紧张吗？"

"啊，有一点。"

罗娜皱眉，他什么时候说过自己比赛紧张？

段宇成迅速穿好鞋："走吧！"他先一步下了车，希望罗娜也能跟下来。

可惜事与愿违。

罗娜到底是教练，对弟子的一言一行都太过敏感。她来到段宇成的座位旁，把他塞到座底的行李袋抽出来，一打开，沾着血迹的纸巾露了出来。罗娜知道段宇成肯定是瞒了点什么，但没想到会看到这种触目惊心的画面。

罗娜猛然起身，严厉地道："段宇成，这是……嗯——！"

质问的话还没问完，她被他从身后控制住了。

段宇成抱住她，在她耳边小声说："嘘，别让人听见了。"

罗娜眼瞪得如铜铃。

段宇成在她身后，左臂搂住她，右手捂住她的嘴。她用力，他就用力。罗娜没想到段宇成力气这么大，手臂跟钢板一样，任她怎么挣扎都纹丝不动，不一会儿就累得她面红耳赤。男孩的身躯已经发育成熟，罗娜感到他们身体相贴的地方冒着难以描述的热气。

估计是没想到自己能这么轻易制服罗娜，段宇成还挺自豪地跟她炫耀："我劲大吧？"

罗娜气得快七窍流血了，深切地觉得自己教练的威严被践踏。她弯曲胳膊，用肘部去撞段宇成的肋骨。

"哎！不带这样的！"段宇成像被扎爆的皮球，瞬间弹开手。

116

罗娜挣脱桎梏，马上质问他："怎么回事？哪儿来的血？"

段宇成还想敷衍了事："没，就是流了点鼻血，小事。"

罗娜看着他的眼睛，提醒道："段宇成，你忘了你之前答应过我什么？"

段宇成知道她指的是校运会那次经历，他们在医院的楼梯间，他答应了她以后不管遇到什么事，一定要跟她说。

他叹了口气，无奈地道："好吧，男人说话算话。"

他把刚刚发生的事情告诉罗娜，罗娜听得神色阴沉，陷入深思。段宇成伸手在她面前晃了晃，小心地问："没事吧？"

罗娜看他一眼。

段宇成往后退了半步，捂住小心脏："哇，你别这样，你这表情好恐怖，我没事也被你吓出事了。"

罗娜没有心情开玩笑，扬扬下巴："脱鞋。"

段宇成乖乖脱鞋，给罗娜看脚底的伤口。

"这次是真没事，基本没感觉。"段宇成伸着瘦长的脚丫子给罗娜检查，还一边找佐证，"你看2012年伦敦奥运会，4×400米接力，米切尔跑到200米时都骨折了还能坚持跑完全程，我这点伤算什么。"

罗娜检查完伤势，发现确实没什么大事，只是脚跟处有个小口，现在已经止血了，看着就像蚊子咬的包。在百米比赛这种极限无氧运动里，运动员几乎全程前脚掌着地，这点小伤对技术影响不大，但恐怕会对心理状态产生影响。

罗娜问："知道是谁放的吗？"

段宇成笑了："我要是知道有人放钉子我还会穿鞋吗，你是不是气迷糊了？"

罗娜没有说话。

"你不要生气，我真没事。"段宇成看着罗娜的眼睛，脸上玩笑的成分消失了，"你这样我都没法专注比赛了。"

罗娜说："你不是说什么都不能影响你比赛吗？"

段宇成抓抓后脑勺："总之你别生气。"

现阶段比赛第一，罗娜把火压下去，冷静地道："我知道，我没生气，去检录吧。"

段宇成快速把鞋穿好，下车时看罗娜没动地方，问："你不跟我来吗？"

罗娜说："你先去吧，我把这里收拾一下。"

段宇成没走。

罗娜问："怎么了？"

他一脸认真地道："你还没跟我说加油呢。"

罗娜被他逗得嘴角微弯："你加油。"

段宇成成功德圆满，指着她说："终于笑了，比赛看我的吧。"说完跑向检录处。

罗娜看着手里那几张沾血的纸巾。

体育没有表面那么单纯，竞争越激烈的地方就越容易产生下作的人。罗娜不是第一次遇见这种欺负人的手段，以前她在体校的时候这种事情很普遍。她记得当时队里的一个女生，因为性格内向，成绩又比较冒尖，成了大家欺负的对象，她盖的被子永远是湿的，喝水的杯子里总有头发，甚至牙刷都被人扔进马桶里。

罗娜去前面找司机，司机正在打游戏。

"别玩了。"

司机一抬头见到冷着脸的罗娜，慌忙放下手机。

罗娜问："刚刚最后下车的是谁？"

"……最后下车？"司机回忆片刻，"记不清了啊，好像是个男生，个子很高，黑黑的。"

罗娜下车直奔体育场看台。

现在还没开始比赛，队员们坐在观众席里聊天，氛围热烈。罗娜站在看台侧面，视线落在每一个队员的脸上。

百米运动员开始入场了，大家的注意力都回到赛道上，只有罗娜目不斜视地盯着一个方向。三五分钟后，罗娜走到队伍后方的一个座位旁，拍了拍一个男生的肩膀，沉声道："跟我过来。"说完，她比赛也不看了，转身往外走。

Chapter 04

炽 | 道

一

天已经完全黑了。

罗娜带张洪文来到体育场外面，因为万众瞩目的百米比赛马上要开始了，场外的人明显减少。

秋风萧瑟，天气越发阴冷。

罗娜走到用于热身的网球场旁，里面还有其他项目的运动员在，一名正在高抬腿活动关节的男生距离他们最近，大概十几米远。罗娜在确保谈话不会被别人听到的情况下停下脚步。

她问道："你知道我为什么找你来吧？"

张洪文的脸色很难看，头低着，唇无血色。他比段宇成高一届，今年大二。跟刘杉一样，他也是被王启临亲自从体校特招进来的。他刚入学的时候成绩不错，只是后面一直没有提升。

不过因为A大的百米水平一直不上不下，队里电计能破11秒的运动员只有黄林，所以张洪文虽然成绩不温不火，但也能拿个第二名，有比赛的机会。

直到段宇成出现。

罗娜不是不能理解这种感受，但一码归一码。

她再次问："我在问你话，你听不见吗？"

"你不是都知道了，还问什么？"被强迫着回答的张洪文语气很差，有种破罐子破摔的味道。

罗娜说："你这是什么态度？"

两人面对面，罗娜能清楚地感觉到张洪文的紧张，他下嘴唇轻微抖动，导致说话的声线都是颤的。张洪文用加大音量的方式缓解不利的处境："我说了，反正就这样了，你想怎么办随便你吧！"

"随便我？你不觉得自己应该先认错吗？"

"为什么认错，我有什么错可认的？"

"你认为自己做的事情对吗？

他冷笑："有什么不对？"

罗娜本身就是个暴脾气，这要换到以前当运动员的时候没准已经上手了。现在做了教练，她多少学会了控制。她放缓语气，对张洪文说："这件事我可以不追究，但你必须去跟段宇成道歉，请求他的原谅。"

张洪文大骂："我还跟他道歉，求他原谅？你做梦吧！"

罗娜说："我能理解你的感受，但是……"

她的话还没说完就被张洪文打断了，他情绪极其激动："你能理解我的感受？你要是能理解我的感受你就不会这么干了！你以为是谁把钉子放他鞋里的？是你放的！就是你放的！"

他一边说一边瞪着眼睛拿手指狠狠地指向罗娜，喊得声嘶力竭。

张洪文一路是从体校念上来的，他的经历跟段宇成截然不同，所以他们的待人接物、处世方式也完全不同。

张洪文太冲了，像个狭隘的炮仗。

他脸色涨红，怒道："你知不知道我为这次比赛准备了多久？你凭什么说让他上就让他上？他一个跳高的凭什么来跑百米？"

罗娜说："所以你就往队友的鞋里放钉子？"

张洪文冷哼："那又怎么样？"

罗娜气极反笑："'那又怎么样？'"

张洪文说："我早就看他不顺眼了！他家给你多少钱你这么照顾他？让我道歉？我道歉你能让他滚出短跑队吗？不能就别废话！"

罗娜静了片刻，望向体育场的方向，从刚刚开始，体育场里就不时传来欢呼呐喊的声音。

百米比赛一定开始了，不知道半决赛有没有跑完。

她真是在浪费时间。

罗娜淡淡地道："我最后问你一遍，你去不去跟段宇成道歉？你道歉，这件事一笔勾销，以后你们还可以公平竞争。"

"不！我为什么要道歉？再说了，你有什么证据证明是我干的？"张洪文气势愈盛，他渐渐地觉得自己能在这场谈话里取得胜利。

半晌，罗娜说了句："你走吧。"

张洪文不屑地冷笑一声，转身就走。

罗娜接着说："我给你一星期时间，离开田径队。"

张洪文愣住："什么？"

罗娜没有再重复。

张洪文反应过来这句话的意思，后背开始冒汗："你什么意思？你凭什么让我离开田径队？我又不是你招进来的！"

罗娜的目光从体育场缓缓转回张洪文身上，疑惑地道："你怎么这么多问题？"

她的声音比之前低了很多，好像已经提不起兴致再跟他多聊。

"凭什么你不能参加比赛，凭什么我能塞人进来，凭什么让你道歉，凭什么让你走……你哪这么多凭什么？"罗娜耸耸肩，"没有凭什么，我说，你就得做，我让你走，你就必须走。"

张洪文惊呆了。

罗娜又说："你现在走了，自己找好理由，我还可以帮你留点面子。你要非赖着不走，我话放在这儿，你以后永远也没有上场比赛的机会。"

张洪文气得呼吸不顺，吼道："你敢这么威胁学生，我要向学校举报你！"

"去吧。"罗娜全不在意，朝体育场仰仰下巴，"王主任就在里面，去找他吧。"

张洪文没动。

罗娜猛然拔高声音："你去啊！"

张洪文被慑得后退半步。

罗娜目光骇人，阴狠地道："给脸不要脸。"

张洪文终于开始害怕了："……我去道歉。"

"晚了。"

"就这么点事你就要赶我出队？！"

"这么点事？"罗娜冷笑，"害群之马……我最后说一遍，一星期，到时你自己不走，我就亲自让你走。"

张洪文终于被彻底激怒，他大骂一声，上去就是一拳。罗娜早有防备，侧身躲闪，找准时机一脚踹在他屁股上，把他蹬了出去。

这一脚端得她浑身说不出地舒爽。

果然还是这种方式比较适合她。

张洪文从地上爬起来，嘴里恶毒地骂着污言秽语。他现在是完全放开了，今天不狠狠地教训罗娜誓不罢休。

他再次冲上来，这回全力以赴，他不相信自己连个女人都打不过。他扑过去，想要扯住罗娜的头发，但这次还没等到罗娜躲避他的攻击就被拦了下来。他感觉自己的后颈被人抓住，那人往后猛地一拽，一股难以抗衡的力量将他整个身体甩了出去。

他摔到地上，头晕眼花。来人站到他面前，黑压压的身影。

张洪文看清吴泽的神情，头皮一阵发麻。

吴泽的声音如同平日聊天一样低沉缓和："找死呢？"

暴雨前的闷雷。

张洪文气焰尽熄。

吴泽微微侧头："滚。"

在吴泽面前，张洪文连屁都不敢放，灰溜溜地逃掉了。

吴泽来到罗娜面前，问："没事吧？"

罗娜说："你不会自己看？"

吴泽笑了，点了一支烟，道："还能跟我冲，看来是没事。怎么还搞得动起手来了？"

罗娜把事情的经过讲了一遍，吴泽神色平淡，道："既然这样那就弄走吧，为这点小事生气不值当。段宇成进决赛了，马上要跑了，不去看吗？"

吴泽当教练四五年了，目睹了太多运动员来来去去，对一些事已经麻木了，而且他对队员的感情很薄。但罗娜不是，她太清楚刚刚的决定意味着什么。张洪文不像段宇成，他除了体育以外别无所长，他绝不可能学好文化课。她赶他出田径队，相当于绝了他在A大的路。

"要不……你再去跟他谈谈吧。"罗娜说，"如果他诚心认错，就再给他一次机会。"

吴泽哼笑："你怎么又心软起来了？"

罗娜不说话。

吴泽道："我才没有你这闲心，管他干什么？"

罗娜皱眉，说："他怎么说也是你的弟子吧。"

吴泽看看罗娜，静了两秒，说："你不用有疑虑，这小畜生心术不正，留在队里是祸害。"

"什么意思？"

吴泽弹了弹烟，说："我看过他的档案，他高一、高二的时候成绩一般，到了高三简直坐了火箭一样突飞猛进，拿了好几个百米冠军，尤其是最后招生的两个月，他最快都能跑进10秒6了，可一被特招进来，水平一天天下降。"他吐出一口烟，淡淡地道，"说他没吃药，打死我也不信。"

罗娜深吸气："你怎么不早说？"

吴泽道："说有什么用，他进了大学又没吃。"他拨了拨罗娜的头发，"既然已经做了决定，就不要再想了。"他顿了顿，又笑着说，"不过张洪文有一点说得对，你还真是偏心段宇成。所有人都看出来了。"

罗娜干脆也认了："对，我就是偏心他，有什么问题？"

都说要公平，都说要一碗水端平，但十根手指还有长有短，谁又能真正做到一视同仁。段宇成是她亲自挑选出来的运动员，他这么努力，这么争气，她偏心他有什么问题？

吴泽挑眉，说："你瞪我干什么？我又没反驳你。"

罗娜转身往体育场走。

她脑子里乱糟糟的，一时间想了太多事，心烦意乱。她无意识地往体育场里走，忽然听到一声枪响。

她停住脚步。

观众们的欢呼声震耳欲聋，持续了大概十秒钟的时间，声音扬至最高。

罗娜猛然冲向看台。

A大田径队的队员们个个捶胸顿足。刘杉见到罗娜，叫道："教练你跑哪去了！这蠢货就差0.02秒啊！第二名啊！哎呀你说气不气啊！简直气死了！"

罗娜望向百米终点，计时牌上显示的时间是10秒75。

也就是说段宇成跑了10秒77。

太棒了，这个成绩真是太棒了。

她望向终点线，见到那一身白色比赛服的男孩，他双手垫在后脖子上，看着计时板，好像对结果不太满意。在他转过头的瞬间，罗娜看清他的脸，不知怎的眼底忽然就热了。灯光照在他微微沮丧的小脸上，那一点点遗憾都变得如此珍贵、美丽。

罗娜从看台上探出身子："哎——！"

段宇成听见这声音，马上抬头。

罗娜在空中给他比画了两个大拇指，段宇成愣了愣，随即脸上浮现出笑容。

最终百米决赛，那位小组赛跑出10秒68的体育大学的运动员拿了冠军，段宇成第二名，第三名仍是体育大学的，黄林以0.04秒的差距拿了第四。

段宇成回归队伍，再次化身吉祥物，被师哥、师姐们你推一下我掐一把。

"第二名请客啊！这也是规矩！"

段宇成抱着肋骨连声求饶。

他们打啊闹啊，一直折腾他，直到铅球决赛开始，戴玉霞出场了，才消停下来。

段宇成来到罗娜身边，小脸被蹂躏得通红。

他小声说："就差了一点。"

罗娜说："回去再练。"

他们这边正聊着，王启临过来了。

"罗娜，"他貌似刚刚挂断一个电话，手机揣回衣兜，"你过来一下。"

罗娜知道电话可能是张洪文打的。

段宇成看向王启临离开的方向，问："怎么了？"

"没怎么，学校的事，你好好看比赛吧。"

罗娜往外走，在进通道前停住脚步，回头，恰好少年也在看她，他见她回头，坐直身体。

罗娜问："你想知道那件事是谁干的吗？"

"啊？什么事？"段宇成好像都忘了这回事一样，想了两三秒才反应过来，"哦，不用，反正也没影响比赛。"

罗娜点点头，说了声"好"，便离开了。

二

不出所料，王启临果然是为了张洪文的事叫罗娜出来的。

"那小孩义愤填膺的，你这当教练的干什么呢？"王启临谈正事的时候面容颇为端正严厉。

罗娜将事情复述了一遍。

"还有这事？"王启临平日里工作繁忙，只招人不管人，"我不负责训练，对队员的情况没有你们当教练的了解，但你觉得他这错误有严重到需要开除的程度吗？你知不知道人家跟我说什么，他跟我举报你贪污受贿！"

"嗯，没错，我是受贿了，要分你点吗？"

"罗娜！"

她脸上溅到了王启临的口水，不好意思抬手抹掉，痒痒的。

王启临严肃地道："这不是开玩笑的事情。我知道你不会干这些事，但你非要开除他，理由必须得给清楚。"

125

罗娜沉默片刻，决定给王启临灌一剂猛药。她把吴泽的怀疑讲了出来，王启临听完脸色瞬间沉了下去。

罗娜知道王启临最痛恨的就是用药的运动员，他年轻时曾带过一个长跑运动员，为了提高成绩自己私下偷偷用药，被人质疑的时候王启临还信誓旦旦地为他担保，结果被查出后差点害得他身败名裂。

这件事交出去，张洪文绝没可能再有机会。

王启临道："我知道了，这事我会处理的。"

他让罗娜先回去，罗娜走前想起什么，问道："主任，你看到段宇成的百米决赛了吗？"

这问题让气氛稍微缓解了些。

王启临说："看了，跑得不错。"

他的夸奖让罗娜喜形于色："是吧，你也这么觉得！"

王启临无奈："他怎么出点什么成绩你都上我这儿来说？"

"出了成绩当然得给你知道，你不觉得他很有潜力吗？"

王启临又哼哼两声："你啊，还是太年轻。"

"怎么了？"

王启临老神在在地道："运动员的选材标准是通过多少代人研究出来的，就算偶尔有些特例，但大多数还是靠谱的。段宇成短跑还可以，跳高绝对有短处。"

"您这话说的，谁没有短处？"

"你觉得他跳高拿了金牌很不错了是不是？可你知道2米12的成绩跟上届全运会冠军差了将近20厘米吗？"

罗娜撇嘴。

"你看看，说到痛处你就不吭声了。我还是那句话，你劝他乖乖换短跑，可能还有发展，否则绝对没未来。"

"他刚拿冠军，我怎么开口？"

"那就是你的事了，不说也没事，等刘杉伤好了，成绩一定很快超过他。"

王启临适时地一盆冷水泼下，灭了罗娜心头的热火，但她很快调整好了。

日子一天天过，事情一件件做，该开心的时候还是要开心。

这一天是A大田径队的胜利日，除了段宇成以外，戴玉霞的铅球也毫无悬念地拿了冠军。

至此，段宇成这届省运会的比赛都结束了。短跑里还有一项备受瞩目的4×100米接力，吴泽为了锻炼短跑队新人，没有给段宇成报名。A大接力最终获得第五名的成绩。接力结束后，所有田径项目都比完了。高校部一算积分，A大不出意外又是第二名。唯一值得庆幸的是，他们这次跟体育大学的分差没有之前那么夸张了。

最后一天比赛结束后，回校的大巴车上，罗娜看到段宇成手里拿着一张名片。

"什么东西？"她问。

"之前那个体大的教练给我的。"

罗娜伸出手，段宇成乖乖上交。罗娜看着名片上"蔡源"两个字，哼了一声。

"别留着了，没用。"她说完就把名片揣自己兜里了。

"他说让我有空就找他。"

"你敢？"

"他说可以指导我短跑。"

吴泽坐在后面，一脚蹬在段宇成座椅的背上，给他蹬得一哆嗦。

"怎么着，我不能指导你？"

段宇成低声道："我又没说去……"

师哥A说："体大可是我们的宿敌，你要是投敌了，家法伺候。"

段宇成说："不会去的，我生是A大的人，死是A大的鬼，这总行了吧？"

"说得好！"刘杉猛鼓掌，"表完忠心了，我们可以讨论一下请客吃饭的问题了吧？"

每次大型比赛后，聚餐是不可避免的，一般都是队里出钱吃个好点的自助餐。说让拿金牌的请客是开玩笑的，就田径队那牛群般的胃口，非吃破产了不可。

不过这次真有不怕死的。

段宇成找到罗娜，说想请客，被罗娜驳斥："你歇着啊，有钱没处花了？"

"不去外面吃，就在我家里。"

"你家？"

"我妈说想招待队里的人吃饭。"

罗娜想起段宇成的美人妈，心说她真是胸有大志。

"田径队好几十人，这个饭量你考虑过吗？"

"没事啦，我家在城郊有个小院子，我妈没事就在那里种地玩，可以烧烤，晚上打个通铺还能住。去吧去吧，省钱啊。"

"省钱"这个词戳中了罗娜的神经，她思考了一下，觉得这个提议貌似不错，去找吴泽商量，吴泽也觉得可行。于是罗娜从段宇成那儿拿到美人妈的电话，联系具体事宜。

在准备聚餐的时间里，段宇成开始补习文化课。比完一次大型运动会，不管是精力还是体力都是消耗巨大，他一周都没怎么好好上课，再听的时候稍有些吃力了。好在教授们都很理解他，同学也都积极帮他。寝室里成绩最好的是胡俊肖，他慷慨地贡献出自己的课堂笔记。

罗娜计算了用餐份额，决定大部分点现成的饭菜，然后剩下一部分餐后小食他们自己动手来做。院子里可以烧烤，她和吴泽抽了一个下午驱车到市场，成箱成箱地买牛羊肉串。

聚餐时间定在周五晚上，段宇成把寝室的人都叫上了，贾士立毫不客气地以200斤体重跟一群短跑运动员挤在一辆车里。

抵达目的时天色已黑，三层小楼亮起灯来。美人妈为这次聚餐下了大功夫，在小楼外面挂起数条小彩灯，院子里整齐摆放着木桌和餐具，每份餐具下面都垫着雪白的餐巾，桌子中央摆着修剪精细的小盆栽和水晶装饰。虽然彩灯的亮光已经足够亮，桌上还是点了各种形状的蜡烛，整个场面如梦似幻。

"哇……"面对如此少女心的场景，女队员们如痴如醉。

男队的几个糙汉挤在门口不知道往哪下脚。

"走啊，进去啊。"段宇成在后面催促，踹了刘杉一脚，"傻子，没电了？"

众人陆续进了院子，一开始有些拘谨，缩手缩脚哪都不敢碰，后来开始吃东西，慢慢放开了。

烧烤吃到一半，吴泽扛了两箱啤酒过来。

贾士立震惊地道："哎？你们不是有规定不能喝酒吗？"

吴泽淡淡地瞥他一眼："谁规定的？"

"段宇成说的啊！"

吴泽嗤笑道："他小屁孩没长开，他不喝不代表别人也不喝。"

段宇成："……"

他发现自己很不喜欢被吴泽说是小屁孩。为了证明自己，他硬着头皮抽来一瓶酒，灌了半瓶，报应很快就来了，后脑勺涌上来眩晕的感觉，脸眨眼间红成了猴屁股。

无法再逞强，段宇成放下酒，接受众人无情的嘲笑。

夜色清凉，若隐若现的月亮挂在天边。

烧烤和啤酒，年轻人和小花园，美得像在故事里。

罗娜忙着给他们烤羊肉串，她抽空冲他们喊，让他们保持冷静，别把场地弄得太乱，等会儿不好收拾。

可惜没人听她的。

酒足饭饱，大家三五成群玩起来。段宇成那半瓶酒把他搞得直接败下阵来，捂着脸痛苦地躺在椅子上休息。他身边坐着几个队里比较熟的人，还有三个室友，天南海北一通乱聊。

胡俊肖喝得多，捏着刘杉的肩膀说："我真羡慕你们的身体啊，之前院里打篮球，我的上篮直接被你们队里一个男生在半空中给盖下来了。"

"谁啊？"

"记不清了。"

"唉，那都是虚的，其实身上全是伤，我这腰都疼死了。"

胡俊肖开玩笑道："找个女朋友照顾呗。"

一提这个刘杉就犯愁："哪来的时间找女朋友啊，我们天天训练，跟当兵似的，一点闲时候没有。"

"你们不是有女队员吗？"

刘杉不说话了。

师兄A压低声音，往隔壁正在玩飞镖的投掷组女队员示意了一下："兄弟，就那样的你敢找吗？万一以后吵架了，一掌推过来还活不活了？你是没看到江天被戴大侠掀翻的场面。"

江天看他一眼，阴沉地道："你聊自己的，别拉着我。"

师兄A比江天还大一级，不怕他，被瞪了一眼不退反进，调侃道："戴大侠对你多好，你们这叫青梅竹马啊，多不容易，要我说你们凑一起得了。"

江天一脸受不了的样子："闭嘴。"

师兄B琢磨着道："其实大霞除了胖了点，没别的毛病。"

江天静了一会儿，在大家都觉得他不会再理会这个话题时，他缓缓地道了一句："她比我大四岁。"

师兄A挑眉："这样吗？"

一直瘫着的段宇成噌的一下坐了起来，吓了大家一跳。

胡俊肖瞪眼："你诈尸啊？"

段宇成小脸粉扑扑的，用之前从来不敢有的视线直勾勾地盯着江天，半天没说话，众人心里毛毛的。

江天皱眉："你干什么？"

段宇成说："大点怎么了？"

"啊？"

"大四岁怎么了？"

江天这才反应过来他在说什么，嗤了一声："跟你有屁关系。"

段宇成一本正经地道："女生大一点多好，又成熟，还会照顾人。而且根据科学研究，女生寿命比男生长，这样女生大一点，老了以后没准能一起死呢。"

众人："……"

胡俊肖一把把段宇成按倒："接着睡吧你！"

段宇成被推趴下，马上又像不倒翁一样自己弹了起来。

胡俊肖皱着脸："你到底干吗啊？"

段宇成醉出了一个新境界，手一挥，精神饱满地说："别管我，你们聊你们的，我去办正事。"

"啥正事？"

段宇成从躺椅上蹦下去。

胡俊肖喊："你去撒尿吗？！"

段宇成大踏步朝着烧烤摊走去，大家没管他，只有贾士立从后面跟了上去。

"哎。"他拉住准备前往烧烤摊的段宇成，"过来，我有话跟你说。"

他把段宇成拉到没人的角落，树叶蹭到段宇成的脸，段宇成抬手搔了搔。

贾士立严肃地问："你刚刚那话什么意思？你是不是喜欢施茵？"

段宇成专注于挠脸："谁？"

贾士立敲他的脑袋："你别跟我装傻！你是不是喜欢施茵？"

"谁是施茵？"

贾士立瞪眼。

"啊！"段宇成总算想起来了，摇头，"不喜欢。为什么这么问？"

贾士立说："你不是喜欢比你大的吗？施茵比你大三个月。"

"大三个月也叫大啊？"

"怎么不叫，那大多少叫大？"

"怎么也得——"段宇成忽然支吾起来，"三四五六七八年？"

"……"

两人大眼瞪小眼半天，贾士立叹了口气，拍拍段宇成的肩膀："算了，跟醉鬼讨论这些事我也是有病。乖宝宝，快去睡觉吧，在梦里跟比你大三四五六七八年的女人好好亲热一番。"

"不是女人。"段宇成伸出一根手指，严肃地纠正，"是女神。"

"好好好，女神女神。"贾士立像安抚智障一样，摸摸他的头，"回屋吧，早睡早起身体好。"

段宇成没说话。

贾士立一边往回走，一边摇头嘀咕："这帮人，跑步跑太多，都傻了。"

段宇成盯着那圆胖的背影，半分钟后，猛然回怼："你才傻！"

131

反射弧可以说被酒精泡得很稀了。

三

而此时，"罗女神"正在纠结烧烤架，她大喇喇地蹲在地上，用一根火钳叮叮咣咣敲。

"吴泽弄的破架子！都不进风！"

鼓捣了一阵，罗娜灰头土脸地从地上站起来，一抬眼，见段宇成走来，皱眉道："你来干什么，还没吃饱？你都吃了多少肉了！"

段宇成攻势被阻，站了两秒忘了自己要干啥了。

罗娜看他片刻，发出跟贾士立一样的感慨——"傻不啦唧的。"

段宇成捏捏脖子，又走近了点。罗娜忙着重新生火，抬手赶人："离远点，不怕呛吗？"

"不怕，我来帮你。"

"别碰。"

"我帮你。"

罗娜忙得热火朝天，一把扇开段宇成的爪子："让你别碰！坐下！"

段宇成被她凶得撇撇嘴，拿了个小板凳坐在旁边，像个幼稚园的大龄小朋友。

罗娜瞄一眼他的脸色，问道："你喝酒了？"

"嗯。"

"喝了多少？"

"……"小朋友默默抠手，不肯说。

罗娜笑道："酒量不行下次就别喝了，酒精对运动没有任何好处。"

小朋友又抬起头了："我也这么觉得。"

罗娜成功解决了炉子问题，心情大好，再次烤起羊肉串来。她烤了一晚上了，越来越熟练，撒个孜然也像指挥交响乐一样，四下翻飞。

段宇成眼睛一直盯着她，罗娜以为他在看羊肉串，问道："真没吃饱？"她烤完一把先递给他。

段宇成吃起羊肉串非常迅捷，丝毫不顾及形象，从肉串根部开始撸，一口一串，罗娜怎么烤都不及他吃的速度。

"饿死鬼投胎，别吃了，屋里的人不够吃了！"

罗娜给他断了食，段宇成拉下脸，说："小气。"

罗娜一掌捏在段宇成脸上："胆肥了，说谁小气呢？"

手下触感不错，罗娜又揉了揉，忍不住说："你脸挺小啊。"她以为段宇成会往后躲，不料他不躲不闪，还伸出双手抓住她的手腕。

"干吗？"

段宇成把她的手放到面前看了半天，有点对眼了。罗娜还没来得及嘲笑，他就做了个让她大惊失色的举动。他靠近她的手，用舌头从罗娜的掌根舔到了指尖。

——这世上还有比少年人的舌头更加柔软湿润的部位吗？

——没有……

至少罗娜现在是想不到了。

她的掌心划过一道电流，电得她后颈酥麻，战栗的感觉从指尖蔓延至全身。段宇成用的是舌尖，加上他醉酒带着红晕的脸，说不出地诡异、色情。

罗娜闪电般收回手，脸如火烧，语无伦次："你、你——"

而段宇成似乎并没觉得自己做了什么大不了的事，还津津有味地学她大喘气："我、我——"

罗娜脸更红了，多半是气的，她找回了骂人的能力："你个小兔崽子！"这一嗓子多少喊出了点教练的威严。

段宇成下巴垫到膝盖上，半张着嘴巴，只严肃了三秒，忽然又笑了。

罗娜指着他："你疯了！你真是疯了！你喝了假酒吧！"

段宇成说："没错，吴泽买了假酒。"

"是吴教练！"罗娜拼了命甩手，好像要甩掉刚刚的感觉一样，抓狂地道，"你真恶心，真是恶心死了你！"

段宇成神色淡然地坐在板凳上："怎么了吗……"

他还好意思问怎么了？！

罗娜骂他："你也不嫌脏！"

段宇成说："一点也不脏啊。"

罗娜伸出满是黑炭的手："这叫不脏？！"

133

段宇成盯着那只刚刚舔过的手，手指根根细长，又有力量。眼见他又要对眼，罗娜神经一抽，赶紧把手收回来。

段宇成说："脏的话正好舔干净了。"

他理所当然地讲着这些不像样的话，罗娜只当他喝多了，不跟他计较。她默默地把"酒精"列入段宇成的饮食黑名单，以后不管什么场合，就是拿奥运冠军了他也别想碰。

段宇成等了一会儿发现罗娜没动静了，问道："教练，我今天厉不厉害？"

罗娜哼了一声。

段宇成再接再厉求表扬："我被人在鞋里放了钉子还能这么神勇，你都不夸夸我吗？"

罗娜觉得好笑，说："你——"

她刚开口，就被后面传来的一声疑问打断了："钉子？"

这突如其来的声音让罗娜心头一凉。她回头，美人妈手里端着盘子，漂亮的眼睛瞪得圆溜溜的。她严肃起来的表情跟段宇成如出一辙，看得出她很生气，但因为生得好看，嘴唇抿成的本该锋利逼人的线条依旧透着秀气俏丽。

"怎么回事？"她问。

罗娜急着解释："是这样的……"

"我在问我儿子。"

"妈，"段宇成瞬间站起来，打断她们，"来屋里，我跟你说。"

"为什么要去屋里，有什么不能——"

段宇成走到美人妈身边，凝视她的眼睛。半晌，美人妈终于妥协，先一步进屋。

罗娜想跟着去，被段宇成拉住了。

"放心。"他笑着说，"没事的，我妈就是瞎咋呼。"

看着他们进屋的身影，罗娜担忧之余不忘想到，段宇成醒酒好像还挺快的……

段宇成拉着美人妈来到别墅二楼，现在整栋楼都被田径队的人霸占着，段宇成只能找到储物间谈话。门一关，段宇成开口道："你不能那个态度跟教练说话。"

"你别管我什么态度，钉子是怎么回事？"

段宇成也不想瞒她，把事情经过说了一遍，又脱了鞋给她看，示意自己没有大碍。

"谁干的？"

"没谁。"

"小成！"

段宇成手掐着腰，郑重其事地道："教练没告诉我，我也没问。既然她没有再讨论，那这件事就算揭过去了。"

"那怎么行！你被人欺负了还不能声张吗？"

"总之按我说的做。"

"不行！我要上学校去找领导，队里的风气怎么能这样，我现在就去找你们教练好好聊聊！"

"夏佳琪女士！"段宇成急了，抓着她的肩膀，目光像是要看到她骨头里，他一字一顿地说，"你绝对不要给教练添麻烦。"

"为什么？"

"不为什么！"

夏佳琪眯起眼睛，盯着自己的儿子好一会儿，最后抬起一根手指，水晶指甲锐利地指向他："你小子心里有鬼。"

段宇成目光游离，瞥向一旁："别乱说……反正事情已经过去了，她已经处理好了，你不要再提，更不要去麻烦教练。"

"可是——"

"没有可是。"

这件事在段宇成的强烈要求下，就这么被压下去了。

这次聚餐起起伏伏，总算圆满结束。

张洪文是在省运会结束一周后离开的A大，不只是退出田径队，他直接从A大退学了。他去了一个意想不到的地方——体大田径队。他走的那天特地来了体育场，远远地朝罗娜比画了下中指。

"我得谢谢你！"他隔着铁栏对罗娜说，"我再也不用跟你们这群垃圾一起练了！"

罗娜没说什么，目送张洪文离去。

他走后不久吴泽来了，对罗娜说："听说他被蔡源招去了。"

罗娜说："蔡源现在应该急着出成绩。"

体育大学的田径队规模很大，光短跑就有好几个教练，彼此之间竞争也很激烈。蔡源因为名声不好，大多厉害的运动员都不愿意跟他练，这次体育大学短跑的冠军都不是蔡源麾下，他急着找新血液。

"他对段宇成也有兴趣，上次还偷偷给他塞了名片。"罗娜眯着眼睛说，"他最好悬崖勒马，他要还敢打段宇成的主意我要他好看。"

吴泽啧啧两声，笑道："你护犊子也太夸张了。"

再之后就进入了平静的训练期。

段宇成恢复了每天早上五点半起床训练，白天上文化课的生活。

唯一值得注意的是，刘杉腰伤好了之后，训练成绩提升得很快，有种后来居上的势头。而段宇成的成绩在经过小小的提高后，似乎遇到了瓶颈，在2米18的高度卡住了。

他系统地训练了两个多月，依旧无法突破。

大学的第一个学期很快结束了，冬季到来，训练改换成室内进行，十二月底的时候田径队开始放假，大家回家过年。

罗娜这个年过得不怎么消停，她一直记挂着段宇成的训练。成绩一直提不起来，虽然她表面不动声色，让段宇成不要气馁，但心里总惦记着王启临的话。

大年三十她给王启临打电话，象征性地说了句"新年快乐"，然后就开始聊这个话题，搞得王启临很是无语。

"我说罗教练，我知道你敬业，但咱过年就好好过年，训练的事之后再说行不行？"

罗娜坚持要聊，王启临态度不变："你问问他愿不愿意转项，我说一万遍了，他这身高跳高根本没有未来。"说完他就去包饺子了。

罗娜捏着手机发呆。

她不是没问过段宇成，她好几次试探过他转项的事，但段宇成对这件事异常坚决，每次罗娜稍透露点倾向，他就会问她是不是不信任他。

"我不是不信任你，只是问问你有没有什么别的想法。"

"没有，你只要相信我就好。"

话题每次都是这样结束。

除夕夜里，罗娜接到不少电话，祝她新年快乐，其中也包括段宇成的。

段宇成跟父母回家过年，他老家在海边，是一座平静安宁的小镇。段宇成的父亲算是白手起家，一点点将小海产生意做大。

"教练你在家吗？"

"在啊。"

"在吃年夜饭吗？"

罗娜看着桌上摆着的一堆训练资料，还有两份外卖，坦然地道："没错。"

罗娜一个人在学校宿舍过年，这是她回国后独自过的第三个年，她已经习惯了。她的父母都在国外，跟她有时差，今天早些时候跟他们通了视频，相互问候。罗娜的父母也是运动员出身，他们将独立的性格遗传给罗娜。罗娜十七岁时一个人出国，语言还不通的时候就自己偷偷打工赚钱，不需要任何人的照顾。

段宇成那边信号不太好，说话断断续续的。

"你等我一下。"

过了一会儿，手机里静了下来。

"现在好了没？"

"好多了。"

"我出来了，现在在沙滩上呢。"

"是吗？"

"你能听到海浪声吗？"

听不太清，屋外一直有人在放鞭炮。罗娜起身进到洗手间里，将手机紧紧贴在耳朵上，另一只手堵住耳朵。然后她隐隐听到了沉稳澎湃的浪涛声，声音浑厚有力，像个雄伟的巨人，让人觉得心绪安宁。

"你那儿没人放鞭炮吗？"

"很少，镇子里好多老人，不喜欢吵闹。"

"进屋吧，外面多冷啊。"

"一点也不冷。"

"回去吧。"

"教练……"

"嗯？"

少年的声线透过手机，朦朦胧胧的，很是好听。罗娜还听到细碎的声音，猜想他或许正用脚踹沙滩，掀起的沙粒如同满天星宇。

少年磨蹭着不想挂断电话，可浪涛似乎拍缓了他的思路，他一时又想不到话题。

这时罗娜的手机进来另一通电话。

是吴泽。

"吴教练打电话来了，我先挂了。"

"……啊？"

"新年快乐，小家伙。"

说完罗娜挂断电话，接通了吴泽的电话。

她抢先发言："你是最后一个打电话来的知道吗？"

过年也没有让吴泽的声音变得精神一点，他懒洋洋地道："压轴的才是好戏呢。"

"你要怎么压，请我吃饭吗？"

"我怎么能那么庸俗，来窗边看看。"

罗娜离开马桶盖，来到窗边。一个高大的影子立在楼下那盏旧路灯下面。吴泽穿着一身黑皮衣，半坐半靠在一辆造型拉风的摩托车上。

那是吴泽今年新买的雅马哈R6。吴泽喜欢摩托车，有点闲钱都用来买摩托了，还会自己改装，算是半个摩托车专家。

不过吴泽平日里低调，车从来不开到学校来，今天冷不防一出现，寒冷严冬里，硬朗非凡。

罗娜从窗户望下去，打趣道："干吗啊，黑不溜秋的，不仔细看都看不着人。"

"怎么就黑不溜秋了？"吴泽嘴里叼着烟，仰头看楼上，手随便往车后面一捞，拎出一大束红玫瑰，娇艳似血。

"这回还黑吗？"他笑着问。

远方的海岸边，段宇成不嫌冷，躺在夜幕下的沙滩上。

他双手枕在脑后，盯着星河发呆。

过了十来分钟，家里老人喊他回去吃饭，段宇成磨磨叽叽地站起来，拍拍后脑勺，抖下沙粒无数。他歪歪扭扭地走在沙滩上，不时飞出一脚踢开碎贝壳。

"小家伙……哼，小家伙……"

四

罗娜以前也察觉出吴泽可能对她有意思，但他这么明确表示出来还是第一次。

还送玫瑰，完全不是他的风格。

有点吓到她。

吴泽这人按他自己的话说，是个粗人。不过话要看怎么理解。吴泽虽然不修边幅，行事大大咧咧，但某种程度上讲也是很有男人味的。他命不算好，父母在他小学的时候就离异了，他跟着祖母长大，初中的时候祖母也死了，他开始跟着自己的启蒙教练生活，再后来教练脑溢血中风了，他就贴身照顾，一直到现在。

讲句玩笑话，这人命硬，逮谁克谁。

这样的生活经历练就了他浪子一样的个性，懒懒散散，随波逐流，好像对什么都不上心。但其实好他这口的女人很多，光罗娜知道的学校里面柔情似水的女老师就有好几个，但吴泽一直单着，理由是没钱给女人花。

罗娜也是单身，有时吴泽也会跟她开些暧昧玩笑，但她多是一听就过。吴泽对她而言太过熟悉了，他们十几岁时认识，念体校时就相互照应。那时罗娜一头短发，假小子一样，两人看着就像兄弟。他们甚至可以只穿着内衣在对方面前走来走去也不觉得尴尬。

熟到了这种程度，就像亲人了，很少会往另一个方面想。

这是吴泽第一次明确表达感情，罗娜有些不知所措。

他们找了一家饭店吃夜宵，除夕夜像样点的饭店都被订光了，他们就在学校后面的小吃街随便对付了两碗馄饨。

画面挺搞笑的，破旧的小摊桌子上摆着那么一大束精致的玫瑰。一男一女谁也没管，只顾埋头吃馄饨。吃完了，空碗一推，两人面对面发呆。

吴泽再次点了一支烟。

罗娜觉得这气氛着实有点怪异。

时近午夜，鞭炮声越来越密集。

吴泽半支烟抽完，低声来了句："跟打仗似的……"

罗娜附和："对。"

然后又没话了。

罗娜印象里他们从来都没这么尴尬过。

这样下去不是办法，罗娜使劲搜索话题，率先开口："你怎么没陪王叔过年？"

"我等他睡了才出来的。"

"哦。"罗娜余光扫到那捧娇艳的玫瑰，花朵个个硕大新鲜，上面还点缀着金色的粉末，"花贵吗？"

"贵，这么点玩意六百多块。"

这数字有点吓到罗娜："怎么这么贵？"

虽说吴泽算是一人吃饱全家不愁的类型，但因为总折腾摩托车，也没太多积蓄。搞体育的大多不富裕，吴泽和罗娜平日都很节省。

"你不是让人坑了吧……"

"甭管多少钱了，喜欢吗？"

罗娜犹豫一下，点点头。

吴泽把烟往桌上一按，笑着说："那就行。"

有一说一，这个笑还是有点戳中罗娜的。

回学校的路上，某一刻鞭炮声忽然集中起来。罗娜拿出手机一看，刚好十二点。下一秒手机就进来一条信息，段宇成发来的，里面六个字——"新年快乐，姐姐。"后面还跟着一个爱心的表情。

罗娜看笑了。

吴泽低声问："什么啊？"

"新年短信。"

"谁发的？"

"段宇成。"

140

吴泽哼笑一声，道："这小子还挺有良心，知道谁对他好。"

"那当然，他很不错的。"

吴泽目不斜视地走路，随口问："那你觉得我怎么样？"

他语气平平常常，但可能是手里捧着的花束作祟，罗娜总觉得这问话不简单，她没有马上回答。

走到校门口，吴泽停下脚步，这回他认真地看着她，又问一遍："罗娜，你觉得我怎么样？"

罗娜的心提到嗓子眼了，她从来没有这么紧张过："挺好啊……"

"你知道我什么意思吧？"

"什么意思啊……"

吴泽扯着嘴角笑："你怎么这么虚呢？"

罗娜深呼吸，冬夜的凉风穿透肺腑，混杂着硝磷和玫瑰的气味。她稳定情绪，看向吴泽。她不是遮遮掩掩的人，决定有话摊开说。

"我知道你的意思，但你觉得可行吗？"她诚恳地道，"咱们认识这么长时间了，要能在一起早就在一起了。"

"这又不是王胖子制订的训练计划，有什么可行不可行的？"

罗娜皱眉道："我们太熟了，跟你在一起我感觉像是在乱伦。"

"那不挺刺激吗？"

"……"

话题一说开，气氛没有刚刚那么尴尬了，两人一起往校园里走。

吴泽开始给罗娜洗脑："这种事就看你自己，想就想，不想就不想，别有什么负担。不过你看多个男朋友也不是坏事，而且我什么情况你全知道，知根知底，你爸妈也放心。"

罗娜沉思几许，说："你让我考虑一下。"

"还用考虑？"

"难道你说在一起就在一起？"

吴泽笑道："你看你身边也没有比我更合适的，先凑合着用呗，等你碰上更喜欢的跟我打个招呼就行。"

罗娜瞪他一眼："你把我当什么了？"

吴泽缓缓抽烟，说："你不喜欢我？"

"没……"

"还是你只喜欢在役的运动员？"

"也不是……"

"那是什么？"

他的追问让罗娜有些害臊，她喜欢运动员，这毋庸置疑，但没有人知道她少女时期幻想的白马王子却大多是书生类型。或许是内心在潜意识地追求互补，她自小热烈奔放，所以更喜欢斯文优雅的男人。

她刚进入A大的时候还暗恋过中文系一个研究古典文学的男老师。但人家的气质太过雅致，罗娜幻想了一下他们在一起的场景，就像鹿和鬣狗，如此造孽的搭配，她只在心里肖想一下就算了。

这些事她从没跟任何人提起过，现在冷不防想起，很是难为情。

"别问了，到地方了，你快回去陪王叔吧。"

"有保姆在呢。"

"保姆跟你能一样吗？"

吴泽没动地方，罗娜手动过去帮他转身，但吴泽躲开了。

罗娜不满："你推都不让推一下，还想追人？"

吴泽笑道："等你当了正牌的，别说推，你想怎么着我都奉陪。"

罗娜被他热烈的视线看得脸上发热，道："做梦吧你！"

她扭头进了宿舍楼，回到房间，一头栽倒在床上。她想分散注意力，掏出手机随便拨弄，又看到了刚刚段宇成发来的短信。

这条信息让她脑海中涌现出汹涌的浪涛声，很奇妙的，她的心竟然静下来些。

她盯着这条短信发呆。

现在她一看到"段宇成"这三个字，就想起卡住几个月的训练成绩。她翻了个身，噼里啪啦打了一堆鼓励的话，最后想想，又全部删掉了。

跟罗娜一样，远方的段宇成也躺着，他吃完年夜饭后就回到自己的小阁楼里给罗娜发短信。

屋里没有开空调，稍有些凉，他躺在一张大床上，长手长脚摊开。阁楼的三角形落地窗此时就像一幅印象派的画卷，半截天幕，半截海滩，以及沿海而建的幢幢小楼，红灯黄影，银色月亮。

142

小岛太静了，只有家家户户门口挂着的灯笼能看出一点过年的味道。

海风吹拂，屋里也飘着阴凉发咸的味道，段宇成躺在白花花的床单上纹丝不动。他正望着天上的银河带，这是城市里难得一见的美景。他小时候什么都不懂，问妈妈天上密密麻麻的都是什么，夏佳琪那时还只是个二十岁的女孩，少女心爆棚地跟他说那些都是珍珠。

"老天爷把珍珠撒在天上，男孩如果有了喜欢的女孩，就要去天上摘，摘下珍珠送给对方，两人就能永远在一起。"

拜夏佳琪所赐，直到现在段宇成也觉得带着星星的夜空具有无与伦比的浪漫主义色彩。

在他望着星空发呆的时候，家里人上楼找他，喊他一起看电视。

"我等一下去。"

"还等什么？"

段宇成不说话了。

"这孩子……"家人无奈地下楼。

不知过了多久，枕边的手机终于振动了一下，他飞速地把手机拿到面前，看到迟来的回复。

"你也新年快乐。还有，不是姐姐，是教练。"

"慢死了！"段宇成一个鲤鱼打挺从床上坐起来，语气抱怨，嘴角却笑着。

五

新学期开始了。

段宇成返校的时候给罗娜带了好多海产品，两大箱，导致她的宿舍三天内闻起来都咸咸的。他带的东西一掂分量就知道质量很过关。罗娜把东西送到食堂，找师傅每天做几样菜，然后叫田径队的队员一起来补充营养。

刘杉啃着帝王蟹，开心地道："一开学就有福利，好兆头！"

段宇成冷笑："连拆蟹方法都不知道，还吃呢。"

刘杉把盘子往自己的方向收了收，他还不知道这些海产品都是段宇成拿来的，仰脖道："你是不是想吃？这是我的，你碰都别碰！"

143

段宇成轻声哼笑。

他对海鲜没什么兴趣，他从小海鲜吃了太多，到了需要向"海洋之神"忏悔的地步。大了以后，尤其是练体育之后，他开始专注牛羊肉。

刘杉一口咬折蟹腿，说："你别装相，等我好好补一补，回头让你见识一下实力差距。"

段宇成冷冷地看他一眼。

刘杉没有吹牛，这个学期他进步非常快，开学训练不到一个月，已经能跟段宇成不相上下。

而段宇成依然卡在2米18的高度，说什么就是不能再提高了。

罗娜能看出段宇成的焦急，虽然他从来没在他面前表现出来过。他更加严谨地制订训练计划，有时甚至会主动翘课加大训练量，但无法突破就是无法突破。

王启临告诉罗娜，段宇成这个跳高成绩已经到头了，但罗娜总觉得还可以再试一试。因为段宇成是比赛型选手，所以罗娜尽可能多地给他比赛的机会。他参加了市锦标赛，以2米15的高度毫无悬念地拿了冠军，但最后试跳2米18，依旧三次都失败。

"你让他想好了。"王启临对罗娜说，"运动员的时间就这么几年，尤其是田径，他现在再倔，以后想转项都没机会了。"

罗娜心里很着急，为段宇成的事情上火，导致吴泽找她出去的时候每每也是谈训练的话题。

"你就放开了说，不用顾及他的面子。"吴泽说。

"跟面子没关系，段宇成看着性格不错，也挺懂事，其实固执得很。"

"这不是固不固执的问题，你现在让他这么继续练下去，只会害了他。"吴泽话锋一转，轻松地道，"不过也没事，他不是金融系的嘛，能考上A大金融系的人，不走体育也不会差的。"

罗娜微愣。

不走体育……她好像从没想过段宇成远离体育会是什么样子。

一个戴着眼镜的好学生？

一个兢兢业业的上班族？

还是一个驰骋商场的业务精英？

罗娜没想过他另一副模样，也难以接受。在她心里，"段宇成"三个字就代表着阳光和汗水，以及炽热的赛道。

终于，在快入夏的时候，罗娜找段宇成正式谈了一次。

罗娜提前看了天气预报，选了一个风和日丽的周末，告诉段宇成不用训练。

段宇成疑惑地道："为什么不训练？"

罗娜说："跟我出去转转。"

"约会吗？"

"……"罗娜一脸无语。

段宇成笑着说："开玩笑。去哪里？"

罗娜选了市中心的商业街，她想尽可能离学校远一点，换个环境，也换个心态。

她从通知完段宇成后就一直在心里彩排要怎么跟他说。

运动员普遍都很倔，越好的越是，自信果敢不服输。尤其是段宇成这种素质比较高、自尊心很强的年轻人，要他承认专项能力不行是一件很残酷的事，处理不好很容易一蹶不振，就此告别赛场。

两人约在商场见面。罗娜在大门口一家户外运动门店发现段宇成。虽然心事重重，但在看到段宇成的瞬间，她还是眼前一亮。

今天的段宇成看起来格外爽朗，浅色的休闲服、运动鞋，还背着一个双肩皮包，身姿挺拔，明显带着跟其他年轻人不同的气质——属于运动员的气质。

罗娜悄悄走到段宇成身后，看见他正盯着一条腕带看。

"喜欢吗？"

段宇成吓了一跳，回头见到罗娜，笑起来："你来了。"

"你等多久了？"

"刚到。"

"没吃饭呢吧，想吃什么？"

"你选吧。"

最后他们挑了一家烧烤店。罗娜没有在吃饭的时候跟他谈，两人一边

145

吃一边聊些有的没的，看得出段宇成今天心情很不错。吃完饭两人在商场里逛了一会儿消食，路过一家冷饮店的时候，罗娜提议进去坐一会儿。

罗娜点了两杯店员推荐的水果冰沙，分量很足，段宇成一手捏一支，找了个靠窗的位置。

他坐在小小的单人沙发上，用小勺子吃冰沙的画面，看起来很乖巧。

"你不吃吗？都快化了。"他见罗娜总发呆，问道。

罗娜拿起勺子，挖了一口放到嘴里，无滋无味。片刻后，她放下冷饮，说："段宇成。"

"嗯？"

"今天叫你出来是想跟你聊聊最近的情况。"

段宇成从冰沙里抬起头，亮晶晶的眼睛望着她："王主任让你跟我说转项的事？"

罗娜微微顿："你知道？"

他扯着嘴角笑："我第一天见你时就说了，你完全不会骗人，什么都写在脸上。"

他这样平和的语气总给罗娜一种错觉，好像她才是被谈话的一方。

"段宇成，你应该认真考虑一下这件事。其实转项在田径里是很平常的事，你要理性一点，不要钻牛角尖。"

"我知道很平常。"

"那你——"

"教练，"段宇成又挖了一口冷饮，"你知道我从几岁开始跳高的吗？"

"不知道。"

"七岁，到现在十多年了。"

罗娜没说话。

"我跟你说过我练跳高的理由没？"

罗娜半张着嘴巴回忆片刻，说："……去年十一爬山的时候，我问你为什么喜欢跳高，你说没什么理由。"

他笑了笑："理由还是有的，但太傻了，我没好意思告诉你。"

"什么理由？"

146

"我想长高个。"

"……"

确实很傻很耿直。

段宇成又说："小时候我爸妈忙，留我一人在岛上，我们那个小镇人很少，大多是老人，生活节奏慢。我感觉力气没处使的时候就会跑到岛上的最高点，那里有一块沙地，我就在那儿玩。我也想打篮球，也想踢足球，但岛上没有那么多同龄人。"

他笑着指了指自己："我发育得很晚，七八岁了还是又矮又瘦，一直找能长个的运动。后来我看奥运会，发现跳高运动员都特别高，所以我就决定练习跳高。"

罗娜顺了顺逻辑，说："但这些运动员不是因为练跳高才变高的啊，他们是本来就高所以才被选去跳高的啊。"

段宇成哈哈笑："是啊！但我小时候笨呀，不懂啊。"他用勺子搅着冰沙，又说，"反正就这样迷迷糊糊练着，等我回过神的时候，已经喜欢上跳高了。教练，这么多年下来，你知道有多少人劝我放弃跳高，或者改练其他项目吗？"

罗娜摇头。

段宇成无奈地道："我自己都数不清了，每个带过我的教练都说过。但最后我还是坚持下来了。这已经是我的习惯了。"他看着罗娜，自嘲道，"我的童年很无聊，就只有海鲜和跳高，它陪了我那么久，你现在在让我放弃它？"

"但是……"

"江天比赛那么不顺，最后还是选择继续练跳高，连他都能坚持为什么我不行呢？"

"不是所有人都有转项的条件。"

"教练，"段宇成的目光前所未有地真诚，"你相信我吗？"

又是这个问题。

没有听到罗娜的回答，段宇成紧张起来，竟然握住她放在桌子上的手："别人怎么说我都无所谓，但你一定要相信我，请你一定相信我！"

罗娜没有抽回手，因为她感觉到少年掌心传来的焦虑。

可惜很多事情不是靠"相信"就能解决的，如果只靠意志力和刻苦训练就能拿到世界冠军，那体育的世界也未免太单纯了。

但罗娜没有再劝他，只是冲他笑笑，说："好。"

听到她的答复，段宇成紧张的神态终于松弛下来。

罗娜吃了口冰沙，他们开始聊别的事。罗娜决定不再在这个问题上白费口舌，很多道理光靠讲是说不通的。只有他真正遇到打击、撞上南墙的时候，才会明白光靠一腔热血是无法在竞技的世界走太远的。

无功而返，日子照旧。

段宇成压缩了本就不多的业余时间，日复一日地学习、训练、比赛，重复着单调又辛苦的生活。他不喊累，也不放弃。班里的聚会、游玩他全数推掉，刚开始贾士立还会劝一劝他，几次都失败了之后，下次大家干脆就不通知他了。

四月的某一天，罗娜在办公室跟队医刘娇讨论队员的身体状况，王启临兴冲冲地过来宣布，说他挖掘了一个好苗子。

"来，你看看，你最近不是沉迷跳高吗？"

"……我什么时候沉迷跳高了？"

王启临把一袋子资料塞给罗娜："你准备一下，我们明天就去见他。"

"我也去？"

"当然，你开车，他家挺远呢。"

罗娜翻开材料，这个被王启临相中的学生有个很有意思的名字，叫毛茂齐，今年刚十七岁，是个县级体校的学生。

此县离A大很远，是在与邻市交界处的一个山沟沟里。本来那鸟不拉屎的破体校根本无人知晓，但因为这所体校的教练跟王启临是熟识，硬是将毛茂齐推荐过来。

第二天，罗娜载着王启临，驱车五个多小时，来到一片荒芜的山野。

一下车，尘土味扑面而来。

这体校怎一个"惨"字了得，一块土操场，目测一圈也就两百米。操场最外侧铺着一条几十米长的塑胶跑道。说是跑道，其实就是两块旧胶皮铺在地面上，被阳光晒得已经卷了边，基本报废了。

操场后侧有一栋破旧的二层小楼，外面的墙上喷着"刻苦训练，勇攀高峰"八个字，常年风吹雨打，已见斑驳。小楼二层开着两扇窗户，向外支着数根长杆，上面稀稀拉拉晾晒着学生的破衣服。

"这个环境……"饶是吃惯了苦的罗娜见此场面也不禁皱起眉头。

王启临提提裤子，说："走走走！进去找人！"

他们在健身房找到了毛茂齐——所谓的健身房就是个十几平方米的小瓦屋里铺上几块绿垫子，旁边摆着三四个哑铃，毛茂齐正在上面被教练踩着脚做仰卧起坐。

罗娜第一眼见到毛茂齐，跟见到刘杉时的感觉一样，第一直观感受就是他的身材非常适合练跳高，又高又瘦，上肢扁平，长腿肌肉矫健有力。而且他比刘杉更好的一点在于，他的骨头一看就是轻飘飘的，在做仰卧起坐时像没有重量一样。

"别让我做了教练，好累啊……"毛茂齐很不想训练，哭丧着脸求教练。他的声音像是没过变声期似的，稚嫩柔软，还带着颤音。

"再做两组！"教练厉声道。

罗娜看向这位严厉的教练，来的路上王启临给她介绍了这位教练的情况，他叫李代荣，年轻时跟王启临一起在省队待过，算是队友。

"李教练。"罗娜先走过去打招呼。

李代荣见他们来了，总算放过了毛茂齐。毛茂齐从地上爬起来，懵懂地打量着他们。

李代荣严厉地道："你看什么，还不赶紧跟校领导打招呼！"

毛茂齐小声说："教练好。"

李代荣与王启临寒暄了一会儿，一起走向操场。

"这孩子家里是真穷啊。"李代荣小声说，"祖上三代贫农，眼看揭不开锅了。家里是为了少一张嘴吃饭才把他送体校来的。我刚开始是看他可怜，带着他随便练练，但没想到他在跳高上天赋异禀。你来看看就知道了。"

李代荣命令毛茂齐自己拉垫子出来，铺在土操场上。毛茂齐做事毛手毛脚，拖个垫子差点把自己绊倒了。

罗娜过去帮忙，毛茂齐不太敢看她，小声说："谢谢你。"

罗娜问他："你紧张吗？"

毛茂齐摇头。

罗娜笑道："不紧张？你看你肩膀紧的。"

毛茂齐低下头。

罗娜目测毛茂齐身高跟刘杉差不多，有点娃娃脸。看着就是苦孩子出身，最直接的表现就是皮肤不好，不像段宇成那种，从小营养供得足，即使风吹日晒还是细皮嫩肉的。

毛茂齐也是迷迷糊糊的，说话总是慢半拍，被问话了也要想一阵才能回答。不过他的眼睛很干净，有一种纯然的光泽。

罗娜问他："你知道我们是谁吗？"

毛茂齐先是摇头，后来又改成点头。

罗娜逗他："你说说我们干吗的？"

毛茂齐说："带我去大学的……"

罗娜笑了，说："对，你别紧张，就按平常练的跳。这不是比赛，你可以跳很多次。"

她的和颜悦色也算起了点作用，毛茂齐看起来没有刚刚那么紧张了。

简陋的跳高场地布置完毕，王启临和罗娜在旁等着。

李代荣过去叮嘱毛茂齐："你给我打起精神来！"

李代荣恨铁不成钢地扒拉了一下毛茂齐杂草般的头发，捏着他的脖子，说道："这种好机会不是谁都有的，我帮你争取了，你自己一定要把握住！去了大学你的命运就不一样了懂不懂！你想一辈子待在山里吗？"

毛茂齐先是点头，后来又改成摇头。

李代荣看他那傻样，忍不住叹口气："去跳吧，注意动作，脑子里先过一遍我给你讲的技术要领！"说完他看到什么，皱眉道，"你那衣服怎么回事，后面汗渍那么明显怎么也不洗洗呢？"

罗娜听见李代荣对毛茂齐的训话，觉得很有趣味。教练和弟子的关系跟老师与学生不尽相同。前者似乎更紧密一些，由汗水粘连，糅杂了日常训练的辛劳，甚至生活起居的琐碎。

李代荣看起来对毛茂齐很有信心，在没有练习的情况下，直接把起跳高度定在2米。

"你争点气！"他最后提了口气说道。

毛茂齐嗯了一声，也没什么准备动作，李代荣的话音刚落他就动了。

他的助跑速度很慢，非常慢，慢得像没睡醒一样。罗娜看着毛茂齐就用这样软绵绵的助跑，和问题多多的起跳，最终跃过了横杆。

他过杆的那一刻，阳光晃了罗娜的眼睛，她下意识地用手挡住。

毛茂齐从垫子上爬起来，冲她笑了笑。当时罗娜心里生出的第一个念头，就是段宇成撞南墙的时候要到了。

六

毛茂齐被王启临破格特招。

说是破格，是因为他既没有一级运动员证书，也没有什么像样的比赛经历。但王启临见过他的跳跃后，大手一挥便钦定了。

他老人家一拍板，剩下的任务就全交给罗娜了。罗娜先让毛茂齐回家准备一下，等她弄完手续再去他家里接他。

毛茂齐的家在山区一座小村子里，靠务农为生，经济情况跟李代荣形容的差不多。毛茂齐的妈妈接待了罗娜，两人坐在瓦房门口，罗娜给她说明学校的一些情况。全程都是她在说话，说到嗓子冒烟也等不来一句回应。这对母子的气质很像，都像睡不醒。

临别前，这女人终于开了口，她先跟毛茂齐说："你到学校要好好听话，什么都听老师的。"

毛茂齐点头，小声纠正了一下："不是老师，是教练……"

她没理会，又跟罗娜说："老师，他表现不好你尽管打他！"

罗娜哭笑不得："您不要这么说，我们不会打他的。"

她紧紧地握住罗娜的手："老师，我儿子就交给你了！"

女人的脸庞沧桑衰老，双掌却力大无穷。罗娜后知后觉地反应过来，刚刚的聊天一直是单方向，大概是因为她听不懂那些复杂冗长的章程。但她总归知道，她的儿子要跟这个城里来的女人走了。

罗娜很轻易就会被这样的场面激起感性的一面，她回握住毛茂齐的母亲的手掌，郑重其事地说："我跟您保证，我一定会照顾好他，您万事放心。"

女人似乎就是在等这句承诺，用力点头。旁边站着的毛茂齐偷偷看了罗娜一眼。

罗娜载着毛茂齐回学校，路上安安静静的，毛茂齐跟他妈妈一样，呆呆的，话很少。罗娜与他闲聊，问他有没有听说过A大，毛茂齐先是摇头，然后又点头。

罗娜笑道："到底听没听过？"

"好像听过……"

"去那边玩过吗？"

毛茂齐摇头。

罗娜说："我在开车，你得出声回答我。"

毛茂齐悄悄地看了眼罗娜，小声说："没有……"顿了顿，又用更小的声音说，"我没去过那么远……"

"你性格很内向啊。"

"是吗？"

他自己还不知道。

罗娜宽慰他道："等熟了就好了。你文化课怎么样？"

这个问题让毛茂齐红了脸。

罗娜笑道："不要紧，队里的哥哥、姐姐也都是头脑简单的人，对文化课不上心。"

除了一人以外，她心里默默补充。

罗娜有些担心毛茂齐性格会不合群，影响他的生活、训练，一路上都在思考怎么让他融入集体。

刚去肯定不适应，得找个靠得住的队员照顾他才行……

到校后，罗娜亲自把毛茂齐送到宿舍，帮他整理物品。毛茂齐的行李少得可怜，连箱子都没有，只有两个双肩包。

罗娜整理的时候，毛茂齐就直愣愣地站在一边。

不一会儿，门口传来说话的声音，刘杉和段宇成来了。毛茂齐的宿舍在体育学院，队里的大部分男生都住在这栋楼，只有段宇成住在经管学院那边。这次他是被刘杉强行拉来看热闹的。

"罗教！"门没关，刘杉直冲进来，"你回来了啊。"

"嗯，你们训练结束了？"

"结束了。"

刘杉回答着罗娜，目光停在毛茂齐身上，好奇地打量。"就是他啊？"

罗娜正在纠结铺床单，头也不回地介绍道："毛茂齐，这两个是你师哥。高的那个叫刘杉，另外那个叫段宇成。"好不容易把床铺平整了，她扭过身子道，"你们两个，这个是你们师弟，叫毛茂齐，是被王主任招进来的。他年纪小，到九月才满十八岁，你们多照顾他点。"

刘杉摸着下巴琢磨："这小子怎么像没睡醒似的？"

"刘杉。"

"哦哦，我是说我们会好好照顾他的，对吧，蠢货？"

段宇成从进门后就没吭过声，目光一直落在罗娜整理床铺的动作上。听见刘杉的问话，他转眼，笑着看向毛茂齐，说："你让教练给你收拾东西啊？"

毛茂齐被问得不知所措。

刘杉一拍手，说："对啊！我说看着有点不对劲呢！罗教，我们进队时怎么没有这个待遇？"

床单处理完，罗娜又开始折腾被罩，翻了半天里外都没分清。她烦躁地道："不要胡闹了，你们晚点一起吃个饭，都是跳高队的，相互熟悉熟悉。"

"公款吗？"

"你又欠打了？"

刘杉苦着脸低头。

罗娜说："没有公款，我请客吧，你们把江天也叫着，就在——"她刚想选家饭店，忽然感觉手里一轻，被罩被拿走了。

她看向段宇成，小声问："你干什么？"

"我来吧。"他瞥她一眼，透露着不经意的鄙视，"你会套吗？"

"……"

可能是顾及罗娜的面子，他的声音也放得很低，但罗娜还是略感惭愧。

除了工作以外，罗娜的生活非常随性，甚至可以说是邋里邋遢。因为随便填点馒头就能饱，所以她不做饭。因为窝在大街上就能睡觉，所以她也很少打理房间。

对她来说，"家务"两个字有些陌生，她是个野生动物。

队员们一定都将她刚刚翻来覆去的窘态看在眼里了。

在她这正反面都分不清的被套到了段宇成手里，三下五除二便弄完了。

罗娜摸摸鼻子以掩尴尬。

应该说点什么……

刚才她想的那家饭店是哪来着？

这时，对气氛毫无感知的刘杉救了场："罗教，我想吃小龙虾，好久没吃了。"

罗娜问毛茂齐："你喜欢吃小龙虾吗？"

毛茂齐摇头。

刘杉震怒："什么？！"

毛茂齐被吼得一僵，又改成点头。

罗娜觉得她的首要任务是纠正毛茂齐跟人沟通的习惯："不要摇头或者点头，把你的想法说出来。"

毛茂齐想了想，说："不知道，我没吃过。"

刘杉做了个夸张的鬼脸："这世上竟然有人没吃过小龙虾！"

罗娜瞪他一眼："闭嘴！"她转向毛茂齐，温声道："你晚上跟他们去试试吧，还是挺好吃的，只要你能吃辣就行。"

毛茂齐问："你不一起去吗？"

站在床边的段宇成瞥他一眼。

罗娜说："我这边可能有点事，你跟他们去吧。"她拍拍毛茂齐的肩膀，又道，"跟哥哥们好好相处。还有你们俩，多给他讲讲队里的事，下周就开始一起训练了。"说完她指向段宇成，最后嘱咐道，"你有什么不懂的就问他，他会帮你的。来，叫声师哥。"

毛茂齐乖乖地道："师哥。"

段宇成："……"

四个字可以形容段宇成现在的心情——难以描述。

人品得到信任是值得高兴的，但这种信任的延伸是去照顾毛茂齐，这是不值得高兴的。

两边相互一抵消，段宇成奇迹般归于平静。

罗娜走后，毛茂齐又叫了他一声"师哥"，段宇成淡定地点头。

当晚，跳高队奉罗娜之命前往大排档吃小龙虾。这位王主任的新宠在还没展现实力的情况下，先一步展现了食量。

那虾吃的，就差把壳嚼了。

刘杉脸色复杂地看着恨不得把脸埋在盆里的毛茂齐，小声说："真土啊，他怎么能这么土呢……跟鬼子进村似的。"

段宇成淡淡地看他一眼。

刘杉说："要不再点一盆吧？"

"吃了多少钱了你不知道？"

"那也得喂饱啊，不然让这臭小子小瞧了怎么办？进队第一天教练请客，都不给吃饱饭，说出去罗教多丢人。"

旁边的江天冷笑一声，道："那有什么，有多少钱吃多少钱，打肿脸充胖子才是笑话。"

段宇成无言，思索半晌，叫服务员又加了一盆，结账的时候他偷偷拿自己的卡刷了一半钱。

回学校的路上段宇成遇见了班里的人，隔着一条马路贾士立率先发现他，挥手高呼。

"我去打个招呼，你们先走。"段宇成嘱咐刘杉说，"你带他回去，别让他一个人。"

段宇成的班级经常聚会，五天一小聚，十天一大聚，有时候还会叫上经管学院别的专业的同学一起联谊。段宇成扫了一眼这次出来的十几个人，好多他都不认识。

他太久没参加集体活动了。

贾士立调侃他："你小子不是说训练吗，来大排档跳高啊？"

段宇成说："队里新来个人，教练让我们带他出来吃顿饭。"

"你还兼职接待了。"

155

段宇成苦笑。

有几个人在催，贾士立先走了。段宇成回过神，看到施茵留了下来，她对同伴说："你们先去，我等会儿就来。"

段宇成看着离去的大部队，问道："你们这是要去哪啊？"

"吃饭，顺便聊接下来要参加的实习活动。"

段宇成惊讶地道："才大一你们就要实习了？"

施茵说："寒、暑假期肯定要利用上啊，不刷托福、雅思就去实习呗。"

"这样啊……"

施茵打量段宇成，半晌笑道："你最近都跟班里脱节了，越来越傻了。"

段宇成挠挠脸："有吗？"

"你总跟刘杉之流混在一起，不傻就怪了。"

"别这么说……"

施茵哼了一声，又道："你最近训练是不是太累了？"

"训练哪有不累的。"

"不顺利吗？你这学期从开学到现在，状态一直不好。"

段宇成心里叹气，竟然连班里的同学都看出来了。

他摇头道："没事。"

施茵说："你总说没事。"

接下来又是一阵沉默，车流川流不息，嘀嘀的喇叭声好像在催促他快点结束这段对话。

"你——"

"你又不是职业运动员。"

两人同时开口，段宇成反射性地闭嘴，让女生先把话说完。

施茵脸色有点凝重，说："你现在图书馆也不怎么去了，这几次的考试成绩也掉下来了。老师提醒你那么多次，你自己都没察觉吗？"

段宇成低下头。

他的沉默让施茵的心情变得更加迫切，她直视他道："你进A大是来学金融的，结果现在好像跟那些体育生没区别了，你的大学生活就打算这么过了？"

段宇成没想到施茵会说这样的话，一时间无以应对。

"当然了，我说这些你可能觉得我多管闲事。我自己也这么觉得，但我毕竟……"她顿了顿，视线移开了些，"我毕竟曾经……你懂的对吧？"

她再次看他，段宇成小心地点头。

施茵抱起手臂，接着说："但你没有那个意思，我也懂的。"

段宇成张张嘴吧，小声说了一句："对不起……"

"不用对不起。"施茵耸耸肩，"I don't care。"

施茵身上有种大部分A大学生都有的学霸气质，自信理性，雷厉风行。

施茵说："我现在说这些，单纯只是站在同学和朋友的角度。我们都知道你喜欢体育，但说白了你再喜欢练体育能练几年？三年？五年？你有没有想过这三五年覆盖了你整个大学时光？这是走向社会之前最重要的时间。你荒废学业，拒绝社交，也不参加集体活动，你觉得值得吗？"

段宇成依旧沉默，好像忽然间被夺走了语言能力。

他想不出词汇，也无力发声。

施茵最后说："能考到我们班的都是聪明人，我相信你是会算账的。"说完便走了。

车流声依旧嘈杂，隔着一条马路的小吃街传来欢声笑语。段宇成独自留在原地，大脑好似一片空白，又好似塞满了东西。

过了好久，手机振动了一下。刘杉让他快点回去，说是毛茂齐的队服领小了一号。

段宇成看着信息，某一刻忽感浑身无力，在路边蹲了下来。他手指插在头发里，无声地叹息。

七

段宇成不是钻牛角尖的性格，但施茵的话或多或少还是给他留下了阴影。

等下一周训练开始，这种阴影就越发厚重了。

毛茂齐第一次跟队训练，跟段宇成的流程差不多，先是跟队热身，然后接受高明硕的观察指导。

跳高队其他队员站在场边，不动声色地看着毛茂齐的第一次试跳。

很快他们就跟罗娜一样，被毛茂齐的跳跃震惊。

毛茂齐只是稍微活动了一下身体，就一次过了2米10的高度。他的助跑长度比别人短了将近1/3，看着软绵绵的也没什么力量，好像随便颠一颠就过去了。

刘杉瞪着眼睛："不是吧？"

江天冷哼一声，转身离开。

刘杉回头问段宇成："你看到了吗？"

段宇成一言不发。

看到了吗……他瞎吗？

"哎，罗教来了。"

段宇成转头，看到罗娜正从体育场外进来。毛茂齐本来在听高明硕的指导，见罗娜来了甩下高明硕跑了过去。

刘杉撇嘴道："他比你还黏她。"

段宇成远远地看着罗娜笑着同毛茂齐说话的样子，不知为何，忽然特别理解当初那个往他鞋里放钉子的人。

他现在觉得放钉子都算轻的。

"我真是疯了……"他为这个念头在心里扇了自己一耳光。

罗娜询问毛茂齐训练的情况，后面高明硕过来，怒道："你怎么回事！我话说一半就跑了！"

毛茂齐被喊得直往罗娜身后躲。

罗娜这才知道毛茂齐是中途过来的，忙跟他说："这位是高明硕教练，他负责你的专项训练，你在队里要听他指挥。"

毛茂齐拉着嘴角。

高明硕道："怎么了？怎么这个表情？"

毛茂齐："你真凶。"

高明硕："……"

可能是因为年纪小，也可能是因为本身气质单纯，毛茂齐直来直去的说话方式并不惹人讨厌，相反还挺好玩的。

高明硕被他气笑了："我凶？"

毛茂齐点头。

高明硕拉过他的衣服，把他拎回训练场地，龇着牙道："我凶！你还没见我真正凶的时候呢！"

毛茂齐像被押上刑场的犯人，一步一回头，望着罗娜，无声地求救。

罗娜笑道："我救不了你，好好练吧！"

高明硕的风格以严厉著称，第一次训练就让毛茂齐累得哭爹喊娘。

结束后罗娜找高明硕聊他的情况。从高明硕的一字一句里，她能清楚地感受到他对这个新队员的满意，那种发自内心的喜爱是之前任何队员都没有得到过的。

他说毛茂齐身上有天才的味道。

"这小子在这里待不了多久的，他很快就会被国家队要走。"

高明硕从事跳高教学这么多年，第一次这样评价一个运动员。他太喜欢毛茂齐了，毫不避讳偏爱于毛茂齐，工作重心也完全转移，队里所有人都成了配角。

没人敢说什么，能得到教练的偏爱，是运动员可遇不可求的本事。

天才的味道是指什么？罗娜没问，问了恐怕也没有标准答案。

在教练眼里，"天才"意味着完美的苗子，拥有无尽潜力，只用很少的指点就能让他达到很高的水平。而在队友眼里，"天才"就意味着无法翻越的高山，无论多么努力也无法赶上他的成绩，甚至连竞争一下的资格都没有。

一个月过去，毛茂齐已经可以轻松跳过2米18——这个困扰了段宇成将近一年的高度。

段宇成练体育到现在，第一次感觉到无力。他的体能在田径队里数一数二，但训练时却经常提不起力气，他知道自己的心理状态出了问题。

"师哥。"

"……"

更让段宇成感到痛苦的，是罗娜将这个幼儿园大班同学委托给他照顾。本来毛茂齐是只黏罗娜，但罗娜平日工作忙，抽不出空闲的时候就让他去找段宇成，一来二去，毛茂齐跟段宇成也熟了，成天"师哥师哥"地叫。

段宇成从草地上坐起来，毛茂齐蹲在他身边。

他有气无力地问："干吗？"

毛茂齐说："该吃中饭了。"

一声叹息。

毛茂齐挂名在体育学院的公共事业管理专业下，但他几乎从来不去上课，每天除了训练，就是吃和睡。

谜一样的生活。

段宇成说："你自己不能去吃？"

毛茂齐回答道："罗教练让我找你。"

段宇成在心里把毛茂齐想象成刚刚洗完的衣服，用尽全力拧。

想象归想象，段宇成还是爬起来带着他去食堂。

当初第一次带毛茂齐去食堂的时候，段宇成莫名其妙地起了歪心思，想要跟他比一下饭量。他当然没脸说出口，只是放在心里偷偷比，毛茂齐要多少饭菜他就要多少，结果吃到最后他差点去厕所催吐。

现在想想，怎一个"蠢"字了得。

"你怎么吃这么少？"毛茂齐看着段宇成的盘子问。

其实按照正常学生的饭量来讲，段宇成这盘子里绝对不少了，但以运动员的胃口来说，这盘菜完全可以称得上"食欲不佳"。

段宇成说："我不太饿，你吃吧。"

毛茂齐问："为什么不饿呢？"

"不为什么。"

"那怎么吃这么少呢？"

段宇成要崩溃了。

没过一会儿刘杉来了，带给段宇成一个还算不错的消息："刚才罗教找你，让你吃完饭去她那儿一趟。"

"已经吃完了。"段宇成迫不及待地把盘子一推，将毛茂齐这个烫手山芋留给刘杉，说，"等会儿你带他回去。"

刘杉好笑地看着他的背影："跟逃命似的。"

毛茂齐忽然说："师哥没吃完饭。"

刘杉转眼看他，又扫了一眼桌上剩了一半的餐盘，嘿嘿笑了两声，坐到段宇成的位置，说："他最近心情不好。"

"为什么？"

"你还问为什么？"刘杉身子往前一探，胳膊肘垫在桌子上，一副要讨论秘密的姿势。

他先问："你觉得你段师哥怎么样？"

毛茂齐说："好。"

"好？"刘杉嘴角一扯，笑道，"告诉你，都是装的！段宇成这人比谁都小心眼。你离他远点，他这人守地盘的，你给他弄急眼了小心他咬你！"

毛茂齐没说话。

刘杉说："不信啊？"

毛茂齐皱着脸，说："你真坏。"

刘杉："……"

"背后说人坏话。"

"……"

场面一度非常尴尬，好在刘杉也属于没脸没皮的类型，他靠到椅背上，淡淡地道："喊，就你这个情商，你就是跳八米有什么用？"

在他们瞎聊期间，段宇成已经一路小跑来到体育学院的教工办公室，罗娜正埋头写着什么。

"教练。"

罗娜抬头："这么快？"

段宇成笑着说："刚好吃完了。你什么时候回来的？"

罗娜前不久被王启临派出去出差，到体育中心培训，走了将近十天时间。

"上午回来的。"罗娜从包里掏出一样东西扔给段宇成。

他双手一扣，在半空中接下："什么啊？"

"体育中心发的纪念品。"

那是一个以海浪为创作原型的吉祥物钥匙扣，制作不算精良，设计的

161

样子看着也有点蠢。

罗娜说：“你不是生活在海边吗？这个送你。你看它的表情跟你像不像？”

段宇成撇嘴：“哪像，丑死了……”

嘴里嫌弃着，段宇成还是小心地把钥匙扣揣进兜里。

罗娜问道：“对了，毛茂齐最近怎么样，生活、训练还习惯吗，有没有出现什么状况？”

一提毛茂齐，段宇成的笑容瞬间变得没有那么爽朗了：“就那样喽。”

罗娜说：“让你帮忙照顾他，辛苦你了。”

段宇成最近心思敏感，听了罗娜的话不由得生出一个不好的预感，问：“你送我纪念品不是为了‘犒劳’我照顾他吧？”

罗娜神经粗，以为他在开玩笑，逗他说：“怎么，嫌不够啊？”

体内气血郁结不通，全都堵在心脏入口处，心脏跳动节奏也变得不太对劲，这样的心理状态使段宇成耳根迅速发红。因为肤色白，他一点点的变化也变得分外明显。

罗娜问：“怎么了？”

段宇成没说话。

罗娜想起什么，说：“对了，叫你来还有一件事，明天往后一周时间，早上我不能陪你训练了。”

段宇成轻挑眉。

罗娜解释道：“快要到全国大学生运动会了，我这边事情太多，忙不过来，你先跟队练吧。”

段宇成的目光落在罗娜桌上的几张纸上，他没经过罗娜的允许直接拿了起来。他这个动作让罗娜微微一怔，段宇成一直是个很有礼貌的少年，这根本不是他会做的举动。

“放下。”罗娜说。

这回段宇成脸上的红晕已经掩盖不住了，罗娜看出不对劲。她以前也见过段宇成脸红——被戳到肋骨的时候，被调侃的时候，或者喝了小半口酒的时候。

但这次的脸红跟之前都不同，这是人情绪失控的前兆。

这几张纸上写的是全国大学生运动会的运动员推荐名单，段宇成扫到跳高一栏，上面写着刘杉和毛茂齐的名字。

"这是你推荐的吗？"他问。

"段宇成，我让你把纸放下。"

他抬头，看向罗娜。

罗娜看着他微红的眼眶，心里一滞。

"这是不是你推荐的？"他又问。

其实他不需要问，他认识罗娜的字迹。他以前还笑话过她字写得又方又大，像男人的笔迹。

罗娜放缓语气说："这只是推荐，还没有正式决定，具体谁去最后要通过选拔赛决定。推荐只是个形式，这里面有很多综合性考量。"

段宇成忽然笑起来："这话听着真耳熟，你在三中选刘杉的时候也是这么跟我说的。"

罗娜静默。

说实话，她已经忘记当时是怎么跟他说的了。

经过这么漫长且单调的训练生活，她已然感觉当初那个炎夏已经是很遥远的事了。段宇成的安稳和懂事总会在不经意间让她忘记他的年龄。

她想起刚刚他问起纪念品和毛茂齐时的语气……

其实她带纪念品给他并不是因为他照顾了毛茂齐，她真的只是在看到吉祥物造型的时候想起了他。

他们的争执引起办公室里其他老师的注目。

罗娜淡淡地道："把纸放下，跟我出来。"

这是他们第一次吵架。

或许严格来说这也称不上吵架，因为两人连吵架最起码的大声说话都没有做到。

罗娜把段宇成带到办公楼外，希望阳光和晴朗的天气能让他清醒过来。

她问他："你最近怎么了？"

段宇成不说话，也不看她。

罗娜说："毛茂齐的到来给你的影响有这么大？以前你也有上不了比赛的时候，那时你的心理状态可不是这样的。"

段宇成冷笑一声，抓住罗娜的漏洞："所以你还是已经决定了。下次你要定下什么直接告诉我好了，用不着这样。"

罗娜皱眉："什么？"

他直视着她。

罗娜能从他的目光中看出挣扎。他的教养和天性不允许他这样没有礼貌，可他此时的心情又逼着他不断说出更过分的话。

段宇成平日性格温和开朗，但凡事都有两面性，他心里的压力积了太久，如今导火索一点，他身为运动员冲动火暴的一面就被激发了。

"你把他领走吧。"他说。

这个"他"自然指的是毛茂齐。

"你爱找谁照顾他我不管，我要上课，没空理他。"

"你不想理他是因为要上课吗？"

"对。"

罗娜静了静，问："你是不是嫉妒他的天赋？"

段宇成脸色瞬间变黑，他难以置信罗娜会问他这样的问题。

"我嫉妒他？"他激动地反驳，"我为什么要嫉妒他？他是跳得高，又有什么用？我嫉妒一个除了跳高以外什么都不会的傻子干什么？他百以内的加减乘除都算不明白吧！"

他这句话说完，罗娜知道他的心态出了问题。

竞技体育很残酷，在这个领域，"勤能补拙"的道理不常发挥作用，先天条件决定了一半胜负。这些都是不可避免的事，她原以为段宇成看得明白，没想到他也会为了这种事钻牛角尖。

"你不想照顾他可以，但是你要调整心态。"

"大运会你让我参加，我的心态就没问题了。"

"段宇成。"

"你不肯是吗？"

"这不是我肯不肯的事，我知道你想比赛，但让谁上场比赛不是我能决定的。"

段宇成忽然笑了："我知道你不能决定，但刚刚那张纸上写的是'推荐'，你连建议都不肯写我的名字。"

他太聪明了，风吹草动都瞒不过他的眼睛，他认真起来罗娜根本无从招架。

许久后，他语气低沉地道："你明明说过会相信我。"然后不等罗娜回应，便转身走了。

他们离开后，从小楼旁的灌木丛后面探出两颗脑袋。贾士立和施茵刚从图书馆回来，途经此处，听得一些小秘密。

"原来如此。"贾士立啧啧道，"怪不得这小子这个学期一直不对劲，原来是水平到头了。"

施茵道："罗教练怎么这么不近人情，还让他照顾那个什么毛茂齐，这不给人添堵呢吗？"

贾士立瞥她："你又心疼了。"

施茵说："你想想办法开导他一下，怎么说他也是你室友，你就干看着他这么难受下去？"

贾士立说："劝到什么程度？"

"最好能劝退役。"

"你这也太狠了吧！"

施茵哼了一声，低声道："真不知道他为什么要去练体育，从教练到队员没一个智商够用的。"

贾士立胖乎乎的脸上露出心知肚明的微笑："你这就有点'地图炮'了，施女神，有失体面啊。"

施茵毫不在意，说："我说错了？你觉得罗教练脑子好使？她都看不出段宇成讨厌那个人。"

"他不是讨厌，是嫉妒。"

"就你明白！"

八

罗娜心事重重地回到办公室，看到桌上那一沓纸，没来由地感到烦躁。正巧王启临打电话来例行询问，他还没开口就被罗娜抱怨，问他为什么非让她写推荐。

"所有东西都是我来准备，吴泽天天闲得身上都长青苔了，怎么不让他写推荐？"

王启临嘎嘎笑："吴泽？他现在还会写字吗？我本来觉得你出差辛苦慰问一下，听你这气势看来培训力度还不够，下次还是你去。"

罗娜愤然挂断电话。

她离开办公楼，在门口碰到了毛茂齐。他挺高的个子蹲在楼边的台阶上发呆。罗娜过去问他来干吗，毛茂齐递给她一张饭卡。

"师哥饭卡忘带就走了，我在他宿舍楼门口等他，结果他见到我就骂我，我都来不及说话。"

罗娜犹豫地道："他骂你？"

"嗯。"

罗娜深吸一口气："你别怪他，他今天心情不好。"

"我知道，他中饭都吃得很少。"

看毛茂齐迷迷糊糊的样子，好像没把被骂的事放在心上，罗娜问道："我这么长时间没回来，你生活、训练都怎么样，还顺利吗？"

毛茂齐点头，后来想起罗娜总提醒他的话，开口回答："顺利。"说完又补充了一句，"师哥很照顾我，什么都带着我。"

罗娜听他说这句，莫名地一阵心酸。

她拍拍毛茂齐的肩膀，说："别管别的，好好练吧，九月份你要代表学校去参加全国大学生运动会。"

"那是什么？"

"一个比赛。"

"难吗？"

"不简单，有很多国字号运动员。"

毛茂齐静了片刻，又问："我要是比输了，还能留在这里面吗？"

"当然可以，别有压力。全国大学生运动会之前还有个市级运动会，水平不高，但可以给你练练手，熟悉一下比赛氛围。"

跟脑筋简单的人聊天很容易放松下来。

一开始罗娜觉得段宇成也是这样的人，现在才反应过来他可能性格不

166

错，但绝不可能是头脑简单的人，否则怎么可能考上A大金融系。

"对了，最近两天你先别找你师哥。"

"为什么？"

"他最近有些事情要处理，你有问题就来找我，我把我的手机号留给你。"

"我没有手机。"

"没有手机？"

现在罗娜又多了一样要办的事，就是给毛茂齐弄个手机。

事情一样接一样，罗娜明显觉得脑容量有点不够用了。送走毛茂齐，她打电话向吴泽求助。吴泽本来准备睡午觉，被罗娜叫起来也没有困意了。两人一商量，约去商场见面。

最近气温升得很快，吴泽直接穿着背心、短裤、人字拖出来逛街。他人高马大，罗娜同样是运动员出身，两人走在一起，从背后看，体形甚至不像亚洲人。

"你要给毛茂齐买手机？"听了罗娜的目的后，吴泽语气微酸地调侃，"你是不是太偏爱跳高队了，不是一般短跑才有特殊优待吗？"

说起短跑，罗娜想起一件事："市运会的百米……"

"怎么？"

"你打算让谁去？"

吴泽似笑非笑："你觉得呢？"

"别卖关子。"

"黄林和郭健吧。"

黄林现在是短跑队大师兄，不用多说。郭健是新人，之前成绩一般，但最近提升得比较快，能得到比赛机会也正常。

罗娜犹豫着问："市运会没有规定报名人数吧？"

"是没规定，但去那么多干吗啊，也不是什么大比赛，就是让他们去保持一下竞技状态。"

罗娜欲言又止。

吴泽笑道："是不是又想让段宇成去？"

"嗯。"

罗娜把今天中午发生的事跟吴泽讲了，吴泽听完淡定依旧。

罗娜说："我觉得让他参加个小比赛能集中注意力，把自信找回来，你认为呢？"

吴泽好像走神了，目光落在罗娜的鬓角，忽然抬手顺了顺。

罗娜吓一跳："干什么，公共场合！"

吴泽吹吹手指，一根细小的绒毛飘走了。

"你怕什么？"吴泽笑着说，"公共场合怎么了，以前比赛那么多人围着，咱还怕看吗？"

罗娜瞪他一眼以示警告。

吴泽说："你再这么看我，我就不让段宇成上场了。"

罗娜花了三秒反应过来："你肯让他去？"

吴泽笑道："你发话，我不让也得让了。"

罗娜刚要感谢，吴泽又说："不过我先说好，我是不觉得这对他有什么帮助。运动员如果要靠教练这么施舍着去找自信，绝对走不远。"

"这不是施舍，我们在一起找解决问题的方法。"

"要我说你也别忙活了，下这么多功夫差不多也够了，劝他回去念书吧，这样你俩都省心。"

罗娜移开的视线里透露着不赞同。

吴泽说："你要真喜欢跳高，这不是来了个新队员吗？"

罗娜笑着问："在你看来我是喜欢跳高？"

"难道不是？带这个新队员你会轻松很多。"他淡淡地看她一眼，"别给自己找麻烦，多跟我学学。"

"学什么？养生流训练大法？"

吴泽笑道："效果显著，谁用谁知道。"

有时吴泽的笑容偶尔会给罗娜一种说不出的感受。说好听点，就是泰山崩于前而面不改色。不好听的，就是永远都是事不关己毫不在意。他的教学风格也是如此，坚持主张"师父领进门，修行在个人"。他只把自己的事情做完，期待着好成绩，对弟子的生活并不关心。

算起来，他劝走过很多在他看来不适合走职业路线的运动员。

不是说这样一定不好，但从罗娜的角度看，这样稍显无情。

她一直记着当初她决定要做教练时，父亲跟她说的话——

"能走上职业道路的运动员，先天条件都不会太差，但很多人运气不好，没碰到肯花心思打磨自己的人。如果当教练的能多一点耐心，多动动脑子，别那么轻易下结论，很多人的职业生涯其实可以更辉煌。运动员不容易，一生最宝贵的年华都交给了你，流血流汗，最后却可能一无所成。一个合格的教练员，就算教学水平有限，但最起码要跟运动员同甘共苦，像父子、像兄弟，甚至是夫妻。你们一起承受压力，他百分之百相信你，只有这样，你们才有机会创造奇迹。"

她谨记父亲的话，全力尝试，把本就不多的路都试着走一遍，就算走不通，对自己、对队员都有个交代。

"谢谢你给他机会。"罗娜说，"走吧，先去买手机吧。"

Chapter 05

炽 | 道

一

段宇成很后悔。

中午跟罗娜吵完，回到宿舍他就开始懊恼，甚至隐隐胃疼。他身体素质良好，胃疼这种症状轻易不会找上门，全是心理作用作祟。

他觉得自己应该道歉，但提不起下床的精神，他觉得累，比做完一天体能训练还要累。

他摸了摸裤兜，从里面掏出罗娜刚刚给他的纪念品。这是一个海浪模样的吉祥物，一手掐腰，一手比画着个大拇指，歪着嘴角，神采飞扬。

段宇成一想到这是为了犒赏他照顾毛茂齐才送的，就难掩厌恶。

越想越气，他把钥匙扔了。

刚巧贾士立回来了，一推门就看到段宇成扔钥匙扣，敏捷地接住。

"嘿，准吧。"贾士立批评段宇成，"禁止高空抛物，砸到人怎么办？"

段宇成没有心情跟他开玩笑，转过身面朝墙壁。

贾士立知道他是因为什么闹心，但没说破。他看向手里的钥匙扣，惊讶地道："哎，这长得好像你啊。"

段宇成转过头，眉头拧着："什么？"

贾士立把钥匙扣举起来，放到段宇成旁边做对比，越看越觉得像："就嘴角这个地方，一笑起来，特别像。"

段宇成狐疑地把钥匙扣拿回来，反复又看了几遍。

贾士立哼笑道："别看了，你现在又笑不出来，怎么看？"

段宇成重新躺回去。

"心情不好？聊聊不？"贾士立坐在椅子上望着上铺，他这个角度只能看见段宇成的后背，"你真是钻死胡同了，练得这么痛苦就别练了呗，你这视野太狭小了，就盯着那块破赛场，外面的世界大得很。"

段宇成忽然从床上坐起来，翻身下床。

"干吗去啊？哎！"

他没叫住人，段宇成大步流星出门了。

一到花钱的时候，罗娜就觉得工资太低，乱七八糟一扣，每个月到手的钱才四千块多点。

好在她平日里节省，不乱花钱，没有名牌包、化妆品的需求，唯一贵的就是衣服。她买的衣服大多是运动款式，外国货，质量好，虽然单件价格高，但是能穿三四年。

总之就是一个穷。

"买部老年机得了，两百块钱，能打电话得了。"

罗娜无视吴泽的怂恿，最后花两千多块买了款正在做活动的手机，虽然也不贵，不过是新出的，样子好看，功能也多，足够日常使用。

购物使人心情愉悦，罗娜拎着手机回学校，一路步伐轻快。

市运会为段宇成争取到了参赛机会，又给毛茂齐买了新手机，好像一切都在往好的方向发展。

吴泽把罗娜送到宿舍楼门口，罗娜把手机给吴泽，说："你等市运会结束了再给他，就说是拿了冠军学校发的奖励，这样也自然点，队里的人不会说什么。"

吴泽笑道："你这么确定他能拿冠军？"

"只是个市级比赛。"

"他可是第一次参加大型比赛，江天平时训练得也不错，你看一到比赛时发挥成什么样。"

"毛茂齐跟江天不一样。"

"为什么？"

"等他比起来你就知道了。"

吴泽眼神往一边稍稍瞥了下，意味深长地问："你觉得他比段宇成强？"

罗娜顿了顿，就事论事道："跳高上肯定是强的，段宇成现在的最好成绩还没到毛茂齐的起跳高度。"

如果她知道段宇成现在就在她旁侧的快递屋里，她打死也不会追求什么"就事论事"。

阴错阳差，无可奈何。

段宇成是来道歉的。

他心里依然难受，但他终究意识到自己说错了话，比起胃疼他更无法容忍自己用这样无礼的态度对待罗娜。他从宿舍出来后直奔体育学院办公室，想一鼓作气道歉认错，但罗娜不在，他就换到她的宿舍楼门口等着。正巧有同学请他帮忙拿快递，他正在找同学的名字，就听见罗娜和吴泽的对话。

他没道歉，快递也没拿，浑浑噩噩地回去了。

"段宇成现在的最好成绩还没到毛茂齐的起跳高度。"

——这句话勒住了他的脖子。

他没敢回宿舍，游荡到操场。田径队还没开始训练，操场上零星有几个散步的学生。

以前他也被泼过那么多次冷水，很多人说过他不适合跳高，他都没有现在这样难过。同样的话从她嘴里说出来，就成了魔咒。

手掌盖在脸上，关节僵硬泛白，他拼命鼓励自己，绝对不能被一句话打败，但没用。

来到看台上，段宇成望向操场上那几个散步的学生出神。他的目光无意识地跟随他们移动，等他们走到一个位置时，他的眼眶忽然红了。

——那是罗娜第一天等他晨训时站的位置。

他还记得那天罗娜的衣着，和她低头写训练笔记时的样子。

他们一起度过了那么多辛苦又寂静的清晨，如今这些记忆开始折磨他了。

吴泽本来打算下午训练的时候告诉段宇成让他去跑市运会，但这天的训练段宇成没来。

段宇成跟队里的其他人不同，他不是体育学院的学生，金融课程繁重，吴泽自然而然地认为他可能是去上课了。

今天下午的确有两节代数课，但段宇成也逃了。

他没有跑远，就在学校北边的一个小公园里坐着。小公园环境很好，枝繁叶茂，鸟语花香。中心位置有个小广场，很多健身器械。今天是工作日，广场里都是老年人，慢悠悠地使用着漫步机，一边锻炼一边聊天。

段宇成静静地坐在一旁。

这样的感觉很陌生——

没动脑，没出汗，肌肉没处发力，就这么干坐着。

段宇成连续三天没有晨训。

室友们都很惊讶，从入学到现在段宇成断晨训只有一次，就是他脚受伤那次，除此以外，风雨无阻。

"他怎么了？"胡俊肖想问问情况，被贾士立拦下。

"算了。"贾士立小声说，"别管了，让他自己调整吧。"

段宇成周末跟队训练的时候见到罗娜一次，发现她没有注意到他早上没有去晨训。虽然脑子里清楚地记得罗娜跟他说过这周早上她来不了，可他心里不接受这个理由。

吴泽找到段宇成，告诉他百米比赛的事："近期你先抓一下短跑，跳高放一放。"

"我不想跑百米。"

本来吴泽只是做个简单的通知，说完就准备走了，没想到听到段宇成的拒绝。他回头，像是确认一样问道："你再说一遍？"

一般吴泽用这种语气跟人说话的时候，所有人都忍不住胆战心惊。也不知道段宇成是天赋异禀还是破罐子破摔，他毫不胆怯地看着吴泽："我不想跑百米，您让其他人上吧。"

173

他措辞用了"您",但并不能听出什么尊敬来。

吴泽好像听到什么有趣的话,缓缓地笑了。这笑容看得一旁的黄林不寒而栗,悄悄退后。

吴泽走到段宇成身前,上下打量他,轻声道:"你不想跑?"

"嗯。"

"你算什么东西?"

吴泽跟段宇成身高相仿,但骨架略大。因为退役之后锻炼强度减少了,他稍微变壮了些,肌肉没有段宇成那样收紧。

吴泽气势逼人,好像把段宇成整个笼罩起来。

"我不算什么,您安排别人跑吧。"段宇成说。

吴泽冷笑:"真该让她听听你的话。"

"谁?"段宇成敏感地发问。

吴泽没回答,说:"这由不得你想不想。你在队里,就要服从队里安排。当然,你要是走了,我们自然也管不着你了。"他近距离凝视着段宇成,轻描淡写地问,"要不要现在就滚蛋?"

段宇成觉得自己可能被刚刚那句话诱惑了,他莫名地退缩,摇头。

连续忙了几天后,罗娜终于空出时间,第一件事就是赶去体育场晨训,但却没有见到段宇成。中午吃饭的时候,吴泽跟她说,段宇成最近训练很不上心。

罗娜说:"马上期末了,他可能在忙学习。"

这样的说辞在小半辈子都在干体育行业的吴泽这里十分陌生。

"忙学习?你信吗?"

"为什么不信?"

吴泽笑道:"你当然不信,你什么都写在脸上。"

罗娜握筷子的手微微一颤——什么都写在脸上,好像有人也跟她说过同样的话。

吴泽说:"他的自尊心太强了,这是好事也是坏事。他不肯承认自己不行,摆不平心态,但他的先天条件确实一般。你看他省运会拿了冠军,王主任对他另眼相看了吗?"

罗娜说:"但我不会看走眼的。"

"他的意志品质可能没你想的那么坚强。"

"不可能。"罗娜放下筷子，"我饱了。"

"你根本没吃呢。"

"我先回去了。"

吴泽看着罗娜的背影，自己也把筷子放下了。他靠到椅背上，坐了一会儿，烦躁地掏出烟来，刚要点火，意识到这是食堂。

他把烟攥折到手里，沉声骂道："这小兔崽子……"

二

市运会是在期末考前一周举行，参赛人员众多，但高水平的较少。体育大学也派出了队伍，不过他们厉害的队员都在集训，准备九月份的全国大学生运动会。

罗娜的想法很单纯，希望段宇成能在比赛里找回信心，她看了百米报名的名单，确信段宇成正常发挥肯定能拿冠军。

上午，队里的客车在校门口接人。罗娜上车的时候看到段宇成坐在最后一排。以前不管大大小小的比赛，他总是喜欢坐在她身边。

罗娜坐在领队的座位，后面上车的毛茂齐猫着腰来到她身边，指着她身旁的座位问："我能坐这儿吗？"

"坐吧。"

毛茂齐依旧是没睡醒的样子，甚至看着比之前更萎靡了。

"你没事吧？"罗娜担心地问。

"啊？"

"紧张吗？"

毛茂齐没有马上回答，双眼无神地平视前方，感受了一番："紧张……"

罗娜安慰他："第一次参加比赛或多或少都会紧张，不要怕。"

毛茂齐像打瞌睡一样缓缓点头。

罗娜回头看段宇成，他头靠在车窗上，望着外面。晨光照着他清澈的双眼，他神色很淡，与往常赛前的状态截然不同。

车子开到体育场门口停下，附近已经聚集了不少运动员。市运会规模不大，管理也没有省运会那么严格，熙熙攘攘，热热闹闹，不少教练都跟着运动员一起下了场地。

罗娜见到几个老熟人，凑在一起聊了一会儿。

段宇成最后一个下车，往外走的时候忽然被人从后面拍了拍肩膀。他回头，是蔡源。

蔡源永远一副笑眯眯的样子："我看到了报名名单，你只参加了百米？"

段宇成点点头。

"怎么不跳高了？"

"没怎么，教练安排的。"

他不欲多谈，想走的时候又听蔡源说："这么安排说明你的教练明白你的强项是什么。只不过……"

"什么？"

蔡源笑道："只不过吴泽这人死脑筋，而且他也不看好你，你跟着他练，出不了什么名堂的。"

段宇成皱眉："你什么意思？"

蔡源意有所指地说："这次比赛结束，你要是愿意，可以来找我。你的水平绝对不止现在这样。"

段宇成听到吴泽在喊集合的声音，最后看了眼蔡源，转身离去。

因为赛程紧张，百米比赛一天就结束，上午预赛，下午半决赛和决赛。预赛分了六个组，段宇成在第二组。他毫不意外地跑了小组第一名，顺利出线，不过成绩一般，11秒32。

他下场的时候，在准备区看到了张洪文，他这次是代表体育大学来参加比赛的。张洪文跟他打了个照面，笑得讽刺。

段宇成没有马上离场，他在入场通道里看了张洪文的比赛。

枪声响起，段宇成眉头微蹙，张洪文的起跑太快了，比在A大时快了不知多少。等张洪文跑过半程，段宇成往前走了几步，拨开围观的人群。张洪文第一个冲过终点。段宇成马上转向计时牌，上面显示着10秒67的成绩。

怎么可能？

看台上，罗娜噌的一下从座位上站起。吴泽在她身边冷笑一声，道："看来蔡前辈宝刀未老啊。"

罗娜好像要把计时牌瞪出火了。

张洪文跑完后，第一时间往看台上望，好像在寻找什么。等他发现A大的观众席，便嚣张地冲他们仰了仰下巴。

罗娜眯起眼睛："张洪文，蔡源……他们胆子也太大了！"

吴泽斜眼看过去："别气了，跳高预赛开始了。"

这次运动会跳高报名人数不多，没有分组，全堆在一起比，加上市运会管理不严，很多亲友团都下了场，导致准备区域乌泱泱全是人。

高明硕也跟着下去了。

这位不苟言笑的跳高教练平日总是镇守后方，就算赛事允许，也很少到赛场上去给运动员做指导。但这次因为有毛茂齐在，他彻底坐不住了。

刘杉和毛茂齐的起跳高度都要了很高，尤其是毛茂齐，直接2米10起跳，这在没有什么高手的市级比赛里，属于一个让众人望尘莫及的高度。

到1米90的时候，九成的选手都掉下去了。之后轮到刘杉，高度拉到2米，他一次跳过。这个高度已经稳进决赛，他放弃了后面两次试跳。

裁判询问毛茂齐要不要在2米跳一次，还是坚持2米10试跳，毛茂齐回头看高明硕。高明硕说："你别看我！你自己的状态怎么样，自己定！"

毛茂齐问："那你下来干什么？"

高明硕："……"

毛茂齐对裁判说："2米10吧。"

大家都围在旁边，有人偷偷拿出手机，准备录下。

高明硕看似淡定，实则心脏提到了嗓子眼。

毛茂齐不紧不慢地定点，裁判忍不住问他："你就准备这么跳吗？"

毛茂齐一愣："怎么了？"

他不知道自己现在的形象在外人眼中有多奇怪，他没怎么热身，甚至都没有换上比赛服，还穿着长衣长裤，晃晃荡荡的。

在毛茂齐的概念里，这个高度并不需要他脱衣服。

他慢悠悠地助跑，起跳，跃过横杆。

周围响起抽气的声音。

177

看台上，吴泽爽朗地鼓起掌来："不错！来，咱们赌一赌他多久会被招进国家队吧。"说完发现没人应，他一扭头，发现罗娜的视线还落在百米赛道上。

她面色深沉，几乎带起杀气："他们决赛如果还敢这么嚣张，我绝对不会放过他们。"

在毫无挑战的跳高预赛里，毛茂齐和刘杉以第一和第二的成绩晋级决赛。两人比完了预赛回到队伍里，毛茂齐第一时间来找罗娜，问她有没有看到他的比赛。跟在毛茂齐后面的刘杉酸不啦唧地说："看完他这预赛，谁还想比啊？"

毛茂齐一共跳了两次，最后成绩是2米23，这是一个在市级比赛里绝对碾压的成绩。

罗娜这边祝贺着毛茂齐，段宇成也回来了。他没有来他们这边，将换下的跑鞋扔到行李袋里，转身走了。

"下午决赛再看看吧。"吴泽说，"现在这个说明不了什么。"

午饭段宇成没有跟队一起吃，他也没有请假，不知去了哪里。罗娜尝试给他打了个电话，没有打通。

下午半决赛时他回来了，到看台上拿了跑鞋就走。半决赛段宇成和张洪文分别拿到了本组第一名。经过上午的第一枪，张洪文似乎是奠定了信心，半决赛时他在最后十米放慢了速度，最后的成绩还是比段宇成好。

半决赛和决赛只隔了半个小时，其间段宇成没有回队。

罗娜从百米半决赛开始就一言不发，吴泽也在暗自观察。

下午三点，百米决赛开始了。段宇成和张洪文分别位于第三道和第四道。两人上场后各自调整自己的起跑器，相互之间没有言语沟通，只是在裁判宣布准备的时候，张洪文瞄了段宇成一眼。

电光石火间，段宇成忽然问了一句话："当初是你干的吧？"

——在我的鞋里放钉子。

张洪文听到问话，冷笑一声，不予作答。

蹲在起跑器上的那一刻，段宇成心想，不论今后的选择如何，至少在这场比赛里，自己一定要跑赢他。

裁判宣布各就位。

场上寂静无声。

发令枪响，运动员冲出赛道。

他拼尽全力，提腿，加速，冲刺——

他听不到任何人的声音，甚至最后连跑道都看不清了。短短的一百米，他好像耗尽了20年来全部的热情。

冲过终点的时候他摔倒了，躺在地上，眩晕地望着蓝天。

张洪文庆祝高呼的呐喊声钻入他的耳朵，他忽然觉得一切都很没意义。

算了吧——"结束"这个念头第一次进入他的脑海。

段宇成没有登记成绩，直接离开了体育场。走的时候张洪文似乎在他身后说了点什么，他没有注意，他的大脑自动屏蔽了张洪文的声音。

"你要干什么？"吴泽在罗娜起身的时候，再一次拉住她。

罗娜看着他，好像也没过于激动。

但吴泽还是皱起眉头："别折腾了，一个市级比赛而已。"

罗娜静了片刻，低声说："不会这么结束的。"

她从背影里看出他的去意，但就算真的要告别，也不会是以这样的方式。

段宇成在体育场门口再次碰见蔡源。他没有去给张洪文庆祝，而是在等段宇成。

"怎么样？"蔡源笑着问他，"有跟我聊聊的想法吗？"

段宇成径直从他身边走过。

蔡源笑容一顿，紧跟在他身后："你现在的水平完全没有发挥出来，吴泽根本不知道该怎么激发你的潜力，我有办法，你要是愿意就过来跟我练，你先练两个月试试，我——"

"滚。"段宇成这辈子第一次用这样的态度跟长辈说话，"离我远点。"

他完全不在乎了。

段宇成在校门口的小卖部买了几罐啤酒。他酒精过敏，强迫性灌自己，咽药一样把啤酒全部喝完。他感到天旋地转，跟刚刚跑完百米时的状态一样。

如果有能让人失忆的药就好了，至少让他忘了张洪文那张该死的笑脸。

　　段宇成狠狠地捏烂易拉罐，摔在地上。

　　路过的一对男女学生被突如其来的物件吓到，向他投来不满的眼光。段宇成毫不示弱地看回去，男生受不了这样的挑衅，想要过来理论，被女生拉住。她打量段宇成的身材和气势，可能觉得他们占不了便宜。

　　段宇成倒希望有谁能来找他的麻烦，但在路边坐了半个多小时，除了被人当神经病看以外，并没有人来找碴儿。

　　因为酒精刺激，段宇成的皮肤变得又红又痒，他起身回宿舍。

　　屋里没有人。

　　他记得今天下午没课……他们都去干什么了？

　　整整一个学期，段宇成都没有参加过班里的活动，他们也很久没有找他了。

　　他是不是跟正常大学生活脱离太久了？

　　他躺在床上，很多从前压根不会想的念头进入脑海。

　　他缓缓闭眼，陷入酒精营造的虚假的宁静。

　　他醒来的时候室友都回来了，各干各的事。段宇成从床上坐起来，闻到一股湿漉漉的潮气。

　　变天了，大雨已经下了很久。

　　韩岱第一个发现段宇成醒了，问道："你怎么这么早就回来了？是不是下雨比赛取消了？"

　　听到"比赛"二字，段宇成眉头反射性地一皱。他下了床，沉默地进洗手间冲澡。

　　三个室友面面相觑。

　　胡俊肖感觉气氛不对，小声问："什么情况啊？输了？"

　　贾士立沉思片刻，说："你们别问了，我跟他说吧。"

　　段宇成从洗手间出来的时候，发现韩岱和胡俊肖不见了。

　　"……他们呢？"一张嘴，段宇成的声音变得嘶哑低沉，他感到喉咙有些疼。

　　"去图书馆了。"贾士立说。

段宇成点点头，又想回床上睡觉。

"周末我们打算去游乐场，你去吗？"

段宇成本能地摇头。

"去吧。"贾士立劝他，"正好期末考试结束，大家都想放松一下，也赶上游乐场做活动，票价打折。"

段宇成看向他，茫然地说："周末有训练……"

"训什么啊，"贾士立笑道，"有什么好训的，别去了。"

他说得那么轻易。

段宇成很多天没有晨训了，但他还没有逃过一次正式训练。

要逃吗？

段宇成发了会儿呆，贾士立就在一旁等。他始终不能理解这些练体育的人，他从小到大没参加过任何运动会，没有跑过比赛，也没有跳过高。他不知道体育究竟有什么魅力，让那么多人宁可练到一身伤病还不肯放弃。

等了太久，他又问一遍："周末出去玩，你来吗？"

段宇成垂下头，说："来。"

他第一次逃了正式训练。

周末的清晨，他往校门口走的时候路过体育学院的宿舍楼，刚好碰到吃完早饭的刘杉他们。

大路朝天，无处可躲，他跟他们碰了个正面。

"师哥。"毛茂齐第一个跟他打招呼。

刘杉打着哈欠说："走啊，训练去啊。"

段宇成忽然感到一种说不出的愧意，转头就往外走。

"哎！"

段宇成离开的背影很坚决，好像用步伐告诉他们自己无声的决定。刘杉在后面叫他，他没回头。

大家最近都有感觉段宇成的状态不好，但他们从没想过他会逃训练。

"喂！"刘杉又喊了几声，段宇成已渐行渐远，他难以置信地喊道，"不是吧你！上哪去啊！"

旁边的江天见此一幕，冷笑道："我就说了，向着他有什么用，废物一个。"

三

段宇成几乎是逃走的。

他在校门口碰见班级的同学，差点与之错身而过。

胡俊肖一把拉住他的胳膊："哎，合计什么呢？"

段宇成惊醒一样看着他。

"真是的，丢了魂一样。"胡俊肖嘲笑一番，"等一下，还有几个人没到。"

段宇成心不在焉地点头。

没过一会儿人到齐了，这一行一共十三个人，除了班里相熟的，还有两个外班的男生。

"你好。"其中一个男生主动过来跟段宇成打招呼。

段宇成点头："你好。"

那男生笑着说："我叫江谭，他叫刘一鸣，我们是国际经贸的，你恐怕不认识我吧。不过我们都认识你，你是学校的名人啊。"

贾士立在一旁招呼："快点吧，不然一天根本玩不完。"

一路上欢声笑语，因为考完了试，大家都很放松。提及考试，段宇成本就不怎么好的心情更是蒙上一层阴影。他用脚指头都能想出自己这次的成绩有多差，上学期他还能稳在班级中上游，这次只能祈祷不要挂科了。

回去该怎么跟爸妈交代？

有人偷偷碰了碰他的胳膊，贾士立小声道："别想那么多了，既然出来了就好好玩。"

他点点头。

昨日的阴雨天气绵延到了今天，一大早天就是灰蒙蒙的，还下了零星的小雨。在他们到达目的后雨渐渐停了。

"这天刚刚好。"女生们都很喜欢这种不晒又凉爽的天气。

因为中小学生也放假了，一大清早游乐场就人满为患，门口排起长长的队伍，等了将近一个小时才进去。有人事先做好了攻略，进了游乐场就直奔最热门的几处场地。

182

"你敢坐这个吗？"贾士立指着跳楼机问段宇成。

因为看起来很刺激，大家对跳楼机都跃跃欲试，但高达六十米的跳楼机光从下面看着就十分惊悚。

游乐场里总有这么一号人，想玩又不敢自己玩。贾士立就盯准了段宇成，软磨硬泡，非要他陪着。经过市运会那一出，再加上变天的刺激，段宇成昨晚嗓子就有点疼，今天从起床到现在脑袋都是迷糊的。

刘一鸣说："他不敢你就别磨他了。"

来玩的人多是段宇成本班的，就江谭和刘一鸣两个不是。他们两个外形都比较硬朗，身高跟段宇成相仿，身材也不错。刘一鸣甚至比段宇成还要壮一点。

"我陪你们坐吧。"刘一鸣带头走向排队区。

江谭也笑着说："我恐高，不过今天舍命陪君子了。"

贾士立小眼睛瞪着他们的背影，着急地问段宇成："你不坐？你就放任他这么嚣张？"他压低声音道，"这两个浑蛋平时健身，仗着自己有两块肌肉天天对别人指指点点，我早就看不惯了。"

"指指点点？"

"对啊，还说让我减肥，他算老几！"

段宇成蹙眉："你确实应该减肥了。"

话虽这么说，但贾士立开口，段宇成没法拒绝，他忍着不适硬着头皮上去了。而后他发现班里的女生没有进来的："她们都不坐？"

"嗯。"

在工作人员检查安全装置的时候，贾士立的脸色就开始变白了。

女生们在安全区域外津津有味地看着，段宇成忽然觉得自己像是被关在笼子里供人观赏的珍稀动物。

跳楼机升起的过程很慢，到了最高点停留了几秒钟，整个游乐场的景色尽收眼底。段宇成面朝正北方，正对着世纪大厦，那是座标志性建筑物，在那后面不远处就是奥体中心。

他的心跟天气一样凉。

唯一能把他从虚无的空想中拉回来的是手上的痛感。

段宇成转头，无语地看着贾士立。

"你差不多行了……"他的手快要被攥折了。

"我——"贾士立刚开口，跳楼机就开始直线下降。

尖叫声顿时充斥双耳，段宇成胃里一涌，险些吐出来。

下来后段宇成的脸色不太好，贾士立的脸色更差，一直到中午吃饭的时候都没怎么说话。午饭他们是在游乐场里面的餐厅吃的，点菜的时候费了一番工夫。

"你们连油炸食品都吃？"刘一鸣惊讶地看着段宇成，"练田径的这么宽松吗？"

段宇成怔然，是贾士立正在点汉堡。

胡俊肖问："你们不吃吗？这里汉堡最便宜。"

江谭犹豫地道："我们不吃油炸食品。"

"那烤肠呢？"

"也不吃精加工的。"

"……"

"放心，我们好伺候，蔬菜和鸡蛋就行。"

"哦。"

贾士立在对面低声道："谁伺候你们！"

有女生问："你们饮食要求这么严格？"

刘一鸣说："是啊，油炸食品就是毒品啊，吃一口一天都白练了。"

贾士立咂咂嘴，拿餐牌给自己扇风。

一顿饭吃得不尴不尬。

天放晴了，淡淡的蓝色，风也清凉起来，没有早上那么阴沉了。

出餐厅时段宇成走在众人前面，碰上一对母女，小姑娘手里的气球没拿住，飘到了树上，段宇成见了自然而然地跃起，摘下来还给她。

他不知道这种在他看来普普通通的动作落在常人眼中能引起多大的惊奇。

"我的天！你弹簧人啊！"班里没怎么见过段宇成跳高的人惊叹，"你也太能跳了！"

本来贾士立还在刘一鸣和江谭给女生讲解各种肌肉种类的"噪声"中忍耐，见到这一幕，立马眼前一亮。

"哎哟，可以啊。"他回头冲女生们笑道，"想要枣吗女神们？"

餐厅门口那几棵刚好是枣树，现在是七月份，枣还没成熟，但也有零星泛红的果实。女孩们异口同声说想要，贾士立问店员："摘两颗行吗？"

店员为难地道："这都是免费摘的，但是现在没有梯子……"

"用不着梯子。"贾士立指着一颗枣问段宇成，"你试试这颗，够得着吗？"

段宇成抬头看，这个高度太保守了。他屈身一跳，将它后面那根树杈上的枣子摘下来。

众人一脸震惊。

段宇成拿着枣问："谁要？"

贾士立马上回望刘一鸣和江谭："二位健身达人试试不？"

他们也过来了，但没想到看似简单的高度，他们连边都碰不到。最后江谭讪笑道："练过的就是不一样哈。"

贾士立心情大好，偷偷跟段宇成说："回去请你吃饭。"

这么小小地展示过能力后，段宇成成了队伍里的焦点，大家围着他七嘴八舌地聊起体育的事。

他们问了很多在运动员看来很搞笑的问题。

有些女生连田赛和径赛都无法区别，甚至还有人问出标准跑道一圈400米是指最里面那一圈还是最外面那一圈。

在他们看来，百米11秒和10秒的区别并不大。

他们并不在意田径，他们绝对不会知道在三天前的比赛里，那仅仅0.1秒的时间差让他承受了多么巨大的痛苦。

他们在游乐场里玩了一天，所有人都精疲力竭，除了段宇成。虽然最近身体不在状态，但一天下来，所有人都走不动了，他跟早上时比起来却没有多大变化。

看着累得弯腰驼背的同学，他很久没有体会到这种身体素质上的绝对差距了。

回去的路上，段宇成把整个寝室的包都背了起来。贾士立一步三歇，饶是这样仍然坚持要玩后半场，说提前订好了KTV的折扣包房，不去就亏了。

在KTV外面，他们碰到了一个意外的人。

刚开始因为天太黑，谁都没有认出那是吴泽，就觉得这个男人站在机车旁的样子很拉风，多看了两眼才发现是他。

贾士立第一个认出来："那不是你教练吗？"

女生们对吴泽虽然不了解，但也都眼熟，热烈地围上去。

"老师这是你的车吗？"

"您这么晚了还出来干吗，约会吗？"

吴泽抽着烟，冲着一个方向仰仰下巴。大家回头，看到路旁的一家冰粉店。

"您买冰粉吗？"

"嗯。"

"说得我也想吃了。"

"走走走，买一碗去。"

吴泽淡笑着看着这群七嘴八舌的孩子。

只有段宇成从头到尾一言不发，等同学们买好冰粉，他把他们的包背起，往KTV走。在与吴泽擦肩而过的时候，他听到吴泽用平静的语调说："你的名次改了。"

段宇成回头，吴泽靠在机车旁，淡淡地道："张洪文的成绩取消了，你的名次变成第一。金牌和证书在我那儿，你要的话就去拿，不要就算了。"

静了好久，段宇成问："为什么改了？"

吴泽衔着烟，缓缓转头。

四目相对，夜很深，光影流动。

吴泽无所谓地笑了笑："那重要吗？"

四

段宇成跟着同学前往KTV，吴泽最后那句话一直萦绕他心头。

他觉得吴泽话里有话。

虽然一直告诉自己今天陪同学最重要，可到了最后，他的脚步还是停在了KTV门口。

他把包交给贾士立。

他想，就去看一眼，如果吴泽不在了，他就回来。

段宇成回程的路走得比去时快多了，一不注意就小跑起来。他过了一条马路，远远地看到吴泽还在原地吸烟。

段宇成管不了那么多了，径直走到他面前。吴泽本在发呆，见他来了，微微扬了扬眉。

段宇成单刀直入："为什么成绩改了？怎么改的？"

"你想知道？"

"这是我的成绩我为什么不想知道？"

吴泽哼笑一声："你的成绩？你跑完就走的时候可没把它当成你的成绩。"

段宇成俊脸紧绷，极力把罪恶感压制下去。他看着摩托车上挂着的一盒冰粉，说："总之你告诉我为什么成绩改了，你买完东西还不走，不就是为了说这个吗？"

吴泽稍稍停顿。

这小子很敏感，而且绝顶聪明。

她那么耿直迟钝的人，挑中这样的徒弟，不操心才怪。

吴泽抽着烟，不紧不慢地给段宇成讲为什么改了成绩。其实他心里也有矛盾，他觉得可能什么都不说，让段宇成就这么离开是最轻松的，他向来喜欢轻松的结局。

但不说，他又觉得有点屈。

成绩当然是在罗娜的努力下改的，这三天她忙得脚不沾地，几乎带着要发动政变的决心来处理这件事。她百分之百确定张洪文用了药。她给汪连——一个她在反兴奋剂中心工作的朋友打电话。汪连听完她的描述，告诉她这个比赛规模太小了，而且她手头没有证据，不好检举。

"兴奋剂的发展要比监测技术领先5年到10年，你不确定他用的是什么药，很有可能查不出来。"

"你能过来一趟吗？"

罗娜亲自给汪连订了机票，去机场把人接来。

"你要怎么做？去找蔡源摊牌？我真纳闷怎么体大还不开除这个教练，都臭名昭著了，还让他带队员。"

"王主任说是顾及面子，反正合同马上要到期了。"

汪连不知道为什么罗娜这么关注这个小比赛，这种市级比赛的成绩往往不被重视，大多学校和机构都没有派出自己的主力参加，就算拿了第一也没什么大不了的，完全没必要这么较真。

对于这点，罗娜没有过多说明。她的目的很明确，必须取消张洪文的成绩。

汪连问她有没有计划，罗娜说有。

不过计划过于简单粗暴——她直捣黄龙，闯进了体大的宿舍。

"这就是你的计划？！"虽然汪连身处体育圈，但他本身并不是运动员，他大学主修化学，体格相当文弱。

他提着包跟在大步流星的罗娜身后，欲哭无泪地道："我就不该问你！你们这些人的脾气真是太暴躁了！"

罗娜早已探听好张洪文的宿舍，进去的时候被宿管大爷拦下，罗娜说是教练员，来找学生谈话的。她个子比那宿管大爷还高了半头，身姿矫健，气势汹汹，宿管大爷脖子一紧，放了行，罗娜直奔三楼。

张洪文不在宿舍，开门的学生只穿了一条裤衩，刚从睡梦中醒来。他见到男生宿舍来了女人，张大嘴巴，哑口无言。

罗娜趁他发呆闪进了门，屋里乱七八糟的，杂物堆得到处都是，弥漫着一股臭鞋的味道。罗娜问那男生："张洪文的床位在哪？"

男生正偷偷穿裤子，听到罗娜问话，紧张地指向一处。

罗娜过去就开始翻东西。

男生换好衣服，仔细观察罗娜和汪连，看了好一会儿，小心地问："你们在找什么？"

汪连听出他话里的试探，说："你不知道我们在找什么？"

男生没说话。

汪连决定智取，反诈他一下："你们搞这么大动静，不就是要人下来查吗？"

男生立马紧张起来，辩解道："跟我们没关系啊！"

"跟你们没关系？"

"只有他自己用了！"

罗娜回头。

男生气呼呼地道："他跑进10秒6我们也很震惊，他刚来的时候我就觉得他不对劲。但我发誓我们这儿就他一个人用那个。我们都看不上他，平时也不跟他一起行动。"

罗娜问："你知道放在哪吗？"

男生不说话。

汪连说："这件事我们一定会严肃处理，我相信你也想要一个公平的比赛环境，你也不希望体大蒙羞，对不对？"

男生犹豫了好久，终于没支撑住，供出了蔡源办公室的小冰箱。

"事情差不多就是这样，铁证如山，张洪文的成绩被取消了。"吴泽用简短的语言描述了一遍，很多细枝末节都没有讲——包括罗娜去办公室找药时跟后赶到的张洪文大打出手的事，还有她威胁蔡源的事。她把事情闹得沸沸扬扬，最后只换来那块没什么含金量的金牌。

"就这样？"

"是啊。"

段宇成茫然。

吴泽掐了烟要走，段宇成忽然发问："你们做这么多是想让我继续训练吗？我很感谢你们，但我可能不会再练了。"

吴泽已经跨上了车，回头说："跟训练没关系，她知道你想退了，但她希望你能带着一块金牌离开，她说这样你的心情可能会好一点。"

他说完扬长而去，车把上挂着冰粉，让本来拉风的背影变得像是去送外卖的。

段宇成不知自己在原地站了多久，电话声把他叫醒。

贾士立催他快点过去："你还来不来了？等半天了。"

"哦……"段宇成低声道，"那个……你们先玩，我回学校拿点东西。"

"回学校？你拿什么东西啊？"

"等我一下，我很快回来。"

没有解释，段宇成挂断电话向学校跑去。

这里离学校大概两公里的路程，段宇成顺着一条笔直的人行道跑，越跑越快，最后几乎狂奔起来。校门口人来人往，考试周结束，整座校园的氛围都松散起来。

段宇成穿过夜色，跑过门口的花坛，带起幽幽香气。

他直接跑去她的宿舍楼，没在楼下等，一口气来到她房间门口。

到了目的地，他反而犹豫了。

要见她吗？该说什么呢？

他胸口梗住。

在被不知名的情绪埋没之前，他敲响房门。

没过几秒，罗娜来开了门，见到段宇成，有些惊讶："你怎么来了？"

段宇成张了张口，发觉自己完全没想好要说什么。

"……我听说成绩改了。"

"对，那本来就是你该得的，祝贺你。"

段宇成觉得自己应该配合着罗娜一起笑，但他笑不出来。罗娜看着他的神色，笑意渐渐也收敛了。

他们都知道这块金牌并不是现在的重点。

罗娜微垂视线，说："今天你们班主任来找我了。"

段宇成愕然。

罗娜说："他跟我说你这学期的成绩不太好。"

回想起班主任跟她沟通时的场景，罗娜心有余悸。明明两个人都是老师，可罗娜却有种愧疚感，好像在被训话一样。

"他不想让你再练体育了，他说你的训练已经严重影响到你的文化课成绩。"

段宇成长久的沉默让罗娜的独角戏有些唱不下去了。

"你怎么想呢……"她最终把问题抛给了他。

段宇成始终一言不发，怔然地看着她。他察觉她今天的装扮有些不同，以往她喜欢扎起头发，就算散开，也总把头发别到耳后，他很喜欢她耳根与下颌骨相连处的线条。

但今天她的头发却完全松散，遮挡了大半脸颊。他抓住蛛丝马迹观察，然后在某一刻，他注意到她左脸深处有一块瘀青印记。

他有种头晕目眩的感觉。

"段宇成？"罗娜叫他，"我问你话呢。"

他低下头，轻不可闻地说："你还想让我继续练吗？"

罗娜静了静，说："说实话，以前我没有想过你练体育以外的样子，我觉得你天生就该在体育场里。但这几天见你跟同学们在一起，说实话也不错。"

段宇成说："是吗？"

罗娜说："我们教练组也该反省，不该这么固执要求你转项。以前我爸跟我说过一句话，他说练田径的，就是一百个人练走九十九个，只有最后剩下的那个人才能上赛场，但并不是说前面九十九人就是失败的。每个人都在摸索自己的路，你这样的人在哪都不会差的。"她拍拍他的肩膀，"放轻松一点，最后拿一块金牌收官，也算是个圆满的句号。"

她长篇大论讲完，段宇成还是只说了句："是吗？"

他离开宿舍楼，这回他没有跑，缓缓走着。校园闷热躁动，树丛里传出各种小虫的声音，那是独属于夏夜的声音。

段宇成走到校园门口，人还是那么多人，或是嬉笑，或是玩乐。他路过门口的花坛，一种他叫不出名字的偌大花朵在灯光和月光的双重照射下呈现出异常艳丽的色彩。

段宇成看了三秒，猛然转身。

他再次跑到罗娜宿舍门口，砰砰敲门。

罗娜打开门，段宇成因为一口气跑过来，呼吸有些急促。

她没有想到他会杀个回马枪，他自己可能都没有料到。

或许是错觉，他觉得她眼眶泛红，眼底淡淡的一层，与那朵月下的花极其相似。

"你怎么——"

不等她问完，段宇成的手死死地拍在门上，他把门完全打开，趁着气势逼问她："你真这么想的吗？"

"什么？"

"你真是这样想的吗？你真肯让我走吗？"

罗娜移开视线，他又拍了一下门："你看着我！"

他们看着对方，都有将说未说的话，年轻人火气旺，逼着罗娜先开口。

罗娜的情绪也有点激动："不是我肯不肯让你走，段宇成，你的人生是你自己的，我只是个教练，我说了不算。以前我觉得运动员一定得拼，但拼也要适可而止。如果体育带给你的痛苦远远超过快乐，那就不要再练了！"

"我没痛苦。"

"你没痛苦？你输给张洪文没痛苦？你看着毛茂齐去比赛没痛苦？你自己照照镜子看看你现在是什么表情！"

段宇成咬紧牙："你是不是对我失望了？"

"没有。"

他完全不相信："都这时候了，你就直说了吧。"

罗娜看着视线里的这个男孩，这个她花了无数心思打磨的运动员，他的眼睛比以往混浊，大概是因为碰了饮食黑名单上的酒精饮品。

罗娜说："我不是失望，我只是觉得你没有我第一次见到时那么耀眼了。"

炎热的夏日，炽烈的跑道，那个身着黑金色运动服，让她忍不住摘下墨镜看的少年人。

他现在不是那个状态了。

"但我不知道还能为你做什么，我也不知道怎么做对你的未来发展最好。如果你一定要问，这就是我的心里话。"

段宇成抬头，这回不是错觉，他真的听到哽咽的声音。

楼道里蔓延着无边的寂静，楼外偶尔传来的说话声好像来自另一个世界。

罗娜抱起手臂，事到如今她也提不起安慰他的力气了，她低声说："你走吧。"

五

段宇成忘记了自己是怎么离开罗娜的宿舍的。

电话响了好多次，他浑然不觉，最后还是一起等红灯的路人提醒他才接起。贾士立又一次催他，问他在哪。段宇成环顾四周，发现他已经在十字路口等了半天。

他赶去KTV，里面"战事"正酣，男生们合唱的声音震耳欲聋。

段宇成溜边坐进沙发里，盯着屏幕上的MV看。房间里开着彩灯，天旋地转。这是间大包房，有两张茶几，上面堆满了零食、啤酒和果盘，吃得一片狼藉。

段宇成看了一会儿，抽来一瓶啤酒。

他研究了片刻，开始找起子。

贾士立从段宇成进门后就一直观察他，在他拿啤酒的时候，终于放下麦克风来到他身边。

"你没事吧？"

段宇成摇头，在桌上翻来翻去。

"你要喝酒？"

"嗯。"

虽然觉得有点奇怪，但段宇成近期一直很诡异，贾士立已经见怪不怪："喏，这儿呢。"他帮段宇成找到起子，开了两瓶啤酒。

段宇成仰头就喝。

"你慢点啊，能行吗你？"贾士立见过段宇成一杯倒的酒量，被他的架势吓到，"差不多行了，别喝了。"

段宇成恍若未闻，在高昂的歌曲声中把一瓶啤酒喝完。他觉得胃里翻江倒海，他的身体本能地拒绝酒精，要把它们吐出去，但段宇成用手使劲捂住嘴，说什么就是不吐。

缓和片刻，他又开了一瓶。

贾士立说："你真没事吗？别喝了吧。"

段宇成摇头。

他必须得喝，他需要酒精麻痹自己，让脸皮变得无限厚，否则他怕等会儿连道歉的话都未出口就先一步羞愧至死了。

第二瓶啤酒下肚，段宇成倒在沙发里，双眼僵直地看着前方，屏幕上的影像都变成了雪花，视线里开始出现没有意义的幻影。

贾士立偷偷把施茵拉来："你看看他，有点不对劲呢。"

施茵拿了麦克风给段宇成："你要唱歌吗？唱首歌吧。"

段宇成迷茫地看向她，缓缓摇头。

施茵看到他面前的空酒瓶，道："你喝了两瓶啤酒？你不是酒精过敏吗？"

段宇成还是摇头。

施茵怒目看向贾士立，贾士立无辜地道："又不是我让他喝的。"

他们点的啤酒是黑教士，度数在啤酒里算是高的，常人一瓶下去都有点晕，更别说段宇成这种完全不会喝酒的人了。他越坐越难受，身体像烧着了一样，汗毛孔全部张开，太阳穴突突直跳。

好像有两个人来他面前说话，他没听清，脑子发沉。过了一会儿发现他们还在说，段宇成噌的一下站起来。

身体像灌了铅，很沉很沉。

这么多年，他坚持雷打不动地早起训练，好似一个恪守戒律的僧人。他一直以来的自信，和内心的踏实，都是来自晨曦的祝福。但如今他破戒了，他自己迈向泥潭，从此没了心安。

他蠢得无药可救。

他到底在这种地方干什么？

段宇成晕头转向地离开包房，贾士立和施茵跟了上去，后来韩岱和胡俊肖也跟了出来。

"怎么了？"

"不知道，他不对劲，赶紧拦着点。"

段宇成出了KTV就开始跑，后面同学追了一长串，已经快晚上十点了，马路上车辆还是很多，人行道上倒是挺空的。这种空给段宇成提供了便捷，他放纵地狂奔，没出两分钟就把同学甩开老远。

"哎！"胡俊肖在这伙人里算是跑得最快的，就他还能瞄到一点段宇成的背影，他冲段宇成狂喊，"段宇成！别跑！站住！"

段宇成根本没听见。

胡俊肖眼尖，看到下一个路口有巡警站岗，急中生智叫道："警察同志！他偷我钱包！"

结果段"小偷"就被警察一个熊抱拦截了。

胡俊肖上气不接下气地跑过来，见到警察把段宇成按在地上，连忙解释："警察同志，你们轻点……"

他这边说完，后面几个人才刚刚跑到。

贾士立一屁股坐到地上："我不活了！有这么跑的吗？！"

施茵也跑得满头大汗，掐着腰蹲下。

"他怎么、怎么这么能跑……不是喝多了吗……"

胡俊肖跟警察解释完，千恩万谢让他放了段宇成。警察松了手，段宇成还趴在地上。

贾士立照他的后背拍了一掌："你可真能折磨人啊！"

施茵说："给他送回宿舍，让他睡一觉吧。"

胡俊肖："叫车吧，我们肯定抬不动他。"

在他们讨论解决方案期间，只有韩岱仔细观察着段宇成："他哭了。"

大伙的目光都落在段宇成脸上。

可不是哭了吗？！

段宇成的头紧贴地面，上面那么多碎石、沙砾硌着，他也不知道疼，额头上血管突出，地上已经积出一小片水痕。

施茵跪在他身边，弯腰看他，问道："怎么了，身体不舒服吗？"

段宇成没有回答她。

他脑子里充斥着一个人的声音，她用无力的语气说——"我只是觉得你没有我第一次见到时那么耀眼了。"

段宇成缓缓将头埋得更深，额头抵着地面，手按在胃上。

他逃了训练，骂了队友，无视教练。

他闭上眼睛，又很快睁开。他惭愧到不敢面对黑暗。

"怎么了？"见他动了，所有人都围了过来。

离得最近的施茵听到段宇成低沉的声音："我可能快要死了……"

施茵吓傻了："你别乱说啊！"

"他说什么了？"

"他说他快要死了。"

"啊？有这么难受？！"

胡俊肖当机立断，掏出手机打120，就在接通的一刻，段宇成忽然从地上爬了起来。他目不斜视地朝前走，过了一个路口就是一座小桥，小桥横跨一条人工河。

"他起来了，还用叫救护车吗？"胡俊肖拿着手机犹豫，"没事就不叫了吧，救护车出一趟得好几百块呢。"

施茵怒道："都什么时候了你还这么抠！"

就在他们纠结要不要叫救护车的时候，段宇成已经走到了桥上，在桥中间停住脚步。

韩岱依然是第一个发现异样的人。

"你们看他。"他紧紧地盯着段宇成，"他难道是要——"

他的话音未落，段宇成一脚踩在石桥栏杆上。栏杆有一米高，不过段宇成柔韧性好，不用手扶任何地方就踩了上去。他双脚站到宽度不到十厘米的栏杆上，站得稳稳的，一点也没有喝醉酒的样子。

路人被他吓到，纷纷远离。

胡俊肖反应最快，第一个冲了过去，可是还没过马路，段宇成就一个鱼跃扎进了河里。

胡俊肖大骂一声。

河水浸没段宇成，他感觉世界终于清静了。

他闭上眼睛，将肺里的空气清光，任由自己下沉。他渐渐地觉得周围包裹他的不是河水，而是他练田径的十几年里，流过的汗水和眼泪。

背部触底的一瞬，段宇成猛然惊醒，双脚一踩河底，翻身游去。

"我就说让你看住他！"施茵在桥上大哭，使劲打贾士立，"你还让他喝酒！"

贾士立平日喜欢开玩笑，到这节骨眼也慌了。

"我也不知道，我……"贾士立语无伦次，一下脱了半袖，露出一身肥膘，"我去救他！"

韩岱拉住他："你冷静点，快点报警。要救也别从这儿跳，你不知道水够不够深，不够会摔死你！"

听到"死"字，施茵再也控制不住了，坐在地上号啕大哭。

此时，被他们担忧的主人公已经游出半里地了，在离学校最近的地方

196

上了岸。

段宇成像个水鬼一样荡进校园，无视所有人的视线。

六

罗娜静静地坐在书桌前，面前放着一碗没有吃的冰粉，那是吴泽买来的。她最喜欢吃冰粉，但今天没有丝毫胃口。

桌上摆着一沓沓的材料，还有一份申请书。这是罗娜向领导提出聘用一位新的田径项目教练的申请材料。她准备了很久，也联系了很久，但看今天的情况，大概是夭折了。

罗娜心里难受，到了无所适从的地步。

最后她泄愤一样把申请材料团弄一下扔进废纸篓，起身去洗手间。她准备洗个热水澡，然后大睡一觉。

就在她起身的同时，房门再次被敲响。

砰砰砰。

跟之前的力度和节奏一模一样。

那小子又回来了。

他当她这是茅庐呢？一而再再而三地回来。

门外的人见屋里没动静，拍门的声音更大了。罗娜被他拍得心乱如麻，冲门口大喊一声："你拍什么！讨债啊！"

声音断了两秒，然后暴雨来得更猛烈了。

罗娜在门被拍烂之前过去开门，然后见到了从水里捞出来的段宇成。

他的眼睛是赤红的，浑身散发着浓浓的酒气。

罗娜目瞪口呆，刚要张嘴，段宇成忽然一个恶狗扑食，大手把她的嘴捂上了。

"嗯！"罗娜反手一推，没推开他。

他的力气被河水泡发了。

罗娜连踢带踹地挣扎，段宇成声音低哑："你别说话，听我说。"

她猛然用力挣脱开，一嗓子差点破音——"你到底要干什么！"

段宇成眼底血红，嘴唇颤抖，看着她，好久没开口。罗娜又想骂的时候，少年扑通一声跪下了。

197

这一跪把罗娜所有的脾气都跪没了。

"是我的错。"他张口认错，语气不像第一次那么软弱无力，也不像第二次那么咄咄逼人，是罗娜最熟悉的段宇成的语气，有小心翼翼的倔强，更多的是乖巧和懂事。

这久违的语气把罗娜的心揉得稀巴烂。

他说："请你原谅我。"

他的气势彻底没了，眼泪汪汪地看着她。而且他浑身上下湿漉漉的，越发加剧了场面的凄惨。

罗娜眼睛酸涩，低声道："你起来，让人看见像什么样子。"

"我不会离开的。"他又说，"如果你们觉得我跳高真的不行，我愿意换别的项目，换百米，百米如果再不行我也可以跑400米，我400米也很厉害。"

他拉住罗娜的手，咬紧牙关，攥得她关节生疼。

"除非真到山穷水尽的那一天，否则我绝对不会离开田径的。"他的嗓音越来越哑，眼睛越来越红，"我太讨厌离开田径的自己了，求你再给我一次机会。我知道我浑蛋，犯了很多错，惹你们生气。你打我一顿吧，但请你一定原谅我。"

他语无伦次，鼻涕一把眼泪一把的，完全不像话。

而就是这样不像话的发言，逼得罗娜五脏六腑都发烫了。

"我让你起来！"

这算什么，她简直要破口大骂。

竞技的世界里，这些用血汗喂养长大的孩子，永远意气用事，前一秒还失魂落魄，后一秒便雄姿英发，干干脆脆几句话，就把所有希望都点燃了。

她拿手狠狠戳了下他的脑壳："你现在不轴了？"

他双手握住她的手，额头抵在她的小臂上，上气不接下气。

门口路过一个女老师，瞧见此场面，笑道："干啥呢，求婚呢？"

罗娜："……"

等人家走后，她拉他往屋里来，无奈段同学长在地上了，纹丝不动。

"进来啊。"

"你先说原谅我。"

"进来再说，你不嫌丢人？"

他摇头。

他喝酒就是为了这种时刻，他现在脸皮厚如城墙。

他拉着她的手，又轻轻问一遍："你原谅我吗？"

可能是因为刚才那位女老师的调侃，罗娜觉得这场面说不出地诡异，她清清嗓子，说："有什么原谅不原谅的，你自己想开了就好。"

"那你说你原谅我。"

"……"

没道理，怎么搞得像她才是犯错误的人？

"说啊。"

"行行行，我原谅你，行了吧。"

他马上又说："那你把那句话收回去。"

罗娜蒙了："什么话？"

段宇成低声说："就是什么'第一次'、什么'耀眼'那句……"他只是随便给了两个关键词，那可怕的句子他连一遍都不想回忆。

罗娜眉头紧蹙，回忆半晌，茫然道："什么耀眼？我没说过啊。"

段宇成跟她对视五秒，霍然起身。

罗娜吓得后退半步。

段宇成瞪着哭肿的眼睛，脸色通红地问："你是鱼吗？！"

"什么？"

"你的记忆只有七秒吗？！你怎么能说出那种话后转眼就不认账了？"

罗娜沉默片刻，喊了一声："醉鬼，脑子都喝烂了，不跟你一般见识。"

段宇成目瞪口呆。

"你到底进不进来，不进赶紧走。"她没耐心伺候他了，往外推人，"走走走，快点走！"

段宇成大腿抵着门缝往里挤："不，让我进去！"

"快点走！"

"让我进去！真的，我难受！我要吐了！"

"……"

罗娜观察段宇成的脸色，只见惨淡发白，她手一松，段宇成嗖的一下溜进了屋，直接钻进洗手间。

他弯腰一顿狂吐。

酒精、胃酸、没消化的鸡翅和汉堡，还有失落和迷茫，全都吐干净了。

罗娜听了一会儿呕吐的声音，吹声口哨，转身去倒热水。水倒了一半，猛然想起什么，她连忙回到废纸篓边把那份揉烂了的申请表捡了回来。

最终段宇成里外吐了个干净，从洗手间出来，到凳子上坐好。他要说的话都说完了，偃旗息鼓，累得像个破落户。

罗娜把热水递给他，皱着眉头问："你怎么把自己搞成这个样子？你上哪去了，这么臭呢？"

回答罗娜的是一声大大的喷嚏。

罗娜去洗手间拿毛巾，回来发现段宇成浑身上下湿得透透的，根本无从下手。她干脆把毛巾扔给他："你自己进去洗个热水澡吧。"

段宇成拿起毛巾再次走进洗手间，他在门口回头偷看，罗娜在柜子里翻衣服。他把毛巾拿到鼻子处闻了闻，有股熟悉的芳香味，跟罗娜的头发是一个味道。

罗娜这儿没有男人的衣服，只有几套队里多余出来的比赛服，她来到洗手间门口，说："衣服我放在外面了，你先凑合着穿，回去自己换。"

她说完耳朵靠近门，听到里面传来一声"好"，随即又是一声喷嚏。

不会要感冒吧……

罗娜不知道段宇成怎么搞到这步田地，她给队医刘娇打了个电话，准备去她那儿拿点感冒药。

她刚下楼，就看见警车来了。

警车直接开进学校。

罗娜完全没料到这跟她屋里那个男孩有关，直到她看见哭得梨花带雨的施茵，还有搀扶着施茵、同样面色苍白的贾士立。

罗娜临时改变路线，朝他们走去。接着她又看到段宇成寝室的另外两个人，大家都是面色凝重，垂头丧气，步伐缓慢。

"怎么了，出什么事了？"罗娜离得五米远就出声问。

贾士立抬头，看见罗娜，崩溃地道："老师，段宇成他怕是不行了！"

……？

接下来的三分钟，她跟几个精神错乱的学生沟通了情节发展。

怪不得他一身湿漉漉的，原来是投河了。

罗娜脑壳生疼。

她先把紧要事说了，那就是熊孩子现在没事，正在她屋里洗澡呢。她把自己宿舍的房间号告诉他们，让他们去看他，自己留下跟警察解释。

警察把她好一顿训，说现在这些大学生，一个个都不服管教，任性妄为，全是当老师的错。罗娜连连称是，卑躬屈膝，点头哈腰。

警察要上楼看看段宇成，被她严词拒绝："我们那是女老师宿舍，不太方便。"

她不想这件事搞得尽人皆知，她得给他保留尊严。

"刚刚上去那三个也是男的啊。"

"那是学生，小孩，不算事儿。"

警察被罗娜连哄带骗地送走了。

气还没喘匀，刘娇打电话来问到底还要不要感冒药，她又一路小跑去取药。再次回到宿舍，罗娜本以为能看到"大难不死"的段宇成跟同学抱头痛哭的凄美场面，没想到屋里安安静静的。

段宇成睡着了。

穿着她给他准备的比赛服，趴在她的床上，脸埋进她的枕头里，长长的一条。他的四肢没有刚刚进屋时那么红了，变成淡淡的浅粉色。他呼吸有点不顺畅，鼻子有点堵，嘴巴微微张着，一呼一吸，透着气死人不偿命的傻气。

他穿这身衣服看起来很陌生。这是队里统一的比赛服，但没硬性要求队员必须穿，段宇成一直穿自己的衣服。他不喜欢校队比赛服的设计，嫌裁剪和颜色都太土。他不喜欢纯色，偏爱灰色调和浅色系。

201

仔细想想，这小子还挺事儿的。

他的同学围着他看，像是围观稀有动物。

罗娜走过去，贾士立转头看她，憋了半天说了一句："老师，练体育的都是疯子吗？"

罗娜摇头："不是。"

至少不全是，但顶级运动员确实大都是疯子。

又待了一会儿，几个学生要走了。

"您就让他在这儿睡吗？"施茵小声问。

"嗯。"

"可他睡这儿您怎么办啊？"贾士立看了胡俊肖一眼，"要不我们把他抬回去吧？"

"就让他在这儿吧，没关系。"

段宇成已经很久没有好好休息了，烦恼了整整一学期，现在终于能睡个好觉了。

送走了同学，罗娜拿来药和水，蹲到段宇成身边。睡着的小孩看起来毫无防备，脸蛋软软的，湿润的头发一缕一缕的，乌黑，支棱着。

"喂。"她小声叫他，没动静。她轻轻摇他，呼唤他的名字。

段宇成缓缓睁开眼，倦怠让他目光游离，一不小心眼皮多了好多褶，眼球里布满血丝。

"把药吃了再睡。"罗娜说着，把药片放到段宇成嘴边。

段宇成嘴唇微张，罗娜将药片送进去。他嘴张得很小，罗娜觉得送药片的过程中，自己的指甲碰到了他的唇瓣，沾了微薄的浅凉。

"喝水。"她又把杯子放到他嘴边。

他缓慢地眨了眨眼。

罗娜说："还不起来？我是不是还得帮你找根吸管啊？"

段宇成揉揉眼睛，磨磨蹭蹭地用肘部支起上半身，就着罗娜的手把水喝了。罗娜真的有种在伺候小动物的感觉。

他喝完再次揉眼睛，罗娜皱眉："别揉了，都红了。"

他抽抽鼻子，再次躺下。

罗娜问："好点了吗？"

他点头："嗯，我睡了……"说完，他像不想再被打扰一样翻过身，背对着罗娜，长腿卷着她的薄被，遁入梦乡。

罗娜看得好笑。

占山为王了，这到底是谁的屋子？

安顿好他，罗娜开始加班整理资料。

清晨的第一缕光照在段宇成的脸上。他醒的时候，罗娜还趴在书桌上睡觉。他光脚下地，顶着鸡窝头走到她身边。

这时段的光线很美。她枕在手臂上，浓密的长发铺满身，睫毛细长，鼻头微翘，膝盖弯曲，脚踝相叠，看着就像中世纪油画里的公主，或是年轻的贵妇。

他想碰碰她的发丝，又怕破坏了画面的宁静。

他不甘心，蹲下身子，视线与书桌平齐，努力寻找。晨光在桌面上洒了薄薄的一层银粉，他观察许久，最后悄悄抬手，捻起一根掉落的发丝。

他将这发丝置于鼻下，轻轻吸。一点点瘙痒，一点点梦里的香气，他如愿以偿地唤醒了自己。

之后，他轻手轻脚地整理好床铺，先行离去。

屋外空气清新自然，他站在楼门口，回想之前的所作所为，觉得好像被什么附身了。他先去外面买了一堆丰盛的早餐，然后回宿舍找同学道歉。

他把他们的聚会搞砸了，又害他们担惊受怕。

大家都在睡懒觉，贾士立被早饭的香味叫起来，从床缝里伸出一只肥爪。

段宇成递过去一个包子。

贾士立坐起来，边啃包子边说："你真是太能折磨人了，我们都以为你被淹死了。"

"怎么可能？"这点段宇成尤为觉得奇怪，"我是在海边长大的，水性很好，你们怎么会觉得我会被淹死？"

贾士立把剩下的半个包子塞进嘴里，下床就是一顿暴捶。

段宇成弯腰抱头，打不还手骂不还口，耍着赖求原谅。

他正冲着阳台，晨风吹入，天色蓝得惊人。

七

学校正式放假，同学们陆陆续续走了，田径队留了一批要集训的人，包括段宇成。

在室友都回家之后，段宇成搬去了刘杉的寝室住。

刘杉对他的到来百般嫌弃："你还真是不拿自己当外人啊，谁让你来了？"

刘杉的寝室空出两张床位，段宇成挑了靠里的一张，忙着摆放日用品，没理他。

刘杉靠在椅子上，变本加厉地道："训练也是，说来就来说走就走，队伍是你们家赞助的？"

段宇成手停下，回头看他。

刘杉对于段宇成之前逃训练的事耿耿于怀。

虽然他之前一直跟段宇成不对付，那也只是在良性竞争关系下的相互不服气，他心里还是把段宇成当朋友，或者准确来说是当战友的。

但段宇成那一逃，把这种关系逃远了。

"对不起。"段宇成没找任何理由，坦白承认，"我知道我错了，我保证下次不会了。"

刘杉从没被段宇成用这样的目光注视过，也没被他用这样的语气道歉过，浑身发麻，各种难受："谁要你保证……"

两人正尴尬着，屋外传来一声高呼——"师哥！"

段宇成："……"

刘杉一拍手，又想到新招刺激段宇成了："你知道毛茂齐跳过2米26了吗？"

段宇成面无表情。

"你知道我跳过2米20了吗？"

"滚。"

"哈哈哈！菜鸟！"

刘杉舒坦了，这才是他们的正常沟通方式。

毛茂齐顶着一头乱糟糟的头发跑进屋，见到段宇成像见到了亲人一样，冲上来就是一个拥抱："师哥！"

段宇成干咳两声，拍拍他："嗯，你先下去……"毛茂齐比他高了十厘米，这么抱着他感觉贼别扭。

"师哥你训练怎么没来？"

段宇成就纳闷了，他只不过一天没训练，就搞得像弑君篡国了一样，所有人都恨不得把他车裂了。

"我昨天有点事。"

"什么事？"

"……"

刘杉在一旁拍着大腿笑。

段宇成转移话题，指着毛茂齐的头发问："你多长时间没剪头发了？都这么长了。"

毛茂齐捏着发梢："是吗？我忘了。"

"抽空去剪个头发吧。"

"好，你带我去。"

"……"

毛茂齐碎碎念："等你回来等了好久了。"不管是江天还是刘杉，他觉得没有任何一个人比段宇成好。

第一次归队训练，恍如隔世，段宇成踏上塑胶道的一刻，还未吸满清凉的空气，猛然意识到一件事——如果他改练百米了，那吴泽岂不是成了他的主教练？

望着场地中央那个一身黑的健硕身躯，段宇成满脑子飘着不雅的英文单词。

吴泽正在跟罗娜说话，不像闲聊，好像在谈正事，其间他转了次头，目光准确无误地找到段宇成，然后又转回去接着谈。

段宇成有种感觉，他们在谈他的事。

跳高队已经开始热身了，段宇成犹豫着要不要过去。按理说他现在已经不是跳高队的了，他答应罗娜要转项……

但现在练什么还没确定，他还能跟着跳高队一起训练吗……

他磨磨蹭蹭犹豫半天，那边罗娜和吴泽已经谈完了。看着吴泽走向自己，段宇成不自觉地挺直腰板。

吴泽走过段宇成面前，停都没停，往后摆摆手。

段宇成茫然，什么意思？

罗娜冲他喊："过来！"

段宇成跑过去，罗娜带他来到场地边，指着地上的东西说："投。"

段宇成低头看——地上有一颗铅球，一根标枪，还有一块铁饼。

他吓得心惊胆战，浑身鸡皮疙瘩都冒起来了。他颤抖着问罗娜："你该不会让我转投掷类吧？"

让他去投铅球？不要啊……

罗娜手里拿着记录板，旁边还架着一台小型DV。她无视段宇成求饶的眼神，一脸公事公办："别废话，以前投过没？"

"投倒是投过，但是……"

罗娜打断他，说："没有但是，让你干什么就干什么，做事利索点！"

段宇成是不敢违抗罗娜的命令的，乖乖地弯腰拾起铅球。

"好沉……"他把铅球拿在手里掂了掂，嘀咕道，"这是标准赛用铅球吧？"初中、高中运动会投的都是6千克的小球，这个绝对更重，段宇成对重量很敏感。

罗娜问他："你知道标准赛用铅球有多重？"

段宇成笑了："想考我？"

他语气里暗藏的机敏让罗娜不满。

"你给我正经点。"

段宇成清清嗓子，说："男子成年铅球重量是7.26千克。"说完，可能觉得这样的回答不够显示自己的实力，他又补充道，"这是1978年国际业余田径联合会规定的。准确说应该是7.257千克，不过一般都算四舍五入后的重量。"

罗娜对他充沛的理论知识已经见怪不怪，接着问："你以前接触过投掷类项目吗？"

段宇成让铅球在掌心转了几圈，铅球沉，转铅球不像转篮球那么简单，但段宇成宽大的手掌还是能轻松地完成这个动作。

"接触过。"

"规则都知道吗？"

"当然知道啊。"

"那来试试吧。"

"……教练，你是打算让我转投掷类吗？"

"别问那么多，快点。"

在罗娜的催促下，段宇成终于不情不愿地站到铅球场地上，罗娜站到DV旁调试。

"加油！"另一边传来鼓气的声音。

段宇成转头，看到不远处正在休息的女子铅球队，冷眼一望，就像绵延的群山，她们个个拥有着让人不得不萌生敬意的魁梧身材。

段宇成跟女子铅球队的关系非常好，毕竟第一天就吃了她们的巧克力。他冲她们挥挥手，勉强挤出个笑脸。

不得不说，他的心情很复杂。

他不是不喜欢投掷类，只要是田径项目没有他不喜欢的。只不过如果要转投掷类项目，以他现在的力量肯定是不够的，他必须得增加力量，那就必然要增加体重。这样他这么多年训练出的速度和技巧的优势就全没用了。

带着这种消极的心态，段宇成第一投非常水。

"臭小子！"这一声暴喝并不是来自罗娜，而是来自在休息区里看他投掷的铅球队队长戴玉霞，她被段宇成的敷衍惹火了，"你这是什么态度！不想投就把铅球放下！"

戴玉霞在队里威望极高，段宇成对她的惧怕程度仅次于对罗娜，被骂得肩膀缩了起来。

罗娜自然也看出他的消极，沉声道："段宇成，你那天晚上是怎么答应我的，你说话能有一次算数的吗？"

这质疑有些打击到他。

男子汉大丈夫，一言既出，驷马难追，他怎么能让女人问出这种问题？

他与罗娜对视片刻，心里一横，心说吃成胖子就吃成胖子吧，大不了退役了再减肥。

"当然算数。"他郑重其事地说，"每一句都算数。"

他重新回到场地，在脑海中过了一遍技术动作，持球准备。

现在大多数运动员采用的推铅球技术以背向滑步为主，这是美国运动员奥布莱恩率先采用的，他也被称为现代推铅球技术的奠基人。

不过段宇成用的并不是这个技术，他用的是旋转推铅球技术——采用此技术第一个被承认的世界纪录是苏联运动员巴雷什尼克夫创造的22米。但现在只有极少数运动员使用旋转推铅球技术，因为旋转后身体很难保持平衡，能力要求比较高。

段宇成用这种方式推铅球，说明他对自己的平衡感和技术很有信心。

他第二投的成绩很可观，过了11米，这还是没有经过系统训练的成绩。

罗娜稍稍放下心来。

"怎么样？"刚投完段宇成就来找罗娜炫耀，"再给我练两天还能更远。"

罗娜眯眼，上下打量他，好像在琢磨着什么。过了一会儿她伸手捏了捏段宇成的肩膀。段宇成痒得胳膊一软，铅球险些砸到脚上。

"你别这么摸我……"他抱着双臂，声音忸怩，小脸发红，像个被侵犯的大姑娘。

罗娜问："你卧推多少？"

她的手还在他肩膀上，像市场买肉一样挑肥拣瘦。他实在怕痒，可又不想拨开她，于是便像条咸鱼一样来回扭。

"97千克。"他刻意补充，"没特殊练过。"

"你上肢很发达，很容易提高力量。"

"那当然。"

"怪不得跳高那么一般。"

"……"

给个甜枣打一巴掌，段宇成已经习惯了。

"来。"罗娜指着地上，"接下来投铁饼。"

段宇成在罗娜的监督下，又投了两把铁饼和一次标枪。他的铁饼项目很差，但标枪成绩出奇地好，第一投就达到了二级运动员标准。

段宇成之前练过标枪，他有意好好发挥，如果真的要转投掷类，他宁可选标枪，至少跟铁饼和铅球运动员比起来，标枪运动员的身材耐看一点……

第一轮投掷过后，段宇成跑到罗娜身边，问："怎么样，决定了吗？"

罗娜正蹲在地上摆弄摄像机，地上有台笔记本电脑，她想把刚刚的录像发到邮箱里，但弄半天也没弄明白。段宇成等了一会儿还是没听到回答，凑过来问："你干吗呢？"

"我要把这个发出去。"

"发给谁？这个杨金吗？"

"对。"

"视频太大了，这样传很慢，我给你弄。"段宇成把罗娜的电脑拿来，三下五除二地把视频传到杨金的邮箱里。

他做事太有效率，发完了才想起来问："杨金是谁啊？"

罗娜没回答，摆手赶人："没你的事了，去歇着吧。"

段宇成赖着不走："聊聊天呗。"

罗娜一脚把他蹬走了。

段宇成在场地里闲溜达，后来被长跑队嫌碍事撵到看台下面站着。

前方十米远就是短跑队的训练，再向前是跳高队的训练，就他一个无家可归的孩子。越看别人动，自己越想动，十来分钟过去，他感觉身上快要长草了。

他看向罗娜，她赶走他后又在打电话。

段宇成捡地上的小石头，轻声抱怨："天天就知道打电话……"

那边罗娜好像听到了他的嘀咕一样，转头，招手："过来！"

段宇成心想他以后可能每天都得像小狗一样被呼来喝去了。

他小跑到罗娜身边："还要投吗？"

"不投了，来这边。"

这次罗娜把段宇成叫到一边的树荫下，这倒像一个幽静隐秘的私人空间，远离周遭，他们说的话任何人都听不到。段宇成对这里很满意，如果

209

她一直可以留在视线里，他可以在这儿一动不动地站一整天。

罗娜心情不错，眼角弯曲。他也被感染，笑道："怎么了啊，这么开心？"

她高兴起来藏都藏不住，皮肤都跟着一起发光，她激动地对他说："我问你，你有没有兴趣转十项全能？"

隔着一条主干道，体育场对面的篮球场里传来一声清脆的扣篮声。

他轻声问："全能？"

"对。"罗娜深吸一口气，克制住情绪，说，"我之前一直有这个想法，但是我们学校没有开展这个项目，没人练也没人教。我不久前联系了杨金，他是原来我念的体校里的全能教练，资历很老，不过已经半退休了。我想请他过来，刚开始他没答应，后来主任去说情，他还是只说要看看你的能力再定。不过如果真的开了全能，学校那边还要招别的运动员，什么都是待定的，我事先没有告诉你。"

她太高兴了，话说了一长串完全没换气，说完又是一个大喘气，咧着嘴笑道："现在已经定得差不多了。"

段宇成没说话。

找到一个适合他的项目，她比他还高兴。

男子十项全能——由跑、跳、投等10个项目组成的综合性比赛项目。运动员必须在两天内按顺序完成100米跑、跳远、铅球、跳高、400米跑；以及110米跨栏、铁饼、撑竿跳高、标枪、1500米跑。成绩按照国际田联制定的全能评分表，将各个单项成绩加起来，总分高者获胜。

"王主任同意了，杨教练也答应了。你怎么决定，想跟着他练全能吗？"不等他回答，她又激动地道，"全能项目会很辛苦，但是你的能力非常均衡，体能尤其突出。我见过很多运动员，很少有像你这样各方面都很强的。当然了，如果你不想练，转短跑也可以，但我看你太喜欢跳高了，练全能的话，你还可以接着跳，而且跳高会是你全能里的绝对强项。"

阳光透过树影，在她脸上落下一层薄薄的金色。段宇成说不清心里的感受，总觉得在振奋之前，应该先轻轻抹一抹那层光。

"说话啊！"她着急了，推了他一下。

段宇成捂着被她碰到的地方，像是想把那股劲道留住。

"你愿不愿意练啊？"

"愿意啊。"他低声说，声线变得有些哑。

因为他弯着腰，罗娜的手自然落在他的头上，她停顿了一秒，然后使劲揉了揉。有好多还没说出的鼓励与期待，全都透过掌心传递来了。

他忽然很想哭。

他可真没出息。

Chapter 06

炽 ｜ 道

一

九月份就是全国大学生运动会，要参加比赛的队员都留校集训，其他队员自愿训练，段宇成出于众所周知的原因留下了。

没出两天，段宇成转十项全能的消息所有人都知道了。某天晚上吃完饭，段宇成回屋挺尸休息。刘杉的宿舍只剩下他们两个，加上来串门的毛茂齐，三个男孩就学校要展开的新项目讨论起来。

刘杉问："全能教练什么时候来？"

段宇成躺在床上看着天花板，回答道："说是下周。"

毛茂齐说："师哥真厉害，居然练全能了。"

刘杉嗤笑道："被跳高淘汰的运动员，厉害个屁。"

因为放假，校园的夜晚变得很静，静得段宇成心如止水，都懒得反驳刘杉。

毛茂齐替师哥说话："全能很难呢，有十个项目呢，跳高只是其中一个而已。"

刘杉怒道："你闭嘴！"

段宇成躺在床上笑。

"你笑什么？你别嚣张我告诉你！"刘杉瞪着上铺的段宇成，不无嫉妒地说，"罗教真是对你太好了，你现在就是仗势欺人！不对，应该是狗仗人势！……好像也不对。那个词是啥来着，就是仗着宠爱瞎嘚瑟那个。"

段宇成好心地提醒他："恃宠生骄。"

"对！你就是恃宠生骄！"

段宇成手掌垫在脑后，望着天花板。

"恃宠生娇"这个成语让他陷入沉思。

"……她宠我吗？"

他的喃喃自语被刘杉听到了，刘杉气得差点蹦起来："你还有脸问？你真是占着茅坑不拉屎！你得了便宜还卖乖！你人心不足蛇吞象！"

毛茂齐鼓起掌来。

段宇成冷笑一声，道："你没考去中文系真是糟蹋了。"

他翻了个身，面朝墙壁躺着，忽然觉得身下有些硌，从裤兜里掏出个东西，是之前罗娜送给他的小钥匙扣。

浪花小人举着大拇指，笑得一脸蠢样。

她宠他吗？

她对他很好，不过这种程度算是宠吗？

段宇成虽然年纪小，但也成年了，能分辨出罗娜对他的感情停留在对一个有希望的运动员的期待上。那是教练对弟子的感情，并不是"宠"，至少不是他想的那种"宠"。

他心里的"宠"是一种更亲密的感情，更细腻，更安宁。就像那天他们沐浴的树荫，或者咖啡的泡沫、桃子的茸毛，抑或是阳光照耀下她浅红的发丝，和深藏在她毛巾里的体香。

是那种相互看一眼，心就会化掉的感情。

段宇成再次翻身，脸埋到枕头里，耳根发红。

他不是诗人，他只是个习惯于暴露在阳光下的运动员，他没有那么婉约，无法想出更多描绘"宠溺"的句子。

但他感受得到。

就因为他是个习惯阳光的运动员，所以他的这种感受比常人更为浓郁，也更为炽烈。

而且，他二十岁……

枕头里抬起一双狼性的眼。

这是一个可怕的年龄，吃完饭马上会饿，受了伤也很快会好，心念起了就无法无动于衷。

段宇成口干舌燥，月光也无法抚平他的野心。

他患得患失，又跃跃欲试。

杨金来的那天，田径队的老师都去给他接风洗尘了。

杨金今年五十三岁，是全能项目的老字号教练。他在体校干了好多年，一直在找好苗子，可惜每次都是差那么一点。

教练和弟子就像伯乐和千里马，相互吸引，相互成全。这次罗娜能这么顺利撬了母校的墙脚，段宇成可以说是功不可没。

接风的饭局里，杨金谈笑风生，他拉着吴泽，说自己当年指点过他短跑，问他记不记得。吴泽笑着应承。大多体育教练都严厉寡淡，不苟言笑，但杨金不同，他生得慈眉善目，圆溜溜的眼睛，爱说爱笑，很喜欢鼓励学生。

罗娜记得当初在体校，杨金几乎是最受欢迎的教练。很多学生都想跟他练，但杨金的要求很高，他属于智慧型教练，非常讲究科学和系统，在他这儿能达标的运动员非常少。

但凡能达标的，被他挑中的，都能出来些成绩。

不过因为是十项全能项目，即使出成绩，也只是在国内有点动静，在国际上从来没有掀起过什么水花，唯一一个成绩最好的，曾经在亚运会上拿到第五名的运动员，也在去年因为伤病退役了。

饭局吃到最后，杨金和王启临聊起国内的十项全能现状，两人一起抽起烟来。

中国的十项全能水平与世界差距巨大，虽然没有大到国足和巴西男足的差距，但也常年是奥运会世锦赛绝缘体。

上届全运会十项全能冠军总分是7662分，而上届奥运会冠军，美国选手伊顿所保持的世界纪录是9045分。

这个分差是什么概念？就是对方十个项目里少比两项都稳赢你。

这还玩什么？

国内并不重视全能项目，说好听点大家务实，说难听点就是势利。因为水平差距实在太大，十项全能又是出了名的难练，对运动员的整体素质要求奇高，所以很少有组织和机构对这个项目下大本钱。

上面不重视，下面自然就没人练。

最后饭局演变成吸烟大会，罗娜搞不懂为什么这些退役的男人都要学抽烟。如果屋里有个烟雾报警器，现在估计就要来个水帘洞天了。

她想起段宇成，不知道他退役了会不会抽烟，她觉得大概率是不会的，他的气质跟这些男人有本质上的不同。

酒过三巡，杨金喝得满脸通红，一拍桌子："走，去见见段宇成！"

罗娜大惊，她看看表，已经晚上十点多了："现在去吗？"

"现在去！"

几个男人意气风发，勾肩搭背地往外走。罗娜想拦，被刘娇拉住。

她眼神示意——算了，拦他们干吗，都喝多了，中老年组的狂欢，看热闹就好。

仲夏夜之梦，田径队的领导们满身酒气地冲到体育学院宿舍，咣咣咣敲门。

"谁啊？有毛病啊！"

大家都躺在床上了，被敲门声叫醒。刘杉语气不满，骂骂咧咧地来开门，一见门口诸神，吓得裤衩里零件一哆嗦。

"主、主任？"

王启临满脸红晕，咧嘴一笑，高声道："查寝！"说完推门就进去了。

段宇成正顺着梯子往下爬，一扭头，屋里已经被占满了。

只有吴泽抱着手臂靠在门口，他酒量好，还维持着清醒。

人群中走出一个人，来到段宇成面前。

段宇成与他对视两秒，点头道："教练好。"

杨金笑笑："挺聪明啊。"

段宇成仍然对局面不明所以。

杨金转着圈上上下下看段宇成，眼睛像秤砣一样，称一称他有几斤几两。

王启临是真醉了，没头苍蝇一样在屋里瞎走，最后竟然开始往段宇成的铺上爬。

"你们都在屋里偷偷摸摸干什么呢！有没有偷藏违禁品！"

"主任……"

领导们丑态百出，段宇成也不敢轻举妄动。他往门口看，希望有谁来解围。罗娜适时地出现在视线里，给他使了个眼色，示意他站着别动。

然后她站到吴泽身边，等着闹剧结束。

她小声问吴泽："你没事吗？"

吴泽淡笑着瞥向她："你看呢？"

酒精将他的声线催得沙哑性感，也把男人的胆子催大了，他肆无忌惮地调戏她："我醉了，你得离我远点才行。"

"胡闹什么！"

两人在门口小声说话，吴泽松开抱在胸前的手臂，偷偷拉住罗娜的手掌。他攥得用力，以看罗娜无力挣脱为乐。

杨金笑呵呵地说："摆什么臭脸，不满意我？"

段宇成的注意力回归："哦……不是，刚才……"他不知要怎么解释。

"别皱眉头，年纪轻轻总皱什么眉头。"杨金醉醺醺地笑，"是不是打扰你睡觉了？"说着脸色又是一变，"大学生睡这么早干什么！"

他都已经语无伦次了，段宇成放弃与他沟通。

杨金嘴里念叨着睡觉，竟转身往刘杉的床上爬。

"哎，您……"刘杉干瞪眼。

没过半分钟，两张床上都传出震耳欲聋的呼噜声。

"怎么办啊？"刘杉问段宇成。

段宇成再次看向门口，罗娜只顾着吴泽，都没注意到他们的情况。他的脸不知不觉黑了。

"走吧，去经管那边住。"他随手拿了两件衣服，从罗娜和吴泽中间冲出去，过的时候双手像开门一样把两人唰的一下推开。

他的右手较为用力，吴泽险些被推个跟斗。

"你疯了！"吴泽大吼。

段宇成头也没回，大步流星。刘杉在后面小跑跟着，不时回头向吴泽鞠躬致歉。

罗娜朝他们喊："你们小心点！别急啊！"

她再回头，吴泽浓眉紧蹙，看着段宇成消矢的方向，沉声道："你太惯着他了！"

罗娜悄悄耸肩，没敢应声。

事后王启临拒不承认自己醉酒后在学生宿舍里撒欢之事，为掩心虚，订一张机票直接出差去了，说是先去给大运会踩踩点。

距离大运会还有四十几天。

段宇成的全能训练也开始了。

杨金先问他对十项全能的了解，段宇成理论知识丰富，把每个项目都说得头头是道。杨金说你这都是单项的理解，十项全能是一个整体，只在某几个单项突出的人是无法走到顶尖的。

"我听说你很聪明。"

"啊？"

"罗娜说的。"

段宇成抿嘴："还行吧……"

"她说你是自己考上A大金融系的。"

"对。"

"那你的理解能力肯定要比其他人强，我这里有几份材料，你先看完。我也要研究一下你的资料，然后拟订训练计划。哦，对了，你这个假期要回家吗？"

本来是要回的，但杨金这么一问，段宇成听出他话里的意思。

"不回。"

杨金笑笑："好，你先看吧。"

两天后，罗娜来训练场看队员们的训练情况。

大家跳跃的跳跃，跑步的跑步，投掷的投掷，只有段宇成，默默无声地坐在角落里看东西。

那角落罗娜很熟悉，是她之前找他谈话的树荫，她觉得十分亲切。

她悄悄走过去，想吓吓他。但随着走近，她活跃的心思被他沉静的气息抚平了。因为没训练，段宇成穿着休闲服，戴着一副眼镜，手里拿着一支笔，并没写东西，笔杆轻轻搭在虎口的位置。

段宇成一直是个很爱美的男生，因为家庭环境好，平日吃穿用度都很讲究，养得白皙矫健，往那一摆就是一股良家少年的阳光感。

他看书的时候不像训练时那么表情丰富，像个深沉的学者，罗娜第一次看到这样的段宇成。

某刻，风吹落几片树叶，打着旋儿落在他脚边，他半秒分神都没有。光从叶子的缝隙里照下，那一刻罗娜脑子里冒出一道闪电，闪电劈出了一片鸟语花香的小山坡，山坡上有一只很美很美的小梅花鹿在吃草。

风吹奏长笛。

像罗娜这样的女人，思考不及本能快，她花了五六秒才回想起"梅花鹿"这个元素到底代表着什么。想清之后她吓得毛骨悚然，电闪雷鸣地在心里抽了自己几个耳刮子。

段宇成看东西很专注，阳光和落叶都无法打扰他，但近在咫尺的这个女人有这个能力。

他冲她笑笑，拍拍旁边："来这边吧，挡住光了。"

罗娜觉得自己影响了学霸看书，简直罪大恶极，连忙站到旁边。

她一直知道段宇成学习好，但是听说和真正看到还是不同。她自己文化课成绩很一般，从小就羡慕会学习的人。

"坐下啊。"段宇成说。

罗娜乖乖地坐到他身边，她被段学霸的气场震慑住了。

"你怎么来了？"

"看看训练。"

"哦。"

罗娜侧目："你近视吗？"

"有一点。"

"平时都没见你戴眼镜。"

"有时候戴隐形的，有时候不戴。"

罗娜点点头，看向他手里的东西，问道："这是什么？"

"杨教练给我的，让我先看一遍。"

"书吗？"

"论文。"

罗娜瞪大眼睛："论文？"

她第一次听说训练之前还要先看论文的……

"什么内容的论文？"

"关于十项全能训练方法和体系研究的，有几篇国内的，大部分是国外的。"

罗娜晕头转向："那你先看，我不打扰你了。"

"你没打扰我。"段宇成很快地说，"歇一会儿吧，反正马上午休了。你知道练十项全能还要了解生理解剖学吗？"

他用一个问题留下了她。

罗娜坐回原地，大脑一片空白。

段宇成开始给她讲解，他希望这相处时间越长越好，所以他的讲解无比细致。

罗娜听着，心里很佩服。她想起之前他的班主任来找她谈话，说体育训练耽误了段宇成。那时说实话，罗娜是有点不服气的。

但现在，她心里腾起了迟来的罪恶感。

"你真的喜欢练全能吗？"阳光让她的声音自然、放轻。

段宇成的视线经过镜片的过滤，变得温柔又理性："你为什么会这么问？"

"也没什么……"

段宇成静了片刻，仍保持着刚刚看书时的神态，低声道："这是我得来不易的机会，你帮我争取的不是吗？你应该知道我有多珍惜这个项目。"

罗娜抬眼看他，瞄到眼镜一角，又马上移开视线："那就好……"

接下来，段宇成继续给罗娜讲解十项全能和生理解剖学的关系。

就像儿时无数堂文化课一样，罗娜听得昏昏欲睡，又不好打扰认真专注的段宇成，脑子都成一团糨糊了，还死撑着。

不一会儿她就变成了瞌睡虫，一下一下点头，眼皮越发沉重。

段宇成讲到一半，就发现罗娜睡着了。

她靠在铁丝网上，嘴唇微微张着，看起来很放松。

午休了，所有人都去吃饭了。

他应该叫醒她。

段宇成面无表情地看着罗娜睡着的样子，脑中鬼使神差地回响起夏佳琪曾经说过的那句话——"你小子心里有鬼。"

知子莫如母。

他重新低头看论文，纸张在烈日下变得又晃又脆，快要被他看碎了。

五秒后，他忽然摘了眼镜，扭头俯身。

他的动作敏捷迅速，根本不给自己犹豫的空间。

反正骄阳已让他无所遁形，再藏就自欺欺人了。

他在她嘴唇上落下一吻。

他想牢记这一瞬的感觉，可匆忙之间什么都来不及，等抬头了，抿抿嘴，才后知后觉地意识到她的嘴唇是软的。

还有一点湿，像草叶上的露水。

五感在这一刻回归，他的额头重新流汗，皮肤重新收紧，脸上烫得可以煎鸡蛋了。

他拿着论文往外走，走了三步又回头。

刚刚没有喘气，他后悔自己应该喘气，他都没有嗅到她的味道。

他认真考虑要不要回去重新亲一下，可外面的主路上已经有吃完饭的学生路过了。他的狗胆被他们的笑声和饱嗝儿吓破，闷着头跑掉了。

他走没影后，树下的女人像溺水被救的人一样，猛然睁眼吸气，一个鲤鱼打挺坐起来。

不只他没喘气，她也没喘。

段宇成再不走，她恐怕要窒息而亡了。

罗娜像个弱智一样坐在树下，双目茫然，十分钟过去，心脏仍以不正常的速率跳动着。

二

"……喂，喂！"

220

刘娇将神游的罗娜唤醒。

"我说的话你听到没？"

"什么？"

刘娇眯起眼睛，第四遍重复道："这是队员的体检报告，已经整理完了，你看了吗？"

"看了。"

"你看什么！你都拿反了！"

"……"

罗娜将报告放到桌子上，深深地吸了口气。她正坐在刘娇的房间里。医生的宿舍比运动员的干净多了，窗台上还养了几盆植物，其中一盆正在花期，叫不出名的小黄花开得如梦娇羞。

罗娜吸气吸出了诡异的声音，音调飘来飘去，没有落点。

"还魂了哎。"刘娇伸手在她面前晃。

罗娜揉了揉脸。按照计划，她早上应该来找刘娇要体检报告，然后再去开个小会，再然后去训练场。但她在这一坐就是半个钟头，开会时间都错过了。

"你怎么了？"刘娇起身泡了两杯咖啡，递给罗娜一杯，说，"从早上进门你眉头就没松开过，有什么心事？"

罗娜嘴闭成一道线。

心事？

没有，什么事都没有。

有也不能说。

罗娜拿起体检报告："我先走了。"

"急什么，再待会儿啊，把咖啡喝完吧。"

"不行不行，我得走了。"

她的速战速决搞得刘娇措手不及，刘娇放下咖啡站起来追，一推门人已经跑远了："怎么了这是……"

罗娜也想知道怎么了。

以她的脑力还无法马上捋清这究竟是怎么回事。

一切都乱套了。

刚离开刘娇的宿舍，杨金就打电话来找她，说有事要谈。罗娜问他在哪，杨金说在体育场门口。

罗娜灰道："……要不我们去办公室谈吧。"

杨金鄙视道："去什么办公室，我最烦办公室的空气，一点都不流通。你来体育场，我正带队员训练呢。"

带谁？

不用问。

新学期还没开始，没有新运动员进来，全校只有一名十项全能选手。

罗娜叹气，磨磨蹭蹭地往体育场挪。

暑假训练已经开始一周了，因为大运会是以省为单位进行比赛的，再过一周队员们就要去省队进行最后的集训。

那到时候段宇成也该回家了吧……罗娜脑海里不经意间飘过这么一句话，语句消失后紧接着又诡异地冒出了阳光和花朵，她脸上开始莫名地发热，连忙甩头，停止继续往下想。

疯了……

罗娜抓狂地挠挠头发，无处发泄。

真是疯了！

罗娜没有进体育场里面，在门口喊杨金。假期的校园，体育场里人丁稀少。罗娜装作没有看到在练跳远的少年人，跟迎面过来的杨金打招呼："杨教练，有什么指示吗？"

"是这样的，我有个想法想跟你说说。"

"您请讲。"

结果杨金一句话，把罗娜正找角度想躲段宇成的心思全扇飞了。

"什么？"她以为自己听错了，"你要让他去参加大运会？您跟我开玩笑呢吧？"

是她记错了还是杨金记错了，段宇成不是上周才转项的吗？

杨金严肃地道："我不会拿运动员的比赛开玩笑，我已经跟省队的领导联系过了。省队现在练十项全能的运动员高水平的只有两个，都养伤呢。现在只有体大的一个学生报名了，水平比较一般，我想让段宇成去试试。"

222

"可是……"

再怎么一般也肯定比刚刚转项的段宇成强吧？

杨金又说："体大报的那个全能运动员我也熟悉，撑死了也就6600分左右的水平。"他说着，从怀里掏出一支笔，问罗娜，"你带纸了吗？"

罗娜把体检报告递过去，杨金翻到背面，唰唰开始写："来，我给你算一下。"

罗娜凑过去看，杨金下笔神速："段宇成的强项是短跑和跳跃，这几天我看了他的跳远，他的跳跃项目功底太强了，如果经过系统训练，跳远很快也能打开7米。"

罗娜睁大眼睛："是、是吗？"

"100米、400米，还有跳高、跳远，这四项以他现在的水平就能稳拿3300分了，你知道这是什么概念吗？"

罗娜摇头。

杨金自己把自己问得很激动，压根没顾得上让罗娜回答，马上又说："他另外一个强项是标枪，他的标枪如果发挥得好能拿到800分。这样一半项目结束，他可以稳过4000分。"

罗娜看着杨金，他兴奋得无以言表，风一吹，每根头发都在起舞。

这就像当初高明硕遇见毛茂齐时一样。

杨金说着说着自己笑了起来，念叨着说："他一上来就这么全面，肯定是从小到大一直有在训练，所有的项目都认真钻研过。他不是为练而练，他是真的喜欢田径啊。"

这话听得罗娜心情舒畅，又感慨万千。

杨金接着分析其他的项目，说："他最让人惊喜的是撑竿跳，你知道他撑竿跳能过4米吗？"

罗娜摇头。

而后，记忆忽然闪回，她脑子里浮现出之前省运会时的片段。

当时A大两个撑竿跳运动员没有进决赛，最好的成绩才4米25，段宇成一边给她递水果一边说他也能跳过4米。

没记错的话，她好像冷笑着让他别吹牛。

"不信算了。"——他最后好像是这么说的。

如此轻描淡写。

如此举重若轻。

罗娜头皮发麻。

杨金没有注意到她的失神，接着道："撑竿跳是全能项目里对技巧要求最高的，他能跳过4米，等同于把训练成熟期直接缩短了一半。本来想训练出一个成熟的十项全能运动员，至少要花五年时间，但段宇成从小训练，已经把这五年的很多内容自己消化了。"

罗娜干巴巴地点头，已经不知道要说什么了。

如果是以前，她肯定会跟着杨金一起夸他，她最擅长夸段宇成，360度螺旋夸，但现在，赞誉的话有点说不出口了。

她的心情迷之复杂……

"最后的难关就是1500米还有110米栏了。110米栏说实话我并不担心，因为速度和技巧本来就是段宇成的强项。但1500米的话，我问过他，只有中长跑他之前没有练过，需要系统规划一下。"

说到这儿，杨金一拍体检报告单，得出结论："我保守估计，以他现在的水平，达到6300分是绝对没有问题的。这个成绩足够报名大运会了。"

罗娜早已傻了，杨金说什么是什么，嗯嗯啊啊附和着。

"那就这么定了。"杨金说，"我会早一点把他送到省队集训。"

杨金把体检报告还给罗娜，一分钟也不想耽搁，往体育场走。

罗娜忽然惊醒，叫住他："杨教练，多谢您！"

杨金奇怪："谢我什么？"

罗娜也不知道具体谢什么，但事情顺利成这样，总该有所感谢："就……谢谢您给他机会比赛。"

杨金说："机会不是我给的，是他自己有实力。"

"但也得有您帮忙，您是他的伯乐啊。"

杨金蓦然一笑，说道："不是我，是你。"

杨金这五个字把罗娜说得心潮澎湃，她看着他离去，心想把杨金挖来A大真是她此生做过的最英明的决定。顺着杨金的行走路线，很快，一个穿着红黑运动服在场地边做高抬腿练习的年轻人钻入她的眼帘。

这一刻，某些触目惊心的画面，或者说是感觉的记忆再次苏醒。

罗娜的脑子里又开始开花，花茎一下一下戳着罗娜的神经，她的满腔热血以另一种形式沸腾了。

疯了……

杨金回到场地，对段宇成说："我已经跟罗娜说完了，你过几天提前跟我去省队。……你发什么呆呢，听见我说话没？哎！"

他拿手在段宇成眼前晃了晃，段宇成一双迷茫的大眼睛看过来，傻兮兮地道："啊？"

杨金瞪眼："啊什么啊！臭小子！不听我说话，小心我抽你！"

段宇成早已摸清杨金的脾气，冲他讨好地笑笑，杨金果然又高兴起来。杨金捏捏段宇成的肩膀，又拍拍他的后背，最后感叹："你真是奇货可居啊。"

段宇成对他刘杉般的引经据典不发表任何意见。

午休时间到了。

学校里基本已经空了，食堂也休息了，只有教工食堂还开着。大家都嫌不好吃，跳高队的几个人去了学校后面的小吃街，选了一家专门做盖浇饭的快餐店。

天气越来越热，刘杉一进店就嚷着要老板把空调温度再降低点。他们经常来这家店，与老板相熟，老板知道他们吃得多，给他们的盖浇饭上一人多加了个荷包蛋。

刘杉咧着嘴道谢。他和毛茂齐都要饿死了，饭一上桌就埋头狂吃，十分钟的时间就把一盘盖浇饭吃得渣都不剩。

一抬头，段宇成慢条斯理的，才吃了一半。

毛茂齐问："师哥你是不是又不舒服了？"

段宇成摇头，他没不舒服，他只是在想点事情。他往椅背上一靠，看到毛茂齐垂涎的目光落在他碗里还没吃的荷包蛋上，他筷子一夹，把荷包蛋给毛茂齐了。没想到他这善意的举动竟换来毛茂齐的质疑。

毛茂齐皱眉道："师哥，你真的不舒服了，竟然主动给我东西。"

刘杉在旁剔牙："你算看清他的本质了，他就是一小心眼。"

段宇成没有心情拌嘴。

225

毛茂齐把荷包蛋吃了，问："师哥你到底怎么了？"

段宇成幽幽地道："我做了件大逆不道的事，现在正在接受惩罚。"

"什么大逆不道的事？"

"说了你也不懂。"

"你怎么知道我不懂？"

段宇成转头看向屋外湛蓝的天空，天上静得没有云朵也没有飞鸟，他颇有文艺气息地说："你当然不懂，没人能懂……"

杨金办事有效率，说是过两天，其实当晚就通知段宇成收拾东西了。省队训练基地就在城南，杨金安排了一辆车，第二天就要走。

出发时间定在大清早，太阳还没出来，气温比较凉爽。校门口干干净净的，连保安亭都空着。

一辆灰色的马自达停在门口，杨金让段宇成把行李放车上。往后一个月的时间，他都要在省队基地度过。

段宇成磨磨蹭蹭地放东西，不时回头看。

小道上弥漫着扎心的寂静。

"没睡醒啊？"杨金问，"垂头丧气的。"

"不是……"

他东西少，两个包就搞定了。杨金把他推进后座上，自己坐到副驾驶座。

车门一关，段宇成的头咚的一声磕在车窗上，把司机吓了一跳。

车开了，司机与杨金闲聊，段宇成僵尸般窝在后座。在过第一个红绿灯的时候，他终究没忍住，坐起来叫杨金："杨教练。"

"嗯？"

"昨天你跟罗教说什么了？"

"没什么啊，就聊了一下你的训练情况。"

"那她知道我今天要去省队吗？"

"知道啊。"

"她没跟你说什么？"

"没啊。"

"什么都没？"

司机从后视镜里看他一眼，段宇成两手扳着座椅，急得都快挤到前座了。

杨金仔细想了想，说："哦，她让我们早点过去踩点，看看能不能给队里其他人安排位置好一点的宿舍。"

段宇成："……"

"怎么了？"

"没事。"他面无表情地坐了回去。

如果说直到刚才，段宇成还有点做错事的懊悔感，那现在已经全没了。

理智的部分已经燃烧殆尽，剩下的全是小心眼。

刘杉对他的评价简直不能更到位了。

"对了，你饿吗，要吃点早餐吗？"

段宇成气得都没听见杨金的问话，阴沉的双眼盯着幽静的街道。

躲他？

可以。

他倒要看看在这种抬头不见低头见的环境里，她这土拨鼠能装多久。

想到这儿，他狠狠地哼了一声。

他自以为深沉的愤慨，听在他人耳里，全是稚嫩的委屈。

三

罗娜并不知道段宇成跟她怄气了。

段宇成比其他队员提前十来天去了省队，她留在学校照看剩下的队员。

罗娜这人属于心非常大的类型，很少钻牛角尖。段宇成一不在身边，她的状态立马恢复正常，没出一周就差不多把之前那件事想开了。

她觉得那只是小屁孩一时鬼迷心窍，被太阳晒一晒就好了。

运动员荷尔蒙分泌都比较旺盛，他这个年纪犯个病太正常了。

不久后，罗娜跟随其他队员一起前往省队，跟着一起去的还有吴泽。罗娜主要负责田赛项目，吴泽则负责径赛项目。

省队训练基地统一安排了宿舍，算上段宇成，A大一共七名队员入选

227

大运会队伍。他们被统一安排到一处住宿。楼下就是体育大学的队伍。体大的队伍实力雄厚，入选了十几名队员。

罗娜在往楼上搬行李的时候，有人跟她打招呼。

清晨时分，那名运动员穿着松垮的背心、短裤，正在走廊里刷牙。见到罗娜，他半睡半醒的眼睛睁大了一点："嗯！"

罗娜也认出他来，正是当初她闯入体大宿舍时给她指出张洪文藏药地点的男生。

她冲他笑笑："你也来了？"

男生用力点头。

"加油啊。"

男生咧嘴笑，满嘴的泡沫。

罗娜本打算走了，可又想起一些事。她犹豫地往后看了看，现在楼梯口上下都没有人。她转头问男生："你知道……张洪文现在怎么样了吗？"

男生小跑到阳台，快速漱口，又跑回来，对罗娜说："那件事之后他就走了，不在我们那儿了。"

"去哪了？"

"不清楚，好像去其他体校了。本来学校说只把他开除出田径队，他可以学点别的，但他不愿意。他跟学校说药都是蔡教练让他吃的，但蔡教练不认账。"

罗娜一顿，又问："那蔡源人呢？"

"他也不干了，走了，不知道去哪了。"

罗娜感慨片刻，抬头见男生仍看着自己，随口问道："你叫什么名字？"

"章波。"

"练哪个项目的？"

"十项全能。"

"……"

杨金的话犹在耳侧——"体大报的那个全能运动员我也熟悉，撑死了也就6600分左右的水平。"

罗娜摸了摸鼻子，以掩尴尬。

"那你加油吧。"

她鼓励完便准备走了，章波把她叫住："教练，您是A大的吧，您认识段宇成吗？"

罗娜马上停步，回头："认识，怎么了？"

"也没怎么，他也报了十项全能，不过听说他刚转项没多久，他能力好强啊。"

"你见过他？"

"当然啊，我们现在一起训练啊。"

罗娜心里的小火苗被点燃了，她很想问问章波，段宇成到底有多强，但没好意思，总觉得有点得意忘形之嫌。

她忽然好想见见段宇成。

心思一起，她才感觉到自己已经很久没有见过他了。

"我先走了，我还得帮他们搬东西。"

"用帮忙吗？"

"不用，你忙你的吧！"

罗娜三下五除二把行李扛到楼上，A大队员一共分了四间宿舍，罗娜挨个看了一遍，在最后一间屋里看到段宇成的行李袋。他的床铺收拾得十分整洁，行李都堆在铺位下，床上随意丢了一副耳机，窗外晾着一套换洗的运动服。

屋里没人，阳台的衣服随风轻轻飘荡，空气里弥漫着一股洗衣粉的清香味。

这场景让罗娜没来由地感到局促。

她深呼吸，看看表，现在是早上七点半，他应该在训练。

她被章波那几句话说得蠢蠢欲动了，迫不及待地想要看看段宇成进步有多大。她跑下楼，在楼门口撞到吴泽。

吴泽打着哈欠："你干什么，一大早这么精神？"

罗娜说："我东西送上去了，剩下的你拿吧。"

吴泽冲着她的背影喊："你干吗去啊？"

罗娜头也不回："我去训练场看看！"

省队的训练基地很有竞赛氛围。

小时候罗娜就觉得，人会影响一个地方的气质。好比说不管A大的体育场再怎么专业，还是透着一股斯文感，因为大学里运动员是少数，大多还是学生，体育场也被他们的学术氛围感染了。

但训练基地不同，这里全是运动员，给人的感觉就是硬朗，男男女女都气血旺盛。同样的设施器材在大学里看着就软绵绵的，放在这儿，就刚劲猛烈。

晨间雾气重，空气中弥漫着胶皮和铁锈的味道。

罗娜为这种气味深深着迷。

训练场有竞走队在训练，还有几个热身跑圈的。罗娜顺着跑道绕了一圈，没找到段宇成。

因为人员比较杂，罗娜怕自己看漏了，又找了一圈，还是没有。

她拿出手机给段宇成打电话，不出意外，没人接。

段宇成跟一般年轻人最大的一点不同就是他不依赖电子产品，他不怎么玩电脑，也不像同学那样成天离不开手机，有时甚至连续三四天都不带手机在身上。他周围的人都习惯了，因为他每天生活很规律，定时定点，该在哪就在哪，所以大家也没觉得他失联。

罗娜站在跑道旁发呆。

要不等一等？他总会来训练的。

可队里的其他人还没安排好，她又不能因为段宇成一个人在这逗留一上午。

她正犹豫不决之时，身后传来一道声音："你找谁呢？"

罗娜心里一紧。

她转身，段宇成在墙壁前站着。他旁边有个门，应该是刚从里面出来。罗娜猜想那应该是器材室或者健身房。段宇成身上有汗，脖颈部位红晕未消，肩上搭着一条白毛巾，看样子是刚做完力量训练。

晨风吹着，段宇成拧开一瓶矿泉水，一口气喝光，喉结上下耸动。

他们多久没见了……罗娜心想，有半个月吗，怎么感觉他变了这么多？

因为改练全能，段宇成需要增加力量，杨金给他制订了详细的力量训练计划。段宇成的上肢明显比以前更结实了，锁骨延伸至肩膀，骨形充满动感。

也许是环境影响，在这样的训练场所，运动员的气质会被自然地激发出来。

带着这样的士气去比赛，一定能出好成绩。

罗娜兀自沉思了好一会儿，偶然一抬眼，四目相对，他还等着她的回答。

罗娜说：“当然是找你的，今天其他队员也来了，杨教练跟你说了吗？你在这边训练怎么样，都还适应吗？”

段宇成闻言笑了笑，罗娜一看他那嘴角的弧度就知道他肯定不会乖乖回答。

果然，段宇成吊起眼梢，来了句：“你肯见我了？”

这叫什么话。

“我当然肯见你。”

“你不是为了送其他队员来基地，顺便看看我的？”

他句句带刺，把罗娜的脾气也扎起来了。

“你这是什么态度？”

“哦，想训我？来吧，我听着。”

“段宇成！”罗娜发现自己特别容易被这小屁孩刺激到，她目光严厉地瞪着他，企图用教练的威严镇住他，“你天天就带着这种情绪训练？”

“这种情绪？”段宇成目光的力度也集中了起来，可能是刚训练完的缘故，他的冲劲比罗娜大多了，“你多长时间没联系我了？”他手里的空矿泉水瓶被捏得吱嘎响，“不算训练，之前在学校也是，你敢说你不是在躲着我？”

罗娜觉得时机不对，她不应该在他刚练完力量的时候来找他，这人气血一冲头，什么话都直来直去。

“我怎么躲你了？”

“你还不承认！就为了那么点小事，你无视了我半个多月，现在还怪我有情绪？”

等等。

231

那么点……小事？

罗娜听完这句话，满脸的汗毛孔都张开了，唰唰往外冒热气。

她本来想着顾及一下他的感受，让他专心备战，把这件事当成一个误会放过去，现在看来是不能善了了。

原则性问题果然要原则性解决。

罗娜环顾了一圈战局，周围人太多，她推了段宇成的肩膀一下。

段宇成被这一掌暗含的劲道唬得一愣。

"过来。"

"啊？"

"让你过来！"

她拔高的嗓音把路过的竞走队员吓了一跳。

她率先往外走。体育场北边的通道口不常用，堆了很多废弃的训练器械，罗娜选了这么个地界，走进去，一脚踹开哑铃杆，往墙角一指："站过去。"

段宇成觉得自己可能要被上私刑。

他站到墙边，罗娜摆出了教导处主任的脸："你那话是什么意思？"

"什么？"段宇成已经完全蒙了，不知道罗娜为什么忽然这么生气。

罗娜说："我不是你的家长，按理说这些事不应该我来教育你，但身为教练，我也要对你的身心成长负责任。"

好好好，开场白可以先略过，你说正题。

领略到段宇成眼神里传达的意思，罗娜涨红了脸，怒道："什么叫'那么点小事'！"

"哦，这个啊……"段宇成有点心虚地移开眼。

他是有意这样说的。从他发现罗娜躲他的那天起，他就知道她大概率是被他亲醒了。他希望能把事情说得简单点，至少别让罗娜这么在意，以至于她将近二十天的时间都不理他。

"你觉得这是小事？"罗娜情绪激动，手指像枪杆一样指着他，"我问你，你平时是不是仗着自己有几分姿色就乱搞男女关系？"

段宇成震惊了。

这么一顶大帽子扣下来，把他砸得稀碎。

"什么啊！"段宇成瞬间咆哮，音量惊人。他的脸也红了，他比罗娜肤色白，一红就是从里红到外，像熟透的水蜜桃。

两人"大红"对"小红"，常年锻炼出的底气全用来加温了。

"你胡说什么啊！"他难得这么激动，喷了罗娜一脸口水。

罗娜也顾不得擦，质问道："那你为什么那么说？"

"那是因为——"

卡住。

因为什么，他又不能直说。

他觉得自己今天恐怕要气到暴毙而亡了。

段宇成像没头苍蝇一样原地转了两圈，冲着墙狠狠拍了一掌泄愤。掌心传来的凉意让他稍稍镇定。他再回头，看到罗娜暴跳如雷，仍然是一副想劈了他的样子。

某个时刻，他忽然从她这个样子里挖掘出一点其他信息。

"……你有这么生气？"

"你说呢？！"

段宇成毕竟是个聪明人，思维缜密，而且情商不低，加上罗娜不会藏事，什么秘密都写在脸上，电光石火间，段宇成摸到命门了。

他心惊胆战，语调发抖地问："你是……是第一次吗？"

他一边问，一边在心里对自己说不可能，绝对不可能，她那么漂亮，那么成熟，身边那么多帅气的运动员，初吻怎么也不可能轮到他。

"当然不是！"罗娜怒道，"你想什么呢！"

段宇成不知道该哭还是该笑。

她真不会骗人……

他有点后悔，早知道他就不会那么草率了，他刚刚竟然还敢跟她发脾气吵架，简直罪该万死。

"对不起……"他低声道歉，之后竟没控制住弯了嘴角。他忍不住回想那天树下的触感，越想越掌控不了情绪，捂着嘴转身，头抵在清清凉凉的墙壁上，沉浸在回忆里。

他这一笑，罗娜脸上的色号已经奔着中国红去了。

他到底是个什么物种？五分钟前还瞋目切齿地生着闷气，现在就娇羞得跟要上轿的花姑娘似的。

年纪轻轻，眨眼就是一个四季。

罗娜泄愤一般照着他的屁股狠狠蹬了一脚。

"这事我就当是误会，不跟你计较了，你也给我吸取教训，不要再犯病了！"她说完就走。她不能再待了，她觉得这通道比刚进来的时候至少升温了十摄氏度。

她走到通道口，少年人在后面说："我也是第一次。"

他已经冷静下来，话语里带着一丝小心，还有一丝郑重。

十五摄氏度了……

她加快步伐，再不走就要熟了。

四

罗娜果然说到做到，说这事不计较了，那就是不计较了，盖一个段宇成犯病的章，把事情强行翻篇。

对段宇成来说，这算好事也算坏事，好事是罗娜不再把他当空气了，坏事是他觉得罗娜没有理解自己的感情。

他偷亲她被抓包了。

这么明摆的心思其实早已经大白于天下，可她却只当成是误会。

是不是他表达得还不够明显？

可要表达什么，他自己也不清楚。

段宇成坐在角落里神游，前方不远处是正在给队员们开最后一次会的罗娜。他细数她的优点，漂亮，成熟，安全，富有责任感。

缺点呢？

性格太急，还有一点点暴力倾向……

而且只把他当小孩。

段宇成不是没有犹豫过，但那感情来得太过自然，等他回过神时已经晚了。一提到女人，第一个钻到他脑海里的就是她。

他陷入了迟来的青春期旋涡。

他在心里问自己，去对她正式表白吧，敢不敢？

有什么不敢的！

234

那表完白之后做什么呢？挺起腰板追求她，对她说负责？

说实话，他有点虚。

二十岁是个多么单薄乏味的年纪，他有什么底气说这些？

他心想，不用多，再早出生五年就好了，二十五岁，正是田径运动员的爆发年纪，又跟她只差三岁。女大三，抱金砖，一切都刚刚好……

"段宇成，我说话你听见没有！"

他一个激灵，差点从椅子里栽下去，一回神，全屋人都在看自己。

毛茂齐好心地提醒他："师哥，罗教练在点名。"

段宇成挠挠头，有些无语。都什么年代了，罗娜还保留着以前在体校时的老派管理习惯，队里一共才几个人，一眼扫过去都全乎了，还反反复复点名。

腹诽着，他的手还是乖乖举起："对不起，我在听。"

罗娜看了他两秒，移开目光，说："那我先走了，你们好好集训，争取比赛取得好成绩。"

段宇成坐直，这就走了？

散会后，段宇成跟在罗娜身后出门，想再跟她说几句话，不过有几个队员一直围着她，他找不到机会。

毛茂齐送别罗娜，罗娜看他依依不舍的样子，笑道："别担心，训练上有问题就找吴教练，生活上有问题就找你师哥。"

段宇成："……"

毛茂齐说："吴教练太凶了。"

罗娜说："还行吧，他就是脸黑点。"

"大家都不敢跟他说话。"毛茂齐哭丧着脸道，"感觉他也不怎么想理我们。"

罗娜顿了顿，说："不是的，他是个好教练，只不过……"

"什么？"

"没什么。"罗娜拍拍毛茂齐的肩膀，"别怕他，他要是凶你你就给我打电话。"

毛茂齐走了，戴玉霞又来了。

罗娜余光扫见后面的段宇成，他若无其事地在走廊里踱步，不时往这边偷瞄，以为自己伪装得挺到位，实则贼头贼脑，又蠢又好笑。

于是罗娜便像故意的一般，磨磨蹭蹭地跟戴玉霞聊了好一会儿。

她一心二用，浑然间似乎听到戴玉霞说了句："等这次比赛结束，我可能就退了。"

罗娜用了两秒时间消化，而后脸色一变，注意力瞬间收回："什么？"

"我知道有点突然，但我已经决定好了。"

这简直是当头一棒，砸得罗娜手足无措："为什么退役？大霞，以你的实力进国家队绝对没问题，你这么年轻，也没有什么伤病，不能在这儿止步啊。"

"我知道，但我有点累了。"

罗娜哑然。

戴玉霞一直以来都是队里最让教练组放心的人，不管是技术还是心态，都是整个田径队数一数二的。她很懂事，不像那几个问题人物总是任性妄为，练到她这种程度的运动员，绝不可能简单因为"累"就放弃自己的运动生涯。

罗娜问："除了累呢，还有其他原因吗？跟我聊聊。"

戴玉霞低着头，静了一会儿，说了一个名字："江天……"

"江天？跟他有什么关系？"

戴玉霞苦笑道："罗教，你的神经可真粗。"

罗娜："……"

罗娜迅速厘清关系，把几根线扯一扯、搭一搭，再参考平日听到的一些闲言碎语，小声问："你跟江天，你们俩是不是在一起了？"

戴玉霞点头。

"那很好啊！"罗娜鼓励地一拍手，"大霞你放心，我们不是老古董，我们不禁止队员谈恋爱的！"

拐角处扒着墙边偷听的某少年小小地喊了一声。

戴玉霞说："江天现在练跳高练得很痛苦，高教练整个心思都在毛茂齐身上，江天只能参加一些小比赛，也出不来成绩。"戴玉霞用很客观的语气说，"我不是怪高教练，竞技场上本来就是优胜劣汰，江天的性格不适合这种氛围，我跟他谈过了，他也同意退役了。"

罗娜愣着，这几分钟的工夫，队员们就像熟透的桃子一样噼里啪啦往下掉。

戴玉霞说："我们计划在学校后面盘个店，已经看好了。如果我去国家队，那就只剩他一个人干，江天那人你也知道，心理素质一点也不好，我怕他一个人不行。"

罗娜说："盘店？你们要开店？要不让他先在学校上课，店的事等你——"

"上课？"戴玉霞摇头道，"没可能的，你看江天像是念书的人吗？让他坐教室还不如上刑场。"她笑着说，"不是人人都是段宇成啊。"

罗娜眼神微移，墙角的头发立马缩回去了。

罗娜没有马上同意戴玉霞的申请，说："这件事我们回去再谈，你先好好比赛。"

戴玉霞走了，经过这么一番谈话，罗娜也没有心思跟段宇成捉迷藏了，她直接走到转角处。段宇成被突然冒出来的女人吓了一跳，下意识地扭头躲。

"你跑什么！"

段宇成鼓着嘴，慢吞吞地转身，靠回墙上。

罗娜看他一副等着被训的模样，眯起眼睛。其实她很想问问他，是真怕她还是装出来的，她总觉得他的言听计从有点哄人的成分在里面。

段宇成的视线飘来飘去，最后落在罗娜脸上，先开了口："你要走了？"

"嗯。"

"这么早啊……"

"我又不是省队教练，留这儿干什么？而且马上要开学了，队里要来新人，我得回去看着。"

"这么快就开学了？"

"你以为呢，这都几月份了。"

段宇成恍然。

距他进入A大已经一年了，他天天泡在烈日和汗水里，完全没有时间流逝的感觉。

237

刚刚戴玉霞的话让罗娜思绪万千，她看着段宇成，许久后道："你一定要好好珍惜这几年，努力训练，努力比赛，什么多余的事都不要想，别给自己留遗憾。"

段宇成想问什么算"多余的事"，但出口的时候却变成了："我知道，你放心。"

罗娜点头："如果有什么问题就给我打电话，你的手机不要当摆设，总不开机。"

"没……"他嘀咕，"反正也没人找我……"他偷瞄她，"有人找我就一直把手机带身上了。"

可惜罗娜有心事，没听出他的暗示："好好备战，我走了。"

段宇成凄然地目送她远去，走廊尽头的光把她的背影勾画得朦朦胧胧。

吴泽开车送罗娜回校。

队员顺利抵达省队开始训练，算是教练组一阶段工作结束，不过吴泽作为专项教练，比罗娜要多留一段时间。车上吴泽与罗娜闲聊，想先找个吃饭的地方休息一会儿。罗娜听得心不在焉。在吴泽分析哪家麻辣烫好吃的时候，罗娜忽然来了句："你听说江天要退役了吗？还有戴玉霞也要一起。"

吴泽淡淡地道："是吗？没听说，退就退了呗。"

罗娜重新陷入沉思。

"我们学校后面那条小吃街，店面贵吗？"

"不便宜，大学城附近哪有便宜地方。"

"这样啊……"

"怎么了？"

罗娜把戴玉霞和江天想开店的事告诉吴泽，又问他说："我记得你好像有些搞工程和装修的朋友，如果——"

"罗娜，"吴泽目不斜视地看着前方，"你有没有觉得自己有点过于在意这些队员了？"

"有什么不对吗？"

"不是不对，但你尽心要有个度。在队里你管管就算了，离队了你也管。你一个管，两个管，个个这么管，还活不活了？"

238

"队里一共才几个人？"

吴泽不做回应。

车里静了半分钟，罗娜低声说："就最后一次，江天怎么说也跟我们练了两三年了，如果他有需要，我们就帮帮他好不好？"

吴泽斜眼看她："随你，劝也白劝。"

又静了一会儿，吴泽说："跟我回趟家吧。"

罗娜微愣，吴泽一个亲人都没了，所谓的"回家"只可能是看望王叔——他那个脑溢血的启蒙教练。

吴泽说："他最近身体情况不太好，你去见见或许能让他高兴点。"

罗娜说："行啊，正好我也挺想王叔的，什么时候去？"

"都可以，你想什么时候？"

"要不现在？反正今天挺闲的。"

吴泽点了支烟，在下一个路口掉转车头。

王叔家离学校不近，在一座老小区里，房子是吴泽租的，一个单间。吴泽还雇了一个保姆照看他，一个月下来开销不小。罗娜知道吴泽有些私活儿，一是在外面帮中学生训练短跑，过二级，拿加分，另外就是在朋友开的摩托车店里帮忙，赚点零花钱。

王叔脑溢血后遗症比较严重，生活基本离不开人。不过之前去的时候他至少还能聊聊天，这次竟然连一句话都不能说了。

"王叔，我来看您了。"

罗娜来到藤椅边，王叔躺在椅子里，穿着白背心，苍老的脸冲着窗外，目光无神。保姆在旁边帮他扇扇子，对罗娜说："别叫他了，认不出来了已经。"

罗娜回头问吴泽："怎么这么严重了，之前不是还好好的？"

吴泽看起来没太担心，甚至都没有进屋，鞋也没脱，就在门口的水池洗手、洗脸。

"还行吧。"

罗娜对他这回答很是不满，但也没空跟他纠缠，拿来保姆的扇子："我来吧。"

她不信王叔认不出她，蹲在藤椅边，耐心地跟他说话。

保姆道："那我先去买菜了。"

她路过吴泽身边，他的脸色很差。她明白他为什么进门口却不往里走，只在门口洗脸。但再凉的水也没法让他的心安宁下来。

她拍拍他的肩膀，他一言不发。

保姆照看王叔有几年时间了，以前王叔身体情况好的时候，跟她说过自己这个不争气的弟子。

当初吴泽的奶奶去世，家里一个人都没有了，吴泽本不想再练体育，想出去打工，但他逼着吴泽练，说什么也不放吴泽走。他想尽一切办法照顾吴泽，训练吴泽，最后甚至连自己的保险都停交了。

老头子结过一次婚，但老婆跟人跑了，也没孩子，他就把吴泽当成儿子养。他逼吴泽拿一级运动员证书上大学，当时考试是手记成绩，吴泽运气不好，摊上一个黑考官，开口就是五万元。吴泽当场就把他揍了，最后被王叔压着去负荆请罪，价格也直接涨到了八万元。

王叔的养老钱都掏出来了，以至于后来生病都没钱治。

吴泽嘴毒，他总跟王叔说，是你生病时间准，他已经开始挣钱了，要不就直接扔医院挺尸了。

老头子从不计较吴泽的刀子嘴。

保姆离开家，把房门轻轻扣上。

吴泽面无表情地靠在门口抽烟，看着罗娜蹲在藤椅边一遍遍做着无用功。往事如烟，一缕缕旋升而上。

五

那天离开前，王叔好像拉了她的手一下。

罗娜没有告诉吴泽，她不确定那是他有意拉的，还是无意识的抽搐。

回校后，罗娜找了江天。

江天也参加了暑期的训练，但队员们去了省队他就不能跟着了。

为什么已经决定退役了还要继续参加训练？

罗娜不忍深思其中的理由。

她打电话给江天，江天没在学校。罗娜跟他约定了时间，去校门口的商场地下二层一家温州餐馆吃午饭。

吃饭期间，罗娜跟他谈起戴玉霞的事。

"听说你们在一起了，恭喜啊。"

江天有点不好意思："有什么可恭喜的，凑合着搭个伙而已。"

"别这么说，大霞是个好姑娘。"她顿了顿，"也是个好运动员。"

江天笑了笑。

罗娜又问："大霞说你们想开店，准备得怎么样了？"

"她连这都跟你说了？店面已经租了，就在学校后面。你记得有家奶茶店吗？就是那儿，那家店不干了，我就接手了。"

"准备干点什么？"

"开面馆。"

"厨师找好了吗？"

江天指了指自己。

罗娜惊讶地道："你还会做面食？"

"会啊，以后有机会让你尝尝我的手艺。"

罗娜笑了："好。什么时候开？"

江天有点犹豫："还得……过一段时间。"

"有什么困难吗？"

江天摇头："没。"

"说吧。"罗娜淡淡地道，"你跟我不用藏着掖着。"

江天看了眼罗娜，欲言又止，最后还是垂下眼："真的没有，罗教，我都离队了，你就别管我了。"

"缺钱吗？"

"……"

"问你呢。"

江天声音低得不能再低："装修钱差了一点，租金太贵了，我们全部的钱都拿出来了。我们俩家里条件都一般，也帮不上什么忙。"

"差多少？"

江天抬头："教练，你不用——"

"差多少？"

罗娜做事干干脆脆，一听语气，就知道不用磨蹭些没用的。

"三万元。"

罗娜点点头："我帮你想办法，装修的话，吴教练也可以帮上忙。"

江天想说句感谢的话，但一开口却成了道歉，他哽咽道："你们对我这么好，我却拿不出成绩，我太没用了。"

罗娜说："不要这么说，你已经很棒了，以后跟大霞好好干。"

江天用力点头，情绪渐渐平静下来。他手指轻轻拨弄着桌上的空碗筷，说："是得好好干，不过是我干，她的话要等退役了再说。"

罗娜一愣："她不是已经决定退了吗？"

"哈？"

罗娜把戴玉霞的说辞跟江天重复了一遍，江天匪夷所思地骂了一声，又道："我真是服了。"

"怎么了？"

"你别听她的。"江天皱眉道，"她条件那么好，我怎么可能让她退役陪我开店。"

罗娜一整天低迷的情绪因为江天这句话复苏了。

"你不用她陪？"

"我是男人好不好！"江天激动地道，"我比赛是不行，但也不是什么都不行！我怎么可能开个店也要靠女人陪着！"

"好！有你这句话我就放心了！"

罗娜是个很容易开心起来的人，她结了账，没放江天走，直接打电话把吴泽也叫来，一起讨论装修计划。

江天很怕吴泽，本来跟罗娜聊天聊得挺好，吴泽一到，他话马上就少了。吴泽对江天也没什么兴趣，例行公事一样问他要什么材料、什么风格，江天恭恭敬敬，有一句答一句。

在江天去洗手间的时候，罗娜小声对吴泽说："你怎么跟尊瘟神似的？"

"嗯？"

"你没发现大家都怕你吗？"

"是吗，那你怕我吗？"

"我才不怕你。"

吴泽又摆出招牌式的笑容。

在等江天的时候，罗娜收到一条短信。

她看到屏幕上"段宇成"三个字，脑子反射性地抽了抽，深呼吸，静心三秒，打开短信。

——"你干吗呢？吃中饭了吗？"

罗娜挑眉，段宇成是出了名的不爱用手机，竟然发这种闲散短信给她。

——"吃了，你们午休了？"

——"对啊。"

——"那就好好休息。"

罗娜迅速收起手机结束战斗，又过了一会儿，手机再次振动。

——"你什么时候过来看我？"

罗娜脖颈一麻，来不及思索，下一条消息又进来了。就一个字，补充用的。

——"们……"

欲盖弥彰。

段宇成发完就后悔了，躺在宿舍的床上使劲蹬腿。他又一次跟刘杉分到一个宿舍，刘杉正在睡午觉，被声音吵得翻了个身，探头骂道："你不睡就滚出去！"

段宇成对他视若无睹，往床上一躺，懊悔刚刚那条此地无银三百两的信息。

手机振动。

——"你怎么这么闲，不睡午觉？"

——"不想睡。"

然后罗娜就没动静了。段宇成靠在枕头上看手机，午间的阳光照得他昏昏欲睡，他等了好久都等不来回复，已经困得撑不住了。

他对着屋里的一地暖阳，低声道："明明让我多用手机……"

往后的几天，罗娜一直在忙江天店铺的事情，吴泽在听说她给江天拿了三万块钱的时候，脸色很难看。

"是借的，反正要还的。"罗娜解释说。

吴泽冷笑："我不管，钱是你的，爱拿就拿吧。"

吴泽找的装修工以前也是他的师兄弟，两人很熟，又免了一点手工费。价钱方面谈妥后，工程就启动了。原本店里也有基本设施，不用大兴土木，主要是装修厨房，还要买新的餐桌和椅子。

罗娜粗略算了下，如果顺利的话，九月份就能完工。那到时正好新学期开始没多久，学生都回来了，生意也好做。

而且，那也是大运会期间。

希望新店开张能给所有人带来好运。

往后半个月，罗娜忙得脚不沾地。王启临又给学校物色了几名新运动员，罗娜都见了，各种毛头小伙和傻丫头，刚离开高中，稚气未脱，生机勃勃。看着他们奔跑在赛道上，罗娜的心情就像九月的天一样晴空万里。

她不自觉地回忆起第一次在A大见到段宇成的情形。

那时他也很幼稚，偷偷爬上铁栏喊她姐姐，为了能加入校队跟她打赌，还带伤参加比赛。他天真烂漫又有冲劲，跟这些新生一样。现在短短一年过去，他的气质就跟他们迥然不同了。

他成长得太快了。

新队员最开始一周的训练，罗娜都有陪同。他们的训练总会在不经意间让她想起段宇成，以前只有看到别人跳高的时候会这样，现在段宇成改练了全能，就变成了什么项目都有他的影子。

与此同时，在十几公里外的省队基地，段宇成在休息期间躺在运动场的塑胶地上，望着天空时，也总是想起罗娜。

答应了会过来看他们的罗娜罗小姐，从那次走后一次也没有来过。

"骗子……"

他不知道罗娜为了新生和江天的事忙得不可开交，但他判定罗娜违约肯定是有什么原因。

可有原因又怎么样呢，没来不就是没来吗？答应的事没有做到，该不该怪？

他一边埋怨一边笑。

蓝天飘过一抹散云。

慵懒的时光使段宇成想起那个烈日下的初吻。

他冲云朵吹了个口哨。

算了，男人要大度。

不远处举铁的男性发出呼哧呼哧的喘粗气声，这边段宇成却像个文学少女一样自我欣赏着。

"我脾气可真好……"

九月初的一天，省队教练把高校部的队员叫到一起，宣布集训结束，他们要动身出发了。

大运会举办城市距离他们一千多公里，他们要提前几天到。高校部集中了来自全省几十所大学的学生运动员，分了三个领队带着。A大和体育大学都是参赛大户，加上省师范学院，三所学校分在了一起，由一个看起来没什么耐心的男领队带着。

段宇成临走前三天打电话给罗娜。

训练不来，比赛总不可能不来吧？

"当然会去！"罗娜说，"不仅我会去，王主任也会去！这种重要比赛校领导都会到现场的，你必须给我好好发挥，千万别丢脸！"

完全没有关心他的训练，现在竟然还做出这种要求，段宇成撇着嘴说："知道了，你哪天到？"

罗娜说："我跟你一架飞机。"

惊喜从天而降。

段宇成马上开始谋划怎么能自然而然地跟罗娜一起换登机牌，肩并肩飞上天。

他的备战很顺利，他无比期待出发的那天。

事实证明期望越大，失望越大，出发这天发生了太多事，罗娜和段宇成谁都没有走成。

到晚上前往机场之前，一切都还正常，段宇成在大巴车上给罗娜发短信，催她快一点，不要误机了。

罗娜说她很快就到。

段宇成到了机场，先去星巴克买了三杯咖啡，等餐的时候在镜子前照了半天。不太好意思地说，为了"久别重逢"的今天，他特地打扮了一下，在最后一个假日去买了身新衣服，还做了新发型，整个人容光焕发，花枝招展。加上他身材超好，吸引了目光无数，知道的知道他是运动员，不知道的还以为是哪家牛郎店的头牌出来巡街了。

245

三杯咖啡，两杯自留，一杯是送给领队的。

他们的身份证都在领队那儿统一管理，段宇成琢磨着怎么从那儿骗过来跟罗娜一起换登机牌。

没想到他刚走过去，领队就一脸焦急地问他："毛茂齐跟你在一起吗？"

毛茂齐？

"没啊。"

"他人不见了！"

"不见了？"

"我打他的手机他不接，你打试试。"

段宇成拎着咖啡到一旁打电话，倒是打通了。

毛茂齐跑了。

是吓跑的。

毛茂齐语无伦次，说家里的果树该收了，得先回去帮忙。

简直闻所未闻。

段宇成凝眉道："马上要比赛了你告诉我你要回去收果树？"

毛茂齐马上挂了电话，再打就打不通了。

段宇成干瞪眼。

他想起昨天去商场，毛茂齐和刘杉也一起，他们中午吃了冷面，毛茂齐好像有点闹肚子。后来他问如果大赛发挥失常，比差了怎么办，段宇成想起罗娜的话，就告诉他这是全国性质的比赛，王主任和校领导都会去看，最好别丢脸。

因为毛茂齐一直是这种天然呆的属性，段宇成根本没看出他害怕了。

段宇成被逼得骂了句脏话。

他第一反应是给罗娜打电话，把事情通知她，可罗娜的电话一直占线。他不停地拨，罗娜的手机一直在通话中。

最后都快登机了，电话终于打通，段宇成着急，张口就说："你的电话怎么回事，一直都打不通！"

没想到罗娜那边火气更大："打不通就是有事，你还一个劲拨什么！"说完就挂断了。

段宇成被吼得不知所措。

领队那边也在催他："你联系上没有，这运动员怎么这么没有组织纪律性，到底比不比了？不比我就通知替补了。"

"别别别。"段宇成连忙道歉，"对不起，他家里有点急事。要不你们先走，我去接他，我们晚一班飞机去？"

"这个时候了哪能改签？"

"我们自己买机票，最晚明天肯定到，您通融一下，真的是遇到急事了。"

家里果树熟了算屁的急事，段宇成在心里把毛茂齐扇了二百记耳光。

领队见他这么保证，没好气地哼了一声，算是应允。

段宇成说："那……我们的身份证……"

领队把一沓身份证塞给他："自己找！"

段宇成忍气吞声。

他终于如愿拿到了自己的身份证，但冰咖啡已经化了，心情也完全不同了。

六

王叔的病情突然恶化。

消息还是保姆打电话来告诉罗娜的，她焦急地说："怎么办？我找不到吴泽。"

傍晚的时候，吴泽也没有出现在集合地点，本来约定一起前往机场的，但他没来。

她以为他自己先去了。

停车场里信号不太好，保姆的声音断断续续的："你能联系到吴泽吗？我下午的时候跟他说了老爷子情况不太好，他过来把人送到医院然后就没影了。"

罗娜试着给吴泽拨了几个电话，能打通，但没人接。她告诉保姆自己也联系不上他。保姆问："你能来一趟吗？"

"这……"罗娜看了眼时间，去的话，飞机是无论如何也赶不上的。

她的犹豫让保姆更急了："行！你们一个个都不来，合着老爷子是我

247

亲人！你们不管我也不管了！出了事你们就等着后悔吧！"

一个"后悔"把罗娜说得手心全是汗。

"你们在哪家医院？"

她的车在地下车库停了不到两分钟，再次开走。

前往医院的路上，罗娜不停拨打吴泽的手机，但吴泽一直不接，同时段宇成的电话又一直往里进。焦躁让罗娜的坏脾气又上来了，最后她接通段宇成的电话，内容也没听，劈头盖脸就是一顿臭骂，然后摔了电话。

天黑了。

路上灯影交叠。

最后一次见王叔时，他有意无意地拉她的手那一下，此时好像成了某种征兆。

吴泽还是不接电话，罗娜在等红灯的时候急得哭了出来："王八蛋……"

她赶到医院时，王叔还在急救室。他在下午三点多的时候陷入昏迷，现在靠呼吸机维持。医生以为罗娜是家属，跟她说了基本情况，什么血糖高，电解质不平衡，血压不稳定，出血处水肿很厉害。罗娜根本听不懂。

"能治好吗？"她只关心这个。

"这不好说，还要看后续手术情况。"医生解释完就走了。

又过了两个多小时，晚上十点左右的时候，医院下达了病危通知书。

罗娜拿着通知书，努力辨认上面的字。通知书上写着："尊敬的患者家属，患者王怀浩因——就诊，临床诊断为——，院方积极救治，目前病情仍然趋于恶化，随时可能出现——，危及生命，特此通知您，请您予以理解并积极配合治疗。"

所有"——"都是医生手写部分，字迹就像搅在一起的麻绳，看得人头晕眼花。

医生给罗娜一支笔："请在患方处签个字。"

罗娜茫然："什么？"

"请签字。"

"这些地方写的是什么？"

"就是我刚跟你说的那些。患者家属，请您冷静一点，先把这个签了。"

罗娜回头，把笔递给保姆，保姆像躲瘟神一样往后退了几步，说："你签，我才不签！"

罗娜看着这张天书一样的通知书，对医生说："我也不是他的家属，家属还在来的路上，能不能等他到了再签？"

医生点点头，他对于这种心态已经习惯了，很多家属不愿意在病危通知书上签字，好像不签就能阻止死神降临一样。

医生暂时离去，罗娜靠着墙边蹲下。

旁边就是一排横椅，可罗娜不想坐，那些椅子一定被很多病人坐过，让罗娜感到一种隐形的可怕。

罗娜从小就不喜欢医院，或者说对医院很陌生。她爸妈也是运动员出身，身体素质非常好，她自己从小到大也没得过大病，去医院的次数寥寥可数。她受不了医院的氛围，病人缓慢的移动速度，家属苦森森的表情，甚至拥挤的挂号队伍，都让她感到压抑。

蹲了一会儿，她起身，往走廊尽头走。

"你去哪？"保姆在后面问。

"去买水。"罗娜随便编了个理由，她只是想走动一下。

罗娜走到安全通道口，再次拨打吴泽的电话，还是没人接。不是关机，只是不接而已。手机没剩多少电了，罗娜心想干脆把这点电都打完算了，便不停地拨电话。

然后某一刻，微弱的铃声忽然传入耳朵。

吴泽的手机铃声是一首老英文歌，空中铁匠乐队的《Dream On》，从他有手机以来就没变过。那旋律罗娜太熟悉了，只听前奏就能把整个曲子串成线。

罗娜推开安全通道的大门，声控灯亮起。罗娜没有看到人，但手机铃声还在响，主唱用嘶哑的声线唱着歌。

Everytime that I look in the mirror.

（每一次我看着镜子）

All these lines on my face getting' clearer.

（脸上的皱纹日益明显）

249

The past is gone.

（昔日已远）

It went by like dusk to dawn.

（像黑夜变成黎明一样消逝）

罗娜顺着这歌声往下走，很快闻到浓浓的烟味，转个弯，看到一道暗沉的黑色背影，独自坐在台阶上抽烟。

I know what nobody knows.

（我明白没有人会知道）

Where it comes&where it goes.

（它来自何方，去向何处）

I know it's everybody's sin.

（它是每人皆有的罪）

U got to lose to know how to win.

（你无法知道如何赢过它）

"吴泽？"罗娜加快脚步，走到他面前，"你怎么在这儿？你干什么呢，知不知道我们找了你多长时间？"

手机因为长时间无人接听，终于断掉了，世界重新陷入安宁。

地上堆了满地的烟头。

吴泽就像个活化石一样，不紧不慢地抽烟。

罗娜拿出病危通知书："你看这个，医院下了这个。"

吴泽眼神微移，落在那张薄薄的纸上，随意扫了一眼后，从罗娜手里抽来笔，在通知书上签上名字："拿给他们吧。"

他的声音异常沙哑。

罗娜愣愣地看着手里的纸："你这就签了？"

"不然呢？"

罗娜往楼上走，上了两级台阶停下了，把通知书塞给吴泽："你去给。"

吴泽哼笑一声，一动不动。

这笑容让罗娜莫名地愤怒："你去给啊！"

他们为了毫无意义的事争执，熟悉的旋律再一次响起，空中铁匠乐队的曲子在这种时候显得尤为苍凉。罗娜情绪激动，一把将地上的手机捡起来："你不接是吧！你不接我给你接！"

电话上显示的来电人是"刘姐"，罗娜没反应过来这就是保姆。

吴泽看着罗娜气势汹汹地接通电话，像是要大吵一架，然而没三秒钟的工夫，忽然捂着嘴蹲了下去。

她一身精气神全部化作眼泪离开了身体。

吴泽凝视她片刻，用最狠的力道揉烂了那张通知书，扔到楼下。他站起身，赤红的眼睛看着罗娜，嗓音像磨砂一样，几欲癫狂："他就是个傻子，你也是。"

罗娜抬起头，眼睛带血似的瞪着吴泽："你说什么？"

吴泽又重复一遍。

"你再敢说？！"罗娜大骂，声音震得四层楼的声控灯都亮了。

吴泽只看到眼前黑影一晃，然后左脸颊就传来火辣辣的剧痛。

罗娜揍人从不含糊："王八蛋……你这个王八蛋！"

吴泽嘴角一扯："我也这么觉得，我就是王八蛋了，你能拿我怎样呢？"

他希望罗娜能再给他来一拳，可罗娜的力气用光了，感性重新压制了疯狂，她又一次哭了起来。

吴泽宁可打一架，也不想听女人的哭声。

所以他走了。

他没有管接下来开死亡证明，也没有联系殡仪馆，他就像她骂的那样，像个王八蛋一样走了。

后续的事都是罗娜做的，她回去找保姆，保姆也在哭，好不容易相互安慰止住了眼泪，可一去病房，见到王叔的遗体，又控制不住了。

这么一个单薄的瘦老头，跟自己不争气的弟子相依为命半辈子，一天好日子也没过上。

他最后拉她那下，是什么意思呢？

罗娜忍不住去想。

那时他已经不能说话了，拉她的那下就像是遗言。

时间太晚，殡仪馆不能来人了，约定明早过来。罗娜让保姆回去休息，自己坐在之前一直不愿碰的长椅上，整整一夜，为王叔守灵。

其间段宇成又打来一次电话。

罗娜接了。

段宇成听到她一声"喂"，马上止住自己要说的话，问她："你怎么了？"

罗娜说没事。

段宇成问："你哭了？"

罗娜稍微坐直身体，把手机拿远，清了清嗓子。

段宇成问："出什么事了？"

罗娜还是说没事。

段宇成静了一会儿没说话，罗娜反问他："你有事吗？打了一晚上电话。"

"没。"段宇成笑着说，"没什么事，就是告诉你一切都挺顺利的。"

罗娜轻声说："那就好。"

段宇成说："那我挂了，你好好休息。"

"那个……"罗娜临时想起一件事，低着头说，"对不起，刚才是我态度不好，你别被影响状态，比赛加油。"

段宇成听她道歉，差点哭出来："我知道，我没事的，你放心好了。"

这是今晚最后一个电话，罗娜的手机没电关机了。

七

月黑风高。

段宇成独自站在狭隘幽深的小道上。

山林里不时传来夏虫的嗡鸣。

段宇成收起手机，抽了抽鼻子，做了两次深呼吸。

"没事没事，说没事就没事！"他给自己鼓气。

就在十分钟前，出租车司机以"山间夜路太危险"为由，拒绝继续开往目的地，把他扔在了路边。说是"扔"可能不太准确，司机也询问了他

252

要不要一起回去，车费可以砍一半，但段宇成拒绝了。

他用手机照亮路，往更黑暗的地方走去。

新买的衣服早就蹭脏了，花了不少钱弄的新发型也乱了。除了投河那天，他好像从来没有这么狼狈过。

好在他辨认方向的能力强，记忆力也好，他知道毛茂齐家的具体地址。当初毛茂齐黏他的时候，家底全报出来了，还约他有空去他们家的桃林摘桃吃。

段宇成脚程快，被司机遗弃后又步行了一个多小时，在后半夜赶到毛茂齐家所在的村子。按照毛茂齐的描述，他挨家挨户摸索，最终找到了他们家的破瓦房。

院子上了锁，屋里也是黑的，全都睡觉了。

段宇成顾不得礼仪了，冲着瓦房喊："毛茂齐！在不在——！"

他这一嗓子没叫醒毛茂齐，却把一整条街的狗都喊醒了。农村的狗比他厉害多了，叫起来威风凛凛，还有铁链子的声音，不知是不是狗在挣脱。

段宇成哪见过这种阵势，吓得后退三步，不敢喊了。

狗叫了大概半分钟，瓦房门开了，一个女人探出身子，睡意蒙眬地问："谁啊？"

段宇成见来人了，连忙扑到门板边，叫道："您好！我叫段宇成！请问这是毛茂齐家吗？"

"是。"女人看了他片刻，从瓦房出来。狗还在叫，女人说了句"闭嘴"，马上安静了。她给段宇成开了门，让他进到小院里。

段宇成密切关注院里的凶狗的动向，小声说："我找毛茂齐，您能叫他出来吗？"

女人有点紧张，问："你、你是学校的老师吗？他是不是偷跑回来的？我就说他这时候回来不对劲，他——"

"我不是老师，我是他队友，您放心，没什么大事。他在哪呢？"

女人转身，往门门口一指。

天太黑，段宇成都没注意到，毛茂齐就藏在门板后面，偷偷往外看。

段宇成一见那面条身材就气不打一处来，他大踏步走过去，本想把一整晚的火都撒出来，可临了忽然想起罗娜来。

刚刚电话里，她的声音是从未有过的憔悴。

她肯定是碰到什么事情了，这种时候他不能添乱，一定要冷静。

"OK，"他自言自语，"Take it easy……"

段宇成调整面部表情，朝毛茂齐走去。他进一步毛茂齐就退一步，最后退无可退了，像个待审的犯人双手抱头蹲到墙角。

"……"

段宇成抬头望夜空，长叹一声，然后拨了拨他鸡窝般的头发，笑着说："怕什么啊，师哥这不是来了吗？"

不出段宇成所料，毛茂齐的确是被他那句话给吓到了。

段宇成觉得自己有点委屈。

就因为那么一句话，他不仅被领队凶、被罗娜凶，还被这穷乡僻壤的一堆看门狗凶，而且飞机也没赶上，还要多花两份机票钱。

毛茂齐有他来安慰，那谁来安慰他呢？

段宇成带着这种复杂的情绪，对毛茂齐展开心理辅导。段宇成一遍遍告诉他之前那些话是开玩笑的，不管比赛成绩怎么样，他都可以再回到A大。

"我知道……"毛茂齐低着头说，"但我没脸回去，我要是拿不了第一，你们可能就不会这样对我了。"

段宇成皱着眉头，沉吟几许，开口道："我问你，罗教对我好不好？"

"好。"

"那从你入校以来，看我拿过一次第一吗？"

"……"

为了安慰人，他插了自己一刀。

毛茂齐抬头，段宇成冲他冷笑一声，他又把头低下去了。

"你不一样。"

"怎么不一样？"

"罗教对你本来就跟对其他人不同。"段宇成微愣。

毛茂齐又说："你对罗教不也不一样吗？"

段宇成震惊了，在小马扎上坐直身体："你、你、你都知道些什么？"

毛茂齐蹲在墙角，一脸茫然："什么知道什么？"

段宇成摆手："没事。"这种天然呆有时候还挺吓人的。

段宇成说："你放心，勇争第一是好事，但你不要有心理负担。就算拿不了第一教练也不会对你不好的。"他想起之前转项，自己作天作地的时候罗娜为他做的那些事，又低声说了句，"至少罗教练不会，她不是那样的人。"

毛茂齐点点头，总算是听进去了，闷声道歉："对不起……"

段宇成挠挠脸，忽然问："哎，你觉得罗教对我跟对其他人不一样吗？"

毛茂齐说："不一样啊。"

"哪不一样？"

"这个……"毛茂齐仰脖想了想，说，"反正就是不一样，她对你最好，全队都知道，你自己不知道吗？"

夜色掩盖了段宇成脸上的红晕，他背后忽然像长了一对小翅膀，扑腾扑腾要飞起来，一晚上的吃苦挨累是值得的，多花两份机票钱也是值得的，一切都是值得的。

段宇成心态变化万千，在这泫然欲泣地想着，自己可真好哄啊。

他们决定等天亮再走，他和毛茂齐并排躺在木制矮床上。他感觉不太舒服，一身臭汗没洗澡，还不能换衣服，周围又充斥着一股难以形容的土腥味，但他太累了，沾床就睡着了。

此时距离天亮还有两个多小时。

天地混沌，万籁寂静。

在这个时刻，罗娜也睡着了。

她本想一夜守灵，但这晚心神消耗太大，凌晨时分，她靠在医院的长椅上进入梦乡。

她睡得很沉，做了几个不连贯的梦，梦的内容零散破碎。

在她睡着的时候，吴泽回来了。他把她抱起来，放到点滴室的空病床上，她哭得眼睛、鼻子发红，吴泽站在床边看了好长一段时间才走。

罗娜醒时已经日上三竿，她不知道为什么自己会躺在病床上。身边好多正在输液的人，罗娜环顾一圈，看了眼时间，马上从床上弹了起来。

王叔的遗体已经被送走了。

罗娜蓬头垢面，拉着医护人员问："谁送走的？"

"殡仪馆啊。"

"不是，我是说谁陪同的？"

"那我就不清楚了。"

罗娜打电话给保姆，保姆正跟吴泽在一起。

"他说让你回去休息。"

"他早上来过了？"

"对啊。"

罗娜知道是谁把自己抱到床上的了。同时她也想起昨晚他们大吵的那架，还有她揍吴泽的那一拳。

她揉揉脸，声音涩然地道："他还好吗？"

保姆说："还行，他你还不了解吗，好不好都能忍。"

罗娜愣神了一会儿，问："你们在哪？"

"他说让你休息一下，不用来了。"

"在哪？"

吴泽和保姆已经去了殡仪馆，王叔没有设灵堂。他自己没房子，住得最久的就是吴泽给他租的那个单间，但是房东忌讳，不允许在房间设灵堂。而且王叔也没有亲人了，孤寡老头，就算设了灵堂也不会有人来。

罗娜赶到殡仪馆，见到了吴泽。他看起来状态还不错，至少比她们两个强多了。

他嘴角还有瘀青，罗娜跟他道歉，吴泽笑着说没事。

墓园所在之处，青山绿水。罗娜来到他挑好的墓地，比起周围稍显空旷。吴泽很久以前就为王叔购买好了墓地，那时王叔身体还算硬朗，保姆知道后骂吴泽不怀好意，吴泽开玩笑说，早买早便宜。

保姆偷偷告诉罗娜，她后来才知道，这里其实是两块地，本来是给夫妻留用的，当时吴泽没有成家的念头，想着混完这辈子就跟王叔搭伙做伴。

罗娜听得手心发抖。

保姆说："你可别哭了，再哭他更受不了了。"

256

罗娜点头。

殡葬服务一条龙，不需要亲属多操心。葬礼很朴素，没有进行多长时间。罗娜见到王叔的遗体，他上了妆，看着跟活着的时候没有任何区别，如果白布下的身躯有那么一点点轻微的起伏，她就会以为他是睡着了。

可惜没有。

屋外风吹柳枝，摇得安宁又无情。

罗娜控制了好久的眼泪还是决堤了，吴泽脸色泛白，依旧没哭，罗娜哭了双人的分量。

火化，下葬，一切有条不紊地进行着。吴泽给王叔定制的墓碑也送来了，上面刻着七个字——"恩师王怀浩之墓"。

葬礼过后，吴泽和罗娜请保姆吃了顿饭，王叔生前很喜欢的一家四川火锅店，但因为太贵，最多一个月来两次。

饭吃了一半，吴泽给保姆一个红包，保姆说什么都不要。

"拿着。"吴泽说一不二，把红包扔在保姆面前，接着埋头吃起来。

饭后，他们与保姆告别。

吴泽说了句"再见"就走了，罗娜跟她多聊了一会儿。最后她们在十字路口分别，保姆跟罗娜说："你多照顾一下他，他很难受，但他什么都不说。"

罗娜也知道吴泽难受，但只有限于理性的知道，没有确切的感觉。

直到第二天，她跟吴泽去出租房收拾东西，吴泽从冰箱冷冻层整理出一大袋子不知何年何月的冻牛肉，不知怎的忽然跪在地上哭了起来。

在罗娜的情绪已经渐渐平复、以为一切都慢慢恢复平静的时候，他就这么毫无征兆地哭了。阳光照在他宽阔的背上，他细细抖动。他没有哭出声，把声音死命压着，耳根通红。

罗娜不懂，为什么王叔抢救的时候他不哭，殡葬的时候他不哭，甚至在推遗体去火化炉的时候他都能忍住不哭，现在见到一袋冻牛肉却忍不住了。

生活总在细节里磨人。

她蹲在吴泽身边，手放在他的背上，轻声说："师哥。"

吴泽说："他遇见我就是遇见了霉运。"

罗娜从没听过吴泽用这样沙哑的声音说话。

"不是。"她安慰他。

"没有我他绝对不会过成这样。"

"不是的。"

"他一定后悔死了。"

罗娜静了静,笃定道:"绝对不会。"

吴泽沉声道:"你怎么知道?"

罗娜说:"我当然知道,是你像他还是我像他?"

吴泽转过头,他赤红的眼睛没有震慑到罗娜。他紧紧地盯着她,好像在判断什么,最后问:"你为那些小孩付出的时候,都在想什么?"

罗娜思考了一会儿,她疲倦的大脑无法给出流畅的答案,断断续续地道:"我也不清楚……我喜欢教练这个职业,也喜欢队员们。跟他们一起吃苦,一起朝一个方向努力,让我觉得很……很简单,也很快乐。"

吴泽淡淡地道:"是吗?"

"王叔……"罗娜往前凑了凑,说,"王叔很喜欢你,他不会怪你,你也不要怪自己。"

吴泽看着她,她的眼角发红,红得很美。她的目光让他怀念,自从王叔病重后,再没人用这样关切的目光看过他。

她是他唯一的亲人了。

她叫声师哥,他就可以为她去死。

过了许久,吴泽抬起手,轻轻碰了碰罗娜的脸。

她没动。

屋里很静。

吴泽的食指托着她的下颌,等了很久,才缓缓靠近。

罗娜知道他要做什么。

她想起王叔最后拉她的那下,所以仍然一动不动。

在吴泽的呼吸已经落到她的脸上时,她放空的大脑里忽然响起一道声音——"你知道练十项全能还要了解生理解剖学吗?"

炎夏、烈日、眼镜、论文,粗壮茂盛的梧桐树。

她的大脑被瞬间填满,捂住嘴低下头。

吴泽放下手，笑了笑："也是，你跟我就糟蹋了。"

她的手在颤抖，吴泽见了，自嘲道："别怕成这样，太伤自尊了。"

罗娜没说话。

吴泽以为是他的吻把她吓到了，其实不是，她是被自己的念头吓到了。

吴泽继续收拾东西，整理好后出了门，去找房东谈退租的事情。他临走前嘱咐罗娜回去好好休息几天。

罗娜呆坐许久，为自己刚刚冒出的那一瞬间的渴望感到自责。下午，她回到宿舍，锁上门，一头栽倒在床上，企图用昏睡唤醒理智。

这时大运会已经召开了，罗娜不知道千里之外的体育场，还有人在等她的消息。

八

段宇成在田径开赛的前一个晚上，鼓足勇气给罗娜打了电话，可惜没打通。

段宇成隐隐感觉罗娜的事与吴泽有关，因为本该来参加大运会的两个教练都没有来。王启临倒是在，但段宇成不好去问情况。

他挂念罗娜，满脑子都是她最后那通电话里沙哑的嗓音。

在十项全能比赛开始的那天早上，段宇成找到戴玉霞。女子铅球比赛安排在赛事后程，前几天戴玉霞比较空闲。段宇成拿了台小型DV，问她能不能帮忙录他的比赛。

"为什么要录啊？"

"留个纪念。"

"要拿回去给罗教吧。"

段宇成汗毛竖立，这怎么谁都能看出来？

戴玉霞笑笑，道："给我吧，我帮你录。"

段宇成把DV给她，小声说："录帅一点。"

"知道啦，你真幼稚。"

段宇成的比赛进行得很顺利，他把DV当成罗娜，精气神异常旺盛，坚决不在她面前丢人。他没有发挥失常的项目，400米和110米栏还超水平发挥了。两天比赛结束，跟赛前杨金的预测差不多，他拿到了6347分的成绩，虽然只获得第七名，但还是让杨金喜上眉梢，走路都蹦着了。

最后一项1500米比赛结束，成绩不错的运动员聚在一起聊天。

章波大赞段宇成的实力："你才转项这么几天，就能拿到6300分以上了，以后还不上天了！"

章波很喜欢段宇成，虽然他这次的成绩比段宇成好，但还是不停地夸段宇成有潜力。

段宇成被夸得不好意思，连连说自己只是入门。

"有人夸就接着呗，一直谦虚不觉得假吗？"

段宇成转头，这不和谐的声音出自金牌选手蔡立秋。他是北京队的运动员，以7448分的成绩毫无悬念拿了第一名，甩开第二名将近七百分。

周围人看着他，因为实力出众，所以蔡立秋开口嘲讽大家也没说什么，打个哈哈就过去了。

准备颁奖了，段宇成拿着东西离开赛场，脑子里还想着戴玉霞有没有好好录下他的比赛。就在这时，他忽然感到有人在看他，一回头，换好运动服的蔡立秋在不远处阴沉地看着他。

段宇成不知自己什么地方得罪了他，没有理会，转身走了。

等罗娜神游太虚归位的时候，正是段宇成比赛结束的第二天。

王叔的后事已经全部处理完了，吴泽把之前租的房子也退掉了。退房时出了点状况，房主说王叔一直病着，屋里好多东西染了细菌，都要换，所以不想退押金。

吴泽这时的心情，说白了就是等着找出气筒，房主正好撞到枪口了。

罗娜要陪吴泽一起去要押金，吴泽没让她跟着，自己溜溜达达出去，回来的时候把押金拿回来了，还带着一脸笑。

就是这个笑，让罗娜觉得他已经没事了。

也就是在这个节点，她的重心开始往大运会那边偏移。她把多天未用的手机充电开机，里面稀里哗啦进来一堆东西。

罗娜之前跟王启临请过假，所以学校这边没有找她。有一两条消息是江天的，跟她汇报自己的店已经开业了，让她有空过去坐坐。

剩下的全是段宇成的。

罗娜捏着手机，坐在床头发呆。

十项全能的比赛已经结束了。

短信内容都是些日常问候的话语，比赛前一天他打了通电话，后来就没有消息了。

她起身，去洗手间用冰凉的水洗了把脸。她看着镜子里满脸水珠的女人，一本正经地道："罗娜，这不像话。"她抬手指着镜中人，"你是不是要犯原则性错误？看人家小伙子年轻帅气，你就开始不着调了？"

说完，她忽然又泄气了，为自己辩解："我真的不是因为他长得帅……"

那是因为什么？

罗娜低着头，水珠顺着脸颊一滴滴落下，此时她疲倦的脑子里不停蹦出光芒四射的画面，跟放PPT似的，张张绚丽，张张饱满，都是暖色调。

几秒钟后，她猛然抬头，照着镜子就是一记玄冥神掌："不行！"

继教训和辩解后，她开始冲自己发火："不用想了！因为什么都不行！"

她气势汹汹地出了洗手间，趁着一股劲儿给段宇成打电话。

电话拨通，听到嘟嘟的响声，罗娜挺直腰板。

随后是一声松松散散的"喂？"，还打了一个哈欠。

罗娜肩膀秒塌下去："……段宇成？"

他笑了："不然呢？"

他的声音那么爽朗自然，反观她自己，简直蠢上天际。

罗娜一时不知道该说什么，她觉得应该为之前的事道个歉，但她模模糊糊地记得，好像在医院那个晚上已经说过对不起了。

"我在机场呢。"沉默之中，段宇成先开口道，"马上要回去了。"

罗娜看向桌上的日历："不对啊，大运会没结束呢，你怎么这么早回来？"

"反正我的比赛已经结束了。"

"队里让你回来吗？"

"不知道，我自己偷跑出来的。"

"什么？"罗娜一下嗓音拔高。

段宇成静了静，哼了一声说："嗓子都这样了，还喊。"

261

这几天急火攻心，罗娜累得嗓音涩哑，但也挡不住她噼里啪啦地教育："你怎么能偷跑出来，我不是告诉你一切行动听指挥吗？你一点纪律性都没有让领导怎么看你？省队跟校队不一样，你这么不服管将来还想不想比赛了？"

段宇成听完，吧嗒一下嘴，说："逗你呢，我请过假了。"

"……真的？"

"假的。"

"段宇成！"

他咯咯笑："我要过安检了，先挂了。你在学校等我。"

"喂！"

电话断了。

罗娜目瞪口呆。

她脑海中浮现出一句俗语——"三天不打，上房揭瓦"，有些人你就不能跟他客气。

两个小时后，飞机落地，段宇成出了机场直接打车回学校。他在车上给罗娜打电话，不等她训话，直接道："我饿了。"

罗娜看看时间，下午三点，还不是吃饭时候。

段宇成委委屈屈地道："我一天都在赶路，早上到现在只吃了二十个包子。"

"……"

罗娜叹气道："现在这个点儿食堂还没饭，你真饿的话我们去外面吃吧。"

段宇成欣然同意："行啊，去哪？"

罗娜灵机一动，决定去江天的面馆。

店面已经装修一新，干净整洁，现在没到饭点，店里比较空闲。有两个帮忙的伙计罗娜也认得，都是江天以前体校的朋友。

江天热情招待罗娜，问她饿不饿，说要给她煮面条尝尝她的手艺。

罗娜说等段宇成来了再煮。

江天撇嘴："他也要来？"

"是啊，不欢迎？"

江天耸耸肩："没。"

段宇成赶到店里的时候罗娜正跟江天讨论店铺经营问题，段宇成带着一阵旋风来到罗娜身后。他逆光而站，影子落在罗娜面前，宛如山岳般魁梧。

罗娜回头，段宇成居高临下地冲她笑。

还是那个外形，可看着总有点不一样了。他这年纪就是株小树苗，太阳照一照，晒一晒，稍微不注意就蹿起来了。

段宇成说："干吗，不认识我了？"

他一笑，熟悉的感觉就回来了，他嘴角的弧度跟之前她买的那个小海浪吉祥物一模一样。

他把行李包往餐椅旁一扔，说风凉话："不认识也正常，毕竟这么久没见面了，您还记得我的名字吗？"

罗娜："……"

他虽用了敬语，却一点也听不出敬意。

罗娜说："别闹，坐下。"

段宇成本来还想调侃几句，冷不防瞄到身穿厨师服的江天，吓得腿一软，惊恐地看向罗娜。罗娜给段宇成讲了江天开店的事，段宇成和江天向来没有话说，就算被罗娜强行牵线，也只是表面化地问候了两句。

江天去后厨干活了。

罗娜跟段宇成面对面坐着。

下午的餐馆太静了，静到让人焦躁，罗娜之前想好的耳提面命模式预备了半天也打不开开关。

段宇成翻出一个袋子给她。罗娜接过，掂了掂，有点沉："什么东西啊？"

"给你带的。"

她打开袋子，里面有几盒梨膏，几盒绿茶，还有几盒包装精致的点心，最后还有一台DV。

罗娜先把最奇怪的DV拿起来，段宇成挠挠脸，说："录像。"

他坐在橘色的用餐椅里，浅色的运动服被衬得十分鲜亮。他长长的手指拨弄餐碟，眼眸低垂，声音轻松："是我比赛的录像，我请大霞姐帮我

263

录的。"

罗娜哦了一声。

段宇成又说："虽然你忙，没有来现场，但我觉得等你有空了，可能会想知道我第一次比赛发挥得怎么样。"

罗娜没说话。

静了五秒，他眼角微提，目光越来越亮，声音越来越轻："会吗？"

罗娜被问得心尖直打哆嗦。

不知是不是做贼心虚，还是自我意识过于旺盛，她总觉得段宇成每句话都带着越界的试探。

段宇成是个有分寸的人，虽然偶尔会疯狂也会任性，但那多是缘于运动员对自己运动生涯的忧虑。生活里他是个聪明人比她聪明多了，他总是不经意间摸索她的边缘在哪，用眼神，用语气，慢慢往她心里那个不属于寻常队员的地方钻。

不能再想了……

罗娜在桌下狠狠抠自己的手，以示惩戒，但用力过猛，疼得她嘶了一声。

"怎么了？"

"没事……"

江天把煮好的牛肉面端上来。他了解运动员的胃口，尤其是大赛过后，紧绷的弦松开，之前高压、高负荷的庞大运动量全部转化成胃口。他把牛肉面三碗混成一碗，用个大不锈钢盆盛上来，像喂猪。

罗娜收起礼物袋，说："吃东西。"

段宇成闻着牛肉面的香味，肚子咕咕叫，恨不得把脸埋进盆里。

罗娜问："你第几名？"

他腾出一只手，比画了个"7"。

"多少分？"

"6347分。"

罗娜点点头。

段宇成嘴里塞满了面条和牛肉，像个大嘴猴一样："还行吗？"

"牛。"

他很受用，吃了两口，又抬头看她。

罗娜说："慢点吃，别噎着。"

罗娜不知道，段宇成其实是在等，等她解释为什么没有去大运会，为什么那天那么凶地骂他。

但罗娜没说，直到离开的时候都没说。

罗娜队里的事情堆积了不少，坐了一会儿就先回去了。段宇成把整盆面吃完，已近傍晚，阳光如同剩下的汤底一样浓郁。

吃饱喝足，他打了个饱嗝儿，在座位上发呆。

礼物罗娜已经拿走了，他的心跟面前的碗一样空落落的。

"吃完就走，别赖着。"

段宇成扭头，江天还穿着那身恐怖的厨师服。段宇成从没见过这么长的厨师，像是一根会移动的蜻蜓网。如果他再戴顶帽子，恐怕要对接天花板了。

江天坐到距离段宇成三米远的后方，冷淡地看着他。

段宇成清了清嗓子，问："面条多少钱？"

江天再次冷笑，笑得段宇成脖颈发麻。

江天说："你以为我看不出来吗？"

段宇成一愣："什么？"

"你说是什么？"

段宇成不喜欢他这种说话的语气，拎起东西说："我走了，谢谢你的牛肉面，味道很棒。"

他走到门口，江天再次开口："你真是狗胆包天。"

段宇成停下脚步，回头道："我说你能不能别总这么阴阳怪气的，能好好说话吗？"

"你是不是打罗教的主意呢？"

段宇成倒吸一口凉气，差点心梗了。

在江天阴森森的目光中，他好像被扒了个精光，置于光天化日之下，不用想都知道自己的脸现在是什么颜色。

"……你说什么？"跟淡定的江天比起来，他的声音明显底气不足。

"我说什么？你自己想什么自己不知道？你可真能得寸进尺。"

段宇成深呼吸，最终没忍住，把行李包往地上一扔，呛了回去："什么叫得寸进尺？你话说明白点。"

江天凝眉道："你太让人不爽了，你进队第一天我就看你不顺眼。"

"我用不着你看我顺眼。"段宇成下巴一扬，展现牛肉面味的气势，"罗娜看我顺眼就够了。"

"谁都知道罗教和吴泽教练是一对，你别不识好歹！"

"唒！"段宇成挑眉，"谁都知道？我怎么不知道？你有证据证明他们俩是一对？"

江天仔细想了想，严肃地道："我之前看到过吴教练拉罗教的手。"

这金光闪闪的理由把段宇成镇住了0.1秒，然后他仰天大笑三声，快步走到江天面前，一把握住他的手，邪魅一笑："现在我也拉过你的手了，咱俩是不是也是一对了？"

江天瞬间涨红脸，过电一样甩开他，吼道："你发什么疯！恶心死了！"

段宇成冷笑："拉手？亏你想得出来。你们都活在旧社会吗，拉个手就私定终身了？"那他亲过嘴了岂不是已经把她下辈子都预定了？

江天面色铁青。

段宇成捡起行李包扛上肩，鄙弃道："懒得跟你们说。"一群恋爱loser，这个水平也敢教育他。他是开窍晚，但他起点高啊。

他出门前又想起什么，猛然回头道："还有，你记着，你们怕不怕吴泽我不管，反正我不怕！"

认识十年才拉个手，也好意思当短跑运动员？他翻了一眼，潇洒而去。

罗娜搞定工作回到宿舍，小型DV就在桌上看着她。罗娜盯着它片刻，去洗手间洗了把脸，回来后正襟危坐打开录像。

画面刚开始有点晃，段小朋友的小脸紧贴DV，偌大的鼻孔正冲着镜头。

"好了吗？应该好了吧……"

"你站远点，你贴在上面怎么录啊？把机器给我。"这是戴玉霞的声音。

"好，这样应该行了。"段宇成往后退了两步，对着镜头搓搓手，略微紧张地说，"嘿！那个……今天天气不错，很适合运动哦。"

266

戴玉霞："……"

段宇成说："今天是大运会开幕第六天，田径开赛第二天，全能比赛第一天。"

戴玉霞说："你能不说废话吗？"

段宇成掐着腰，理直气壮地道："你得让我介绍一下啊。"

"行行行，不管你，你继续。"

段宇成兴致勃勃地描绘赛场。

夜深人静。

罗娜全程都在笑。

少年人就像打气筒，把她这些天耗尽的体力全部补满，甚至还有溢出的征兆。

年轻真好。

她一边津津有味地看着，一边想到，跟帅不帅没关系，这才是她喜欢他的真正原因啊。

……什么？

啪！罗娜把DV扣上，开始狂抽自己的大腿："你给我清醒点！清醒点！清醒点！你都在想些什么！"

栽倒在床上，她的大脑彻底短路了。

罗娜想强迫自己睡觉，可躺了一个小时也没一点困意，她充电充得有点过了。

她的视线总是往DV上瞄。录像还没看完，要继续看吗……她抓着自己的头发，幽幽地遮挡住脸。就这样装死了十来分钟，她以迅雷不及掩耳之势坐起。

看！凭什么不看，比赛又没有任何错！想出这样一个貌似恰当的理由，罗娜抱着录像反复看了十来遍，直到后半夜撑不住睡着了。

长夜浸香。

梦里都是少年的笑脸。

"嘿！今天天气不错！很适合运动哦！"

炽道

[下册]

Twentine 著

江苏凤凰文艺出版社
JIANGSU PHOENIX LITERATURE AND
ART PUBLISHING, LTD

Chapter 07

炽 | 道

一

大运会结束后，度过一段平整的休养期，上面传来一条好消息——毛茂齐同学被国家队要走了。

可怜高指导挺大的岁数了，谈起离别一把鼻涕一把泪。但毛同学对他感情一般，他最舍不得的是罗保姆和段师哥。

罗娜让段宇成把跳高队的人都叫着，请毛茂齐吃个饭，祝贺加送别。

段宇成不情不愿："我现在又不是跳高队的人了。"

罗娜说："行，那我们去吃，不带你。"

段宇成立马道："我又没说我不去。"

罗娜琢磨吃点什么，段宇成说："送他啊，吃碗牛肉面得了，去个国家队有什么了不起的……喊！"

于是又去了江天的店。

送别会当天教练组开了个会，是之前大运会的总结会议，王启临在会上大加赞赏了田赛项目，对短跑队提出点名批评。

"成绩一次比一次不像话！有些人最好给我上点心！"

罗娜偷偷看吴泽。

王启临还不知道王叔的事，吴泽请假只是笼统地说家里有点问题。从王叔病重以来吴泽的心思就完全没有放在队里，加上队里唯一一个成绩不错的黄林前不久因伤退役，短跑队青黄不接，成绩越来越差。

散会后，罗娜对吴泽说："你得想想办法，主任要是真急了你的饭碗都危险了。"

"我能有什么办法。"吴泽点了支烟，冷冷地道，"要出成绩也得有人，短跑竞争压力这么大，就现在队里那几头烂蒜，跑得还没有练全能的快。"

罗娜："……"

此时天色已晚，准备参加送别会的队员已经集合了。

他们图近，从学校后门出去，这边平日疏于管理，秩序比较差，有很多小商贩和开黑车的。

段宇成被毛茂齐缠着诉说不舍，胃部麻得直起皮，是刘杉先注意到情况。

"哎……"刘杉轻轻碰了碰段宇成的胳膊，小声道，"看那边。"

段宇成顺着示意看过去，顿时胃更不舒服了。

是张洪文。

他跟另外几个社会气很重的年轻人站在一起抽烟，旁边停了两辆车。

"他开起黑车了？"刘杉奇怪地道，"他离开体大去哪了？"

段宇成压低声音："别看了，赶紧走。"

可惜晚了一步，张洪文已经看到了他们。段宇成加快步伐往江天的店走，毛茂齐不解地问："师哥你怎么忽然就饿了？"

在进店前的一刻，刘杉偷偷回了下头，说："他们还跟着呢……"

正是饭点，店里有几桌在吃饭，段宇成拉刘杉到最里面一桌。

江天照例给了段宇成一个睥睨的眼神，用僵尸般的语调问："罗教呢？"

段宇成说："她要开会，还没来。"

段宇成担心张洪文，没有跟江天进行日常互瞪。江天正觉得奇怪，店门再次打开，门口的伙计说了句："欢迎光临"。

张洪文一行四人，与段宇成他们隔着两桌。

刘杉说："要不我们换个地方吃饭吧？"

张洪文那桌高谈阔论，吵闹喧哗，周围的顾客多次向他们投去不满的眼神，但每个眼神都让他们的声调更高一点，他们就差在脸上写上"来者不善"四个字了。

段宇成翻出手机，打算给罗娜打个电话，告诉她先别过来。这时坐在张洪文身边的一个男的笑着问："老板，你这儿有串没？"

这男生看着年纪不大，一副小混混模样，袖子撸起，胳膊上全是文身。

江天冷着脸说："没有。"

"怎么能没有呢？"文身男不怀好意地往后厨方向瞄，"你这不缺扦子也不缺丸子啊。"

刚好戴玉霞从后厨出来，端着面放到柜台上。

戴玉霞在大运会上拿了铅球金牌，这也是A大派出的队员里拿的唯一一块金牌。她早被国家队看中，原本不想去，是江天和罗娜一起给她做工作，连续聊了好几天才把她劝住。

这次是冬训前的一个小假，戴玉霞回店里帮忙。

她当然听出那人的弦外之音，把面条端给江天让他上菜，并给了个眼色，意思是别放在心上。

可那桌人越来越过分，他们从高谈阔论改成窃窃私语，每次偷看一眼戴玉霞和江天，然后说几句话，之后迸发出大笑。

这时店门再一次打开，罗娜来了。

张洪文在见到罗娜进店的那一刻脸色就变了，乌云笼罩，阴霾黑沉。

罗娜心大，没注意到张洪文，入座后对众人说："等会儿吴教练也过来，他也没吃饭呢，顺便一起吃了……你们这表情怎么这么怪？"

除了毛茂齐不明所以外，段宇成和刘杉神色极度不自然，罗娜扭头一看，嘴角的笑容也不见了："他怎么在这儿？"

刘杉小声说："我们出学校的时候碰见的，他们跟过来的。"

罗娜皱了皱眉，说："别管他们。"

奈何树欲静而风不止，罗娜进来后，张洪文那桌还在对戴玉霞冷嘲热

271

讽，越说越露骨。

罗娜趁着拿调料的工夫，又看了他们几眼。除了张洪文和文身男以外，另外两个男人话比较少，个头看着不高，但身体十分结实。

罗娜有着体育教练的直觉，感觉那两人不是善茬。

她的嗅觉还是很敏锐的，这桌三个人都是张洪文以前体校的狐朋狗友，文身男早早辍学不念了，剩下两个都是散打出身。

不过他们挑事归挑事，却没有先动手。

先动手的人是江天。

他是在张洪文用手比画捏肉姿势的时候爆发的，他平日看着阴沉，爆发也爆发得低调，没喊没叫，直接把戴玉霞新递出来的牛肉面整盆泼到他们头上。

滚烫的汤汁淋得文身男嗷嗷叫，旁边的男人二话不说，起身就是一拳。

一见他出拳的动作和力道，罗娜就知道坏了。

这一拳正中江天下颌，随后那男人又跟了一拳，打在他肚子上，江天长长的身体弯折下去，两拳就倒地了。

一切发生在电光石火间。

戴玉霞反应最快，在那男人还想打第三拳的时候，她冲到他面前，一掌把他推了出去。戴玉霞力量惊人，将男人推出数米远，倒在后面的桌子上。

店里所有的顾客都尖叫着跑光了。

段宇成和刘杉也站了起来，刘杉震惊地看着倒地不起的江天，热血冲头，大吼着冲了上去。刘杉看着高大，其实力量一般，没有练短跑出身的张洪文强，更别说那两个练散打的了，他只能勉强跟那个文身男较量一下。

店里这帮人，只有段宇成的体格能吃得消跟散打运动员的冲突。刚开始时他还想着要冷静处理，可在见到张洪文给了罗娜一耳光后，就彻底失去理智了。

罗娜甚至都没意识到自己挨了一耳光，她全部的精力都用在阻拦他们动手的事上。

这屋里两个国家队选手，一堆在役运动员，绝对不能受伤。

在她阻拦他们的时候，这些年轻人却像发了疯似的激动。

"冲啊！"其中毛茂齐前所未有地兴奋，举着汤勺一次又一次冲锋。

没一会儿店里的伙计也来帮忙，战况越发胶着，难解难分。

罗娜崩溃地看着他们，以前有人给她用六个字概括体育生，"没文化，爱打架"，她还嗤之以鼻。

锅碗瓢盆满天飞，她看着段宇成把张洪文按在地上捶，她心中怒吼——怎么连你也这样了！

最后还是戴玉霞报了警。

文身男第一个发现她打电话，眼睛一瞪，喊道："他们报警了，快跑！"

刘杉骂："你往哪躲！"

他想拽住文身男，无奈文身男像条燕鱼一样，刺溜一下就从缝隙里钻出去了。

刘杉指着他大吼："别让他跑了！"

段宇成瞬间追了出去。

吴泽来到店门口时，刚好看见连滚带爬跑出去的文身男，和后面狂追的段宇成。

"什么玩意……"他皱着眉进屋，看到里面鸡飞狗跳的场面，咧嘴一笑，"哟，你们这送别会开得挺个性啊。"

他看到张洪文，轻轻一眼，张洪文屁都不敢放了。

后来警察来了，所有人都老实了。

段宇成把文身男揪回来，花了不少时间。警察盘问的时候，吴泽靠在门口抽烟，随口问段宇成："跑到哪追到的？"

段宇成报了个地名，吴泽微微挑眉："跑那么远才追到？"

段宇成嗯了一声。

吴泽不动声色地打量文身男，文身男正抖着腿跟警察周旋，打死不承认自己惹事。

所有人都一身伤，店里被砸得一片狼藉。

罗娜看着眼角流血的段宇成，又急又气，在去医院的车里跟他吵了起来。

"我让你别动手,你为什么不听我的!"

她都不知道自己的脸也是肿的。段宇成看她一眼,他打架打得双眼赤红,手抹了一下嘴角凝固的血沫,重新低下头。

司机出来帮腔:"都这样了就少说两句吧,都是大小伙子,这年纪就是爱打架,这点皮外伤很快就能好了。"

罗娜心说你懂个屁,运动员的身体能说伤就伤吗?

他们赶到医院,所有人都做了一轮检查。等结果的时候罗娜紧张得要死,不过见段宇成走路、拿东西动作都很自然,心想应该不会有什么大问题。

结果出来,如罗娜所料,段宇成除了几处擦伤,还有肿胀、瘀血以外,没动到筋骨。

罗娜一颗心放下,对段宇成说:"你跟我过来。"

她将段宇成拉到医院外,现在天已经黑透,夜里阴寒,冷风吹得人脸皮发麻。

"你告诉我你刚才在想什么!"

段宇成不说话。

罗娜说:"他们冲动我能理解,你怎么也这么不懂事,你念了那么多书都白念了?"

段宇成还是不说话。

他的沉默让罗娜的脾气爆发了:"你知不知道自己是运动员?你知不知道现在有多少双眼睛看着你?学校的领导,还有市里、省里,甚至国家队那边!你为了这种事跟人大打出手,万一真出点什么事,你的运动生涯就全完了你懂不懂!"

"完了又怎么样?"他终于开口,声音比罗娜冷静,他眼角还有没干涸的血迹,看起来有些狼狈,"难不成看着你被打我自己躲起来吗?如果我的运动生涯就是这样的,那完了就完了吧。"

"段宇成,你到底懂不懂……"

"是你不懂。"他打断她,一字一顿地道,"你根本就不懂我。你懂的话现在就会来拥抱我,而不是这么骂我。"

罗娜心神一颤。她被他语调里的委屈说得当真情不自禁往前迈了一步。

段宇成不承想罗娜会向他张开双手，一时没反应过来，竟退了半步。

他这一退，罗娜就醒了，连忙放下手。

段宇成回过神就后悔了，又往前进了两步。

这回换成罗娜被逼退了。

两个人就这么在月下你进我退，你退我攻。

"你俩在这跳探戈呢？"

罗娜后背一麻，回头，吴泽叼着烟问："警局那边笔录，谁去？"

罗娜说："我去！"一溜烟跑了。

段宇成看她跑了，嚷道："我也去！"

吴泽看着他追上去的背影，吐了口烟，骂了句："这兔崽子……"

"这事责任不在我们，赔钱没有。"这是在警局问话时，张洪文对罗娜说的。

本来笔录应该是江天去，但他还在检查身体，等医院开证明。

张洪文一伙人摆出死猪不怕开水烫的姿态。

张洪文说："这可是他们先动手的，警察同志，如果你吃饭吃得好好的，店员忽然往你头上倒一碗热面，你受得了吗？"

做笔录的警察有一搭没一搭地听着。

罗娜说："你们是好好吃饭吗？你们要是没有侮辱人江天会动手吗？"

张洪文说："哦，说实话也得挨打？我闻到屁非得说香的吗？"

罗娜猛地一拍桌子。

警察抬眼："都冷静点啊。"

过了一会儿江天的检查结果出来了，医院开了证明，白纸黑字。

"肋骨骨折，胫骨骨裂，加中度脑震荡，你还说你们没责任？"

"那又怎么样，又不是我们先动手的。"

警察皱眉："你是法盲吗？"

"什么意思？"

罗娜看着张洪文，忽然感到一股悲哀，不知道是替谁。

275

"他们是跟着我们过去的。"段宇成开口道。

张洪文马上反驳："谁跟着你们！"

"他们几个是开黑车的，原本在等人，看到我和刘杉后就一路跟来了。我们学校门口有监控，你要不信可以去看看，他们是专门来找碴儿的。"

张洪文没料到有监控一说，神色慌张："但不是我们先动手的！"

警察道："这跟谁先动手关系不大，你那些朋友练家子出身吧，这一拳拳打下去谁吃得消？躺医院里那个如果愿意，直接起诉你们，证据确凿给你判个三五年你觉得值不值当？"

文身男跳起来："我可没打他啊，我是彻头彻尾的受害者！"

警察把电脑一扣，道："看情况你们互相也认识，自己商量一下看看是私了还是怎么着吧。"他多看了一眼张洪文这边的人，"你们好自为之。"

最后张洪文还是认怂了，想要和解。他们几个被罗娜押着去跟江天道歉，文身男见到江天就是一句："你怎么这么不禁打啊！"被店伙计当场又踹了一脚。

最后讨论赔钱，首先店面重新装修，肯定要他们负责，再来是医药费，七七八八算下来，数目不小。

文身男说："我可以当工人，帮你们装修，但我没钱。"

店伙计说："你们把人打成这样还想赖是吧？"

文身男一摊手："行，我知道你们有气，来吧，我贡献一根肋骨，你来打折，我绝不还手！"

店伙计骂了一句就要动手，被一个人拦住。

吴泽捏着店员的胳膊，轻轻松松地把他拉到后面。他来到文身男面前，居高临下地看着文身男。

"你没钱是吧？"他懒洋洋地问。

文身男说："没有。"

罗娜怕吴泽发火，轻轻碰了碰他。

吴泽笑着说："没事。来，你跟我过来。"路过段宇成身边时，他又道，"还有你。"

276

段宇成正在一旁喝牛奶呢。

这是回医院的路上罗娜买的，她给其他队员都买了水，只有他的是牛奶。他沉浸在奶香味的特权之中无法自拔，听到吴泽的话，疑惑地道："我？"

"对，过来。"下达简短的指令后，吴泽先一步离开病房。

他们来到医院外的小广场上，吴泽对文身男说："明早八点，来A大体育场。"

文身男撇嘴："干啥？不去。"

吴泽面无表情地道："还是你想去监狱蹲一会儿？"

文身男皱眉，脸色发白。

吴泽走到他面前，自上而下扫了他一遍，文身男一身便宜货，一双板鞋也穿得快烂了。

"我给你一个机会。"吴泽往旁边喝奶的段宇成那示意了一下，"100米，你跟他跑，跑赢了这件事就一笔勾销，不用你赔钱，也不用你去装修。"

文身男犹疑地道："真的？"

吴泽吐出一口烟："输了你就要听我安排。"

"输？"文身男嘴角渐渐扯出一个笑来，"你是不知道我能跑多快吧，到时候你可别后悔。"

吴泽冷哼一声："你最好能跑快点。"

说完他往医院走，中途停步，回头问："你叫什么名字？"

文身男说："李格。"

"多大？"

"十九岁。"

吴泽点点头，路过段宇成身边时，淡淡地道："你要是敢输，明晚我就跟罗娜求婚。"

段宇成一口奶喷出来，捂住胸口，跪在地上咳嗽。

喝进去的是奶，咳出来的是血，飞来横祸，殃及池鱼，他到哪说理去。

二

段宇成饱饱地睡了一觉，第二天气势磅礴地前往体育场。吴泽和罗娜先一步到了，正在角落里谈笑风生。

段宇成黑着脸看吴泽，无声地传达——你为什么把她也叫来了，这还是男人之间纯纯的约定吗？

吴泽压根没搭理他。

李格也到了，迫于生计，他今日改头换面，把小混混装脱了，那堆破戒指、破项链也全卸了，硬是换了一身运动服，脚上穿的也是短跑钉鞋。

衣服和鞋都有点旧，但能看出是专业行头。

人靠衣装，他穿起这身整个人气质都不一样了。他正在场地旁热身，右腿裤子挽过膝盖。

段宇成扫了眼他的脚踝和小腿线条，还有他高抬腿的动作，就知道他一定练过短跑。

他转头，吴泽和罗娜的目光一直落在李格身上，不时凑到一起品评研究。

段宇成舔舔嘴唇，行，喜新厌旧是吧？

他唰的一下把运动服的拉锁一拉到底，外套扔地上，走过去："跑吗？"

罗娜说："等他热完身。"

她笑眯眯地看着李格。段宇成把自己还没消肿的眼角冲着她，企图提醒她李格"敌人"的身份。

没用。

一见到好苗子她的眼睛就恨不得贴到人家身上，一切过失都免了。她对他百般欣赏，百般宠溺，就像当初毛茂齐来时一样。

好不容易送走了毛茂齐，又来了个李格？段宇成头皮一阵发麻。

"还跑不跑了！"他嚷道。

罗娜吓了一跳："你急什么，你也热一下身，别等会儿发挥失常了。"

"发挥失常？"他看着她，一字一顿，"你觉得我会输给他？"

罗娜看李格热身差不多了，拍拍手，道："可以了！过来吧！"

她都没听到他说话。

段宇成仰天深呼吸，觉得血压有点高。

罗娜还在招呼李格，视线忽然被挡住，她看着站到面前的段宇成："怎么了？"

"赌点什么吧。"少年说。

"什么？"

吴泽斜眼看这边，段宇成拉着罗娜的胳膊："到这边来。"

他把她拽到器械室门口，力道有点大，罗娜拨开他："你干什么？"

"我要是赢了你就答应我一个条件。"

"什么条件？"

"你先同意。"

"你比个赛还要什么条件？"

段宇成静了两秒："我不比了。"

"？？？"

段宇成脾气上来了，凭什么他非得累死累活地帮他们招个小妖精进来，输了被威胁，赢了一点奖励都没有？

"你让吴泽去短跑队找个人来跟他比吧。"

"哎！"罗娜拽住他，"你耍什么脾气。"她压低声音，"短跑队要是有人能跑过他，吴教练还用招他进来吗？你怎么那么笨呢，都不动动脑子！"

嘿，还嫌他笨了？

段宇成甩手就走。

"喂……"吴泽和李格都在往这边看，罗娜老脸拉不下来，追上段宇成，"行了行了，我答应你还不行吗？"

段宇成瞄她："真的？"

"真的，快去准备！别输了啊，千万别输了啊！"

段宇成冷笑一声，迎着李格走过去。

李格跟段宇成身高相仿，但疏于锻炼，体格比他单薄一些。他脱了长衣长裤，穿着比赛服站在起跑点，远远看去腿很长，比例完美。

段宇成晃晃脖子，跟他隔了一条跑道站定。

279

"哼。"李格冲他挑衅地一笑。

哼什么哼，段宇成心里翻了个白眼，蹲在起跑器上。

比赛采用手计形式，吴泽在终点计时。

罗娜举起发令枪："各就位——预备——"

枪响，两人一同蹿了出去。段宇成刚开始有点轻敌，前十米竟然被压过了。李格的起跑极大地刺激到了他，这人跟水上漂一样，一点动静没有就飞出去了。段宇成中间段不敢再掉以轻心，全力冲刺，在七十米左右的地方超过李格，一路领先到最后。

过了终点线，李格大骂了一声，难以置信地瞪着段宇成："我不服！我没热身好！再跑一遍！"

吴泽仰仰下巴，对段宇成说："再跑一遍。"

段宇成无语。

你当诸葛亮七擒孟获呢？

罗娜走过来说："再跑一遍。"

段宇成："……"

于是又跑了一遍，李格还是输了。于是再跑……越跑段宇成体能的优势就越明显，李格速度一次不如一次，最后累得满头大汗坐在地上。

吴泽踹他一脚："过来。"他把李格拎到墙角讨债。

罗娜递给段宇成一条手巾："擦擦汗。"

她看着吴泽和李格的方向："短跑队算是有救了。"一转头，段宇成把手巾搭在肩膀上，正好整以暇地看着她。

她猛然想起刚刚的赛前协定。

段宇成看着她忽然变了的脸色，微微一笑："我要去上课了，咱们下午见。"

"……"

得胜的少年趾高气扬地走了，罗娜用手使劲捏捏脸。

她回到宿舍整理文件，等会儿王启临还要开会，说省队春训的事。忙活了一上午，她来到洗手间的镜子前洗了把脸，然后用心观察镜子里面的人。

她是心大，但她不傻。

如果到现在她还看不出段宇成对她有意思，那她这么多年就白活了。

她摸摸自己的下巴，有点纳闷，他怎么会喜欢上她呢？

罗娜自认长得还算凑合，但绝对不是美若天仙的类型，日常生活更是邋里邋遢，出门也不爱打扮。她想起段宇成班里那个班花施茵，穿着长裙略施粉黛，聪明又恬静，那才是段宇成这种男孩应该喜欢的女人。

"他是不是吃坏东西了……"

她发呆之余，王启临打来电话，通知教练员开会。

罗娜随便拿了件外套便出了门。接近学期末了，大家都在忙着复习功课，路上的同学神色匆匆，不是前往实验室就是图书馆。路过体育场时，罗娜习惯性地往里望，今日有些阴天，操场色泽发青，远远看去，有种可以吞噬人的错觉。

几个男生迎面而过，罗娜凝神。

满校园都是段宇成的同龄人，罗娜看着这几个男生，怎么看怎么觉得遥远。

只有段宇成身上没有那种距离感。

罗娜叹了口气，裹紧外套。

会议开了很长时间，王启临先是对昨天发生的斗殴事件做了批评，然后开始说春训的事。罗娜听得昏昏欲睡，直到王启临点到"段宇成"这个名字，她才像过电一样惊醒。

"段宇成最近成绩突飞猛进，除了戴玉霞和毛茂齐以外，他是现在这批队员里最有希望进入国家队的。他入选了省队春季高原集训的名单，接下来的田径锦标赛他得好好发挥才行。"

说着，他话锋一转，又强调道："不过他的情况有点特殊，他现在还不是全职运动员，学习方面压力也很大，生活和训练要平衡好。记着，一切都以运动员自己的意愿为主，不要勉强。"然后，王启临特地往罗娜这边看了一眼。

会后他又单独找她聊段宇成的事，罗娜快被"段宇成"三个字洗脑了，听得焦灼难耐。

"您跟我说这些干什么？这话应该找杨金教练谈吧，他才是段宇成的主教练。"

王启临淡定地道："杨金解决的是硬件问题，你解决的是软件问题，段宇成现在硬件不会出大毛病，所以要盯盯软件。"

罗娜面无表情，走到楼门口，蓦然问了句："你觉得他硬件不会出大问题了？"

王启临跟罗娜太熟了，对她的习惯一清二楚。每次罗娜对他用"您"这种字眼，都是带着反面情绪，直接用"你"反而代表着认真负责。

"我早就说过了，他不转项没有未来。本来我是想让他转个短跑，以他的潜力达到省级完全没问题，谁知道你直接给他转了全能，结果怎么样呢？"他手捧一杯绿茶，眼神往天上一瞄，顽童一般道，"——唰，就天高任鸟飞了。"

罗娜化身鸟。

王启临又说："所以我才让你负责照顾他的生活，你对他最上心。"

这后半句让罗娜刚飞起来的心思又收了回来，有一种被人看透的窘迫："不是，教练关心队员是应该的……"

王启临呵呵笑，虽说平日不怎么见到人影，但他心里跟明镜似的。段宇成大一的时候除了一个省运会跳高金牌以外，没什么像样的成绩。罗娜为这样一个运动员，专门向学校申请开设一个新项目，还特地去挖来好教练，这其中有多少困难他太清楚了。

"每个教练都有偏爱的弟子，这很正常。"他拍拍罗娜的肩膀。

罗娜有苦说不出，她现在一听类似"爱"这种字眼就浑身发麻，好像是她主动诱拐了他一样。

王启临说："高原春训不像比赛几天就结束了，要一个多月，他得跟学校这边请长假。如果他真的想往国家队那边走，那这几年肯定是全职业路线，学校这边得好好安排一下。还有他家里的情况也得搞清楚，父母支不支持他走这条路，都是关键问题。"

罗娜低头踹地上的小石头，哦了一声。

"我已经跟杨金教练说好了，下午放他半天假，你给他做做思想工作。"

"……"

简直就像商量好的……

282

在罗娜开会的时间里，段宇成也被班主任叫去谈话了。

他带着青一块紫一块的脸来到办公室，班主任终于忍不住爆发了。

段宇成的班主任是高数老师，双眼七百多度的近视，虽然年纪不大，却经常给人一种老学究的错觉。他这次是有备而来，拿出了段宇成入学一年半以来的成绩单，用一套自己设计的公式把成绩转化成了曲线图。公式太复杂，段宇成看不懂，但曲线段宇成还是懂的，一眼看去，曲线就像小孩尿尿，一落千丈。

班主任详细分析了他的情况，得出学习和训练不能兼顾的结论。

"你是凭文化课考进来的，看着自己的成绩不着急吗？"

段宇成坐在椅子上，耷拉着头，听班主任念经。

上学期还能空出一点复习时间，成绩勉勉强强低空飘过，这学期，段宇成知道，自己必然要挂科了。

班主任明明是男人，可磨叽功夫丝毫不比中年妇女差。他一遍遍唠叨着学习才是正事，体育只是业余爱好。如同八点档电视剧，班主任就是为女儿出头的丈母娘，段宇成就是三心二意的男主角。

说！你是要正妻还是小三！

"噗。"段宇成被自己的脑洞逗笑了。

班主任正在慷慨激昂地演讲，没听到这声笑。

"我并不是对职业运动员有偏见，但是我们要往长远方向考虑。除了金字塔顶的那几个人，其他运动员的结局我不说你也清楚。就算是金字塔顶的那些人，哪个不是一身伤病离开这个行业？你把体育当成兴趣爱好我不反对，但要走职业你还得三思。"

段宇成没说话。

班主任推推眼镜："我说这么多，你一点感想都没有？"

段宇成的目光落在班主任面前的书桌上，那里有一瓶没有打开的矿泉水："那个能借我一下吗？"

"你渴了？"班主任把瓶子递给段宇成。

段宇成接过，右手握着瓶子，拿到班主任面前。

班主任一脸问号。

段宇成四指和掌心攥住瓶身的上半部分，大拇指贴紧瓶盖外侧。

"你要干什么？"

段宇成没说话，看着瓶子，准备好后猛然发力。

瓶身发出刺刺啦啦的声响。

段宇成火气足，即使天冷也没有穿厚衣服，甚至还挽起了袖子。班主任清楚地看到他小臂隆起的肌肉轮廓，还有他手背上的筋脉。

但他还是不知道段宇成要干什么。

直到段宇成大拇指渐渐挪动，他才惊讶地睁大眼睛。

段宇成单靠着大拇指和瓶盖之间的摩擦力就拧开了矿泉水瓶。

班主任是理科出身的文弱书生，是拧水瓶偶尔会用力到歪嘴的物种，他第一次见到这种超乎寻常的操作，疯狂在脑海里计算这种动作需要多大的握力。

段宇成把瓶子放到班主任面前，说："您还要问我是不是职业运动员吗？"

这绝不是普通"体育爱好者"能达到的程度，班主任受到太大冲击，一时忘了怎么说话。

段宇成说："我知道您是为我好，我也不会放弃学业的。我有自信不管什么时候开始念书都不会比别人差，但我不敢保证到那时我还能这样打开水瓶。"

班主任明白了段宇成的抉择。

身为正妻的女儿被抛弃了，丈母娘很痛苦。

三

段宇成从办公室出来，冲着天空伸了个舒爽的懒腰。

刚好罗娜打电话来约见面，段宇成看看时间，说："下午三点体育场吧。"

罗娜放下电话，下意识地去翻衣橱。

她一边挑衣服一边在心里给自己洗脑，她真不是因为要见段宇成才换衣服的，只是出于基本的礼貌而已。

她脑海里马上蹦出一个小人——

"中午开会你也没收拾，所以你是不把王启临当人看喽？"

不不不，王启临那是公事。

"所以段宇成是私事喽？"

不不不，但段宇成喜欢我，我最起码得对他的感情表示尊重。

"所以你见吴泽从不打扮是觉得他不够喜欢你喽？"

"啊——！"罗娜把手里的衣服往地上一摔，大吼一声，"不换了！行了吧！"

说不换就不换，罗娜重新披上那件好久没洗过的外套冲出门。

她的滔天气焰分三次降火。

第一次是刚离开宿舍楼的时候，屋外的冷风一吹，她脑海里那个磨人的小人就走了。

第二次是看表的时候，她离开宿舍时已经下午两点五十六分了，他们约在三点，要迟到的念头将她的火气又降下了些。

第三次是她赶到体育场，离得远远地看到跑道上踱步的段宇成时，火气就彻底没了。

或者说，有点降过头了。

她后悔刚才没换衣服。

她做事怎么这么情绪化……

罗娜理了理发梢，这几天一直在忙，头发也没洗，油控出来快能炒盘菜了。

再看段宇成，没有对比就没有伤害。

其实段宇成也没特意打扮，穿的还是去办公室时那身，书包都在肩上搭着，黑色的皮书包，看起来文质彬彬。他今天戴着眼镜，主要是想挡一下眼角的瘀青。虽然天气冷了，但他穿得不多，深色外套里只有一件白色的薄毛衣，身段可人。

这是段宇成日常上课的装扮，但罗娜见得少。她上一次看到他戴眼镜还是夏天，那是她第一次觉得段宇成长得帅，也是所有鬼迷心窍的开始。

罗娜长吸一口气，走过去。

刚走近，风送来一段香。

他还是打扮了……

段宇成来之前回宿舍喷了点香水，一款CK的男士运动香水，柑苔果香调，一照面就是活跃的薄荷和柑橘的味道，久了还会闻到浅浅的玉兰和蜜桃花香，最后是麝香和金合欢。

当然了，罗娜肯定是分不出这都是什么味道，她就是觉得这香气把段宇成变成了一幅精致的油画。

而她这造型只能做下面支画的架子。

段宇成见罗娜来了，开口道："走吧。"

罗娜蒙了："上哪啊？"

段宇成奇怪地看着她："找个说话的地方啊，难道在这儿聊吗，你想冻死我？"

罗娜心说你知道冷怎么不多穿点衣服……

段宇成带路，去了一个罗娜从来这座校园工作就从未涉足的地方——图书馆。

"这地方能聊天吗？"

"能。"

路过一间自习室，门忽然打开，罗娜吓了一跳，一个小姑娘抱着厚厚一摞书出来了。罗娜往屋里一瞄，书山人海。

她开始紧张了，这种地方果然不适合她……

他们来到三楼，这里有一间开放式的咖啡厅。因为咖啡厅的座位需要强制消费，所以这里比较空。段宇成挑了一处靠边的位置坐下，紧贴着玻璃护栏。

一楼的喷泉哗啦啦流水。

三楼的教练哗啦啦淌汗。

服务生拿着饮品单过来，段宇成点了杯拿铁，罗娜要了杯柠檬水。

段宇成说："再帮我拿块蛋糕。"

服务生问："需要什么口味的？柜台有样品。"

"我去看看。"段宇成放下包去挑蛋糕。

罗娜瞄着他弯腰选蛋糕的身影，心说这叫什么事啊。

他挑完回来，往小沙发里轻松地一靠，说："有什么事要跟我说？"

不知是不是错觉，罗娜觉得段宇成对她的态度越来越放肆了。

她决定先办正事，开门见山地道："你知道省里高原春训的消息吗？"

286

段宇成说："知道。"

"你想去吗？"

"去。"

罗娜拿起柠檬水喝了口，大功告成。

段宇成说："你找我来就是为说这些？"

端庄精致的少年，他的眼睛在说话，罗娜垂眸，一口水喝得没完没了。

她挺纳闷的，他怎么能对着一个画架子发情呢？

沉默蔓延。

服务生适时地端上咖啡和糕点。

杯子落桌的声音打破了宁静，段宇成拿起叉子，刚要说点什么，罗娜脑子一抽，蓦然道："不可能。"

段宇成的手停在半空："什么？"

"没什么，你别想了，什么都不可能。"

她没敢看他，一直盯着自己的柠檬水，快把杯子盯穿了。

段宇成那么聪明，自然明白她是什么意思。

"为什么？"

"没有为什么？"

"那我不服。"

"没有不服。"

"凭什么没有，李格都能不服我怎么不行？你要拒绝我就得给我个理由。"

"没有理由。"

"那我不服。"

陷入死循环。

罗娜思考片刻，说："我有男朋友了。"

"谁？"

"吴泽。"

师哥，对不起。

段宇成顿了顿，嘴角微弯："吴泽？"

"嗯。"

"真的？"

"对。"

接下来好一会儿都没有动静，罗娜偷偷抬眼，看到段宇成正在拨手机。

"你在干吗？"

"打电话。"

"……打给谁？"

"吴泽。"

罗娜心跳如擂鼓，眼睁睁地看他拨完号，然后把手机放到耳边。

一秒，两秒……

没撑到第三秒，罗娜猛然起身，把手机抢了过来。

她慌慌张张想要挂断电话，但屏幕一翻，上面只有一张显示时间的锁屏图，哪有什么拨号。

少年翻了一眼，重新拾起小叉子，不紧不慢地撇了块奶油放嘴里。

那神态，那镇定的气势，显然大局在握。

罗娜脸如火烧，为这一眼，也为刚刚的谎言。

不是错觉，他真的无法无天了。

焦灼笼罩四野。

罗娜干巴巴地坐着，空气里弥漫着咖啡和蛋糕的香味。段宇成吃相不差，不穿运动服的他一举一动都透着一股斯文感，这种感觉更是压榨着罗娜。

她只会跟运动员打交道。

他戴上眼镜，她教练的威严都无法展示了。

"你觉得我不好吗？"段宇成问。

罗娜胃里一抽，回答之前先看了看周围。

她这个举动让段宇成很不满："我们是在做贼吗？"

没，但也差不多了。

段宇成把叉子扔到小盘子里，发出的声音不小。

他不高兴了。

288

年轻人的情绪真复杂啊。

罗娜决定打破尴尬，她试图用一些正经的话题把这件事圆过去："那个，你父母对于你做职业运动员怎么看？他们支持你吗？"

"不支持。"

"……"这明显带着情绪的回答让罗娜不知该如何是好。

她刚想问"为什么不支持"，段宇成先开口了："我哪不好呢？"

话题又被拐回去了。

段宇成身体向前，盯着她问："你说，我哪不好？"

他越向前，罗娜就越往后靠。

攻守实力不平衡。

"你没哪不好，你挺好的，但这不是好不好的问题。"

"那是什么问题？"

罗娜心里的焦躁又一次腾起来了，她觉得怎么说都说不到点子上，眉头紧蹙，严肃地道："你才二十岁。"

"二十岁怎么了？"他像机关枪一样喷射，"你瞧不起二十岁吗？难道你不是从二十岁过来的？难道你一出生就二十八岁了？"

罗娜说："你还年轻，思想不够成熟，很多时候做决定都比较冲动。我是你的教练，我对你好是理所当然的，你不要误会什么。"

又静了一阵，他低声说："你不喜欢我。"

罗娜无奈："喜欢，但不是你想的那种喜欢。"

"那吴泽呢？"

"什么？"

"你喜欢吴泽吗？"

"……那是我的私事。"

"我和他你更喜欢谁？"

罗娜快受不了了，她为什么要跟一个队员谈这种事？如果让别人知道会怎么想？今天约他出来就是个彻头彻尾的错误，该死的王胖子。

"你更喜欢谁？"他还在问。

"他！"罗娜没好气地说。

"真的？"

"真的！"

"那你看着我说。"

"看什么看，你有完没完？"

"你不看着我我怎么知道你有没有说谎！"

两人一个比一个冲起来，服务生一边擦杯子一边看热闹。

罗娜起身，不能再待了，她有种要犯大错的预感。她脑子里一片混乱，走了两步又回来把剩下的柠檬水一口干了。

走到门口跟服务生的视线对上，罗娜迁怒道："一杯柠檬水要三十块钱！你们店真黑！"

服务生吓得后退半步，给她让路。

罗娜逃走了。

冲出图书馆的一刻，她开始脸红。没过半分钟，她听到身后的脚步声，回头，眼见拐弯处出现那道修长矫健的身影，她跟见了鬼一样，撒丫子就跑。

段宇成想再跟她说几句话，没想到她竟然跑了。

"喂！"他冲她的背影喊了一声。

图书管理员"地鼠出洞"："瞎叫唤什么，不知道这是图书馆？"

段宇成说了声"对不起"，快速追了出去，罗娜已经跑出去挺远了。

"你跑什么啊！"

罗娜也不知道自己跑什么，反正她感觉段宇成的声音就像催命无常，她能躲多远就躲多远。

段宇成又喊了几声，结果倒像是给她加油一样，她越跑越快了。

"行，我让你跑！"段宇成牙一咬，把书包带紧了紧，开始追。

现在是上课时间，校园里空荡荡的，给了这对师徒充分的空间玩猫捉老鼠的游戏。

罗娜听不到段宇成的叫喊声了，但她能听到他的跑步声，他越来越近，越来越近……

罗娜绝望。真是无力回天。

胳膊忽然被拉住，罗娜倒吸气，以段宇成为圆心转了大半圈，速度终于减到零。

从他手掌的力道来看，斯文气已经全没了，她一抬头，果然，他的眼镜摘了。

"你接着跑啊！"他胸口起起伏伏，眼睛睁得大大的，"你跑得过我吗？你知不知道我最恨有人跑在我前面！"

你还挺上进？

罗娜拨开他的手，两人对着大喘气。

罗娜问："你到底想干什么？"

段宇成说："我想干什么？你先说你跑什么！"

罗娜腰板一挺："我锻炼身体不行吗？"

段宇成被惊呆了，吼道："这种借口你也编得出来？！"

罗娜镇定地整理衣领，认真地道："到此为止了，段宇成。"

段宇成说："什么到此为止？"

"什么都是。"罗娜脸绷得紧紧的，"你好好复习，好好训练，最近不要再找我了，也不要再想这些乱七八糟的。"

"但是——"

"按我说的做！"

罗娜强行用嗓门压制住他，然后一阵风似的飘走了。

她觉得自己胜利了，松了一口气。然而她这种自欺欺人的放松没有持续几天，王启临又来找她了。魔王降临，带给她一个噩耗——假期她得陪段宇成回老家见他的家长。

罗娜吓得一身冷汗。

王启临说："他昨天找我，说家里不同意他去春训，想让你跟他回去，给他父母做一做思想工作。"

这小畜生真是无所不用其极。

"我不去。"

"为什么？"

"没有为什么，我要过年呢。"

"你哪个除夕不是在宿舍吃泡面？想要加班费就直说。"

罗娜眼珠子都快瞪出来了，有领导这么说话的吗？

"总之你跟他回去一趟，费用队里全部报销。"

"这不是钱的事，我——"

"罗娜，我以前是怎么说的，我们就是运动员的后盾，我们的任务就是让他们没有后顾之忧。你别忘了段宇成可是你招进队的，之前那么多困难你们都挺过来了，现在马上云开月明了你反而不上心了？"

"那也不行。"罗娜态度坚决，琢磨着要怎么跟王启临解释这都是小孩的阴谋。

结果套路还没想好，当晚她就收到段宇成的消息——"别忘了你还欠我一件事，你要是赖账我就去找你'男朋友'聊聊。"

……

灾情环环相扣。

罗娜泄气地往床上一趴，像条死鱼一样动弹不能。

她觉得自己被按在了五指山下。

罗娜无奈地应下了这件事，之后的一段时间内段宇成就老实起来了。他不老实也不行，因为考试周到了。

罗娜坏心眼地想着段宇成今年的成绩会怎么样。

临近期末，她自己也要忙队里的事，好长一段时间他们都没什么联系。但对罗娜来说，"段氏后遗症"还是存在的。譬如有一天她走在校园里，迎面来了段宇成的班主任，罗娜脑子还未思索，身体率先行动，兔子一样蹿到自动贩卖机后面躲起来。

她可不想再被谈话了。

买饮料的男生奇怪地看着她。

罗娜心酸，这过的叫什么日子！

又过了一周，段宇成的考试结束了。

那天罗娜在宿舍工作，门被敲响。

"谁？"

"我。"

罗娜从椅子上弹起来，如临大敌。

怎么直接找上门了？

她环顾一圈。

屋，还是那个屋，如狗窝亦如猪窝。

她以前不在乎这些，王启临来了照样安排在满是灰尘的凳子上，今天不知怎的忽然就知廉耻了。

　　"你等一下。"

　　把地上的衣服捡起来，塞进柜子里。把被褥卷起来，也塞到柜子里。桌上的杂物，同样塞进柜子里。可怜的柜子难以负荷，罗娜咬紧牙关往里顶。

　　他听见屋里的动静，笑着说："你在收拾屋子吗？不用了，我又不是没来过。"

　　"……"

　　她淡定地拍拍衣服的灰，然后开门。

　　一瞬间闪瞎双眼。

　　许久未见，这人好像又帅出了新高度。

　　"你收拾完了？"他笑着问。

　　"什么收拾完了？"她打死不承认。

　　这时屋里哗啦一声，柜子最终没有承受住这种"暴饮暴食"，到底是炸了。柜门被挤开，里面的被褥、衣服、破铜烂铁全被吐了出来。

　　罗娜觉得最近可能需要转转运。

　　他挑眉，她镇定如初："有事吗？"

　　段宇成问："你哪天有空？"

　　罗娜问："有空干什么？"

　　段宇成说："跟我回老家啊。"

　　言简意赅，话中带话。

　　罗娜冷静下来，说："你说王主任安排的那件事？你准备哪天回？"

　　"我都可以。"

　　"我这边事情也差不多了。"

　　"那我来买票。"

　　段宇成自然地进了屋，跨过衣柜吐出的"残羹剩饭"，坐到罗娜的椅子上。

　　"我们得坐一段火车，然后再坐一段船，你看看时间。"

　　罗娜凑过去，手机屏幕小，他们靠得很近。她的视线无法聚焦，明明

293

看着屏幕，又好像没看。

终于，她忍不住了，低声问："你去考试还喷香水？"

段宇成手指停住，说："是为了见你才喷的。"

罗娜没说话，他又开始滑动屏幕，但指尖动作越来越慢，最后他转头，犹豫着问："你是不是不喜欢这个味道？那我下次不用了。"

他们靠得太近了，阳光把浮尘都照得一清二楚，更别说他天真清澈的视线。

他眼里流着光，光里波动着细碎的海洋，罗娜有一刻被晃得目眩神迷，她低声说："没，挺好的。"

四

最终他们买了周六中午的火车票，连着之后的船票，到段宇成家应该是晚上六七点。

订好票后，罗娜问段宇成："你爸妈喜欢什么？王主任说要带点礼物过去。"

"不用了。"

"你就说喜欢什么吧。"

段宇成思索片刻，说："我爸喜欢车，我妈喜欢珠宝。"

罗娜："……"

成心拉开阶级差距是吧！

段宇成不再逗她，说："随便啦，你带两条烟意思一下就行了，或者给我妈买点化妆品。"

罗娜问："你爸喜欢什么烟？"

段宇成说："其实你真要送的话，我建议你送我妈，我爸好说话，我妈比较磨人。"

罗娜想起之前有过几面之缘的美人妈。

"她喜欢什么牌子的化妆品？"

"她不喜欢牌子，她觉得化学成分伤皮肤。"

"那她喜欢什么？"

"自己做的。"

294

罗娜彻底歇菜。

段宇成兴致勃勃地道："我帮你做两盒自制面膜，你一盒我妈一盒。"

罗娜梗着脖子："我才不用。"

段宇成无视她的话，开始念叨原料配方。

罗娜狐疑："你是不是投胎投错性别了？"

段宇成说："我妈总让我给她做，我做着做着就会了，很简单的。"

罗娜点头："好，你去做吧。"

段宇成眼睛一亮："那你陪我去买原料。"

"……"

步步为营啊，小伙子。

罗娜已经有点适应他的节奏了。

"我下午要开会，你自己去买吧。"

段宇成盯着罗娜的眼睛，五秒后拉着脸说："你根本没会。"

他这种能看穿谎言的本事有点耍赖。

不过罗娜被拆穿的次数太多了，渐渐也大萝卜脸不红不白了。

"反正有事，你去吧。"

段宇成小脸黑着。

"快走。"罗娜摆手。

见段宇成还是不动，她干脆把他拉起来往外面推。手掌传来的阻力很大，但罗娜也不是吃素的，连挤带推把他弄走了。段宇成扒着门边，不满地道："我们这么长时间没见了，你怎么这样啊？"

"怎样？"

"你跟我一起去买原料吧，让你挑味道好不好，你要玫瑰的还是茉莉的？要不绿茶？或者橙子？"

"我要老坛酸菜的！"罗娜无情地下达最后通牒，"快点走，别磨蹭！"

段宇成已经被推得只剩三根手指，还在挣扎："那我们晚上一起吃饭啊！"

"晚饭已经约出去了。"

"你看着我的眼睛说。"

"我看个屁！"罗娜一脚把段宇成蹬走，砰的一声关了门。

她反身蹦到床上，仰头一倒，望着天花板发呆，过了一会儿坐起来，先是看看地上那堆旧衣服，又看看刚刚段宇成坐过的椅子，使劲挠挠头发，觉得思绪有点乱。

"死小孩，这死小孩……"

她最后没有说谎，她的晚饭确实被吴泽约了。

吴泽最近忙得要死，他想尽办法要把李格塞进队里。王启临对吴泽近年的表现很不满，有意压他，迟迟不给审批。

下午五点多的时候罗娜就饿了，提前把吴泽叫了出来，两人去学校对面的商场吃烤肉。练体育的多是肉食动物，罗娜和吴泽点了五盘肉，桌上唯一的绿色是随五花肉附赠的几片生菜。

"你怎么还是一脸便秘？"罗娜问，"主任没同意让李格进队？"

吴泽拨弄着肉片，哼了一声："同意了。"

罗娜惊讶："我还以为他要再卡你一段时间出气呢。"

王启临对吴泽的不满情有可原。短跑队在吴泽的带领下，不光是成绩不行，而且短短一个学期内他把王启临招进来的三名新队员带得全不练了，念书的念书，转行的转行，把王启临气得不行。

罗娜笑道："你是不是答应他条件了？他没道理这么轻易松口啊。"

吴泽捏着烤肉夹，淡淡地道："我会让李格也去参加春训，拿到锦标赛名额，我答应王胖子李格会在锦标赛上拿奖牌，否则我就辞职。"

啪！熟透的烤肉落在盘子上。

罗娜："要赌这么大吗？"

吴泽笑笑。

罗娜提醒他："你要想好，那可是全国锦标赛，李格连段宇成都跑不过怎么拿奖牌？"

"现在能跑过了。"

"什么？"

"他现在已经能跑过段宇成了。"

罗娜哑然。

吴泽哼笑："我就是跟王胖子争口气，他觉得我进校以来一直在混，带不出来队员，那就走着瞧吧。"他停顿了一会儿，又说，"不过李格性格叛逆，玩心重，不好管。这次春训我跟王胖子申请把你也带着，你和我一起看着他。"

"我也去？那队里怎么办？"

"副教先看着，你就当公费旅游了。"

罗娜点点头，想起什么，说道："哦，对了，周末我要去段宇成家一趟。"

吴泽闻言眉头微蹙："去干什么？"

"王主任让我跟他父母谈谈他今后的职业规划。"

"有什么好谈的！"吴泽冷笑，挑了一片新鲜艳丽的生菜，裹着满满的肉和酱料，递给罗娜，意味深长地道，"你可悠着点。"

还没等罗娜琢磨出这句"悠着点"是什么意思，她女人的第六感忽然爆发，莫名地看向一个方向。

玻璃窗外站着一只鬼魂。

就形象而言，把段宇成说成鬼魂有点不妥，但就他的出现造成的效果来看，罗娜觉得说他是鬼魂都温柔了。

罗娜被他看得后脊发麻，马上收回目光。

吴泽又卷了一片生菜递给她。

刚刚惊鸿一瞥，段宇成还穿着白天那身衣服，手里拎着一个大大的购物袋，里面装满东西。罗娜咽药一样把生菜吃下去，又偷偷转头看了一眼，人已经走了。

与此同时，手机振动，他发来一条短信："你还不如骗我呢。"

罗娜："……"

可能因为受到了某种刺激，段宇成接下来两天都消停了。

周六上午，罗娜按照约定时间来到校门口，段宇成已经等在那儿。她不知道他是不是还在闹别扭，刚过去打个照面，没等开口，就见少年眼睛一亮，张口就道："你真漂亮！"

年轻人说话总是直来直去……

罗娜难得地有点不好意思，她昨晚没睡踏实，导致今天天没亮就起床了。她心说自己这次怎么着也是代表A大田径队去家访，千万不能丢人，于是终于花心思化了层淡妆，还编了头发，从上到下焕然一新。

段宇成一眨不眨地盯着她看，热辣的视线挡无可挡，穿透力无限，罗娜觉得自己快被捅成马蜂窝了。过了一会儿少年走到她身后，捻了一缕她的头发闻了闻，这动作把罗娜刺激得浑身一麻，连忙拉开距离。

段宇成说："你的头发真好看。"

罗娜有一头黑珍珠般浓密的秀发，微带着点自来卷，黑到发亮，散开就像瀑布一样铺满后背。

"走了，先去吃饭。"罗娜打断他的鉴赏会，先一步往外走。

走了两步她感觉手里一轻，段宇成把她的行李扛到自己肩上。

"你是为了见我才化妆的吗？"他笑着问。

"段宇成。"罗娜警告性地看他一眼。

他挑挑眉，嘴里倒是不再说了，但挡不住眼神活泛，不时偷看罗娜一眼，然后兀自笑。他的气场太过炽烈向上，背着那么多东西依旧健步如飞，罗娜觉得身边像跟了个小太阳似的。

罗娜看看时间，还早，问道："你想吃点什么？"

段宇成哼哼两声："烧烤呗？"

罗娜："……"

段宇成："我要吃生菜叶卷五花肉。"

罗娜："你再闹我现在就回去。"

段宇成闭嘴了。

大早上当然不能去吃烧烤，最后他们选了一家麻辣香锅店。两人点了满满一盆，大多进了段宇成的肚子，他还另外吃了两碗米饭。

"你那一盒是什么？"罗娜示意段宇成身边放着的黑色袋子，四四方方的轮廓。

"面膜。"

"做完了？"

"当然了，到家给你先挑，剩下的给我妈。"

罗娜笑笑："我不用，都给你妈妈用吧。"

段宇成说："不行，你必须得用，我得让你知道我这几天都是用什么

298

心情在做面膜。"

"……"罗娜说，"敷面膜还能知道心情？"

"当然，你会懂的。"

罗娜没说话，视线移开，落在隔壁一桌的麻辣香锅盆里。

她觉得事情在往不好的方向发展。虽然她已经说了很多拒绝的话，但丝毫没有作用，他现在越来越自然地对她表达感情。

段宇成问："你又在想什么？"

罗娜："没什么。"

"你又不跟我说。"

"知道不说还问？"

"好，不问了，反正肯定在想我。"

罗娜抿抿嘴，说："段宇成。"

"别说了，我不说了你也不能说了。"

"不行。"

"独裁。"

罗娜神色严肃，身体微微前倾："我不是在跟你开玩笑，我们马上就要去你家了，我们要谈的是影响你前途的大事。这种时候你必须把你那些虚无缥缈的感情收住了，你想让你爸妈把我扫地出门吗？"

"虚无缥缈？"段宇成从饭碗里抬起头，似有千言万语，最后压缩成一次深呼吸，点头道，"好，每日例行一刀。但你记着你今天的额度用完了，不能再说了。"

罗娜说："你怎么完全听不懂我的话？"

"谁说我听不懂！"念及在公共场合，他有所收敛，强压着声音。

罗娜嘴唇抿如线。

段宇成垂下头，刚刚吃下的两碗米饭已经化作能量，炙烤着他。

"我没觉得我做错了什么。"过了一会儿，他低声说，"如果我冒犯到你，那是我表达方式不好，但我的初衷绝不是那样的。"他停顿片刻，"所以……"

她看出他有点紧张，他的手放在桌下，指尖缠在一起。

她问："所以什么？"

他抿抿嘴，抬眼道："所以也请你尊重我的感情，就算你不喜欢，也别贬低我，我听着很难过。"

这回换罗娜手扭在一起了。

"更何况我也没觉得你不喜欢……"他又嘀咕一句，从裤子口袋里掏出钱包，起身去结账。

这最后一句让罗娜气势全无，人走后她抬手按住脸，刚想使劲揉一下，想起今天化了妆，无奈地又把手放下了。

过了一会儿段宇成回来，两人面对面坐着，气氛有点尴尬。

罗娜清清嗓子，打破宁静，说："我不是……贬低你，但现阶段你真的不能想这些。"

段宇成说："想不想是我的事，你别再区别对待我就行了。"

罗娜一愣："什么区别对待？"

段宇成静了一会儿。他健壮的身材坐在快餐椅上，长腿都要支到她脚边了，袖子撸到手肘，小臂线条流畅，还戴着一款黑色手环，把手腕衬得十分骨感。

"吴泽也喜欢你吧。"他忽然说。

罗娜瞪大眼睛。

段宇成说："你也没答应他吧？"

"你哪听来的这些事？"

他冷哼一声："同样都是被拒绝的男人，为什么你跟我吃饭就这么对我，跟他吃饭还能让他喂你生菜叶？"

"……"

什么叫喂她生菜叶？

别把她说得像一头待宰的蠢羊行吗？！

"我们那是在聊正事，李格要加入田径队了。"

他又笑了，戴着手环的右手指了指自己："李格？你是不是忘了他是谁招进来的？还有我挨他一顿打的事你大概已经忘得一干二净了吧？"

罗娜仰头，用手托住自己的后颈，努力把气喘匀。

以后谁再说段宇成性格好，她绝对一巴掌扇过去。

这人就是小心眼加记仇。

300

五

罗娜望着天棚半天，重新看向他，语重心长地问了句："你是天蝎座的吧？"

"我是双鱼座。"他面无表情地道。

罗娜啊了一声："那你爱哭吗？"

"你才爱哭！"

两人起身往外走，罗娜想起以前看到的数据，说："你知不知道，参加里约奥运会的运动员里，水瓶和双鱼差不多占了30%？"

"真的？"

"是啊。"罗娜分析道，"参加比赛的北半球运动员多，水瓶和双鱼都是冬季出生的，可能冬天出生的小孩体质要牢靠一点？"

他哼笑一声，不自觉地挺直腰板走在前面。

小孩还是好哄。

罗娜正想着，段宇成忽然停步，她一不小心差点撞上。

"你好好走路啊。"

段宇成好像看到了什么，紧走了两步。

这座商场是环形构造，一共七层，中间是露天的，视野很开阔，罗娜和段宇成正处在三楼位置，上下都能看个通透。段宇成站到边缘往上望。罗娜走到他身边，顺着他的视线看过去，是七楼新开的一家健身中心。

"怎么了？"

"我刚刚好像看见我同学了。"

"是吗？他们在这儿健身？"

"是贾士立。"

说谁健身段宇成都信，唯独贾士立，这个号称要一辈子把体脂率维持在35%的男人竟然主动来到健身房？

天崩地裂了。

段宇成笑了："时间还来得及，能去看看吗？"

六月的天，少年的脸，罗娜淡定地点头。

他们坐电梯上到七楼，这家名为"POWER＋"的健身房才开了半年多，设施很新，门口摆着花盆和广告牌。

一位长相甜美的女性工作人员招待了段宇成，问他有什么需求。

"我找人，刚刚进来的那个。"

健身房面积可观，分里外两层，外面是器械，里面是特色课教室。现在大学基本放假了，有不少学生模样的人在健身运动，外面一排跑步机都被占用着。

段宇成很快就找到那坨胖硕的背影，叫了声："贾士立！"

贾士立好像正在等跑步机，听见叫声回头。这时段宇成注意到贾士立身边的那个人，是之前见过几次的国际经贸的刘一鸣。

贾士立走过来："你怎么在这儿，你不是要回家吗？"

段宇成说："还没到时间呢。刚刚看到你进来，你怎么要来健身了？"

贾士立说："没，就来跑跑步。"

段宇成察觉到他的语气有点不对劲。

刘一鸣也过来了，段宇成笑道："你们干吗呢？"

刘一鸣说："没干吗，中午他说要跑步，我就带他过来了。"

段宇成看向贾士立："这样吗？"

贾士立嗯了一声。

罗娜看完了广告。她很少去健身房，跑步也都是在户外，有时心血来潮想练练力量，也会选择A大自己的健身中心。她都不知道外面的健身房已经有这么多花样了，光特色课种类就有几十种。

她进到里面，刚好听到贾士立对段宇成说："你没事先走吧，我去跑步了。"听起来好像没什么心思跟段宇成说话。

贾士立跟着刘一鸣走了，段宇成被留在原地。

罗娜问："走吗？"

段宇成还看着贾士立，说："再等等。"

他明明记得当初他们一起去游乐场的时候，贾士立对刘一鸣和江谭的态度很不对付，现在怎么会跟刘一鸣出来跑步？

甜美的接待问："二位有什么要咨询的吗？我们有体验卡，可以免费体验一次的。"

罗娜婉拒："不用了，我们只是看看。"

"那二位请到这边等。"

罗娜拉着段宇成出了健身房，段宇成还在往里看。健身房都是玻璃墙，就算在外面也能看得一清二楚。贾士立已经找到了空机器，刘一鸣给他调试。

罗娜问段宇成："他以前锻炼吗？"

段宇成摇头。

罗娜看着上跑步机跑步的贾士立，说："那别一下子练太猛了。"

贾士立开始跑步，刘一鸣在旁边拿着秒表，这画面段宇成怎么看怎么觉得奇怪。

过去六七分钟，罗娜体育从业者的心态端起来了，眼见贾士立的脸色越来越差，呼吸越来越急促，罗娜严肃地道："怎么回事？总不运动的人不能这么跑，你快进去让他停下。"

段宇成点头，刚要进去，贾士立停下了。他两脚分踩在跑步机两边，双手撑着扶手，头低着，看起来很累的样子。

段宇成的步子没迈出去，好像在犹豫还要不要过去。

"去吧。"罗娜说，"都已经等了这么久，不差这一会儿，确认他没事我们再走。"

他们再次回到健身房，段宇成去找贾士立，罗娜拦住要追上去的迎宾小妹妹。她比小妹妹足足高了大半头，淡淡地道："那是他同学，说点事就走，耽误不了多久。"

贾士立往休息室走，刚从跑步机上下来时他脸色苍白，现在走了几步，越走越红。

段宇成跑到他身边："你还行吗？"

贾士立停顿了两三秒才认出段宇成，他缓慢地摇头，嘴巴动了动，但没发出声音。

段宇成拉住他的手臂，贾士立竟然打了个晃儿，往地上栽去。

"没事吧？"

"我要……歇会儿……"

"别坐地上。"

段宇成架着两百斤的贾士立来到休息室，让他坐到横椅上。休息室有两个人正在换衣服，看了一眼，没说话。

贾士立还在出虚汗，手脚颤抖，双眼翻白，头轻微打转。

段宇成摸向贾士立的胸口。

段宇成常年训练，对心率非常敏感，手一搭上，就知道肯定过200次/分了。

这是个危险的临界值，贾士立的肺部压力会加大，而且因为他的身体供能不足，也会出现视线模糊、呼吸困难、听力几乎丧失等症状。

贾士立其实也没进行高强度运动，他不过是在跑步机上跑了不到十分钟而已，跑成这样只能说明他常年不运动，身体机能完全退化了。

"静下来，慢慢调整呼吸。"段宇成蹲在他面前，"有没有感觉恶心？如果恶心就去吐。"

他的话音未落，贾士立的胸口微微痉挛，段宇成意识到这是呕吐的前兆，急忙去找垃圾桶，可惜晚了一步，贾士立尽数吐到地上，休息室里顿时弥漫起酸臭的味道。

那两个换衣服的喊道："哎！你别在这儿吐啊！"

段宇成道歉："对不起对不起，我马上收拾。"

也不知贾士立吃了多少东西，吐个没完，段宇成把垃圾桶放到他身下接着，又到洗手间找来了拖把。

屋里的两个人受不了这味道，都走了，临了还不忘给个鄙夷的眼神。

贾士立把胃吐干净了，开始一次次干呕。又过了一会儿，他不吐了，段宇成听到细细的抽泣声。他抬头，贾士立抱着脑袋哭了。

"怎么了？"

"你别管我了。"他气若游丝。

"到底怎么了？"段宇成推推他的肩膀，他的衣服都被汗水浸透了，"出什么事了？你怎么会跟刘一鸣在一起？"

贾士立闻言哭得更起劲了，断断续续地把事情的经过讲给段宇成。

原来来健身房跑步是他跟刘一鸣打的赌。

期末考试结束后，班里玩得不错的几个同学约出去吃饭，差不多就是之前游乐场的那批人。饭吃得很不愉快，江谭和刘一鸣一直在说健身的话题，还鼓励其他同学跟他们一起去商场新开的健身房。最后有女生问健身和不健身会差多少，江谭半开玩笑似的指着贾士立，说："喏，就差这么多喽。"

大家都笑了，施茵也在场，跟着其他人一起笑，这更加刺激了贾士立。

贾士立就说练一身硬邦邦的有什么用，正常能跑能跳就得了呗。

刘一鸣说他连正常的跑跳也做不到，说像他这样的上跑步机，慢跑十分钟都坚持不了。

贾士立火气上来了，跟刘一鸣打赌，说十分钟肯定能跑下来。两人约了今天来测试，结果就跑成现在这样了。

"我真是个废物……"贾士立哭得一把鼻涕一把泪，"我那么喜欢她，她跟着所有人一起笑话我。"

段宇成不知该怎么安慰。

"我连十分钟都跑不下来，我考上Ａ大、我看那么多书有个屁用……"他一边说着，一边用手使劲抓自己的皮肤，都抓出赤红的道道儿来了。

段宇成拉住他："你干什么？"

"痒！特别痒！"他崩溃地道，"我是不是要死了！"

段宇成按住贾士立的手："没事，别慌。你长时间不运动，毛孔都堵着了，现在忽然调动身体，有点不适应而已。"他耐心地解释，"你觉得痒是因为气血在冲击这些堵塞的地方。看过武侠小说吗？差不多跟打通任督二脉是一个道理，等这阵过去你就会觉得非常舒服的。"

贾士立满面狼藉："真的？"

"当然。"

贾士立失神地坐着，渐渐恢复平静，也很快注意到自己干的"好事"，低声说："对不起，这么麻烦你。"

段宇成笑道："有什么对不起，我当初跳河的时候不是更可怕。"他把地上最后一点渣滓也擦干净，轻声说，"趁着这次机会，你锻炼一下吧。"

贾士立没说话。

段宇成仰头看他：“就算不为女人，也为了自己，健康才是最重要的，身体坏了什么都没用了，对不对？”

贾士立怔怔地看着他，半晌道：“完了……”

“怎么了？”

“我可能也要爱上你了。”

“……”

段宇成把纸巾包往他身上一砸，起身。

罗娜在接待区跟工作人员胡侃，她斜靠在柜台上，看向器械区的方向。两个学生模样的小姑娘跑完步，走来这边，问罗娜：“教练，这里有地方卖冷饮吗？”

罗娜说：“我不是这里的教练。”

前台工作人员往外指了指：“走到头是家饮品店。”

小姑娘们刚要去，罗娜说：“刚刚运动完不要吃冷饮，没人指导过你们吗？”

小姑娘们相互看一眼，最后说：“没呀。好吧，那我们喝白水。”

前台小妹有点尴尬。

在器械区最里面，刘一鸣正跟一个男人说着什么。

罗娜问：“那两个是谁？”

前台小妹说：“是托尼教练和新来的兼职助教。”

刘一鸣跟那位托尼教练说了会儿什么，然后相视一笑，再然后托尼教练走向休息室。

段宇成已经把地擦干净了。

“这屋怎么这个味呢？”

段宇成回头，见一个穿着黑色紧身衣的男人走进来，衣服上印着健身房的logo。

段宇成说：“对不起，我朋友刚才吐了，已经收拾完了。”

托尼身材高大健壮，剃着个小平头，两臂文身，仔细看后脑壳上还有两块疤，颇为凶煞。他来到贾士立身边，说：“你就是跑吐了那个吧，我都看着了。”他做了个自我介绍，“我是这里的教练托尼，你那种跑步方法是错的，对身体伤害很大，我来指导你吧。”

贾士立有些惊讶，看看段宇成，小声说："行吗？"

托尼扭头看了段宇成一眼，说："你们都是A大的学生吧，我们这儿有不少A大的学生，离学校近，练起来方便。正好现在会员卡办理有折扣，你们要一起办吗？"

段宇成摇摇头："我不用了，你问他吧。"

托尼转向贾士立，说："你肯定得练吧，你看你身体素质都差成什么样了。"

"啊，哦……"贾士立茫然地点点头，"会员卡多少钱？"

"月卡500元，年卡2000元，我还是劝你办年卡，这样划算。"

"办了卡这里的器械就都能用了吗？"

"当然能用。"

贾士立算了算，觉得2000元一年还是挺便宜的。他给段宇成一个询问的眼神，段宇成说："学校里也有健身中心……"

托尼嗤笑道："学校有专业的教练吗？没有教练指导自己乱练？那还不如不练。"

段宇成想了想，还是不拆台了，对贾士立说："你自己好好考虑吧，我先走了。"

另一边，罗娜等得哈欠频频，终于把段宇成盼出来了。

少年一靠近，罗娜皱起鼻子："你身上什么味，酸了吧唧的？"

让罗娜露出这种嫌弃的表情是段宇成无法忍受的，他进了洗手间，从手到脸洗了四五遍，又翻了身新衣服换上。

他们往商场外走，路上罗娜问："他刚才吐了？"

"嗯，惨死了。"段宇成聊起刚刚休息室发生的事，还把贾士立跟刘一鸣打赌的事情告诉了她，"你看，之前我们怎么劝他锻炼身体都没用，这次被喜欢的女生嘲笑了，马上就受不了了。你说女人对男人的影响有多大！"

他一边说一边偷偷瞄罗娜，只可惜罗娜的关注点在另外一件事上。

"那个叫刘一鸣的是我们学校的？"

"嗯，我跟他们玩过几次，不过不太合得来。"

"前台跟我说他是这里的兼职助教。"

"兼职助教？他在这儿当助教了？"

罗娜又问："是不是有个叫托尼的教练去找你们了，他说什么了？"

"也没说什么，就是想让他办会员卡。"

"多少钱？"

"年卡2000块。"

在A大这个地段，一家新健身房年卡2000块真的不算贵。但刘一鸣跟托尼最后相视一笑的画面让罗娜心存疑虑。

"给他打个电话问问情况，别被蒙了。"

段宇成听从罗娜的指挥，给贾士立打电话，问他情况怎么样了。贾士立语气发飘，说刚刚托尼带他做了体测，现在在分析结果。

"我、我可能要不行了。"

"啊？"

"你说得对，我身体太差了，我之前还不听你的话，我——"

"你先冷静一下，把话说清楚。"

段宇成听到手机里那位托尼教练说："别打电话了，还有几项没说完呢。"

"我回头再联系你。"贾士立匆忙挂断了电话。

"喂？喂——"

段宇成放下手机，和罗娜对视了一眼，一同往回走。

他们赶回去的时间很巧，贾士立正在前台准备刷卡，托尼钢铁巨人一样的身材站在门口堵着。

段宇成拨开托尼，来到贾士立面前，一把抢过他的卡。前台放着项目单，段宇成拿起一看，顿时瞪大眼睛："28400元？疯了吧你？！"

托尼把项目单拿回来，沉着脸道："你干什么？"

段宇成没有理他，使劲掐了掐贾士立的肥脸："你给我醒醒啊！"

贾士立明显已经有些蒙了："教练说我体质太差了，这是私教课的钱……"

一节550块，一共48节，再加上2000元的年卡费用，一共28400元。

罗娜拿起贾士立的体测表，上面用红笔圈了无数个圈，打了无数个叉。对于贾士立这种能考上A大金融系的人来说，这简直是一份来自地狱的试卷。

段宇成说：“你不就是想减肥吗，你管住嘴、跑跑步就行了，买什么私教课？”

托尼沉声道：“你是他什么人，替他做决定？”他看向贾士立，气势逼人，“你基础代谢能力差，体脂率太高，BMI指数严重不合格，过度肥胖，这些难道是我编出来的？”

贾士立唯唯诺诺地道：“不是……”

“你想练就练，不想练就不练，别弄得好像我坑你一样。为自己的健康投入永远都不亏，你自己好好想清楚。”

贾士立有点被洗脑了，把银行卡从段宇成手里又拿了过来：“我还是买了吧。”

“别买！听我的！”

托尼冷笑一声：“他真是你朋友？自己身材好，有女朋友，但死活不让你练，是真为你着想？”

罗娜张了张嘴，可是感觉这个氛围不适合插话。

托尼说：“反正你自己决定，我有多少学员你在这片打听一下就知道。你跟着我练，绝对最快出效果。你现在觉得28400元贵，等我带你把身体练得比你这位‘朋友’好的时候你就该感谢我了。”

贾士立大脑缺弦了一整天，直到这一刻才有点回过神来。

他指了指段宇成，问托尼：“你能带我练得比他身体好？”

托尼说：“当然。”

贾士立说：“我这位朋友平日也有锻炼，跑跑步什么的，你觉得他身体有什么问题吗？”

托尼赏了段宇成一眼，淡淡地道：“能看出来他平时有锻炼，但没有专业教练带着，自己练都是瞎练。户外跑步非常磨损膝盖，他看着身体不错，其实内在都是隐患，上机器一测就出来了。”

罗娜挑眉，正巧段宇成回头，两人对视一眼，罗娜冷淡地仰仰下巴。

段宇成回头，把外套脱了。

“那就测测吧。”他说，“把你们所有的体测内容都帮我过一遍，看看我有什么内在隐患，真要是毛病大了，我也来个两万八的套餐。”

他外套一脱，托尼就后悔了。

这都一月份了，段宇成外套里面只穿了件薄毛衣，紧贴着身体，能看出明显的肌肉轮廓。

那胸，那肩，那上围，这哪是"平日也有锻炼"的水平？

托尼也不傻，不会自讨没趣："我们每天体测名额有限，你当说测就测呢？"

"又不能测了？"

托尼不耐烦了，问贾士立："你到底买不买？不买别浪费我的时间！"

到这份儿上了，贾士立也算彻底清醒了，看着手里两万多块的账单，头皮发麻。他拉着段宇成，小声说："走走走，赶紧走……"

六

离开是非之地，贾士立千恩万谢。

"我今天差点就被钉在历史的耻辱柱上了，得亏你拉了一把。"被冬日的冷风一吹，贾士立彻底清醒了，又回归到之前精明胖子的形象，"唉，听他分析我的身体状况，好像只有三个月可活了，我怎么那么蠢呢！"

"别想了，合计一下减肥的事吧。"

一提减肥贾士立脸就垮了："其实人家说得也不完全错，我身体毛病太多，而且我也不懂健身，找个专业的带着没准能少走弯路呢。"

罗娜一直跟在他们身后，听到贾士立这句话，冷笑道："就刚刚那痞子也叫专业？"

贾士立这才回过神罗娜也在，赶紧打招呼："罗老师今天真漂亮。"

段宇成高兴起来："你也觉得她今天漂亮吧？"

罗娜说："一个成熟的健身教练要对解剖学、营养学、康复学、生理学都有一定了解，你看那个托尼像是这种高素质人才吗？还敢要550元一节课，专门吓唬你们这种外行。减肥靠的是意志力，跟多少钱的课没关系。"

贾士立认真地道："我这次真的是下决心了，不瘦到70千克我再也不

310

吃肉了！"

"那倒不至于，70千克有点太瘦了。"罗娜朝段宇成偏偏头，"你跟他身高差不多吧，他还76千克呢。"

贾士立震惊："你有76千克？"

段宇成说："有啊，教练们都说我太轻了，希望我的体重至少要到80千克。"

"80千克？！看不出来啊。"贾士立戳了戳段宇成的胸口，"你居然这么重……"

"别碰我，痒。"

罗娜说："虽然他体重76千克，但他的体脂率只有7%。要想身材好光瘦是不行的。如果你想要专业人士给你制订减肥计划，田径队的人就可以帮你。"

段宇成挺直腰板。

罗娜说："你可以去找吴泽教练，我会跟他打个招呼。"

段宇成："……"

临时处理这么个事，时间变得仓促起来。

接下来的半个多小时，罗娜和段宇成都沉浸在"小鸡快跑"的游戏里。他们运气不错，刚下地铁就来了一趟车。下电梯的时候段宇成前面挡着两位老人，不好超过去，地铁亮起红灯，罗娜喊道："你快点！"

她已经上了车，最后一秒伸爪子将段宇成拉进来。少年栽在罗娜身上，地铁门关了。罗娜掐着表，一站一站看时间，到站刚好差十五分钟开车。

已经开始检票了。罗娜率先挤出地铁，没有走人满为患的电梯，大步上楼。地铁上去就是火车站，等待安检的人很多，罗娜直接跑到入口，问安检员："我们的车还有五分钟就开了，能不能——"

她的话还没问完，工作人员摆摆手。

罗娜转头，段宇成不声不响的，半步也没落下。

他们进了站再次跑起来，段宇成从后面看着罗娜，她长发披散着，在人群之中穿梭，就像一条银鱼。

检票口要关的前五秒，罗娜和段宇成冲了进去。站台上已经一个人

311

都没有了，乘务员在做最后的检查，见到罗娜和段宇成飞奔而来，叫道："先上车再找车厢！"

就近上车，罗娜赶路赶得心脏都跳到嗓子眼了。段宇成就乖乖地站在她身后。她看他气息很匀，笑着说："可以啊，到底年轻啊。"

段宇成没说话。

车门关了，段宇成往车厢里面走。他们上车的车厢是四号，座位在十三号，走了大半截的车，到了座位，段宇成一手一个行李，轻飘飘地举到行李架上。

"你坐里面还是外面？"

"随便。"

段宇成一侧身，让罗娜进到里面。

车程很短，不到三个小时，就在罗娜打算酝酿点困意的时候，段宇成忽然问了句："你是不是很信任他？"

她扭头，段宇成微侧着身，长腿直接顶到前方的座椅上，像锁上的监狱大门一样。

"谁？"

"还能有谁？"

罗娜愣神想了半天，身后的乘务员推着餐饮车走过，罗娜眉毛一挑："帮我拿两瓶矿泉水，多少钱？"

段宇成愤然道："你想正事！"

罗娜靠在椅背上喝水："你说吴泽吧，就让他帮贾士立制订个减肥计划，这你也生气？别看吴教练平时吊儿郎当的，他可是正经有PFT体适能训练认证的。"

段宇成说："那种东西你给我一个月我就能考下来！"

罗娜瞥他："你神经病吧，总咬着他干什么？"

段宇成凝思半晌，道："好，我不说了，我知道我现在没资格说他。"

罗娜撇嘴："你怎么突然懂得尊师重道了？"

段宇成冷笑，自言自语道："我现在百米不如他，等我打破他的最好成绩再说。"

罗娜："……"

他一脸严肃，陷入如何突破10秒27的历史遗留问题里。

罗娜看向窗外，天蓝山绿的景色，如同流动的长河。

她背对着他，无声地发笑。

高铁开得很稳，噪声小，广播里放着清淡优雅的音乐。

很快到站。下车时段宇成已经恢复得差不多了，一路欢笑带着罗娜去坐船。越靠近港口，大海的味道就越浓。罗娜老家在内地，比较少见海，这种湿润而磅礴的气味轻而易举地让她情绪高涨起来。上了船，罗娜全程都没进舱，一直在甲板上看热闹。

她弯着大半个身子俯瞰大海，段宇成从后面拉住她的衣服："你别掉下去了。"

"不可能。"

段宇成说："掉下去也没事，我会救你的。"

她扭头，笑着看他。海风吹起她的发丝，背后是红艳艳的夕阳，天被烧着了。客船的涡轮高速运转，发出嗡嗡的轰鸣。段宇成在等她说话，但她坚持不开口，只是那么笑着。于是他一直以来的冲劲莫名地被淹没了，没来由地低下头，仍藏不住脸上的红晕。

"我会救你的，肯定会的……"他像个蠢货一样反复嘀咕。

夕阳的美吸引了船舱里的乘客，大家纷纷出来看落日。

罗娜与段宇成肩并肩站着，罗娜手肘搭在铁栏杆上，问他："你小时候一直在岛上生活？"

"嗯。"

"挺不错的。"

段宇成偷偷看她的侧脸，用眼睛当相机，眨一次就记住一个细节。

半个小时后，船靠岸了。这是一片岛屿群，段宇成的家就在其中一座小岛上，小岛面积不大，人口也不多，岛上的居民大多靠养殖水产生活。

段宇成招来一辆车，用家乡话熟练地报了个地址。

小岛面积不大，但绿化很好，岛中央有一座百来米高的小山包，山包上竖着信号塔。这里没有高层建筑，家家户户都是独门独院，最高也就是三层小楼。

天有点黑了，罗娜听到海涛声越来越近，小声问："你家在海边？"

"嗯，出门就是沙滩。"

"这么棒？"

"想游泳吗？"

"这都一月份了。"

"那又怎么样，冬泳呗，你不敢啊？"

被他一激，罗娜立马上当："谁不敢，当我没冬泳过？"

车停在一幢小别墅前，段宇成付了钱下车。罗娜趁段宇成没注意，整理了下自己的头发和衣衫。

段宇成拿钥匙开门，罗娜跟在后面进了屋，心口怦怦急跳，想着等会儿要说些什么。

"我给你烧点热水，你饿了吧？我来做饭吧。"段宇成进门后把行李堆到一旁，外套扔到客厅的沙发上。

屋里异常安静，罗娜小声问："你爸妈呢？"

段宇成走进厨房，小声说："他们现在不在。"

罗娜："……"

她哑口无言地看着在厨房里忙来忙去的段宇成，老半天过去才意识到自己好像被骗了。

"你不是说你爸妈在家吗？"

段宇成装没听到。

他家的厨房是开放式的，正对走廊的是一张大大的不锈钢案板，后面是擦得一尘不染的橱柜，上方是一个木制酒架，旁边是一台双开门的大冰箱，上面贴了许多冰箱贴和剪报。

罗娜走过去："喂。"

他像一只受惊的兔子一样抬起头。

罗娜抱着手臂，问："你爸妈哪天回来？"

"明晚……"

还算可以，没敢太出格。

"那明天带我好好转转吧。"

段宇成立马满血复活了。

"好啊！"他舀了半锅米放到锅里，用水泡上，"你在这儿等我一下，我买点东西就回来。"

大冬天，他穿着双拖鞋就冲出去了。

留下罗娜观赏房间，这是栋整理得很干净的房子，虽然现在没人在，却不缺人气。屋子里到处可以体现出主人的生活趣味，墙壁上有三四幅风格奇异的挂画，电视柜上有很多自制摆件，还有好多相框。

其中一个贝壳制的相框里摆着一张全家福。这应该是很多年前了，段宇成还是个屁大点的孩子，六七岁的样子，他光着身子，只穿了条小裤衩，四肢又细又长，像豆芽菜一样。背景是一块沙地，黄澄澄的。烈日高照，他的父母在看他跳远。

段宇成回来了，买了一袋子海鲜和蔬菜。

罗娜问："你要做什么啊？"

段宇成举起饭铲："海鲜烩饭。"

"你还会做这么高级的菜？"

"简单得很。"

段宇成从老爹的酒柜里翻出一瓶白兰地，加酒炒熟，再加入海盐，炒好后盛盘。然后重新在锅里加油，炒洋葱、甜椒、胡萝卜，最后倒入西红柿。把泡过的米放进去一起炒香，再倒入两勺咖喱粉。

加水，扣盖，焖起来。

对于不会做饭的罗娜来讲，这番操作可谓眼花缭乱。

半个小时后，段宇成把之前炒好的海鲜放到饭上，最后铺上一层柠檬片，还撒了一点迷迭香，小火焖最后五分钟。

罗娜满怀敬意地吃了这顿晚饭。

吃完饭，段宇成带罗娜上了阁楼。罗娜第一次看到二十岁男生的房间，老脸发红，只站在门口不肯往里进。段宇成的房间跟他的人气质匹配，整洁而清新。墙上贴着条纹壁纸，浅棕色的窗帘，深蓝色的床铺，软绵绵的枕头，木质家具泛着淡淡的清香。

阁楼里的窗子是三角形的，跟随棚顶的形状建设。罗娜望向外面，一片漆黑。

"早上能看到海。"段宇成在屋里招呼她，"进来嘛，你这样搞得我

315

很紧张。"

罗娜："……"

罗娜走进屋，随手从书架上抽了本习题册，里面写着密密麻麻的数学公式，她瞬间又合上了。

"你在这里坐会儿，我去给你收拾房间。"

段宇成把她当成最娇贵的客人，一切都拿最好的。罗娜凑合惯了，哪有过这种讲究时候，一点褶都没有的被子她只在大酒店里见过。还有那撒了白兰地和迷迭香的西班牙海鲜烩饭，快把她吃得飘飘然了。

冷静……她提醒自己，一定要冷静。

段宇成收拾完把她接到二楼，罗娜猜想这间房可能之前夏佳琪在住，风格非常梦幻少女。

"你看你住这屋行吗？"

"行。"

一米八的大床，铺着印满爱心的被，和粉嘟嘟的软枕。

两人分站床两侧，相顾无言。

好像有种莫名的尴尬在蔓延。

罗娜清了清嗓子："那个，也不早了，要不你去休息吧。"

段宇成嗫嚅："……对对，不早了。"《新闻联播》刚结束，是时候睡觉了。

他走到房门口，回头说："你有什么需要就叫我，我就在楼上。"

尴尬劲还没缓过来，罗娜不看他，嗯了一声。

门关上，罗娜猛吸一口气，倒在爱心大床上。

岛上的夜很宁静，远离现代化的喧嚣，静得罗娜几乎觉得自己聋了。

这个点儿根本不可能睡着觉，罗娜掏出手机翻看最近的体育新闻，忽然收到段宇成的短信。

"你睡了吗？"

不到八点，睡个屁啊。

"没。"

"我也没睡。"

全是废话。

316

过了一会儿，他又发来："明早你想吃什么？"

"馒头、咸菜。"

"算了，我还是自己想吧。"

他不发消息了，罗娜以为他们今天的对话到此结束了，没想到三分钟后，她听到有人喊她，声音从屋外传来，出乎意料地近。

罗娜来到窗边，把窗子打开。冷风一下子吹进来，果真离海很近，风里带着浓浓的海洋味道。

"我明早给你做三明治和水果芭菲好不好？"

罗娜转头，看见段宇成趴在阁楼的窗户口看她。

罗娜说："你别掉下来了。"

段宇成问："我要是掉下去你会不会救我？"

罗娜黑着脸："你这个角度掉下来第一个砸死我好吧。"

段宇成哈哈笑。

罗娜回过身，手肘撑着窗子吹海风。

段宇成又问她："明早吃三明治和水果芭菲好不好？"

罗娜说："你不嫌麻烦就随你的便。"

段宇成说："那你晚点起来，我要准备一下。"

罗娜笑道："行，你不做好我不出屋，行了吧。"

她冲远方伸了个懒腰。

她能感觉到来自头顶的视线，他仿佛把冬夜都看热了。

罗娜抬起手臂，把长发轻轻拨到一侧。段宇成看到她的动作，身子反射性地往后躲，脑袋又本能性地往前伸。

女人穿着黑色的衣服，留着黑色的头发，忙于黑色的长夜，只有脖颈那一截雪白，点亮了少年的双眼。

他一眨不眨地看着她，宛如幼龙守护着宝藏。

罗娜回头，问他："你想什么呢？"

他嘴唇颤了颤，还是没能说出什么，关上了窗子。

那天晚上，罗娜梦到了他。

梦里的段宇成是小孩子的样子，就是她在电视柜上看到的六七岁少年，穿着小短裤，在烈日炎炎下练习跳远。

317

她离得很远在看。

床上淡淡的香味让这梦延得无限长，她什么都没做，也没觉得单调。她就那么一直看着他，直到梦里的骄阳晃得她不得不偏开头。

那一刻她醒了，天也亮了。

她第一眼看到窗外，被美景所震撼。海洋蓝得无边无际，和天空接在一起，像一块巨大的渐变色的画布挂在天边。

刚刚早上六点，时间尚早，罗娜想起昨晚段宇成说过要做早餐的话，光脚下地，悄悄推开门。

一楼传来切东西的声音，听起来刀工还不错。

她在门口发现一样东西，是个像漂流瓶一样的小玻璃罐，塞着木塞，瓶口挂着一张小卡片。

罗娜拾起玻璃罐，里面有半瓶液体，泡着一张面膜纸。

卡片上写着说明——"洗完脸用，敷十五分钟。"后面还画了一个小爱心。

罗娜晃了晃瓶子，液体里有些小小的漂浮物，应该是花瓣。罗娜按照卡片指示洗了脸，然后敷上凉丝丝的面膜。

"我得让你知道我这几天都是用什么心情在做面膜。"——在面膜纸贴在脸上的那一刻，罗娜想起他之前说过的话。

很酸，很甜，有水果、花朵，和淡淡的海盐香。

如果让她比喻，她会说这是初恋的味道。

十五分钟后，段宇成的豪华早餐做好了。三明治，水果芭菲，沙拉，烤香肠……罗娜沉浸在资本主义的享乐氛围里无可救药。

段宇成忙前忙后，一秒钟也不舍得浪费，吃完饭马上开始研究接下来的活动。

"去游泳吧。"

"现在？"

"不是说好的冬泳吗？现在天气正好啊。"

"我没有泳衣。"

"没事，我这儿有。"

他算得清清楚楚，泳衣早就备好了，为的就是能和她一起下海，展示自己"海洋之子"的魅力。

泳衣是arena的，非常专业的品牌，罗娜拎着衣服问段宇成："你怎么买这件？"

段宇成忙着换衣服，回头道："你不喜欢？"

罗娜说："没。"

这么高质量的泳衣她当然喜欢，但是……

男生给喜欢的女人买泳衣不是应该更艳丽露骨一点吗？这黑漆漆的竞技款，连体齐膝，穿起来就像是要去比赛，或者去应聘沙滩救生员。

她看着蹲在地上准备冬泳装备的段宇成，难以判断他到底是浪漫还是蠢。

换完衣服，他们前往沙滩。

段宇成在前面带路，罗娜把他的体形看得一清二楚。

也许是皮肤偏白，所以他看起来总没有实际那么强悍，总带着一点软绵绵的少年气。

罗娜在后面肆意地扫描他的身材。

段宇成回头："我们先跑步热身吧。"

罗娜猛地回神："啊？哦，跑吧。"

他们顺着海岸线热身。

阳光、沙滩、海岸，抛开个位数的气温，一切都是那么美好。

今天的罗娜不怕冷，她火力出奇地旺，甚至觉得这温度刚好中和了她体内某种莫名的邪火。

海水清澈无比，阳光照出的波纹美得人醉生梦死，干枯的海菜随着水流缓缓漂荡。

罗娜看见一块鹅蛋状的石头，潜下去捡，不料被人捷足先登。

段宇成水性好，在水里比在岸上还自由，他吐光了气，在海底拿着石头冲她笑。

罗娜伸手要抢石头，结果手也被他拉住了。

他的力道挤压尽了海水，触感真实到可怕。

两人的肺活量都太强大了，在水里对视了半天愣是没人动。

最后段宇成摘了泳镜。

女人的第六感告诉罗娜，接下来会发生一些不得了的事。如果要拒绝，现在就得把手抽出来。

可她第一秒没动，再想动就晚了。

段宇成靠近她，轻轻抱住她。

罗娜脑中理智的小人已经死透了，被海水淹死了，被面膜精华黏死了，被水果芭菲甜死了。她的手不受控制地回抱住他。

她这个动作给了他无限鼓舞，他把她的泳镜也摘了，然后吻了她。

其实在嘴唇相贴的瞬间，段宇成肺部的氧气储存基本已经见底了，但他发誓这次一定要亲够了再起来，他宁死不屈。

七

女人，真的是一种很容易失去控制的生物。

罗娜坐在岸边，望着蔚蓝的海天一线，看似在思考，实则是断片。

段宇成坐在离她十米远的后方抠沙子，不时抬头问一句："你冷不冷啊？"

"闭嘴。"

上了岸，没了海水的阻隔，不再朦胧，世界重新清晰起来。罗娜满脑子都是一个现实，那就是段宇成把她给亲了。当然，她不否认她也把他亲了。就在十分钟前，他们俩就像两只水族馆里练杂耍的海豚，在水里翻来覆去地亲。

往事不堪回首。

罗娜轻叹。

但事到如今，懊恼也没有用了。

这一步跨出去，已经天差地别。

段宇成努努嘴，嘀咕道："有什么可纠结的，不就是谈个恋爱吗？"

罗娜回头，危险地看了他一眼，段宇成抿抿嘴，匿了。

又过了一会儿，他小声说："难道你们以前的队里都不允许谈恋爱吗？"

罗娜说："当然不允许，我们可是运动员！"

段宇成偷偷在后面翻了个白眼，他发现有时候罗娜的做派简直比王启

320

临还落伍。

他说："运动员怎么了，运动员就不能谈恋爱了？谁规定的，也太没人性了。"

罗娜冷笑："能谈，我们以前的队伍都默认一条规矩，只有世界冠军可以谈恋爱。"

段宇成："……"

他噌的一下从沙滩上站起来，喊道："我练的是十项全能！你让我拿世界冠军？你想赖账还不如直说！"

罗娜也起来了，大踏步往房子里走。

"你走那么快干吗？"段宇成拍拍屁股上的沙子追在后面，"喂，等我一下啊。"

我等个屁。

罗娜回到别墅，直奔卧室，段宇成在楼下喊："冲个澡，水温别太热！"

热腾腾的淋浴水哗哗作响，罗娜面对镜子里的人，手掌按在脸上，看了足足二十分钟，做出一个不知是否正确的决定。

她换好衣服下楼，厨房里毫不意外又传来叮叮当当的声音。

段菲佣又开始折腾中饭了。

他极快速地冲了个"战斗澡"，换了身浅黄色的家居服，像只欢乐的小蜜蜂，颠勺的动作都是那么轻盈喜感。

罗娜叹了口气，走到他身后。段宇成听到动静，回过头，微微张开嘴巴。

罗娜皱眉："游个泳是不是把你冻傻了？"

段宇成喃喃道："You look so sexy。"

罗娜："……"

罗娜头发没吹，稍微擦干了点便披散着下来了。因为屋里空调开得很足，她穿得也比较少，只换了件宽松的运动卫衣和一条薄薄的紧身裤，身材高挑，长腿笔直结实，屁股又圆又翘。

少年看了一会儿，低声说："你要是肯喜欢我就好了。"说完转身继续做饭。

罗娜抱着手臂靠在门口，说："我是喜欢你。"

段宇成接着拍蒜。

罗娜问："怎么不说话？"

他哼唧道："我等你的'但是'呢。"

罗娜淡淡地道："没有但是，我喜欢你，跟你喜欢我是一种喜欢。"

段宇成终于不拍蒜了，傻愣愣地看过来。他用一秒钟看出罗娜没在逗他，下一秒就控制不住了，仰天深吸一口气，然后像八点档的女主角一样哽咽着冲过来要抱她。

罗娜后退半步，指着他手里："刀。"

"哦！"

段宇成放下菜刀，又要过来抱她，被罗娜单臂支开。

"你先站好，我有话要说。"

"好！"

他乖乖地站在她面前。

罗娜顶着少年热辣多情的视线，强装镇定道："我也不是磨磨蹭蹭的人，所以既然我们都、都……"

"接吻"二字她无论如何都说不出口，段宇成贴心地道："我懂，你接着说。"

罗娜清清嗓子："所以再藏着掖着就没意思了。"

他点头。

罗娜："那样对你也不公平。"

他再次点头。

罗娜："但这件事没有你想的那么简单。你想我们在一起，可以，但我有条件。"

他又一次点头。

罗娜无语："……你有没有认真听？"

那一脸开花的表情算怎么回事？

"我听着呢，你有条件，说吧。"段宇成认真地看着她，淡笑道，"只要你肯喜欢我，我什么都答应你。"

罗娜差点就破功了。

二十岁的男人是真恐怖。

罗娜说："首先，这件事不能让别人知道。"

这第一个要求他就不满了："为什么？又做贼？我们光明正大的怕什么？"

"不是怕，是要避免不必要的麻烦，至少一年时间内，不能让别人知道。"

"哦……"

"第二，你现在处在关键时期，绝对不能出岔子。我会给你每次的比赛定目标，你一定要达到。"

段宇成撇嘴："比赛状态肯定是起起伏伏啊。不过只要你别太离谱，我肯定努力完成。"

罗娜说："第三，如果一年之内，我觉得我们的关系影响到了你的职业生涯，那就分手。"

"什——"

"并且，"罗娜打断他，继续道，"我会向队里提出辞职。"

他脸上的笑容不见了，皱眉道："你说什么？"

"你听好。"罗娜往前走了半步，紧盯着少年的眼睛，"不管你怎么想，我都觉得二十岁的职业运动员是不适合谈恋爱的。可我承认我喜欢你，喜欢到愿意冒险尝试一下，看看我们的关系能不能带给你好的影响。"

"当然——"

不等段宇成说完，她又道："但对于一个运动员来说，这个年纪太宝贵了，你又很有潜力，所以就算是尝试也好，如果我真的耽误了你一整年，我觉得我不配再做教练了。"

段宇成向来能说会道，这个时候却哑巴了。

罗娜看着少年傻了的样子，抬手拍拍他的脸："合计什么呢？"

段宇成低声说："你说得我好害怕……"

罗娜道："你不用怕，你不是总说让我相信你吗，没信心了？"

段宇成说："我有！"

"那就好，我只是让你明白你现阶段最重要的是什么。如果你肯答应我的条件……"她慢慢靠近，眼眸微垂，凝视他的嘴唇，轻声说，"那从现在起你就是我男朋友了。"

段蜜蜂熟了。

他牛烘烘二十载，今日正式被降伏。

他被扣上了枷锁，一层接一层，可还觉得不够重。

他觉得自己可能有受虐狂的倾向。

他现在兴奋得想要环岛裸奔。

"好……"段宇成颤抖着说，"我答应你，我绝不会让你失望的。"

罗娜听完一笑，抬眼瞥向他。

挣脱禁锢，女人就成了魔鬼，举手投足都是诱惑。

段宇成迫不及待地捧起她的脸。

就在两人热情拥吻的前一秒，门铃响了。

屋外传来一道欢快的声音——"小成！来给妈妈开门！"

罗娜："……"

旖旎浪漫瞬间退散，她条件反射地一掌把段宇成推了出去。

"哎？"段宇成惨叫一声倒在厨房的地上。

两人大眼瞪小眼。

罗娜无声地道——你不是说他们晚上才回来吗？！

段宇成也傻眼了——我不知道啊！他俩说的是晚上到啊！

"小成？在家吗小成？"

"在！"

罗娜惊慌失措，压低声音："你等一下，我去换件衣服！"

段宇成："这身挺好的！"

罗娜："我头发还没干，我上楼吹干，这样像什么话！"

段宇成："就这么一会儿吹也吹不干啊！你头发那么厚！"

罗娜狠狠地掐他。

"我去开门了。"段宇成捂着大腿连滚带爬地跑向大门。

门一开，夏佳琪笑眯眯地站在外面。数九寒冬，她仍是丝袜搭配超短裙，脚下是一双能戳死人的高跟鞋。

段宇成叫了一声"妈"，低头拨了拨头发。

夏佳琪看看他，又看看后面。

"呀，罗教练！"她惊喜地睁大眼睛，"你已经到啦！"

段宇成回头，看到罗娜头发已经盘起来了，像出席峰会一样淡定地走来，露出一个标准的笑容："宇成妈妈，您好。"

两个女人进行友好的握手，然后夏佳琪进了屋。趁她换鞋的工夫，段宇成做了个口型——牛啊你。

罗娜瞪他一眼。

夏佳琪脱了高跟鞋，瞬间比罗娜矮了十来厘米，看着迷你了不少。接下来她换上可怕的松糕拖鞋，又把那十来厘米补回来了。

她冲门口叫："段涛！段涛快来！跟罗教练打招呼！"

罗娜转头，一辆黑色越野车停在院子里，刚刚熄火。驾驶位下来一个中年男人，罗娜一见他的体态，就知道段宇成的身体素质大半是遗传了父亲这边。

段涛身材高大，虽然上了年纪，不像他儿子那样健壮有力，但也能看出身体状态很不错。他已经五十岁左右了，仍没有啤酒肚，穿着一身得体的休闲服，神态轻松，锁车的时候还打了个大大的哈欠。

这一家人的肤色都偏白，多少有些减龄。

罗娜莫名地感觉压力很大。

段涛走过来，冲罗娜点头示意："罗教练你好，我是段宇成的爸爸。"

罗娜："您好。"

段涛笑道："我家小崽子给你添了不少麻烦吧？"

"……"罗娜道，"没有。"

夏佳琪问："你们什么时候到的？我们还以为够快了呢。要我说我们就不该开车，等货轮麻烦死了。"

段涛冷哼："谁让你不坐高铁的。"

"为什么不能把车停在码头？到时候回去再开走就行了。"

"你下次有要求早提，回回马后炮。"

"谁马后炮？我当时没说吗？"

"你睡了一道在梦里说的？"

"梦里说的你不该听见吗？"

"听见了。"段涛扯着嘴角，"我还跟你确认来着，你又反悔了。"

"不可能！"

两人进了屋，一边换衣服一边互怼。段涛比夏佳琪大了整整十一岁，却完全没有礼让的意思，笑呵呵地跟夏佳琪呛来呛去。夏佳琪不是他的对手，说了几句就败下阵来，气道："你就让教练看笑话吧！"

"笑话也是你的笑话，跟我没关系。"

夏佳琪怒气冲冲地哼了一声，把买回来的海鲜放到厨房。

罗娜悄悄看了段宇成一眼，段宇成说："没事，他俩天天这样。"

夏佳琪在厨房喊："小成！来把菜洗一下！我刚做的指甲！"

段宇成冲罗娜耸耸肩，过去帮忙了。

夏佳琪来到客厅，招呼罗娜坐到沙发上，罗娜表面淡定，内心咣咣敲战鼓。

段宇成洗完碗，从厨房出来，夏佳琪马上说："你快给教练弄点喝的来，百香果蜂蜜茶，要温的！"

段宇成撇嘴："你自己想喝吧？"

夏佳琪："快点！"

段宇成慢吞吞地回去做饮品，五分钟后，两杯清淡可口的百香果蜂蜜茶端上桌。

夏佳琪忙着推销："教练你尝尝，小成手艺很好呢。"

罗娜不敢说自己已经试过他的高端料理了，喝了一口，做惊讶状："真好喝！"

"是吧！"

两个女人相视一笑。

段宇成也笑，站在夏佳琪后面，看着罗娜一脸坏笑。

罗娜心说你等着。

夏佳琪说："罗教练，我没比你大多少，你就叫我夏姐吧。"

罗娜一头汗："好。"

夏佳琪说："之前学校那边其实联系过我们了，教练来是为了谈小成走职业的事吧？"

326

终于聊到正事，罗娜微微坐直了点："对，他现在发展非常好，如果走职业的话，接下来的比赛很多，他可能需要休学一段时间。但学校那边肯定是可以保留学籍的，以后还可以接着念。"

夏佳琪喝着百香果蜂蜜茶，说道："之前他班主任还打来过电话呢，让我们千万不要耽误了他。"

班主任？

罗娜瞬间竖起眼睛："他有这么好的条件，又这么热爱竞技体育，这怎么能是耽误前程呢？"

"你能保证他能拿成绩吗？"

"不能，但这不代表选体育就是耽误前途。"

"小成学习也很厉害的，没准主攻文化课未来更好呢，他可是自己考上A大的，你不知道吗？"

"但谁能保证他学文化课就能永远顺风顺水？"罗娜转头看段宇成，"你能保证吗？"

段宇成立马表态："不能。"

夏佳琪："……"

罗娜再次看向她，说："我知道他学习好，他能自己考上A大很有本事。但每年能考上A大的学生有几千人，当中能练十项全能的却只有他一个。"

一直坐在旁边看热闹的段涛发出"啊"的声音。

夏佳琪看他："你又干什么！"

段涛说："没什么，我就是觉得这句话说得挺有气势的。"然后他像是鼓励一样，还冲罗娜鼓了鼓掌，比画了一个大拇指，"教练还是高明。"

夏佳琪："……"

屋里一共四个人，三张嘴跟自己作对，夏佳琪手搭在膝盖上坐了一会儿，面无表情地道："我饿了，谁做饭？"

段涛掸了掸裤子上的灰，段宇成自觉地往厨房走。

刚刚的话题已经聊僵了，段涛开始看报纸，夏佳琪坐在那儿顾影自怜。干坐了一会儿，罗娜问夏佳琪："要不我们出去转转？"

夏佳琪精神起来：“好啊。”

现在是中午，太阳高照，气温比较舒适，岛上有很多老年人出来活动。小岛上多是坡路，夏佳琪穿着十厘米的高跟鞋，如履平地。她一路都在给罗娜讲解小岛的生活，最后不知不觉地带罗娜来到一块空地上。

罗娜一瞬间认出这是那张照片的拍摄地点。

沙地如今变成了小型足球场。

夏佳琪指着空地说：“小成小时候就是在这里练习的，他一个人练。以前这里是沙地，他最开始练的是跳远，后来改成跳高了。”想起从前，她脸上洋溢着笑容，“你知道他为什么改跳高吗？”

罗娜知道，但还是摇头。

夏佳琪说：“小成身体发育比一般孩子慢，小时候个子不高，想增高才练跳高的，谁知道后来着迷了。”

“这样啊。”

“其实他小时候挺内向的。他童年太孤单了，都没人陪他玩，但他从来不抱怨，一直特别听话。”

罗娜笑笑：“他确实是个好孩子。”

夏佳琪说：“所以他对自己的前途有什么决定，其实我和他爸爸都不会干涉，只要他想好了我们就会支持。你也会支持他的，对吗？”

“当然。”

“不管什么时候，都只做对他好的事，对吗？”

罗娜看向夏佳琪，她从这个还不到四十岁的年轻母亲的目光中，看出了一些特别的东西。

海风从空旷的远方吹来，罗娜长发飘飘，目光宁静。

她想，或许夏佳琪已经看出了什么，抑或是没有。

但不管有没有，她的答案都是一样的：“当然。”

八

晚饭吃了红酒柠香银鳕鱼，出自段大厨之手，又一次刷新了罗娜对料理的认知。

餐桌上气氛很好，其乐融融，段涛心情不错开了瓶红酒。段宇成和夏佳琪都是不能多喝酒的体质，罗娜陪他喝了大半瓶。

吃完饭段宇成拉着罗娜要出门，段涛问干吗去，段宇成说去跑步。

"刚吃完饭就跑步？"

"那就先散步再跑步，我们晚上都要训练的，你不懂，走了！"

段宇成带罗娜爬上岛中央最高的山坡，山坡上有一座小塔楼。段宇成跟罗娜介绍这里之前是座灯塔，后来废弃不用了，政府本来要拆，但岛上的老居民不同意，就改成了瞭望台。

塔楼没有门，段宇成和罗娜直接走进去，里面是螺旋式的楼梯，很狭小，走个三四步就转了一圈。

罗娜在黑黢黢的楼里走了半天，头都转晕了，忽然感觉头顶有风鼓入。

"到了。"段宇成不无遗憾地说，"我们晚了二十分钟，不然刚好能看到落日，从这里看落日很漂亮。"

罗娜望向远处，瞭望塔是全岛的制高点，从这儿望向远方，就像在看巨幕电影。夕阳尚留余韵，就算迟了些，仍然很美。

大海被染红，海面上的船只行驶得无比缓慢，时光也被一起拉长了。

身边是个二十岁的俊俏少年，罗娜有种化身爱情电影里女主角的错觉。

风吹起段宇成的头发，露出好看的眉眼。

罗娜斜眼看着他，半晌，段宇成受不了了，笑着问："你干吗啊？"

罗娜："什么干吗，看看不行？"

段宇成往旁边躲："你这么看我很紧张啊。"

"紧张你还笑？"

"难不成要哭吗？"

罗娜靠近他，他悄悄地往一边躲。塔楼护栏是一个圈，没有转折的地方能卡住他，罗娜干脆一手一边，抓住护栏，把他圈在了里面。

段宇成脸更红了，抱着胳膊往下蹲。

罗娜把他拎起来："你之前没这么厌啊。"

段宇成耳根发烫，小声说："你之前也没这么看过我啊。"

罗娜静了静，问了一个恋爱中大多数女人都会问的问题："你什么时候喜欢我的？"

"啊？"段宇成嘀咕道，"……不知道啊。"

"不知道？"

他不敢看罗娜了，思索半天，小声说："你还记得……我们第一次见面那天吗？"

"记得啊，在三中。"

"我经常想起那天。"

罗娜撇嘴："是吗？"

段宇成拉住罗娜的手，认真地道："我有点晚熟，小时候什么都不懂，精力都放在看书和训练上，十八岁之前都没想过其他事。但是那天……那天我从墨镜下面看到你的脸，我第一次觉得原来女人可以这么漂亮。那天晚上我就……"他有点难以启齿，头深深埋起，"我就做梦了……"

罗娜张了张嘴："行啊你……"

他脸红得要炸了："我知道你是A大的教练，那天你去了，我就赢了刘杉，我觉得是你给我带来了好运。但是最后你们还是没要我。其实那天我很生气，我觉得自己被不公正对待了，我晚上都没睡着觉，写了一整本的毒誓，一定要考进A大。"

罗娜说："你可真幼稚。"

段宇成夸张地道："你们伤害了一颗十八岁少年的心！现在还敢说我幼稚？！"

罗娜挖挖耳朵："谁让你那么矮。"

"……"段宇成一把搂过她的肩，哼哼道，"后来我如愿以偿地考进A大，想到的第一件事就是去找你。"

罗娜悠然道："余情未了啊？"

段宇成摇头："那时候还没想这么多，就想先利用你进田径队再说。"

"你个小畜生！"罗娜一脚把他蹬开。

段宇成捂着腿咯咯笑，笑着笑着面容沉静下来，凝视罗娜，真切地说："你问我什么时候开始喜欢你的，我也说不太具体。但只要有你在，

330

我就忍不住想花心思获得你的注意。"

罗娜抖抖胳膊："行了行了，别说了，麻死了。"

"是你问我的好吧！"他背靠栏杆，看着她说，"你放心，我一定会对你超好的，我绝不会让你后悔。"

风从后面吹来，让他的发丝看起来很软。段宇成是典型的海边男生的相貌，皮肤水嫩，五官秀气，眼睛不算大，但形状好看，睫毛特别长。

他是完美的。

罗娜想着。

没有前缀词，没有"几乎"，没有"好像"，罗娜在这一刻确定，他就是完美的。

天渐渐黑下来，他们离开瞭望塔。下楼梯时，罗娜提醒段宇成可以在家再嘚瑟几天，但等假期结束归队了，心一定要收住，专心在高原春训上。

段宇成停了下来，塔楼里太黑，罗娜直接撞了上去。

"干什么？走啊。"

他一本正经地问："'收住'是什么意思，我在队里能亲你吗？"

罗娜想都没想："当然不行！"

段宇成没说话，也没动作，高大的身材堵在前面，罗娜想走也走不了。

不乐意了？

罗娜拿手戳他的胸口："你记得答应过我什么吧，绝对不能让恋爱影响到职业。你是第一次去高原训练，这么好的机会给我把握住了！"

段宇成抓住她的手指头，赖赖叽叽地道："我也没说不把握啊，那要不你现在给我亲一下？"

罗娜："……"

黑暗助长了少年的气势，他没等罗娜回应，往后上了一级台阶，跟她站到一起。

空间太狭窄了，他们紧贴在一起。

罗娜已经感觉到段宇成的气息落在她脸上，挟带着冬风和海盐的味道。

他的嘴唇在她脸上轻轻摩挲，并不急于一个吻。他的手抱着她的腰，罗娜后背抽紧，身体随着他的抚摸自然而然地热起来。

谁能想到呢？

两年前的夏天，那个戴着墨镜去高中招生的女人能想到今天吗？

她能想到自己会有这个下场吗？

罗娜抱住段宇成，他们相拥亲吻，唇齿之间都是彼此的气味。

他的朝气让黑暗也生出了翅膀。

防线在的时候没觉得，溃堤了才知道里面装了多少喜欢。他的样貌，他的性格，他的意志，还有那能把人融化的笑容。

吻一下，大海上就开出一朵花。

小岛之行圆满结束。

可以说，收获颇丰。

罗娜在第二天一早就走了，赶最早的那趟船。段宇成因为昨晚过于兴奋，醒得比较晚，没赶上送罗娜。

他起床的时候得知罗娜已经走了，急得脸也不洗牙也不刷穿着睡衣就要去追。

"追什么，已经上船了。"夏佳琪说。

"你们怎么不叫我！"

"叫了啊，你没醒。"

"不可能！"

段涛晃悠悠地从厨房出来，嘴里叼着一片烤面包："大早上的喊什么，坐下。"

父亲的威慑力还是要强一点，段宇成皱着眉头坐下，还没坐稳忽然想起应该给罗娜打个电话，又起身往楼上走。

"回来。"段涛往沙发上一坐，不容置疑的语气。

段宇成回头，夏佳琪也正襟危坐在段涛身边："小成你过来。"

段宇成扯着嘴角笑了笑，走回来："干什么，开批斗会？"

夏佳琪说："那你有什么要交代的吗？"

段宇成坐在父母对面，想了想，说："没有，她不让我说。"

夏佳琪质问："不让你说什么？"

段宇成耸耸肩，轻松地道："我知道你们看出来了，我也没想瞒你们。"

段涛咧嘴笑，被夏佳琪狠狠瞪了一眼。

段宇成想起什么，对夏佳琪说："你之前让她叫你夏姐，是不是故意想要拉开辈分距离？"

夏佳琪哼了一声。

段宇成说："你可别逗了，她才无所谓呢。"他这话说得又甜蜜又骄傲，"我俩男才女貌，已经定好了的事，你就别掺和了。"

"你经过谁允许就定好了！"

"她允许就够了啊。"

夏佳琪崩溃了："我的天啊！段涛！你看你儿子说的这叫什么话！"

段涛笑道："什么我儿子，不是你儿子？"

夏佳琪转回来训段宇成，用涂得花里胡哨的水晶甲指着他："我早就看出你不对劲，当时我就说你心里有鬼，没想到你还来真的了！她可是你的教练！她比你大多少呢！"

"才八岁，你跟我爸差了十一岁呢。"

"那能一样吗？我们是男大女小。"

"我说夏佳琪女士，你的思想境界什么时候能提高一点？"

"段宇成！"夏佳琪急得直拍茶几，"我就明确告诉你了，我不同意！我们家可不是一般家庭，你找女朋友必须得经过我的同意。"

段宇成做了个鬼脸："确实不是一般家庭，别人家哪有这种暴发户的气质。"

段涛咳嗽了两声，止住这个话题。

夏佳琪说不过他，向段涛求助："你看他！"

段涛放下茶杯，对段宇成说："你妈妈的担忧不是没有道理，你跟你的教练，你们俩之间不确定因素太多了。"

夏佳琪附和："没错。"

"所以呢？"段宇成说，"你们想说什么，让我们分手？"

两人几乎同时回答——

"不。"

"对。"

回答了"对"的夏佳琪难以置信地看向自己的老公。

段涛神色严肃，对段宇成说："男人成年了，就不能随便反悔。我相信你是经过深思熟虑才做出这个决定的，但你也要记得，你也答应过爸爸妈妈会对自己负责。"

段宇成说："我知道，你放心。我回屋补觉了。"

段涛摆摆手。

"哎——"

夏佳琪还想说什么，被段涛制止："别管他了。"

"可是——"

段宇成走到楼梯口，想起什么，回头说："夏女士，我只是给你提个醒，你千万不要因为这个事去打扰教练，否则我一定生气。"

夏佳琪张大嘴巴。

段涛拿起遥控器准备看电视了："他这个年纪，认准的事十头牛也拉不回来，你就别管了。"

"不行，反正我不同意，我要去找罗教练跟她摊牌。"

"你要往你儿子枪口上撞？"

"那怎么办？就这么放任不管了？小成才二十岁，他懂什么啊！"

段涛如愿调到棋牌频道，斗地主联赛正在进行，他品了一口茶，说："随你的便，反正我是劝你老实点。运动员脾气都大，我看那个教练也不是好欺负的类型，你惹你儿子就算了，要是把人家也惹毛了，没人去救你。"

九

被推到风口浪尖的主人公此时正在返回学校的途中。

她一路上都在回忆此行的"收获"，时间过得飞快。

下午一点，罗娜赶回学校。她本打算先去找王启临报告家访结果，不料刚走到校门口，就看到一道怒气冲冲的身影冲了出来。

"哎！"罗娜喊住吴泽，"你干什么去，要杀人啊？"

吴泽一脸阴森："我是想杀人，你给我找把刀吧。"

"出什么事了？"

334

"跑了只兔崽子。"

罗娜挑眉，吴泽阴沉地道："他最好祈祷别被我逮着，否则我打折他的腿，正好就不用训练了！"

现在队里能让吴泽这么抓狂的只有一个人。

"李格？"

吴泽听到这名字，嘴角反射性地一抽，抖下些烟灰。

当初吴泽用一场比赛把李格搞进队，还帮他垫付了将近四万元的赔偿金，跟他约定全国锦标赛拿到奖牌就放他走。

不过李格太贪玩了，心思根本不在比赛上。之前段宇成的成绩能压住他时还好点，但经过吴泽几个月的调教，李格成绩突飞猛进，现在俨然是全校百米第一人，所以对训练越来越掉以轻心。

"在学校称个霸就不知道天高地厚了。"吴泽沉声骂，"他这个成绩想在全国锦标赛拿奖牌简直是做梦！"

罗娜说："他还小，你有点耐心。知道他去哪了吗？"

吴泽冷冷地道："我闭着眼睛都能找到他。"

"那走吧，我跟你一起去。"

吴泽斜眼看她："你去干吗？"

罗娜无奈："你自己照照镜子，跟要拍黑帮片似的，这样出去哪个队员能跟你回来？"

吴泽冷哼一声，不再多言，去路边拦车。

出租车开到距离学校五公里开外的建材市场，这一带是小商品城，每天人流量巨多，吴泽让司机把车停在路口。

"他来这里干吗？"罗娜问。

吴泽："玩。"

他轻车熟路地带罗娜走到建材市场里面，周围都是小型档口，充斥着叮叮咣咣的铁器声，空中飘满浮尘。罗娜之前只知晓有这么个地方，但从没来过这里。吴泽继续往里走，走到西边出口，对面是个大型的服装批发商场，路边堆着大包小裹的货物。

罗娜抬手扇灰："这里有什么可玩的啊？"

吴泽没说话，罗娜瞄向他，基本已是黑云压城城欲摧。

他脚步越来越快，罗娜预感快到目的地了。

果然，在路口拐了个弯，一家电玩城出现在他们面前。虽然地处偏僻，而且设施破旧，但电玩城人气很旺，门口聚集了一群抽烟聊天的小青年。

罗娜又看了眼吴泽，他眼底发黑，一把推开破破烂烂的玻璃门。

电玩城里放着很大声的音乐，乌烟瘴气，罗娜碰碰吴泽，喊道："你要不要给他打个电话？"

吴泽进入暴怒模式，完全听不进任何人的话。他像自带雷达一样，往一个方向一瞪，从群魔乱舞中找到了那道身影。

罗娜快步跟上吴泽。

就算再怎么不务正业，李格从背影看还是一个运动员。他跟段宇成一样，火气足，大冬天的只穿件薄外套，袖子还撸到胳膊肘，露出了半截文身。

罗娜曾在夏日见过这套文身的全貌，是个浑身冒火的神像。那天田径队训练完，天气太热，李格就把上衣脱了，他年轻气盛，有意炫耀，所有人的目光都被他吸引，包括罗娜。

现在想想，好像那时段宇成就吃醋了，他问她在看什么，罗娜说李格的文身很炫，就是花里胡哨的不知道是什么。

段宇成没说话，第二天查完资料回来告诉罗娜那是不动明王。他问她是不是特别喜欢，还说他也可以文一个。

罗娜当场就批评了他，说你别搞这些歪门邪道的东西。

段宇成哼了一声，说那你就别看了。

不合时宜地想起甜蜜情节，罗娜偷偷笑了笑。

前方，眼看李格要进入吴泽的斩杀范围了，罗娜赶紧从后面拉住他。吴泽气势太盛，罗娜被带得一个趔趄。

她压低声音道："你别冲动，冷静一点。"

吴泽咬牙："我今天打不死他！"

罗娜正色道："我问你，你是想打死他还是想保住饭碗？"

吴泽回答："打死他。"

罗娜："……"

336

吴泽绕开她走向李格，罗娜拉不住了，情急之下喊道："师哥！"

这个叫法让吴泽驻足，缓缓回头。

罗娜还没想好怎么说，她往后看了看，李格玩得浑然忘我，完全没有注意到自己身处险境。忽然间，游戏画面吸引了罗娜的注意。

那里面有两个小人打来打去。

罗娜看着觉得说不出地熟悉，眉头微皱，问吴泽："你看那个……是《拳皇》吧？"

吴泽没说话。

罗娜走到他身边："那白头发的是K吧，我没记错吧？"

吴泽黑着脸，半晌吐了一句："是阿修。"

罗娜笑了，吴泽冷哼。

他的气场好像没刚刚那么恐怖了。

罗娜小声问："你是不是也想起来了？"

很多年前他们念体校的时候，吴泽淘气，带罗娜逃训练，十次有九次去游戏厅，当时他玩的就是《拳皇》。罗娜记得那家游戏厅很破，《拳皇》只有97版本，吴泽一手八神庵秒天秒地。

而他能玩多久全看王叔找来的速度，找到之后就是一顿暴打。

"时间过得真快。"罗娜感叹，她看着李格的背影，几乎跟当年的吴泽重叠，她讽刺道，"你自己当年还玩，凭什么现在人家玩你就要杀人家？"

吴泽冷笑："那当年我玩了就被打，凭什么他玩就不能被打？"

罗娜被噎住几秒，说："时代不同了，现在不能用这种教育方式。"她想了想，忽然灵光一闪，"你现在还会玩吗？"

吴泽挑眉："干什么？"

罗娜凑到他身边问："你觉得他玩得厉害吗？"

吴泽吊着眼梢远远地看了一会儿，吐出俩字："菜鸟。"

罗娜勾勾手指："来，我们从后面走。"

坐在李格对面，与他决战的是个瘦弱的小青年，两人打得面红耳赤难解难分，李格埋着头搓招，像得了帕金森一样浑身抽搐。

小青年打得聚精会神，忽然被人拉起来，眉头一蹙就要骂人，但回头见到铁塔一般的吴泽，顿时闭嘴。

吴泽歪歪下巴，小青年识时务，走了。

吴泽坐到机器前，罗娜蹲在他旁边，机器正好挡住了他们的身影。因为强行打断对战，刚刚那一局李格赢了。罗娜透过两台机器的缝隙，看到嚣张的小屁孩脸上洋溢着"中二"的笑容。

下一局很快开始。

罗娜看着吴泽叼着烟熟练地选择角色的场景，恍然间觉得时光倒流了。

虽然游戏版本不一样了，但吴泽选的还是她熟悉的那三个人——草薙京，八神庵，大门五郎。罗娜小时候还曾给这个组合起名为"大京巴"。

对战结果很快出来，吴泽宝刀未老，第一个上场的角色八神庵直接一穿三，把李格打傻眼了。

他马上又开一局，结果一模一样。

眼看李格脸色越来越差，罗娜莫名其妙地觉得好玩，她捂住嘴看吴泽，他嘴角也带着冷笑。

连输三场，李格受不了了，狠狠一拍机器，站起来就想挑事。

吴泽眼风一挑，正等着他呢。

李格看清对面的人，眼瞪得如金鱼，一时间像被点了穴一样一动不动。

罗娜也跟着吴泽站了起来，李格终于醒了，扭头就跑。

吴泽烟一摔就追了上去。

李格还没跑到大门口就被吴泽追上了，吴泽薅住他的后脖领，用力一拉。

"嗯！"李格咬牙，下盘猛然发力，硬生生站住没摔。

罗娜看得惊讶，她第一次见到被吴泽用全力拉还拉不倒的运动员。

李格挣扎道："放开我！你干什么！"

吴泽说："你还有脸问我干什么？"

"我都破了校纪录了你还要我练什么？"

"你就是破了世界纪录，锦标赛前也得听我的。"

"你不就是让我拿奖牌吗？"李格一把甩开他，扬起下巴，"我给你拿就是了，你别以为帮我垫了几万块钱我就卖身给你了，我可不是A大的学生，你管不着我！"

他往外走，吴泽问："你去哪？"

"我爱去哪去哪！"

"再找个地方接着玩？"

"没错！你少管老子！"

吴泽看着他的背影，静默五秒，然后大步走过去，在李格身后抬脚，一脚踹在少年的膝盖窝上，李格就地跪下。

"吴泽！"罗娜冲过去拉，但这回无论如何也拉不住了。

吴泽从后面掐住李格的脖子，另一只手反扣他的手腕，冲罗娜沉声道："去叫车。"

路边的行人围观。

按理说李格的体格不应该这么轻易被制住，但吴泽这次真是动了雷霆之怒，罗娜不敢说话，跑去拦车。

李格被吴泽押回学校。

两人坐在后座，又骂了起来。

李格可能打架打不过吴泽，但口才还挺溜的，他还把王启临给搬出来了。

王启临今年主抓短跑，李格成绩的飞升让他刮目相看。而且对王启临而言，运动员永远大于教练，所以李格的地位自然毫无悬念地超过了吴泽。

王启临不止一次提醒吴泽，要保好这个好苗子。

吴泽被李格连嘲带讽说得怒发冲冠，但又不能真的对他下死手，气得半路就下车了。

李格胜了一局，临别还跟吴泽道了句"再见"，吴泽狠狠地摔上门。

罗娜回身看李格："你怎么这么不服管？"

李格哼道："我凭什么服管？"

"吴教练也是为你好，你既然已经来队里了，为什么不好好练呢？"

李格冷笑："他对我好？你哪只眼睛看到他对我好？你们村儿都是这么对人好的？"

罗娜："他只是脾气差，但对你真的不错。"

"少来。"李格翻了一眼，"我跟他只是相互利用的关系。"

罗娜说："他没有在利用你。"

李格瞪眼："他是用我来保自己的饭碗，别以为我不知道。"

罗娜说："如果我告诉你他对自己的饭碗没有那么在意，你相信吗？"

李格："不信！"

罗娜笑了："那如果我告诉你他对你这么严格是不想你浪费才能，你是不是更不信？"

李格小脸紧绷："当然不信！"

罗娜点头，转回前方，淡淡地道："你以后会懂的。"

车停在校门口，李格头也不回地走了。

罗娜觉得这俩人上辈子不是有杀父之仇，就是有夺妻之恨，两人总是见面没五分钟就能吵起来。本来罗娜建议寒假了双方先拉开距离冷静一下，可偏偏李格跟家里的关系奇差，放假不回，要不把他留学校指不定他上哪失足去。

除夕前夜，王启临特地打电话来嘱咐吴泽要给寒门队员送爱送温暖，吴泽全程咬着牙听，最后把手机摔在了桌子上。

罗娜在旁说风凉话："别摔坏了，你还有钱买新的吗？"

吴泽斜眼看她。

只有罗娜知道，王叔这一场病几乎把吴泽的积蓄都掏空了，他给李格垫付的几万块钱差不多是最后的家底了。

吴泽笑了笑，把手机捡了回来："也是。"

罗娜抿抿嘴。

虽然穷，但心态好。

除夕前夜，吴泽和罗娜带着问题儿童去超市买吃的。

他们选购啤酒，李格在旁边乱咋呼，不是这个度数低了，就是那个口感不好，吴泽冷冷地道："你想喝什么自己买。"

李格闭嘴了。

一个赛一个穷。

衣兜里手机振动了一下，罗娜拿出来看，是段宇成的消息。

他趴在床上发自拍，应该是刚刚洗过澡，浑身湿润，上身赤裸，搂着枕头笑，露出一点点红润的舌尖，眉眼之间尽显风骚。

图片配有四个字："想我了没？"

罗娜："……"

自打冬泳结束，这孩子都解锁了些什么技能啊！

她心里有小怪兽在挠痒痒，冷不防抬头，吴泽正看着她。

罗娜慌忙收起手机。

吴泽问："怎么了？笑得跟个傻子似的。"

罗娜摇头："没事没事。"

她没回消息，远方的少年像是发泄不满一样，消息一条接一条进来。罗娜被振动得耳根发红，小声说："我先去那边看看。"

吴泽看着她的背影没说话，没一会儿一颗头从旁边冒出来。

李格看看吴泽，又看看罗娜，眼珠子十分灵活。

吴泽冷漠地道："你看个屁。"

李格做恍然大悟状："你想泡她啊？"

吴泽眼角一抽。

李格嘲讽道："没戏啊你。"他完全没有被吴泽阴森的脸色吓住，吊儿郎当地靠在啤酒架上，"她有男朋友了，你看不出来？"

吴泽指着地上的两箱啤酒："搬回去。"

"……凭什么我搬？"

"你要不怕我把你的游戏机砸了，你可以不搬。"

李格喜欢玩游戏，用攒了很久的"口粮"买了台二手PSP，本来一直藏着，结果前几天还是不小心落到吴泽手里了。

李格冷着脸，没过两秒又不怀好意地笑了："你就厉害吧，活该三十岁没女朋友。"说完马上搬着啤酒跑了。

年轻气盛，吵架非说最后一句。

吴泽一肚子郁结无处撒，想了想，又扛了箱啤酒去结账。

这个年过得很不安生，大家各怀心事。罗娜纠结着怎么让段宇成平衡恋爱和职业；吴泽纠结着这带小孩的苦日子何时能到头；李格纠结着自己的掌机什么时候能拿回来；小岛上的夏佳琪纠结着儿子的初恋不符合自己的心意该怎么处理。

大概只有段涛和段宇成这爷儿俩心够大，一个忙着看电视、吃饺子，一个忙着包礼物、写情书，欢天喜地，不亦乐乎。

Chapter 08

炽 | 道

一

过完年，段宇成归队，怀揣着礼物和爱意。

这世上没有任何一个词能准确地形容二十岁少年陷入初恋是什么状态。他的活跃度被调到最高，整天傻笑，走路一颠一颠的，每次路过玻璃制品都要停下照一照。

不过他的状态大起大落很厉害，前一秒还如花似锦，后一秒就因为偶遇罗娜和李格腻歪在一起而炸毛。

当然，所谓"腻歪"，只不过是他的臆想。

罗娜最近忙得脚不沾地，她很想调解李格和吴泽的矛盾，至少不能让双方都带着情绪去春训，否则质量将大打折扣。

李格不爱听说教，背着身往外走，罗娜一路跟在后面苦口婆心。

在快走到校门口时，侧前方忽然传来一声大吼："喂！"

罗娜和李格都被喊得一激灵，罗娜转头，十米开外，大包小裹的段宇成直勾勾地盯着他们，好像下一秒就要扑过来咬人。

李格骂道："喊什么喊！有病啊！"

段宇成把包往地上一放，就想要过来教训这个没礼貌的后辈，被罗娜眼神制止。

段宇成的不满值上涨了。

罗娜又嘱咐了李格几句，把人放走了。她来到段宇成面前，刚想训话，便见小屁孩脖子一仰，看起来竟还想让她道歉。

罗娜皱眉："你怎么回事？"

段宇成说："你问我怎么回事？我还想问你呢。"

他刚正不阿的表情看得罗娜晕头转向。

她抹了一把脸，神色也严肃起来："你跟我过来。"

她一路沉默，将段宇成带到体育场后一个空荡荡的林子里。

周围空无一人，罗娜思考片刻，说："你年过得怎么样，好好休息了吗？"

段宇成点头："好好休息了。"

"春训马上要开始了，你准备好了吗？"

"当然准备好了。对了……"他忽然想起什么，掏出一个大袋子递给罗娜，"这个给你的。"

罗娜狐疑地接过："什么东西？"

"礼物。"

罗娜打开袋子，里面是大大小小的礼物盒："都是什么啊？"

"什么都有，你看看，喜不喜欢？"

礼物有买的，也有自己做的。段宇成心细手巧，礼物准备得颇具匠心，其中最精致的大概是一罐手工折纸。

谁能想到这么一个高大健硕的全能运动员还会折纸？

罗娜熟悉段宇成的手，因为要练投掷类项目，他原来细腻的手掌现在已全是茧子，竟还能折出这么多好看的花鸟和星星。

罐子里就像个小乐园，千奇百怪，花样百出。

她看出他花了多少心思，所以更加忧虑。

她问他："你用了多长时间弄这些东西？"

段宇成说："没多久，一天一夜就折好了。"

罗娜深吸一口气，凝视着他："你用了一天一夜折纸，还告诉我你好好休息了？"

段宇成说："没事啦，一点也不累，你喜不喜欢？"

罗娜抿唇，低头揉脖子。

喜不喜欢？当然喜欢。

小男友肯花心思哄自己开心，没有女人会不喜欢。但对罗娜而言，现在有比浇灌少女心更重要的事。

三天前王启临告诉罗娜，他已经将段宇成推荐给国家队，但现在还没有具体回复。国家队全能主教练郑建平的意思是看他春训结束后的全国锦标赛发挥怎么样再决定。

他们怕段宇成心态受影响，决定先不告诉他这件事。

"给，这个你也收着。"段宇成递来一个信封，浅黄色的封皮，纹路摸起来很有质感，被一片干花瓣封住，散发着淡淡的香味。

这是罗娜这辈子收到的第一封情书。

脸红是生理反应，无法克制。

她努力找回语言："你还记得答应我的条件吧？"

"当然记得。"

"但你现在这个状态我觉得不行。"

"为什么不行？"

"我觉得你的心思完全偏了，其实你不用送我这些东西，你好好训练就是送我最好的礼物。"

"但我想送。"段宇成走近了点，声音轻松，"送你东西让我感觉开心，我越开心越能好好训练。"

迷之逻辑。

罗娜心一横，抬头道："今天这些我就收下了，但以后不许弄了，至少春训结束之前不许再分心。"

又开始假正经。

段宇成不咸不淡地哦了一声。

"还有，"罗娜严肃地道，"春训期间不许主动找我，不许想任何跟训练无关的事，没有我的允许你不能给我发消息，也不能给我打电话，一切行动听从杨金教练的指挥。"

段宇成听她说着一条条"丧权辱国"的条约，挑眉："全是你单方面提要求？不公平吧，我也要提。"

罗娜问："你有什么要求？"

段宇成说："我就一条，不许你跟短跑队的来往。"

罗娜匪夷所思地道："什么？"

段宇成哼道："短跑队里没好人。"

罗娜："……"

脑仁疼。

贼疼。

"你给我回去……"罗娜看也不看他，指着生活区的方向，"把行李放宿舍，然后上操场跑个十公里。"

"啊？现在？"

"没错。"

"为什么啊？我赶路回来好累的呀，我们出去吃饭吧。"

"吃个屁！按我说的做！"

"你可真凶，你在海里时可不是这样的。"

罗娜崩溃，推着段宇成往外去。

"走走走！赶紧跑步去！十公里不够就二十公里！跑到你头脑清醒为止！"

段宇成用后背跟罗娜做亲密接触，半仰着身子往外蹭，哄着她说："行行行，都听你的，不就万米跑吗，看我给你40分钟内跑完。"

罗娜："你就吹牛吧！"

段宇成笑着感叹："我爸说得真对，女人一谈恋爱就爱瞎咋呼。"

罗娜一掌把段宇成推远，少年悠悠转了半圈，倒退着走路。

"别忘了啊。"他镇定自若，竟敢用命令的口气跟她说话，"离短跑队的人远点。"

罗娜用信封给自己扇风降温。

花香四溢，挡也挡不住。

二

归队两天后，段宇成开始恢复训练。

三月初，高原春训正式开始。

A大参加这次春训的队员只有段宇成和李格，由罗娜、吴泽和杨金作为教练员陪同前往。

春训时间很久，将近一个月，行李带得很多。吴泽和杨金两个大男人不管不顾，后勤准备全落在罗娜头上，她忙得焦头烂额。

他们与省队的人约定在机场会合，一大早从学校出发。

田径队的车停在门口，段宇成忙着帮大家搬行李，李格就靠在一边休息。段宇成偶然一抬头，竟看见李格在抽烟。

他顿时问："你现役还抽烟？"

李格睨了他一眼，不理睬。

段宇成跟李格的关系不怎么好，或者说李格跟谁的关系都不怎么好。他年纪小，性格叛逆，爱出风头，最讨厌两种人，一是跟他对着干的，譬如吴泽；二就是正人君子型的，譬如段宇成。当然了，像罗娜那种认真严厉一板一眼的他也烦。

好像这世上就没他不烦的东西。

"把烟掐了。"段宇成说，"教练马上过来了。"

李格说："过来就过来，关你屁事。"

段宇成忍着火没发，要不是罗娜之前跟他说过，要他有机会多照看一下李格，他脑袋被门挤了才会管李格。

罗娜打完电话走过来，李格背过身，不让她看到自己抽烟。

"准备好了吗？"

段宇成点点头。

"那等他们来了我们就出发，时间还来得及。"

"你吃饭了吗？"

"啊？"罗娜忙活半天，根本不记得吃饭这茬儿了。

"我就知道，给。"

罗娜低头一瞧，是一块包得很漂亮的三明治。罗娜吃过段宇成的三明治，一看就是手工做的。

她放低声音："你大早上在宿舍做三明治？"

段宇成说："是啊，昨晚准备好的材料。我室友韩岱考了营养师证，

347

他帮我设计了个新配方，你试试。"

在段宇成的极力推荐下，罗娜剥开三明治的包装，色泽鲜艳的蔬菜和溏心蛋的香味流露出来，罗娜的味蕾一瞬间被刺激，口舌生津，张嘴就是毫无形象的一大口。

上天堂了。

罗娜站在路边，几口解决了一大块三明治。段宇成看得心情大好，伸手把剩下的包装纸收起来。

罗娜冲他连连比画大拇指，噎得满嘴食物去找杨金。

段宇成回头准备找个垃圾桶，不经意间看到靠在车边一脸探究的李格。他烟抽完了，注意力落到段宇成身上，好像第一次见面一样审视着他。

段宇成自然没给他好脸，接着搬行李。

李格扯了扯嘴角："原来如此。"

段宇成手里没停，李格又说："你可以啊。"

段宇成放下包，冷冷地看他："关你屁事。"

李格乐了："你挺小心眼啊，我说啥了吗？"

这次换到段宇成不理人了。

李格凑过来问："你俩已经在一起了？"

段宇成躲着他往旁边走，李格紧追不舍。

"是你追的她吗？你俩差多少岁？有十岁吗？你家里人能同意吗？不过你别说，那女的确实长得挺带劲的，不怪你们都喜欢。"

段宇成把行李箱一摔："你再敢说一句试试？"

"别激动，随便聊聊，夸你女朋友好看还不爱听啊？"

他不停地说，段宇成耐性被磨光："你有完没完！"

运动员呛起来，好像下一秒就要动手。

李格笑意未消，好像碰见了极感兴趣的事："别误会，兄弟。"

"谁跟你是兄弟！"

段宇成觉得李格这人简直不正常，刚才还世上老子最厉害，现在竟然跟他称兄道弟了。

李格确实不正常，不仅他自己不正常，还喜欢别人不正常。他正处叛

348

逆期，越离奇的事越有兴趣。段宇成平日的正派形象和他倒追比自己大这么多岁的女教练的行为形成强烈反差，这种反差无形之间拉近了他们的距离。

李格说："放心，我嘴很严的，你跟我讲讲呗。"

段宇成："我讲个屁。"

段宇成悲剧地发现自己堕落了，他跟短跑队的待久了，被传染了一堆恶习，竟然能随时随地说脏话了。

李格大度地道："咱们交个朋友吧。"

段宇成："你离我远点。"

李格："别啊，你知道不，吴泽也喜欢罗娜。"

段宇成怒道："是罗教练！罗娜是你叫的？"

李格摊手："叫啥是小事。俗话说得好，敌人的敌人就是朋友。你要不要跟我结盟，咱俩一起把吴泽干掉？"

段宇成："……"

在段宇成快要撑不住的时候，教练组人员及时到齐。罗娜一来就看到段宇成跟李格在那儿匪夷所思地对视，她小声对段宇成说："你别跟他一般见识，他年纪小，你让让他。"

段宇成牙关紧咬。

一辆小型七座商务车，拉着五个人，稍稍有点挤。

杨金坐在副驾驶座，罗娜让李格和段宇成坐在前排，自己和吴泽坐在后面。段宇成看她一眼，罗娜说："后座行李多，不舒服。"

段宇成无可奈何地跟李格坐在了一起，李格八卦之心燃了一路，不停地跟段宇成泄密："我告诉你，吴泽对她可是贼心不死，过年的时候两人唠嗑唠到后半夜，那叫一个情投意合。"

段宇成面无表情地在心里数羊。

忍字头上一把刀。

到了机场，罗娜和吴泽去跟省队的教练打招呼。段宇成碰到个熟人，是体育大学的章波，自从大运会结束他们就没再见过。章波最近成绩提升得很快，这次也被学校送来参加春训了。

段宇成把章波介绍给李格，企图分散他的注意力。

全是徒劳，李格不停地跟他嚼舌根。段宇成理智上知道不能听他瞎白话，但情感上还是有些不舒服。尤其是看到罗娜和吴泽从到机场后就一直待在一起聊天，连看都没看他一眼，他的心情更加不爽。

上了飞机，罗娜的座位不出意外离他八百米远，段宇成一肚子闷气没处撒，又不想听李格废话，眼罩一戴就睡过去了。

春训地点在青海省，飞机落在西宁后，有大巴车接站，高原训练基地距离西宁市二十多公里远，一辆大巴拉着三十几号人先去吃午饭。

车子前往餐厅途中，随队医生给他们发了预防高原反应的药物。队医前脚发完，李格后脚就把药片顺手从窗户扔了。

段宇成皱眉："你干吗？"

李格哼道："老子才不会随便吃药，才两千多米，怎么可能高原反应？"

段宇成本来药都放嘴边了，听他这么说，莫名地觉得不能认怂，也把药给扔了。

来到餐厅，教练和运动员的餐桌又是分开的，段宇成再次郁结，三两口把饭扒肚里，提前出去了。

他在餐厅门口随便转了转，三月的西宁天气还很凉，但这边空气好，太阳直射度高，所以并不让人感觉寒冷。

这里的天很蓝，是那种几乎纯色的蓝，街道很干净，路上有不少戴着白帽的男人，还有蒙着头纱的女人。路边有不少饭店，一水的清真风味，还有卖手工制品和土特产的商店，一眼望去，隐隐有种异域风情。

段宇成站在路边深呼吸，可能是因为海拔高，这里的空气闻着都跟内地不一样，竟然有股淡淡的酸奶味。

他正这么想着，一个推着酸奶车的老人从他面前过去了。

段宇成："……"

气得他都有点弱智了。

他跟上酸奶车，买了两盒，自己先喝一盒尝味道，觉得不错，把另一盒带回餐厅。

几十号人在大厅里吃饭，闹哄哄的，段宇成径直朝教练员那桌走去。

罗娜已经吃完饭了，正跟省队的短跑教练唠得不亦乐乎，忽然视线里多了一条胳膊，然后啪的一下，一盒酸奶落到面前。

动作可以说是十分利索了。

段宇成拍完酸奶，雷厉风行地转身而去。

他来如影去如风，谁都没反应过来，人已经不见了。

省队教练被他这态度惊住了。

罗娜咳嗽两声："呵呵，我们队员，被宠坏了，无法无天，您见笑了。"

省队教练回过神，笑着说："他就是段宇成吧，他现在名声可不小啊，好多人盯着呢，是个难得的全能苗子。"

罗娜连忙道："还凑合吧。"

省队教练："你看你，又谦虚。这弟子还知道关心教练，给你买酸奶，你看我们带来的那几个，就知道自己吃吃吃。"

罗娜耳根一热，挠挠鼻子。

省队教练补充道："他也挺有个性的。"

罗娜干笑："什么个性，忘吃药了。"

午饭后，他们启程前往训练基地。基地面积很大，依山而建，可以同时容纳六百人训练、比赛。除了田径队伍以外，现在还有游泳队和竞走队在这儿训练。

到达基地后领队开始安排住宿，运动员和教练肯定是分开的，但李格情况比较特殊，吴泽把他安排在自己和罗娜身边。段宇成则被分到另一幢楼。行李都收拾妥当后，领队召集运动员和教练开了个小会，说明这一个月的训练计划，还有一些在基地的纪律要求。

"不强制要求时刻留在基地，自由活动时间你们可以出去转转，但必须要找教练报备，安全第一。好了，解散吧。"

今天没有训练任务，主要是适应环境。队伍一解散，段宇成就来找罗娜，要她陪他去体育场看看。罗娜刚应下，又有几名运动员说要跟着一起去。

一行五六人前往训练场，段宇成小声唠叨："电灯泡可真多。"

场地现在比较空，只有零散几个运动员在慢跑，罗娜陪着几个年轻人走了半圈，大家都闲不住了。

运动员精力旺盛，脚踩在塑胶道上就想跑步，慢慢地速度就加起来了。

"注意一点，别跑太快，今天是适应环境！"罗娜在后面喊道。

等他们跑开一段距离，段宇成马上来到罗娜身边："终于走了。"

她睨他一眼："你怎么不跟人家慢跑啊？"

段宇成微微不满："赶我是吧？"

罗娜笑笑。

段宇成说："你还笑得出来。"

"为什么笑不出来？"

段宇成耷拉着嘴角："说好的离短跑队远点，结果你们仨都排排坐了，就我住外面。"

罗娜："没办法，怕看不住他。"

段宇成："那你怎么不怕看不住我呢？"

罗娜斜眼看过去："你多乖啊，我就是看不住自己也不会看不住你。"

他脸色总算好看了一点，悄悄捏了捏她的手。

"哎？"

她一出声，段宇成马上收回手，结果发现她不是在"哎"自己。

罗娜示意他："你看那边。"

段宇成看过去，一个运动员正跪在场边不知在干些什么。罗娜以为他身体出了状况，跑过去询问情况："你怎么了？身体不舒服？"

那名运动员转过头，眯着眼睛看她，罗娜瞧他的眉眼，是亚洲脸孔，但感觉不太像是中国人。

段宇成也过来了。

罗娜与这名运动员沟通了一会儿，得知他来自日本。

这里是亚洲最大的高原训练基地，每年对外开放的时候都会迎来一些其他国家的运动员和教练员来此训练。

这名日本运动员叫森本信一，来基地训练有三天了。他是高度近视，离开眼镜睁眼瞎的类型，今天不小心把隐形眼镜弄掉了，正在地上找。

罗娜挠挠脖子，寻思都已经唠到这儿了，袖手旁观也不太好，展现一下礼仪之邦的风采吧。

于是她和段宇成一起帮森本找眼镜。

李格溜达一圈回来，看见他仨跪在地上，笑道："干啥呢，探雷啊？"

段宇成怒道："别废话，过来帮忙！"

最后还真是李格年轻眼神好，找到了隐形眼镜，森本连连道谢。罗娜见眼镜上落了好多灰，说："等一下，我去拿瓶水帮他冲一下。"

罗娜去买水，回来时没在原处看到人，找了一圈，竟发现段宇成和森本在百米起跑点做预备。

她来不及出声，李格一拍手，两人已经冲了出去。

训练场上少数几个在适应场地的人，都很识相地把百米赛道让给了竞技的运动员。罗娜本想喊住段宇成让他别剧烈运动，可在他起跑的一瞬间，念头就飞了，眼里只有胜负。

前半段段宇成跟森本并驾齐驱，后三十米时，森本超过段宇成，最后以微弱的优势取胜。

过了终点线，森本有点惊讶地看了看段宇成。

不仅森本惊讶，李格和罗娜也同样惊讶，百米是段宇成十项全能里的绝对强项，他们很少见到他输给谁。

"不是吧你！没吃饱吗！"李格喊了一嗓子。

段宇成跟森本说了些什么，两人重新往起点走。

罗娜迎过去，叫住他："别跑了，第一天来别这么剧烈运动。"

段宇成神色认真，说："你再让我跑一次，刚才我没活动开。"

他不服输。

罗娜说："最后一把。"

段宇成说："好。"

她低声提醒他："日本短跑的训练模式跟我们不太一样，你别被他的节奏带跑，跑自己的。"

段宇成点头，再次说："好。"

再次上道，段宇成做了万全的准备。

而这一次森本的状态也跟第一把不同了，他跑一次就知道段宇成不是泛泛之辈，开始认真对待。

双方重新较量，森本还是以微弱的优势赢了。

"不能再跑了。"罗娜把段宇成叫回来，瞥了眼森本，嘀咕道，"他是短跑运动员吧？"

"不是，"段宇成低声道，"练全能的。"

"什么？"

段宇成连输两场，脸色不太好看："所以我才跟他比。"

森本还在眯着眼睛到处望，罗娜很小心眼地把矿泉水偷偷揣回兜里，决定不帮他冲眼镜了。

"来！我跟他跑！"下去一个段宇成，又上来一个李格。

李格英语不好，拉着段宇成帮他翻译。

"你跟他说，让他先歇会儿，别到时候输了赖体能。"

罗娜说："别比了。"

"不行！"李格把外套脱了一扔，"怎么能输给日本人！"

段宇成第一次没有听罗娜的，他帮李格做了翻译，询问森本的意见。森本打量了李格几眼，点头同意。

罗娜："……"

她好像被晾在一边了。

诡异的地点，诡异的场景，诡异的少年们燃起了诡异的爱国热情。

三

从一个合格教练的角度来看，她应该上去拦住他们，但罗娜没动。她眼见着李格热身完毕，走向起跑点，她自己也跟着激动起来。她觉得她可能也被这些傻乎乎的年轻人传染了，或者说她跟他们一样，本质也是个单细胞生物？

该气时就气，该爱时就爱，该燃烧时必定燃烧。

"加油！"她冲李格喊了一嗓子。

李格回头，桀骜不驯地比画了一个OK的手势。

他一共跑了五次。

其实他第二次就赢了森本，后面三次是森本要求再跑的。李格按他的意思，他说跑李格就陪他跑，一直跑到森本笑着摆手为止。

李格指着段宇成："你问他，服不服！"

罗娜过去扒拉他的脑袋："行了！你们两个跑一个还嚣张什么，别欺人太甚了。"说完，她走向森本，大度地把矿泉水递给森本，让他洗眼镜。

回到李格身边，罗娜注意到他脸色有些发白，嘴唇也缺少血色。

"你没事吧？"

李格冷笑："怎么可能有事？他不跑我就先回去了。"说完淡定地往外走。

罗娜觉得有些不妙，跟在李格身边，结果一出训练场他就趴在路边吐起来。这场面贼像那些武侠小说里的苦情男主角，在比武台上潇潇洒洒，下台就喷血。

不过李格吐的比血可恶心多了，都是中午的剩饭剩菜。罗娜和段宇成搀着他，罗娜握了握他的手，冰凉。

李格一边吐一边往旁边躲："快走，别让他看见我吐了。"

罗娜回头，森本信一正往外走。

罗娜嗤笑道："你都这熊样了还不忘要面子？"

她和段宇成合力把李格抬了回去。

罗娜在宿舍楼下大喊："吴泽！"

三楼的窗户打开，吴泽抽着烟往外看，罗娜叫道："快来帮忙！"

等吴泽下楼的工夫，罗娜注意到段宇成也不时仰头，用手抚后颈，她问："你是不是也不舒服？"

段宇成说："没事。"

罗娜皱眉："什么没事？"

吴泽下来了，罗娜指着这俩小孩，说："他们俩有点高原反应，你让他们先去你那屋休息，我去找队医。"

吴泽午觉睡得懒散迷糊，嫌弃地看着这俩人："这就高原反应了？"

罗娜说："别问了，快点。"

罗娜把省队的医生找回来，李格和段宇成的症状已经很明显了。两人头巨疼，眼巨花，段宇成还稍好一点，李格上吐下泻，心率过速，躺在床

355

上直骂娘。

队医问："怎么回事，不应该反应这么明显啊！"

罗娜说："刚刚跑得有点猛。"

队医不满地道："不是说了第一天来不能剧烈运动吗？急什么啊？说话怎么不听呢！"他给两人测了血氧，然后喂了药，说，"先睡觉，看醒了之后状态怎么样。"

队医走了，罗娜对两个小孩说："你们听医生的，先睡一觉好好休息。"

李格拉起被子蒙住脑袋，段宇成站在罗娜身边，低声说："我也在这儿睡吗？"

罗娜看他神色低落，知道他输给同样是全能运动员的森本信一心情肯定很不好。

她把钥匙给他，说："去我屋等我。"

段宇成离开房间后，吴泽靠在窗边，抽着烟问："怎么回事？才几分钟没见搞这么惨烈。"

罗娜往李格那儿瞄一眼，被窝里悄无声息，也不知是睡着了还是醒着。她走到吴泽身边，小声将事情的经过告诉吴泽。后者听完抬抬眉，不予评价。

"小孩子有意思吧？"罗娜说。

吴泽懒散一笑，没说话。

罗娜了解吴泽，他每一声笑里含着什么意味，她统统听得懂。

她回到自己的房间，段宇成正侧着身子躺在她的床上看手机。

"难受就先别看手机了，头会更疼的。"她走过去，把手机抽走。

她看了眼屏幕，段宇成正在搜索森本信一的资料。

森本信一比段宇成大5岁，今年二十五岁，正是田径的黄金时期。罗娜往下拉了拉，网页前几页都是森本信一打破日本全能纪录的新闻，后面还有几条说他高中时期百米就突破了10秒0区。

罗娜斜眼看过去，段宇成正抱着枕头看着她。

她放下手机，坐在床边，摸摸他的脸："还难受吗？"

"嗯。"

"你也想吐吗？"

他摇摇头。

"那你比李格的情况还好一点。"

他无力地笑了笑："如果能赢，我宁可吐。"

罗娜掐掐他的小脸："乱说什么。"她起身去烧了一壶热水，"胜负是常态，这个运动员本身在日本也是很有实力的全能选手，输了不丢人。"

段宇成说："可他高中时就跑到了10秒7，我想都不敢想。"

罗娜捧着热水回来："日本的大环境跟我们不一样，对体育方面很重视，练得也比较科学，尤其是男子径赛这一块，后备人才比我们足得多。"

她双腿交叠，水杯轻垫在腿上，冒着阵阵热气。

"不过我们女子方面比较强。"说到这儿，罗娜轻嘶了一声，故作严肃地说，"好像我国不管什么体育项目，最开始出成绩的都是女人，我国男同胞还是不给力啊。"

这"地图炮"一下子把段宇成从床上轰了起来。结果起身太猛，脑壳贼痛，他啊的一声又捂住头。

罗娜放下杯子查看："你抽什么风啊！"

段宇成瞪她："谁说出成绩的都是女人，我们也有成绩啊。"

"啧。"罗娜理了理他的头发，哄小孩似的问，"你们有什么成绩啊？"

段宇成："多了去了，我们拿过那么多金牌！"

罗娜说："那我帮你算一下，从1984年洛杉矶奥运会到2016年里约奥运会，中国奥运的首金比例，女子占了89%。"

段宇成嘀咕道："那只是因为射击项目女子比较强一点而已。"

她轻轻拍了拍段宇成的脸蛋："那从20世纪90年代开始，中国历届奥运会不管金牌数还是奖牌数都是阴盛阳衰，怎么解释啊？"

段宇成："……"

他一头栽倒在床上。

算了，退一步海阔天空。

"行，我承认中国男人比中国女人差一点，但我不承认我们比外国男人差。"

罗娜也躺下了，拉着他的手，与他面对面。

"当然。"她笑着说，"懂上进，知廉耻，我们不比任何人差。"

两人对视了一会儿，段宇成闷闷地道："你怎么一直在笑？"

"嗯？"罗娜挑眉，"有吗？"

段宇成面无表情："你要不要照照镜子？"

罗娜咯咯乐，翻了个身，仰面朝上，感叹道："啊……不知道为什么，看你偶尔吃瘪还挺开心的。"

"什么？"段宇成手肘撑起来，"你这什么怪癖啊！"

罗娜又笑起来。

段宇成被她笑得精神失常："不行，气死我了。"他坐起来穿衣服，"我不服！我要去找那个小日本，我要再跟他比！"

罗娜说："比什么啊，人家全能纪录8124分，快比你高1500分了，你比什么啊哈哈哈哈！"

段宇成眼冒金星，吼道："罗娜！你大学念的是给人添堵专业吧？！"

罗娜抱着肚子笑成一只大鸭子。

段宇成头疼也忘了，恶心也忘了，誓要拿回男人尊严，他一个恶狗扑食把罗娜压在身下，挠她痒痒："你笑！你笑！我让你笑个够！"

两人抱在一起扭来扭去，直到隔壁哐哐凿墙，李格嗷嗷叫："过分了啊！还让不让人睡觉了！"

罗娜慌忙捂住嘴，晶亮的眼睛看着段宇成。

少年再次俯身，狠狠亲了她一口："哼！你接着厉害啊！"

当天段宇成坚持想赖在罗娜宿舍住，被罗娜轰出去了。

"为什么李格就能在这楼住！"

"你要是想跟吴教练挤一个屋，你也可以留下。"

段宇成气哼哼地走了。

四

李格跟吴泽住了一宿，相当不安生，第二天一早罗娜被隔壁的一声大吼吓醒了。

她跑过去看情况，只见吴泽按着李格的脑袋，正使劲往他嘴里塞什么东西。

罗娜震惊："你们干吗呢？"

李格在床上挣扎大叫，还是难以摆脱吴泽的禁锢，最后忍无可忍，一脚踹了过去。

那力度看得罗娜本能地缩缩肩膀。李格可是入了王启临的眼的短跑新星，就算这两天处在大脑缺氧状态，腿劲依然不容小觑，吴泽被他踹得眉头紧皱，腰也弯了，明显伤到了。

罗娜冲过去把两人拆开："你们俩大早上发什么疯？"

李格站起来，用力抹了一把嘴，呸呸呸地往地上吐些什么。

罗娜问李格："他给你吃什么了？"

李格赤红的眼睛瞪着吴泽："你问他！"说完就想走。

吴泽在后面阴沉地道："你今天敢离开这个屋试试！"

李格回头："我还就离了，你能拿我怎么着？"

罗娜问他："你身体好点没？"

李格大喇喇地道："好了！"

吴泽冷笑："那今儿凌晨谁在厕所吐来着？"

李格："反正不是我。"

吴泽脸一黑，罗娜赶紧打圆场："李格，你先在房间待一会儿，等下我找队医来看看。"然后看向吴泽，使了个眼色。

吴泽把李格反锁在屋里，跟罗娜去了隔壁房间。

关上门，罗娜说："你早上是在给他喂药？"

吴泽点烟，嗯了一声。

罗娜无语："你能不能改一改你那态度，放谁谁受得了，不知道的还以为你给他下毒呢。"

她翻出一个小医药箱，冲他仰仰下巴，吴泽叼着烟把衣服掀开。

肚皮上竟然被踹出瘀血了。

"这小崽子……"罗娜皱眉，而后想起什么，又笑起来，"他跟你年轻时太像了，这个年纪都没轻没重的。"

359

吴泽没说话。

罗娜蹲在他身前上药，上着上着觉得屋里太过安静了，一抬头，与垂着目光的吴泽看了个正着。

他吸了口烟，目光缓缓转向窗外。

现在正好是上午训练的时间，屋外阳光明媚，他们的宿舍离田径训练场很近，甚至能听到教练员大声喊话的声音。

"那你怎么想的？"吴泽淡淡地道，"跟个没轻没重的小崽子在一起。"

罗娜顿住。

静了一会儿，她低声说："你知道了？"

吴泽说："你什么事能瞒过我？"

屋里的安静让窗外的训练声变得格外响亮。

他又说："一眼看不着就跟人跑了。"

她再次抬头，吴泽依然看着窗外，他的瞳孔因为阳光照射变成淡淡的浅棕色，阳光也让他眼角的细纹变得格外明显。

罗娜说："对不起。"

吴泽笑道："你没什么对不起我的，我就是佩服你一下，这帮小畜生我见一个烦一个，你居然还能把自己搭进去。"

罗娜耸耸肩："没办法，就是喜欢上了。"

那次黑暗塔楼里的拥吻，是罗娜这辈子经历过的最让她身体发烫的事。

吴泽看她片刻，接着抽烟。

罗娜上好药，忽然问："你不跟我说点什么吗？"

吴泽："说什么？"

罗娜列举："譬如说我太冲动了，做事不动脑子，队里不会同意，他家里也不会同意……诸如此类的？"

吴泽嗤笑："我是那种人吗？"

他把烟抽完，掐灭在桌角的烟灰缸里。罗娜不抽烟，但总习惯在宿舍放个烟灰缸留给他用，就像他每次路过冰粉店都习惯捏一手刹车一样。吴泽不是多愁善感的人，但此时心底酸涩，只为纪念这些再没着落的习惯。

世事难料。

"没人能欺负你。"吴泽看着烟灰缸，声音沙哑，"只要你自己喜欢，其他那些都不是问题。要真有人说什么，来找你师哥就行了。"

罗娜笑笑："你管好你自己就行了，赶紧找个女朋友吧。"

吴泽说："你不用管我，我心里有数。"

罗娜不知怎的，忽然想起王叔那个买一赠一的墓地了，心中一涩，拎着垃圾袋站起来："我先去倒垃圾。"

"嗯。"

罗娜走后不久，吴泽还沉浸在感情的旋涡之中，忽然听到有人说："你可真贱。"

窗外冒出半张脸，对他冷笑："我都听见了，女人都不敢争，你算什么男人。"

吴泽："……"

他看了李格三秒，起身走到窗边。

李格从隔壁屋的窗户爬了出来，踩着空调箱，一手攥着水管，一手扒着罗娜宿舍的窗沿，像个蜘蛛侠一样贴在楼壁上。

"你以为你关得住我？"李格嘲讽，"做梦吧你！"

吴泽远眺青山，晴空万里如洗。

他难得地开始思考人生。

罗娜说他跟李格很像，真像吗？那他是如何平平安安活到现在的？既没有被车撞死，也没有被人捶死。

李格还在刺激他："你知道段宇成的手机屏幕都是她吗？"

"我给你十秒钟，"吴泽看着远方，淡淡地道，"退回房间里。"

"不然呢？"

"不然你就别想回去了。"

李格大概是A大田径队建队以来，唯一一个永远对吴泽的威胁视若无睹的人。

"那你开始数吧，算了我帮你，1，2，3，4，5，6，7，8，9，10——然后呢？"

吴泽深呼吸，觉得自己可能也高原反应了，否则头不会这么疼。他在

361

内心祈祷，希望老天降一道天雷，劈死他或自己，结束这场地狱之旅。

李格挑衅道："你怎么不说话了，不是让我别想回去吗？你要推我下去吗？我等着呢。"

吴泽看他一眼："你就不怕死？"

李格说："当然不怕！"

这谎言吴泽还是看得出来的。他要是真不怕死，手不会攥得那么紧，眼睛也不会那么聚精会神。

他恍然间忆起从前，好像自己也有过这么一段时光，专门跟王叔对着干，什么话都反着说，"想练"说成"不想练"，"可惜"说成"不可惜"。

远处的训练场，运动员们激情飞扬，他余光扫见一道熟悉的影子飞过撑竿跳的横杆，像只轻盈的白鸽。

反观自己面前这只"蜘蛛侠"，吴泽无语几许，低声骂了句："你真是我的报应。"

自打段宇成输给森本信一后，训练就打起了百分之百的精神，再也不会分分秒秒都想黏着罗娜了。

对于他来说，失败就是最好的兴奋剂。

训练很苦，全能项目尤其难练，一天下来段宇成筋疲力尽，躺床上分秒入睡。从早到晚，他跟罗娜只有吃饭的时候能坐一起聊聊天。

段宇成不用教练组操心，罗娜在基地的大部分时间都花在李格身上。吴泽对李格已经属于破罐子破摔的状态，两人相看两相厌，谁也不爱搭理谁。

只有罗娜仍然乐观，觉得李格只是缺少一个契机。就像当年王叔对黑裁判掏出了棺材本逼醒了吴泽一样，李格也在等这样一个机会。

吴泽对她这种梦幻主义的想法嗤之以鼻，但事实很快证明，梦幻才能拯救世界。

高原春训开始十天后，某个周日，队里放假半天，李格嚷着要出去玩。吴泽怕他惹事不让他去，罗娜帮忙说情，提出条件是必须有人陪着，不是教练就是运动员。

李格勉强接受了罗娜指派的"靠谱队员"段宇成。

李格收拾东西，段宇成全程都以斜视的眼神看罗娜，罗娜镇定自若地帮他们约车。

李格要去青海湖，路程不近，得包车。两个人包车不划算，罗娜想了想，把体育大学的章波也叫上了。三人包了辆马自达，当天去当天回。

千叮咛万嘱咐注意安全后，三人踏上行程。

包车司机是本地人，一路上给他们介绍青海的人文景观，他说他们来的时候不巧，七月的青海才最美。他指着窗外一片荒芜的山坡说："那时油菜花都开了，这里全是花海。"

段宇成幻想着自己跟罗娜在油菜花田里你追我赶的幼稚场景，冲着荒原傻笑。

司机中途尿急，把车停在路边去解手。

他去的时间有点久，李格下车抽烟，段宇成睨了一眼，已经懒得提醒他不该抽烟了。

李格望着山坡，自言自语："上面能看着啥呢？"

段宇成说："应该可以看到湖。"

李格问："你怎么知道？"

段宇成说："感觉。"

段宇成生长在海边，对水域非常敏感。李格不信邪，手往裤兜里一插，往山坡上爬。

"嘿！还真有湖！"

章波听见他这么说，招呼段宇成也爬了上去。

蓝天下，青海湖像一面镜子镶嵌在地平线上。风儿呼啸，吹来潮湿的气息，这让段宇成想起了家乡，情不自禁地笑起来。

李格心情舒畅，掏出手机拍了照。

结果照片拍完没半分钟，走来一个小姑娘，看打扮应该是附近的藏民，她向李格伸出手，说："五十块。"

李格没明白："啥？"

小姑娘也不解释，又说一遍："五十块钱。"

李格笑了："什么玩意就五十块钱？"

小姑娘指着手机，说："照相五十块钱。"

三个年轻人相互看了一眼，都没摸清状况。段宇成说："是不是这片地是他们家的，拍照了就要收钱？"

他不想耽搁时间，掏钱给小姑娘，她拿了之后要走，被李格拦下，钱也抢了回来。

"凭什么老子路边照个相就要五十块。"李格冷哼，"青海湖她家的啊？"

小姑娘黑着脸看他，李格人高马大，站在她面前像堵墙一样。他冲她做了个鬼脸，说："外面太危险，赶紧回去找妈妈吧。"

小姑娘不动，李格弯腰，张大嘴巴吓唬她。西北地区民风彪悍，小姑娘抬手就扇了他一巴掌。李格震惊，也没惯毛病，回手推了出去。

小姑娘被推倒在地，哇哇哭起来。

"别闹了！"段宇成说，"快把钱给她！"

"老子就不给！"

小姑娘跑回半山坡一间房子里，不一会儿带着一个女人出来了。女人也是藏民打扮，看模样像是她妈妈。李格对她说："你好好教育一下你女儿，没事出来讹人钱啊！"

小姑娘抱着妈妈哭，女人拉住李格的衣服。

"怎么着，你也想来？我先说好，我可没有不打女人、小孩的高尚品德，你敢动手我就敢还手！你看看咱俩谁厉害！"

小姑娘的哭号声更大了，女人一手死扯着李格的衣服，一手掏出手机打电话，叽里咕噜说着听不懂的语言。

段宇成感觉事情有点不妙。

女人打完电话，不到几分钟的工夫，远处开来几辆摩托车，七八个男人围上山坡。小姑娘抱住其中一个男人哭。那男人个头不高，皮肤黝黑，戴着一顶牛仔帽。他跟藏民女人说了几句话，然后看向李格他们。

这时司机也呼哧呼哧爬上山坡，见此场景满头冷汗，训斥李格赶紧道歉赔钱。

李格笑了，看着这一圈人，最后目光落在那个戴帽子的男人身上，淡淡地道："牛啊你们，当老子是被吓大的？"他朝着后面歪歪头，"跟这几个人没关系，动手的是我。你尽管来，上几个都行，你看我会不会跟你道歉。"

他说完，回头对段宇成和章波说："没你们的事，一边去。"

段宇成看那几个男人的神情，知道事情不能善了。

司机急道："你干什么，快点道歉赔钱！你们要闹事我就不拉你们了！"

李格喊道："你爱上哪上哪去！"

章波吓得不敢说话，使劲戳段宇成的后背，颤声道："怎么办啊？"

段宇成小声对他说："你先跟司机回去，把事情告诉……"他本想说告诉罗娜，又怕她担心，犹豫了一下说，"告诉我们队的吴泽教练，上车就打电话，快一点。"

章波说："那你呢，你留在这？"

段宇成嗯了一声。

司机没劝动，愤愤地离去，章波悄悄地跟着他走了。

段宇成过去道歉，但没起作用，只有问到赔偿问题的时候，男人才张嘴，说："一万块。"

李格破口大骂："我给你一万冥币给你去买棺材吧！"

旁边一个男人一拳打了上来，李格反应快，躲了过去。

李格抬腿要踹，被段宇成从后面拉住："你疯了！你还想不想比赛了！"

"我比个屁！"李格情绪激动。

两个男人上来，被他一脚一个踹开。他们爬起来重新扑过来，合力将李格撞倒。李格身强体壮，他们制不住他，周围人见状又上来两个，四个人一起把李格按在地上。

李格力气再大也架不住对方人多，他朝最近的男人吐口水，被狠狠揍了一拳。

段宇成冲过去把那男人扯开："你们再这样我报警了！"

他的话音一落，一个男人过来把他的手机抢走，扔到山坡下，然后冲他笑笑。

场面完全被对方控制，段宇成压着气，来到小姑娘的父亲面前，说："你别动手，有话好好说，我们可以赔偿，但你开个讲理的价。他确实动了你女儿，但也是你女儿先动的手。"

小姑娘的妈妈上来推了段宇成一下，段宇成根基稳，她没推动。

段宇成说："你们要是想解决问题，那就放开人好好谈。"

也许是语言沟通有障碍，也许是对方根本不想理他，不管段宇成说什么那男人都没回应，最多就是再重复一遍"一万块"。

迟迟商量不出结果，男人朝其他人说了些什么，他们把李格的外套扒了，扔到山坡下。

山口风大，天越来越冷，李格被冻得嘴唇发青。

段宇成再理智，到底也是个血气方刚的年轻人，见同伴被这么对待，也快忍不住了。他开始谋划一会儿怎么动手才有胜算。对方算上那个帽子男在内，一共有七个人，虽然单拉出来看体格都不是自己的对手，但架不住对方人多势众。

李格不知道受没受伤，还能不能帮上忙。

而且对方有摩托车，就算打赢了跑也跑不远……

怎么算都不可能赢，段宇成脑子里乱成一团。

五

李格还在不停地骂，他每骂一次就被人揍一拳，嘴角、眼角都是血。

又过了一阵，段宇成手已经冻得快没有知觉了，他终于开始认真考虑，要不要真的转给他们一万块钱息事宁人算了。

就在这时，一辆车停在山坡下。

跟吴泽认识这么长时间，段宇成第一次如此欢迎他的到来。

吴泽是开着基地的车来的，他让章波留在车上，自己下来。

还是熟悉的一身黑。

他点了支烟，被太阳晃得眯了眯眼睛。

李格迷迷糊糊间看到吴泽的影子。

吴泽上到山坡上，先扫视一圈现场，段宇成过去把事情简单说了下，最后把他们的条件告诉他："他们要一万块钱。"

吴泽没什么情绪地嗯了一声，说："你下去，回车里。"

段宇成往后走了两步，但没离开。

吴泽来到小姑娘的父亲面前，说："我是他们俩的教练，小孩不懂事，给你添麻烦了。"

他语气还是跟往常一样，懒懒散散，不咸不淡。

小姑娘的父亲打量他，说："一万块钱，他打了我女儿。"

吴泽说："钱好说，你先让他起来，我们再谈。"

男人皱皱眉头，没说话。

吴泽回头看看李格，问："你们是只打脸了吧，没打别处吧？"

男人还是没说话。

吴泽声音轻松，说道："你别看他模样蠢，到底也是个运动员，过一阵要参加全国比赛的。我们需要他拿成绩。你让他起来，我看看他除了脸还有没有其他伤，没有，我们再谈。"

李格下巴垫在地上，冻得迷迷糊糊。

男人问："要是有呢？"

吴泽轻笑一声："那他就没用了，人留给你，你想怎么着就怎么着。不过我先说好，他虽然废物，但好歹也是国家注册的职业运动员，出事了肯定不能白出事，你自己看着办。"

下面停着的车上清晰地印着"青海多巴国家高原体育训练基地"字样，男人看了一眼，凝眉道："那也得赔钱。"

吴泽从怀里掏出五百块钱，放到小姑娘手里。

男人说："不行，太少了，他打了我女儿。"

吴泽点点头，转向一旁站着的年轻人。他从年轻人腰里抽来一把折叠刀。一见他拿刀，所有人都戒备起来。男人把小姑娘拉到身后："你要干什么？"

吴泽右手持刀，刀尖抵着掌心，两手一用力，刀尖瞬间没入手掌。

"喂！"李格眼底赤红，不知哪来的力气把按着他的四个人全部掀开。

段宇成冲过去扣住他的手臂，不让他上前。

他自己的心脏也快跳到嗓子眼了。

吴泽动作很快，扎穿后马上抽出刀，两指把刀上的血迹一擦，折叠起来，放回年轻人的腰间。

367

左手血如泉涌，他用右手从怀里掏出一盒烟，递给那男人。

男人与他对视片刻，把烟收下，冲其他人仰仰下巴。后面的人散开了，有个人到半山坡处把李格的外套和段宇成的手机捡了回来。

吴泽转身往回走，路过段宇成和李格，看都没看一眼。

李格天不怕地不怕，这次吴泽走过来，愣是吓得后退了半步。

下了山坡，回到车上，章波声线发抖地说："没、没、没事了？"紧接着他看到吴泽满手的血，大惊失色，"这怎么办啊！"

"闭嘴！"吴泽没好气地骂道。他指点段宇成到后座拿来医药箱，自己清洗处理。

他随口问段宇成："会开车吗？"

"会。"段宇成说，"我来开车，先去医院。"

"不用，我自己扎的自己有数。"

"你再有数也得去医院，至少得打一针破伤风，谁知道他们那刀都割过什么啊。"

吴泽瞥了段宇成一眼，算是默许。

段宇成坐到驾驶位，手放在方向盘上，用力捏了几次才勉强稳定下来。

吴泽简单清理完伤口，转眼看到在旁发呆的李格，冷冷地问："除了脸还伤哪了？"

李格傻了："啊？"

"听不明白人话？问你还伤哪了！"

"……哦，没伤哪。"

吴泽冷哼一声："你还敢不敢乱来了？"

李格闷着头不说话，吴泽看他染色盘一样的脸，沉声骂："不知天高地厚的东西，以为文个身就是黑帮老大了？以后少看点电影！"

要是往常，李格被他这么讽刺肯定要呛回去，但这次李格蔫了。

段宇成开车回到基地已经下午四点多了，他想先把章波和李格送回去，但到达基地后李格在后座睡着了，怎么叫都不起来。是个正常人都知道他在装睡，段宇成看向吴泽，吴泽摇摇头，道："别管他。"

章波走后，李格又自己起来了，于是三人一起前往医院。

一路都是段宇成在忙活，找医院，找车位，挂号，问诊，开药。

吴泽一直在观察段宇成，抛开主观情绪不谈，单从教练角度看，段宇成可以说是整个队里最让人省心的队员。他做事有条理，成熟稳重，有恒心又有自制力，不像一般运动员那么容易意气用事。反观李格，跟个二傻子似的，进了医院左瞄右看，一刻歇不下来。

吴泽深深叹气。

段宇成挂了急诊，三人一进屋，体格一个比一个壮实。李格脸上的血迹还没擦干净，吴泽往凳子上一坐，手一伸，也是一脸凶相。医生着实为难。好在还有个段宇成，温声细语，极具耐心，医生全程只跟他对话。

吴泽这刀捅得挺讲究，没伤到骨骼筋脉，医生开了药，说要重新包扎，让他去医护病房等一下。

等待的过程比较难熬，主要是屋不大，就三个人，谁跟谁都没话说。

沉默蔓延，段宇成想着要不要拿出手机看看，又觉得不太合适。

李格清了清嗓子，道："那个……要不我留这儿，你回去吧。"

段宇成和吴泽一起看他。

李格说："不是，我的意思是，你俩看对方……是不是有点尴尬啊？"

段宇成嘴角微抽。

本来还行，他说完气氛立马变得诡异起来。

吴泽无奈地掏出烟，但烟盒空了，李格见状马上起身，说："你抽云烟？我去买。"

他一走，屋里只剩吴泽和段宇成。

段宇成低着头看手掌，听到吴泽问："他们对你动手了吗？"

段宇成说："没。"

"那还好。"他笑道，"你有事我不好跟她交代。"

段宇成怔然地抬眼。

吴泽目色浅淡地看着他，闲聊一般说："我以前也认识一个教练，跟罗娜一样，什么都肯为队员做。但他的结果不好，很不好。"

段宇成问："为什么不好？"

吴泽说："因为他碰上一个混账队员。"

段宇成哑然。

"但你不一样。"吴泽淡淡地道,"你比他强百倍,所以你千万不要让她失望。"

过了一会儿李格屁颠颠地回来了,他把烟给吴泽,对段宇成说:"你先回去吧,不就是等个包扎嘛,我能处理。"

段宇成看向吴泽,吴泽说:"你把车开走,等会儿我们打车回去。"

段宇成走后,屋里又静下来,李格咳嗽两声,问:"你手还疼不?"

吴泽:"不如我也给你扎一刀体验一下?"

李格:"……"

少年焦虑地在屋里走来走去,一遍遍念叨:"医生怎么还不来?"

吴泽被他唠叨得闹心,说:"你也回去吧。"

李格说:"没事,我不急。"

吴泽说:"让你走就走!"

李格还不适应被人这么凶还不还嘴,赌着气走到门口,回头说:"全国锦标赛我拿第一,今天的事就算两清。"

吴泽险些笑出声来:"你拿第一?你先上秤看看自己的分量吧。"

"你不信我?算了……随你信不信吧,反正我会拿第一的。"

李格离开病房,情绪依然烦闷。他掏出烟来,刚要点火又停下了,想了想,把烟掐断。

他用力揉烂烟盒,扔到垃圾桶里。

段宇成回到基地,直奔罗娜的宿舍。今天发生的事给他的刺激太大,敲门声都比往常更响。

罗娜开门,见面就问:"你们怎么回事?怎么都不接我的电——"

她的话还没说完,段宇成就用手捂住了她的嘴。

进屋,关门,他抱住她。

天色已黑,罗娜洗漱完毕,宿舍里只开了一盏床头灯,较为昏暗。

罗娜奇怪地道:"怎么了?"

他摇头。

罗娜问:"李格和吴教练呢?"

段宇成说:"约会去了。"

370

罗娜失笑。

段宇成抬头，看着罗娜的眼睛，问："你觉得我好吗？"

"什么？"

"你觉得我成熟吗？"

罗娜被问得莫名其妙，笑道："什么情况？出去一趟怎么还变文艺了？"

"你别笑。"段宇成轻晃她的肩膀，"你觉得我足够成熟能够保护你吗？"

少年神色认真，罗娜不得不端正态度。

"当然能。不过我有什么可保护的？"她揉他的脑瓜，"森本今天回日本了，临走还想找你呢。"

"找我干吗？"

"他说想跟适应了高原环境的你再比一次。"

段宇成嗤笑。

罗娜捧着他的脸，静静地说："他们都能看出你的厉害之处。"

"是吗？"段宇成歪着嘴说，"某人不是说人家比我高1500分，没的比吗？"

"但你会提高啊。"罗娜捏着他胶原蛋白满满的脸蛋，"你会越来越强，越来越发光，然后看到全世界。"

他嘟嘟囔囔："最后再回你身边。"

罗娜发觉自从谈了恋爱，段宇成的口才是一天比一天好，几句话就把她哄上天。

少年撸起袖子，一个公主抱把罗娜抬了起来，两人一起扑到床上。其实是挺火热的动作，但现实做起来还是有一定风险性，罗娜差点被颠散了。

她扶着腰，无奈地道："你悠着点，我可不是现役运动员。"

他在她嘴上亲了亲。

两人蘑菇了一会儿，罗娜说："要不我给吴教练打个电话吧，怎么还没回来？"

段宇成按住她："你不用管他，以后都不用管，管我就行了。"他强行没收了罗娜的手机，也不让她离开。

他不想让她见到伤痕累累的吴泽和李格。

但这种事瞒也瞒不住，第二天罗娜还是发现了。

吴泽已经想好理由等罗娜盘问，没承想这女人脑回路异于常人，断定道："你把他打了吧？"

吴泽挑眉。

不远处的体育场里，李格正在难得地认真训练。

罗娜说："棍棒底下出孝子，要是打一顿真能解决问题也不错，当年王叔不就成天打你吗？"

吴泽含糊地笑了一声，斜眼瞄罗娜。女人最近被爱情滋润，从内而外焕发光彩，美得惊天地泣鬼神，训练场上多少人看她，连食堂大叔打饭都多给她两块肉。

然后他顺着她的目光看过去，不出意外看到段宇成的身影。

吴泽内心叹气。

阴影，一辈子的阴影。

春训渐渐步入尾声，段宇成在杨金的指导下进步很大。除了打死都拽不上去的铁饼和1500米以外，其他项目的分数都有明显的提升。

最后三天，段宇成和章波还有另外一个全能运动员进行了一次训练赛。段宇成以6789分的成绩拿到第一。杨金告诉罗娜，这个成绩放到全国性质的比赛上，大概能排在十名。

春训结束后，队里有一个三天的小假，段宇成迫不及待地约罗娜出去玩。

吴泽和李格跟随大部队回了A市，他们在机场碰见了来迎人的王启临。

"哟，王主任。"吴泽跟他打招呼，"稀客啊，您还接机呢？"

"没工夫跟你贫嘴。"王启临严肃地道，"罗娜和段宇成呢？"

吴泽一顿，笑道："找他们干吗啊？"

王启临："我问你他们俩人呢？"

彼时，罗娜和段宇成正在前往拉萨的火车上。

"集训后不是有假期吗？不少人都去玩了。"吴泽解释道，"段宇成练得不错，奖励一下。"

一旁负责扛行李的李格没听出这对话的内涵，问道："那我练得也不错，你怎么不奖励我呢？"

吴泽黑着脸："你给我把嘴闭上。"

"够了。"王启临眉头紧锁，"你们先回学校。"

吴泽问："要联系他们吗？"

"联系他们干什么，你不说了是休假吗？"王启临不冷不热地说，"等他们回来再说。"

一股秋后算账的味道。

回校的路上，吴泽考虑要不要给罗娜打个电话通知一声。犹豫半天最后还是没打。他想那两人现在肯定疯疯癫癫很开心，没必要打扰。

就算真有糟心事，也乐和完再面对。

车停在校门口，吴泽下车，李格扛着行李跟着。他后知后觉地反应过来，说："哎，你说王主任是不是看出什么了？"

吴泽没应声。

李格冲着他的背影撇嘴："其实你挺开心的吧？"

吴泽停下脚步，眯着眼睛回头。

李格说："你不是喜欢罗娜吗？王主任要是知道他俩这事，百分之百棒打鸳鸯，你不正好坐收渔翁之利了？"

吴泽心说，自己在别人眼中就是这种形象？

"你听好，"涉及罗娜，吴泽难得地开口解释，"我是喜欢她，但我不想他们分手，至少不是这样分手。还有，这不是你该关心的事情，以后不许乱说话。"

李格点点头，马上又说："其实你人还不错。"

吴泽连声谢谢都懒得敷衍他。

李格叹气："没办法，你知道你最大的问题是什么吗？就一个字，穷！唉，这是硬伤啊，我也在这个字上栽过跟头。男人什么都能缺，就是不能缺钱，否则在女人面前抬不起头来。"

"李格！"吴泽忍无可忍，一嗓子吼得路边的野猫弹起半米高，他深吸气，认认真真地道，"我收回之前说你是废物的话，像你这种'双商'

373

奇低的人，确实适合练体育，我对你又有信心了。"说完一去不回头。

李格原地呆愣半天，猛然吼道："哎！你怎么拐着弯骂人呢！"

六

天高皇帝远，用来形容现在的罗娜和段宇成再适合不过。

在集训还剩下一周的时候，段宇成就向罗娜提出去西藏的计划，本来罗娜不同意，但段宇成说他连布达拉宫的票都订好了，不能退，不去就浪费了。

"你怎么订票都不跟我说一声？"

"有假期啊，劳逸结合吗。"

他一撒娇，罗娜魂都散了，半推半就两人就出发了。

火车一路向西。

西宁到拉萨坐火车要二十个小时，飞机快，但他们不想坐，他们似乎有意把旅程拉得长一点。段宇成买了卧铺票，两人一个中铺一个下铺。同车厢老人想要换位置，段宇成利索地把下铺让了出去。换来的铺位也是中铺，他与罗娜躺在床上，刚好可以面对面看着对方。

夜里，车厢熄灯，段宇成偷偷跑到罗娜的铺上。他空中平移，直接大长腿迈出来，跨到罗娜身边。

火车铺位非常狭窄，加上罗娜和段宇成身材都比较挺拔，长手长脚，躺一个都费劲，挤两个根本连喘气的空间都快没了。

他们就在那儿挤馅饼。

罗娜呼吸困难："你干吗啊？"

"不干吗，你给我让点地方啊。"

"我都要嵌到墙里了！"

段宇成把罗娜当成被子，长腿勾过来夹住。

罗娜脸很热，背也很热。

"你身上真好闻。"段宇成说。

"没你好闻。"

"我是男人好闻什么？"

"你是个精致的男人。"

他偷偷笑，罗娜又说："精致又自恋的男人。"

他张开嘴巴，小小地咬了罗娜一口。罗娜感觉到肩膀处那一排整齐的小牙，浑身酥麻："你别乱动啊……"

段宇成在狭小的空间里费力地抽出手，把衣领往下拉了拉，露出脖子和锁骨。

罗娜皱眉："又干吗？"

"你不是喜欢闻吗？给你闻。"

"不要脸。"

"嘿嘿。"

他们一整晚就这样抱着，深夜时分，罗娜昏昏欲睡，段宇成悄悄挪了个位置，把腿的位置调整了一下。他的大腿健壮有力，也重得要命，压得她半边身子发麻。

火车轰隆隆，每一次过轨的声音都挑动着她的神经。

后半夜，罗娜终于撑不住了，蒙蒙眬眬进入梦乡，等再次清醒天已经亮了，段宇成也不在了。

她眯着眼睛往车窗外面看，天空蓝得几乎要流淌下来，山坡上随处可见白塔和经幡。

罗娜下床洗漱，在火车上过夜的人看着都有股说不出的憔悴，罗娜简单洗了把脸，把长发吊高扎起。

她回到车厢的时候段宇成已经把早饭准备完了，他不嫌麻烦，去餐车打了豆浆和稀粥，还有几碟咸菜。同车的老人眼巴巴地看着他们吃，段宇成被看得无可奈何，又去帮他们的忙打一份回来。

罗娜斜着眼睛问老人："你怎么不让你儿子给你打啊？"

老人摆手："我儿子不好，不孝顺。"

段宇成把饭打回来，罗娜逗老人："那你看这个孩子好不好？"

老人赞不绝口，一边夸一边摸段宇成的大腿。

"啧。"罗娜拨开他，"你夸就行了，别上手。"

段宇成咬着包子冲她笑，眼睛水汪汪的。

火车越开，他们离现实就越远。

他们上午抵达拉萨，段宇成和罗娜一人一个双肩包，轻装上阵。

罗娜全程当甩手掌柜，旅店，行程，一切都是段宇成来安排。罗娜很喜欢看段宇成制订计划的样子，他一认真嘴唇就习惯性地抿紧，全神贯注地查资料或者做笔记，透着一股严谨的可爱。

罗娜站在拉萨的街头对他说："你这样挺帅的。"

段宇成转过眼。

也许是高原离天空太近，这里的一切都比别处直白，视线的饱和度也提高了，罗娜从没觉得段宇成的样貌如此清晰过。

段宇成说："我什么时候不帅？"

罗娜说："实话实说，平时看着挺一般的。"

可能是她见过的运动员太多了，成天泡在这个年轻又充满荷尔蒙的圈子里，罗娜都有点麻木了。

而且段宇成做运动员时太烦，看着好像挺懂事，实际上倔得跟驴一样。

他还是静下来时最美，带着一点笑，一点乖巧，还有一点点的骄傲。那模样，罗娜断定再刻板的女人也会忍不住回眸一顾。

他们漫步在八角街的石板道上，两边是涂得雪白的房子，只有窗子和房顶刷着暗红色的漆。

段宇成拉着罗娜的手，问道："那你觉得我什么时候最帅啊？"

他还在纠结她说他"平时看着挺一般"的事。

罗娜笑而不语，段宇成用胳膊卡住她的脖子："快说！"

罗娜想了想，说："那就……戴眼镜看书的时候吧。"

"啊？"这个造型有点出乎意料，段宇成皱眉，"真的？"

"真的。"

段宇成思忖一会儿，淡笑道："哦，缺什么羡慕什么，是吧？"

罗娜反应好半天才意识到自己的智商被鄙视了，一肘子撞过去，被段宇成半途擒下。他搂过她的腰，被手感惊艳："哇！你这腰真带劲！"

他们在布达拉宫下面吃了藏餐，口味偏油腻。段宇成点了好多样，但罗娜只让他每样吃一口。她怕他万一肠胃不习惯，回去闹肚子就麻烦了。

离全国锦标赛越来越近，他的赛前状态要保持好。

吃完饭他们准备去参观布达拉宫，路过一家小商品店，段宇成让罗娜等他一会儿。他钻进店里，三四分钟后出来，鼻梁上多了一副眼镜。

罗娜伸手戳，段宇成往后退："别，捅到眼睛了。"

"都没镜片你戴眼镜干什么？"

"色诱你。"

"……"

段宇成哈哈笑，拉着罗娜的手往布达拉宫走。

他化身导游，一路讲解。

他事先做了功课，查了一堆松赞干布和文成公主的情史、正史、野史、坊间传说，讲得事无巨细、头头是道。

罗娜听了半天，问："你都没查点别的？你咋这么八卦呢！"

段宇成合上小本本，看向罗娜，说："爱情故事不好吗？为什么要查别的？"

罗娜说："导游要都像你这样早被投诉了。"

段宇成默不作声地看她三秒，点头："好，我现在开始给你讲布达拉宫的历史沿革，你别听睡着啊。"

罗娜："你讲吧。"

"那我先介绍布达拉宫发展的大致三个阶段，分别是吐蕃王朝时期，和硕特汗国时期，以及历代达赖的增建。在公元7世纪初，松赞干布迁都拉萨后，为了——"

"停。"

段宇成整理表情。

罗娜说："算了，你还是讲爱情故事吧。"

段宇成："那请问顾客还要投诉我吗？"

"不了。"

"你对我的服务还满意吗？"

"满意。"

"那奖励我一个吻吧。"

罗娜斜眼看过去。

视线范围里铜瓦鎏金，飞檐外挑。金瓶、红幡、白墙遥相呼应。阳光里悬浮着亿万粉尘，就像浮世数不尽的生灵，各自飞舞，各自沉沦。

罗娜被这个画面里的男孩惊艳了，像欣赏一件艺术品一样上下左右来回看。

她见过那么多运动员，有声名显赫的大明星，也有名不见经传的小人物，但没有一个人给她像段宇成这样的感受。

就像那个夏天，她看着十八岁的少年冲过百米终点线时一样，现在的段宇成也与背后的太阳融为一体了。

他有太阳的光芒，又不像太阳那么烫人。

他笑着问："看什么啊，不给我奖励？那你说你喜欢我。"

罗娜说："我喜欢你。"

"呀！"他哇哇叫，"你怎么这么简单就说了！不行不行，我要换一个要求，我要……嗯！"

罗娜压下他的脖子，吻了聒噪的小朋友。

她品尝他湿润的嘴唇，感受平时绵长的呼吸忽然间变得短促，他两手扶着围栏的造型不甚美丽，但一点点的笨拙此时更能刺激罗娜的热情。

她送上一个long kiss。

虽然两人都是情场新手，但罗娜的年龄和阅历这时形成了碾压，她风情万种。

段小孩被亲得快要化了。

罗娜看他呆傻的样子，问："你想什么呢？"

段宇成喃喃道："我在想……现在说点什么能显得帅气一点？"

罗娜说："你许个愿吧。"

"什么？"

"这种地方适合许愿，许个愿吧。"

段宇成张张小嘴，罗娜手掌贴在他的胸膛上，给他提意见："许愿求一个全国锦标赛的好成绩，或者……"她在他耳边轻声细语，"求我们能一直开开心心地在一起。"

段宇成思索片刻，转头看她："我想好了。"

"什么？"

"我希望我永远是你的骄傲。"

这心愿听起来不那么短浅，也不那么缠绵，软硬适中，又回味无穷。

罗娜又想亲他了。

身边路过几个旅人，拉回了罗娜的神志："走吧，接着逛了。"

段宇成像条鲇鱼一样趴在她背上，下巴垫着罗娜的肩膀。

罗娜说："你能不能好好走路，成何体统？"

段宇成感叹："我真喜欢你。"

"哦，有多喜欢？"

"喜欢到每次想起你都想哭。"

罗娜皱起鼻子："还有这种喜欢？"

"有啊。"他声音软绵绵的，无限怅然地说，"当然了，像你们这种白羊座的女人是不会了解这么细腻的情感的。"

"你皮又痒了是吗？"

离开布达拉宫，段宇成在拉萨的商店给罗娜选了一串珍珠项链。他挑起珠宝轻车熟路，看起来十分内行。

罗娜问他："你怎么知道这么多？"

段宇成说："我妈喜欢这些，我爸怕她被骗，就让我研究。"

罗娜："那你爸自己怎么不研究？"

"我爸这辈子只研究鱼。"段宇成拎起一串珍珠说，"这是淡水珠，我家那边产海珠，比这个漂亮。"

"那还买什么？"

"纪念啊，等我以后赚大钱了，给你买顶级的深海金珍珠。"

罗娜哈哈大笑："等你赚大钱？九成运动员都穷得要死，你还是老老实实啃爹妈吧。"

段宇成忙着给她试戴项链，哼哼道："我要是去卖鱼，绝对比我爸卖得好。"

"……你将来要回去卖鱼吗？"

"谁知道呢。"

罗娜脑海里浮现出一男一女在大海上唱着歌划着船撒着网的画面，觉得很恐怖。

"就这串了。"段宇成拍板。

罗娜往镜子里一看，脖子上挂着一串透着光的长款珍珠项链。罗娜很少佩戴首饰，但爱美之心人皆有之，她意外地发现自己跟珍珠还挺配的。

"你脖子真好看，又长又白。"段宇成也在看着镜子，趁罗娜臭美的时候，偷偷亲她。

罗娜嘶了一声回头。

卖货的藏族小妹妹冲他们笑起来。

吃饱喝足花够钱，两人前往旅店。

段宇成在网上订了一间青年旅社，里面住满了来自天南海北祖国内外的旅人。

罗娜和段宇成的外形很吸引人，从进院开始注目礼就没断过，客栈老板特地邀请他们参加晚上的party。

罗娜回屋洗了个澡，晚上的时候换了一套衣服，纯黑的贴身羊绒衫，紧身皮裤。她把长发散开，涂了口红，脖子上挂着那串长珍珠。

她太过引人注意，段宇成去拿个饮品的工夫，回来就见到一个老外在跟罗娜搭讪。

他一手一杯鸡尾酒，瞪着眼珠走到老外面前，拔高音量以盖过震耳欲聋的音乐："Fight——？！"

老外哈哈笑，看着罗娜，说："He is so cute."

罗娜耸耸肩，接过一杯酒。

她靠着吧台浅酌，就像个美丽而昂贵的猎物，段宇成守在一旁，捏着酒杯，脑弦绷紧，四下扫描敌人。

"你怎么傻乎乎的……"罗娜把他扭过来，跟他碰了碰杯，"好好玩，这是你赛前最后的放松了。"

Party很热闹，大家操着各地的方言，唱歌跳舞，喝酒吃肉。

罗娜和段宇成的组合引来很多好奇的人，一整夜闲聊就没断过。

大家问他们——你们是背包客吗？是职业登山家吗？是专业搞户外活动的吗？

猜来猜去就是没人猜他们是运动员。

罗娜摆手，统一回答："只是学生而已。"

场地嘈杂不堪，客栈老板拉着几个人围着火盆跳舞。

段宇成凑到罗娜耳边，小声问："你也是学生吗？"

罗娜背靠吧台，双肘搭在上面，说："是啊，你有意见？"

她漆黑的衣服，红艳的嘴唇，还有雪白的珍珠，配合着她的笑容……它们一起联合起来欺负他。

段宇成心脏跳得很快，比任何一次比赛前都更紧张。他看了一会儿跳舞，然后猛然一口喝光了那杯鸡尾酒。

他再回头，罗娜还是那个表情看着他。

"你别笑了……"

她不听。

于是他探身堵住了她的嘴。

现在什么都无法阻止他了。

他把她抱起来，走回房间。

屋里黑漆漆的，浓浓的酥油和藏香的味道催化了漫漫长夜。

这就是天高皇帝远，他们对视一眼，就能飞去外太空。

酒劲有点上来了，段宇成浑身发红，他的手不受控制地伸向罗娜的上衣，他脱了那件羊绒衫，罗娜没有制止他。

罗娜没穿文胸，里面只穿了一件偏松的吊带背心，他盯着她的胸口。

少年对这片区域的人生体验尚且为零，他眨眼看看，觉得那又像乳酪，又像海绵，又像香喷喷的牛奶蛋糕。

她脖子上挂着的珍珠项链被屋外的篝火映得闪亮诱人。

红唇如血。

上帝在他脑中翩翩起舞。

他跪在床上，双手捂住脸。

罗娜问："你在想什么？"

他声音沙哑地说："我真不敢相信你是我的。"

罗娜说："以前我也这样怀疑过。"

段宇成放下手，这次眼神镇定了许多。

他把自己的衣服也脱了。

罗娜抬起右手，食指勾画着他的身体。

如果问世上最值钱的是什么，恐怕没有标准答案。但如果问人死时是愿意拥抱金钱，还是一具年轻健康的肉体，大概所有人的答案都是一样的。

她笑着说："你看我像不像黑山老妖，专门骗你这种傻书生？"

段宇成双手撑在她身体两侧，她散开的头发就像夜里盛开的黑百合。

他低声说："我的战斗力可比书生强多了。"

罗娜摸到他的背。

一切都无所谓了。

那一晚的记忆很混乱，有点潇洒，更多的是堕落。他做了第一次嫌不过瘾，光着脚丫，随便披着一件浴衣出去又拿了两杯酒回来。

喝完再做，做完再喝。

罗娜唯一清醒的记忆，就是自己自始至终都攥着那串珍珠项链。她紧紧地攥着，就像攥住全世界。

Chapter 09

炽 | 道

一

腰酸背痛。

罗娜第一次体会到年龄增长带来的身体变化。

啊啊啊……不年轻了……

屋外艳阳高照。

这一路的旅程就是，越往西，天越蓝，到了这里已经是极限。

昨晚热闹非凡的小院此时陷入晨曦的宁静，院中央躺着一条晒太阳的大黄狗，躺姿与罗娜分外相似。

不想动……就是不想动。

现在屋里只有罗娜一个人，她懒得想那精力旺盛的小崽子去哪了，闭上眼睛准备睡一个回笼觉。

就在这时，房门开了。

罗娜勉强再次撑起眼皮。

段宇成以为罗娜还没醒，进屋蹑手蹑脚的。他拎着一个口袋，小心翼翼地放到桌子上，尽量不让塑料袋发出声响。

就在他慢动作进行的过程中，忽然听到一声——"你干什么呢？"

馒头吓掉在地上。

罗娜坐起来，头发蓬蓬地散在双肩上。她还穿着昨晚那件黑背心，里面没穿胸衣，下身穿着一条灰色的运动款内裤，一条长腿露在雪白的被子外。

罗娜揉揉脖子，见段宇成蹲在桌边鼓捣塑料袋。

"那是什么啊？"

"哦……我买了点早饭。"

"你不嫌累啊，还买早饭？"

"不累啊，我是被饿醒的。"

"……"

在役的果然牛。

罗娜打个哈欠，头脑又清醒了一些，开始注意到段宇成始终背对着她，折腾半天不肯回头。

"喂。"

段宇成嗯了一声。

罗娜咧嘴笑，把枕头竖起来往床头一靠："你昨晚不挺能耐的吗，怎么这时候尿起来了？"

"谁尿了！"

段宇成扭头，刚跟罗娜对视上，马上又转回去了。

人长得白就这点不好，稍微变点颜色就被人看穿。

他耳根红透，罗娜眯着眼睛看了半天，越看越觉得可爱。

好想给他顺顺毛。

"过来。"罗娜命令道。

段宇成专心研究那碗酸奶，不动。

"快点，不听话？"

段宇成皱着眉转头："你就想看我的笑话。"

罗娜勾勾手指。

段宇成自暴自弃地叹了口气，往床边走。他一路垂着脑袋，越想控制脸越红，罗娜感觉像有人给她端上来一盆麻辣小龙虾似的。

384

段龙虾泄气地往罗娜身边一坐，闷头说："来了，干吗？"

罗娜坐直一点，说："你转过来我看看。"

段宇成挠挠脖子，慢慢扭头。

在跟罗娜对视上的一瞬间，他立马落败。"啊！"他气急败坏地倒到床上，掀开被子把自己蒙了起来，"别看我！受不了了！！！"

罗娜过去，叠在他身上，他长长地吐出一口气，像张被压瘪了的垫子。

罗娜想要扒开被子，他紧紧拉住。

两人较上劲。

罗娜的力量当然不如段宇成，但女人治男人向来有邪招。她用膝盖顶他的肋骨，用下巴硌他的肩膀，段宇成痒得嗷嗷叫唤，在她身下扭动得像条崩溃的毛毛虫。

终于，被子被罗娜拉开了，他露出一颗小脑瓜，头发被搞得支棱着，脸蛋红得要滴血。

罗娜靠近了一点，问："早上洗澡了？"

他小声说："……昨天半夜洗的。"

罗娜用鼻尖碰碰他，夸奖道："真香。"

他脸更红了。

罗娜本是调侃他，没想到看得久了自己也被传染了，脸上也臊起来，原计划里接下来要碰一碰、捏一捏、亲一亲的步骤也取消了。

阳光照在他们身上，房间里弥漫着慵懒的沉香。

昨晚明明叱咤风云，天一亮两人都委婉起来了。

段宇成抿着嘴唇，说："……那个，要吃饭吗？"

罗娜说："……行啊，我先去洗个澡。"

她下床，从段宇成面前走过。少年的视线起初定格在下半部分，那双光洁的小腿，在罗娜快要进洗手间的时候，他偷偷往上抬，瞄到修长的大腿和紧俏的臀部。

他不自觉地啃住被子。

淋浴声响起，段宇成的理智有点发飘，他也从床上下来了，随着那神秘的水声慢慢飘移到门口。

在距离洗手间半米远的时候，他忽然醒悟，狠狠地掐了自己一下："你想什么呢，你疯了！太下流了！"

他反身扑到床上，脸埋进枕头。由于情绪太过高涨，他一刻也闲不下来，两腿使劲蹬，把被子踹得乱七八糟，活像个精神病。

最后他被什么东西硌了一下，掀开被子，是那串珍珠项链。

阳光下，珍珠散发着温柔的光泽。

段宇成的脑海中浮现出昨夜罗娜戴着这串项链的样子，将脸贴在珍珠上，有种想要吟诗的冲动。

鹅鹅鹅！曲项向天歌！

他自己咯咯笑半天，把松软的被子一股脑抱在怀里。

罗娜从洗手间出来的时候就看到他这种造型。

她笑起来，咧着嘴一个鱼跃扑过去再次把他压住，段宇成张开长长的手脚把罗娜箍住。

他们之间压着那条味道香香的被子，整体看着像是个大型三明治。

"我沉不沉？"罗娜问。

他摇头。

她发丝上的水珠滴下，落在他的眼睑上，他眨眨眼。

阳光照在其间，朦胧得宛如卷起一道彩虹。

"再眨一下。"

"啊？"

"再眨下眼。"

"为什么？"

"好玩。"

段宇成有意逗她开心，便又眨了几下，睫毛忽闪忽闪的。他越眨越快，最后已经有点对眼了，罗娜看得哈哈大笑。

被子里适时传来咕咕的声音。

"饿了？"

"嗯。"

"来吧，吃饭。"

段宇成饿坏了，坐到小板凳上埋头狂吃。他噎了满嘴饭给罗娜讲今天的行程，像只巨型大嘴猴。

"我订好车票了，去日喀则，怎么样？"

"什么怎么样，你说去就去喽。"

段宇成拿胳膊肘轻轻碰罗娜，罗娜碰回来，他再碰回去，她再碰回来。两人嘎嘎笑，腻歪到智商统统不要了。

段宇成先一步吃好饭，跑到外面去跟老板娘借吹风机，回来要帮罗娜吹头发。

"你吃你的，我帮你吹。"

事实证明，虽然段宇成手很巧，能做各式各样的自制面膜，但第一次给女人吹头发还是搞得手忙脚乱。罗娜的头发又厚又长，他掌握不好风向，全吹包子上了。

"哎哎哎！干什么呢！"罗娜扭头，"都蹭上油了！"

被凶了，段宇成关掉吹风机。

罗娜冷哼："笨！"

段宇成面无表情地看着她，然后啪的一下打开吹风机又闪电般关上。

吹风机正好对着罗娜，一开一关像冲她开了一枪似的。

罗娜反射性地闭眼，再睁开时看到小朋友得逞的笑脸。

她喊了一声："欠收拾。"

西藏的天空下，他们的手是黏在一起的。他们一起逛街，一起赶路，一起买特产。时光变得懒散缓慢。

前往日喀则的火车上，段雷锋又给别人让了座，罗娜陪他一起去车厢处看风景。

他们路过一个热情的大叔时，大叔笑着问："小夫妻吗？"

段宇成被问红了脸，刚要摇头，但又停住了，偷偷斜眼看罗娜。

罗娜也没答。

大叔离开了，罗娜看向段宇成，问："怎么不回话呢？"

段宇成说："哼。"

罗娜笑着看向窗外，段宇成从后面抱住她，两臂搭在她的肩膀上。

"哎哎哎，沉死了。"

"你都能背动我，还怕压啊？"

"我什么时候能背动你了？"

段宇成歪脖，枕在罗娜肩膀上看她："医院啊。"

罗娜一脸蒙。

段宇成抿着嘴看她两秒，起身，背靠车厢，不说话了。

完了完了，闹脾气了。

罗娜手捏着太阳穴，使出吃奶的力气回忆。

"啊！你是说你崴脚那次对吧？"

段宇成不冷不热地哼了一声。

"放心，我没忘。"

"没忘？"

"都那么久之前的事了啊。"罗娜感叹，"时间过得太快了，那个时候你还新鲜着呢。"

"现在不新鲜了？"

"你现在油腻多了。"

两人靠在一起，段宇成在下面拉住她的手，用力攥了一下。

窗外景色一闪而过，看久了有点犯困。她的头轻轻靠在段宇成的肩上，似梦似醒，半睁的眼睑上光明闪耀，照不出今夕何夕。

偶然一刻，她冒出了希望车永远开下去、旅程永远没有尽头的想法。

但这终究只是想想而已。

在日喀则玩了一天后，他们赶回拉萨，乘坐第二天一早的飞机，回归现实。

罗娜回校后先去找了吴泽，把买的特产分给他。

"这个是牦牛干，这个是虫草，还有这个绿松石，可能是假的，因为特别便宜，哈哈哈！"

吴泽叼着烟，看着罗娜一样一样掏东西，她脸上泛着粉光。

他笑着问："玩得开心吗？"

罗娜点头："还行啊。"

吴泽弹弹烟，说："你这事可能被王胖子知道了。"

罗娜翻礼物的手顿了顿，而后若无其事地道："是吗？知道就知道吧。"

吴泽靠在窗台旁，低声道："他老古董一个，思想旧，可能要劝一劝，你不用放在心上，随便听听就行了。"

罗娜说："我知道。"

吴泽叼着烟："如果他欺负你，你就来找我，我不怕跟他闹。"

罗娜整理好东西，走到吴泽面前，眯着眼睛道："不存在的，谁能欺负我？没人能欺负我，你还不了解我吗？"

吴泽扯着嘴角笑。

罗娜离开吴泽的宿舍，在走廊里片刻神游，兀自想了一会儿，然后溜达着下楼。

当天下午，王启临通知罗娜，让她来一趟办公室。罗娜在往那儿走的路上，接到段宇成的电话，约她晚上出去吃饭。

"可以啊，你想吃什么？"

"我都可以，贾士立推荐了一家新开的素菜馆，要不去试试？"

"什么？他开始吃素了？！"

"是啊，哈哈，估计坚持不了几天。"

罗娜站在体育学院的办公楼下，笑着说："那就去吧，队里有点事我先处理一下，你好好休息，晚上见。"

"好，亲一个。"

他冲手机打啵，清脆的声音让罗娜心情愉悦。

王启临常年不在学校，这次本来也有其他事，但被罗娜和段宇成耽误，硬生生在学校等了两天。

办公室里只有他一人，罗娜进去的时候他正埋头写着什么。

"主任。"

王启临没抬头，用手指了指对面的凳子。

罗娜心里叹气，过去坐下。

屋里很静，只有王启临奋笔疾书的声音，氛围无比压抑。

罗娜心中默念，一定要忍住，晚上还有一顿好吃的，一定要带着好心情去吃饭。

不知王启临写了多久，大概有一万年，他终于扣上了笔帽。

他抬起头，看着罗娜，眉头挤出几道刚硬的褶子。

然后又安静了。

"……"

两人面对面坐了大概半分钟，罗娜叹道："主任，有什么话您就直说吧，咱别营造气氛了行吗？"

王启临眼睛一竖，猛地一拍桌子！

他刚才笔没扣严实，这大力金刚掌一下去，笔帽咻地震飞出去，差点崩到自己的眼睛。

罗娜知道他想严肃纪律，但说实话，氛围反而有点被破坏了。

她捂住胸口，皱眉道："有话好好说，您别这么吓唬人。"

王启临严厉地道："罗娜！"

罗娜："我在，您说。"

"你知道我把你叫来是为什么吗？"

"当然知道，"罗娜站起身，深吸一口气，"所以才让您有话直说。"

王启临也站起来了，俩人像是比个头一样，脖子一个赛一个抻得长。

"你给我端正态度！"

"我已经正了！"

"罗娜！"

王启临过于激动，喷了罗娜一脸唾沫星子，她抹了把脸，扫向窗外。

今天天气不算太好，稍微有点霾。

天色看着一点也没有拉萨那么蓝。

二

罗娜不想与王启临吵，但他们之间横着一个原则性问题，不解决王启临根本不会让她走。

"你到底怎么想的！"

"什么怎么想的？"

"你怎么能跟队员搞到一起去？！"

"'搞到一起'？"罗娜眯起眼睛，"您措辞能再谨慎一点吗？"

王启临跟罗娜都是运动员出身，性格刚猛暴烈。王启临年纪大了还能好点，罗娜可是正当年，加上受到爱情滋养，可以说是战力点满，火力无限。

"毛主席还说恋爱自由呢，我们都是成年人，喜欢对方有什么问题？"

王启临气得脸红脖子粗，啪啪拍桌子："有你这么瞎自由的吗？你跟自己的队员谈恋爱？跟个二十冒头的大学生谈恋爱？！你搞得人家家长都找来了你知不知道！"

罗娜皱眉："家长？"

王启临哼道："他妈妈亲自给我打的电话！"

罗娜愣住，王启临见占了上风，腰板一挺就要乘胜追击，不料罗娜向他伸出一只手。

王启临："干吗？"

罗娜："手机。"

"什么？"

"手机给我。"

"你要手机干吗？"

"我没有他妈妈的电话，你给我，我现在就打给她。"

"……"

王启临瞪罗娜："你什么意思！你还想威胁人家怎么着！你咋不上天呢！你是不是还没认识到自己的错误？"

罗娜心烦意乱，问："他妈妈说什么了？"

王启临："你觉得能说什么？"

罗娜静默，王启临冷哼一声，说："你倒不用怕，人家家长明白事理，没说别的，就说怕恋爱会影响他的训练和比赛。"

罗娜抬眼看他："我怕什么？"

"你还犟嘴是不是？"

可能刚才手掌心拍疼了，这回王启临开始哐哐捶桌子，他痛心疾首地道："你跟一个刚转职业的运动员谈恋爱，你还在这儿振振有词，你当年念体校的时候教练没跟你说过这些事吗？"

没说过？当然说过。

从前体校管得严，教练明确地跟他们指出，现役期间不许谈恋爱。

"都什么年代了，"罗娜搬出段宇成的理论，"现在哪有这些规定！"

"这跟年代有关系？为什么会有这些规定你不知道？"

罗娜不说话了。

王启临唾沫星子横飞，说："这小子是你一路带上来的，他走到现在有多不容易你比谁都清楚。我现在可以明确地告诉你，国家队那边已经在盯他了。"

罗娜眼睛一亮："真的？"

"当然是真的！"王启临严肃地道，"结果这么关键的时候你给我来这么一出。罗娜，我不是吴泽口中的老古董，我——"

"你怎么知道他说你老古董？"

"废话，他说我的能有好话吗？"王启临哼了一声，语重心长地道，"我不是反对你恋爱，我也管不着你喜欢谁。但你就这么火烧眉毛吗？你就不能等他退役之后再谈吗？到时候你爱怎么着就怎么着，你看我多说一句话不！"

"不会有影响的。"罗娜绷着一张脸，"段宇成很自律，谈个恋爱不会影响训练、比赛的。"

"不会影响？"王启临嗤笑一声，"你再说一遍？"

罗娜抿唇。

王启临说："你觉得高三学生谈恋爱会不会影响高考？自律就没影响了？再自律他也是个二十岁的毛头小子。真没影响他前两天就该回校训练了，他就不会跑去西藏跟你双宿双飞了！这叫没影响？你就是这么骗自己的？"

罗娜无言以对。

王启临哼了一声："要是别人也就算了，你什么都懂还犯这种错误，我真不知道你怎么想的！"

自从谈起恋爱，罗娜的脑子就分成了两半，一半是澄清，装着玉一样的大海和蓝天，另一半则迷雾重重。

如今王启临用超强的口气吹散了雾，理智幻化成双眼，在里面静静地看着她。

罗娜想起从前，以前体制管理严格，男女运动员分居，特别是在大赛期间，互相之间都不准有什么接触。

还有一个星期就是全国锦标赛了，而她和段宇成前天还在拉萨的小旅馆里缠缠绵绵。

罗娜终于有种落败的感觉，一屁股坐回凳子里："你要我怎么办，跟他分手？"

"我不管你，你爱怎么着就怎么着。"

罗娜怒道："那你把我叫来说这些干什么？"

王启临啧啧啧三声："你看看，你要不去照照镜子吧，你现在看我就像看阶级敌人一样，眼睛红得要吃人了！"

罗娜狠狠地睨了一眼。

王启临说："我只能让你自己处理。你要知道，这种事要是弄寸劲儿了，搞不好会起反作用，那对运动员的影响就更大了。"

罗娜笑了："您在这儿讨伐了我半天，现在反过来让我别弄寸劲儿？"她再次站起来，"您让我分手我就去分手，至于会不会弄寸劲儿——"她脑子里浮现出那一夜少年沉迷的双眼，说道，"我觉得大概率是会的。万一到时候他受刺激比赛比烂了，我又不能陪在他身边，那就劳烦王主任您来安慰他吧。"

王启临气得鼻孔放大，刚要说什么，罗娜又道："对了，这孩子爱哭，您到时候记得借给他肩膀。"

王启临听得浑身发麻："你别跟我在这瞎扯淡！你还敢威胁我了？！"

罗娜挑眉："我可不敢。"

王启临："你还有什么不敢的！哎哟我的血压……"他过于激动，捂住脑门，一连做了几次深呼吸，想从爆炸的状态里回归冷静。

罗娜看着王启临快要上不来气的模样，心里也不好受，坐回椅子上，低声道："你要觉得实在没法交代，就把我开除吧。"

王启临快被逼哭了："罗娜，我不是活在旧时代的人，我也不会随随

393

便便开除教练员，更何况我一直认为你是个好教练。"

罗娜看着桌角发呆。

"所以你该知道现在要以什么为重。"王启临认真地道，"我现在还记着当初你帮他转项时的状态。那时你在想什么？他在想什么？你们的劲往哪使？我把你叫来不是逼你们分手，我只是提醒你人的精力是有限的，你们当然可以接着谈恋爱，他也有可能真的像你说的不会被影响，但凡事都有万一，你舍得赌他的职业生涯吗？"

王启临狂吼的时候罗娜没什么反应，现在心平气和地说话反而把她说得指尖发颤。

静了一会儿，罗娜低声说："7000。"

王启临："什么？"

罗娜看向王启临："全国锦标赛，如果他不能突破7000分，我就跟他一刀两断，再给你写十万字检讨，然后回美国去。"

王启临呵了一声："你要出书吗，还十万字检讨？"

罗娜："就这么定了，这是我对你的交代。"说完，起身往外走。

"哦，对了，我给你带了点特产，你还要吗？"

王启临坐在椅子里按太阳穴，幽幽地道："当然要啊，给我放宿舍吧。"

罗娜离开办公室，漫步校园中。

说实话，如果王启临用其他任何理由挤对她的感情，她都会毫不客气地跟他掀桌翻脸，但他选了一个罗娜无从还手的角度。

——你舍得赌他的职业生涯吗？

她叹气。老胖子说话还是狠，一句命中要害。

刚刚喊得口干舌燥，罗娜去自动贩卖机买了瓶矿泉水，靠在路边的树上。

她已经冷静下来了，所以第一件事想的就是——7000分是不是太高了，果然还是6900分稳一点吧……

啊啊啊……脑子一热就说了……

罗娜原地蹦了几下宣泄情绪。

"7000分就7000分！拿出点志气来！"

她把水瓶捏烂，扔到垃圾桶，雄赳赳气昂昂地回去了。

她在宿舍楼下碰到段宇成。

这位"志气之源"正蹲在路边玩手机。

"干吗呢？"

段宇成见罗娜回来，立马站起来："你去哪了？等你好久了。"

罗娜拿过他的手机看了眼，他正在玩"消消乐"，这是他为数不多会玩的游戏。

"不是让你好好休息吗？明天就要开始训练了。"

"我知道，但我饿了，想提前吃饭。"

"……"

"怎么了，你还有事吗？"

"没。"

"那走吧。"

段宇成手插着裤兜，晃悠悠地往外走，悠闲地道："你别太累了，放松一点。"

罗娜看他一点紧迫感都没有，心里默默着急。但她又不能让他知道王启临跟她谈话的事，至少不能现在让他知道，否则比赛心态肯定受影响。

一想到马上就要到来的全国锦标赛，罗娜头更疼了。

"你备战怎么样了？你可别把比赛忘了啊。"

他好笑地说："怎么可能忘。来，看这个——"

他们刚出校门，段宇成忽然不知从哪变出一朵玫瑰花来。罗娜拿到手里才发现这是纸折的，闻一闻，还有香味，不是鲜花胜似鲜花。

罗娜偷偷打量段宇成，他出门前应该是刚洗过澡，还换了一身休闲装，完美出场。

如果是昨天碰到这种场景，罗娜一定会毫不吝惜地献上热吻，但现在，她第一时间考虑的则是折这样一朵玫瑰要花多少精力。

"不喜欢吗？"他看着她的眼睛，"你不开心？"

罗娜觉得自己快要精神分裂了。

"喜欢。"她还是忍不住提醒他，"但马上要比赛了，你得专注一点。"

"知道了知道了，放心吧。走，吃好吃的去。"

"……"

她一时脑热许了那种承诺，现在看他这样，她怎么放心啊啊啊——

来到素菜馆，段宇成饶有兴致地研究起菜单来，不时询问罗娜的意见。罗娜心思根本不在这上面，敷衍两句了事。

"刘杉刚才找我了。"段宇成点完菜，跟罗娜闲聊起来，"他说他今后想把精力多放在学业上。"

罗娜一愣："他想退役？他没跟我们提过啊。"

"不算退役，他现在退还有点舍不得，但也知道自己成绩提不上去了，所以想把精力往学业那边靠一靠。他说他想考本校研究生。"

罗娜正喝水，听完险些呛到："刘杉？考A大研究生？"

"对，其实刘竿子学习还凑合，虽然跟我不能比。"

"真臭美。"

段宇成嘿嘿笑，喝了一口酸梅汤，感叹道："一开始跟我一起练的人，现在都走得差不多了。"

罗娜说："是啊，这条路不好走，太辛苦了。"

段宇成："确实辛苦。"

就在她怅然当下的时候，段宇成忽然说："不如你晚上给我来套泰式按摩吧。"

罗娜悲催地想着，也许这次比赛结束，他们真的要走到尽头了。

随后几天，罗娜都尽量避免在训练时间出现在段宇成面前。她私下找过杨金一次，问他现在段宇成能达到多少分的水平，杨金说这次比赛的目标是6800分。他面色严肃，说话语气深沉稳重，又带着杀气，像是要上战场的老将军，而段宇成就是他手下的强将。

罗娜听得直哆嗦，最后认戾给王启临打电话，说想把之前的约定改成6850分。

折个中……

"你是负责搞笑的吗？"王启临冷哼道，"赶快提前想好分手的理由吧。"

罗娜陷入死胡同，最后备战的几天，甚至一句话都没敢跟段宇成说。

段宇成约了她几次失败后，或许是明白了什么，意外地配合起来。

这次锦标赛段宇成依然挂在省队名下。比赛在北京举行，全能比赛安排得比较靠前，杨金和段宇成先走了两天。罗娜跟在随后的队伍里，与吴泽和李格一起出发。

到了下榻的酒店，因为杨金盯段宇成比较紧，罗娜也没找到机会给他鼓劲，只是偶尔回一下他的短信。

罗娜本以为他们要等比赛结束才能见面了，没想到全能开赛前一晚，段宇成偷偷找上门来。

夜已深，罗娜在房门被敲响的瞬间就知道是谁来了，她看了眼时间，已经晚上十一点多了。

她面容严肃，掀开被子下床。

一开门，果然段宇成穿着睡衣站在外面。

罗娜沉声道："几点了，你怎么还不睡觉？"

段宇成说："有点睡不着。"

"杨教练呢？"

"房间呢，他先睡了，我自己出来的。"

罗娜深呼吸："明天就比赛了，你别乱跑，快回去。"

"你明天来看比赛吗？"

"当然。"

段宇成笑了笑："那就好。"

"你别紧张。"

"不会的，又不是第一次比。"

"回去休息吧。"

段宇成站了一会儿，低声说："那你抱我一下，给我加个油。"

罗娜往后看了看，酒店的走廊安静无人。她上前半步，在她伸出手时，段宇成已经先一步抱住了她。

"我知道你在担心什么。"他在她耳边轻声道，"你怕我被恋爱影响成绩是不是？"

罗娜没说话。

"我承认恋爱影响了我很多，但那不是坏影响，你不会给我带来坏影响的。"他笑着，特地压低声音，半开玩笑似的说，"你明天就会懂的，我是那种会为爱疯狂的人。"

然后他在她唇上留下轻轻一吻，直起身，双手插在睡衣兜里，慢悠悠地倒退。

"抓紧时间瞎操心吧，明天过后你就没机会了。"说完他笑着离去。

罗娜看着那修长的身影消失后，忽然捂住心脏，靠在墙上。

太帅了……这小畜生怎么忽然变得这么帅了……

短暂的会面，罗娜一夜无眠。

三

熬了一整晚，罗娜情绪反而更加高涨，早上不到六点就起来洗漱了。

她在前往餐厅的路上碰见段宇成和杨金。

杨金还在给段宇成做最后的赛前准备，一路嘴叭叭叭就没停下过。

擦肩而过之际，段宇成悄悄拉了罗娜的手一下。

罗娜想给他加油，将全部意念一半注入眼神，一半注入手掌，狠狠瞪，狠狠捏。

段宇成本是想缠绵一下，结果被捏得一个激灵，回头冲罗娜龇牙。

罗娜目送两人离去，叹了口气。

"你怎么这么紧张？"

罗娜回头，吴泽在她身后打哈欠。她再往后看看，没有看到李格。

"他人呢？你们准备得怎么样？"

吴泽睡得迷迷瞪瞪："什么怎么样？"

"李格呢？"

"拉屎呢，等会儿来。"

"百米小组赛在明天吧，他准备好了吗？"

吴泽冷笑："这不是紧张到一早上拉三遍吗？"

"……"

他刚说完，李格就幽幽地飘到餐厅门口，罗娜看他面无表情的样子，担心地道："你还好吧？"

李格眼神平移过来："什么？"

吴泽皱眉："别理他，吃饭了。"

吴泽先一步走进餐厅，罗娜跟在他身后小声说："他是不是太紧张了，你多少关心一下，万一像江天那样……"

吴泽淡笑："是也没办法，我能教的已经教完了，剩下的就看老天给不给他这口饭了。"

两人并排入座，罗娜静了好一会儿，吴泽偶尔一瞥，发现她的目光落在自己手上。

她疑惑地道："你的手怎么了？"

罗娜至今都不知道吴泽在西宁时把自己给捅了。当时吴泽跟她解释是擦伤了。这种贯通伤好得慢，到现在也没完全好利索，纱布是最近摘的，伤口位置留下一道明显的疤痕。

"没事，钢笔不小心划了一道。"

"钢笔能划成这样？"罗娜明显不信，伸手过去想看个究竟。

吴泽把手臂移到一旁，笑道："怎么着，小男友刚走就这么关心我？"

罗娜吓了一跳，快速瞄向对面的李格，好在他还在发呆。她压低声音："你看着点场合，别张嘴就来啊。"

吴泽哼哼两声，用叉子叉了一块馒头塞进嘴里。

吃完饭，两人一起前往体育场。

由于国内对田径的关注度较低，就算是全国锦标赛观众依然很少，看台上一眼扫过，就像稀疏的玉米棒子，萧瑟惨淡。

不过毕竟赛事规模大，跟之前的比赛比起来，现场多了记者和电视转播团队。场地里走动的运动员很多都是罗娜能叫出名字的国字号选手，看台上的亲友团拉着各种条幅标语，被北方的风吹得阵阵作响。

罗娜深呼吸，感觉自己有点紧张。

现在场上正在进行200米小组赛，气氛十分热烈。罗娜低头看时间，离十项全能比赛开始还有一个多小时。

秒针每跳一下，她就觉得胸口紧一分。她拿当下的感受与当年省运会时相比，发现紧绷感有过之而无不及。

照这样下去，万一他以后参加更高规格的比赛，她岂不是有心梗的危险?

唉，关心则乱，关心则乱啊……

在罗娜焦急等待的时刻，段宇成正在体育场附近的小场地热身。他跟章波一起做最后的准备。在练了几次起跑后，章波脸色忽然一变，低声说："你看那边。"

段宇成扭头，意外地看到一个熟悉的面孔，是之前大运会的全能冠军蔡立秋。在他身边，有个更让人惊讶的身影，体大前短跑教练蔡源。

章波说："我也是不久前才知道，蔡立秋就是蔡源的儿子。"

段宇成心说怪不得他当初看蔡立秋有点眼熟。

蔡立秋也注意到了他们，跟蔡源说了些什么，蔡源回头，冲段宇成笑了笑。离了几十米，段宇成还能嗅到他当初的那种精明味。

段宇成移开眼："别看了，走吧。"

章波说："蔡立秋这次也是代表北京队，其实他祖籍是A省，但蔡源花钱托关系给他转到北京去了。"他颇为看不起地冷笑一声，"看来蔡教练在别的运动员身上黑来的钱全花他儿子这儿了，你说他会给自己的儿子用药吗？"

段宇成说："他要是真这么宝贝他儿子，应该不会用的。"

章波嘀咕道："真不想跟他一起比赛。"

段宇成静了一会儿，笑着说："我倒是想。"

蔡立秋比段宇成没大多少，硬实力很强，这次锦标赛男子十项全能一共报名二十七个运动员，段宇成的报名成绩排在第二十名，蔡立秋则排名第一。

时间差不多了，工作人员喊他们过去检录，段宇成最后开了开肩膀，向外走去。

十项全能分两天比完，第一天要进行100米跑、跳远、铅球、跳高和400米跑。可以说段宇成的强项基本都在第一天，最后能不能拿到理想分数，今天的发挥至关重要。

罗娜在看台上度日如年。

不知过了多久，体育场的大屏幕上终于开始预告全能比赛。

罗娜瞬间望向通道口，助理裁判带着队伍进场了。段宇成还是穿着那身熟悉的金白相间的田径服。罗娜在找到他的一刻，一颗乱跳的心才算有了着落。

运动员们被带到百米起跑点做准备。

比赛有电视转播，在运动员们上道后，摄像团队开始从第一道转播，每名运动员都过了一遍。

来到段宇成面前时，可能摄像师觉得他形象比较好，机器明显多停了一会儿。

这一组里，摄像机只在两个人面前多做停留了，一个是段宇成，另一个是蔡立秋。停在蔡立秋面前的原因很简单，因为他是这一组里历史成绩最好的。

而段宇成虽然还没有什么名气，但也算是用自己另外的长处博得了大家的认可。

段宇成专注于比赛，并没有注意到摄像机的停顿。

但罗娜注意到了。

她忽然间意识到，这应该是段宇成第一次上电视直播。就在刚刚摄像机停顿的短暂两秒钟里，他阳光俊俏的形象已经通过电视画面传到千家万户。

电视台的解说员一定会笑着评价他是个英俊的小伙子。

很多很多人都看到了他。罗娜抱住手臂，汗毛微微竖起。

谁能想到，当年那个在高中里喜欢跟对手斗嘴的幼稚小孩，一路摸爬滚打，一路挥汗如雨，真的走到了今天全国性质的赛场。

而且她坚信他一定还能走得更远，什么都不能阻碍一个运动员的脚步。

选手介绍完毕，蹲在起跑器前做最后调整。

段宇成在第二道，蔡立秋在第四道。两人状态都很好，蔡立秋是短跑出身，他们都对自己的百米非常有信心。

罗娜屏息凝神。

裁判开始喊口令，全场鸦雀无声。

忽然，发令枪响，八名运动员一起冲了出去。这一刻罗娜把与王启临的约定忘到了九霄云外，满脑子只有段宇成奔跑的画面。

段宇成起跑很顺利，一举领先，过了前半程甩开后面一大截。他的夸张起跑把整组人的节奏都带起来了，蔡立秋在中程奋力追赶，段宇成则在七十米左右时再次加速冲刺。他的爆发力在经过一个月的高原训练后达到了顶峰，变得细腻而有控制力。

他冲过终点，计时牌显示10秒77。

观众席传来惊呼，这一枪惊艳了众人。

"好！"罗娜激动得直接从座位上蹦了起来，把旁边的吴泽吓得烟都掐折了。

"你疯了？"他匪夷所思地盯着她，"谈个恋爱也不至于精神失常吧，这就是他正常发挥的水平啊。"

罗娜搓搓手坐下，念叨道："就是第一项才能看出临场状态。"

段宇成毫无悬念地拿到本组第一，斩下912分，可谓开门大吉。蔡立秋位列第二，成绩10秒81。

摄影师围着冲过终点的段宇成，他的影像出现在体育场上方的大屏幕上，刚开始他没注意到，冷不防回头看到，被自己吓了一跳。

看台上为数不多的观众发出宽容的笑声，段宇成觉得不太好意思，避开摄影师去找杨金。

吴泽笑道："这小子还挺有观众缘的。"

罗娜想起段宇成在三中的运动会，那些里里外外帮他加油的同学，颇为自豪地说："那当然！"

吴泽叼着那根半折的烟，说："如果能出成绩，这样的运动员上面最喜欢了。"他吐出一口烟，"看他今天这个状态，估计会要他的。"

罗娜明白吴泽指的是国家队："你这么想？"

"是啊，他样貌突出，素质也比较高，整体符合宣传要求。虽然说现在差了点成绩，但他的潜力是有目共睹的，不出大纰漏应该没问题。"吴泽笑了笑，"这可是全能项目，就算专项百米的小组赛能跑进10秒8的有几个？"

"我能。"李格从旁边冒出来。

吴泽瞪了他一眼："你给我滚一边去。"

李格又缩回去了。

罗娜看着下方正在跟教练沟通的少年。

她的紧张和难受，在这一枪百米后，得到了释放。

接下来是跳远，这也是段宇成的拿分项目，但他跳远的实力并不能像百米一样冲击900分。他跳远拿到790分，位列小组第二，蔡立秋708分第六名。

从沙坑出来，蔡立秋脸色不太好。

段宇成的铅球发挥一般，只拿到683分。

全能项目的体能分配是大问题，不可能十个项目每个都耗尽全力，罗娜能看出段宇成有意在投掷类节省体能。

一天比赛下来，段宇成发挥得比罗娜的预期要好，他在杨金下令必须拿高分的项目——100米，以及跳高上都顺利完成任务。改练全能后，段宇成的跳高成绩没有专项时那么好，但也能稳定在2米以上，稳拿800多分，碾压全场。

第一天最后一个项目是400米跑，这也是最考验人的。单项的400米就最难跑，全能更是折磨人。

段宇成的400米是强项，赛前杨金勒令段宇成必须拼到底，最后一项，死咬着也得拿下来。

而蔡立秋之前练短跑的时候的专项就是400米的，他现在是国内十项全能400米纪录保持者。

两人上道，均是表情冷硬。

吴泽看着大屏幕上段宇成的神情，笑道："看着吧，这把400米要跑死人了。"他心态放松，完全看热闹一样。

罗娜双手攥在一起，低声道："他的道次分得太不好了。"

段宇成在第八道，也就是最外道，是个非常不利的位置。

吴泽淡淡地道："也有例外。"

罗娜知道他指的是范尼凯克在2016年里约奥运会上创造的"第八道奇迹"。这位二十四岁的年轻南非运动员在第八道跑出43秒3的成绩，打破了尘封17年的400米世界纪录。

"因为看不到其他对手，所以最外道的运动员只能从一开始就拼尽全力。"吴泽对400米也很关注，又点了一支烟，"看看吧，段宇成的体能是优势，就看临场发挥怎么样了。"

裁判喊预备，罗娜的心揪到嗓子眼，双手冰凉。

发令枪响，罗娜直接站了起来。

果然如同吴泽所说，段宇成一出发就拼了老命，罗娜太熟悉他的跑步节奏，他这次前程要比以往快很多。

蔡立秋在第五道，位置还不错。他的起跑很顺利，可能是看到段宇成在外道冲得太猛，他明显受到影响。在过第二个弯道后，两人都把冲刺提前了。

罗娜连呼吸都忘了。

对400米来说，最可怕的就是最后100米的冲刺，两人都在没有进直道的时候就开始二次加速。这种玩命的跑法把吴泽看得烟也不抽了，眯起眼睛紧盯着。

两名运动员甩开小组其他人太多，体育场里都是对田径有所了解的人，他们看出这一圈的成绩会很夸张，欢呼的声音越来越高。

剩下最后一条直道，两人的速度都还在往上提。

按照罗娜和吴泽对段宇成的了解，他的体能虽强，但也没到极为夸张的程度，他是撑不住这种冲刺方式的。

意想不到的是，他这次还真就撑住了。

就算在最后二十米蔡立秋反超他后，他的速度也没有掉下来，一直维持着冲过终点。

过了终点线，他直接扑倒在地，像个死人一样一动不动。

罗娜两步冲到围栏边，双手紧紧地抓住栏杆，盯着那道趴在地上的身影。

不知过了多久，段宇成抬起手掌，狠狠地拍了一下地面以泄不满。

罗娜终于恢复呼吸。

"乖乖……"吴泽哼笑一声，看着计时牌，"这可真是惊喜啊。"

跑过终点，蔡立秋也耗尽体能。他的情况跟段宇成差不多，虽然没躺下，但也双手撑地，头深深地埋起来，大口大口喘气。

段宇成平复得比他更快，站起来，脸色潮红。

"还是强啊。"吴泽淡淡地自语。

蔡立秋的400米跑出48秒57的成绩，段宇成则是49秒23。

蔡立秋跑了第一，可看起来并不高兴，他最后看了一眼段宇成，起身离去。

第一天下来，段宇成拿到4052分，暂列第一位，这个成绩完全超出教练组的预期。

离开赛场时杨金夸了段宇成几句，没听见他回应。段宇成把一条白色运动毛巾搭在肩膀上，面色冷静，大步流星往外走。

杨金问："怎么了？比得好还不开心？"

段宇成低声道："400米最后一段没跑好。"

杨金说："这已经是你最好的成绩了，还叫没跑好？"

但段宇成还是很不满意。

现在排名第二的是蔡立秋，成绩是4003分，第三名是个山东运动员，跟蔡立秋分差也不大，只有50分左右。

他能拿高分的项目基本全在第一天，可他却没有把分差拉开。

杨金看着眉头微皱的段宇成，问他："你想什么呢？"

段宇成没说话。

杨金看了他一会儿，脑中灵光一闪，蓦然问了句："你该不是……想拿金牌吧？"

段宇成转头看他："不该想？"

老教练被他眼神中的力道所震慑。

上了赛场，他完全没有训练时的谦逊和温柔，他毫不掩饰自己的野心勃勃。

该不该想金牌？当然该想，运动员不想金牌想什么？可事情都是循序渐进的，教练组之前讨论的只是让他这次比赛突破6800分。

杨金想着想着笑起来。

"你小子，"他扯着嘴角，越想越有劲，"你小子可真有意思。"

四

全能第一个比赛日结束。

罗娜知道段宇成比赛期间不带手机，所以也没联系他。看完接下来的赛事后，她跟吴泽和李格简单吃了口饭便返回酒店了。

她在房间门口看到一个人，远远地瞧见那身材，罗娜紧绷了一天的心彻底放松下来。

"大霞！"

戴玉霞虽然去了国家队，但还是常与罗娜联系，最近一次就是过年时。戴玉霞和江天很感谢罗娜对他们的帮助，大年初一就去给她拜年。

戴玉霞穿着北京队的队服，红艳艳的。

罗娜拍拍她："可以啊你，京队的了！"

戴玉霞笑道："没，这次没来得及回省里。"

罗娜开了房门，问道："你最近状态怎么样？听说你成绩提得很快。"

戴玉霞说："我还凑合，毛茂齐才是真厉害，人家现在在国外训练，准备钻石联赛呢，这比赛都懒得来了。"

罗娜想起那个迷迷糊糊的小孩，当初在山里拘谨又害羞，如今已变成钻天猴了。

她心情大好。

"你先坐下歇会儿。"她进洗手间洗脸，"你怎么知道我住哪间房的？"

"我中午碰到吴教练了，他告诉我的。"戴玉霞顿了顿，又说，"对了，你们还好吗？"

罗娜："谁们？"

戴玉霞说："当然是你和段宇成啊。"

洗脸水差点送鼻子里，罗娜从洗手间门里露出半颗震惊的头："你怎么知道的？"她小声问，"吴泽告诉你的？"

戴玉霞："对啊。"

罗娜干瞪眼。

好你个吴泽，一个男人嘴巴跟大喇叭似的。

戴玉霞又说："其实他不说我也知道了。"

"怎么知道的？"

"江天说过。"

"他又是怎么知道的？！"

"刘杉说的啊。"

"？？？！"

看着罗娜风中凌乱的样子，戴玉霞哈哈大笑："跟段宇成熟一点的人都能看出来，他太明显了，他看你时眼睛都带桃心的。"

罗娜坐到戴玉霞身边，毫无形象地叹了口气，往后一倒，双手捂住眼睛。

戴玉霞问："怎么了？"

罗娜小声嘟囔："没脸见人了。"

戴玉霞笑着说："你们俩多配啊，我早觉得你们会在一起了。"

罗娜挪开手："真的？"

"嗯。"

"为什么？"

戴玉霞想了想："大概感觉……气场很合？"

罗娜挑眉，戴玉霞又说："好像能黏到一起。"

罗娜有点害臊，又捂住脸。

戴玉霞感叹："段宇成很省心了，比江天强多了。"

她这么一说，罗娜想起些事来，一个鲤鱼打挺起来了："江天是不是也比你小？"

"对，小三岁。"

罗娜与戴玉霞四目相对，沟通了一个默契的眼神，然后两个女人忽然一起诡谲地笑起来。

她们沟通了好一会儿滋补养生的姐弟恋话题。

罗娜平日根本没有可以聊这些话题的人，现在碰到戴玉霞，完全敞开了话匣子。两人什么都唠，漫无边际，最后罗娜口干舌燥地抱住戴玉霞："唉，你走了队里都没能说话的人了。"

"以后想聊天就给我打电话。对了，我今早看到国家队的全能教练来了，应该是来看段宇成比赛的。"

罗娜精神抖擞："真的？"

戴玉霞："嗯，你让他好好表现，我觉得八九不离十了。"她想到什

407

么，又补充道，"不然蔡立秋也不会这么拼死跟他比，蔡立秋想拿成绩把段宇成压住。"

罗娜一顿，问："你认识蔡立秋？"

戴玉霞说："认识，但不熟，都是国家队的，出去比赛的时候偶尔会碰到。"

罗娜说："他不想段宇成进队？"

戴玉霞笑了："当然不想。国家队里很多东西都跟在学校时不一样，除非那种稳拿世界冠军的明星选手，其他人私下的厮杀也很厉害。"

"厮杀"这个词有点夸张了。

"全能项目这么冷门，也有这些问题？"

"当然有，本来上面就不怎么关注，要是人再多起来，每个队员能分到的资源就更少了。"她具体分析道，"我说个最简单的。今年九月初要比亚洲田径锦标赛，我听其他人讨论，这次赞助商想找冷门一点的项目拍广告，要宣传默默无闻的基层人物。现在男、女全能就被他们盯上了。如果你是赞助商，蔡立秋和段宇成摆出来，你选谁拍广告？"

罗娜："……"

沉思片刻，她晃晃头，说："现在说这些都太遥远了，还是专注比赛吧。"

两人又聊了一会儿，戴玉霞回去了。

罗娜扑倒在床上，独自琢磨了一阵。

晚上九点多的时候，段宇成发了条消息给她。没有文字内容，打头是一颗小小的爱心，后面跟着一个熟睡的表情，再后面是一长串的玫瑰花。

罗娜抱着手机笑起来。

全能第二个比赛日到了。

有了昨日打底，罗娜今天信心百倍，腰不酸了，背不痛了，情绪也没那么紧张了。

全能第二天要比110米栏、铁饼、撑竿跳、标枪和1500米跑。

这里有两个段宇成的超级弱项，就是铁饼和1500米，杨金要求今日项目力求稳定，将注意力多放在撑竿跳和标枪两项。

1500米是最后一个项目，这也是段宇成全能项目里最短板的一项。杨金为此十分苦恼，想过很多办法帮段宇成练1500米，拉着A大中长跑教练天天研究，就是提不上去。

中长跑教练给出的解释是段宇成的肌肉类型不适合中长跑。

吴泽评论段宇成也算是个奇人，因为中国练全能的十个里面九个靠中长跑和投掷类出成绩，唯独他这么擅长短跑和跳跃类。

开赛前的准备阶段，杨金叮嘱段宇成前面别拼得太凶，要控制住，给1500米保留体能。

段宇成点头，无意间看见热身的蔡立秋。

蔡立秋的状态也比昨日放松了很多，大运会时段宇成与他较量过，知道他第二日的项目实力更强。

段宇成深呼吸，活动活动脖子，感觉心率很快，身体异常兴奋。

杨金唠叨了半天没听到回应，问："我说这么多你都听见没？"

"听见了。"

段宇成抬头望天，今天空气很清凉。

"她马上要过生日了。"他忽然说。

"谁？"杨金问。

"我女朋友，四月十八号。"

"什——么——？！"

天降"正义"，把杨金砸得稀碎。

他唾沫星子横飞："你什么时候找女朋友了？！我怎么不知道？！你跟队里汇报过了吗？"

段宇成啧了一声，回身给杨金捏肩膀，哄着老教练说："您别太激动了，我们在一起有一阵了，等有机会给您介绍。"

另一边，马上要过生日的"罗女友"此时正在看台上等待全能比赛。

吴泽去忙李格的百米小组赛了，只有她一个人闲着。

现在场上正在进行400米预赛。

罗娜看着大屏幕上奔跑的运动员，看哪个都觉得丑，要么黑不溜秋，要么土了吧唧，跑起来龇牙咧嘴，毫无形象可言。

怪不得昨天摄像机盯着段宇成拍那么久，真是没有对比就没有伤害。

半个多小时后，全能比赛要开始了。

随着运动员进场，罗娜稍微坐直了些。她膝盖上放着一个小本本，里面夹着厚厚一沓十项全能计分表。她根据段宇成平时的训练成绩估算了今日的分数，得出结论，只要不出大意外，他的总分应该刚好能过7000分。

第一项110米栏。

段宇成再次与蔡立秋一组比赛，两人道次并排。蔡立秋经过一夜休整，今日发挥稳定，不仅拿到小组第一，还刷新了个人赛季最好成绩，跑出15秒27，斩获817分。

段宇成以15秒67拿到770分，总分仍然第一，但与蔡立秋的分差已经相当小了。

在前往下一场地的时候，蔡立秋冲段宇成冷笑了一声。

他也知道投掷类是段宇成的弱项。

在铁饼这一项里，蔡立秋正式发力，总分实现反超。不过值得一提的是，除了他比赛期间，其余所有的赛事间隙，摄影师的镜头还是喜欢对着段宇成。

所以即便他反超到第一，脸色依然难看。

在他们准备撑竿跳比赛的时候，今天另外一个重点项目，百米小组赛也开始了。

罗娜分出注意力放到百米赛道，李格在第二组出场。她抻着脖子往下面看，吴泽叼着烟站在场地边，虽然比赛关乎他在A大的去留问题，但看模样他一点紧张感都没有。

也不知道李格今天早上拉了几次……

百米第一组跑得比较一般，第一名才10秒83。成绩出来的一刻罗娜看向李格，希望这个数字可以让他找到一些自信。可惜李格小朋友完全沉浸在自己的世界里，两只眼睛恶狠狠地瞪着地面，脸色铁青，嘴唇苍白，不知在想什么。

裁判带着第二组选手上道。

罗娜望着李格僵硬的神情，喃喃道："这不行啊。"

她掏出手机，打算给吴泽打个电话，让他给自己的弟子一点鼓励。不过号码还没拨出去，她就听到场上传来一声大吼——"加油——！"

声音之大，全场为之讶然。

这是吴泽喊的吗？

当然不可能。

这是李格自己喊的。

他一嗓子喊完，又来了两遍："加油！加油！啊啊啊啊——！！！"

吼完之后，他猛地一拍自己的脸，因为过于用力，远远看着就像是给自己来了一耳光似的。

观众们："……"

小组里其他运动员向他投来诡异的视线，裁判也过去跟他说了几句，以示警告。观众席里传来窃窃私语，罗娜转眼，看到后面不少人捂着嘴笑。

罗娜脸颊发热。

这小子怎么也不嫌丢人啊……

她再看吴泽，原位置已经没人了，他往后面退了五米，隐身到工作人员堆里，一股极力撇清关系的味道。

罗娜忽然间觉得这画面说不出地搞笑，莫名地就跟着兴奋起来了，她站起来，冲李格喊："加油！"

李格听到她的声音，抬头冲她比画了一个大拇指。

赛前准备进行完毕，裁判终于开始喊口令了。

本来罗娜还有点紧张的，但经过刚刚李格近乎神经病式的自我鼓励后，她体内燃出了一片天。在发令枪响的瞬间，她直接站到了椅子上高呼李格的名字。

他跑起来就像只小豹子。

以前李格在学校跑，因为实力突出，总喜欢装模作样后程放慢速度。吴泽因为这个事骂了他无数次，毫无作用。

罗娜第一次见到李格这么不留后路地跑。加速、冲刺、撞线。

计时牌上显示10秒32。

全场愣住三秒，然后沸腾了。

后面刚刚笑话李格的几个人难以置信地喊起来。

"10秒32？！不可能吧！"

"这哪冒出来的人，之前都没见过，怎么跑这么快的？"

"超风速了？"

"今天也没风啊！"

罗娜听得嘴角咧到耳根。

田径是年轻人的天下。

新人就像春笋，指不定被哪场大雨一浇，就从某个犄角旮旯里钻了出来。

她又看向吴泽，他站在热烈讨论的人群之中，显得有些安静。

他那支烟还没抽完。当然，只有10秒多的时间，怎么可能抽完一支烟。罗娜忽然很想采访一下，问他看到自己的弟子跑出这样的成绩，有什么感想。

不过就罗娜对他的了解，他大概只是笑笑而已。

场地里，跟段宇成一样，李格同样也受到摄影师的优待，一是因为这夸张的成绩，二是因为他夸张的比赛模式，最后也是因为他那一身嚣张跋扈的文身。

罗娜越看越高兴，振臂高呼："好样的！"而后忽然察觉身边有人，一转头，一个意外的人出现在视线里。

此时罗娜站在椅子上，高举手臂像个亢奋的自由女神。夏佳琪被她这阵势吓到，两只粘了厚厚假睫毛的眼睛圆溜溜地瞪着。

这应该是罗娜第一次见到夏佳琪穿裤子。之前不管是炎夏还是寒冬，夏佳琪永远穿裙子。这次她穿着一条黑色阔腿裤出现，整个人显得干练了许多。

但再干练，整体气质在那儿摆着。由于目前高矮差距实在太大，从罗娜的角度看过去，编了头发的夏佳琪跟只受惊的小蝴蝶犬似的。

罗娜从椅子上蹦下来，站到夏佳琪面前。她发现夏佳琪竟然能跟自己平视了，往下一看，夏佳琪今天的鞋跟果然再创新高。

夏佳琪清了清嗓子："我是来找你的，我有话跟你说。"

罗娜点点头："行，出去说吧，这儿太吵了。"

反正早晚要聊开。

段宇成的撑竿跳第一跳已经完成了，高度4米25。在等待下一次试跳的间隙，他看到李格的百米小组赛，也被这夸张的成绩震撼，跑过来祝

412

贺："你可以啊！"

李格刚刚已经兴奋完了，现在八卦之魂又燃烧起来，他盯着看台的方向，故作深沉地摸摸下巴。

段宇成顺他的目光看过去，那是省队的观众席，他顺便找了下罗娜，没找到。

"你看什么呢？"

李格问："你妈是不是很年轻？"

段宇成说："你怎么知道？"

李格说："吴泽之前说过，他说你妈贼漂亮。"

这话段宇成怎么听怎么觉得别扭……

"你好好加油吧，我先回去比赛了。"

"哎，你等会儿。"他刚转身，就被李格拉住肩膀，"我不是多管闲事啊，但毕竟吴泽挺关注你们俩的。"

段宇成一头雾水："你到底说什么呢？"

李格神神秘秘地道："你知不知道王胖子他……"

五

罗娜与夏佳琪来到体育场外。

春季的北京还有些凉，罗娜穿着一件短风衣，紧身长裤，一双黑色短靴，看起来矫健凌厉。她在广场中心站定，转头对夏佳琪说："有什么事，说吧。"

对比之下，夏佳琪显得娇小了不少，她踩着一双恨天高，看着还是没罗娜有气势。

罗娜说："王主任跟我说了，你去找他了，为什么不直接找我呢？"

夏佳琪明明来之前已经决定好了"恶婆婆"的角色定位，她是来兴师问罪的，可临了却有点怂了："我找王主任也没说什么啊……"

"我知道，你说得都合情合理。"罗娜深吸一口气，"我也不跟你辩解什么，我确实喜欢你儿子。我知道这事你可能不好接受，所以你有什么要求，都可以跟我提。"

"那我要你们——"

413

"除了分手。"罗娜点明先决条件，"其他都好商量。"

"……"

那还商量什么。

夏佳琪一路上排练了不少环节，但目前看这架势一个都使不出来。罗娜嘴唇一抿，教练的架势一端，她脑子就转不过个儿了。

她急得跺脚："你怎么不讲理呢！"

罗娜说："我们有话好好说，总有解决问题的方法。"

夏佳琪激动地道："其实你之前来我家的时候我就看出来了。不对！更早之前我就看出那小子不对劲了！"

当年省运会结束后的烧烤之行，她就看出段宇成有问题。

罗娜不无遗憾地说："我知道的时候就比较晚了，我也不是没犹豫过，但当时的情况势如猛虎，我也没办法。"她叹了口气，"你早发现怎么当时没制止他呢？太可惜了。"

夏佳琪激动得小脸通红，嚷道："你还往我身上赖了？你根本不是这么想的！亏你之前还答应过我只做对他好的事。"

罗娜点头："对啊。"

"你现在这样对他好吗？"

"不好吗？"

夏佳琪觉得自己全方面被罗娜压制，愤愤地道："你比他年龄大。"

罗娜提醒她："你老公比你大十多岁。"

"那不一样！他是男的，你是女人。"

"有差很多吗？"

夏佳琪激动得脸色发红，脖根也染了淡淡的粉色，这一点段宇成倒是遗传了她。

她哼哧哼哧道："反正我不同意你们恋爱，先不说你们的年龄，小成的职业道路现在正是关键时刻，谈恋爱太影响他了。"

又是王启临那套说辞。

罗娜淡淡地道："我懂你们的担忧，但我也可以跟你保证，我绝对不会影——"

"响"字还没出口，什么东西进入了视线，罗娜眼睛睁大，不可思议

414

地看着那个本该在比赛的人朝着自己跑过来。

段宇成一口气冲到她们面前，呼呼喘粗气。

罗娜问他："你干什么呢？"

他没回答，问了夏佳琪同样的话："你干什么呢？"

夏佳琪显然也没料到这种情况，眼睛眨了眨，不知道要说啥。

段宇成怒道："我告没告诉过你不许单独找她！"

夏佳琪被儿子喊傻了。

罗娜拽着段宇成的衣服把他转过来，目光凶狠："我问你在干什么！你比赛中途出来了？"

夏佳琪也反应过来："对啊，你比赛不是还没结束？"

段宇成看着夏佳琪就气不打一处来："谁让你——"

"段宇成！"罗娜快要失去理智了，一声大吼把母子俩都吓了一跳，"你到底在干什么！你知不知道这个比赛有多重要！你居然敢比到一半为了这种鸡毛蒜皮的小事跑出来！"

夏佳琪咳嗽一声，不满地道："……这也不算'鸡毛蒜皮的小事'吧。"

罗娜盛怒之下道："分手！马上分手！"

夏佳琪惊喜地睁大眼睛，段宇成则像被人狠狠地捶了一榔头，眼圈瞬间红了，颤声道："为什么，为什么要——"

"你还敢问为什么！你还不快点给我滚回去比赛！"罗娜一脚踹在段宇成的屁股上，"如果你达不到7000分，咱俩再也不用见面了！"

段宇成一溜烟往回跑，最后回头讨价还价道："非得7000分吗？6900分行吗？"

罗娜吼道："还磨蹭！快点回去！"

段宇成狠狠地瞪了夏佳琪一眼："等我回头跟你算账！"

罗娜怒发冲冠地看着他重新进入体育场，再一回头，夏佳琪梗着脖子看着她。小美人抿了抿嘴，嘟囔道："你平时都这么跟他说话的？这可不成。你还敢踹他，我和他爸从小到大都没碰过他一根手指头。"

罗娜怒意未消，根本没听清夏佳琪的话，满脑子如何严肃纪律："太不像话了！"

415

夏佳琪一哆嗦，悄悄吐了吐舌头。

混乱的半日结束，段宇成以拉肚子为由浪费了两次试跳机会，撑竿跳没有拿到理想分数。

标枪项目他稍微追上来一点，结束时总分6228分，距离高压线7000分还有772分。

这意味着他一定要在最后一项1500米里跑进4分25秒，而他之前的1500米最好纪录是4分48秒。

只能等待跑一个奇迹……

然而事实证明，但凡跟耐力沾边的项目，奇迹就不眷顾他了。

就算段宇成使出吃奶的力气跑，最后还是只拿到747分。

而蔡立秋从铁饼时便一路领先，最后以7514分拿了冠军，亚军是山东老将，7420分，第三名依然是北京队的选手，7094分。

段宇成第四名，6975分。

这个成绩……该怎么说呢？

如果段宇成是在正常比赛的情况下拿了6975分，那杨金绝对会对他大夸特夸，拉回去开个三天三夜的庆功会。可情况并不是这样。段宇成的撑竿跳只跳了一次，拿了个688分。而他目前撑竿跳的真正实力可以跳到4米50，甚至4米55，可以多拿100多分。这样他不仅能破7000分大关，甚至还可以挑战一下奖牌。

要知道奖牌这个东西，在开赛之前杨金想都没敢想过。甚至第四名这个成绩他也没抱有过幻想。教练组预想的成绩是6800分，名次前八。

所以现在这情况就比较尴尬了。

是夸呢，还是骂呢？

与奖牌失之交臂，段宇成自己也很惋惜。他离场之前先构想了一下等会儿要怎么跟大家解释，觉得把这口锅甩给夏佳琪是个不错的想法。

刚下跑道，手臂忽然被拉住，段宇成回头，是一个拿着麦克风的记者，后面跟着两位摄影师。

段宇成一开始还没反应过来情况，左看右看以为他们找错人了。

记者把话筒递到他面前，笑着问："听说你是第一次参加全国性质的大赛，那么一上场就拿到这么好的成绩，对自己的表现满不满意？"

416

段宇成茫然地看了她一会儿，指了指自己："我？"

"对啊。"

"呃……还行吧。"

"差一点点就能拿到奖牌，是不是有一点遗憾呢？"

"……是吧，有一点吧。"

记者接着问："我们注意到你在撑竿跳比赛时只跳了一次，不知道是什么原因？"

段宇成刚想说我去找我女朋友了，余光瞥见杨金站在后面，怕说了直接被捶死，临时改口道："我状态不太好，就没跳。"

记者又问了几句，便去采访别人了。

段宇成抖抖衣服，还没太回过神来。

杨金走过来，说："第一次被采访吧？"

段宇成啊了一声。

杨金说："记着，采访时话不要乱说。"

段宇成点头。

杨金领着他往外走，段宇成偷偷看杨金的脸色，小声问："教练，你是不是生气了？"

杨金看他一眼："你说呢？你比赛比得好好的弃跳两次出去干什么了？"

"……对不起。"

杨金哼了一声："昨儿个不还说要拿冠军吗，现在怎么这么没精神了？"

段宇成有点脸红。

杨金："还有你那投掷项目，投得那叫什么玩意，你把所有的体能和精力都耗在第一天，第二天还拼得出来吗？你看看蔡立秋，那才是成熟的全能比法！你要学的还多着呢！"

段宇成自知理亏，不敢顶嘴。

又走了一会儿，段宇成感觉杨金稍微消气了，小声问："那我6975分你满不满意呀？"

杨金高冷地道："凑合吧。"

"对吧。"段宇成一拍手，"这个成绩也不错了。"

谁说非得7000分才行，她就随口一说凑个整数而已。这么一想，段宇成放松下来，欢天喜地地往外跑。

杨金在后面喊："你干什么去！"

段宇成："找我女朋友啦！"

杨金："哎，对了！这事我还没跟你说呢！不许你交女朋友！你往哪跑！"

叫不住了。

小朋友一路撒欢。在通道尽头，光亮的地方，他要见的人就在那儿等着他。可能是比赛的余温未尽，段宇成跑向那道身影时眼圈微微发热。

罗娜见他过来，张嘴就要训，可还没来得及张嘴就被他一个熊抱搂住了。他那么大的力气，勒得她脖子都快断了。

"喂……喂你干什么！要死了！"

他在她耳边问："说要分手的话是假的吧？"

罗娜："你先松开！"

段宇成不动。

罗娜："你出那么多汗，臭死了。"

段宇成听完反而无赖地往她身上蹭，罗娜面红耳赤地把他推开，没过半秒，他又抱了上来。

他说："还有那个说没到7000分就分手也是气话吧？6975分也行吧？"

罗娜没说话。

段宇成等了一会儿，慢慢抬起头，看着她说："你别生气，我跟你保证下次比赛一定过7000分，还不行吗？"

罗娜看着他微微茫然的脸，三秒后咧嘴一笑："当然行，吓唬你玩呢，6975分不错了。"

就差25分而已，容她撒个泼、耍个赖皮，王胖子她还不了解吗？那都不算事。

不过有一点纪律还是要明确的。"你知不知道自己做错了？"罗娜问他，"没有什么事比你比赛重要，你下次还敢不敢这么胡闹了？"

418

"不敢了不敢了。"他马上表态，"再也不敢了，我罪该万死。"

他放下心来，又抱住她，说："我听说主任知道我们的事了。"

罗娜："你从哪听说的？"

"那你就别管了。"段宇成忧伤地抚摸罗娜的长发，说道，"你怎么都不告诉我呢，主任说你了？你被他欺负没？"

罗娜鸡皮疙瘩起一身："把手拿开，恶心死我了，谁敢欺负我？"

段宇成说："你放心，我拿到这个成绩，主任不会再说什么了。"

罗娜忽然灵光一闪，7000分这个约定只有自己和王启临知道，也没录音也没字据，她完全可以不认账啊。想通这点，罗娜心绪舒畅起来，回抱住段宇成。

这时忽闻一声大喝——

杨金："哎！你们俩怎么抱一起了？！"

回酒店后，罗娜与段宇成拆开，分别与杨金和夏佳琪谈话。

杨金跟王启临一样，劈头盖脸把罗娜一顿批评。

"真想不到啊，怪不得人家说城堡都是从内部攻破的，你这一手真是绝了！"

罗娜揉揉脖子，听他念经半天。

杨金思路很明确，就是不同意他们恋爱，说这会影响段宇成的成绩，必须分手！罗娜大言不惭地说段小朋友属于滋养型选手，需要爱的浇灌才能有更好的发挥。

杨金怒斥："什么乱七八糟的！"

罗娜说："你看他这次比赛，是不是发挥神勇？这就是爱的力量。"

杨金说："这种话你也说得出口？！"

怎么说不出口，小男友在前线打了胜仗，她现在什么话不敢说？

杨金气哼哼地走了，说要找王启临谈，罗娜冲他的背影喊："那您好好劝劝主任！"

杨金气得走路直蹦高。

另一边，段宇成把夏佳琪也聊妥了。

他的套路更简单，直接问夏佳琪："你来找教练我爸知道吗？"

夏佳琪明显没跟段涛打过招呼，她嘴硬道："我是你妈，是家里的女

419

主人，我找你教练怎么了？我都是为你好。"

段宇成说："你真为我好就不该来，你不来我至少拿铜牌。"

夏佳琪气道："那也是她影响你才对，你居然怪我！"

段宇成不说话。

夏佳琪问："你怎么一直玩手机，你干什么呢？"

段宇成淡淡地道："联系我爸。"

"你联系他干吗？"

"让他来接你回去。"

夏佳琪还是不够稳，静了两秒就冲过去抢手机，翻开一看，啥也没有，就是一张罗娜的屏保照片。

段宇成淡然地靠在沙发上，故作高深地想着，这一招他以前对罗娜也用过，罗娜也上当了，看来女人还是有一定共通性的。

"你骗我！"

"明明是你自己心虚。"

"你就这么跟我说话！"

段宇成长叹一声，躺到沙发上，低声道："我刚比完赛，累都要累死了。这个事你不用再跟我谈了，我俩已经生米煮成熟饭了。"

夏佳琪直接从沙发上弹了起来："她怀了？！"

段宇成脸色涨红，激动地道："夏女士！你能正常点吗？你以为所有人都跟你和我爸似的喜欢玩刺激，搞未婚先孕吗？你快走，我要睡觉了！"然后往床上一扑，被子盖过脑袋。

"你凶什么啊，我和你爸的浪漫你懂得了吗？！"夏佳琪喊了一声，站起来说，"得了，今天先放过你们，这事我们改天再说。我就住在马路对面那家酒店，你有空过来陪我逛街。"

段宇成在被子里长长地啊了一声。

夏佳琪说："你别闷死了！"

她一走，段宇成立马翻身坐起，披上外套直奔罗娜的房间。

那头杨金也刚走不久，罗娜正等他呢。段宇成如洪水猛兽般蹿进门，抱住她一顿亲。罗娜抬脚把门踹上。两人抱着抱着就倒在床上，段宇成枕在罗娜肩头，身体重重地压在她身上。

420

这么多天，因为紧张焦虑，罗娜总有种轻飘飘的感觉，如今终于被身上的重量压回地面了。

"你比赛累不累？"

"累啊。"

"要睡觉吗？"

"不要。"

他紧贴着她说话，声音比往日听着要沉稳一些。

罗娜抱着他宽阔的后背，顺了顺，感觉到他背上隆起的块块肌肉。如果不看他的脸，谁能想到这是一个刚刚二十一岁的少年的身体！

他付出了整个青春，才换来了今天的模样。

罗娜想到这儿，在他脖子上亲了一口。

他有些怕痒，稍稍缩了缩，然后又回到原位："再亲一次。"

罗娜问："你下次还敢不敢这么胡来了？"

"我都说过了。"

"再说一遍。"

"那你再亲一次。"

罗娜又亲了他一下，段宇成轻声笑。

罗娜催他："说啊，快点发誓。"

段宇成腻歪在她身上，像条巨型毛毛虫一样轻轻蠕动。罗娜感觉他身下有点不对劲，严肃地道："两天比赛下来你还有这精力？你是不是没认真比赛？"

段宇成终于抬起头，皱眉看着她："你怎么张嘴闭嘴都是比赛，我怎么没认真比，我比杨教练的预期高了那么多分。"

"但你也没拿奖牌啊。"

"拿奖牌又能怎么样？"

罗娜弯曲手肘撑着头，挑眉道："你拿了奖牌可能现在我们就会更激情一点。"

段宇成面无表情："那是不是以后我抱你的时候脖子上还得挂几块奖牌才能让你满意？"

罗娜嘎嘎大笑。

段宇成再次扑过去："今天没牌，先赊着！你先试试裸机！"说完就亲了下去。

两天的比赛太紧张了，好不容易结束，他满脑子都是放纵。

运动员需求旺盛，两人干柴烈火一点就着，就在这时，房门忽然响了，杨金的声音从外传来："罗娜——"

罗娜倒吸一口凉气，一脚把段宇成踢下床，迅速穿好衣服。段宇成刚要张嘴，被她捂住，推进洗手间。

她扎好头发去开门，杨金问："你知道段宇成去哪了吗？这小子手机扔屋里，人没了。"

罗娜淡定地摇头："不知道啊。"

杨金狐疑地看着她："真的？"

"当然。"罗娜问，"什么事啊？"

杨金说："国家队那边来教练了，要见他。"

六

这场比赛可以说是段宇成职业生涯的转折点。

很多事都在赛后改变了。

罗娜让段宇成去与国家队的教练谈话，自己在房间里待着，如同新婚丈夫焦急等待产妇。

她脑筋时而卡顿，时而转得飞快，眼睛盯着窗外发呆。

她的房间在一楼，外面是片酒店自己种植的花园，有一个园丁正在修剪枝丫。罗娜看着他的剪子一开一合，有些入迷。他剪得粗心，有一根漏网的枝杈，他走后罗娜就盯着那根枝杈，用目光描绘它向天生长的姿态。

她就这么坐到段宇成回来，都快看成对眼了。

段宇成也是心大，进门后二话不说再次抱住罗娜，想继续做刚才没做完的事。他连搂带推地把罗娜搞到床上，罗娜两手掐住他的脖子把他制止住。

"说什么了？赶紧交代。"

他垂着头，脸被掐得稍稍泛红，舌头一吐，装吊死鬼。

罗娜着急地道："到底说什么了？"

段宇成吭哧道："还能说什么，聊我的情况呗，问我有没有意愿去国家队。"

罗娜激动地把他掀开，段宇成啪叽一下倒到一旁。她翻身骑到他身上，捧着他的脸使劲揉。段小朋友的嫩脸被搓成了面团，两手搂着罗娜的腰。

罗娜兴奋半天，忽然发现段宇成的反应似乎有点太平淡了，她掐掐他的下巴："干吗？故作镇定啊？少来啊。"

段宇成的目光越来越深，罗娜某一刻竟发觉一丝伤感的情绪。

"到底怎么了，你别是高兴到犯傻了吧？"

他撇撇嘴，低声说："国家队的那些人我都不认识。"

罗娜："正常啊，第一次见面肯定不认识啊。"

"感觉好陌生，他们问话也好生硬。"他仰脖看着她，"如果我去国家队了，是不是就不能跟杨教练继续练了？"

罗娜说："当然不能，国家队有自己的全能教练。"

他又问："那你也不能在我身边了？"

罗娜啧啧两声，说："别黏糊啊，我发现你一到关键时刻就贼幼稚。"

段宇成愤愤地道："你怎么一点离别的伤感都没有！"

罗娜一边戳他的脑瓜，一边说："我伤感你个脑袋！"

段宇成长叹一声扭过头，闷闷地道："其实我觉得在学校也不错，省队也可以。去了国家队又能怎么样，也没见国家队教练带出多少八千多分的队员，我在哪练还不都是七千多分……"

罗娜静了几秒，伸手拧他的耳朵，段宇成疼得哇哇叫。

"你给我坐起来。"

段宇成被罗娜拎着耳朵坐起，罗娜严肃地看着他："孙海平遇见刘翔之前，没人敢相信中国人跨栏能拿世界冠军。"

段宇成低下头，又被罗娜硬生生抬起，她凝视着他的眼睛："国家队选毛茂齐，也只是看好了打个电话，定个集训时间去集合。这次是人家教练亲自来找你，你刚比完赛人家就来了，你懂这是什么意思吗？"

段宇成嗯了一声。

两人严肃了一会儿，段宇成马上又说："可这样的话我们就异地了啊。"

　　"嘶——！"罗娜面色狰狞，"我真想劈开你的脑壳用油淋了。"

　　段宇成捂住自己的小脑瓜倒到一旁。

　　静了很久，罗娜问他："你想什么呢？"

　　段宇成诚实地回答："我在想如果我再大一岁就好了。"

　　罗娜刚要问为什么，忽然回过味来。

　　他现在二十一岁，再大一岁就是二十二岁，刚好到法定结婚年龄。

　　她都不知道自己平日如此愚钝的大脑是怎么转得这么快的，想清这话里的意思，罗娜觉得自己也被油淋了。

　　"……你才多大就想这些。"

　　段宇成抬头："我不小了啊。"

　　"你才二十一岁。"

　　"我妈二十一岁的时候我都能背唐诗了。"

　　"不能这么看，你家情况特殊。"

　　段宇成翻身坐起，拉过罗娜的手，一本正经地道："我随我妈，就喜欢成熟的。但我没她厉害，她十六岁就把我爸搞定了，我二十岁了才成功。我想早一点跟你结婚，这样去国家队我也放心了。"

　　这恐怖的台词听得罗娜火山喷发，她大力甩开他的爪子："你想麻死我吗？！"

　　"怎么麻了？"

　　"现在不是讨论这些的时候，教练什么时候让你去国家队集合？"

　　段宇成叹气道："让我比完赛休息一下就去，说要集中训练一阵，他们想让我参加九月份的亚洲田径锦标赛。"

　　罗娜咋舌。

　　昨天戴玉霞提起这项赛事的时候，她还觉得跟他们不沾边，结果眨眼之间就摆到面前了。

　　这小子真是个天赐的福娃。

　　罗娜啪啪拍他的后背："好好练，好好比，你拿好成绩我也跟着有面子！"

段宇成被她拍得晃了晃，还嘀咕着二十二岁的事。

罗娜说："别想了，现在不是你想这些的时候。"

段宇成问："你不想我再长大一岁？"

罗娜："当然不想，我希望你永远这个年龄。"

她说得口渴，下地去倒水。

这话引起了少年的误会，他看着她的背影，冷淡地道："意思是不想跟我结婚？"

罗娜哭笑不得。

王启临说得也挺有道理，二十冒头的小伙谈起恋爱来简直魔怔。

"跟结不结婚没关系，你这个年纪身体机能正好处在最佳状态，精力多，也不会有很大的伤病困扰。二十岁到二十七岁是田径的黄金时期，你现在还小，所以体验不到。"罗娜笑了笑，"等你过了二十五岁，你也会日夜祈祷时间过得再慢一点。"

段宇成静了好一会儿。

年龄是竞技体育避不开的话题，尤其是田径、体操、游泳这类大项，过了二十五岁就是老将，往后每一年都是一道坎儿。

段宇成还年轻，一切在向好的方向走，成绩突飞猛进，职业道路也规划得井井有条。罗娜甚至想象不到他身体状态开始走下坡路的样子。

段宇成下了床，从后面抱住端着杯子发呆的罗娜。

"我明白。"他低声说。

"你明白什么？"

"什么都明白，我不会让自己留下任何遗憾的。"

罗娜斜眼看他："你不是说想留学校吗？不是说在哪练都是七千多分吗？"

"我随便说的你也信。"他狡辩道，"我第一次谈恋爱，肯定控制不住想这些，你也不说体谅我一下，还嘲讽我。"

"我嘲讽你什么了？"

"是谁要油淋我的大脑来着？"

"……"

俩人你一句我一句，呛着呛着又抱到一起了。

你侬我侬了一阵后，两人前往餐厅吃晚饭。

当晚，段宇成顶着杨金阴森森的视线收拾了细软，挤进罗娜的房间住。夜深人静，他想继续干白天被人打断的事。他先哄着罗娜去洗澡。罗娜很是配合，兴致勃勃地洗了澡，头发吹干，换上一套新内衣，还特地擦了点香水，涂了一点点淡妆。

一切准备就绪，待她风情万种地出来的时候，发现某男友已经像只死癞蛤蟆一样趴在床上，嘴巴微张，睡得旁若无人。

罗娜走过去："哎。"

没动静。

踢一脚。

还是没动静。

她拎起他睡衣的一角再松开，他的胳膊啪嗒落到床上。

罗娜淡定地躺到床上，望了望屋外的夜色，再回头看看段宇成。

心中无爱，一夜无梦。

七

锦标赛迎来最后一个比赛日。

百米决赛要开始了。

除了段宇成以外，李格也是罗娜的一块心病。好在他最近状态奇佳，自从小组赛的神勇发挥后，他后面的半决赛跑得也不错，拿到10秒58，顺利挺进决赛。

这次吴泽没有下场地，而是跟罗娜和段宇成一起坐在看台上。

"保不齐李格能拿金牌呢。"罗娜说。

吴泽冷哼："就凭他？"

罗娜说："人家怎么了？现在那几个超一线的百米名将都在国外跑钻石联赛，另外几个人也没有甩开李格太多。"

吴泽："你以为他小组赛跑个10秒32就稳在这个水平了？"

罗娜说："你怎么对弟子一点信心都没有？"

吴泽转头看她："赌点什么不？他进10秒60你赢，进不了我赢。"

罗娜沉默三秒，说："不赌。"

吴泽笑道："怎么了？你不是一向对队员很有信心吗？"

罗娜凑到他身边，幽幽地道："他是你的弟子，谁也没有你了解他。"

两人正在神秘对视，忽然肩膀被人分开，段宇成塞了一瓶矿泉水到吴泽怀里，然后笑呵呵地从两人中间挤进去："不好意思，人太多了，稍稍挤挤哈。"

吴泽面无表情。

罗娜放眼空荡寂寥的看台，叹了口气，往旁边让了一个座位。

最后决赛结果不出吴泽所料，李格成绩10秒62，拿到第三名。

罗娜感叹："乖乖，你这铁定的预言家啊。"

吴泽看到这名次，彻底放松下来，跷起二郎腿，点了支烟，潇洒地向天吹了口气。

除了段宇成和李格外，戴玉霞正常发挥，拿了块银牌。

比赛彻底结束了。

场地收整，领导致辞，运动员退场。很快，体育场里只剩下负责清理的保洁人员，打扫着年轻的热血和遗憾。

在飞回A省的班机上，段宇成终于如愿以偿与罗娜坐在了一起。

一次大型比赛结束，队里总要给队员放两天假，然后教练组在一起开个会，总结一下。王启临会后让罗娜单独留下。罗娜以为是要说之前7000分的事，做好了万全的战斗准备，没想到人家压根没提那一茬，聊的都是段宇成转去国家队的手续和材料问题。

最后还是罗娜小心翼翼地提了一嘴，王启临不咸不淡地道："材料转走人家就不是我们的人了，你们谈不谈恋爱让国家队的领导去操心吧。"说完冷哼一声，"一个个的，在队里没一个省心，稍微养熟一点就全跑了！"然后絮絮叨叨走远了。

罗娜了解王启临，每次送走优秀运动员，他都是这种"嫁女儿"的心态。

想想段宇成要离开，罗娜也不禁感慨万千。

而此时段宇成正在宿舍睡大觉，他足足睡了两天，最后被贾士立喊醒了，贾士立让他来看一样东西。

"快来看这个，兄弟你火了。"

段宇成不明所以，顶着一头鸡窝般的头发下床，贾士立捧着电脑给他看。那是一个视频网站，一段三分钟的剪辑。段宇成睡得迷迷糊糊，一开始没反应过来是什么意思，稍靠近了点，看清视频题目——《舔舔舔！超帅的全能鲜肉运动员！》

"……"

段宇成大概有些眉目了，贾士立点开播放键，果然闪出了他的图像。他扭头就走，被贾士立硬压着："别不好意思啊，好好看看，你挺上相的呢。"

段宇成梗着脖子，好像被人用刀架住了一样。

这是他第一次在视频里看到自己，这是从官方频道剪下来的视频，他看着画面左上角体育频道的标志，稍有些愣神。

视频里传来解说员的声音，是段宇成很熟悉的声音，他看体育节目的时候经常能听到他们的解说。

"第二道的是来自A省的小将段宇成。"

"他之前是练跳高的，后来转项全能后进步也是非常快。"

"没错，而且大家可以看到，这是个非常帅气的小伙子。"

"是啊，像电影明星一样，其实现在我们的好多年轻运动员颜值都很高，不比明星差。"

听着这些知名解说员念出他的名字，夸奖他的长相，段宇成的脸噌的一下红了："赶紧关了！"

贾士立按住他不让他走："别，精彩的在后面呢。"

段宇成宛如上刑一样看视频。

更可怕的是这视频还是有弹幕的，从他出现开始，弹幕就一水的粉红色字体。这些字体给他充了能，导致他脸上的红晕越来越夸张。

忽然，弹幕里刷出一堆"前方高能"。

段宇成的汗毛也随着这四个字竖了起来。

什么高能，还能有什么高能……

下一秒，记者在休息区的随机采访画面蹦出来了。

视频里的他好像没有反应过来被采访，左看右看，一脸蒙。

弹幕忽然炸了，满屏都是"太可爱了""好可爱啊"诸如此类的字句。

这回200斤的贾士立也压不住他了，段宇成霍然起身，整个后背和胳膊都跟着一起红了。

他吼道："太蠢了！快点关了！太蠢了！"

贾士立哈哈哈三声，笑得上气不接下气："笑死老子了！你下次上电视能不能带着点智商！不过蠢点也好，现在妹子们就喜欢蠢的，你看看这些。"

他把视频暂停，拉到最下面给段宇成看评论。

评论盖了好多楼，最上面回复最多的一层是问段宇成的具体资料的。

——"粉上了！谁有更多资料！表示根本查不到他啊！"

——"主持人说了是新人，可能是刚出来比赛的。"

——"谁认识他？？！求资料！！！"

……

在一堆求资料的发言里，有一条回复被顶了上来。

——"他是A大经济管理学院金融系一班的学生，马上大三了，他是凭文化课考上A大的。"

下面的评论又一次炸开了。

与此同时段宇成的头皮也炸了。

"这是谁！怎么知道这么详细的！"

贾士立笑得一脸超然："没错，就是我。"

"贾士立！"

"啥也别说，快给我签几个名让我倒手一下，不然明年的健身卡都没钱办了。"

"你还健身！我今天不把你的胳膊卸了！"

段宇成的羞臊全部化成力量，冲过去狠狠收拾了贾士立一番，贾士立知道他不会下死手，一边挨捶一边接着调侃："你火喽，要我说你赶紧出道吧，还跑什么啊？"

段宇成被逼得都要爆粗口了，脸也是越来越红，真像着火了一样。窗外阳光明媚慵懒，照耀着羞涩窘迫的少年。屋里扬起的灰尘似乎也被感染了，透出一股天真的热烈。

八

罗娜知道段宇成"火"起来，是在比赛结束后的第三天。

有记者联系A大田径队，说想采访段宇成，这是一家规模很大的体育机构，直接联系到了王启临。

王启临把活儿转交给罗娜。

罗娜茫然："要接采访吗？"

虽然被招进国家队，但段宇成毕竟只是个新人。罗娜情人眼里出西施，看小奶狗浑身发光，但客观来说小家伙到现在为止成绩只能说差强人意，都没拿过什么有分量的冠军。

"接不接采访你问问他的意见吧。"王启临说，"现在是最后一段自由时间了，等他去了国家队，什么采访活动全都得听指挥了。"

罗娜中午约小朋友到宿舍吃外卖。

段宇成睡了两天，整个人状态云里雾里，飘飘忽忽。

"好难受，我们晚上去跑步吧。"

"不去，晚上要开会。"

罗娜在杂乱的资料里翻出水杯。

段宇成跨坐在椅子上，下巴垫着手臂，问："你在忙什么啊？"

罗娜说："招新啊。"

段宇成一愣，罗娜靠在桌边，说："你九月份要比亚洲锦标赛吧，那不正好是新学期吗？"

他还是愣的，罗娜皱眉："你怎么迷迷瞪瞪的？"

她抬手掐他，他的脸像橡皮泥一样极易塑形，看着又呆又帅。

段宇成顺势用脸和肩膀把罗娜的手夹住，面色严肃地问："今年招什么项目的？"

罗娜："能招到什么就招什么呗，主要还是短跑，主任一门心思抓短跑。"

段宇成脸黑了，罗娜问："怎么了？"

他搬出之前的理论："短跑最危险，短跑队里没好人。"

罗娜扒拉了一下他的小脸,把手抽出来:"乱讲话。"

椅子带轮的,段宇成"旱地划船",跟在罗娜屁股后面:"你看李格,你看吴泽,之前那个张洪文我就不说什么了!"

罗娜说:"是吴教练,没大没小。"

段宇成从后面抱住罗娜的腰,罗娜拖着他去接水。

他幽幽地说:"结婚吧。"

罗娜:"闭嘴。"

段宇成说:"要么就订婚,订婚好不好?"

罗娜回手给他一个脑瓜嘣,训道:"你现阶段要把注意力放在比赛上,不要胡思乱想!"

"这怎么能叫胡思乱想?"段宇成严肃地道,"谁知道你新招进来的都是什么人,我去国家队训练一去就是几个月,万一有哪个不要脸的小白脸黏上你怎么办?"

罗娜冷笑道:"练田径的小白脸只有你一个。"

段宇成耍赖一样在她后背蹭来蹭去。

罗娜把他推开:"说正事,采访你想去吗?"

段宇成兴致缺缺:"你让我去我就去呗。"

罗娜想了想,说:"那是家大媒体,去了能增加你的曝光度,但你现在也没什么成绩,聊什么呢。"

段宇成说:"不如我去给A大打个招新广告?你们给钱不?"

罗娜翻他一眼。

这时段宇成的肚子很合时宜地叫了起来,罗娜忽然想起还没点外卖,连忙掏手机。结果采访这一茬被肚子咕咕的声音打断,之后罗娜忙招新,而段宇成压根没把这事放心上,一来二去竟然忘了。

两天后,罗娜在体育学院的办公室里见到一个女人,自称是媒体记者,叫吕瑶。

她看着与罗娜年纪相仿,体态偏胖,梳着一头利索的中短发,看起来干练精明。她问罗娜采访的事情段宇成考虑得怎么样了,罗娜不好意思说他们把事情忘到后脑勺了,呃了一声,说:"应该……差不多了吧。"

吕瑶说:"那他今天方不方便接受采访?"

罗娜说："我给他打个电话吧，您稍等。"

她跑到走廊角落给段宇成打电话，电话响了好多声才接通，段宇成声音很轻："喂？"

"你还没睡醒？"

"怎么可能？我在图书馆呢。"最近他难得有空，晨训结束后就会去图书馆看书，"怎么了？中午要一起吃饭吗？贾士立推荐了家新开的店。"

吕瑶静静地看着这边，罗娜用手挡住嘴，压低声音说："别吃了！记者找上门了！"

"啊？"

十分钟后，段宇成来了。

那时罗娜已经把吕瑶请进屋，给人家倒了杯茶，随便聊了几句。然后某一刻，罗娜看到吕瑶眼中一亮，她回头，段宇成站在门口。

罗娜抓紧时间陶醉了两秒。

今天小男友打扮贼给力，一身高端休闲装，配上运动员的身材，像是从杂志里出来的模特一样。

罗娜顿觉脸上有光。

她冲吕瑶客气地笑笑："我先跟他说几句。"然后把段宇成拉到门外，嘱咐道，"你第一次接受采访，这还是家大媒体，你说话多斟酌。"

段宇成悄悄地靠近她，在她脸颊旁边问："我能不能公开我们俩的关系啊？"他说话轻轻的，带着健康男孩的味道。

罗娜被他吹得脸上发热，压低声音道："不行，不能说这些，尽量聊职业的事。"

段宇成努努嘴："小气。"

罗娜说："嘴甜一点，这是你第一篇专访新闻稿，争取让她好好写。"

两人回屋，吕瑶端坐在椅子上安静地等着，见他们进来，报之一笑："现在可以开始采访了吗？"

罗娜说："可以了，您久等了。"

吕瑶拾起桌上的手提包，起身对段宇成说："那我们走吧。"

罗娜一愣，问："不在这里采访吗？"

吕瑶笑道："这是办公室，万一打扰到你们工作就不太好了，我们去校园里就行。"

罗娜提议道："我给你们找间空教室吧。"

她借来大教室的钥匙，段宇成在后面小声说："采访结束我去找你，一起吃饭吧，贾士立推荐了一家新店，就在——"

罗娜使劲掐他的胳膊。

段宇成张大嘴巴："呀！疼啊！"

"这种时候你能不能先把吃放在一边？"罗娜扇陀螺一样把段宇成转了半圈，推进教室，把大门关好。

段宇成还揉着刚刚被掐的地方，小声道："真凶！太凶了！惹不起的母老虎。"

吕瑶远远地问："你在那嘀咕什么呢？"

"没什么……"

这是间大教室，能容纳四个班级一起上课，吕瑶选择了教室最中央的位置。她看起来已经准备就绪了，面前的书桌上放着一个黑色牛皮笔记本，一支钢笔，还有一支录音笔。

段宇成坐在她对面，吕瑶先递来一张名片。

段宇成接过名片的时候眼睛扫过她的手，吕瑶的手保养得很好，干干净净，指甲圆长，涂着裸色的指甲油。

段宇成再看名片，前面一长串的公司名字，后面跟着的名头是主编。

他看着"主编"二字琢磨了一会儿。

吕瑶说："我已经很久没有采访新人了，你是从什么时候开始练体育的？"

段宇成说："很小，六七岁就练了。"

"这么早？家人有人是做这个的吗？"

"没。"

"你父母是做什么的？"

"做点小生意。"

吕瑶点点头，说："也就是说你家人对体育行业也不是特别了解吧？"

"……也还行吧。"

"你现在已经进入国家队了，潜力很大，这个时候需要更专业的团队帮你规划职业道路。"

段宇成象征性地点点头。

之后吕瑶又问了一些无关痛痒的问题，段宇成老实回答。

最后吕瑶本子一收，进入正题："不知道你对体育经纪管理这方面有没有兴趣，我们公司有目前国内最专业的体育经纪人团队，可以帮运动员安排训练、比赛，还有商业活动和代言。"

段宇成微愣："什么？"

吕瑶给他递了一沓资料，说："我听说你学习非常好，你可以看看我们公司的资料。在做体育经纪这块我们公司实力是很强的，目前旗下有近百名运动员，很多都是国内超一线的选手。"

段宇成说："这不是采访吗？"

吕瑶笑道："这就是采访啊，你不用紧张，大家当朋友，相互聊聊。其实按你现在的成绩来看，离体育经纪人还挺远的，但我们领导非常喜欢你，觉得你很有发展前途。"

段宇成不知道该说什么，只能笼统地道谢。

"你正处在最好的状态。"吕瑶意有所指地说，"但田径黄金期很短暂，稍纵即逝，所以你一定要把握住了。当然，你有犹豫也是正常的，你可以先不签约，让我们为你安排几次活动和代言，让你看看我们公司的实力。你不用担心会影响训练和比赛，我们都会为你规划好。你有这个条件，可以多赚钱，并且提高知名度，总不是坏事。"

段宇成犹豫道："我知道，但这个……我还没想好。"

吕瑶笑道："没关系，你可以慢慢想，我们有很多时间。但我跟你坦诚地说，机会不等人，说直白点，你的条件确实很好，但输在了项目上，就这么去国家队硬练的话也没有太大的发展，这几年好时候一旦过去，再后悔就晚了，你总归要为未来考虑一下。"

"呃……"段宇成抓抓脖子，"我要吃饭了，要不我们改天再聊吧？"

吕瑶抬起手腕，她戴着一款精致的腕表，一圈圈钻石镶嵌，在阳光下十分耀眼。

"这才几点你就要去吃饭？"

"不好意思，我饿得快……"

"好吧，那你先去吃饭，吃饭的时候也可以接着考虑。"

段宇成说了句"谢谢"，起身走了。

他一推开教室门，看到坐在台阶上正玩手机的罗娜。她好像看到了什么有趣的新闻，笑得稀里哗啦，不时啪啪拍大腿。

段宇成气不打一处来。

笑！

你还笑！

我被人说没发展了你知道吗？！

面前多出大片阴影，罗娜抬头，惊讶地道："你怎么这么快就出来了？"

不等段宇成开口，吕瑶也从教室里出来了。罗娜立马收起手机站了起来，笑着问："采访这么快就结束了？"

吕瑶说："没，他说他饿了，先去吃饭。"

罗娜瞪眼："饿了？"

吕瑶说："不要紧，运动员本来就胃口大，饿了就去吃饭好了。我在这边还会留一天，明天继续就可以了。"

不待段宇成思考出什么对策，罗娜那边已经应下了："好，那明天下午吧，您看方便吗？"

吕瑶说："我都没问题。"她看向段宇成，"那我们明天再见了。"

段宇成无奈地嗯了一声。

吕瑶一走，罗娜无语地道："我真服了你了，这种时候居然饿了。"

"回去再跟你说。"段宇成指着她的手机，"看什么呢，笑得跟二傻子似的。"

罗娜说："别人给我发的链接，你全国锦标赛的视频，你看看到底咱俩谁是二傻子。"

段宇成："……"

罗娜嘴角快咧到耳根了，兀自回味着刚刚的片段。

"你怎么能那么蠢呢？"她抬手揉他的脖子。

他警告道："别弄我啊。"

"弄你怎么着？"

段宇成不说话。

走廊里空无一人。他们过了拐角处，他忽然把她拉到墙边，攥住她骚扰他的那只手，迅速别到身后，又拦住她想推他的另一只手。

他把她堵到墙上："还弄不？"

他本来想吓她，以为她会顾忌学校场合，但她这回出奇地镇定，笑眯眯地挑衅他："弄你怎么着啊？"

"……"

段宇成与她对视三秒，长叹一口气，老气横秋地道："唉，管不住了……"

她捧过他的脸。

午时的阳光营造了一种氛围，段宇成觉得她可能会吻他。

下一秒她果然吻了。

男人和女人的吻不尽相同，女人的献吻感情更加充沛，更加接近神迹。

这样的吻让段宇成心满意足。

他抱住罗娜，脸埋在她肩膀里，赖赖叽叽不肯动。

"你又不饿了？"

"饿。"

刚才是假饿，但被她亲了，心情好了，就变真饿了。

两人去食堂胡吃海塞一通。

回宿舍的路上段宇成被人堵了，四个女生，自我介绍是外语系大二的学生，她们嘻嘻哈哈地叫段宇成学长。段宇成问她们干什么，她们凑到一起笑了好一会儿，说想要签名和合照。

段宇成满足了她们的要求，全程脸比人家姑娘都红。

她们走后，罗娜说："你可真招人喜欢，视频里也全是跟你表白的。"

他们走在网球场前面的小径上，两旁绿树青青。段宇成侧眼看罗娜，她很适合这样自然的环境。

他问："你愿意她们喜欢我吗？"

罗娜："当然愿意，难不成让她们讨厌你吗？"

段宇成半开玩笑地道："那如果有人是那种喜欢呢？万一以后我出名了，赚大钱了，你不怕我变坏吗？"

罗娜停住脚步。

他们停在一棵梧桐树旁。四月的梧桐已经有花瓣了。长发的女人站在树下，色泽柔和，像午后的水果蛋糕，充满芳香诱惑。

"不怕。"她说。

"为什么？"

"没有为什么，你不是那样的人。"

"你怎么知道？"

"我就是知道。如果你是，你不可能打动我。"

她没有笑，也没有严肃，只是很平淡地阐述事实，这让她的话更加真实可信。

段宇成张张嘴巴，说不出话。

一颗年轻的心就这样在梧桐树下被盖章了。

段宇成在这一刻得到了上天的某种预示，他打通任督二脉，开始从周遭环境里吸入无限能量。

他忽然间就清楚自己将来要成为什么样的人了。

精气沉入丹田，他张口道："结婚吧。"

风吹着树叶哗啦啦响，好像老天在鼓掌。

罗娜看着他，扑哧一声笑了："你啊……"

他拉住她的手，认真地说："我什么都不需要。"

他不考虑那些复杂的东西了，他只要跟这个女人在田径场上走一步算一步就行。等未来哪天他跑不动了跳不动了，就带她去周游世界。玩够了就回小岛上开一家田径俱乐部，带岛上无聊的孩子一起玩。

Perfect!

想通之后，段宇成神清气爽："结——"他刚想继续求婚，忽然又想通一件事，"你不答应，是不是因为我求婚不够正式？"

罗娜有时候很想把他的脑壳扒开看看里面装的是什么。

"我知道不够正式，那……"他急得像热锅上的蚂蚁，原地转悠两圈，说，"那就订婚！我们订婚吧！你必须得答应我一个！要不我就——啊！"

他一声惨叫。

罗娜忍不了了，一掌过去，单手锁喉。

她阴森地道："你还有两天就要去国家队报到了。你不好好考虑亚锦赛，满脑子都装的什么？"

段宇成苦命挣扎："结——"

罗娜吼道："还结？！你以为自己是言情小说里的男主角吗？！"

九

回宿舍后，段宇成向罗娜讲了采访经历。

"原来如此。"罗娜点点头，"我说你什么成绩都没有怎么会被约采访，原来是想让你签经纪人。国外体育经纪人还是很多的，国内起步晚，体制也不太配合。你怎么想啊？"

段宇成吃饱喝足，以贵妃醉酒的姿态躺在罗娜的床上："不太想弄。"

"那就不弄。"罗娜干脆地道，"不过明天跟人家好好说，你现在也算是个潜在公众人物，要跟媒体搞好关系。"

第二天的采访依然安排在之前那间大教室，这次段宇成心放宽了，明确回绝了吕瑶的邀请。

吕瑶问："我能听听理由吗？"

虽然罗娜叮嘱要好好说，但段宇成毕竟年轻气盛，昨天被这女人评价没发展，心里不爽得很。他不想跟她多谈，敷衍道："我太忙了，没有时间弄。"

吕瑶问："除了去国家队训练，你还有什么忙的？"

段宇成信马由缰："我结婚啊。"

"结婚？"吕瑶终于露出诧异的表情，"你才二十一岁，结什么婚？"

段宇成："我们农村人结婚早，你不懂。"

吕瑶："……"

如果再听不出来他的搪塞，吕瑶也白干了。

她笑了笑，说："你这个决定不太成熟。"

段宇成耸肩："不好意思，不过还是多谢你的好意。"

吕瑶说："我昨天说得很清楚吧，没有专业团队运营，指着全能项目在中国搞出名堂几乎是不可能的。"

段宇成说："我有教练。"

吕瑶笑道："教练只懂训练，他们无法开发运动员的衍生价值。"

段宇成的耐心快被她耗光了。

他说："真的不用劝我了，我已经决定了。"

吕瑶说："看来你是打算让我白跑一趟了。"

他回复："那要不我帮您把回去的车票报了？"

吕瑶走时脸色不太好看。

段宇成倒是心情不错，喜气洋洋地回去找罗娜，打算抓紧最后一天好好"嘿咻"几番。

结果他刚到宿舍就碰见急匆匆往外走的罗小姐。

段宇成："干吗去？"

罗娜："我去找吴泽，你在宿舍等我。"

段宇成追上她："什么事啊这么急？我跟你一起去。"

罗娜兴奋地道："你知道吗？李格也被要走了。"

"被谁要走了，国家队？"

"对啊，刚下来的通知，跟你一个集合地点。"

段宇成撇嘴："国家短跑队都那么多人了，还招呢？"

罗娜睨他："当然招了，你别阴阳怪气的啊。百米和全能可不一样，上面重视着呢。"

段宇成酸成一盘醋熘白菜，狠狠地哼了一声。

他们赶到体育学院办公室，屋里只有李格和吴泽两个人，目光交会之处雷鸣电闪，一触即发。

李格小朋友闹别扭呢。

"我不去！"他摆出一副拒不合作的姿态。

吴泽说："主任回来之前把你的行李收拾好。"

李格："我说了我不去！"

吴泽冷笑："行，那你也别在校队待着，爱上哪去就上哪去。"

李格气得脸红脖子粗："行！我是看透你了！用完我就踹是吧？！你卸磨杀驴！"

段宇成险些笑出声来。

真有人主动承认自己是驴。

罗娜过去劝："别吵，这是不好事吗？"她问李格，"你为什么不想去？"

李格小脸一绷："没有为什么。"

"你总得有个理由吧。"

李格嘴唇抿成薄薄的一条线，罗娜等了好一会儿，他才说："我要拿明年全国锦标赛的冠军。"

吴泽点了支烟。

罗娜没明白："没人阻止你拿啊，你去国家队一样拿啊。"

李格怒道："我要在校队里拿！"

罗娜问："为什么？"

李格一个大喘气，也没说出具体理由，眉头紧皱道："说了你也不懂！"

"别跟他废话。"吴泽不耐地道，"赶紧让他收拾东西！"

罗娜看着两人剑拔弩张的姿态，一时不知该劝点什么，回头给段宇成使眼色。

段宇成正看戏呢，接到求助信号，整理表情对吴泽说："吴教练，您看李格初中文化，连'卸磨杀驴'这种高级词汇都用出来了，要不您再跟他好好聊聊吧？"

李格气得跳脚："你说谁初中文化呢！我念过高中好不好！"

罗娜说："好了别吵了，晚上咱们一起聚个餐。你们俩训练基地在一处，正好一起走了。"

李格："我说我不去！"

440

没人理。

罗娜让段宇成押着李格去收拾行李，自己留下跟吴泽聊天。

"他怎么不想去呢，舍不得你啊？"

吴泽嗤笑："狗屁，小兔崽子自己害怕，找一堆借口。"

"害怕？他怕什么啊？"

"这小子十九岁之前都没离开过A省，去过最远的地方就是进队后的高原春训。锦标赛是他这辈子第一次去北京，你看他紧张得那个德行。"

罗娜笑起来。

吴泽又说："加上跟我们这边都混熟悉了，他肯定不想走。他跟段宇成不一样，在田径上没有太大追求，看着咋咋呼呼的，其实骨子里很缺安全感。"

听了这句话，当晚吃饭，罗娜灌了李格三杯酒，拉着他说："你在国家队好好拼，混得好不好都不用怕，我和吴教练永远是你的后盾。"

他们吃的是火锅，锅里咕嘟咕嘟翻滚着肉片，熏得四人面带红晕。

酒过三巡，李格没那么紧张了，他眼带血丝，看了罗娜好一会儿，真诚地发问："那我求你一件事行吗？"

罗娜郑重地道："你说。"

李格宛如老父亲般紧握着罗娜的手，恳求道："你能再给吴泽一次机会不？"

罗娜："……"

段宇成一口辣椒卡在嗓子眼，往死里咳嗽。

吴泽面不改色地接着吃肉。

罗娜把李格面前的酒杯拿走了："你不能再喝了。"

她在桌下踹了吴泽一脚，说："你也讲几句吧。"

吴泽放下筷子，擦了擦满是辣椒油的嘴，沉稳地道："过去了就好好练，不用想太多，主要就是去长长见识。你俩的水平我们都清楚，翻不出什么大水花，记着别受伤就行。"

李格龇牙："有你这么泼冷水的吗？！还没去呢就翻不出大水花了？"

吴泽冲段宇成仰仰下巴，淡淡地道："他是项目不行，你是人不行。"

441

段宇成、李格："……"

罗娜适时地稳住阵脚，说："那个，其实吴教练的意思就是让你们注意保护自己，别受伤，压力不要太大，我们永远支持你们。好了，结账吧。"

段宇成噌的一下站起来："我去！"

送别餐结束后，段宇成终于如愿以偿跟罗娜独处了。

大半夜，两个浑身火锅味的男女并排躺在床上，罗娜轻声说："去了国家队，你跟李格相互之间要有个照应。"

吃饱喝足，两人说起话都懒洋洋的。

段宇成："我才不管他。"

罗娜说："你是师哥，要好好照顾他。"

"师哥必须负责照顾人吗？"

"是啊。"罗娜笑道，"我们那时都是这样的。"

听她这么说，段宇成微微一顿。

他们那时？她的师哥是谁？不用问也知道。

段宇成闷声道："吴泽以前很照顾你吗？"

"嗯。"

她这一句"嗯"，带着无限的感慨与缅怀。

段宇成静了片刻，支起上半身，小声说："你不会真打算再给他一次机会吧？"

罗娜抓住段宇成的一撮头发："说什么？"

"我会照顾李格的。"

罗娜挑眉。

段宇成又说："我也会照顾你的。"

罗娜笑了："真的？"

段宇成抱住她："当然。其实我很会照顾人，你看当初毛茂齐那么蠢，在我手里出过一点差错吗？"

"你又说人家蠢。"

"他不蠢吗？还有这个李格，我这些师弟有一个是正常人吗？"

"……"

"不过没关系，我会是个比吴泽更好的师哥。"

"希望你是。"

"你鼓励我一下吧。"

"怎么鼓励？"

"不如你叫我一声'师哥'吧。"

"滚。"

月光普照，小屋子里传来恋人琐碎的闲聊，让午夜时光变得幽深动人。

终于，到了集合当天。

机场告别的时候，段宇成全程眼眶泛红，罗娜笑话他不愧是双鱼座的。

"记得给我打电话。"段宇成泫然欲泣，用力拉着罗娜的手，生离死别似的。

罗娜说："等你去了就知道了，你根本没精力接我的电话。"

时间到了，两个身姿矫健的年轻人步入安检通道。

飞机在天空划过一条白线。

像只飞鸟，冲破云霄。

Chapter 10

炽 | 道

一

距离亚洲田径锦标赛还有好几个月的时间，除了几个像段宇成和李格这样的年轻队员需要提前进行强化训练以外，大部分运动员还留在各省练习，很多明星选手也都还在国外没有回来。

李格和段宇成是第一次来到国家队位于首都的训练基地，刘姥姥进大观园一般，看得眼花缭乱。

他们的第一感觉是这里非常大，很空旷。

基地包含各类大小球馆、射击馆、游泳馆、击剑馆等，甚至还有专业的蹦床馆。这里的田径场总面积达到14800平方米，拥有8条标准跑道。还有亚洲最大的室内田径场。

除了这些，基地还有很多高科技硬件设施，譬如远红外康复池、水疗房等神奇的疗养房。

"这都是啥啊……"李格随便问了几样。

段宇成只能凭借理论知识回答李格，很多具体设施他也没有使用过。

田径队负责人叫郭斌，他先给李格和段宇成分了宿舍。

段宇成谨记罗娜的话，要照看李格，请郭斌帮忙把他们分到了一起。

宿舍有三个床位，当天晚上，最后一个人也来了。

非常不凑巧。

是蔡立秋。

蔡立秋比段宇成早入国家队一年多，但年龄跟他差不多。郭斌以为他们会相处得不错，还嘱咐蔡立秋让他作为前辈多帮帮新人。

情况当然事与愿违。

蔡立秋虽然口头答应得不错，但他根本不理段宇成和李格，第二天一早就自己先走了，剩下段宇成和李格连吃饭的食堂都找不到。

四月的北京清晨还是有点冷的，李格穿得少，打着哆嗦骂人："别让我逮着他，看我不把他按在地上揍！"

李格并不了解段宇成和蔡立秋之间的恩怨，段宇成也没跟他多说，只告诉他别闹事。

"我凭什么不闹？你敢说他这不是故意的？"

"那也别找事，你敢揍他信不信吴泽直接飞过来收拾你？"

李格哼了一声。

段宇成环顾一圈，训练场阴冷寒凉，有种万径人踪灭的苍茫感。他对李格说："我们去外面吃，昨天来的时候我看到外面有早餐店。"

李格皱眉："晨训来得及吗？"

"来得及，跑着去，就当热身了。"他把帽衫一扣，先一步往外跑，催促李格，"快点！"

李格骂骂咧咧地跟在后面。

基地对面果然有家早餐店，两人豆浆、馒头、馅饼、咸菜，点了一大堆，吃得又暖又饱。

"差不多得走了。"

全能和短跑的训练不在一处，李格对段宇成说："你等会儿见到那个姓蔡的问问他什么意思！"

段宇成当然没问。

蔡立秋也没打算解释，他跟在宿舍时一样，把段宇成当空气，都没正眼瞧过。

全能项目除了他们俩以外还有两名队员，段宇成和他们相互打了招呼后也没有再深入交谈。

国家队跟校队和省队的感觉完全不同，陌生而有压力。

室外晨训结束后，他们转战室内训练。

一进门，最先入眼的是墙上贴着的一行血红的大字——"一切为一线着想，一切为一线服务，一切为一线让路！"

光看着这几个方正的字体，无形中就给人一种窒息感。

一上午的训练结束，中午吃饭，段宇成和李格碰头。

"真累……"李格凝眉道，"怎么训练强度这么大？"

段宇成说："强度大就多吃点。"

李格看了眼不远处的蔡立秋，说："你问他没？"

"没问。"

"我就知道你不会问！"

"都在一个队里，好好练自己的就行了。你训练还适应吗？"

"不适应。"

"怎么了？"

李格哼哼两声，靠在椅背上："我不适应跑得最慢，这帮人的腿像安了弹簧一样。"

段宇成笑了。

"没关系，我在队里也是分最低的。"段宇成拾起汤碗，一饮而尽，平静地道，"不过既然招我们来了，就说明我们不会比他们差多少，好好练吧。"

李格嗤了一声，说："废话。"

中午睡了个午觉，下午继续训练。

一天结束，段宇成精疲力竭，掏钥匙开门时胳膊都打战。

李格干脆脸都不洗了，进屋倒床就睡。

段宇成冲了个凉水澡，稍微精神了一点，拿着手机去外面给罗娜打电话。

电话秒接通，她专门等着他。

"情况怎么样？"

"还成。"

"有气无力的，累吧？"

"肯定累啊。"

"那还打电话。"

"全靠爱发电呢。"

罗娜盘腿坐在床上，怀里抱着枕头，将它幻想成了小屁孩，笑嘻嘻地又捏又掐。

"跟教练和队友沟通得都没问题吧？"

段宇成想起蔡立秋，稍微停了两秒，然后说："当然没问题。"

"我好想你啊……"他站在路边抠树叶。

"这才一天，别耍赖啊。"

他吭哧了几声，罗娜说："你那边好静啊。"

"嗯，基地超级大，人又很少。"

这里跟大学校园完全不同，几乎听不到一点玩闹的声音，所有人都日复一日地重复着训练，吃饭，睡觉，然后再训练的单调生活。

"你要沉下心，大家都是这么过来的。"罗娜轻声说。

"我知道，你不用担心我。"

"李格呢，他怎么样？"

"他也可以，放心吧，我们在一个宿舍，我会照看好他的。"

又聊了一会儿，罗娜催段宇成去睡觉。

"你亲我一下我就睡。"

"……别闹。"

"没闹啊，亲我一下，要不我先亲你也行。"说完，他流畅地冲着手机啵了一声，"亲完了，轮到你了。"

罗娜老脸一红，嘴嗫了又抿起，抿了又嗫起，面目狰狞，那声音怎么都发不出来。

月亮挂在天边，冷静地观看这无聊的深夜节目。

等得越久，段宇成脸上笑意越浓，最后笑道："算了，不逼你亲了，你说一句'我爱你'吧，说了我就回去睡觉。"

这个还能容易一点，罗娜眼睛紧闭，往枕头上一倒，一鼓作气道：

"我爱你。"说完睁开眼，屋里的光都变柔和了。

少年笑着，声音低沉甜美："我也爱你，晚安。"

段宇成挂断电话，一抬头，刚巧看到蔡立秋从外面回来。

他们错身而过，蔡立秋依旧没有看他一眼。

段宇成冲着明月深呼吸，自我调节了一会儿，总结道："别在意，有对手是好事。"然后打着哈欠回宿舍了。

二

国家队全能教练叫郑建平，四十来岁，教学风格与杨金相似，所以段宇成适应得很好。

他的潜力在进队一个月后得到爆发，分数拔得奇快，郑建平对他也是越发看重。

而且除了成绩以外，他还有一点引人注目的地方。

某日，闲暇时间郑建平找到段宇成，说想请他帮个忙。段宇成受宠若惊地问是什么忙，郑建平说想跟他要几张照片。

"照片？"

郑建平无奈地解释，他有个刚上高中的女儿，平日最喜欢追星，她在网上看到段宇成的采访，一见倾心，得知段宇成在自己老爸手下训练后，要死要活让郑建平给她弄签名照。

段宇成窘迫地道："可我没照片啊。"

郑建平说："随便照照糊弄一下小姑娘就行。不过你也是怪，现在年轻人都爱发微博搞搞宣传什么的，你也不弄一个。队里不限制这些。"

"弄那些干吗，天天发自拍？我又不是女人，太蠢了。"

郑建平哈哈笑。

远处训练的蔡立秋听见笑声看过来，神色阴沉。

集训的日子辛苦单调，段宇成每天累得上气不接下气。他只在第一个周末出门转了转，后来每逢休息日就窝在寝室睡大觉。

不过他的情况还要比李格稍好一点。

十项全能在田径队一直算是边缘项目，但短跑可不是。尤其是100米这个田径比赛的招牌，更是重中之重。李格每天的训练量非常可怕，管理也十分严格，他的所有个人电子产品，手机、电脑、游戏机全部上缴。每天有详细划分的时间表，就算周末也不能随意离开基地。

李格跟段宇成说，他有时候累得快要大小便失禁了。

半个多月下来，他们成绩提高了，但话都变少了。

离比赛越近，基地氛围就越紧张。

段宇成有时会忙到忘记给罗娜打电话，他仿佛置身于古时候的深宅大院，外面的一切消息都阻断了。

唯一跟紧张的训练不搭调的就是郑建平的女儿郑婉淑。这位姑娘名不副实，跟温婉贤淑完全不搭边。自从上次段宇成给了她几张签名照后，郑婉淑彻底沦陷。她又想让郑建平帮她要段宇成的手机号码，郑建平当然不能同意。她撒泼、耍赖什么招都用上了，郑建平最多再帮她要了几张照片。

"唉，我这张老脸都被她丢尽了……"

段宇成也很尴尬，哪有男人没事就拿手机自拍的？主要是他还比较爱美，不肯把一般的照片给人，照完了总会适当地修修选选，一来二去拿出去的全跟杂志广告似的。郑婉淑专门建了个微博宣传，喜爱他的女孩越来越多。

他不知不觉度过了一个季度。

刚到基地时还需要穿长袖卫衣，到比赛前，只穿背心都嫌热了。

盛夏来临了。

距离比赛还有两周，基地里的人逐渐多了起来。

某个周末的清晨，段宇成照常早起去晨训，出门伸了个懒腰，气还没喘匀便听到一声呼唤："师哥——！"

"……"

段宇成后背反射性地一紧，回头，一只瘦高的竹节虫正向他冲来。

段宇成扎紧下盘。

五米开外，毛茂齐一个飞扑与他撞了个满怀。

"师哥！我想死你了！"

段宇成把这块狗皮膏药从身上揪下去，皱眉打量他，开口第一句："你是不是又长高了？"

毛茂齐挺直腰，段宇成瞬间往后退了一步，拒绝与他同框。

"好像是高了，回国前一个月量过，那时1米98。"

"……"

"现在感觉刚到两米吧。"

"……"

段宇成鼻子不是鼻子、眼睛不是眼睛的，都成年了，还能二次生长，这种好事怎么从来轮不上他？

毛茂齐不只高了，看着也洋气了不少，不像罗娜刚从山里捡回来时那么乡村风了。他梳了个新发型，衣服高档了，皮肤也养细了。

"你这国外日子过得挺滋润啊。"

毛茂齐点头，问："师哥你多高了？"

段宇成关切地道："你吃饭没？"

话题瞬间偏了，毛茂齐也跟着拐了过来："没呢，我到了之后直接来找你了。"

"一起去食堂吧。"

他们刚准备出发，李格打着哈欠从楼里出来了。

段宇成见到他，惊讶地道："今天休息你不多睡会儿？"

李格黑着脸："生物钟都被拧死了，睡不着了。"他瞟了毛茂齐一眼，说，"这竹扦谁啊？"

段宇成说："别乱说话，这是你师哥。"

"哈？"

段宇成正式给双方引见了一下。

不过李格不认毛茂齐做师哥："明明是我年纪大。"

段宇成说："谁先进队谁是师哥。"

"不是吧，谁年纪大谁是啊。"

"文盲吧你。"

"段宇成我最近对你太友好了是不是？"

毛茂齐说："你别骂师哥。"

"他又不是我师哥。"

"怎么不是？"

段宇成长叹一声往食堂走，两个喋喋不休的人跟在后面。

食堂的人也明显比刚来的时候多了很多。

刚打完饭，戴玉霞也来了。

段宇成先发现她，站起打招呼。

"大霞姐！"

"小可爱。"

李格险些没吐出来。

四人坐一桌，看着好像挺正式的会餐，桌上一眼看过去全是馒头、包子。四名运动员决定先填饱肚子，五分钟把三十几个包子还有煎饺、咸菜一扫而光。最后戴玉霞举起盛着豆浆的杯子，说："那么A大这次参加比赛的就我们四个了，最后两周加把劲，比赛拿成绩，回校好交差。"

她有意无意地看了段宇成一眼，露出个你知我知的笑容，段宇成小脸一红，抿抿嘴把豆浆干了。

"你现在火透了你知道吗？"离开食堂往训练场散步的路上，戴玉霞对段宇成说，"我在外面训练都能听到你的消息。"

"什么消息啊？"

戴玉霞笑道："我都不知道你这么风骚，自拍照搞得像明星一样。"

段宇成脸又红了，连忙给她解释。

戴玉霞："好好好，我知道，又不是什么坏事，人气越高越好。赛前会有赞助商来拍广告，你人气高没准有机会上场呢。"

"我没想那些啊……"

他们步入田径场，今天休息，场地比较空。闲聊期间，段宇成余光里忽然扫到护栏处有几个鬼鬼祟祟的身影。

他起初并没意识到是谁，等走了半圈后，他发现那些人一直拿手机拍他。他眯眼仔细看了看，都是些十五六岁的小女孩。

怎么进来的？基地不让外人进，应该是偷偷溜进来的。

他不想被她们拍，就带戴玉霞往另一侧走。在快走到场地中心的时候，他余光扫见两个小姑娘开始往体育场旁边的树上爬。

段宇成停下了。

"怎么了？"戴玉霞问。

段宇成严肃地盯着一个方向。

"看什么呢？"

段宇成没说话，朝她们走过去。

那棵树不算粗壮，但也有三四米高，姑娘们相互配合，一人挎着相机往上爬，两人在下面托着她。

眼见爬树的姑娘越站越高，段宇成终于出声了："喂！你们几个——"

他的话音未落，上面那女孩为了挪动相机镜头，身体打滑失衡。

段宇成想都没想就冲了出去。

一阵风刮过。

李格在后面损毛茂齐呢，见到段宇成这段冲刺，忍不住叫了起来："你这个起跑！"强到他职业病都犯了。

段宇成没听到李格的感叹，他脑子里就一个念头，就是别让那女孩受伤了。他以自己能跑到的最快速度冲到树下，将滑落的女生扑救在怀，因为速度太快，他抱住她之后半空中拧了个身，自己后背落地，滑出去数米远。

李格他们也跑了过来，戴玉霞拉开那女生，把段宇成拽起来前前后后看，急切地道："受伤了吗？"

段宇成活动了一下身体，说："没。"

幸好训练基地每天都有人打扫，地上干干净净，极少碎石。

李格从那个惊魂未定的小姑娘手里把相机拿来翻看，叫道："你们跟踪狂啊，全是段宇成的照片啊。"

另外一个女生把相机抢回来："跟你有什么关系！"

段宇成看着那个被自己救下的哆哆嗦嗦的女生，她的眉眼让他觉得很熟悉，他尝试着问道："郑婉淑？"

郑婉淑惊诧地抬起头，声音颤抖地道："你怎么知道是我？"

段宇成说："你跟你爸爸长得很像啊。"

郑婉淑有点回过神了，坐在地上哇的一声哭了起来。

段宇成搔搔鼻梁，李格问："怎么办啊？"

段宇成麻烦戴玉霞先照看她，自己去找郑建平。

郑建平得知自己的女儿带着同学溜进训练基地偷拍队员照片，气得额头都要裂缝了，拆了根拖把棒就冲出去了。

段宇成死命拦着才让郑婉淑免去一顿毒打，他跟郑建平讲了刚刚的意外，说郑婉淑已经吓到了。郑建平完全没有安慰她的意思，当场就把相机砸了，让她给段宇成道歉。

段宇成好不容易把郑建平的火压下去，以为事情已经过去了，没想到三天后竟然又被翻出来了。

原来那个偷拍小分队里除了照相的，还有一个摄像的，在郑婉淑爬树的时候，那个摄像的女生手机一直开着。她无意间录下了段宇成跑来救下郑婉淑的视频，回去后把视频传到网上，半天工夫就上了热搜。

除了救人的元素外，段宇成那段冲刺太惊人了，所有人都被这种反应和速度惊呆了。加上外形俊俏，他几乎一夜之间火遍大江南北。

没出一周，领队郭斌把他找去办公室。

段宇成在门口碰见怒气冲冲从里面出来的蔡立秋，错身而过之际，被狠狠瞪了一眼。

段宇成敲门进屋，郭斌言简意赅地通知他，让他跟其他几名国家队队员一起去拍摄宣传片，还有几条广告。

段宇成听着另外几名队员的名字，都是世锦赛和奥运会的常客，那是段宇成需要在电视上仰望的人物。

他问："要我去拍？为什么啊？"

郭斌说："今年全能项目比较有希望，你和蔡立秋的成绩都可以跟日本选手较量一下。加上你的外在条件比较好，现在也比较受关注，所以领导决定让你去跟拍片子。"

段宇成想起刚刚蔡立秋的脸色，问道："之前……是定的让蔡立秋去吗？"

郭斌说："对。"

段宇成犹豫道："我对宣传和广告不是很懂，要不就让他接着拍吧。"

郭斌笑道："不需要你懂什么，到时候会有人告诉你该干什么的。"他拍拍段宇成的肩膀，语重心长地道，"领导是重视你才给你这次机会，你可要好好把握。至于蔡立秋，你也不用担心，我已经跟他谈妥了。"

段宇成想起刚刚那一眼，完全不像"谈妥"的样子。

郭斌看看手表："加你是临时决定的，时间比较紧，你马上准备一下，下午我就叫他们过来接你。"

段宇成茫然："下午？那训练呢？"

郭斌："拍完再练，不差这一会儿。"

离开办公室，段宇成仍然云里雾里。什么宣传片、广告、赞助商，这些对他来说太陌生了。

他给罗娜打了一个电话，把事情跟她说了，罗娜让他不要分心，听组织安排就行。

段宇成久久不言。

罗娜问："是不是不习惯啊？"

段宇成："嗯。"

罗娜说："你得习惯。"

他又低低地嗯了一声。

挂断电话，段宇成回宿舍整理物品，没过一会儿赞助商就来了，接他前往拍摄地点。

车上有人给他讲解宣传片和广告内容，给他看了分镜图和视频打样。

"我尽量说得浅显一点哈……"那助手怕他看不懂准备解释。

段宇成把资料拿来，扫了几遍还给对方："不用说了，我记住了。"

助手一愣，问了几个问题，段宇成都答上来了。

助手有些惊讶地打量他几轮，段宇成看着窗外一言不发。

拍摄地点离基地有点远，车在市区堵了快两个小时才到。段宇成在影棚见到了几位田径大咖。很意外的，他并没有自己想象中那么激动。

他想，如果他们在田径场上相遇，自己一定比现在兴奋百倍。

段宇成第一次拍宣传片，照着台本做动作、做表情。

即便自我感觉很糟糕，但他仍然是所有人中完成最快的。他想速战速决赶紧回去，但另外几个人的拍摄不太顺利，卡了很久。

助手跟他说："别急，已经给你们安排好酒店了，明天一早就送你们回去。"

段宇成诧异："酒店？"

得知还要外宿一宿，段宇成如坐针毡。

晚上八点，拍摄终于结束了，赞助商说要请客吃饭，段宇成借故太累，先回了酒店。金主财大气粗，安排了洲际酒店，五星级奢华享受。

段宇成走到门口抬眼看，满楼金灿灿的。

他不知为何叹了口气，闷头向前走，忽然听到一声——"喂。"

他脚步不停，以为是自己幻听了。

身后一阵风，屁股被人蹬了一脚，他一个趔趄，回头，被人骂道："马上要比赛了，你怎么要死不活的，没吃饭啊你？"

罗娜赶路赶得风尘仆仆，黑色衬衫被汗水黏着紧贴身体，勾出婀娜的曲线，头发也跑散了一点，发丝在酒店高档的灯光下性感地凌乱着。

段宇成看了她足足二十秒，看得眼眶都红了。

罗娜眼见他那张俊脸上的感情越来越充沛，稍往后退了退，警告道："你别又来麻死人的那套啊，我可告诉你——呃！"

她的话说到一半，他一把抱住她，后半句被那力道生生掐折了。

罗娜第一感觉是疼。

第二感觉是巨疼。

国家队练出来的就是不一样啊。

罗娜被他搂得龇牙咧嘴，痛苦地想着，这见面可一点也不唯美。

他陷入自身营造的悲苦氛围，对罗娜的"暴漫脸"视若无睹，沉痛又委屈地说："对啊，我就是没吃饭呢，他们都不给我饭吃。"

罗娜很想提醒他一句，你这个体格，已经不适合当宝宝了，后来想想，还是忍住吐槽的欲望，给他顺了顺毛。

三

罗娜带着行李，两人先办了入住。

晚上酒店人多，电梯在十几层一直不下来，段宇成兴奋过头，说要走楼梯。

"你疯了？十一楼呢。"

"才十一楼！来，包给我！"

段宇成把罗娜的行李轻飘飘扛上肩，像没重量一样，一口气蹿上楼梯。

罗娜跟在后面看他的背影，宽背紧腰，健壮的大腿，长而有力的跟腱，他的身体像机器人一样充满动态的美感。

她脑海里浮现出之前在网上看到的他救人的视频。

那种惊人的反应和冲刺所营造的视觉冲击，任何电影特技都无法达到。

不知不觉爬到十一楼，段宇成找到房间，一推门又把罗娜抱住。

他身上有淡淡的汗味，大部分还是清新的衣香，他习惯早起，身上自然沾着晨风和露水的味道。

罗娜捧起他的脸，俩人叭叭叭一顿亲。光亲吻还觉得不够，他们耳鬓厮磨，像两只久别重逢的亲密猫咪，相互在彼此身上留下气味。

直到他把她按到墙壁上，手往她衣服里摸的时候，罗娜才清醒过来。

打住。有点得意忘形了。

"停……停停停！"

她捏住他的手，两人对视了一眼，段宇成道："给我抱抱。"

罗娜说："不行，赛前要禁止这种行为，胆肥了你。"

"什么行为？我说的是拥抱。"段宇成赖赖叽叽地靠在墙上，"你想什么呢？"

那意味深长的小眼神，看得罗娜连啧两声："你就接着装。"

他抬起双手，说："来，抱抱。"

罗娜走过去，两人抱在一起。

他练到现在，连拥抱这么温柔的动作也充满了力量。

硬邦邦的肩膀，硬邦邦的胳膊，抱哪都硌得慌。

"我好想——"

一阵咕咕声打断了深情的话语。

罗娜抬眼："想干吗？"

段宇成实话实说："吃饭……"

罗娜嘿嘿笑："想吃什么？去外面吃吗？"

"就在屋里吧。"

他饿得已经等不及外卖了，把酒店赠送的四盒方便面煮了。

吃饱喝足后，段宇成打了一个大大的饱嗝儿，往床上一躺。房间是大床房，两人肩并肩望着天花板发呆。

段宇成先一步翻身，半搂住罗娜。

罗娜打了一个大大的哈欠。

段宇成问："你怎么来了？"

"看看情况呗。"她懒洋洋地道，"你在电话里都快断气儿了，我有点担心。"

段宇成肯定不承认："我才没有。"

罗娜努努嘴："嗯，你没有。"

她识破不戳破的表情让段宇成微微窘迫，他低头往罗娜怀里钻。这么个庞然巨物钻到怀里的画面有点可怕，罗娜调整姿势适应了一下，抱着他问："你备战情况怎么样？"

"还不错。"

"上面有没有给你们定成绩要求？"

"我们这个项目抓得不是特别严，不过今年我和蔡立秋的成绩和状态都不错，领导希望我们可以争一块奖牌。"

"你要加油。"

段宇成抱着枕头躺在床上看着她，半晌，忽然道："如果我拿到奖牌咱们就订婚。"

罗娜斜眼看他："什么颜色的牌啊？"

段宇成凑到她耳边，拉着猥琐的长音："黄——色——"

罗娜扭头咬他。

两人又凑一起鼓捣了一会儿，罗娜说要走了，段宇成一个鲤鱼打挺从床上弹起来："走什么啊，你就住这儿呗！"

"不行，见你一面已经够了，本来这都是需要申请的。"

段宇成拉着小脸。

罗娜说："我来就是怕你拍那些广告影响了训练节奏，现在看来应该没事。"她亲吻他的脸颊，"我会在电视上看你的比赛的，你要知道我永远在给你加油。"

距离出发还有三天，基地开始人满为患。

田径队例行召开了一次新闻发布会，领队郭斌再一次把段宇成叫上，让他作为代表队员去参加发布会。

段宇成很不想去，但必须服从指挥。

发布会上，除他以外的其他代表队员都是各项目的佼佼者，最差的也拿过世锦赛奖牌。他无法接受自己因为几张照片和一个见义勇为的视频跟他们平起平坐。

但队里的领导不这样想。

他们需要田径项目获得关注，根红苗正的明星选手是必不可少的。

段宇成全程垂着眼坐着，到记者提问的环节时，一道熟悉的声音响起——"我想向段宇成选手提问。"

段宇成抬头，打扮精致的吕瑶坐在记者席第一排。

话筒被递到段宇成面前，段宇成吓了一跳。

吕瑶笑着问："段宇成你好，我想问你关于前不久你的照片和救人的视频火爆网络，对你的生活和训练有没有什么影响？"

段宇成张张嘴："没……"他被话筒放大的声音吓了一跳，停了一下才说，"没什么影响。"

吕瑶又说："但我听说你在视频火爆后的一周内就接了三四条广告，这不会影响你的训练吗？"

"广告不是——"

他想说"广告不是我要接的"，话还没说完，队里的发言人马上打断道："队里的时间分配很合理，不会存在影响运动员训练的情况。"

吕瑶不紧不慢地点头，又问："那段宇成选手，你作为一个新人，有机会跟这么多成绩斐然的前辈坐在一起接受媒体采访，请问你现在的心情如何呢？"

她一边强调"新人"，一边强调"成绩斐然"，听得段宇成的心快拧巴烂了。

他知道她是故意的。因为上次得罪了她，今天就专挑他的命门踩。

他如鲠在喉，身旁的前辈们也在注视着他，他觉得自己就像个小丑一样。

"我……我很荣幸能跟大家一起接受采访，我也会努力比赛，争取拿到好成绩……"

吕瑶笑着放下话筒。

段宇成度过了煎熬的半个多小时，发布会一结束，便一阵风似的逃离会场。后面有人在追他，一把把他拉住。

他回头，仍然是吕瑶，她笑着问他："我不用自我介绍了吧，时间还很充裕，要再聊一聊吗？"

段宇成："聊什么？"

吕瑶笑眯眯地看着他，没回答，走近了小声说："刚刚那么多运动员在场，就只有你穿了白色。"她给段宇成使了个眼色，说，"真聪明，知道这样上镜显眼吧？"

段宇成愣了。

刚刚前辈们都穿着国家队的队服，红艳艳一排，而他因为刚进屋时有点紧张，出了汗，就把队服脱了。

他看着吕瑶的笑脸，平生第一次想主动骂人。

吕瑶说："我们再谈谈吧，去那边聊一下。"

"不用了。"

"来，就几分钟。"

"真的不用，我还要训练。"

"不差这几分钟，我再给你拍几张照片，你放心，看着一定比其他人都帅。"

"真的不用……"

"来吧。"

她直接过来拉段宇成的手，段宇成忍无可忍，一把把她推开："我说我不去！别碰我！"

运动员的力气和吼声都非常可怕，吕瑶被他直接推倒，包里的笔和本，还有钥匙、口红，稀稀拉拉散了一地。

如果是平时的段宇成，一定会去扶她，再说几句道歉的话，但他今天的状态太极端了。马上就要比赛了，他所有的弦都绷死了，不想再为任何事分心。

他转身走了。

吕瑶惊住好半天，有人过来向她伸出援手，把她拉了起来。

吕瑶："谢谢……"

蔡立秋笑了笑："不客气。"

吕瑶拍拍衣服说："真是吓死我了。"

蔡立秋淡淡地道："他这人就这样，只是看起来不错而已。"

吕瑶看他："你是……"

"我是他的队友。"

"他平时私下就这个态度对你们？"

"不一定，他这个人很精明。"

吕瑶打量蔡立秋，笑着问："你有什么想说的吗？"

蔡立秋也笑了，说："我实话跟你讲，我不喜欢他，你要是想听他的好话就别跟我聊了。"

吕瑶把自己的名片拿出来，递了一张给蔡立秋："他这个态度对我，还指望我写他好话？"

蔡立秋淡淡一笑，接过名片。

吕记者办事很有效率，当天就写出一篇名为《段宇成——一个不喜欢国旗颜色的当红运动员》的报道，发表在各大媒体上。

文章洋洋洒洒一大篇，从各个角度剖析了段宇成的性格特征。当然内容比较反面，还列了图片证据出来——蔡立秋用手机拍下了段宇成推倒记者的照片。

吕瑶的公司在业界话语权不小，故意想炒大事情，买了好几条热搜。而段宇成最近势头正劲，粉丝们拧成一股绳，口诛笔伐声讨无良媒体，事情越炒越大。

吕瑶的文章避重就轻，穿凿附会，把段宇成塑造成一个只因为长得帅就有诸多特权的运动员。吕瑶把宣传片的事情拉出来，说本来要拍片的是另外一名全能运动员，甚至片子前期已经准备得差不多了，可段宇成硬是靠人气把别人挤下去了，在临近比赛的时候重新拍摄，还把正在备战的田径队的主力选手都召集回来了。

争吵的人分成两派。

一边的人说你们看到他救人的视频了吗？这么好的人怎么可能像报道里说的那样两面三刀。

另一边的人说不是不承认他救人的功劳，但是人火了变得太快。他推倒记者的照片是真的吧，才红几天就膨胀成这样，一点成绩没有也敢跟世界冠军一起开新闻发布会，要我说记者就应该告他人身攻击。

有人说他还年轻，而且运动员脾气暴一点也正常。

又有人说都成年了不懂为自己的言行负责？而且别人都穿队服就他不穿是什么意思，不喜欢国旗颜色还当什么中国人？真不知道国家队是怎么选人的！

罗娜因为这篇报道差点砸了一台电脑，她当场要去找人算账，被王启临拦了下来。

"他现在不归我们管，你总不能上国家队闹去吧？等我先去探探口风吧。"

罗娜严肃地道："你觉得会怎么处理？"

王启临抽着烟，面色凝重地道："我说真的，这事出的时候不好，田径办公室最近换了新领导，一切求稳。十项全能本来也不是什么重要项目，如果舆论压力太大，很可能会让他出面道歉，并且作出停赛处罚。"

一语成谶。

段宇成抵达日本的第三天，被告知不能参赛。

郭斌把他叫到房间里来做通知，当时郑建平也在。段宇成听完之后一言不发。

"你得在这边多留几天，针对你这个情况队里还要开一次会，明确一下纪律。开完会如果你愿意回去可以先回去放假几天。"

郭斌说完，稍稍偏开视线。

段宇成的眼睛太干净、太亮了，他看得不忍心。

可惜日本的酒店房间小，站三个大男人实在很挤，视线避无可避。静了好一会儿，郭斌也觉得尴尬，交代一声还有事就先走了。

剩下郑建平和段宇成。郑建平叹了口气。

"教练，"段宇成转头看他，"别的什么我都可以忍，但比赛我必须要上场。"

他面对郑建平，没有大声说话，也没有怨气冲天，就因为这样郑建平更觉得愧对他。

郑建平说："我也希望你能上场。蔡立秋这个人真是……"他咬牙，"唉！他就是心眼小，太爱算计了！也怪我没有早点发现他的不满。"

"让我们比一场吧。"

"什么？"

"让我跟他比一场，一天比完十个项目，如果我分数高就让我上，我可以证明我的实力。"

郑建平眉头紧锁："我知道你有实力，但现在不是这个问题。"

"那是什么问题？"段宇成终于有些激动了，"参加比赛除了实力以外还能有什么问题？就因为那几篇胡扯的报道我就不能比赛了？凭什么？！"

郑建平静了一会儿，又问："你昨天是不是跟森本信一出去吃饭了？"

段宇成一愣，不知道他为什么忽然问这些。

"是吃饭了，怎么了？"

郑建平无奈地道："你没事跑去跟他吃什么饭啊？"

段宇成说："我跟森本之前在青海高原基地认识的，我帮过他，还跟他比过百米。我们私下偶尔也通邮件。昨天正好遇到了就一起吃饭了，怎么了？"

郑建平说："有人……唉，我就挑明说了吧，蔡立秋把你们一起吃饭的照片拍下来了。"他把手机拿出来，调出一张图给段宇成。那是他和森本信一在场馆外的餐馆吃饭的画面，他们有说有笑，看起来关系很好。

"有挑事的记者一直拿住你不合群、不爱国的事炒作，之前说你不喜欢国旗的颜色，这次又说你背叛队友，去跟对手一起吃饭，尤其还是日本人。这件事影响很不好，上面也没办法，要平息众怒，必须对你作出停赛处罚。不过你放心，不会太久的。"

段宇成把图片往下拉，新闻下面有人评论："没有国家的培养他算什么，这种卖国贼没有资格进国家队，正好他那么喜欢白色干脆加入日本队算了。"

他放下手机。

郑建平的手放到段宇成的肩膀上，紧了又紧："等这阵舆论的风头过去吧，你以后的机会还有很多。我知道你肯定很生气，这件事对你确实不公平，等比赛结束我们一定找蔡立秋把事情弄清楚。"

段宇成回到自己的房间，毛茂齐他们问询而来。

李格得知事情经过后，二话不说就要去找蔡立秋算账。

"算了。"段宇成坐在床边，淡淡地道，"你把他揍了，就更坐实我的名声了。"

"师哥……"毛茂齐不懂怎么说安慰的话。

段宇成低声道："你们走吧，我累了，想睡一会儿。"

把队友送走，段宇成独自坐在酒店的小床上。

对他的身材来说，这床显得有些单薄。

他侧身躺倒，正对窗子。

日本很干净，空气潮湿清新，阳光里一点灰尘都看不到。他被日光照得微微头晕，最后闭上眼，将脸埋在枕头里。

屋里静到可怕，他思考着要如何度过这漫长的一周。在房间里睡觉？还是去现场看比赛？哪个他都不想做。

最后他无意识地掏出手机，无意识地拨通一个号码。

女人接通电话："喂？"

沉稳的声音漂洋过海安慰了他。

段宇成捏紧手机，半天才找回自己的声音："……你能不能再过来陪我一次？"

一句请求说到最后，支离破碎在哽咽之中。他脖颈发红，额头青筋暴出，眼泪浸湿了枕头。他一直以来强行伪装的镇定终于功亏一篑。

四

罗娜是在队里开会时到的。

开会地点仍然是领队的房间，这回除了郑建平以外，还有另外几个人。他们聚在一起讨论解决方案，说回去后可能需要段宇成发表一个公开道歉，把事情平息一下。

罗娜在这个时候敲了门。

离门口最近的人问："谁啊？"

罗娜在外面喊："宝贝儿！来给我开门！"

段宇成原本闷头坐在最里面的小沙发上，听见这声音，瞬间冲了出来。一开门，罗娜黑衣黑裤小短靴大墨镜，光芒四射地站在门口。

段宇成忍住想要拥抱的冲动，说："你来了？"

罗娜摘了墨镜，眯着眼睛看他两秒，笑着评价："瘦了。"

郭斌在屋里说："那个……"

罗娜把段宇成拽到自己身后，郭斌不认识她，问道："你是哪位啊？"

罗娜说："我是他教练。"

郑建平看过来，罗娜想了想，改口道："不对，现在应该说是亲属，我来接人的。"

"那请你稍等一下，我们这边会还没开完呢。"郭斌走近一点，说，"我能理解你的心情，我们现在也是想要解决这个问题。"

罗娜低声道："我也可以配合你解决问题，等那个惹事的人什么时候诚心忏悔了，我会来接受他的道歉。"

郭斌噎住了。

他身后另一名领队说："蔡立秋我们肯定也会批评，事后他们都需要反省，并且接受处罚。但现在蔡立秋还在准备比赛——"

"准备比赛？"

段宇成仿佛看到罗娜头顶伸出了一支隐形的大叉子。

女人气势过盛，那名工作人员没敢接话。

"你们最需要反省的是没有把运动员保护好。"她盯着那名领队，"你了解他是什么样的人吗？你跟他一起训练过吗？吃过饭吗？谈过心吗？如果你们了解他是什么样的人，就不会为他安排那些活动了。"

郭斌有点理亏，点头说："我明白你说的，我们一定会好好处理。他现在只是一场比赛不能参加，等这阵过去——"

"这阵过去？"罗娜打断他，"运动员一共有几年？"

郭斌不说话了。

罗娜拉着段宇成："我们走。"

她步子迈得奇大，段宇成都要卖力才能跟上，这种大踏步的走法让他郁闷的心情变得有些爽朗了。

"你怎么都找到这里了？"

"我想找哪找不来？"

段宇成跟在她身后笑："我还以为你会跟他们骂起来呢。"

罗娜斜眼看他："我在你心里就是这种悍妇形象？"

他撇嘴："反正你跟我是挺厉害的。"

罗娜说："不能吵，你跟领导的关系必须要好，就算他们是傻子你也得忍着，将来你还得回来呢。"

到了段宇成的房间，罗娜让他收拾东西。

段宇成问："去哪？"

罗娜说："去哪都行，散心，玩！难不成留这儿开会吗，还是你想留下看蔡立秋比赛？"

"不看。"

他哼了一声，开始收拾行李。

两人一人扛一个包，走出酒店。

这届亚洲田径锦标赛在日本名古屋举行，离开运动员扎堆的区域，罗娜和段宇成两个人的身高在这地界快成巨人了。

他们一边吃拉面，罗娜一边搜航班。

"今天走还是明天走？"

段宇成正在吃他的第四碗拉面，他昨天一整天吃不下饭，今天罗娜来了，他的食欲也跟着回来了。

"不回。"段宇成闷头说，"我带你去玩，别白来一趟。"

罗娜看向他，半晌，笑了笑说："好。"

最后段宇成一共吃了五碗拉面，出门时小声跟罗娜抱怨："日本面馆可真抠啊，一碗就给这么一小口，不够我两筷子的。"

罗娜说："你以为都是江天的店呢，对你们特殊照顾。"

他们在大街上瞎溜达，罗娜看段宇成左右乱瞄，明显不适应忽然放缓的节奏。

"想去哪？"段宇成问，"有什么想玩的吗？"

罗娜想让他放松下来，便说："赶路太累，去泡温泉吧。"

他们没什么计划，走到哪算哪，中午坐新干线来到富士山脚下，下了车跟一拨儿游人前往河口湖。

今天天气好，可以看到富士山的全景。

罗娜和段宇成手拉着手，跟着旅行团蹭导游。

美景静谧，气质浪漫。

走了一会儿，前面的小姑娘嚷着冷："这风也忒大了呀！"听口音是北京的旅行团。

其实九月份气温不算低，但有山有水的地方温度都有很强的欺骗性，一到风口处，好多人缩起脖子四肢打战。

段宇成和罗娜没什么感觉，段宇成只穿着半袖溜达。

两人脚程快，没一会儿就把游人甩了老远。他们顺着一条路步行下去，走走停停，闲了就路边买几个橘子吃。

走了一个多小时后，他们看到一个指示牌，上面有英文提示。

罗娜说："这边有家温泉酒店。"

段宇成抬起胳膊，一下午的游荡给他搞出了点浪子情怀，他揽过罗娜的脖子，爽朗地道："走！"

这两天游人多，罗娜和段宇成幸运地订到酒店最后一间房。房间是和式的，进屋换拖鞋，里面几块榻榻米，床铺、被子都放在一旁的柜子里。

罗娜忙着把铺盖拉出来，段宇成拍拍她的胳膊，说："你看。"

罗娜抬头，房间的木窗打开着，刚好能看到富士山。

她感叹："美！快铺床！不饿吗？"

段宇成过来帮忙。

两人就在酒店的餐厅吃了饭。餐厅也是榻榻米式的，光脚进去，两人一个小桌，摆了两排，跟长桌宴似的。小桌大概三十厘米高，没配凳子，一人给发一个小蒲垫。

过一会儿进来一堆人，颇为凑巧就是河口湖那个北京旅行团。一个腆着啤酒肚的男人在门口扫了一圈，玩笑道："这啥桌子啊，让我们跪着吃饭啊，想羞辱谁啊？"

导游连忙说："不不不，王总，咱坐着吃，不冷的。"

段宇成和罗娜混在旅行团中间，听谈话内容，像是一家公司组织出来旅游，而那位啤酒肚男人就是老板。

吃到一半有穿和服的女孩来表演节目，跳了一支舞后陪公司的几个年轻人喝酒，有个年轻人一直推托。老板指着他说："小江，扬我国威的时刻到了，你不喝年终奖可没了啊。"

大家笑起来，哄着他喝了一杯又一杯。

空气里沾满了人间的烟火气味，这种生活对段宇成来说陌生又遥远，他也跟着笑起来。

饭后他们回屋换衣服去泡温泉，男女浴池是分开的，所以他们没泡多大会儿就出来了。

休息厅里也有不少人，这里有一些娱乐设施和自助茶点，墙上还挂着一台电视，有几个日本人穿着浴袍围着电视看，不时发出呼声。

段宇成正在帮罗娜擦头发，听见声音回头，电视上正在直播亚洲田径锦标赛，现在正好是百米预赛。

罗娜感觉头上的动作停下了，接过毛巾，说："看看吧。"

他们在大厅看完了百米预赛，李格在第四组出场，跑了小组第一，全程高贵冷艳，一眼镜头都没瞅。

罗娜说："他怎么总一副别人欠他五百万元的表情？"

段宇成在后面抱住她咯咯笑，说："五百万可不够，他这至少八百万。"

百米预赛结束他们就回房间了。

酒足饭饱，两人躺在榻榻米上，段宇成搂着罗娜的腰，亲吻她的脖颈。

不知是不是身处异国他乡的缘故，这封闭的环境让他们的关系前所未有地亲密。

他们都穿着和式的浴袍，段宇成的是深蓝的，罗娜的是艳红的，衣服上印着枫叶形状的暗纹。段宇成宽肩窄腰，紧臀长腿。罗娜长发湿润，酥胸半露。两人都有着完美的身材，松松垮垮地搅在一起，说不出地色情。

屋里没开灯，借着外面一点点光线，罗娜捧起段宇成的脸，亲了一下。

四目相对，罗娜说："你想什么呢？"

他摇头。

罗娜说："想不想看看全能比赛？"

他没说话。

罗娜说："让我们一起看看蔡立秋怎么丢人吧。"

段宇成咧嘴笑："你怎么知道他会丢人呢？"

罗娜的嘴唇贴在他的耳边，像巫婆下咒一样神神秘秘："这个人心思太重，他跑不快的……"

打开电视，十项全能的比赛已经进行到第四项了，蔡立秋被森本信一拉开两百多分。

段宇成靠在罗娜怀里看比赛，就差捧个爆米花桶了。两人都很安静，屋里只有日本解说员激动的声音，他语速飞快，叽里咕噜也不知道在说些什么。

从百米第一项开始，森本信一便一路领先。蔡立秋今天发挥一般，连泰国和菲律宾选手都没比过。

在最后一项400米结束后，段宇成问："这件事什么时候能过去？"

罗娜低头看他。

她知道他在问自己什么时候可以比赛。

"不知道。"她说。

段宇成不看电视了，转头把脸深深地埋到罗娜的腰间，两手抱着她，长长地呼气。

"但我们不等了。"她又说。

段宇成低声问："那怎么办，去省队吗？"

"去美国。"

他顿住，从她胸口抬起头，茫然地看着她。电视的影像在她脸上留下银色的光。

罗娜说："你现在正处在上升期，你已经有7500分的水平了，回省队训练没有意义，你必须跟更高水平的运动员较量才能有所提高。"她视线转向他，"去美国吧，趁着还年轻，去见见真正顶级的田径赛场。"

段宇成没说话。

她低头，抚摸他的脸，说："去找我父亲，我已经把我们的事告诉他了，他也很想见见你。"

段宇成的眼泪瞬间落下。

他前几天还因为那些骂他的人，觉得全世界都抛弃了他，现在又觉得全世界都站在他这边。

他如此幼稚，如此大起大落。

他紧紧搂住罗娜，放声大哭。

罗娜被他逗笑了："真不愧是双鱼座的。"

他一听哭得更猛了，鼻涕一把眼泪一把，号叫道："订婚吧——！求你了——"

罗娜哈哈大笑："行。"

第二天他们前往京都，在金光闪闪的金阁寺前合影，围着二条城绕了一整圈，还在街上偶遇了矮小精致的艺伎。

当晚，十项全能比赛结束，森本信一以8079分拿到金牌，第二名也是日本选手，第三名是泰国选手，蔡立秋以7562分拿到第五名。

这个成绩远远没有达到郑建平的心理预期。

蔡立秋伤敌一千自损八百，把段宇成的参赛机会毁了，自己的心态也大受影响，比赛一结束就被郭斌叫走训话了。

而此时段宇成完全调整好了，又是活蹦乱跳的。

玩了两天以后，段宇成携未婚妻打道回府。

飞机落在A省，罗娜和段宇成打车回学校，路上接到吴泽的电话，说学校这边还有记者蹲点。

挂了电话，罗娜直接让司机开车去别处。

段宇成问："怎么了？"

"不回学校了，我们……"她一时没想到要去哪。

段宇成笑道："是有人在堵我吗？"

罗娜说："我们去别的地方。"

"去我家吧。"

罗娜看向他，段宇成拉过她的手，他的手掌又稳又暖，说："去我家住一段时间吧。"

罗娜问："你爸妈在家吗？"

"不在，他们在外地弄生意呢。"

罗娜点点头，对司机说："去火车站。"

事实证明，段宇成不管处于什么状态，忽悠个罗娜还是一来一个准儿的。

罗娜跟面无表情来开门的夏佳琪对视了足足半分钟，段宇成把行李拎过来。

"别挡门口啊。"他从夏佳琪身旁挤进屋，把行李堆在门口，过来拉罗娜，"进来。"

罗娜闷着头进屋。

不只夏佳琪在，段涛也在，晚饭吃得要多尴尬有多尴尬，气氛凝重诡异，只有段宇成比较放松。

晚上段宇成帮罗娜打扫房间，段涛和夏佳琪在楼下看电视。

罗娜关上门质问："你不是说你爸妈不在吗？"

段宇成耸耸肩："我要说在你还会来吗？"

罗娜崩溃地道："那你也得给我点心理准备啊！"

段宇成铺好床，往上面一躺，拍拍身边的位置："准备什么啊，又不是第一次见面了，来。"

罗娜没动。

"来嘛。"

他黏糊起来，罗娜无奈地过去坐到他身边。

段宇成要来搂她，被她躲开了："这不太好。"

"什么不好？"

"就……不太好。"

"喊。"

段宇成抱着枕头，往旁边一靠。

罗娜说："明天我跟你爸妈好好聊聊，你要去美国也得经过他们同意才行。"

段宇成枕得小脸都有些变形："我做什么决定他们都会支持的。"

"那也得跟他们说好，而且这件事，我得给他们一个交代才行。"

470

"随你喽。"他把她的手拉到自己胸口，压低声音问，"我今天也在这屋睡好不好？"

罗娜闪电般抽出手："不行。"

段宇成哼哼两声，走了。

第二天罗娜起了个大早去找夏佳琪和段涛，他们起得也很早，三人坐在餐桌上，聊了没两句夏佳琪就发火了。

虽然段涛一直让她冷静，但她克制不住。

罗娜很理解她，自己的儿子被欺负成这样，换谁都受不了。

"我不管，我必须要那个人付出代价，花多少钱我都认了！"夏佳琪直接站了起来，"他不就是请记者吗？我们也请！我不仅请记者，还要请律师！我一定要把他们的真面目暴露出来！招数我都想好了，等会儿小成起床我们一起商量。那小子爱耍心眼是吧，我倒要看看他耍得过我们吗？！"

罗娜没说话。

夏佳琪气得小脸涨红："你要是不帮他找记者我就自己去找！"

见罗娜还是不吭声，夏佳琪都快哭出来了，往桌上使劲一拍，喊道："他对你那么死心塌地你怎么能不帮他！我都没有拦你们在一起，结果出了事你就这个态度，你到底爱不爱他啊！"

罗娜抬眼："爱。"

罗娜发现即便到了这个年龄，当众承认"爱"，自己依然感到稚嫩酸涩。

"我爱他，比你想的更爱。但你儿子不是戏子，不是政客，也不是阴谋家，他是个运动员。"

"那又怎么样？"

"他的精力只能花在专业上，至少在役的时候必须是这样。"

"那他就活该被人欺负了？！"

罗娜顿了顿，说："这是教练组的失职，也是我要道歉的地方。但他不能陷在这件事里，他的时间太宝贵了。他再次出现在公众视线里一定是因为比赛和成绩，而不是跟媒体吵架，或者跟哪个队友不和。他是职业运动员，他只能拿成绩说话。"

夏佳琪眉头紧蹙："但是……"

"请你相信我。"罗娜深深地看着这个年轻的母亲，"这些挫折对他来说只是暂时的，在这个行业里，简单一点能让他走得更远。"

段涛适时地敲敲桌子，稍一仰下巴。

夏佳琪抬头，见段宇成打着哈欠往楼下走，连忙擦干眼泪，问："你醒了？不再睡会儿了？"

段宇成下楼直奔冰箱，先取了盒牛奶加热，懒散地道："你喊得墙上都掉渣了，还让我接着睡？"

"……"夏佳琪瞪眼，"哪有那么大声……"

段宇成去厨房拿了三明治，叼在嘴里走过来。

夏佳琪说："正好你醒了，有个事我跟你说一下。"

没等她组织好语言，段宇成把牛奶放到桌上。

"我也有个事要说。"他一口咬掉半个三明治，五秒不到咽下去了，然后拉起罗娜的手，"我俩订婚了。"

夏佳琪："……"

段涛挠挠鼻尖。

气氛瞬间诡谲，罗娜想要甩开他的手，奈何中间跟粘了502似的。段宇成把剩下的一半三明治吃完，宣布后半条消息："然后过段时间我要去美国训练。就这样，over，散会。"

他把牛奶一口干了，拉着罗娜："跟我来。"

罗娜来不及反应已经被他拽出去了。

夏佳琪在后面想叫住他们，段涛说："算了。"

夏佳琪瞪他："什么算了？"

段涛说："你就别瞎折腾了，我看人家教练比你专业多了。"

夏佳琪气道："你儿子被人陷害你还有心说风凉话？"

段涛打着哈欠去看电视，一边调台一边说："挫折这种东西往往就是塞翁失马的事，就看你看不看得开。而且男人啊，这辈子早晚要经历点风雨，不然打磨不出来。我赞同罗教练的话，这对小成来说不是什么过不去的坎儿，你要相信你儿子。"

夏佳琪愤愤不平地蹬他一脚。

另一边，段宇成兴致勃勃地带罗娜来到一处岸边，说："还记得这儿吗？"

"啥啊？"

"这是我们的定情之地啊。"

"……"

罗娜眯眼一辨认，没错，就是那片冬泳的海滩。

他们沿着海岸线散步，罗娜问他："刚才你妈妈说的话你都听到了吗？"

"听到了，她就这样，碰到点什么事就一惊一乍的，过几天就好了。"又走了一会儿，段宇成说，"到我们上岸的地方了。"

"你这都记得！"

"当然记得，我闭着眼睛都能从家走到这里。"

他停住脚步，抿抿嘴，欲言又止。

"又怎么了？"

"那个……"段宇成低着头，小声说，"你先把眼睛闭上。"

罗娜心里一动："干吗呀？送礼物啊？别麻烦了，直接给吧。"

段宇成怒道："你怎么一点浪漫也不懂！让你闭上就闭上！"

罗娜乖乖闭眼，听到他在一旁鼓捣了一会儿，然后脖子上多了凉凉的触感。

"睁开吧。"

罗娜睁眼，脖子上又挂了一条珍珠项链。

"……"

海边的男生都这么耿直吗，来来回回就会送一样东西？

在拉萨的时候，段宇成就曾送过她一条珍珠项链，不过这条比那一条漂亮很多，是灰蓝色的，在晨光下像小灯泡一样，颗颗散发着金属般的光泽。

罗娜忍不住抚摸："你在哪买的？"

"日本啊，我趁你睡觉的时候出去买的。"段宇成给她介绍，"这是极光真多麻，我一直想给你买一串，我觉得跟你的气质很配。"

"多少钱啊？"

"别管了。"

啧啧，有钱就是牛啊。

她又问："这算是订婚礼物吗？"

他有点局促："喜欢吗？"

"当然喜欢。"

"那就行，等结婚我送你大颗的南洋珍——"

"停。"罗娜打断他，"还送珍珠？我要那么多珍珠干吗啊？"

"你这才多少，我妈的珍珠能装满五个抽屉。"

"……"

罗娜欣赏完珍珠，想起一件事。俗话说得好，来而不往非礼也。

"我是不是也该送你点什么，有想要的吗？要不给你买双新跑鞋？"

"不，我要别的。"

罗娜看向他，男孩站在清晨的海边，像水彩画一样干净养眼。

她问："你要什么？"

他低着头，静了很久才说："我想你给我身上留下点记号。"

罗娜没懂："什么意思？"

他从兜里掏出一样东西给罗娜，罗娜拿过来看了好一会儿才认出是个穿耳器。

她诧异地瞪大眼睛："你想让我给你打耳洞？"

"……嗯。"

你小子真是别出心裁啊。

"你会不会用这个？跟订书器的原理一样。"段宇成给她讲解，"你要果断一点，一下子打穿，这样里面才不会歪。"

罗娜本能地皱起脸："那可是肉啊！怎么能当订书器打，你不怕疼吗？"

"没关系，不怕。"他把自己的耳朵凑过来，"来吧。"

罗娜看着穿耳器，忽然问："你有多少颗耳钉？"

段宇成说："两颗，买来是一对的。"

罗娜说："那我们一人一颗吧。"

段宇成愣住："你也打？"

罗娜把他的耳朵转过来，轻轻按摩耳垂："钥匙总得配锁才能用啊。"

他小脸红扑扑的。

罗娜打耳洞时有点紧张，做了好几分钟心理建设，最后一咬牙一狠心，咔嚓一声一按到底。

段宇成肤白，耳朵瞬间通红，耳垂也出了点血。

拿开穿耳器，一颗小小的银珠留在上面。

罗娜心有余悸："疼吗？"

他说："还行。"

轮到段宇成打，他比罗娜还𡚸，手放在她耳边一直打哆嗦。

罗娜说："别磨蹭啊。"

他紧张地道："你别催我！你自己也磨蹭了半天呢！"

又过了三分钟，罗娜说："你再不来我不弄了。"

"不不不！我要给你打！"

在心里预演了二百遍后，段宇成顶着一张便秘脸终于下了狠手。

银针穿过血肉。

瞬间的刺痛和磅礴的海浪声，让罗娜感受到一种宛如仪式般的庄严。

他打完之后声音也在发颤："……疼、疼、疼吗？"

她噘嘴："不、不、不疼！"

然后两人一起笑了。

笑着笑着段宇成握住罗娜的手，他双眼清澈，干干脆脆地说："从今往后，我再没怕的了。"

罗娜点点头，与他拥抱。

阳光，沙滩，海浪，飞鸟。

她心想男人的成长速度真是快，他眼睛那么红，可这次却没再哭。

五

段宇成的出国手续办得很快，罗娜全权负责，她跟远在美国的罗守民一起安排了他的行程。

临出国前两天，段宇成情绪出现一点变化。

罗娜是从他开始频繁翻衣柜察觉出他的紧张的。

"最后两天了，你可以好好放松一下，有想去的地方吗？"

"没！"

"有要买的东西吗？"

"没没没！"

"……你干吗呢？"

他几乎把自己所有的衣服都翻出来了。

罗娜再次震惊段宇成作为一个男生的臭美程度。他的衣服堆起来如山般高，有时候碰见喜欢的款式，各种颜色能收下四五套。而且他的衣服看起来质量都很好，被夏佳琪打理得平整干净。

罗娜抱着手臂站在门口，看他像个男模一样一套接着一套试，赏心悦目。

换来换去也不满意，段宇成把衣服扔在床上，光着膀子问罗娜："你爸爸喜欢什么风格的？"

罗娜挑眉。原来是因为这个。

她说："你是去训练的，不是去选美的。"

段宇成愤然道："你根本不理解我！"

他才二十一岁，就要独自一人飞过大半个地球去见岳父岳母，对方还是业界有名的体育家，自己又没有什么像样的成绩，他紧张得都快呕吐了。

罗娜笑道："行吧，那我告诉你。"

段宇成竖起耳朵。

罗娜认真地道："我爸最喜欢男人穿裙子。"

段宇成静了三秒，仰天长啸："啊啊啊——出去！你给我出去！别来打扰我！"

他把乐不可支的罗娜赶出去，自己接着换衣服，没过一会儿又把罗娜请了回来。形势比人强，段宇成试衣服试到头皮炸裂，哀求道："你快告诉我，求你了。"

罗娜琢磨了一会儿，说："他俩平时挺正经的，应该会喜欢正式一点的衣服吧。"

段宇成眼睛放光，冲出门嗷嗷喊："妈——！妈我前段时间买的那套新西装呢——！"

夏佳琪马上在楼下应声："宝贝儿你说哪套——！"

段宇成扒着楼梯："带白条纹的——！"

夏佳琪扯脖喊："迪奥吗——！"

罗娜坐在椅子上，一边听着母子俩隔着三层楼声嘶力竭的叫喊，一边顺着阁楼的圆窗望向湛蓝的大海。

段涛在一楼的沙发里打了个哈欠，接着看斗地主。

出发前一晚，大半夜段宇成偷偷跑到罗娜的房间里。罗娜这次没赶他，他侧躺着从后面抱住罗娜。往常晚上十点多就困得不行的少年，这次硬是撑着不睡。

屋里开着一盏暖黄的小灯，段宇成的下巴一直垫在罗娜的脖颈处，感觉她要睡着了就使劲硌她。

罗娜无奈地道："你自己不睡还得折磨我是不是，我可不是二十一岁啊。"

他紧紧地搂着她，像个委屈的包子。

但他比包子可硬多了。

"你离我远点，难受死了。"

运动员这身材看着爽，摸着爽，但枕起来真不如胖子。那肌肉，那关节，跟靠在指压板上似的。

"你都不会舍不得我吗？"段宇成低声说，"我们可能好长一段时间都见不到了。"

"可以视频啊。"

"那也隔着屏幕啊。"

罗娜转过身，捏捏他的脸，碰碰他的耳钉，最后吻了他的嘴唇："行了，别耍赖了，赶紧睡觉，明天还得赶路呢。"

段宇成的飞机在第二天中午起飞，从A市出发，先飞北京，然后飞洛杉矶，最后到奥兰多国际机场，全程将近三十个小时。

他们一大早就起床了，全家人一起吃了早餐，然后去送段小朋友。

在机场，夏佳琪拉着段宇成的手，哭哭啼啼，梨花带雨。

快要过安检的时候，段涛把夏佳琪拉到一边，留给罗娜和段宇成单独相处的时间。

段宇成说："你要记得时常联系我。"

罗娜嗯了一声。

他又说："你要多想想我。"

她又嗯了一声。

静了很久，他最后说："你要永远看着我。"

她说："我保证。"

他转头走向安检，罗娜在他身后叫他："段宇成。"

他回头，罗娜下巴一仰："把头抬起来走路。"

她的视线穿过人群，平静有力，一句话说得段宇成好像过电了一样，连忙挺胸抬头。

她笑着问："西装带了吗？"

段宇成把一个装着纸盒的袋子拎起来，另一只手比画了一个OK的手势。

罗娜："去吧。"

他一步三回头，进安检前的最后一眼，他用手指拨弄了一下那只打了耳钉的耳垂，冲她轻轻一笑。

两个多小时后，飞机落在北京首都国际机场。段宇成出了隔离区，打开手机准备一述相思之苦，但意外地在接客大厅见到两个人——郑建平和他的女儿郑婉淑。

郑建平告诉他，郑婉淑在得知他失去比赛机会后非常自责，连学都不肯上了，一定要来跟他道歉。郑建平私下联系了罗娜，问到了他的航班信息。

"对不起……"郑婉淑一见段宇成就哭了，"要不是我们去基地偷拍你，也不会有这么多事了，你就不会被国家队赶走了。"

"不是被赶走，"郑建平纠正她，"只是去外面训练而已。"

段宇成笑着对郑婉淑说："你瘦了好多啊。"

郑建平叹气道："你出了事后她茶饭不思啊，我出事估计她都不会哭成这样。"

郑建平跟段宇成说了最近队里的事，赛后蔡立秋被上面点名批评，也有发言人代替段宇成对公众做了致歉。

"比赛已经结束，这事算是平息了。"郑建平说，"你有门路能去美国练也好，一般我们这个项目队里不可能安排境外训练，这是次好机会。"

段宇成点头。

又聊了一会儿，他该走了。

郑婉淑红着眼睛问："你还能回国家队吗？"

段宇成弯下腰，平视着她，说："不是能不能，是我一定会回。"

告别郑建平，他再次踏上行程。

飞行时间漫长而磨人，好在段宇成有一身从小练到大的睡功，眼罩一蒙，天崩地裂也醒不了。

到达奥兰多国际机场是凌晨五点，段宇成被时差折磨得眼冒金星，差点领错了行李。他在机场等到天亮，稍微清醒点后，包了一辆车开往坦帕湾南部的一座小镇。

坦帕湾位于墨西哥湾内，佛罗里达州西部，名声不响，却有着最美的盐白沙滩，以及全美第一的阳光和日照。

小镇很安宁，随处可见背着网球背包的小选手，因为镇上有一所赫赫有名的网球学校。著名的俄罗斯全满贯获得者莎拉波娃就是从这儿走出的，中国网球名将李娜也曾在此训练。

镇上体育氛围浓厚，段宇成一下车就精神起来了，他根据地址找到罗娜父母的家，位于小镇北边的一座独栋住宅。

段宇成事先了解，之前罗守民夫妻跟几个朋友一起经营着一家田径俱乐部，但因为罗守民年纪大了，最近几年俱乐部的事情都移交给了朋友打理，他和妻子专心休养身体。

房子前的花园很干净，草坪修剪得十分整齐。

段宇成心揪到了嗓子眼，在外面平静了十来分钟，然后在路边换起衣服来。

他一边换一边在心里彩排，等会儿见到他们第一句应该说些什么呢……

他正脱裤子的时候，旁边的路上跑过四个晨练的人，三个黑人一个白人，体格都很壮，看着像是橄榄球运动员。

中国有看神经病的眼神，美国也有，其中一个黑人小哥冲着段宇成的屁股吹了声口哨："Hey man！"

……

段宇成靠着围栏挡住脸，等人跑过去接着换，他坚持把西装穿好，一切准备就绪，过去按门铃。

心跳如擂鼓。

过了一会儿门开了，段宇成立马摆出一张蠢如画的笑脸，结果又是一个黑人。

段宇成："……"

美国怎么这么多黑人！

段宇成向他解释来意，他没说话，也不知听没听懂，但放他进屋了。

房子很大，充满了田径元素，奖杯、照片摆得满墙都是。

段宇成刚想询问那个黑人小哥罗守民在哪，里面的房间又出来几个人。

这栋建筑似乎住了不少运动员，大家刚起床不久，各种大裤衩配趿拉板儿，显得西装革履的段宇成极其愚蠢。

其中一个人说："推销员？身材练得不错啊。"

段宇成："……"

大家看他的表情都很奇怪，段宇成渐渐地觉得自己可能被罗娜欺骗了。

这种感觉在罗守民出现后变得越发强烈。

罗守民一下楼，段宇成就认出他了，罗娜长得跟他很像，高高的个子，大大的眼睛，目光里带着沉稳和睿智，虽然上了年纪，但也能看出年轻时是帅哥一个。

罗守民看到段宇成时微微一顿，而后笑起来。

刚刚那个黑人小哥正在用餐，对罗守民说："教练，他说是来找你的。"

罗守民走过去，笑道："应该是走错门了，我这是练体育的，不是戏

480

剧社团。"

段宇成的脸唰的一下红炸了。

刚刚说他是推销员的白人运动员打量他,颇有兴趣地说:"他可真可爱。"

段宇成恨不得找条地缝钻进去。

罗守民喝了口水,走过来问:"什么时候到的?"

段宇成恨不得把自己埋起来,小声说:"刚到……"

"累吗?"

"……不累。"

"你的房间在二楼。"罗守民回头看那个黑人小哥,"等下让艾迪带你去,先吃东西吧。"然后顿了顿,又问道,"你这衣服是名牌吧,要不先换了?"

"没事没事……"段宇成使劲摇头,"是假的。"

一顿饭吃得紧张兮兮。

吃完饭,艾迪带段宇成去房间,屋子是新整理出来的,段宇成进去后第一件事就是把西装换成运动服。

再下楼时,刚刚用餐的运动员们都已经出门了。

"他们去训练了。"罗守民在收拾餐桌。

段宇成过去帮忙。

"你放下吧,不用你。"罗守民把碗筷放到洗碗机里,"我太太外出没回来,你要是缺什么日用品就跟我说。"

"好。"

收拾妥当后,罗守民泡了两杯茶,递给段宇成一杯。

他先给段宇成介绍了刚刚聊过的两个人,其中艾迪今年只有十七岁,是名职业短跑运动员,百米纪录9秒92。他去年就与一家体育厂商签订了合约,得到该品牌十年的服装和跑鞋赞助。而那名白人运动员叫杰米,是名中长跑选手,以前拿过世锦赛1500米冠军。但他年龄比较大了,今年已经二十九岁,这次来这里是进行伤后康复训练。

"其他几个年轻人都是俱乐部的新人。"罗守民喝了口茶。

段宇成听得心惊胆战,自己真是有眼不识泰山啊。

接下来罗守民又给段宇成讲了这边训练基地的情况。

"现在有几支足球队和橄榄球队在这个基地训练，还有哥伦比亚青年男足目前也在这儿。练田径的比较少，大都是佛罗里达本州的运动员。我已经帮你联系了州内田径俱乐部的全能教练，你可以跟着他练。"

段宇成点头，说："好。"

罗守民又说："他们的强度比国内大很多，我会先陪你几天看看情况，跟教练一起制订训练计划。不过我看你英语不错，沟通应该没问题，这对你的训练帮助会很大。"

"嗯嗯，我英语还凑合。"

段宇成像个小媳妇一样，有一句应一句。

罗守民说："你现在可以出去转一转，顺着门口那条路一直往下跑就是田径场，这两天你先不用训练，把时差倒一倒。"

段宇成听从罗守民的指挥去外面转了两圈，小镇不大，路上碰到很多运动员。他在路上给罗娜打电话，报了平安，然后开始抱怨西装的事。罗娜嘻嘻哈哈拒不认错，没聊一会儿就嫌电话费太贵，让他有事上网发信息。

段宇成强撑着一天没有睡觉，一直到晚上九点才躺到床上，沾床就睡着了。

适应了时差，训练的日子开始了，而这时罗娜的母亲韩秀芝也回来了。

她回来时段宇成正在吃饭，一见她进门直接从椅子上弹起来鞠躬打招呼，滚烫的汤汁溅了一身。

韩秀芝完全是罗娜的高配版——说是高配，是因为段宇成觉得罗娜虽然美，但偶尔身上还会冒点傻气，而韩秀芝则是进化完全体，标准的典雅淑女，衣着得体，头发盘得一丝不苟，妆容、笑容都是淡淡的，距离感满值。

母女俩长得更像，段宇成跟她第一个照面脸就红了。

韩秀芝走到他面前，看了一会儿，笑着说："所以，就是你了？"

段宇成就差跪地上应声"喏"了。

好在韩秀芝虽然看着高冷，平日里却是很体贴的，对段宇成颇为照顾。闲暇时间，她还与段宇成聊了很多罗娜以前的事。罗娜虽然教练做得风生水起，但其实以前运动员做得蛮不及格的。她当年练短跑出身，成绩一直很水，上不去下不来，最后被罗守民强行送到国外留学。

段宇成一脸傻笑地听着罗娜的窘事，把自己的心装得满满当当。他以前只知道她做教练时的事，现在又知道了她儿时的事，而她的未来也必然有他的参与。

这样算下来，她的整条生命线都有他的存在。

他觉得自己敦实了不少。

生活和训练都有条不紊地进行着，简单而平静，偶尔还有点调味的小插曲——

在段宇成开始训练的一周后的某个晚上，杰米突袭了他的房间。当时段宇成正在梦会罗娜，感觉身上压了点什么，一睁眼，看到杰米穿着一身紧绷的蕾丝女仆装笑眯眯地看着他。

段宇成吓得直接从床上滚了下去。

"放松点，我的男孩。"

"对、对、对不起！我、我、我有未婚妻了！"

杰米耸耸肩："我知道，我就是过来看看。"

杰米走后，段宇成心有余悸，一看表已经晚上十二点多了。他哆哆嗦嗦地拿着手机跑到屋外，在草地上给罗娜打电话。

"喂？"

"亲爱的！"

"什么玩意，都几点了你还不睡觉？"

"我——"

还不等段宇成抱屈，罗娜喊了一声："哎！刘屹！这边！"

"……"

刘屹是谁？

然后段宇成听到一个男生清爽的说话声音："教练。"

"走吧，我带你去食堂。姜浩然呢？"

姜浩然又是谁？！

"他走得早，应该已经到了。"

483

"好。"

罗娜总算想起这边电话没挂，敷衍道："你快点睡吧，大晚上别折腾，训练量不够还是怎的？"说完就挂了。

段宇成一脸蒙。

"喂？"

"喂？！"

"喂——？！"

段宇成难以置信，他差点就让人给"gay"了，她竟然还在陪那些不要脸的小年轻吃饭。

说好的常联系呢？

说好的常想他呢？

说好的永远看着他呢？！

段宇成恨不得把手机吃了。

三楼的卧房里，韩秀芝看着在草坪上跳脚的少年，浅笑道："他可真有精神。"

罗守民喝了口茶："然后呢，你还满意吗？"

韩秀芝但笑不语，罗守民从书里抬头看她一眼，妻子秀丽的杏眼只顾瞧着楼下的人。

他哼笑一声，又翻了一页书。

六

段宇成训练一个月后，罗守民开始为他安排比赛，先是去欧洲参加了两次室内比赛，之后还代表俱乐部参加了几次美国本土的比赛。

他第一次境外比赛是在德国，罗守民和韩秀芝夫妇陪他一起去的。他赛前很紧张，紧张到四五天的时间里都顾不上联系罗娜，只专注训练。

可惜比赛成绩还是不太理想，虽然他已经拿了自己赛季最好成绩，但跟欧美选手比起来，差距依然很大。他第一次体会到从第一项落后到第十项是什么感觉。这样的打击和被蔡立秋算计完全是两个类型，这样的失败并不会让他气馁。

那些欧美选手看亚洲人的表情，让他想起从小到大那些高个子运动员看他的神情。

他甚至有点怀念这种感觉，由此更加投入到训练中。

罗守民夫妇对这位"准女婿"频开小灶，家里一直都是韩秀芝做饭，原本常年西餐，自从段宇成来了，韩秀芝总是隔三岔五给他做中餐吃。

镇上没有中国超市，很多原料要开车很远才能买回来。段宇成第一次喝到韩秀芝煲的乌鸡汤时，没控制住竟然哭了。

已经冬天了，夜深人静，艾迪和杰米都不在，韩秀芝陪他坐在桌旁。

"为什么哭了？想家了？"她轻声问。

段宇成一边摇头一边挡住自己的脸："对不起。"

"不用道歉，你这么年轻，独自一个人在国外训练，天天这么枯燥，的确不容易。"

他一抽一抽地喝汤："我太不成熟了"

"你已经比大部分同龄人成熟很多了，只是做运动员太辛苦。"

段宇成低着头。

韩秀芝又说："但老天既然给你这副体格，就是为了让你吃普通人吃不了的苦。"韩秀芝把他喝完的碗再次添满，笑着说，"我女儿从小到大都是马马虎虎的性格，也不知道能不能照顾好你。"

段宇成的眼泪画下休止符，直愣愣地看着韩秀芝，过了半分钟耳朵才红起来。

"不喝了？那我把剩下的装起来。"韩秀芝把鸡汤端走。

段宇成瞬间起立表忠心："阿姨您放心，罗娜不用照顾我，我是要照顾她的！"

韩秀芝没有回头，接着收拾橱柜，淡笑道："那就最好了。"

段宇成捂住脸，觉得一顿鸡汤喝得通体顺畅。

"你的1500米是最需要提升的项目。"某天罗守民向他提出建议，"杰米是1500米的好手，你可以向他取取经。"

说起杰米这个人，着实有些刷新段宇成的三观。他完全不避讳自己的取向和怪癖，也不在意别人看他的眼光。他告诉段宇成，最初他选择入这行，就是因为运动员里猛男太多。

"但我最后爱上了田径，因为帅哥没有跑道靠得住。"

杰米比赛前会涂指甲油，画上当天的幸运色，段宇成见过一些运动员对他抱有成见，有些低俗的媒体会对他做不公正的报道，但杰米从不在乎。

"你不用为任何人改变自己。"他说，"你只需要对得起当下要做的事情。当你拿到其他人无法企及的成就时，你所有的好好坏坏，都将成为传奇的作料。"

他说这话时正值黄昏，他们站在训练场上，天空就像尘封多年的红酒，装着冰块在冒泡。

杰米在1500米上给予了段宇成很大的帮助。

"我真嫉妒你。"他在指点段宇成时说，"我老了，而你正在黄金时期。"他轻轻捏住段宇成的下颌，有点忧郁地说，"但你也会老，而且在你老之前，不一定会有我的成绩。我真想诅咒你。"

这咒语听着更像是种祝福。

杰米构成了段宇成对美利坚最深刻的印象，像一场自由、怪异又强而有力的旧梦，带着一点古龙香水的味道，融进西海岸线的余晖中。

段宇成过生日那天，罗守民为他在家里办了个party，俱乐部来了好多人，热闹了一整晚。

段宇成完全融入了国外的生活。

但他依然挂念着一个人。

他有时会觉得自己是个很幼稚的人，越是热闹嘈杂的环境，他就越思念她，仿佛这样就可以区别于普罗大众。这种稚嫩而澎湃的感情为他注入了很多能量，他用更庞大的训练量来武装自己，他的成绩越来越好，分数越来越高。

终于，在盛夏时节，他第一次在训练赛中打破7900分。

与此同时，他收到了一封郑建平的邮件。郑建平在他出国后平均一月一次，会给他发国内体坛的消息。这次是通知他，田径办公室领导再次换人，急于出成绩，他一定会被召回国家队。明年是世锦赛年，他会被当作重点选手培养。

看完邮件，段宇成扣上电脑。

屋外静悄悄的，清晨的光线微弱浅淡，他用手揉了揉脸。

韩秀芝下楼来，看他在桌旁发呆，问："怎么了？"

段宇成抬头看她，说："我可能要回去了。"

三天后，郑建平再次联系上段宇成，正式让他回国比赛。

他说："想拿世锦赛名额，现在就得开始准备了。世锦赛是明年八月，七月之前要在田协批准的赛事里达标8100分，不到一年了，难度非常大。全能项目已经很多年没有中国选手参加了，你只要能站到赛场上就是一项突破。"

终于，在离家近一年后，段宇成坐上了回国的飞机。

整趟行程他都激动难耐，他特地告知罗守民不要把他回国的消息告诉罗娜，他想给她一个惊喜。

归家的兴奋抵消了二十几个小时的行程带来的倦意，回到A市，他马不停蹄地赶往学校。

站在校园门口，简直恍如隔世。

他把行李放回宿舍，正是中午，室友们都去吃饭了。

马上大四了。大学生活也只剩一年。

同学们都很忙，不是在实习，就是在忙考研和出国。

段宇成放下行李就去了体育场。

他走在校园里，几乎每个跟他擦肩而过的人都会把目光多停留在他身上一会儿。有人认出了他，更多人只是单纯因为他那区别于普通人的健硕体形。

越靠近体育场，段宇成的心就越紧张，竟然有种近乡情怯的感觉。

在体育场门口的铁丝栏外，他一眼就望到罗娜的身影。她离得那么远，站在主席台下面跟一个队员说话，穿着黑色的短袖和紧身裤，几乎跟阴影融在一起。

但他还是一瞬间就认出了她。

段宇成抓住铁栏，盛夏的眼泪止不住地往外流。

时间过得太快了，当初他也是站在这里，爬上铁丝网呼唤她，他们就一同开启了一段浪漫又——

嗯？

没等感情酝酿得更为充沛，他就看到那个队员把手搭在了罗娜的肩上。

段宇成："？"

还拍了拍。

段宇成："？？？！"

主席台下，罗娜正在跟短跑队员说话，忽然见他看向后面，神色颇为惊讶。

罗娜转头，看到一脸笑容的段宇成。

他像个视察前线的老将军一样，冲那名队员说："刘屹？"

那队员看看罗娜，茫然地道："什么？"

段宇成笑意不减："还是姜浩然？"

罗娜拎着他的脖领子拽到后面，对那名队员说："郭进你先去吃饭，下午训练再说。"

郭进走了。

剩下罗娜和段宇成，四目相对，段宇成阴森地道："所以现在又多了个郭进？"

罗娜抿嘴笑。

段宇成一派当家做主的风范，质问道："你说，刚刚那是怎么回事，你俩鬼鬼祟祟干什么呢？"

罗娜笑着说："明天运动会，王主任最近开始闹腾400米，我怕郭进压力太大跟他谈了一会儿，他刚刚是在让我放心。"

他哼了一声不说话。

罗娜打量他，轻声说："你比之前黑了。"

他又哼了一声："啥意思，说我不帅了呗？"

罗娜说："我真想你，你这一趟走太久了。"

他一听这话骨头就酥了，醋劲瞬间蒸发，忍不住上前抱住她："我也想你。"

"嗯。"

段宇成动情地道："我知道你努力工作是为了分散注意力，其实我也是这样，太想你了就拼命训练。"

罗娜："……"

她好像还真不是因为这个。

算了算了，先不说了。

抱够了，段宇成扶着她的肩膀，问道："你见到我回来怎么一点都不惊讶？"

罗娜说："郑教练已经告诉我你今天要回来了。"

"他嘴巴可真大！"段宇成拉着她的手，"你不知道，我在国外的时候有多——"

"丁零零——！"

罗娜起身，掏出手机，哇啦哇啦讲了一通，挂断。

"我得去开会了。"

"啥？"

"明天就要开运动会了，事情太多，你先回去休息。"

段宇成眼珠瞪圆，他回国难道不是最大的事吗？

罗娜揽过他的脖子亲了他一口，说："真的太忙了，你先倒个时差，我明天正式给你接风。"说完急匆匆地走了。

段宇成原地罚站，好几只麻雀从头顶飞过。

没了旖旎情事，旅途的疲倦终于找上门了，他回到宿舍，躺在没有铺盖的木板上直接睡着了。他一觉睡了大半天，凌晨时分醒了过来。

是被饿醒的。

室友们都在睡觉，可悲他在国外跟人家有时差，回来了照样有。他蹑手蹑脚地下床，冷不防一抬眼，看到贴在墙上的照片。

自从罗娜帮他转项全能后，他就帮霍尔姆搞了一个"退役仪式"，然后郑重其事地贴上全能名将阿什顿·伊顿的照片。

幼稚年代的幼稚事件，现在想想还挺感慨的。

段宇成到阳台刷牙，往体育场的方向望去，上方飘着氢气球。

他打了个哈欠，想起今天是运动会。

段宇成凝视体育场足足一分钟，最后不知想到什么鬼主意，咧开满是泡沫的嘴，诡异一笑。

每年校运会，体育学院都要忙掉半层皮。罗娜被王启临的一堆烂事拖着，大清早来跟吴泽把裁判席搭好，设备都检查完，累得满头大汗，好不容易闲下来想给段宇成打个电话，谁知道还没人接。

"他这一觉要睡死过去了！"挂断电话，罗娜一屁股坐到椅子上。

吴泽递给她一块面包，抽着烟嘲讽："真死了看谁哭得厉害。"

罗娜一脚蹬过去以泄愤。

她再次见到段宇成是在上午十点左右。

一早上的比赛没什么过多的看点，队员们的表现差强人意，到了400米预赛，罗娜已经哈欠频频。

第一组上场的时候，罗娜听到后面观众席有轻微的呼声，她没在意。身边的吴泽刚准备再点支烟，忽然发现了什么，打火机顿住，随即嗤笑一声。

罗娜张着血盆大口打哈欠："……怎么了？"

吴泽笑骂："真是一个比一个能作妖。"

罗娜抬头看，震惊地发现段宇成走在400米检录队伍里。

她下一秒赶紧埋头翻报名表，经管的400米运动员明明叫王仲益。

"裁判。"

一个非常恐怖的人出现在罗娜面前——段宇成的班主任。

罗娜对这位"眼镜侠"有严重的心理阴影，恭敬地道："老师您有什么吩咐？"

班主任说："我班王仲益临时身体不舒服，400米换个运动员，你看行吗？"

罗娜一拍手："当然行了！您要换谁——"

她脱口而出一句废话。

果然，班主任面无表情地看她几秒，说："换谁你应该比我清楚。"

罗娜："……"吴泽在一旁捂着肚子乐。

解说员开始介绍各道参赛选手，介绍到第四道段宇成的时候，看台上传来各种讨论的声音。女生比男生反应更直观，她们认出了他，有的人直接叫出了声。段宇成原地热完身，把衣服一脱扔在地上，尖叫声瞬间变得更响亮了。

他看向经管学院的方向，淡定地比画了一个小爱心。

罗娜脸臊得通红，牙齿紧咬拳头。

少男心读不懂，她真不知道他这到底是算帅还是蠢？

490

她来不及想通，运动员上道了。

校运会水平参差不齐，这一组里除了段宇成和郭进以外，其他人甚至都没有采用蹲踞式起跑。

所有人的目光都落在四道和五道上。

发令枪响，全场欢呼。

段宇成的起跑太夸张了，吴泽看得都吹起了口哨。

刚过了第一个弯道段宇成就超过了郭进，越拉越远，一骑绝尘到最后。

他拼尽全力跑了这圈400米。

他撞线的一刻，吴泽冲助教大喊一声："多少！"

助教大喊回来："47秒63！"

吴泽猛地一拍桌子。

罗娜鸡皮疙瘩都起来了。

郭进是400米专项运动员，本来拼死劲也能进48秒，但他完全被段宇成的气势压住了，自己的节奏全乱，最后只跑到49秒95，过了终点线就累倒了，躺在地上大喘气。

女生们的尖叫更夸张了，罗娜搓着手说："他可真能乱来！"

吴泽斜眼看她："别装了，你现在是倍儿爽吧！"

段宇成比完赛，专门有同学帮他把衣服递过来，他没穿，搭在肩上溜溜达达地来到裁判席。

罗娜看他那得意的小表情，真想就地把他给强吻了。

她压住邪念，问他："你刚回来瞎折腾什么啊？"

段宇成淡定地道："你不是说王主任抓400米吗，我帮你拿成绩你还怪我？"他看了看她，又看了看吴泽，啧啧摇头，"你们这届队员也不行啊，稍微一吓唬就不会玩了，还是太年轻。"

罗娜再也忍不住了，拽着他到器材室里，门一关，立起一个大垫子挡住玻璃。

段宇成在后面笑眯眯地看着她。

罗娜扭头把他拉过来，按在墙上就是一顿亲。

长达二十几秒的热情湿吻两人都化了。

段宇成抱住她，垂眸笑："怎么着，终于肯搭理我了？"

罗娜说："你怎么练的？还不到一年就这样了。"

段宇成耸耸肩："随便跑跑喽。"

罗娜又上去亲了几口，段宇成意犹未尽地在她耳边说："今晚我去你屋住吧。"

罗娜想起什么，说："再说吧，晚上王主任要请你吃饭。"

段宇成："……"

这就很可怕了。

一天比赛结束后，段宇成按照罗娜的指示先回屋洗澡休息，傍晚时分出来集合。

聚餐阵容有些华丽，以前指点过他的教练，包括罗娜、吴泽、杨金、高明硕，全都到齐了，王启临大手一挥，众人打车前往市中心一家高档中餐厅，还要了个包间。

段宇成如坐针毡，感觉周围群狼环伺。

王启临点完菜，叫服务员出去了。

他们开始聊段宇成在国外的训练情况。

段宇成恭恭敬敬，有问必答。

过了一会儿上菜了，段宇成饿得不行，闻着香味说话快要淌哈喇子了。可王启临却说了半个小时也没有停下的迹象，还越说越激动。

"你能走过这道坎儿，将来前途无限！说实话，当时事情闹得那么大，我还真怕你一蹶不振了！"

段宇成看着面前的一盘蜜汁鸡爪，看出幻影了，鸡爪子在冲他招手。

"我们这个行业其实有不少像蔡立秋这种人！赛风赛纪败坏！业界毒瘤！还有那些无良记者！恶意消费运动员！你也必须吸取教训，下一次要高度警觉！"

段宇成点头，郑重地道："主任请放心。"

可以吃饭了吧？

王启临点点头，又说："而且，你也要端正心态，你现在还年轻，要有不进则退、慢进则衰的责任感、危机感和紧迫感！"

吴泽仰头看天。

段宇成已经要饿晕了，罗娜坐在他旁边，被他握住手，罗娜回捏一下，意思是你再坚持几分钟。

在段宇成就要饿晕过去的时候，王启临终于结束演讲。一桌人敞开肚子吃吃喝喝。王启临很高兴，喝了很多酒。段宇成自己没喝，但也被酒味熏得微醉。最后王启临紧紧地拉着他的手，语重心长地说："我看错人了，我承认我当年看错人了！罗娜还是牛啊！"

这话段宇成贼受用。

一顿饭吃了三个多小时，众人离开酒店。

段宇成送罗娜回宿舍，在楼下跟罗娜缠绵了一会儿，想上楼，罗娜没同意。

"等运动会结束吧，你也休息一下，明天是400米决赛。"

他拉着她的手，腻歪着道："不用担心啦，反正肯定能跑赢。"

"那两周以后的正式比赛呢？"

不是校运会这种玩玩闹闹的比赛，两周后全国田径大奖赛就要开始了。

段宇成鼓鼓嘴，放开了手。

罗娜往回走，段宇成在后面叫她："宝贝儿，如果我拿到大奖赛冠军我们就结婚吧。"

"你喝多了？"

"好不好吗，我们可以先办婚礼，然后再领证。"段宇成一本正经地道，"伯母让我给你捎句话，让你好好照顾我。"

罗娜挑眉："拿我妈压我啊？"

段宇成说："就这么定了。"

罗娜走过来，指尖轻轻碰了碰他的嘴唇，作势要吻他。

段宇成意乱情迷地刚靠近，不料她又飘远了。

微风送来女人的笑声："别想了，专心职业，结婚的事等你二十五岁以后再说吧。"

他n次求婚，n次被拒。

无可奈何。

段宇成的注意力重回比赛。

他在小打小闹的校运会上拿到400米第一名，随后展开了为期两周的集训，准备参加全国田径大奖赛。

他成了训练场上的明星，只要他在，其他队员的目光总是落在他身上。

他也跟着短跑队练了几天，短跑队的队员个个像打了兴奋剂一样，大家都想跑赢他，但没人比他快。罗娜偷偷地跟他说让他让一让师弟们，给点鼓励啥的，可段宇成不同意，理由是他没工夫哄小孩玩。

罗娜发觉他在国外待了一年，俨然有点脱离掌控了。

段宇成的紧迫也是有道理的，他回国就是为了刷成绩。这一年有好多场大型比赛，光他确认参加的就有全国田径大奖赛、全国田径锦标赛、亚洲田径大奖赛、中日韩田径对抗赛，还没算上七七八八的小训练赛。

压力巨大，但他扛得住。

这次从国外回来，他成熟太多了，这种成熟让他变得魅力四射。他也带回了很多国外先进的训练技巧，让整个田径队能量满满。

某日训练，吴泽坐在场边抽烟，他看着前方训练的队员，生无可恋地骂道："又回到短跑跑不过全能的时候了。"

罗娜站在一旁："想念李格吗？"

"你别恶心我。"

远处传来女孩的笑声。

罗娜望过去，从段宇成开始训练起，每天都有女生拉帮结伙来看他。今天来的这批热情而大胆，隔着围栏冲他喊："学长加油！"

段宇成听到喊声，只回头看看，没有什么表示。

"以前他还会脸红呢。"罗娜感叹道，"青春一去不复返啊。"

吴泽冷笑了一声。

七

两周后，段宇成出发参加全国田径大奖赛第一站。罗娜为保万全，请了假全程陪同。他们在赛场再次见到蔡源父子。蔡立秋这次跟段宇成一样，都是代表个人报名。

据罗娜所知，段宇成出国之后，蔡立秋的日子也不太好过。虽然没有对外公布，但队里还是追究了他的责任，对他进行了私下的处罚。后来半年他的心态大受影响，连续几个比赛都发挥失常，其间脚踝还受过一次伤，直到今年夏天才慢慢恢复状态。

这次比赛，段宇成虽然赢了，但也不是她赛前预想的碾压态势。

全能第一日结束，段宇成和罗娜回到酒店，两人吃了晚饭在酒店门口的小公园散步消食。

"我还以为他会落后你很多。"罗娜说。

"我让你失望了？"

"是他有点出乎我的意料了。"罗娜笑着问，"你猜蔡源对他儿子下过手吗？"

"不可能。"段宇成想都没想就回答道，"他没有用药。"

"你怎么知道？"

"没怎么，他肯定没有用。"

"好吧，不说他了。你今天状态还不错，晚上好好睡一觉，不要看任何新闻，也别跟外界联系，等比赛结束再说。"

段宇成说："我这次比赛连手机都没带出来。"

最终段宇成毫无悬念地拿到大奖赛第一站的冠军，总分7853分，蔡立秋以7632分拿到第二名。看得出蔡立秋对自己被段宇成压了两百多分的事实很难接受。在等待颁奖的时候，他对段宇成说："你不过是运气好而已。"

段宇成看着领奖台，目不斜视地道："我要是你，就老老实实闭嘴训练。"

7853分是近三年国内十项全能的最高成绩，但距离世锦赛的报名标准还差得很远。

颁奖结束后，罗娜见到了蔡源，他看起来比之前苍老了很多，但脸上依旧是笑眯眯的模样。

他说："段宇成的成绩提得太快了，美国训练出来的就是不一样啊。"

罗娜没理他。

蔡源不在意她的无视，又说："我知道你怨恨我儿子做的事，但你不在他的位置，你不知道那些你们看不上的广告和宣传对他来说有多重要。不是每个人都有能力自费去美国训练的。"他低头点了一支烟，抬头吐出一片惨淡，"他没花过我的钱，他嫌不光彩，他的训练费用都是自己攒出来的，他那点工资连营养品都不够买。"

罗娜转头看他："你跟我说这些有什么意思呢？"

蔡源说："也没什么意思，就是希望你们别那么恨他，他也接受处罚了。"

罗娜笑了："你是怕段宇成回国家队找他的麻烦吧？"

蔡源没说话。

罗娜淡淡地道："你想多了，他没这根筋。"

比赛结束后，段宇成不想跟媒体多沟通，偷偷从另一边的门绕出去。结果还是碰到一个记者。这个新人记者不是专门堵他的，而是迷路了。段宇成急着见罗娜，一路飞奔，拐弯处把人撞飞了。

他钢筋铁骨，撞得豆芽菜一样的小姑娘直接在空中翻了一圈，趴在地上，眼镜片都碎了。段宇成赶紧过去把她拉起来，抱歉地道："你没事吧？"

豆芽菜头晕目眩地起身，扶正眼镜，一看清段宇成，哇地大叫出声。

段宇成："……"

她手忙脚乱地掏出记者证，双手递给他，说："段选手你好！我是《爱华体育周刊》的记者！请问能采访你吗？"

本来段宇成不想接采访的，但把人家撞成这样，他也不好直接回绝，最后说第二站结束后再看。

回去后他把这个事告诉罗娜，征求她的意见，没想到罗娜竟然同意了。

"你不可能永远对媒体避之不理，那不现实。而且你以后是代表国家比赛的，多少要扭转在公众心中的形象。其实你不需要特别做什么，只要把真实的自己给他们看就好了。你只要让人们看到你，他们自然就会喜欢你。"

三天后就是大奖赛第二站，段宇成第二站发挥也很好，拿到7891分，再次刷新自己的赛季最好成绩。连续的高水平发挥使得他的关注度直线上升。

第二站结束后，他接受了媒体采访。

采访进行了很久，他们聊了他从小到大的训练经历，还有那些标志性的事件。譬如救人，推搡记者，亚锦赛退赛。豆芽菜的采访很专业，冷静而克制。段宇成对所有的问题都实话实说，只不过刻意避开提蔡立秋的名字。

采访的最后，豆芽菜问段宇成："职业生涯走到现在，你最感谢的人是谁？"

这个问题让段宇成思索了一会儿。

豆芽菜猜想他可能会感谢父母，或者感谢教练，甚至是自己，但没想到段宇成说最感谢老天爷。

豆芽菜："老天爷？"

段宇成说："之前有人说我赢是因为运气好，我本来不服，后来想想好像确实是这样。我有这么好的身体条件，又有这么支持自己的父母，家庭环境也凑合，还遇到了永远不会放弃我的教练，这么多年练下来，也没有严重的伤病困扰。"他看向豆芽菜，低声说，"只有做运动员的才会明白，我说的这些每一样都是可遇不可求的。我都有，所以只能感谢老天爷了。"说完还象征性地冲天抱抱拳，"多谢你，我一定会珍惜的。"

豆芽菜："……"

"喀！"她清清嗓子，又说，"可老天也给了你很多挫折。"

"都不是大挫折，一直顺风顺水也蛮无聊的。所以，"他耸耸肩，"我现在感觉还OK。"

最后豆芽菜八卦地补充了一个问题："那我再替广大女粉丝问一下，你的理想型是什么样的？"

"我的理想型？"段宇成挑眉，眼神往天上瞟，"我的理想型啊……"

他开始想罗娜，思考着用什么样的词汇能准确描述她，想着想着就忘了记者，忘了摄像机，忘了镜头。他陷入浪漫的回忆，然后脸就红了，沉醉得像是被花香吸引的蝴蝶。

后来他忽然腼腆一笑，用手捂住眼睛，轻声说："算了算了，别拍了，先别拍了，等我缓缓。"

豆芽菜抬手，采访结束。

她特地通知后期部门，最后那一段无论如何不能剪掉，她严肃地说：

"那是他的精华所在。"

这次报道给段宇成带来了不少收获。

就像罗娜所说，他是个真诚的人，他不需要表演，也不需要强行解释，他只要给大家看到他，人们自然就会懂。

慢慢地，流言蜚语少了，虽然偶尔还有人提，但也被段宇成夸张的成绩盖住了。

转眼之间三站大奖赛结束，全国锦标赛也结束了，段宇成在锦标赛上第一次突破了8000分。

但离最后那个目标，还是差了一点。

今年过年的时候，罗守民和韩秀芝也回国了，两家人一起吃了饭。夏佳琪为了这次会面准备了半个多月，发型换了二百遍，指甲都快做成工艺品了。

罗娜的父母行程很紧，只吃了一顿饭，餐桌上罗守民一直在聊段宇成的成绩问题，提出最后大奖赛总决赛的冲刺计划。

吃完饭，夏佳琪小声对段涛说："他们一家都是体育狂魔啊……"

段宇成听见了，说："人家是体育世家，是有底蕴的，哪像我们暴发户啊。"

段涛咳嗽一声，接着看报纸。

夏佳琪叨咕："我还以为会聊结婚的事呢……他们怎么都不着急啊，女人过了三十岁生孩子老得很快的。"

段宇成被鱼刺卡住嗓子，拍桌呼救。

夏佳琪捧着茶杯琢磨："他们该不会有什么别的想法吧？我听说外国人好多都不要小孩的，那可不行，我把丑话放在前面，不要孩子我绝对不同意！"

段涛忍不了了，从报纸里抬起头："人家心思都在比赛上！你以为都像你呢，天天就琢磨怎么结婚生小孩！是吧，儿子？"

段宇成："……"

他能说他难得跟夏佳琪站在同一战线吗？

可现在这个态势实在不允许。

罗守民和韩秀芝过完年就回美国了，临行前罗守民对段宇成说："还剩最后一阶段的比赛，你要加油，但也别为难自己。"

段宇成点头称是。

这也是大学最后一个学期了。

所有人都将面临一番挑战，或是升上更高的学堂，或是步入职场，或是像段宇成这样，走向更残酷的赛场。

与大一刚开学时相比，每个人都发生了巨大的变化。

段宇成寝室的几个朋友，贾士立是第一个定下来的，他提前半年拿到了一家大型金融公司的录取通知，胡俊肖打算出国，韩岱则拿到了保研的名额。

段宇成在年后被召回国家队，训练了一个多月，四月份参加了全国室内田径锦标赛，成绩还是卡在8000分上下。

离最后的达标日期只剩两个多月了，段宇成还有最后一次机会，就是六月二十几号的全国田径大奖赛的总决赛。

为了不让他有负担，近半年教练组都没有对他施加压力。

五月份，大家陆陆续续开始准备毕业论文了。

贾士立因为没有就业压力，比较轻松，偶尔会叫段宇成出去一起聊聊。还有刘杉，他退役之后专攻学习，计划毕业混个体育老师当。

某天段宇成跟这俩人吃饭。

一年多的健身下来，贾士立同学……依旧是个胖子。

贾士立淡定地解释："每个人的内核从生下来那刻就已经决定了。"他们坐在江天的面馆里，贾士立指着段宇成，"像你，天生就是运动员。而我，注定是个胖子。"说完，他觉得这样形容自己不太美丽，又补充道，"一个聪明的胖子。"

天气闷热，牛肉面吃完哗哗淌汗。

刘杉冲屋里喊："江天你咋那么抠呢，开个空调啊！"

江天一点面子不给："六月中旬才能开。"

贾士立叹了口气，说："有时候想想，时间过得真快，大学四年像场梦一样。可我现在一闭眼，还能想起第一次见你那天，你像个傻子一样大热天出去跑步，我们三个都猜你坚持不了多久。谁知道你一跑到了现在。"

江天甩了两包瓜子在桌上，刘杉不客气，拆了就嗑。

最早那一批队员只有四个坚持到现在——段宇成、戴玉霞、毛茂齐、李格。

竞技体育的淘汰率太高了。

贾士立说："有时候我在想，你们这行到底折腾什么呢？咱们熟啊，我说得直你别怪我。我也知道你这一整年都在拼世锦赛的名额，但说白了，你就是拿到了也只是过了个门槛而已，不太可能拿到奖牌吧？"

段宇成说："当然拿不到。"

贾士立一拍手，说："你看，拿不到奖牌，国家也不重视，你拼死拼活图什么呢？"

刘杉嘎嘣嘎嘣嗑瓜子，笑着说："你不练，你不懂。"

贾士立看向段宇成，段宇成也只是笑笑，低声说："你不练，你不懂。"

贾士立也抓了一把瓜子："也对，这四年我们就像活在两个世界。"

说完他点了一支烟，像模像样地抽了一口。

贾士立是在大三学会抽烟的，最开始的理由是因为施茵出国，不过她没做甩手掌柜，走前跟贾士立确定了关系。

"你要等她吗？"段宇成问。

"当然了，这么多年都磨下来了，还差这会儿！"贾士立故作深沉地吐了口烟，"男人哪，就是承受。尤其是毕业了走向社会，这是个契机，一定要抓住，脱胎换骨才行。"

这句话给了段宇成一点灵感。

罗娜在五月底接到学校的通知，想要段宇成作为优秀毕业生在毕业典礼上演讲。当时段宇成正在北京集训，罗娜给他打电话，把这件事当个笑话说给他听。

"你说搞不搞笑，你都不能毕业还让你当优秀毕业生去演讲，哈哈哈！"

段宇成有时候很不理解罗娜的脑回路："我不能毕业你这么开心？"

"你说校领导都想什么呢？"

"你替我同意了吧。"

"什么？"

"我说你替我同意了吧。"

段宇成坚持要去演讲。

这很不像他的作风，罗娜把这归咎于他的赛前放松。

一到毕业季，校园里的气氛就复杂起来。

感伤与希望，振奋与迷茫，相交相织。

毕业典礼安排在六月十四号，距离大奖赛总决赛还有一周时间。段宇成提前一天从国家队赶回来，他出乎意料地没有一到校就去黏罗娜，而是找贾士立商量事情。

"什么？！"

大晚上的从男生宿舍阳台传来一声惊呼，段宇成死死地捂住贾士立的嘴，红着脸说："你敢不敢小点声！"

贾士立小眼珠瞪得跟玻璃球似的："你搞事啊！"

"不是你说的吗，毕业了男人要抓住机会脱胎换骨？！"

"但你这也太……太那啥了！"

段宇成浑身冒烟，把自己的"演讲稿"给贾士立："你帮我看看，这样说……这样说行不行？"

"你就不怕出事吗！"

"怕什么啊，反正也是最后一天了！"

"什么最后一天！我们是最后一天！你还没毕业呢！"

"你快看！"

两个男生在阳台喊了半天，月亮在天上静静地看热闹。

段宇成计划在毕业典礼上求婚。

他想了好久什么场合求婚能让罗娜失去思考能力，脑子一热就答应他，最后选择了当着整整一届毕业生的面求婚。

他的计划很简单——

首先他戒指已经买好了，他明天要在运动服里穿件西服，等演讲到一半，把运动服脱了，拿着戒指当众求婚。这样势必会造成群体轰动，据他对罗娜的了解，她那时候应该头脑发热到神志不清，一迷糊就答应了。

完美吧？

贾士立听完，摸了摸下巴："你脱也只能脱上衣吧，那裤子咋办？"

段宇成愣了，显然没有意识到这个现实问题，琢磨了一下，说："没事，演讲台能挡住，只露上半身就行。"

贾士立还是觉得这个计划有点不太靠谱，但段宇成已经特地从国家队赶回来了，而且毕业典礼也只有一次，他决定还是以鼓励为主。

"好吧！"他拍拍段宇成的肩膀，"听起来还不错，祝你马到成功！"

段宇成捏了捏拳头。

他想得很美好，但他显然高估了自己某方面的心理素质。

作为一个不管再大的比赛也不会怯场的全能运动员，他因为这项决定彻夜失眠了。他一宿没睡着，第二天顶着浓浓的黑眼圈洗澡换衣服做造型。

罗娜一早收到段宇成的信息，通知她毕业典礼千万不能迟到。

"千万"二字还加粗了一下。

"一个毕业典礼搞得这么积极……"罗娜撇着嘴放下手机。

"怎么了？"吴泽跟她面对面吃早餐。

"没事，让我毕业典礼别迟到。见鬼了，他从来没对这种事上心过，还专门跟国家队请假回来。"

"小屁孩的心思你别猜。"

吃完饭，两人有说有笑地往礼堂走，路上全是要参加毕业典礼的学生，昂首阔步，红光满面。

路过池塘，荷花已经绽放。

罗娜之前一直为段宇成比赛的事焦虑，今天心情难得地舒畅。

毕业典礼在上午九点钟正式开始。

段宇成要作为优秀毕业生演讲，坐在一楼前排。而体育学院的位置在二楼，罗娜从高处看段宇成的背影，有点奇怪地说："他怎么六月份了还穿长袖运动服？"

吴泽说："天知道。"

段宇成已经紧张得要吐了，钻戒的盒子在兜里，被他捏到变形。

他第一次期待校领导的发言能长点长点再长点。

但终究还是轮到他了。

他在心里一遍遍给自己洗脑鼓劲。

主持人操着浓重的播音腔说："下面有请本届优秀毕业生，中国著名十项全能运动员，来自经管学院金融系一班的段宇成同学发表演讲。"

下面的学生多少集中了点注意力，段宇成从很早的时候起，就已经是校园名人了。

他站起来，机械地往台上走，感觉自己有点顺拐了，脚心全是汗。

他走到演讲台前，一抬头，看着下面密密麻麻的人群，拿稿的手直打哆嗦。

开弓没有回头箭！

段宇成心一横，清清嗓子开始发言——

"尊敬的各位领导、老师、亲爱的同学们，大家好。作为毕业生的代表，今天在这庄严的毕业典礼上，代表全体毕业生在此发言，我深感荣幸。"

罗娜太了解段宇成了，他一张嘴她就听出他紧张了。

"哈哈，活该，自己给自己找麻烦。"她看得津津有味，紧张的段宇成在她眼里异常娇羞可爱。

段宇成讲了半稿废话，终于要进入正题了。

坐在第一排的校领导们就感觉这小孩的脸咋跟烤地瓜似的，越来越红。

远远地看着的贾士立也隐约有种不祥的预感。

段宇成闷头道："……这四年来，我收获了很多，我庆幸自己来到A大，遇到了最好的教练、最好的队友，还有最好的老师和同学。还有……"他头越来越低，最后猛吸一口气，说，"还有我的妻子罗娜！"

一言既出，驷马难追。

爱咋咋。

老师："……"

同学："……"

校领导："……"

罗娜："……"

吴泽在二楼哈哈笑。

贾士立差点吼出来——你的稿上不是这么写的啊！原稿明明是"最爱的女人"，怎么张嘴直接成"妻子"了！

503

段宇成也很快意识到这一点，纠正道："哦不是、不是我的妻子，我还没求婚，我现在就求……"

乱了乱了全乱了。

他慌慌张张地脱了运动服，往旁边一扔，露出里面千挑万选的笔挺西装。

这个环节倒是跟预期一样，女生们非常给面子地尖叫起来。

不过分贝量有点超乎段宇成的想象，震耳欲聋的声音比赛场的加油声还恐怖，他被喊得脑子一片空白。

恍然中，他听到贾士立在人群中撕心裂肺的吼声："戒指啊！你个傻子！"

啊，对！戒指！

被他揣在运动服的兜里给扔了！！！

段宇成连忙跑去捡衣服，结果离开了演讲台，上半身西装下半身运动裤的打扮就暴露了。贼不巧他这次还是穿着国家队的队服回来的，红艳艳的裤子，搭配高档西装，简直恐怖。

贾士立捂住脸，浑身哆嗦："太僵硬了，谁去救救他……"

下面爆发出大笑，段宇成险些儿哭出来。

他回到演讲台边，有人冲他喊："谁是罗娜啊？"

在段宇成之前的设想里，他一报罗娜的名字，镜头就会自动聚光在她身上。可这毕竟不是拍电影，全校大部分人不认识罗娜，就算上过她体育课的人，也只是笼统地知道她姓"罗"而已。

突发事件一样接一样。

段宇成抬头，往二楼找，他知道体育学院在二楼。

他找了半天没找到，因为此时的罗娜正猫腰躲在吴泽身后，用她的九阴白骨爪抓着他一步一步往门口蹭。

看不见我，看不见我，看不见我……她在心里默默念咒。

段宇成翻来覆去没找到人，急得眼圈都红了，忽然听到一声响亮的口哨。

吴泽看热闹不嫌事大，一口流氓哨吹得又尖又脆，一下子把所有人的目光都吸引过来。

吴泽把身后的女人拎出来，冲下面仰仰下巴。

女主角现身，礼堂的气氛再次活跃起来。

段宇成在见到罗娜的瞬间，紧张消了一大半。他学着自由女神高举手中的小盒，冲她喊："戒指——！"

演讲台挡住了那条恐怖的红裤子，只露出上半身的西装，他重新帅回无与伦比。女同学们纷纷开始帮他，开始了一波接一波地尖叫。

罗娜现在只想从二楼跳下去。

段宇成看到她的表情，咧嘴笑起来。虽然过程惨烈了点，但目的还是达到了——她确实已经头脑发热到神志不清了。

他越来越不紧张，放开嗓门吼："你答应我！我就给你拿8100分！"

运动员底气十足，他的声音从舞台迸发穿越整个会堂，立体声环绕，罗娜感觉耳边如同炸开一颗响雷。

下面不了解十项全能的同学们并不理解"8100分"是什么意思，但听段宇成的语气，好像挺牛的样子，于是他们再次放声高喊。

他们用尽全力，要把浪漫留在毕业季。

声浪一波接着一波，从礼堂传到校园的每个角落，震飞了池塘的浮蚊，震颤了梧桐的嫩芽，震落了整段青春的汗水。

清风送着声波最后来到体育场，打盹的野猫耳尖一颤，睁开眼睛，威风凛凛地扫视一圈，陪着吵闹的知了们敷衍地喵了一声，又重新躺下。

天大的问题，以后再解决。

今日的梦，今日就做完。

骄阳照得晴空泛白，像一件巨大的婚纱，披在夏日的肩头。

猫咪翻了下身体，在炽热的赛道上伸了个月牙形的懒腰，享受着训练场里难得的清净。

—全文完—